中外文学交流史

钱林森　周宁　主编

中国－英国卷

葛桂录　著

山东教育出版社

目 录

总序

一

中外文学关系的研究，是中国比较文学学术传统最丰厚的领域，前辈学者开拓性的建树，大多集中在这一领域的研究，如范存忠、钱锺书、方重等之于中英文学关系，吴宓之于中美，梁宗岱之于中法，陈铨之于中德，季羡林之于中印，戈宝权之于中俄文学关系的研究，等等。20 世纪中国比较文学研究前后两个高峰，世纪前半叶的高峰，主要成就就在中外文学关系研究上。20 世纪后半叶，比较文学在新时期复兴，30 多年来推进我国比较文学学科发展的支撑领域，同时也是本学科取得最多实绩的研究领域，依旧在中外文学关系研究。中外文学关系研究所获得的丰硕成果，被学术史家视为真正“体现了‘我们自己的比较文学’的特色和成就”[1]，成为我国比较文学复兴发展的一个重要标志[2]。

1. 王向远：《中国比较文学研究二十年 · 前言》，南昌：江西教育出版社，2003 年版。

2. 王向远教授在其 28 章的大著《中国比较文学研究二十年》中，从第 2 章到第 10 章论述国别文学关系研究，如果加上第 17、18“中外文艺思潮与中国文学关系”、“中外文学关系史的总体研究”两章，整整占 11 章，可谓是“半壁江山”。

学术传统是众多学者不断努力、众多成果不断积累而成的。在中外文学关系研究领域，从 20 世纪 80 年代中期开始，先后已有三套丛书标志其阶段性进展。首先是乐黛云教授主编的比较文学丛书中的《中日古代文学交流史稿》（严绍璗著）、《近代中日文学交流史稿》（王晓平著）、《中印文学关系源流》（郁龙余编）。乐黛云教授和这套丛书的相关作者，既是继承者，又是开拓者。他们继承老一辈学者的研究，同时又开创了新的论题与研究方法。

其次是 20 世纪 90 年代初，北京大学和南京大学联合推出《中国文学在国外》丛书（10 卷集，乐黛云、钱林森主编，花城出版社），扩大了研究论题的覆盖面，在理论与方法上也有所创新。再其后就是经过 20 年积累、在新世纪初期密集出现的三套大型比较文学丛书：《外国作家与中国文化》（10 卷集，钱林森主编，宁夏人民出版社）、《跨文化沟通个案研究》丛书（乐黛云主编，北京出版社）、国别文学文化关系丛书《人文日本新书》（王晓平主编，宁夏人民出版社），这些成果细化深化了该研究领域，在研究范式的探究和方法论革新方面，也取得较大进展。

从某种意义上说，中外文学关系研究带动了整个中国比较文学研究。从“20 世纪中国文学的世界性因素”的讨论，到中外文学关系探究中的“文学发生学”理论的建构；从中外文学关系的哲学审视和跨文化对话中激活中外文化文学精魂的尝试，到比较文学形象学与后殖民主义文化批判……所有这一切探索成果的出现，不仅推动了中国比较文学学科深入发展，反过来对中外文学关系问题的研究，也有了问题视野与理论方法的启示。

二

在丰厚的研究基础上，如何进一步推进中外文学交流研究，成为学术史上的一项重要使命。2005 年 7 月初，南京大学比较文学与比较文化研究所与山东教育出版社在南京新纪元大酒店，举行《中外文学交流史》丛书首届编委会暨学术研讨会，正式启动大型丛书《中外文学交流史》的编写工作，以创设一套涵盖中国与欧洲、亚洲、美洲等世界主要国家及地区的文学交流史。

中外文学交流史研究既是一项研究，又是关于此项研究的反思，这是学科自觉的标志。学者应该对自己的研究有清醒的问题意识，明确“研究什么”、“如何研究”和“为何研究”。

20 世纪末以来，国际比较文学研究一直面临着范式转型的问题，不同研究范型的出现与转换的意义在于其背后问题脉络的转变。产生自西方民族国家体系确立时代的比较文学学科，本身就是民族国家意识形态的产物。影响研究的真正命题是确定文学“宗主”，特定文学传统如何影响他人，他人如何从“外国文学”中汲取营养并借鉴经验与技巧；平行研究兴盛于“冷战”时代，试图超越文学关系的外在的、历史的关联，集中探讨不同文学传统的内在的、美学的、共同的意义与价值。“继之而起的新模式没有一个公认的名称，但是和所谓的后殖民批评有着明显的关系，甚至可以把后殖民批评称为比较研究的第三种模式。这种模式从后结构理论吸取了‘话语’、‘权力’等概念，致力于清算伴随着资本主义扩张的帝国主义和殖民主义，尤其是其文化方面的问题。这种批评的所谓‘后’字既有‘反对’的意思，也有‘在……之后’的意思。”“后殖民批评的假设前提是正式的帝国 / 殖民主义时代已然成为历史。在第二次世界大战之后这一点已经成为普遍的共识，当时不同政治阵营能够加之于对方的最严厉的谴责莫过于‘帝国主义’了。这种共识是后殖民批评能够立于不败之地的先决条件。”[1]

1. 陈燕谷：《比较文学与“新帝国文明”》，载《中国社会科学院院报》，2004 年 2 月 24 日。

伴随着后殖民主义文化批评在 1970 年代后期的兴起，西方比较文学界对社会文本的关注似乎开始压倒既往的文学文本。翻译、妇女、生态、少数族裔、性别、电影、新媒体、身份政治、亚文化、“新帝国治下的比较研究”[2] 等问题几乎彻底更新了比较文学的格局。比如知名文化翻译学者苏珊·巴斯奈特在 1993 年出版的专著《比较文学批评导论》（*Comparative Literature: A Critical Introduction*）中就明确指出：“后殖民”用最恰当的术语来表达，就是近年来出现的新跨文化批评，而“除此之外，比较文学已无其他名称可以替代”。[3]

2. 陈燕谷指出：“现在我们也许有理由提出比较研究的第四种模式，也就是‘新帝国治下的比较研究’。……当‘帝国’去而复返……自然意味着后殖民批评不再具有不证自明的有效性。今天这种情况正在发生，比较研究必须在新帝国条件下重新界定自己的任务和方向。”陈燕谷：《比较文学与“新帝国文明”》。

3.Susan Bassnett, *Comparative Literature: A Critical Introduction*,Oxford and Cambridge:Blackwell,1993, p.10.

本世纪初，比较文学的学科理论建设工作似乎依然徘徊在突围西方中心主义的方向和路径上。2000 年，蜚声北美、亚洲理论界的明星级学者 G.C. 斯皮瓦克将其在加州大学厄湾分校的“韦勒克文学讲座”系列讲稿结集出版，取了个惊世骇俗的名字《一门学科的死亡》（*Death of A Discipline*），这门学科就是比较文学。其实斯皮瓦克并无意宣布比较文学的终结，而是在指出当前的欧美比较文学的困境，即文学越界交流过程中的不均衡局面，以及该学科依然留存着欧美文化的主导意识并分享了对人文主义主体无从判定的恐惧等问题后，希望促成比较文学的转型，开创一种容纳文化研究的新的比较文学范型，迎接全球化语境的文化挑战。[4]

4.Gayatri C. Spivak, *Death of A Discipline*, New York: Columbia University Press,2003.

然而，我们也要清楚地看到，后殖民主义文化批判试图颠覆比较文学研究的价值体系，却没有超越比较文学的理论前提。因为比较研究尽管关注不同民族、不同国家文学之间的关系，但其理论前提却是，不同民族、国家的文学是以语言为疆界的相互独立、自成系统的主体。而且，比较文学研究总是以本国本民族文学为立场，假设比较研究视野内文学之间的关系是一种自我与他者的关系，只不过影响研究表示顺从与和解，后殖民主义文化批判强调反写与对抗。对于“他性”的肯定，依然没有着落。

坦率地说，中外文学关系研究仍属于传统范型，面临着新问题与新观念的挑战。我们在第三种甚至第四种模式的时代留守在类似于巴斯奈特所谓的“史前恐龙”[5] 的第一种模式的研究领域，是需要勇气与毅力的。伴随着国际学术共同体间的密切互动与交流，北美比较文学的越界意识也在 20 世纪末期旅行到了中国。虽然目前国内比较文学也整合了文化批评的理论方法，跨越了既往单一的文学学科疆界，开掘了许多富于活力和前景的学术领域，但这些年来比较文学领域并不景气：一方面是研究的疆界在扩大也在不断消解，另一方面是不断出现危机警示与

5.Susan Bassnett, *Comparative Literature: A Critical Introduction*, p.5.

研究者的出走。在这个大背景下，从事我们这套丛书写作的作者大多是一些忠诚的留守者，大家之所以继续这个领域的研究，不是因为盲目保守，而是因为“有所不为”。首先，在前辈学人累积的深厚学术传统上，埋头静心、勤勤恳恳地在“我们自己的比较文学”领地里精心耕作，在喧嚣热闹的当下，这本身就是一种别具意味的学术姿态。同时，在硕果纷呈的比较文学研究领域，中外文学关系问题始终是一个基础但又重要的问题，不断引起关注，不断催生深入研究，又不断呈现最新成果，正如目前已推出的这套丛书所展示的，其研究写作不仅在扎实的根基上，对中外文学交流史的论题领域有所拓展，在理论与方法探索上也通过积极吸收、整合其他领域的成果而有所推进。最后，在中国作为新崛起的世界经济大国的关键历史节点上重新思考中外文学关系问题，直接关涉到中外文学关系研究的学科自觉。这事实上是一个如何在世界文学图景中重新测绘“中国文学”的问题，也即当代中国文学如何在世界中重新创造自己的身份和位置。通过中外文学关系研究，我们可以重新提炼和塑造中国文学、文化的精神感召力、使命感和认同感，在当代世界的共同关注点上，以文学为价值载体去发现不同文化之间交往的可能和协商空间，进而参与全球新的世界观的形成。

三

中外文学关系研究，就学科本质属性而言，属实证范畴，从比较文学研究传统内部分类和研究范式来看，归于“影响研究”，所以重“事实”和“材料”的梳理。对中外文学关系史、交流史的整体开发，就是要在占有充分、完整材料的基础上，对双向“交流”、“关系”“史”的演变、沿革、发展作总体描述，从而揭示出可资今人借鉴、发展民族文学的历史经验和历史规律，因此它要求拥有可信的第一手思想素材，要求资料的整一性和真实性。

中外文学关系研究的开发、深化和创新，离不开研究理论方法的提升与原理范式的探讨。某种新的研究理念和理论思路，有助于重新理解与发掘新的文学关系史料，而新的阐释角度和策略又能重构与凸显中外文学交流的历史图景，从而将中外文学关系的研究向新的深度开掘。早在新时期我国比较文学举步之时和复兴之初，我国前辈学者季羡林、钱锺书等就卓有识见地强调“清理”中外文学关系的重要性和必要性，把它提到中国比较文学特色建设和拥有比较文学研究“话语权”的高度。[1] 30年来，我国学者在这方面不断努力，在研究的观念与方法上进行了深入的探讨。钱林森教授主持的《外国作家与中国文化》丛书，曾经就中外文学关系研究中的哲学观照和跨文化文学对话的观念与方法进行过有益的尝试与实践。其具体思路主要体现在如下五个方面：

1）依托于人类文明交流互补基点上的中外文化和文学关系课题，从根本上来说，是中外哲学观、价值观交流互补的问题，是某一种形式的精神交流的课题。从这个意义上看，研究中外文化、文学相互影响，说到底，就是研究中外思想、哲学精神相互渗透、影响的问题，必须作哲学层面的审视。2）考察两者接受和影响关系时，必须从原创性材料出发，不但要考察外国作家、外国文学对中国文化精神的追寻，努力捕捉他们提取中国文化（思想）滋养，在其创造中到底呈现怎样的文学景观，还要审察作为这种文学景观“新构体”的外乡作品，又怎样反转过来向中国文学施于新的文化反馈。3）今日中外文学关系史建构，不是往昔文学史的分支研究，而是多元文化共存、东西哲学互渗时代的跨文化比较文学研究重构。比较不是理由，比较中达到对话并且通过对话获得互识、互证、互补的成果，才是中外文学关系研究学理层面的应有之义。4）中外文学和文化关系研究课题，应以对话为方法论基点，应当遵循“平等对话”的原则。对研究者来说，对话不止是具体操作的方法论，也是研究者一种坚定的立场和世界观，一种学术信仰，其研究实践既是研究者与研究对象跨时空跨文化的对话，也是研究者与潜在的读者共时性的对话，通过多层面、多向度的个案考察与双向互动的观照、对话，激活文化精魂，进一步提升和丰富影响研究的层次。5）对话作为方法论基点来考量的意义在于，它对以往“影响研究”、“平行研究”两种模式的超越。这对所有致力于中外文学关系的研究者来说，都是一种富有创意的、富有挑战性的学术探索。

从学术史角度看，同一课题的探讨经常表现为研究不断深化、理路不断明晰的过程。中外文学关系史研究在中国比较文学界已有多年的历史，具有丰厚的学术基础。《中外文学交流史》丛书是在以往研究基础上的又一次推进，具有更高标准的理论追求。钱林森主编在2005年编委会上将丛书的学术宗旨具体表述为：

丛书立足于世界文学与世界文化的宏观视野，展现中外文学与文化的双向多层次交流的历程，在跨文化对话、全球一体化与文化多元化发展的背景中，把握中外文学

1.20世纪80年代初，钱锺书先生就提出：“要发展我们自己的比较文学研究，重要的任务之一就是清理一下中国文学与外国文学的相互关系。”季羡林在《资料工作是影响研究的基础》一文中强调：“我们一定先做点扎扎实实的工作，从研究直接影响入手，努力细致地去收集材料，在西方各国之间，在东方各国之间，特别是在东方与西方之间，从民间文学一直到文人学士的个人著作中去搜寻直接影响的证据，爬罗剔抉，刮垢磨光，一定要有根有据，决不能捕风捉影。然后在这个基础上归纳出有规律性的东西。”他明确反对“那些一无基础，二无材料，完全靠着自己的‘天才’、‘灵感’，率而下笔，大言不惭，说句难听的话，就是自欺欺人的所谓平行发展的研究”。参见王向远：《中国比较文学研究二十年》，第9页，南昌：江西教育出版社，2003年版。

相互碰撞与交融的精神实质：1）外国作家如何接受中国文学，中国文学如何对外国作家产生冲击与影响？具体涉及到外国作家对中国文学的收纳与评说，外国作家眼中的中国形象及其误读、误释，中国文学在外国的流布与影响，外国作家笔下的中国题材与异国情调等等。2）与此相对的是，中国作家如何接受外国文学，对中国作家接纳外来影响时的重整和创造，进行双向的考察和审视。3）在不同文化语境中，展示出中外文学家就相关的思想命题所进行的同步思考及其所作的不同观照，可以结合中外作品参照考析，互识、互证、互补，从而在深层次上探讨出中外文学的各自特质。4）从外国作家作品在中国文化语境（尤其是20世纪）中的传播与接受着眼，试图勾勒出中国读者（包括评论家）眼中的外国形象，探析中国读者借鉴外国文学时，在多大程度上、何种层面上受制于本土文化的制约，以及外国文学在中国文化范式中的改塑和重整。5）论从史出，关注问题意识。在丰富的史料基础上提炼出展示文学交流实质与规律的重要问题，以问题剪裁史料，构建各国别语种文学交流史的阐释框架。6）丛书撰写应力求反映出国际比较文学界近半个世纪相关研究成果和我国比较文学20多年来发展的新成果。

四

在已有成果基础上从事中外文学关系史研究，要求我们要有所反思与开辟。这是该丛书从规划到研究，再到写作，整个过程中贯穿的思路。中外文学关系研究，涉及基本概念、史料与研究范型三方面的问题。

首先是基本概念。

中外文学关系，顾名思义，研究的是“关系”，其问题的重心在中国文学的世界性与现代性问题。在此前提下进行细分，所谓中外文学关系的历史叙述，应该在三个层次上展开：1）中国与不同国家、地区、语种文学在历史中的交流，其中包括作家作品与思潮理论的译介、作家阅读与创作的“想象图书馆”、个人与团体的交游互访等具体活动等。2）中外文学相互影响相互创造的双向过程，诸如中国文学接受外国文学并从与外国文学的交流中获得自我构建与自我确认基础，中国文学以民族文学与文学的民族个性贡献并参与不同国家、地区、语种文学创造等。3） 存在于中外文学不同国家、地区、语种文学之间的世界文学格局，提出“跨文学空间”的概念，并将世界文学建立在这样一种关系概念上，而不是任何一种国家、地区、语种文学的普世性霸权上。

中外文学关系研究“中外文学”的关系，另一个必须厘清的概念是“中外文学”：1） 中外文学关系不仅是研究“之间”的关系，更重要的是研究不同国家、地区、语种文学各自的文学史，比如研究法国文学对中国现代文学的影响，真正的问题在中国现代文学，反之亦然。2） 中外文学关系在“中”与“外”二元对立框架内强调双向交流的同时，也不能回避中国立场。首先，中外文学研究表面上看是双向的、中立的，实际上却有不可否认的中国立场甚至可以说是中国中心。因此“中外文学”提出问题的角度与落脚点都应是中国文学。3） 中国立场的中外文学关系研究的理论指归在于中国文学的世界性与现代性问题。它包括两个层次的意义：中国在历史上是如何启发、创造外国文学的；外国文学是如何构筑中国文学的世界性与现代性的。

中外文学关系基本概念涉及的最后一个问题是“史”。中外文学关系史属于文学史的范畴，它关系到某种时间、经验与意义的整体性。纯粹编年性地记录曾经发生过的文学交流事件，像文学旅行线路图或文学流水账单之类，还不能够成为文学交流史。中外文学交流史“史”的最基本的要求在于：1） 文学交流史必须有一种时间向度的研究观念，以该观念为尺度，或者说是编码原则，确定文学交流史的起点、主要问题、基本规律与某种预设性的方向与价值。2） 可能成为中外文学关系史的研究观念的，是中国文学的世界性与现代性问题。中国文学是何时、如何参与、如何接受或影响世界文学的，世界性因素是何时并如何塑造中国文学的。3） 中外文学交流史表现为中国文学在中外文学交流中实现世界性与现代性的过程。中国文学的世界化分两个阶段，汉字文化圈内东亚化与近代以来真正的世界化，中国文学的世界化是与中国文学的“现代化”同时出现的。

其次是史料问题。

史料是研究的基础。研究的成败，从某种意义上说，取决于史料的丰富与准确程度。史料是多年研究积累的成果，丰富是量上的要求；史料需要辨伪甄别，尽量收集第一手资料，这是对史料的质上的要求。史料自然越丰富越好，但史料的发现往往是没有止境的，所以史料的丰富与完备是相对的，关键看它是否可以支撑起论述。因此，研究中处理史料的方式，不仅是收集，还有在特定研究观念下剪裁史料、分析史料。

没有史料不行，仅有史料又不够。中外文学关系史研究在国内，已有多年的历史，但大多数研究只停留在史料的收集与叙述上，丛书要在研究上上一个层次，就不能只满足于史料的收集、整理、叙述。中外文学关系的研究与写作应该分为三个层次：第一个层次，掌握资料来源并尽量收集第一手的资料，对资料进行整理、分析、阐释，从中发现一些最基本的“可研究的”问题。第二个层次是编年史式资料复述，其中没有逻辑的起点与终点，发现的最早的资料就是起点，该起点是临时的，随着新资料的发现不断向前推，重点也是临时的，写到哪里就在哪里结束。第三个层次是使文学交流史具有一种“思想的结构”。在史料研究基础上形成不同专题的文学交流史的“观念”，并以此为线索框架设计文学交流史的“叙事”。

最后，中外文学交流研究的第三大问题是研究范型。学术创新的途径，不外乎新史料的发现、新观念与新的研究范型的提出。

研究范型是从基本概念的确立与史料的把握中来的。问题从何处来，研究往何处去。研究模式包括基本概念的确立、史料的收集与阐发、研究方法的选择等内容。任何一项研究，都应该首先清醒地意识到研究模式，说到底，就是应该明确“研究什么”和“如何研究”。研究的基本概念划定了我们研究的范围，而从史料问题开始，我们已经在思考“如何研究”了。

中外文学交流作为一个走向成熟的研究领域，必须自觉到撰写原则或述史立场：首先应该明确“研究什么”。有狭义的文学交流与广义的中外文学交流。狭义的文学交流，仅研究文学与文学的交流，也就是说文学范围内作家作品、思潮流派的交流，更多属于形式研究范畴，诸如英美意象派与中国古典诗词、《雷雨》与《俄狄浦斯王》；广义的文学交流史，则包括文学涉及的广泛的社会文化内容，文本是文学的，但内容与问题远超出文学之外，比如“启蒙作家的中国文化观”。本书的研究范围，无疑属于广义的中外文学交流。所谓中外文化交流表现在文学活动中的种种经验、事实与问题，都在研究之列。

但是，我们不能始终在积极意义上讨论影响研究，或者说在积极意义上使用影响概念，似乎影响与交流总是值得肯定的。实际上，对文学活动中中外文化交流的研究，现有两种范型：一种是肯定影响的积极意义的研究范型，它以启蒙主义与现代民族文学观念作为文学交流史叙事的价值原则，该视野内出现的问题，主要是一种文学传统内作家作品与社团思潮如何译介、传播到另一种文学传统，关注的是不同语种文学可交流性侧面，乐观地期待亲和理解、平等互惠的积极方面，甚至在潜意识中，将民族主义自豪感的确认寄寓在文学世界主义想象中，看中国文学如何影响世界。我们以往的中外文学关系研究，大多是在这个范型内进行的。另一种范型关注影响的负面意义，解构影响中的“霸权”因素。这种范型以后现代主义或后殖民主义观念为价值原则，关注不同文学传统的不可交流性、误读与霸权侧面。怀疑双向与平等交流的乐观假设，比如特定文学传统之间一方对另一方影响越大，反向影响就越小，文学交流往往是动摇文学传统的霸权化过程；揭示不同语种文学接触交流中的“背叛性”因素与反双向性的等级结构，并试图解构其产生的社会文化机制。

中外文学关系研究的开发、深化和创新，离不开研究理论方法的提升与原理范式的研讨。某种新的研究理念和理论思路，有助于重新理解与发掘新的文学关系史料，而新的阐释角度和策略又能重构与凸显中外文学交流的历史图景，从而将中外文学关系的“清理”和研究向新的深度开掘。以往的中外文学交流研究，关注更多的是第一种范型内的问题，对第二种范型内的问题似乎注意不够。丛书希望能够兼顾两种范型内的问题。“平等对话”是一种道德化的学术理想，我们不能为此掩盖历史问题，掩盖中外文学交流上的种种“不平等”现象，应分析其霸权与压制、他者化与自我他者化、自觉与“反写”（Write Back）的潜在结构。

同时，这也让我们警觉到我们的研究范型中可能潜在着的一个矛盾：怎能一边认同所谓“中国立场”或“中国中心”，一边又提倡“世界文学”或“跨文学空间”？二者之间是否存在着某种对立？实际上在中国文学的世界性与现代性问题前提下叙述中外文学交流，中国文学本身就处于某种劣势，针对西方国家所谓影响的“逆差”是明显的。比如说，关于中国文学对西方文学的影响，我们可以以一个专题写成一本书，而西方文学对中国现代文学的影响，则是覆盖性的，几乎可写成整部文学史。我们强调“中国立场”本身就是一种“反写”。另外，文学史述实际上根本不存在一个超越国别民族文学的普世立场。启蒙神话中的“世界文学”或“总体文学”，包含着西方中心主义的霸权。或许提倡“跨文学空间”更合理。我们在“交流”或“关系”这一“公共空间”内讨论问题，假设世界文学是一个多元发展、相互作用的系统进程，形成于跨文化跨语种的“文学之际”的“公共领域”或“公共空间”中。不仅西方文学塑造中国现代文学，中国文学也在某种程度上参与构建塑造西方现代文学。尽管不同国家、民族、地区的文学交流存在着“不平等”的现实，但任何国家、民族、地区的文学都以自身独特的立场参与塑造世界文学，而世界文学不可能成为任何一个国家、民族或语种文学扩张的结果。

我们一直在试图反思、辨析、确立中外文学交流研究的基本概念、方法与理论范型，并在学术史上为本套丛书定位。所谓研究领域的拓展、史料的丰富、问题域的明确、问题研究的深入、中外文学交流整体框架的建构，都将是本套丛书的学术价值所在。我们希望本套丛书的完成，能够推进中国比较文学界中外文学关系研究领域走向成熟。这不仅是个人研究的自我超越问题，也是整个比较文学研究界的自我超越问题。

五

钱林森教授将中外文学交流研究的问题细化为五大类，前文已述。这五大类问题构成中外文学交流史的基本问题域，每一卷的写作，都离不开这五大类基本问题。反思这套丛书的研究与写作，可以使我们对中外文学交流史的研究范型有一个基本的把握。在丛书写作的过程中，钱林森教授不断主持有关中外文学关系史的笔谈，反思中外文学关系研究的基本问题与理论范式，大部分参与丛书写作的学者都从不同角度发表了具有建设性的思考，引起了国内学术界的关注。

其中，王宁教授从国家文化战略的高度理解中外文学关系史研究，认为：“探讨中国文化和文学在国外的接受和传播，应该是新世纪中国比较文学学者研究的一个重要课题，通过这一课题的研究，不仅可以从根本上打破中外文学关系研究领域内长期存在的西方中心主义思维定势，使得中国学者的民族自尊心和自豪感大大地提升，而且也有助于中国文化走出去战略的实施。在这方面，比较文学学者应该先行一步。”王宁先生高蹈，叶隽先生务实，追问作为科学范式的文学关系研究的普遍有效性问题，他从三个方面质疑比较文学学科的合法性：一是比较文学的整体学术史意识，二是比较文学的思想史高度，三是比较文学作为一门具体学科的“文史根基”与方寸。葛桂录教授曾对史料问题做过三方面的深入论述：一是文献史料，二是问题域，三是阐释立场。“从比较文学学科的传统研究范式来看，中外文学关系研究属于‘影响研究’

范畴，非常关注‘事实材料’的获取与阐释。就其学科领域的本质属性来说，它又属于史学范畴。而文献史料的搜集、鉴辨、理解与运用，是一切历史研究的基础性工作。力求广泛而全面地占有史料，尽可能将史料放在它形成和演变的整个历史进程中动态地考察，分辨其主次源流，辨明其价值与真伪，是中外文学关系研究永远的起点和基础。”缺少史料固然不行，仅有史料又十分不够。中外文学关系研究“问题意识”必不可少，问题是研究的先导与指南。葛桂录教授进一步论述：“能否在原典文献史料研究基础上，形成由一个个问题构成的有研究价值的不同专题，则成为考量文学关系研究者成熟与否的试金石。在文学关系研究的‘问题域’中进而思考中外文学交往史的整体‘史述’框架，展现文学交流的历史经验与历史规律，揭示出可资后人借鉴、发展本民族文学的重要路径，又构成中外文学关系研究的基本目标。”

文献史料、问题域、阐释立场是中外文学关系研究的三大要素。文献史料的丰富、问题域的确证、研究领域的拓展、观念思考的深入，最终都要受研究者阐释立场的制约。中外文学关系研究，理论上讲当然应该是双向的、互动的。但如要追寻这种双向交流的精神实质，不可避免地要带有某种主体评价与判断。对中国学者来说，就是展现着中国问题意识的中国文化立场。“中外文学”提出问题的出发点与归宿都指向中国文学。这样看来，中外文学关系研究的理论关注点，在于回答中国文学的世界性与现代性问题。也就是，中国文学（文化）在漫长的东西方交流史上是如何滋养、启迪外国文学的；外国文学是如何激活、构建中国文学的世界性与现代性的。这是我们思考中外文学交流史的重要前提，尤其是要考虑处于中外文学交流进程中的中国文学是如何显示其世界性，构建其现代性的。

六

乐黛云先生在致该丛书编委会的信中，提出该丛书作为中外文学关系研究的“第三波”的高标：“如果说《中国文学在国外》丛书是第一波，《外国作家与中国文化》是第二波，那么，《中外文学交流史》则应是第三波。作为第三波，我想它的特点首先应体现在‘交流’二字上。它不单是以中国文学为核心，研究其在国外的影响，也不只是以外国作家为核心讨论其对中国文化的接受，而是要着眼于‘双向阐发’，这不仅要求新的视角，也要求新的方法；特别是总的说来，中国文学对其他文学的影响多集中于古代文学，而外国文学对中国文学的影响却集中于现代文学。如何将二者连缀成‘史’实在是一大难点，也是‘交流史’能否成功的关键。”

本套丛书承载着中国比较文学百年学术史的重要使命，它的宏愿不仅在描述中国与世界主要国家的文学关系，还在以汉语文学为立场，建构一个“文学想象的世界体系”。中外文学交流史的研究要点在“文学交流”，因此研究的核心问题是“双向阐发”，带着这个问题进入研究，中外文学关系就不是一个简单的译介、传播的问题，中外文学相互认知、相互影响与创造才是问题的关键。严绍璗先生在致主编钱林森的信中，进一步表达了他对本丛书的学术期望，文学交流史研究应该“从一般的‘表象事实’的描述深入到‘文学事实’内具的各种‘本相’的探讨和表达”：

> *我期待本书各卷能够是以事实真相为基础，既充分展现中华文化向世界的传播，又能够实事求是地表述世界各个民族文化对中华文化和中华文明丰富多彩性的积极的影响，把“中外文学关系”正确地表述为中国和世界文化互动的历史性探讨。“文学关系”的研究，习惯上经常把它界定在“传播学”和“接受学”的层面上考量，三十年来比较文学的研究，特别是中国比较文学研究，事实上已经突破了这样一些层面而推进到了“发生学”、“形象学”、“符号学”、“阐释学”和“叙事学”等等的层面中。在这些层面中推进的研究，或许能够更加接近文学关系的事实真相并呈现文学关系的内具生命力的场面。我期待着新撰的《中外文学交流史》各卷，能够从一般的“表象事实”的描述深入到“文学事实”内具的各种“本相”的探讨和表达。*

2005年南京会议之后，丛书的编写工作正式启动，国内著名学者吕同六、李明滨、赵振江、郁龙余、郅溥浩、王晓平等先生慷慨加盟，连同其他各位中青年学者，共同分担《中外文学交流史》丛书的写作。吕同六先生曾主持中意文学交流卷，却在丛书启动不久仙逝，为本丛书留下巨大的遗憾。在丛书编写过程中，有人去了有人来，张西平、刘顺利、梁丽芳、马佳、齐宏伟、杜心源、叶隽先生先后加入本套丛书，并贡献出他们出色的成果。

在整个研究写作过程中，国内外许多同行都给予我们实际的支持与指导，我们受用良多。南京会议之后，编委会又先后在济南、北京、厦门、南京召开过四次编委会，就丛书编写的具体问题进行讨论，得到山东教育出版社的一贯支持。丛书最初计划五年的写作时间，当时觉得已足够宽裕，不料最终竟然用了九年才完成，学术研究之漫长艰辛，由此可见一斑。丛书完成了，各卷与作者如下：

(1) 《中国-阿拉伯卷》（郅溥浩、丁淑红、宗笑飞 著）

(2) 《中国-北欧卷》（叶隽 著）

(3) 《中国-朝韩卷》（刘顺利 著）

(4) 《中国-德国卷》（卫茂平、陈虹嫣等 著）

(5) 《中国-东南亚卷》（郭惠芬 著）

(6) 《中国-俄苏卷》（李明滨、查晓燕 著）

(7) 《中国-法国卷》（钱林森 著）

(8) 《中国-加拿大卷》（梁丽芳、马佳 主编）

(9) 《中国-美国卷》（周宁、朱徽、贺昌盛、周云龙 著）

(10) 《中国-葡萄牙卷》（姚风 著）

(11) 《中国-日本卷》（王晓平 著）

(12) 《中国-希腊、希伯来卷》（齐宏伟、杜心源、杨巧 著）

(13) 《中国-西班牙语国家卷》（赵振江、滕威 著）

(14) 《中国-意大利卷》（张西平、马西尼 主编）

(15) 《中国-印度卷》（郁龙余、刘朝华 著）

(16) 《中国-英国卷》（葛桂录 著）

(17) 《中国-中东欧卷》（丁超、宋炳辉 著）

本套丛书的意义，就在于调动本学科研究者的共同智慧，对已有成果进行咀嚼和消化，对已有的研究范式、方法、理论和已有的探索、尝试进行重估和反思，进行过滤、选择，去伪存真，以期对中外文学关系本身，进行深入研究和全方位的开发，创造出新的局面。

钱林森、周宁

导论

对不同国家民族文学之间相互关系的探讨是典型的比较文学研究领域。从学术史上来看，各国发展比较文学最先完成的工作之一，都是清理本国文学与外国文学的相互关系，研究本国作家与外国作家的交互影响。我国学者在系统梳理中国文学与外国文学双向交流的历程方面，做了大量工作，出版了一批有分量的著作。但在这一研究领域仍有不少课题值得我们花大功夫去开拓研讨，中英文学与文化关系的研究也不例外。

考察数百年来的中英文学与文化关系史，诸如 1）中英双方早期文化交往史实；2）中国文学（文化）在英国的流播与评价，英国文学在中国文化语境里的译介与重要评论；3）英国作家笔下的中国题材及其中国形象的塑造，中国作家眼里的英国印象及其对英伦作家的题咏；4）中英作家之间的交往，英国作家在中国（中国作家在英国）的生活工作、游历冒险等多方面的内容均可进入我们的研究视野。前辈学者与学界时贤在这些专题研究方面取得了比较丰硕的成果。[1]

1. 本部分研究综述的资料截止时间是 2006 年左右，近几年学界关于中英文学交流课题研究的新拓展另文再论。

一、 学术前辈的开辟

中英文学与文化关系的研究领域是由我国一些学贯中西的前辈学者，如陈受颐、方重、范存忠、钱锺书等人开辟的。我们注意到，他们在国外著名学府攻读学位期间，大都不约而同地选择了中国文化在英国的影响或英国文学里的中国题材这样的研究课题。他们对 17、18 世纪英国文学里中国题材及中国形象的研究是我国早期比较文学研究的代表性作品，至今仍然是这一研究领域的经典之作。

陈受颐是我国最早研究中国文化在欧洲的传播与影响的著名学者之一。1928 年，他以《18 世纪英国文化中的中国影响》为学位论文而获得芝加哥大学的博士学位。回国后即在《岭南学报》发表一系列文章，如《十八世纪欧洲文学里的〈赵氏孤儿〉》（《岭南学报》第 1 卷第 1 期，1929 年 12 月）、《鲁滨逊的中国文化观》（《岭南学报》第 1 卷第 3 期，1930 年 6 月）、《〈好述传〉之最早的欧译》（《岭南学报》第1卷第4期，1930年9月）、《十八世纪欧洲之中国园林》（《岭南学报》第2卷第1期，1931年7月）。后来又相继在《南开社会经济季刊》、《中国社会政治科学评论》、《天下月刊》等国内的英文刊物发表了多篇中英文学与文化关系方面的论文，如《但尼尔・笛福对中国的严厉批评》[1]、《约翰・韦伯：欧洲早期汉学史上被遗忘的一页》[2]、《18世纪英国的中国园林》[3]、《元杂剧〈赵氏孤儿〉对18世纪欧洲戏剧的影响》[4]、《托马斯・珀西和他的中国研究》[5]、《哥尔斯密和他的中国人信札》[6]等。陈受颐作为中英（中欧）文学与文化关系研究的主要开创者之一，其对原始资料的详尽占有与细致解析，以及丰富的研究成果和严谨的治学风格均为后学者从事本领域的研究工作起了示范和标杆作用。

1.Ch'en Shou-yi. "Daniel Defoe: China's Severe Critic". *Nankai Social and Economic Quarterly*, 1935(8): 511—550.

2.Ch'en Shou-yi. "John Webb: A Forgotten Page in the Early History of Sinology in Europe". *The Chinese Social and Political Science Review*, 1935(19): 295—330.

3.Ch'en Shou-yi. "The Chinese Garden in Eighteen Century England". *T'ien Hsia Monthly*, 1936(2): 321—339.

4.Ch'en Shou-yi. "The Chinese Orphan: A Yuan Play. Its Influence on European Drama of the Eighteen Century". *T'ien Hsia Monthly*, 1936(4): 89—115.

5.Ch'en Shou-yi. "Thomas Percy and His Chinese Studies". *The Chinese Social and Political Science Review*, 1936(20): 202—230.

6.Ch'en Shou-yi. "Oliver Goldsmith and His Chinese Letters". *T'ien Hsia Monthly*, 1939(8): 34—52.

方重在斯坦福大学的博士论文是《十八世纪英国文学中的中国》（1931年），后来该文的中文本在国立武汉大学的《文哲季刊》第2卷第1—2期上发表，并收入作者的《英国诗文研究集》（商务印书馆1939年版）之中。这是继陈受颐之后我国学者研究中国文化对英国文学影响的有相当分量的文章。材料丰富、考证详实、分析透辟、富有说服力是这篇长文的主导特色。该文详细记录了英国人对契丹（Cathay）的热忱幻想以及当时英国作家对中国题材的取舍利用。方重把18世纪英国文学对中国材料的运用分为3个时期：1740年以前为准备期，有斯蒂尔、艾狄生为积极的提倡者；1740至1770年为全盛期，运用中国材料的有谋飞、哥尔斯密、沃波尔等人，其中哥尔斯密的《世界公民》最值得注意；1770年以后中国热逐渐降温，但还有约翰・司各特把中国材料写进诗歌。他认为，与19世纪英国对中国的批评不同，这个时期人们对中国基本上是“尊崇的，爱慕的”。文章特别详述了《赵氏孤儿》在法国与英国的流传，以及哥尔斯密《世界公民》里的中国材料，体现了著者非常扎实的研究功力和以实证材料见长的研究特点。因此，方重的贡献在于第一次为我们勾画了18世纪英国作家借鉴中国题材的脉络，提供了一幅英国的中国观念图。

以博学睿智著称的钱锺书先生在中英文学与文化关系研究方面同样取得了令后学叹服的成绩。他从清华大学毕业后，作为庚款留学生，直接进入牛津大学。用了一年左右的时间，写出了一篇极见功力的长文《十七、十八世纪英国文学中的中国》，通过毕业考试，于1937年获得牛津大学的文学士（B. Litt.）学位。该文后来在《中国文献目录学季刊》（*Quarterly Bulletin of Chinese Bibliography*）1940年第1卷和1941年第2卷上发表。这篇洋洋数万言的长篇英文论文，一如钱锺书所有著述，旁征博引，左右逢源，通过书信、游记、回忆录、翻译、哲学思想史著作以及文学作品等无数的材料，最翔实系统地梳理论述了至18世纪末为止英国文学里涉及的中国题材，并对其中的传播媒介、文化误读以及英国看中国的视角、趣味的演变等都作出深入的剖析，因而成为我国比较文学影响研究的经典个案。关于这两个世纪里英国作家涉及中国题材的材料均被钱锺书先生搜罗殆尽，为我们继续深入研讨这一课题提供了最详尽的英文文献资料来源线索。通过钱锺书先生的详辨细审，我们得以获知中英文学交流史上的一个个闪光点：最早提到中国文学的英文著述是乔治·普登汉姆（George Puttenham，1529—1591）的《英国诗歌艺术》（*The Arte of English Poesie*，1589）；第一篇有意讽刺模仿中国风格（诏书）的英文作品是斯蒂尔（Richard Steele，1672—1729）刊于《旁观者》（*The Spectator*）第545期上的一封信，这封信是中国皇帝写给罗马教皇克莱门十一世的，建议中国与教会建立联盟；首部表现中国主题的英文作品是埃尔卡纳·塞特尔（Sir Elkanah Settle，1648—1724）的《中国之征服》（*The Conquest of China*，1674）；哥尔斯密（Oliver Goldsmith，1730—1774）的《世界公民》则是最了不起的中国故事；威尔金逊（James Wilkinson）与珀西（Thomas Percy）合译的《好逑传，或快乐的故事》（*Hau Kiou Choaan or The Pleasing History*，1761）是18世纪汉译英作品中最伟大的译作；英国比较研究中西文学的第一人是理查德·赫德（Richard Hurd）；约翰·韦伯（John Webb，1611—1672）是第一个强调中国的文化方面而不是对乱七八糟的伪劣中国古玩感兴趣的英国人，他在1669年出版的《论中华帝国之语言可能即为初始语言之历史论文》（An Historical Essay Endeavoring a Probability that the Language of the Empire of China is the Primitive Language）是关于中国语言的第一篇论文；“牛津才子”托马斯·海德（Thomas Hyde，1673—1703）是首位似乎真正懂点中文的英国人；安东尼·伍德（Anthony Wood）在其《自传》中所记的南京人沈福宗（Michel Shen Fo—Tsoung，米歇尔为其教名），是英文作品中所描绘的第一个真实的中国人；威廉·坦普尔爵士（Sir William Temple，1628—1699）是第一个比较研究中西哲学与论述中国园林的英国人，等等。如果说以上这众多的“首先、第一、之最”展示的是著者博学的一面，那么以下这些结论提示的就是著者睿智的一面：“人们常说18世纪的英国有一股中国热。但是如果我们的考察没有错的话，对中国表现出高度崇拜的应该是17世纪的英国。”“有的作者受 18 世纪英国生活中崇尚中国事物的风气所误导，以为 18 世纪英国文学中一定也弥漫着同样的狂热。事实上，18 世纪英国文学中表现出的对中国的态度与在生活中表现出来的正好相反。当英国生活中对中国的爱好增强时，英国文学中的亲华主义却减弱了。”“18 世纪的英国文学对总的中国文化尤其是对盛行的中国风充满了恶评。它似乎是对它所来自的社会环境的一种矫正而不是反映。”然而“如果说 18 世纪的英国人不像他们的 17 世纪前辈那么欣赏中国人,也不像他们同时代的法国人那么了解中国人的话,他们却比前两者更懂得中国人。”[1] 可见，钱锺书先生在全面考察 17、18 世纪英国文学里中国题材后得出的这些令人信服的结论更值得我们关注，因为它们揭示出了这两个世纪里中英文学关系最本质的特征。

在这些前辈学者中，范存忠先生对中英文学与文化关系研究用力最多，成果也最丰富。[2] 早在 30 年代初期，他就开始研究 17、18 世纪，特别是启蒙运动时期的英国文学及中英文化关系问题，其研究成果很快为中外学术界所瞩目。1931 年在哈佛大学获得哲学博士学位，其博士论文题目为《中国文化在英国：从威廉·坦普尔到奥列弗·哥尔斯密斯》（Chinese Culture in England from Sir William Temple to Oliver Goldsmith）。其后在《金陵学报》第 1 卷第 2 期发表长篇论文《约翰生、高尔斯密与中国文化》（1931 年），以及其他文章，如《孔子与西洋文化》（《国风》第 3 期，1932 年）、《歌德与英国文学》（《歌德之认识》，宗白华编，1932 年）、《卡莱尔论英雄》（南京《文艺月刊》第 4 卷第 1 期，1933 年）、《一年来的英美传记文学》（南京《文艺月刊》第 8 卷第 3 期，1936 年）等等。40 年代以后，他在这方面的成果更是精彩纷呈，如《十七八世纪英国流行的中国戏》（《青年中国季刊》第 2 卷第 2 期，1940 年）和《十七八世纪英国流行的中国思想》上下篇（《中央大学文史哲季刊》第 1 卷第 1—2 期，1941 年）等等。另外还发表有《鲍士韦尔的〈约翰逊传〉》（《时与潮文艺》第 1 卷第 1 期，1943 年）、《卡莱尔的〈英雄与英雄崇拜〉》（《时与潮文艺》第 2 卷第 1 期，1943 年）、《斯特莱奇的〈维多利亚女王传〉》（《时与潮文艺》第 2 卷第 3 期，1943 年）等精彩文章。1944 年，范存忠先生应邀赴英国，在牛津大学讲学一年，提交论文多篇，系统地介绍了中国古代哲学、政治、经济、文化、艺术等对西方的影响。这些成果陆续在《中国文献目录学季刊》（*Quarterly Bulletin of Chinese Bibliography*）、《英国语言文学评论》（*The Review of English Studies*）等英文期刊，以及《文史哲季刊》、《青年中国季刊》、《思想与时代》等

1. 参见冉利华《钱锺书的〈17、18 世纪英国文学中的中国〉简介》一文，载《国际汉学》第 11 辑，大象出版社 2004 年 9 月版。同期刊载的尚有张隆溪的文章《〈17、18 世纪英国文学中的中国〉中译本序》、冉利华的另一篇文章《论 17、18 世纪英国对中国的接受》。钱锺书先生的这部英文论文曾由冉利华女士译成中文，后来由于种种原因未能出版。

2. 详细讨论可参看拙文《“明确而具体的阐述”——范存忠先生的中英文学与文化关系研究》，收入拙著《跨文化语境中的中外文学关系研究》（上海三联书店 2008 年版）。

刊物发表后，影响很大。如“Dr. Johnson and Chinese Culture”（《约翰逊博士与中国文化》，1944 年）是他在伦敦中国学会的演讲词，该文在《中国文献目录学季刊》发表后，即由伦敦《泰晤士报》文学副刊以及《札记与问题》（*Notes and Queries*）介绍评论。以往的学者往往只谈到约翰逊鄙视中国的一面，范先生当时搜集了一点材料，足以说明约翰逊对中国文物也有他向往的一面。其他还有“Percy and Du Halde”（《珀西与杜哈德》，载《英国语言文学评论》1945 年 10 月号）、“Sir William Jones' Chinese Studies”（《威廉 · 琼斯爵士的中国研究》，载《英国语言文学评论》1946 年 10 月号）、“Percy's Hau Kiou Chuaan”（《好逑传的英译本评论》，载《英国语言文学评论》1947 年 4 月号）、“Chinese Fables and Anti-Walpole Journalism”（《中国的寓言与 18 世纪初期反对沃尔波的报章文学》，载《英国语言文学评论》1949 年 4 月号）等文章，在英伦文学批评界引起很大反响。新中国成立后，范存忠先生继续在中英文学与文化关系领域辛勤耕耘，先后发表了《〈赵氏孤儿〉杂剧在启蒙时期的英国》（《文学研究》1957 年第 3 期）和《中国的思想文物与哥尔斯密斯的〈世界公民〉》（《南京大学学报》1964 年第 1 期）两篇重要文章。文章在前人研究的基础上补充了新的材料，提出了一些具体事例，并结合当时的历史条件和思想倾向，从历史唯物主义观点出发对所论及的问题做出完整而具体的综合性论述。新时期以后，范先生又相继发表“Chinese Poetry and English Translations”（《谈汉诗英译问题》，载《外国语》1981 年第 5 期）、《威廉 • 琼斯爵士与中国文化》（《南京大学学报》1989 年第 1 期）、《珀西的〈好逑传及其他〉》（《外国语》1989 年第 5 期）等多篇重要文章。

范存忠先生治学严谨，任何结论都是建立在对材料的具体分析的坚实基础上面。他后来在一篇文章里说到：“我认为在比较文学的研究中，历来谈两国文化的关系时，往往难于具体，是一个缺陷。因此，在上述这些论著中，探讨中英两国文化交流和互相影响的历史时，我力图作出明确而具体的阐述。”（《我的自述》，载 1981 年《文献》第 7 辑）我们读范先生的那些著述，常常发现他从不孤立地去观察问题，而是将研究对象置于历史语境之中，由表及里，探究了特定的文学文化现象发生的原因，彻底理清了错综复杂的文学关系，这使他的比较文学研究很有深度。范先生去世后，上海外语教育出版社于 1991 年出版了由范夫人林凤藻教授作序的范先生遗著《中国文化在启蒙时期的英国》。这本集大成的中英文学与文化关系研究的经典著作详细探讨了英国古典作家乔叟、莎士比亚和弥尔顿笔下的中国，孔子学说对英法两国哲学家和作家的影响，元曲《赵氏孤儿》与英法戏剧家的关系等。还提到女王安妮、诗人蒲伯、作家约翰逊等人对中国名茶和古瓷的喜爱，坦普尔和钱伯斯对中国园林的推崇，小说家笛福对中国的偏见，哥尔斯密《世界公民》对中国文化的钟爱，珀西对《好逑传》的翻译，以及威廉•琼斯翻译《诗经》，向英国人推荐中国文化等。内容极其丰富，涉及中国文化的方方面面，引证有关中外文资料300多条，文字简洁生动，深受海内外学者的好评，充分体现了他“明确而具体”的研究风格。

此外，建国以前在中英文学与文化关系研究方面还有一些重要论文，如张沅长《英国十六、十七世纪文学中之“契丹人”》（《文哲季刊》第2卷第3期，1931年）和《密尔顿之中国与契丹》（《文艺丛刊》第1卷第2期，1934年）、潘家洵《十七世纪英国戏剧与中国旧戏》（《新中华》复刊号，1943年1月）、李兆强《十八世纪中英文学的接触》（《南风》第4卷第1期，1931年5月）、梅光迪《卡莱尔与中国》（《思想与时代》第46期，1947年6月）等，均以资料丰富、论述精辟见长，具有重要的参考价值。萧乾在20世纪40年代初期编有一本涉及中国题材的英文作品集《千弦之琴》（*A Harp with a Thousand Strings*，1944），在伦敦出版后颇受英国各界欢迎，到目前为止仍是这方面惟一的一部作品选集，值得重视。

毫无疑问，以上这些著述奠定了中英文学与文化关系研究的坚实基础，无论是在文献发掘整理还是在文本分析探讨方面，都取得了很高的成就，许多方面是后来的研究者难以逾越的。特别是这些前辈学者的研究套路至今仍然是我们应当仿效的榜样。不过，我们也注意到，上述这些研究成果有一个共同点，就是其研究范围都设定在18世纪及其以前的中英文学与文化关系，至于19世纪以来中英文学与文化之间更为丰富的撞击交流的史实却涉及甚少，甚至尚未触及，这就为后学研究留有了拓展的广阔空间。

二、 学界时贤的拓展

当代学人在这些学术前辈所开辟道路的基础上，将中英文学与文化关系研究继续推进。主要有以下几方面的收获：

第一，对中英作家交往及中英文学关系的生动描画。其中赵毅衡写了一系列关于中英文学交流的文章，后收入其散文集《西出阳关》（中国电影出版社 1998 年版）和《伦敦浪了起来》（人民文学出版社 2002 年版）之中。如《老舍：伦敦逼成的作家》、《邵洵美：中国最后一个唯美主义者》、《徐志摩：最适应西方生活的中国文人》、《朱利安与凌叔华》、《萧乾在战时英国》、《组织成的距离：卞之琳与英国文学家的交往》，以及《艾克顿：北京胡同里的贵族》、《毛姆与持枪华侨女侠》、《迪金森：英国新儒家》、《瑞恰慈：镜子两边的中国梦》、《燕卜荪：某种复杂意义》、《奥顿：走出战地的诗人》、《轮回非幽途：韦利之死》等等。这些文章均以轻松自如的散文笔调，将中英作家之间的交往，将生活游历在英国（或中国）的中国作家（或英国作家）的趣闻轶事，以及所引发的文化碰撞、困惑与交融，刻画得生动细致、惟妙惟肖，展示了中英文学交流的大量鲜活个案，可读性强，令人耳目一新。其他的文章如林以亮《毛姆与我的父亲》（《纯文学》（台北）第 3 卷第 1 期，1968 年）、萧乾《以悲剧结束的一段中英文学友谊：记福斯特》（《世界文学》1988 年第 3 期）、李振杰《老舍在伦敦》（《新文学史料》1990 年第 1 期）、赵友斌《曼斯菲尔德与徐志摩》（《四川师范学院学报》1995 年第 1 期）、徐鲁《徐志摩与曼斯菲尔德》（《名人》1995 年第 4 期）、童新《萧伯纳的中国之行》（《外交学院学报》1995 年第 1 期）等等，均有较高的阅读价值。

第二，有关英国文学在中国的译介与研究是中英文学关系研究的一个重要领域。这方面著述很丰富，多以材料翔实、评价公允、史论结合见长。其中，孙致礼《1949—1966：我国英美文学翻译概论》（译林出版社 1996 年版）、王建开《五四以来我国英美文学作品译介史（1919—1949）》（上海外语教育出版社 2003 年 1 月版）等成果均为国家社科基金规划项目。其他如钱满素《英美文学在中国》（《世界图书》1981 年第 4 期），杨国斌《英国诗歌翻译在中国》（《外语与翻译》1994 年第 2 期），刘炳善《英国随笔翻译在中国》（《外语与翻译》1994 年第 2 期），徐剑《初期英诗汉译述评》（《中国翻译》1995 年第 4 期），朱徽《20 世纪初叶英诗在中国的传播与影响》（《外国语》1996 年第 3 期），解志熙《英国唯美主义文学在现代中国的传播》（《外国文学评论》1998 年第 1 期），屠国元、范思金《英国早期诗歌翻译在中国》（《外语与翻译》1998 年第 2 期），张旭等《英国散文翻译在中国》（《外语与翻译》2000 年第 3 期）等文章，均为我们从总体上了解与把握英国文学在中国的传播与影响提供了重要信息。

就具体的英国作家在中国的接受而言，莎士比亚无疑是个重镇。如戈宝权《莎士比亚的作品在中国》（《世界文学》1964 年第 5 期）和《莎学在中国》（《莎士比亚研究创刊号》，1983 年）、曹未风《莎士比亚在中国》（《文艺月报》1954 年第 4 期）、王建开《艺术与宣传：莎剧译介与 20 世纪前半中国社会进程》（《中外文学》第 33 卷第 11 期，2005 年 4 月），以及台北的李奭学《莎士比亚入华百年》（《当代》（台湾）第 39 期，1989 年 9 月）等等。而孟宪强与李伟民在这方面的研究最为突出。孟宪强的《中国莎学简史》（东北师范大学出版社 1994 年 8 月版）和《中国莎学年鉴》（东北师范大学出版社 1995 年版）是这方面的重要著作；李伟民的系列论文，如《抗日战争时代莎士比亚在中国》（《新文学研究》1993 年第 3—4 期）、《中国：莎士比亚情结——为纪念莎士比亚诞辰 430 周年而作》（《伊犁师范学院学报》1995 年第 1 期）、《莎士比亚传奇剧研究在中国》（《外语研究》2005 年第 3 期）等等，这些论文连同他的论著《光荣与梦想：莎士比亚在中国》（香港天马图书有限公司 2002 年 4 月版）和《中国莎士比亚批评史》（中国戏剧出版社 2006 年 6 月版）将中国的莎学研究进一步推向深入做出了显著贡献。

其他如王列耀《王尔德及其作品在中国的译介情况概述》（《文教资料》1987 年第 3 期）和《王尔德在中国的评价与争论》（《文学研究参考》1987 年第 4 期），杨金才《艾略特在中国》（《山东外语教学》1992 年第 1—2 期），朱徽《T. S. 艾略特与中国》（《外国文学评论》1997 年第 1 期），何宁《哈代与中国》（《外国文学评论》1999 年第 1 期），苏文菁《华兹华斯在中国》（《中国比较文学》1999 年第 3 期），王友贵《乔伊斯在中国：1922—1999》（《中国比较文学》2000 年第 2 期），罗婷等《伍尔夫在中国文坛的接受与影响》（《湘潭大学学报》2002 年第 5 期），李淑玲、吴格非《萨克雷及其小说在二十世纪中国的传播与接受》（《外语与翻译》2005 年第 2 期）等等，均为这方面的重要成果。另外，关于英国文学（英国作家）在中国的接受影响课题也成为不少比较文学与世界文学专业研究生的毕业论文选题。这些研究成果不容忽视，可惜许多未有机会公开发表。

第三，关于中国文学在英国译介与流播情况的探讨也是中英文学关系研究的重要收获。张弘所著《中国文学在英国》（广州花城出版社 1992 年 12 月版）就是这方面的新成果。该书为乐黛云、钱林森主编《中国文学在国外丛书》之一种，叙述了近代随着中西交通的恢复发展及汉学的兴起，中国文学传入英国并得到翻译、评介与接受的情况。书中既勾勒了这一漫长、曲折、时有起伏的历史过程，说明了传播的各种媒介，介绍了贡献突出的著名学者，探讨了英国在译介中国文学方面不同于其他欧美国家的特点，分别评述了从古典诗歌、小说、剧本直到现当代文学在英国得到译介的各类成果，也注意分析了文学接受过程中必然表现出来的阐释反差，探究了在此背后的趣味与传统的不同。书后附录“中国文学传入英国大事年表”，以及中英文对照的参考书目，也有一定的参考价值。另外，黄鸣奋《英语世界中国古典文学之传播》（上海学林出版社 1997 年版）、王丽娜编著《中国古典小说戏曲名著在国外》（上海学林出版社 1988 年版）等著述也介绍了中国文学作品在英国的传播情况。还有廖峥《阿瑟·韦利与中国古典诗歌翻译》（《国际关系学院学报》2000 年第 4 期）、王辉《理雅各与〈中国经典〉》（《中国翻译》2003 年第 2 期）、程章灿《魏理的汉诗英译及其与庞德的关系》（《南京大学学报》2003 年第 3 期）等文章具体研究了英国汉学家对中国经典、中国文学作品的译介等内容，可资参考。

第四，中国作家对英国文学的译介评论，以及英国文学对中国作家的影响与接受，也是研究者们乐于关注的课题。这方面的重要著述有李奭学《另一种浪漫主义——梁遇春与英法散文传统》（《中外文学》第 18 卷第 7 期，1989 年 12 月）、林奇《梁遇春与英国的 Essay》（《福建师范大学学报》1989 年第 2 期）、高旭东《鲁迅与英国文学》（陕西人民教育出版社 1996 年 9 月版）、辜也平《巴金与英国文学》（《巴金研究》1996 年第 2 期）、袁荻涌《郭沫若与英国文学》（《郭沫若学刊》1991 年第 1 期）和《苏曼殊与英国浪漫主义文学》（《昭通师专学报》1993 年第 2 期）、许正林《新月诗派与维多利亚诗》（《中国现代文学研究丛刊》1993 年第 2 期）、刘久明《郁达夫与英国感伤主义文学》（《中国文学研究》2001 年第 2 期）、《浪漫主义的“云游”：徐志摩诗艺的英国文学背景》（《西南民族学院学报》2000 年第 4 期）等等。王锦厚所著《五四新文学与外国文学》（四川大学出版社 1996 年版）之《五四新文学与英国文学》一章，则全面系统地探讨了我国“五四”时期新文学的产生、发展与英国文学的关系。著者在具体分析英国文学对五四新文学的影响时，标出了三个值得注意的动向，即“注意了选择”、“注意了研究”和“注意了模仿”，特意提示“几个值得纪念的纪念”，更从“文学观念的更新”、“体制的输入和试验”、“理论与艺术的探讨”等几个方面作了详细分析，让我们初步明白了英国文学在哪些方面影响着中国的新诗人和中国的读者。这些论述均在大量史实中抓住了关键的问题，很能触发读者的进一步深思。还有一些研究者则从英国作家与中国现代文学关系的角度探讨英国文学对20世纪中国文学的影响，如汪文顶《英国随笔对中国现代散文的影响》（《文学评论》1987年第4期）、王列耀《王尔德与中国现代文学》（《黑龙江教育学院学报》1988年第3期）、周国珍《彭斯及其中国读者》（《中国比较文学》1991年第2期）、赵文书《奥登与九叶诗人》（《外国文学评论》1992年第2期）、杨金才《扬弃·再造：艾略特与中国现代诗坛》（《镇江师专学报》1992年第2期）、赵玫《乔伊斯与中国小说创作》（《外国文学》1997年第5期）、黄岚《梁遇春和英国小品文的影响》（《云南师范大学学报》2000年第5期）等，均值得我们借鉴。

第五，关于英国文学家笔下的中国形象，以及中国文人眼中的英国作家等课题的探讨，也出现了不少颇有分量的著述。如李奭学《傲慢与偏见——毛姆的中国印象记》（《中外文学》（台北）第17卷第12期，1989年5月）和《从启示之镜到滑稽之雄——中国文人眼中的萧伯纳》（《当代》（台北）第37期，1989年5月）、王列耀《五四前后中国人眼中的王尔德》（《云南师范大学学报》1987年第1期）、周宁《鸦片帝国：浪漫主义时代的一种东方想象》（《外国文学研究》2003年第5期）、倪正芳《浪漫地行走在想象的异邦——拜伦笔下的中国》（《中华读书报·国际文化》2003年11月5日）等。这里还需要指出的是，叶向阳博士以秋叶为笔名，于2003年10月起在《中华读书报·国际文化》连载了关于英国早期游记里中国形象的系列文章。作者以英国旅行者塑造的中国形象为基点，介绍了鸦片战争前英国一些重要的中国游记。这些文章以勾勒“形象是什么样的”为主，进而针对作者中国形象塑造的内在逻辑作了必要的分析。让我们不仅能够看到英国的中国观演变历程的缩影，而且还可以体会到东西两大文明之间首次碰撞和适应的有趣现象。可以说，叶向阳通过对这些原著文本的细致考察和深刻解读，为中英文学关系研究进一步走向深入提供了成功的经验。

第六，关于中英文学与文化关系史的研究文章有：周珏良《数百年来的中英文化交流》（周一良主编《中外文化交流史》，河南人民出版社1987年版，第583—629页）、傅勇林《中英文学关系》（曹顺庆主编《世界比较文学史》（下编），北京师范大学出版社2000年版，第117—131页）、周小仪《英国文学在中国的介绍、研究及影响》（《译林》2002年第4期）。其中，周珏良的文章长达3万5千字，主要谈的是中英文学之间的交流历程。该文材料丰富，论述详尽，是我国学者所写的第一篇梳理中英文学与文化关系的长篇论文，至今仍具有重要的参考价值。傅勇林的《中英文学关系》是为《世界比较文学史》（曹顺庆主编）一书写的一节内容，基本勾勒了自乔叟以来中英文学关系的发展变化轨迹，包括中英双方早期文学上的交互投射与衍用，中期的文学接触及交互影响，近现代中学西渐、西学东渐中的中英文学关系，具有重要的参考价值。周小仪的文章则指出，英国文学的翻译介绍从来不是纯粹的中性的学术研究，相反，它是社会改造运动、意识形态运动的有机组成部分。周文将英国文学在中国的译介研究及影响分为四个阶段，并按西方现代性与反现代性、殖民化与非殖民化等价值观念为标准分为两组。指出正是在这种学科对象和学术兴趣的选择中可以看出英国文学研究与社会历史的关系。该文对我们深入理解英国文学在中国的接受史颇有启发。另外，王向远所著《中国比较文学研究二十年》（江西教育出版社 2003 年 7 月版）第七章专门介绍了“中英文学关系研究”的状况。分中国文学在英国的传播与影响、英国文学在中国的传播与影响两小节，重点评述范存忠、张弘对中国文学在英国的传播研究，曹树钧、孙福良、孟宪强等对中国的莎士比亚接受史的研究，也有一定的参考价值。

第七，笔者近几年来也一直希望在这一研究领域有所探索。已经出版《雾外的远音——英国作家与中国文化》（宁夏人民出版社 2002 年 8 月版）、《他者的眼光——中英文学关系论稿》（宁夏人民教育出版社 2003 年 12 月版）、《中英文学关系编年史》（上海三联书店 2004 年 9 月版）、《跨文化语境中的中外文学关系研究》（上海三联书店 2008 年 4 月版）等著作。其中，《雾外的远音——英国作家与中国文化》是“十五”国家重点图书《跨文化丛书——外国作家与中国文化》（10 卷）之一种。全书在大量原创性材料的基础上，考察了中国文化对英国作家的多重影响。具体介绍与评述了自 1357 年以来数百年间英国作家对中国文化的想象、认知、理解，以及拒受两难的文化心态。通过英国作家与中国文化关系的疏理，展现了中英文学与文化交流的历程，在跨文化对话中，把握了中英文化相互碰撞与交融的精神实质。该书在前辈学者的基础上，将该课题研究向前推进了一步，成为目前国内学界有关这一课题研究涉及面最广、内容较丰富的一部学术著作。《他者的眼光——中英文学关系论稿》为国内第一部双向探讨中英文学关系的学术专著。上编展示了英国文学视域里的中国形象，下编讨论了英国作家在中国文化语境的接受问题。全书建立在大量第一手文献的基础上，视野开阔，论述精到，开拓了中英文学关系研究的学术领域。《中英文学关系编年史》为国内第一部国别文学关系编年史，对中英早期接触至 20 世纪中叶长达六百余年的文学与文化交流史，做了系统的资料整理，以年代先后加以编排，使大量纷乱繁杂的文学交流史实有了一个清晰的线索，为研究者深入探讨这一时段的文学与文化交流问题搭建了一方宽阔的时空平台。另外，笔者围绕中英文学与文化关系课题还发表了 30 多篇学术论文，希求将中英文学与文化关系研究全面推向深入。

三、 交流史研究的几点思考

关于异域文学交流史研究，笔者在相关文章[1]中曾讨论过该学科领域的基本属性，即包括三个重要学术话题：

第一，文献史料

从比较文学学科的传统研究范式来看，中外文学关系研究属于“影响研究”范畴，非常关注“事实材料”的获取与阐释。就其学科领域的本质属性来说，它又属于史学范畴。而文献史料的搜集、鉴辨、理解与运用，是一切历史研究的基础性工作。力求广泛而全面地占有史料，尽可能将史料放在它形成和演变的整个历史进程中动态地考察，分辨其主次源流，辩明其价值与真伪，是中外文学关系研究永远的起点和基础。早在 20 世纪中国比较文学举步之时和复兴之初，前辈学者季羡林、钱锺书等就卓有识见地强调“清理”中外文学关系的重要性和必要性，把它提到创立比较文学研究的中国特色和拥有比较文学研究“话语权”的高度。真正从事中外文学关系研究的学者们坚信：没有史料的调查，就没有发言权；没有史料的支撑，构不成学术的大厦。

因此，文学关系研究离不开文献史料的搜集考据功夫。设若文献材料有误，势必会影响整个研究基础与历史描述。严谨的治学者均将文献资料的搜罗、编年当做第一等的大事。许多研究思路和设想就出之于那些看似零零星星的材料中。提倡史料先行是必要的，也是可行的。同时，文献史料的发现与整理不仅是重要的基础研究工作，而且也意味着学术创新的孕育与发动，其学术价值不容低估。独立的文献准备是独到的学术创见的基础，充分掌握并严肃运用文献是每一个文学关系研究者必须具备的基本素养。

1.《中外文学关系研究的学科属性、现状及展望》，该文原为笔者在福建省社会科学界第二届学术年会“海峡两岸文学现状与展望论坛”上的大会专题发言，后收入拙著《跨文化语境中的中外文学关系研究》（上海三联书店 2008 年版）。

第二，问题域

中外文学关系研究缺少史料固然不行，仅有史料又远远不够。在此，“问题意识”是必不可少的。况且，问题往往是研究的先导与指南针，否则就陷入史料汪洋，难见天日。能否在原典文献史料研究的基础上形成由一个个问题构成的有研究价值的不同专题，则成为考量文学关系研究者成熟与否的试金石。在文学关系研究的“问题域”中进一步思考中外文学交流史的整体“史述”框架，展现文学交流的历史经验与历史规律，揭示出可资后人借鉴的发展本民族文学的重要路径，又构成中外文学关系研究的基本目标。

第三，阐释立场

文献史料的丰富、问题域的确证、研究领域的拓展、观念思考的深入，最终都要受研究者阐释立场的制约。中外文学关系研究，理论上讲当然应该是双向的、互动的，但如果要追寻这种双向交流的精神实质，不可避免地要带有某种主体评价与判断。对中国学者来说，就是展现着中国问题意识的中国文化立场。“中外文学”提出问题的出发点与归宿都指向中国文学。这样看来，中外文学关系研究的理论关注点在于回答中国文学的世界性与现代性问题，即中国文学（文化）在漫长的东西方交流史上如何滋养、启迪外国文学，外国文学如何激活、构建中国文学的世界性与现代性。这是我们思考中外文学交流史的重要前提，尤其是要考虑处于中外文学交流进程中的中国文学是如何显示其世界性、构建其现代性的。

这三个方面构成了我们进行该领域专题研究无法回避的重要前提。无论学术前辈抑或学界时贤，对于他们丰硕的中英文学与文化交流的研究成果，我们均作了比较充分的展示。具体而言，有如下几点认识：

其一，上述涉及中英文学与文化关系研究领域的著述不论探讨的是哪方面专题，均将文献资料置于重要位置，这是本领域课题研究最重要的基础。一般来说，在文史研究里面非常讲究文献资料的提供。判定一部著述的学术意义，其中重要的一条就是看你是否给本领域、本学科提供了新资料、新文献。比较文学研究，特别是影响研究、中外文学与文化关系研究，离不开原始文献资料的搜集、鉴辨、理解与运用。比如，英国文学作品在中国翻译的初版本、序跋、出版广告、据作品改编的电影海报，近现代报刊杂志登载的评论文章，作家的旅行日记、信函等第一手文献资料，对梳理英国文学在中国的接受具有举足轻重的作用。因而，对于原典资料的悉心爬梳及由此而作的切实思考和探索，就成为本领域研究的前提。

这方面，前辈学者为我们作出了榜样。比如，范存忠先生的治学在充分重视原始文献资料方面给我们作了一个无懈可击的榜样。他的所有论述都是在大量的中外文原典资料的基础上有感而发的。范先生知识渊博，学贯中西。他在少年时代就喜欢中国古典诗文，在东南大学期间更是广泛涉猎中英文史著述。留美期间，他潜心钻研英国古典文学，不仅在出国前即已学习的英、法语更臻于纯熟，而且他还学习了德语、拉丁语以及与现代英语有关的古英语、古法语、古德语和哥特语等。正是这样的中外文文史功底，才让范先生的学术研究左右逢源、举重若轻，得出一个又一个令人信服的结论。范先生的中文遗著《中国文化在启蒙时期的英国》由上海外语教育出版社刊行后，范先生的遗孀林凤藻（当时在美国）教授曾希望外交学院吴景荣教授、国际关系学院曹惇教授将之译成英文，由商务印书馆刊行。由于范先生遗著中有大量引文出自英、法、德文原著的汉译，如要获取确切的原文，势必要从国外收藏最丰富的图书馆书刊中搜索，工程之巨大可想而知，因此不得不忍痛放弃了英译的意图。这样一种遗憾也从侧面说明范先生的著述对原始资料的占有与利用何其丰富，其著述也才何其厚重。前辈学者极端重视钩沉材料的过硬工夫和严谨求实的科学态度，后学务必借鉴。这对匡正当下学界弥漫着的某些浮泛学风显然有着深刻的现实意义。

其二，中英文学关系研究这一学术领域一般可以在两个层面，即文化交流史，以及哲学精神与人类心灵交流史层面上展开。一方面，中英文学关系（如中国文学在英国的流播；英国文学在中国的接受）通常被视为一种独特的文化交流，其独特性表现在，通过文学作品这种媒介展示异域文化的精髓。因而研究者们试图从不同角度出发来研究这种文学关系，探讨通过文学而引发的中英文化接触、文化冲撞、文化关联的诸种交流类型。在另一层面上，中英文学关系命题，从深层次上，是中英哲学观、价值观交流互补的问题，是某一种形式的哲学课题。比如，研究中国文化（文学）对英国作家的影响，说到底就是研究中国思想、中国哲学精神，尤其是儒道文化精神对他们的浸染和影响。

在以上这两个层面的学术语境中，中英文学关系学术领域大致形成三类稳定的研究课题，即：1）文学文本的跨文化译介与传播研究：包括英国文学在中国的译介与研究；中国文学在英国的译介与传播；英国汉学家（理雅各、德庇时、翟理斯、阿瑟·韦利、大卫·霍克思）对中国经典、中国文学作品的译介。2) 作家与异域文化及文学关系研究：包括英国作家与中国文化、文学关系研究；中国作家与英国文化、文学关系探讨。此类课题着重追寻作家对异域文学、文化的选择、取舍、评价、吸纳、消化、接受的轨迹和成果。3) 作家作品里的异域题材及异国形象研究：包括英国文学作品中的中国题材及中国形象；中国作家笔下的英国（英国人）形象。英国文学里的中国题材问题，所展现的是英国作家对中国的想象、认知，以及对自身欲望的体认、维护。英国作家中国题材创作背后体现的是中国形象问题。正是在这种对他者的想象与异域形象的描绘中，不断体悟和更新着自我欲望。

其三，总结中英文学关系研究著述，我们可以看到有四种阐释模式，从不同角度阐明中英两国文学、文化相遇的历史。这些模式有时并不依据因果关系来叙述史实，而是试图赋予这些史实以意义和价值。它们是研究者们看待历史事件的框架，决定着其对史实的不同阐释。不过，这些框架通过与历史事实之间的相互影响，又会得到调整与重构。这四种阐释模式为：1) 现代性（modernity）视角，包括中国文化（文学）在英国文学（文化）近代化（尤其是启蒙时期）中所起的作用；探讨英国文学的引进对中国本土文学现代性的形成与拓展产生何种作用，以及在某些具体问题上，中英作家、思想家的同步思考及其对文学现代性问题的启示等等。2) 他者（the Other）形象模式，特别适合于研究某国文学里的异域形象问题。比如就英国文学里的中国形象而言，我们可以看到，在英国作家笔下，中国有时是魅力无穷的东方乐土，有时是尚待开化的蛮荒之地，有时是世上惟一的文明之邦，有时又是毫无生机的停滞帝国。然而这些绝非事实的中国，而是描述的或想象构造的中国。中国对于英国作家的价值，是作为一个他者的价值，而不是自身存在的价值。3) 译介学模式，即对跨文化译介中的误译、误释及其文化根源的探讨。误译无论是有意的（近代译介英国文学作品里较多，如哈葛德《迦茵小传》之译介就比较典型）与无意的（如吴宓等学衡派同仁以中国传统文化中的佳人形象译介华兹华斯《露西》组诗里的露西形象），均涉及到如叶维廉教授所说的“文化模子”问题。自身的文化模子影响着对异己文化的理解，在文学翻译中是常见的现象。这里又有两种情况：受制于本土文化模子；缺乏对他者文化模子的了解。4) 编年史模式，以线性时间为发展线索，展示中英文学（文化）双向交流的历史进程。此研究模式的基础是史料搜集和梳理工作，以及对这些史料的去伪存真、选择和分析。这方面既可以借鉴西方传统史学理论，如德国史学大师兰克的客观主义史学理念，同时又有必要采用法国年鉴史学派等西方新史学的某些方法，如总体史、精神心态史的研究视野，还原产生文学交流现象的历史、社会、文化氛围。我们可以借鉴这些方法，最大限度地逼近中英文学交流的现时性特征，将中英文学关系研究不断向前推进。

其四，中英文学与文化关系研究肇始于陈受颐在20世纪20年代末开始发表的相关著述。迄今为止国内研究者在本研究领域取得了令人瞩目的成绩，有些成果称得上是中外文学与文化关系研究与比较文学研究的经典著述，但为有益于学科建设和学术研究的健康持续发展，我们仍然需要在1）文献资料的发掘整理；2）文学关系原理与方法的研究及推广；3）具体学术研究个案的深入考察；4）区域文化视野里的文学关系研究等诸方面花大功夫，取得大收获。

1）文献史料的搜集、鉴辨、理解与运用是一切历史研究的基础性工作。中英文学双向交流文献资料的寻觅整理工作是中英文学关系史研究的基础学术工程。它有助于我们清晰地还原文学交互影响的历史进程，也是建构科学的方法论与良好学术风气的重要保证。同时，我们应关注文学交流史料的历史语境与评判标准，将史料学研究与学术史探讨及理论批评范式相结合，力求创造性地理解运用，发掘文学史料的潜在价值，揭示跨文化传播中的文学交流史料特点及其对现实的启迪意义。有鉴于此，笔者所著《中英文学关系编年史》（上海三联书店2004版）就是一种初步尝试。如果所有国别文学关系史的研究均从史料搜集、资料编年开始，在此坚实基础上撰著国别文学交流史，则是一桩有重要意义的学术工程。只有先搞基础学术工程，才能正确地勾画出文学交流史的历程行迹，使学术研究真正具有科学性、实证性。因此，追求原典性文献的实证研究仍是研究者不可懈怠的使命。笔者在撰著《中英文学关系编年史》的过程中深有体会。一些新史料的挖掘可以改变现有文学交流史、译介史的论断。比如，关于《简·爱》引进中国的时间，学界基本上认可30年代李霁野的《简爱自传》（1935—1936年）和伍光建的《孤女飘零记》（1935年），而1925年7月上海大东书局出版的文集《心弦》中就收有周瘦鹃所译《重光记》（小说，嘉绿·白朗蝶女士作），包括四部分：怪笑声；情脉脉；疯妇人；爱之果。此系《简·爱》的故事节略本，也是这部小说名作引进中国之始。再如，1833年（道光十三年）12月，《东西洋考每月统记传》（中国境内创刊的第一种中文期刊）登《兰墩十咏》，这10首中文五言律句是最早用中文描写英国首都伦敦的古诗，也应是中国文人在文学作品中对英国的第一印象。再就英国作家在中国的接受而言，第一个值得重视的无疑是弥尔顿。理由至少有二：（1）1837年（道光十七年）1月，《东西洋考每月统记传》刊文介绍英国大诗人弥尔顿，此应该是我国最早介绍英国作家之始。（2）1854年（咸丰四年），英国伦敦会传教士麦都思创办于香港的中文月刊《遐迩贯珍》第9期上刊载英国诗人弥尔顿十四行诗《论失明》的汉译文，译诗前简要回顾了弥尔顿的生平与创作，以及他在英国文学中的崇高地位。这一史料的发现改变了由钱锺书先生在《汉译第一首英语诗〈人生颂〉及有关二三事》中提出的汉译英诗的最早时间（1864年，英国汉学家和驻华公使威妥玛译朗费罗《人生颂》）。

2）中英文学关系研究的拓展、创新离不开理论方法的提升与原理范式的研讨。某种新的理论思路有助于重新理解与发掘很多文学关系史料，而新的阐释策略又能重构与凸显中英文学交流的历史图景。衡量一部文学关系研究著述的重要学术意义，不仅看它是否给本学科提供了新资料、新文献，还要看其是否给学科内外提供了新的理论范式、新的解读策略。真正有重要意义的学术成果不仅能够增加本学科的学术积淀，而且也应该给学科外提供新的思路、方法、范型。当然，研究方法或理论范式的提出与各种研究类型、研究对象的特征密不可分，其有效性与普适性需要得到研究实践的反复验证。切实加强中外文学关系原理与方法论的研讨，推广成熟的研究范型，以期结出更多富有建设性的学术成果，是比较文学研究者共同努力的目标。

3）立根于原典性材料的掌握，从文学与文化具体现象以及具体事实出发，从个别课题切入，进行个案考察，佐之以相关的理论观照和文化透视，深入地探讨许多实存的、丰富复杂的文学和文化现象所内涵的精神实质及其生成轨迹，从而作出当有的评判，是中英文学关系研究者们应该遵循的原则。只有通过每一个具体作家乃至一部部具体作品的过细研究而作出判断和结论，才能摒弃凌空蹈虚、大而无当的弊端，从而使我们的思考和探索确立在坚实可靠的科学基点上。因此，大力提倡对学术个案的细致考察，充分吸收中外古典学术资源、现当代文化资源，是未来研究者们持之以恒的工作目标。

4）立足于区域文化视野里的文学关系研究。在人文社科研究中，研究资料本身所具有的民族性、地方性往往直接反映了研究成果的原创性，如摩尔根的《古代社会》、费孝通的《江村经济》等均如此。当然，中外（中英）文学关系研究中的区域文化视野与跨越东西方异质文化的视野密不可分，借此克服可能出现的静态、孤立的思维模式，加上学科之间的协作研究，使得跨文化语境里的区域性中外文学交流课题，能够在激活文学与文化交流的原生态方面发挥一定的作用。从中拈出构成中华文学的区域性文化因子，以及外在于主流文学的特异文化因子，这种特异文化因子与中外文化交流语境的可能联系。这些预期设想将会成为刺激中外文学关系研究者深入探求的动力。比如，福建区域文化（闽文化）在近现代文学、文化交流中占据重要地位，一批对中国文化史、思想史、文学史产生重要影响的作家出生在福建，或在福建生活过。那么，地域文化因素对后来身处中外文学、文化交流伟大历史进程中的他们来说有何影响，如何撞击与化解等等，都会是研究者们乐于探讨的课题。

第一章　14—16世纪：中英文学初识

第一节　蒙古西征与中英两国的早期接触

13、14世纪，随着商品与货币关系的发展，英国在国际贸易中的地位渐渐上升。这时正值成吉思汗率大军西征，使中国与欧洲诸国开始普遍接触。蒙古大军所进行的大规模的东西两方战役，几乎从印度河（Indus）一直延伸到第聂伯河（Dnieper）。欧洲诸国受到极大震动。蒙古人的突然出现，不啻是一个晴天霹雳。[1]这种对蒙古大军的恐惧心态，影响到了后来包括英国作家在内的欧洲人对东方中国形象的想象与构造。

1238年，信奉伊斯兰教的叙利亚人曾向英格兰国王建议：基督教徒和穆斯林结成大同盟，以反对文明的共同敌人——来自东方的蒙古人。英王由此首次听说东方中国。这以后英国与东方之间有了一些接触，比如在蒙古西征军中就曾有英国人担任翻译和信使。1245年左右，蒙古定宗贵由给教皇及英法国王两封复信，要求他们到东方服役，吓坏了教皇和英法国王。在英法国王的要求与支持下，教皇英诺森四世于1247年再派使臣出使中国。访问的目的地是驻扎在小亚细亚边界的中国蒙古军队的营地，请求他们停止对基督教国家的进攻和停止反对基督教世界的战争。在使臣返回欧洲时，定宗派出两名使节回访欧洲，其中一个是基督教徒。1253年，英国国王爱德华一世（Edward I）劝教皇再派遣使臣赴华。当欧洲诸国王对蒙古有众多基督徒这一问题没有引起足够的重视时，惟有英国国王爱德华一世劝教皇再派使臣出使中国，以便利用中国的教徒搞好与蒙古的关系，避免再出现30年前的蒙古西征事件。于是，教皇派出方济各会教士威廉·鲁不鲁乞（William de Rubruquis，又译卢布鲁克）出使中国。鲁不鲁乞返回欧洲后，根据在中国的见闻编写了《鲁不鲁乞东游记》，记载了蒙古人在建立元帝国之前的风俗民情、经济、军事、政治等各方面的情况，甚至包括皇室相互之间的谋杀情况。

从13世纪中叶起，欧洲的一些商人、使者和传教士陆续来到中国，不断带回东方的消息。关于东方中国的信息不时在欧洲大陆传递，即使是远西的英国也渐渐接受到来自中国的消息。英国哲学家罗吉尔·培根（Roger Bacon，1214—1294）在其用拉丁文写的《著作全篇》（约1266年）中，即引用了此前（1255年）法国人鲁不鲁乞在巴黎与他谈起的东方见闻。[2]这大概是英人著述之中首次提到中国和中国人的记载。

1. 这后来构成19世纪末20世纪初席卷西方的“黄祸”论的历史起因之一。如1905年3月30日出版的《东方杂志》上有一篇文章就说：“白人所谓黄祸之说，不知其起于何时。说者谓成吉思汗以铁骑蹂躏欧洲，西欧妇孺亦尝震惊于黄人之大创，而黄祸之说以起。”进而成为部分英国作家塑造中国形象的一个历史背景。他们用“蒙古游牧部落”（horde）贬称中国泛滥成灾的人群，而该词最早出现于欧洲语言，指中亚腹地汹涌而出的野蛮人，他们是些半人半兽的怪物，不知所来，也不知所向，所到之处，无不令人惊恐。

2. 1253年法国国王路易九世派一个方济各会教士威廉·鲁不鲁乞去见蒙古大汗向他传教，毫无结果。但他回来后于1255年向路易九世写的书信报告却增加了欧洲人对蒙古帝国的知识。他描述了风土人情、动植物，特别是亚洲的各种宗教情况、庙宇、偶像、仪式等等。他没有到达中国内地，但他第一次向西方人证明大契丹（Great Cathay）就是古代传说中的赛里斯国（Land of the Seres），因为那里出产最美的丝织品。鲁不鲁乞还说，据可信的传闻，契丹有一座城的墙是银的，城楼是金的。契丹人的身材很矮小，说话大多用鼻音。他们精于一切技艺，能“按脉诊病”，并“使用纸币”。

1277年，元朝派遣使臣向英王致歉。是年，元世祖忽必烈之侄阿八哈又派使者6人至英格兰，向爱德华一世致歉。因为1271年当英王在巴勒斯坦时，他未能按盟约出兵给予充分的支持。

1287年，以生长在北京的景教徒列班·扫马（Rabban Bar Sauma）为团长的元朝代表团到达罗马，使命是想在欧洲找到同盟者以对付西亚的阿拉伯国家。在未得到答复之前，扫马去了热内亚、巴黎和法国南部。在他的日记中，有在本年于法国西南部的加斯克尼（Gascony）地方见到英国国王爱德华一世的记载。这或许能当作是中国和英国在外交上的第一次接触。过了10年左右，即1298年，由中世纪最著名的旅行家马可·波罗口述、鲁思梯切洛（Rusticiano）笔录的《游记》写成，不久后出版，风行全欧。《马可·波罗游记》被称为“世界一大奇书”，此书极大地丰富了中世纪欧洲对东方及中国的认识，使欧洲从以下几个方面了解到了中国：中国之强盛与人口之众多；中国之物产与工商、交通之发达；中国之建筑与技术之进步。在欧洲，马可·波罗的《游记》以细腻的笔触描绘了中国的人和物，令许多人为东方竟然有这样一个文明古国而惊奇。英国著名作家威尔斯（H．Wells）说：“欧洲的文学，尤其是15世纪欧洲的传奇，充满着马可·波罗故事里的名字，如契丹、汗八里之类。”[1] 英国不少作家均从这部东方游记里找到创作的素材与灵感。

随着马可·波罗的《游记》在欧洲到处传播，有关鞑靼大汗的故事也出现在“英国诗歌之父”乔叟（Geoffrey Chaucer）的《坎特伯雷故事集》（*The Cantebury Tales*，1387—1400）之中。其中《侍从的故事》（The Squire's Tale）里就讲到了鞑靼国王康巴汗（Cambuscan）的故事。书中说他勇敢、贤明、富有、守信、仁爱、公正、生性稳健、像大地的中心一般，又年轻、活泼、坚强、善战、如朝廷中任何一个武士。他有两个儿子，长子阿尔吉塞夫（Algarsyf）和幼子康贝尔（Cambalo），又有一个最小的女儿加纳西（Canace）。有一天，来了一个武士，骑着一匹铜马，手中拿的是一面宽大的玻璃镜，大指上戴着一只金戒指，身旁挂着明剑。那武士带来的这四样法宝件件神奇无比。人骑上那铜马能到任何地方去，玻璃镜能使你看到别人心里想些什么，戒指能使你懂得禽鸟的语言，那把明剑能使你医治任何创伤。后来，阿尔吉塞夫骑着那匹铜马立了不少战功。加纳西因为有了玻璃镜、戒指和明剑，发现了一只因被雄鹰抛弃而痛不欲生的苍鹰，把它医治好、养育好……[2] 这样的东方（中国）故事让英国人惊异非凡，心弛神往。另外，乔叟在其翻译的罗马哲学家、政治家波衣修斯（Boethius，480—524/5）的《哲学的安慰》

1. 威尔斯：《世界史纲》，吴文藻等译，第769页，北京：人民出版社，1982年版。

2. 乔叟的这个故事很有趣，只可惜没有讲完，因而便引起17世纪英国大诗人弥尔顿（John Milton）的感叹：“但是，忧郁的贞女呵，我愿你／……唤起那个人，他虽未讲完，／却已讲到勇敢的康巴汗，／康贝尔以及阿尔吉塞夫，／讲到谁娶了加纳西做媳妇／（她有神戒和宝镜各一），／以及谁给的青铜的神驹／（那是鞑靼国王的御骑）……”（《幽思的人》）

(*De Consolatione Philosophiae*) 中提到的“赛里斯国”，即“丝绸之国”，指“中国”。

第二节　英国中世纪想象性游记里的中国印象

早期（14至16世纪）英国文学里的中国形象多半是传奇与历史的结合，人们心目中的东方世界（中国）是一个神秘、奇幻、瑰丽的乐土。这方面英国散文始祖曼德维尔的《游记》（*The Travels of Sir John Mandeville*，1357）[1]最为典型。这是一部极富想象力的散文体虚构游记，是欧洲中世纪最流行的非宗教类作品[2]，曾跻身于“世界畅销书”之列，且成为首部享受这等殊荣的欧洲作品。据载，1499年列奥纳多·达芬奇由佛罗伦萨迁往米兰时，其随身携带的40本书中有一本就是《曼德维尔游记》。长久以来，此作对于西方文学的影响可谓广阔而深远。莎士比亚和班扬就是众多借鉴过此书的英国作家里的两位代表。比如，莎士比亚《奥赛罗》第一幕第三场143—147行写到：“那些广大的岩窟、荒凉的沙漠/突兀的崖嶂、巍峨的峰岭，/还有彼此相食的野蛮部落/和肩下生头的化外异民，/都是我的谈话题目。”[3]还有莎士比亚《无事生非》第二幕第一场里，培尼狄克在提及贝特丽丝时曾尖酸地说：“我现在愿意到地球的那一边去，给您干无论哪一件您所能想得到的最琐细的差使：我愿意给您从亚洲最远的边界上拿一根牙签回来；我愿意给您到埃塞俄比亚去量一量护法王约翰的脚有多长；我愿意给您去从蒙古大可汗的脸上拔下一根胡须，或者到侏儒国里去办些无论什么事情；可是我不愿意跟这妖精谈三句话儿。”[4]

1.《曼德维尔游记》中译本由笔者与郭泽民合译，上海书店出版社2006年初版，2010年再版。

2. 曼德维尔所著的这部《游记》在中世纪的欧洲迅速流行。到1400年前后，该书拥有了欧洲各主要语言的版本，1470年前，已广为欧洲大多数阶层的读者所知晓，成了名噪一时的畅销书。据统计，现存的《游记》版本、手稿有300余种之多，涉及到法语、英语、拉丁语、德语、荷兰语、丹麦语、捷克语、意大利语、西班牙语、爱尔兰语等众多语种。与《马可·波罗游记》版本77种、《鄂多立克东游录》版本76种相比，曼德维尔的《游记》称得上是欧洲中世纪最流行的非宗教类作品。

3. 莎士比亚：《莎士比亚全集》，朱生豪译，第401页，南京：译林出版社，1999年版。

4. 莎士比亚：《莎士比亚全集》，朱生豪译，第25页，南京：译林出版社，1999年版。译文中的“护法王约翰”即通常所说的“祭司王约翰”或“约翰长老”。当时欧洲传说，亚洲东部，不能到达之处，有信奉基督教的国王，名“护法王约翰”，财富惊人。后来传说又演变为某一阿比西尼亚（埃塞俄比亚）国王名“护法王约翰”。

这些剧作片段表明莎士比亚蒙受着曼德维尔的恩惠。[1]

不过，几个世纪以来，人们对该《游记》价值的评判颇多差异。它曾被15世纪的航海家哥伦布（Christopher Columbus）引之为环球旅行可行性的证据，其作者既被17世纪著名的游记探险作品的编纂者塞缪尔·珀切斯（Samuel Purchas）[2]称为“世界上最伟大的亚洲旅行家”（the greatest Asian traveler that ever the world had），又被18世纪的文坛领袖约翰逊（Samuel Johnson）博士誉为“英国散文之父”（the father of English prose）；该书在19世纪也曾被讥讽为“剽窃之作”（plagiarized text），20世纪中后期，又重新被定位为“幻想文学”（Imaginative Literature）的代表作，该书英译本编注者的序言中即曾评价其价值“恰在于其精致的文笔，在于其展示了一幅中世纪人们的思想情趣、宗教信仰、神话传奇以及整个基督世界大胆驰骋想象之风习的如画长卷。”[3]

现在看来，《游记》依旧颇富生命力，其具有多方面的价值毫无疑义。作为游记文学，它展现给基督徒们许多陌生世界的生动图画；作为地理资料，它使欧洲的探险者坚信环球旅行的可能性和必要性，与《马可·波罗游记》一起首次真正激发了欧洲人对东方

1. 班扬《天路历程》第一部描写基督徒经过一个叫“死阴谷”的山谷：“里面一片漆黑；在那儿我们还看见从深坑里来的小鬼、妖怪和龙；我们还听见从山谷传出来的连连不绝的号哭声和叫嚷声，就像上了手铐脚镣的人们在极端痛苦中悲伤地坐在那儿发出来的声音一样；在山谷的上空笼罩着混乱得使人沮丧的云块；死亡也老是在那上面展开它的翅膀。总之，是个混乱到了极点的混沌，一切的一切都叫你毛骨悚然。到天国去的路就在它中间穿过，地狱的入口也在山谷的中央。”这里，班扬对“死阴谷”的描述亦得益于《曼德维尔游记》第八章“祭司王约翰的国土”里的“绝谷”篇：“米斯陶拉克岛毗邻的皮森河（Pison）左岸不远处有一个令人不可思议的所在。于绵延近四英里的山中有一座山谷，有人称之为迷谷，有人称之为魔鬼谷，亦有人将其称为绝谷。不管白天黑夜，人们常听到谷中传出狂风呼号、雷雨交加的声响，种种纷扰嘈杂的动静，和类似锣鼓争鸣、号声嘹亮、仿佛举行盛大庆祝般的喧阗。谷中布满了妖魔鬼怪，长久以来一直如此，土人声称那是通往地狱的一个入口。谷中藏有大量金银财宝。很多异教徒，亦有很多基督徒不时深入谷中去寻宝，可得以生还之人却寥寥无几，因为不管是异教徒，还是基督徒，他们进去不久都被妖魔掐死了。”（见John Mandeville. *The Travels of Sir John Mandeville: an abridged version with commentary*. London: William Collins Sons & Co. Ltd., 1973. p. 77.）

2. 塞缪尔·珀切斯(1577—1626)，英国游记和探险作品的编纂者。曾在剑桥的圣约翰学院和牛津大学学习。毕业后先后在埃塞克斯、伦敦泰晤士河畔的教区任牧师，遇到许多航海者。他继英国地理学家哈克卢特之后从事百科全书式文集的编纂工作，编成《珀切斯游记》（*Purchas His Pilgrimage*），分为4卷，于1625年出版。当时的游记文学能激发英国人投身海外扩张和海外事业，因而珀切斯所编文集颇受欢迎，并成为与地理史及早期探险活动有关的重要问题的惟一资料来源。

3. John Mandeville. *The Travels of Sir John Mandeville: an abridged version with commentary*. London: William Collins Sons & Co. Ltd., 1973. p. 9.

中国持久而浓厚的兴趣。可以说，在地理大发现之前，马可·波罗写实的游记与曼德维尔虚构的游记就是欧洲人拥有的世界知识百科全书。但人们拒绝相信马可·波罗的描述，朋友们在他临终时请求他收回他传播的所谓谎言，以拯救他的灵魂。[1] 人们把马可·波罗当做取笑对象、吹牛者的代名词，却丝毫不怀疑曼德维尔那本虚拟游记的真实性，真可谓假作真时真亦假。确实，曼德维尔把关于东方的诱人镜像吹嘘得眼花缭乱：那世间珍奇无所不有的蛮子国，那世界上最强大的大汗君王，以及他那布满黄金珍石、香飘四溢的雄伟宫殿，还有那遥远东方的基督国王约翰……在这般神奇斑斓的幻景里，历史与传奇难以分辨，想象与欲望紧密相连，共同构造出人们心目中的乌托邦世界。[2]

《游记》作者的生平境遇在该书的不同文本中歧说纷纭，且多有矛盾之处。[3] 学者们的研究争论让我们渐辨渐明。一般认为，《游记》中的曼德维尔是英国散文始祖须约翰（John the Beard）的托名。约翰本人是博洽多闻的学者、医生、语言学家及虔诚的基督徒，他对周遭的世界和人类事务怀有强烈的兴趣。从某些方面看，他是阔步于时代前面的人。当时基督教相信地球是平的，他则坚信是圆的。他想象力强健丰富，天性卓荦不凡，所著《游记》相传为英国世俗文学中最初的散文著作，因为“它首次或几乎是首次尝试将世俗的题材带入英语散文的领域”。[4] 该书写成后辗转传抄，译本众多，有识之士莫不人手一编，其风靡程度丝毫不让《马可·波罗游记》。虽然此书中所述关于蒙古和契丹的知识基本上从鄂多立克的游记脱胎出来，但欧洲文学里的中国赞歌实由此发轫。

《游记》开头的第一人称开场白着实让人们真假难辨：

在下约翰·曼德维尔爵士（忝列其中，说来惭愧），

1. 马可·波罗的回答却是：“我见过的东西，还没有说出一半呢。”他死后不久，威尼斯狂欢节上出现一类滑稽的小丑人物，尽说些疯狂的大话，让观众捧腹大笑，这就是当时人们心目中马可·波罗的形象。甚至到了今天，当英国的小学生想说某人说大话时，往往会讲这么一句：“It's a Marco Polo.”（这是个马可·波罗。）参见拙著《中英文学关系编年史》（上海三联书店2004年版）第3—4页。

2. 关于《曼德维尔游记》里的东方想象，可参见拙著《雾外的远音——英国作家与中国文化》（宁夏人民出版社2002年版）之“想象中的乌托邦——《曼德维尔游记》里的历史与传奇”一节内容。

3. 关于《曼德维尔游记》作者的考辨等，可参见拙文《欧洲中世纪一部最流行的非宗教类作品——〈曼德维尔游记〉的文本生成、版本流传及中国形象综论》，载《福建师范大学学报》2006年第4期。

4. Malcolm Letts. *Mandeville's Travels: Texts and Translations*, vol. 1. London: Hakluyt Society, 1953. Introduction.

生于英国圣奥尔本斯。我于公元1322年[1]圣米迦勒（St. Michael）[2]日出海云游，迄今久历海外，游览八方，足迹遍及众多乡野僻壤，采邑封地和岛屿岬角。先后漫游了土耳其、大小亚美尼亚、鞑靼地方、波斯、叙利亚、阿拉伯半岛和高低埃及；造访过亚马孙之地、小印度（Ind the less）及泛印度(Ind the more)的广大地区，并登临了印度四下里的许多其他大小岛屿。在这些地方生活着各色不同的民众，他们形貌迥异，习俗法制相去殊远。下面且听我将这诸多地方和海岛的风情人物一五一十地道来。[3]

约翰·曼德维尔爵士如此这番自述，也难怪珀切斯会以马可·波罗之后“世界上最伟大的亚洲旅行家”的美誉相送。可是这位爵士充其量只是个乘上想象的翅膀、身在座椅上的旅行家。他在书中描述的许多事情和地方均系子虚乌有。比如他着墨不少的亚马孙之地和祭司王约翰的王国就纯属传说中的国度，其对后者活灵活现的描述全然是依托于一份伪造的文件。客观上讲，在曼德维尔的叙述中，事实与虚构并存，令人真假难辨。他确有可能到访过圣地，甚至兴许曾深入埃及和叙利亚境内，但没有任何证据可以表明他去过更远的地方，如印度、

1. 约翰·曼德维尔1322年离开时，正值英国社会矛盾重重之际。其时在位的国王软弱昏聩，与治下的贵族和诡计多端且野心勃勃的王后严重失和，结果注定了他5年后要被废黜并惨遭谋杀的噩运。此外，那也是黑死病肆虐、百年战争正酣的一个世纪，但所有这些劫难在曼德维尔的书中都只字未提。因为随着众商贾如波罗一家（先是伟大马可的父亲和叔叔，继而是他本人）和基督传教士们如鄂多立克、柏朗嘉宾等带回的对其时仍然陌生未知的东方的种种描述，当时一股惊叹与愕然的情绪渐渐席卷了整个西方世界，而曼德维尔的这部书恰是此种热潮的应运之作。此时，基督教徒的知识视野得到了大大的拓展，但与此同时，由波斯人、土耳其人和近中东的阿拉伯人所代表的一种威胁感也油然生起，而在那之外更为遥远的某个地方，隐隐然还潜藏着无数的蒙古人。于是乎出现了要求再次进行十字军东征以重夺圣地的喧嚣。在本书起初的章节里，当曼德维尔不妨说还行走在已知的天地里时，我们不时听到了这种呼声的回响。不过，当叙述深入至陌生世界后，这种回声也就销声匿迹了。参见英文本的编者注：John Mandeville. *The Travels of Sir John Mandeville: an abridged version with commentary*. London: William Collins Sons & Co. Ltd., 1973. p. 15.

2. 米迦勒，基督教《圣经》和伊斯兰教《古兰经》所载天使长之一。他像勇士执剑，或与龙搏斗，或作降龙状。米迦勒节（Michaelmas），基督教节日，纪念天使长米迦勒。西方教会定在9月29日，东正教会定在11月8日。中世纪的欧洲，此节日非常隆重。其日期恰逢西欧许多地区秋收季节，不少民间传统都与它有关。英格兰人有在此节日食鹅肉的习俗，以保证来年生活富裕。爱尔兰人过此节时把戒指杂在馅中作饼，吃到这枚戒指者，即将有结婚之喜。

3. John Mandeville. *The Travels of Sir John Mandeville: an abridged version with commentary*. London: William Collins Sons & Co. Ltd., 1973. p. 15.

中国、东印度群岛，以及那千千万万座岛屿和热闹繁华的都市，而这一切都被他归属在界限模糊而令人迷惑的广阔的“印度”（Ind）和“契丹”（Cathay）地域之内。[1]

1.John Mandeville. *The Travels of Sir John Mandeville: an abridged version with commentary*. London: William Collins Sons & Co. Ltd., 1973. p. 11.

面对这样一部不少内容显然系面壁之作的游记，人们也不是没有逐步察觉，关键是读者已经不在真伪问题上多费周折，倒宁愿不明就里地跟着作者到那些奇异的国度里遨游一番。我们在绘制于1300年左右的一幅中世纪世界地图（the Mappa Mundi）中，可以看见当时人们对外部世界的想象图景，这就是曼德维尔心目中的世界，也是基督徒眼中的世界，也是人们普遍宁愿见到的世界，尽管其时马可·波罗和其他一些人正将知识视野拓展得日益宽广。对于基督世界之外存在的那个巨大的未知天地，他们是既神往而又惊惧，在教会的鼓动下，他们仍旧墨守着传统的宇宙观和那些古老的信念。但是，指出当时的人们蒙昧轻信，并不是说他们愚笨鲁钝。他们没有见到的，他们以想象弥补之。他们对那个未知的天地产生了各种幻像：妖魔鬼怪有之，圣贤明哲有之，种种能人异士亦有之，有权威显赫的君王，亦有骇人听闻的奇异生灵。在这丰富的遐想中他们也丰富了自己的生存。所以他们乐意听信曼德维尔的故事也就不足为奇了。而对这些故事曼德维尔本身自是深信不疑的，因为它们也赋予了他快乐。[2]

2.John Mandeville. *The Travels of Sir John Mandeville: an abridged version with commentary*. London: William Collins Sons & Co. Ltd., 1973. p. 12.

曼德维尔爵士把自己的杜撰想象强加于公众正是元亡明兴的时候。随着在华的欧洲人被逐出中国，远东的帷幕对欧洲人再度落下，《曼德维尔游记》遂成为此后200年关于东方最重要和最具有权威性的经典。

19世纪下半叶，人们逐步认识到该书并非一次真实游历的纪录，尽管曼德维尔自己再三宣称它是一本原始述录。根据学者们的研究考辨，曼德维尔所讲故事的资料来源有以下几个方面：马可·波罗（Marco Polo）的《马可·波罗游记》（*The Travels of Marco Polo*），博韦的文森特（Vincent of Beauvais）的《世界镜鉴》（*Speculum Majus*），柏朗嘉宾（John de Plano Carpini）的《蒙古行纪》（*History of the Mongols*），鄂多立克（Odoric of Pordenone）的《东游记》（*The Eastern Parts of the World Described by Friar Odoric*），海敦亲王（Haiton the Younger）的《东方史鉴》（*Fleur des Histoires d'Orient*），以及流传甚广而实系他人伪造的祭司王约翰的信（The Letter of Prester John）。其中像文森特那部大百科全书性质的《世界镜鉴》，就是他主要的常备物。该书收录了古代和中世纪许多有关地理学及自然史的学说。而柏朗嘉宾，尤其是鄂多立克的东方游记更是他的重要参考读物。相比较而言，马可·波罗的东方游记并未被大量援引，或许马可·波罗的游记在此之前已得到了广泛传播，为避嫌，它不在该书作者的引用之列。

曼德维尔关于中国部分的叙述，尽管材料主要来源于鄂多立克，但是他们表现出来的风格完全不同。两部作品中，叙述者曼德维尔的仁慈、宽容与鄂多立克的刻板、正统形成了鲜明对照。一个充满热情和活力，另一个蹒跚而行；一个进行着奇异的精神漫游，另一个进行着艰难的肉体跋涉。鄂多立克组织作品材料似无选择，凡是他经历的以及能够回忆起来的都记录无遗；而曼德维尔则进行了文学的筛选和创造。两者在形式、物质和意图方面存在着较大差异。[1] 与鄂多立克显示的排外心态相比，曼德维尔更具包容性。曼德维尔展现在我们面前的游记主人公形象——诚实、谦恭、敬畏上帝；眼界宽阔、幽默风趣并富有探索精神；坦率、自省，引发读者的深思及自我审视：欧洲是否具有对真理、知识、宗教等的垄断权？

研究中世纪欧洲中国形象的著名学者康士林（Nicholas Koss）教授[2] 认为中世纪欧洲人关于中国形象的建构主要有三种模式：一是通过亲身游历构建中国形象，如鄂多立克；二是通过改写原有的欧洲文本建构中国形象，如曼德维尔；三是通过亚洲或中国人的叙述话语构建中国形象，如马可·波罗。[3] 相比较而言，曼德维尔笔下的中国形象与鄂多立克眼中的中国形象就有较大的差别，两者的侧重点不同。鄂多立克作品中的中国形象侧重表现物质层面，如城市的宏大、人口的众多以及食物的充足。他在其作品中提到10个城市，均有整段描写。曼德维尔的作品中仅列出了6个城市的名字，其中只有3个城市有较详细的描写，而且描述的城市规模均比鄂多立克作品中的小很多。曼德维尔在鄂多立克文本的基础上做了不少改进，发挥了不少想象。其中特别注重于中国人的方方面面，如中国男人的胡须[4]、中国女人的裹脚[5]、中国寺院里美丽的大花园及僧侣们的信念[6]、中国的矮人——

1. Josephine Waters Bennett. *The Rediscovery of Sir John Mandeville*. New York: MLA, 1954. p. 39.

2. 台湾辅仁大学康士林教授所著英文论著《中世纪欧洲的中国形象》（台北：书林，1999），通过几个有代表性的中世纪文本，详细探讨了中世纪欧洲中国形象的起源、传播及其实质。本部分写作颇受该著启发，部分资料亦取自于该书，谨致谢忱。

3. Nicholas Koss. *The Best and Fairest Land: Images of China in Medieval Europe*. Taipei: Bookman Books, Ltd., 1999. p. 136.

4. John Mandeville. *The Travels of Sir John Mandeville: an abridged version with commentary*. London: William Collins Sons & Co. Ltd., 1973. p. 52.

5. John Mandeville. *The Travels of Sir John Mandeville: an abridged version with commentary*. London: William Collins Sons & Co. Ltd., 1973. p. 83.

6. John Mandeville. *The Travels of Sir John Mandeville: an abridged version with commentary*. London: William Collins Sons & Co. Ltd., 1973. p. 53.

侏儒[1]，还有中国富人的生活方式[2]。

曼德维尔对中国人的以上这些方面表现出了极大的兴趣。不过，《游记》的几个主要版本在中国形象的重塑方面并非如出一辙。在法文本《游记》中，曼德维尔刻意拉开了读者与中国的距离，这与鄂多立克的做法有别。鄂多立克的作品往往使用第一人称的叙述方法，还不断拿中国与欧洲作比较，例如城市的大小、人口的众多、女人的美丽等，读者犹如伴随鄂多立克共同游历中国。曼德维尔的做法完全不同，他采用的是第三人称的叙述方式，拉开了读者与中国的距离，同时较少将中国与欧洲作对比，只是说中国的女人是那个地区更加美丽的，中国的乳酪在那个地区更大、更便宜。曼德维尔显然拒绝接受鄂多立克试图传达给读者的信息——中国在许多地方是世界上最好的，他仍然想象西方的社会、文化是世界上最优秀的。

曼德维尔的《游记》之所以极富吸引力，其主要原因是书中对大汗和祭司王约翰等几章内容的描述。在他眼中，“大汗才是远方所有地方最伟大的帝王和至高无上的君主，他统治着契丹（Cathay）诸岛和许多其他海岛，以及印度（Ind）的大片土地，其疆土直逼祭司王约翰（Prester John）的地界，他拥有的领土真可谓广袤无边。其巨大的权威和显赫的尊贵举世无双，绝非苏丹王可以比拟。”[3]曼德维尔不仅用奇迹，而且用过多的黄金和珍石润饰着前人对大汗宫殿的记述。曼德维尔怀疑读者不会相信这样一种五彩缤纷的图景，所以就厚着脸皮说“我到过那儿”，信不信由读者自己决断。同样他又将大汗的来历置于基督文化传统的背景里，再次满足着西方人的心理渴求：原来大洪水过后，诺亚（Noah）3个儿子中的一个“含”（Cham）占有了世上最好的一块地方——亚洲，因而最强大也最富有，加之又征服了一些民族，因此被尊为“汗”与“天下的君主”。

读罢《游记》中契丹大汗的故事，我们分明看到了基督传奇的影子。由此显示着传统文化对异文化强大的归化与认同功能。当两种文化展开最初的接触时，首先总会在自身文化传统视野内对异域文化进行简化、改造，这符合人们接受异文化的基本心态。于是，当中国形象进入欧洲文化视野内时，也便会遭到基督教神话的改造变形。因为，“在文化接受视野内，期望之中或欲望改造过的信息往往让人印象深刻，因为它已经过自身文化传统的组构、编码，变成信息准确、有说服力的东西了。”[4]曼德维尔正是在基督教义与骑士道视野内改造了契丹大汗的形象，同时展现着欧人集体记忆中的传统欲望。

1.John Mandeville. *The Travels of Sir John Mandeville: an abridged version with commentary*. London: William Collins Sons & Co. Ltd., 1973. p.54.

2.John Mandeville. *The Travels of Sir John Mandeville: an abridged version with commentary*. London: William Collins Sons & Co. Ltd., 1973. pp.83—84.

3.John Mandeville. *The Travels of Sir John Mandeville: an abridged version with commentary*. London: William Collins Sons & Co. Ltd., 1973. p.20.

4.参见周宁《跨文化的文本形象研究》，载《江苏社会科学》，1999年第1期。

在曼德维尔看来，契丹大汗作为一个伟大的君主，他可以随心所欲地挥霍、享乐，因为他并不是用金银作钱来花费，而是用纸钞当作金钱。纸钞流通全国，而他用金银来建造他的宫殿。大汗用纸币而不用金银消费，实在让当时的欧洲人羡慕不已。[1] 呈现在读者面前的大汗的大都城更是流光溢彩、珠动玉摇，叫人眼花缭乱、心驰神往。或许正是这童话王国般的幻境强烈地刺激着人们的神经，满足了他们心理上对权势、财富、珍宝的贪恋与企羡。所以，尽管曼德维尔的游记经不起明眼人的推敲琢磨，但时人仍视之如奇文，为之洛阳纸贵，其深层的人性期待欲望当是不言自明的。

曼德维尔还利用那些伪造的祭司王约翰写的信件（尽管他自己并不知晓），加上出自其他方面的材料（如马可·波罗的游记），共同建构起一幅神奇无比的令人神往的东方世界。就这样，曼德维尔在《游记》里重现着欧洲关于祭司王约翰的神奇传说，再次把人们的目光引向了遥远东方的那片神秘的乐土。而这一最为强大、最为圣洁的人间统治者，以及他的奢华、仁慈，他那为数众多的仆从，他那幸福的臣民以及他那繁忙的城市，必定会给西方许许多多黯淡无光的城市带来生气和斑驳的色彩，为世界上成千上万被战争喧嚣闹得头晕脑涨的人带来新的勇气和希望。这或许正是《游记》具有诱人魅力、历久不衰的原因所在。

一种文化语境内异域形象的变化无不暗示本土文明的自我调整，其中展示的是他们对异国的想象、认知，以及对自身欲望的体认、维护。曼德维尔对蛮子国、大汗王国的虚构传奇，以及祭司王约翰的神奇传说，无不展示着中世纪晚期人们的想象欲望，他们需要有一个物质化的异域形象，以此作为超越自身基督教文化困境的某种启示。这当是我们观照《曼德维尔游记》时所不应忽视的阅读策略。[2]

1. 曼德维尔此说法大概来源于马可·波罗。后者在其游记中记载了大汗用树皮所造之纸币通行全国的情形。（见《马可·波罗行记》，冯承钧译，第 237—238 页，上海：上海书店出版社，2006 年版。）马克思在《政治经济学批判》里谈到所谓“虚价货币”时说，“因而，相对没有价值的东西，如纸，可以作为金货币的象征发生作用”，而“在信用完全没有发展的国家，如中国，早就有了强制通用的纸币”。在其注释里，马克思就引用了曼德维尔爵士《航行与旅行》1705 年伦敦版第 105 页的内容说，“这个皇帝（中国皇帝）可以无限制地尽情挥霍。因为除了烙印的皮或纸以外，他不支出也不制造任何其他货币。当这些货币流通太久，开始破烂时，人们把它们交给御库，以旧币换新币。这些货币通行全国和全省……他们既不用金也不用银来制造货币”，曼德维尔认为，“因此他可以不断地无限制地支出。”（马克思：《政治经济学批判》，见《马克思恩格斯全集》第 13 卷，第 107—108 页，北京：人民出版社，1962 年版。）

2. 关于本土文化视域里的异域形象问题，笔者在拙著《他者的眼光：中英文学关系论稿》（宁夏人民教育出版社 2003 年版）附录二“西方文化视野中的中国形象及其误读阐释”，以及拙文《“中国不是中国”：英国文学里的中国形象》（《福建师范大学学报》2005 年第 5 期，人大报刊复印资料《文艺理论》2005 年第 12 期全文转载）里做了详细讨论。

第三节 “契丹探险”与文艺复兴时期英国作品里的中国题材

一、“契丹探险”计划与东方诱惑

英国自16世纪起开始寻找从海上到达中国的捷径。[1]1576年，航海家马丁·傅洛比雪尔（Martin Frobisher）率领一支由伦敦商人装备的探险队，试图开辟通过北美进入中国的西北航道，探险队航至现在的巴芬地（Baffin's Land），组织了中国公司（The Company of Kataia），却没能取得进展。此后，英国人又多次组织了自西北通过北美或自东北通过俄罗斯进入中国的探险队，都未获成功。这样一个名为“契丹探险”（Cathay Venture）的向外发展的计划，参加者既有英国政界人士、巨商大贾，也有航海家、地理学者，伊丽莎白女王也参与其中。虽然这些计划未能成功，不过朝野上下却因此都熟悉“契丹”[2]一类的名词了。

随着资本主义的发展壮大，殖民扩张思想在伊丽莎白时代得到广泛传播。与此相适应，此时期印行了许多关于航海、旅行与地理发现的文章。1573年，威廉·布尔（William Bourne）出版《论海上霸权》（*A Regiment of the Sea*）一书，证明从英国到中国可能存在的5条道路。而英国地理学家理查德·哈克卢特编译的《英吉利民族的重大航海、航行、交通和发现》（*The Principal Navigations, Voyages, Traffiques, and Discoveries of the English Nation*, 1599，简称《航海全书》），被誉为“一篇出色的关于中华帝国及其社会阶层和政府的论文”（An Excellente Treatise of the Kingdom of China, and of the Estate and Government）。

1. 拉雷教授（Walter Raleigh）在《英国16世纪的航海业》一书中说：“探寻契丹确是冒险家这首长诗的主旨，是数百年航海业的意志、灵魂。……西班牙人已执有西行航线，经过马加伦海峡，葡萄牙人执有东行航线，经过好望角；于是英国人只剩下一条可走——向西行。”（转引自方重《英国诗文研究集》第1—2页，上海：商务印书馆，1939年版。）

2. 契丹，本是中国北部的一个民族，10世纪初崛起后，创建了强大的辽王朝，英名远播，致使欧洲人以“契丹”（Cathay）来称呼中国北部，进而又以“契丹”称呼整个中国。中世纪晚期欧洲人对世俗欲望的热情，当然与古希腊罗马文化的复兴分不开，同样也有来自远东契丹的诱惑。在他们眼中，“契丹国幅员甚广，文化极高。世界上无一国，开化文明，人口繁盛，可与契丹比拟者。”（拉施特《史记·契丹国传》）14世纪初，亚美尼亚亲王海敦口述的《契丹国记》对契丹有详细的描写，参见张星烺《中西交通史料汇编》，第四册，第27—30页，北平：辅仁大学图书馆，1930年版。

1592年，英国舰队在阿速尔群岛附近截获了一艘葡萄牙商船“圣母号”。船上除了有英国人从未见到过的东方奇珍异宝以外，还有一本于1590年（明万历十八年）在澳门出版的拉丁文著作《关于日本使节朝拜罗马教廷的对话》（*De Missione Legatorum Japonensium ad Romanam Curiam*），内容是关于东方国家的情况介绍。这本书被当作宝贝拿来给英国地理学家哈克卢特（Richard Hakluyt，1552—1616）看时，它被“装在一只香木匣子里，用印度花布包裹了上百层，真好像它是一件无价珍宝”。哈克卢特承认，这是“一种我认为是迄今为止发现的记载那些国家最准确的书”。哈克卢特找人把这本书关于中国的叙述摘译出来，编入《英吉利民族的重大航海、航行、交通和发现全书》之中。[1]

哈克卢特摘译的部分共30页，以3人对话形式介绍中国，对中国多方面进行褒扬，但也不乏理性分析。该书被称为是一部英国人民和这个国家的“散文史诗”，也被看作是伊丽莎白时代英国精神风貌的标志，问世后风靡一时，影响深远。有关中国的知识同样随着这部巨著一起流行，对当时的英国人而言，远方的中国大概就是上帝创造的一个新世界。可以说，这种对于航海与旅行的兴趣，对于远方国家的注意，以及这方面颇为发达的翻译与出版工作，是伊丽莎白时代英国社会的一大特征。

二、　伦敦出版中国题材译著

本时期中国知识在英国的传播主要得益于欧洲其他国家有关中国题材论著的译介。1577年，在伦敦出版了一本由Richard Willes从意大利文翻译过来的关于中国和中国人的著述《外省中国报道》。该书根据Galeotto Perera的游记改编，英文书名很长：*Certayne Reportes of the Prouince China, learned through the Portugalles there imprisoned, and by the relation of Galeotto Perera, a gentleman of good credit, that lay prisoner in that countrey many yeres*。该书又包含在下面这部著述里：*The History of Trauayle in the West and East Indies and other countreys lying eyther way towardes the fruitfull and ryche Moluccaes*。后者先是由Rieharde Eden搜集整理，后经Riehard Willes重新编排得以最终完成，并在伦敦由Richard Lugge重印。《外省中国报道》简洁而有趣地选择了关于中国的信息，如全国分为13个省、中国人的风俗习惯、宗教信仰、完备的考试制度、

1. 哈克卢特译印此书时，没有提及原书作者姓名。实际上这本书的作者是一批耶稣会士，有利玛窦、范礼安（Alexandre Valignani，1538—1606）、孟三德（Duarte de Sande，1531—1600）等。书中介绍了中国的疆域、皇家税收、北部边防、长城、人口、府县数目、中国历史上的内战及战乱带给人民的苦难、手工艺（包括制瓷、印刷、制炮）、绘图、航海、天文、农作物、宗教、政府组织、内阁、官员的升迁、皇帝和皇室情况等，还较为详细和准确地介绍了中国的科举制，并第一次向西方人介绍了中国的儒教、道教和佛教。某种意义上，这是16世纪末欧洲人中国观的一个缩影。

地方政府、监狱刑法等等。作者还指出中国人否定他们的国家叫“中国”（China），而叫“大明”（Tamen）。书中关于中国的叙述均译自意大利旅行家的作品。全书结尾还向读者鼓动说通过西北航道进入中国是很有利的，因而又配合了英国资产阶级殖民扩张思想的宣传需要。

另一本关于中国的书，由约翰•弗朗卜顿(John Frampton)翻译，1579 年在伦敦出版英文版。该书的英文书名为：*A Discourse of the Nauigation which the Portugales Doe Make to the Realmes and Prouinces of the East Partes of the Worlde: And of the Knowledge that Growes by Them of the great Thinges，which are in the Dominons of China. Written by Bernardina of Escalanta，of the Realme of Galisia Priest*。这是艾斯凯朗特（Escalanta）编撰的有关葡萄牙在远东地区活动情况的游记，中文书名可译为《葡萄牙人赴中国统治下的世界东方文明学识之邦的航海游记》，此书可以使英国人了解中华帝国的一些重要风物。

1588 年，英国击败西班牙“无敌舰队”，一跃成为最大的海上强国。就是这一年，西班牙门多萨（Juan Gonzalez de Mendoza，1545—1618）《中华大帝国史》（*Historia de las cosas mas notables，ritos y costvmbres，del gran Reyno dela China*）在伦敦发行了英译本：*The Historie of the Great and Mightie Kingdome of China，and the Situation thereof：Togither with the Great Riches, Huge Cittites，politike gouernement，and rare inuentions in the Same*。译者为罗伯特•帕克(Robert Parke)。本书成为当时英国人获取中国知识的最为重要的来源。16 世纪末年，欧洲人对中国知之甚少，有关中国的读物极为罕见。对于欧洲人来说，《中华大帝国史》是马可•波罗的《游记》以后介绍中国的第一部重要著作，受到普遍欢迎，产生较大影响。英国作家弗兰西斯•培根读了此书后，认为中国是一个值得敬重的国家。

三、 英人首次提及中国文学

英国学者乔治•普登汉姆（George Puttenham，1529—1591）在游览意大利期间，从朋友那里了解到了关于东方诗歌的一些知识，并对中国和波斯的诗歌产生了兴趣。1589 年，出版《英国诗歌艺术》(*The Arte of English Poesie*)一书，讲述了这件事的原委：“在意大利期间，(我)熟识了一位绅士，他曾长时在东方各国旅行，看见过中国和鞑靼王子的宫院。我对这些国家的细情，特别是各种学识和民间诗歌很好奇，他就告诉我：他们完全生活在极聪明的创造之中，他们运用诗歌，但不像我们那样,冗长而沉闷地描写,因此他们要表达奇思妙想，就用简洁的诗韵，写成菱形诗或方块诗，或其他类似的图形。他们还依原样刻在金、银、象牙之上，有时则用五彩宝石巧黏成字，点缀链子、手镯、衣领或腰带，赠送情人，以作怀念之物。这位绅士送给我几首这样的诗，我逐字逐词地把它们翻译过来，尽量逼肖原来的句子和形状。这多少有点难以处理，因为要受原来图案的限制，不能走样。”[1]

拉赫（Donald F. Lach）在其巨著《欧洲形成时期的亚洲》（*Asia in the Making of Europe*）里指出，普登汉姆得到的是一种“图案诗”（pattern poems），一种在中国和波斯早已存在的“文字游戏”，而且他还提到了东方诗歌的其他一些特点，特别是暗示性和简明性。尽管这些话“即使在现在听起来也异常准确”，但在当时并没有产生多大的影响。

四、 英国作品里的中国题材

1591 年，英国打破葡萄牙的海上封锁，获得了取道好望角进入东方的航海权。英国资产阶级凭借其海上优势，展开了大规模的海外殖民扩张活动。其后关于东方中国的各种直接与间接的知识得以在英伦传播，为英国作家拓宽视野、汲取创作素材提供了方便。

“大学才子”派的代表人物，戏剧家克里斯多弗·马洛（Christopher Marlowe，1564—1593）编写的《帖木尔

1.George Puttenham. *The Arte of English Poesie*. G. D. Willcock, A. Walker, ed. Cambridge: Cambridge University Press, 1936. pp. 91—92. 这段最早涉及中国文学信息的珍贵文献，其原文是：But being in Italie conuerfant with a certaine gentleman, who had long trauailed the Orientall parts of the world, and feene the Courts of the great Princes of China and Tartarie. I being very inquifitiue to know of the fubtillities of thofe countreyes, and efpecially in matter of learning and of their vulgar Poefie, he told me that they are in all their inuentions moft wittie, and haue the vfe of Poefie or riming, but do not delight fo much as we do in long tedious defcriptions, and therefore when they will vtter any pretie conceit, they reduce it into metricall feet, and put it in forme of a Lozange or fquare, or fuch other figure, and fo engrauen in gold, filuer or iuorie, and fometimes with letters of ametift, rubie, emeralde or topas curioufely cemented and peeced together, they fende them in chaines, bracelets, collars and girdles to their miftreffes to weare for a remembrance.Some fewe meafures compofed in this fort this gentleman gaue me, which I tranflated word for word and as neere as I could followed both the phrafe and the figure, which is fomewhat hard to performe, becaufe of the reftraint of the figure from which ye may not digreffe.

大帝》（上篇）[1]于1587年10月由伦敦海军提督剧团公演，在观众中引起轰动。后来（1590年），由出版商理查·琼斯连同该剧的下篇一并在伦敦出版。书的扉页上印有："帖木尔大帝，原系西徐亚的一个牧羊人，凭其罕闻的盖天战功，一跃而成为极其强大有力的君主，且（因其暴虐和恐怖的征服）为世人称作'上帝之鞭'。全剧分上、下篇，由海军提督剧团于不同日期在伦敦市的舞台上演出。现由理查·琼斯首次出版发行，霍尔本桥畔罗斯—克朗印刷厂印刷，1590年，伦敦"。[2]

1. 帖木尔崛起于中国元、明两个王朝更替之际。13世纪初，成吉思汗在统一蒙古和向外扩张中，曾把其领土分封给4个儿子，以后逐渐形成窝阔台、察哈台、伊儿和钦察4个汗国。后来窝阔台封地并入察哈台，而察哈台封地内的贵族之间不断发生争斗，14世纪初叶，形成了东西两大割据势力。1370年（明洪武三年），西察哈台的蒙古贵族帖木尔推翻了撤马尔罕的统治者，夺取了统治权，自称为成吉思汗的继承者，成为整个察哈台汗国君主，随后不断向外扩张，建立了盛极一时的帖木尔帝国。

2. 原文是：Tamburlaine the Great, who, from a Scythian Shepehearde, by his rare and woonderfull conquests, became a most puissant and mightye monarque, and (for his tyranny, and terrour in warre) was tearmed The Scourge of God. Deuided into two tragicall discourses, as they were sundrie times shewed upon stages in the Citie of London, by the right honorable, the Lord Admyrall his seruauntes. Now first, and newlie published. London. Printed by Richard Ihones: at the signe of the Rose and Crowne neere Holborne Bridge, 1590.

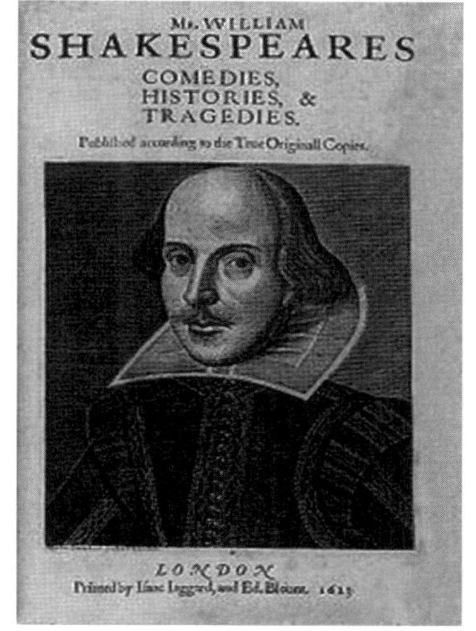

《莎士比亚喜剧、历史剧和悲剧集》

关于中国的零星知识也呈现于莎士比亚的戏剧作品之中。比如，《温莎的风流娘儿们》（1599）第二幕第1场、《第十二夜》（1601）第二幕第3场均提到"契丹人"（Cataian）形象。18世纪的英国学者乔治·斯蒂文斯（George Steevens）在校注《温莎的风流娘儿们》时说Cataian（Cathayan）这个名词等同于"贼或骗子"。其理由是在欧洲文学中，"契丹"等同于"中国"，而中国人素来善于做贼或骗子，所以契丹人的含义便是贼或骗子了。以后编的《新英文字典》（*New English Dictionary*）就引用斯蒂文斯的话来解释这个名词，在"契丹人"这个词后面加上"贼、狂徒、流氓"三个意义。1979年，有位叫昂格尔（Gustar Ungerer）的学者著文认为斯蒂文斯的说法（即"契丹人"是贼或骗子）并没有什么根据。他列举当时的大量文献，得出的结论是："契丹人"意为"开化的异教徒（或外国人）"。范存忠先生在谈到这一问题时，说这项工作很有意义，希望以后能有进一步的阐发。[3]

3. 其实，这一难题早在20世纪30年代初期就由张沅长著文详加驳斥。他在《国立武汉大学文哲季刊》1931年第2卷第3期上发表长篇文章《英国十六十七世纪文学中之"契丹人"》，辩驳了斯蒂文斯等人所认为的"契丹人"就是"贼或骗子"的说法。

"中国"（China）一词，也出现在莎士比亚剧作之中。

其喜剧《一报还一报》（*Measure for Measure*，1604）里就有句颂扬中国瓷器的话："They are not China dishes, but very good dishes." 意思是：尽管不是中国的，可的确是上等的餐具。[1]

与莎士比亚同时代的著名戏剧家本 • 琼生于 1605 年演出了一部最富于野性的喜剧《老狐狸伏尔朋》（*Volpone, or the Fox*），其中提到了中国人。该剧以威尼斯为背景，描写那里的商人肆无忌惮、追逐私利，那里的丈夫唯利是图、粗暴无理，那里的律师撒谎腐败，就连去那里访问的人都把那里城市的装腔作势误以为是老练成熟。其中有个角色说："先生，我听说，/ 你们的狒狒是间谍，它们是 / 接近中国的狡猾一群。"[2] 作为英国的他者，中国人形象在英国戏剧作品里带有狡黠的特性，孰是孰非，无从追问。同一时期，却有一个真正的中国人登上了伦敦戏剧舞台，这次是一个魔术师。1604 年元旦，一位观众津津乐道地告诉我们说："新年的一天晚上，我们观看了一出戏，演的是善良的罗宾，还看到一个中国魔术师戴了假面具。剧院大厅稍低的一头，搭起一个天篷，我们这个魔术师从那里走出来，就他出生的国家的性质对国王做了长篇大论的演说，并将他的国家的实力和资源与英国进行了比较。随后他说他腾云驾雾，把几位印度和中国骑侠带来观看这个宫廷的宏伟场面。"[3] 这位 17 世纪初年的普通观众不经意间见证了中国人形象登上英国戏剧舞台的重要历史细节。

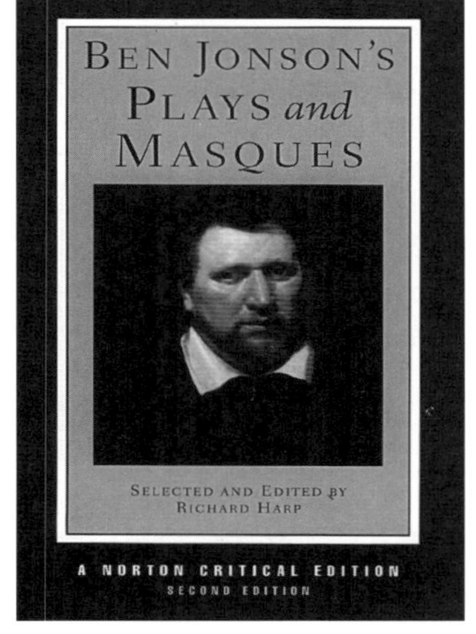

《本 · 琼生作品集》封面

1. 玄学派诗人多恩（Donne，1572—1631）在一首哀悼马卡姆夫人（Lady Marckham）的诗中，写到夫人的肉体在坟墓中升华："如中国人，当一个世纪逝去，/ 在瓷品中采集揉进的瓷泥。"（As men of China，"after an ages stay/Do take up Porcelane，where they buried Clay."）

2. 原文是：I have heard，sir，/That your baboons were spies，and that they were/A kind of subtle nation near to China。本 · 琼生这部戏后于 1607 年出版。

3. 转引自艾田蒲《中国之欧洲》下卷，许钧、钱林森译，第 118 页，郑州：河南人民出版社，1994 年版。

第二章　17—18 世纪的中英文学交流

第一节　明清之际中国人眼里的英国印象

一、“谙厄利亚”与明清士人的英国知识

从 1492 年卡博特（John Cabot）的探险开始至 1644 年明清易代止，大约一个半世纪以内，英国人做了几十次打入中国的尝试。英国是继葡萄牙、西班牙、荷兰之后兴起的一个海上强国。整个 16 世纪，英国一直不断地想找到这样一条从西北到达中国的航路，但均以失败告终。1596 年，一支由 3 艘船组成的英国船队驶往中国，船队还带有一封伊丽莎白女王致中国皇帝的信件，不过这支船队后来下落不明。

最早直接从英国开到中国的船队是威德尔船队，由 4 艘船只组成，于 1636 年 4 月离开英国，1637 年 6 月到达澳门。由于居住在澳门的葡萄牙人不让英国人进港，船队直驶广州，与中国方面发生冲突，几经周折，英国船队于 11 月底离开广州。船队上一个英国商人芒迪（Peter Mundy）在日记中写道：“完全可以说，我们是在火与剑的驱逐下离开这座城市，离开这个国度的”。英国船队与中国通商的努力失败了，这支船队最后也未能回到英国。英国人通过这次航行加深了对中国的认识，同样英国人关于这段时期的东方探险留下了大量详细的记载。相反，明朝官员一直不知道这些与自己面对面交往了 6 个月，并多次发生武装冲突的外国人从何而来，更不知道他们的国家——英国。可以说，明朝政府一直到自己灭亡时仍对这个新出现的欧洲民族毫无了解。因而，尽管中英两国商人在南洋一带已经有了很频繁的接触，明朝却仍然将英国与和兰（荷兰）混为一谈，统称为“红毛番”或“红毛夷”[1]。清人据明人记载修《明史》，便把威德尔船队来华之事载入《和兰传》。[2]

清人在叙述英国时，往往说它“自古不通中国”。确实，在英国人已经知道中国 300 多年之后，中国人对英国还是闻所未闻。最早将英国介绍给中国人的则是来自意大利的传教士利玛窦。1601 年他来到明代都城北京。翌年，在北京绘制《坤舆万国全图》，献给明朝神宗皇帝。在这幅世界地图中，利玛窦将苏格兰（Scotland）翻译成“思可齐亚”，将英格兰（England）翻译成“谙厄利亚”，并有一段文字说明：“谙厄利亚无毒蛇等虫，虽别处携去者，到其地，

1.1601 年起，荷兰人多次来到中国，当时中国人不知他们从何而来，于是就根据他们“毛发皆赤”的体质特征将之唤作“红毛番”或“红毛夷”，简称“红番”、“红夷”。

2．1637 年（明崇祯十年）6 月 25 日，英国人威德尔率领船队抵达澳门，并与葡萄牙人在澳门发生冲突。威德尔闯入广州内河，挑起“广州虎跳门事件”。此为中英首次武装冲突。8 月 12 日，威德尔违背广东地方官严厉禁止英船驶入内河的严正声明，继续向广州挺进，致使双方首次开仗。英人突破明军阻截，抢占炮台，并抢劫渔船。英船再次违抗禁令驶到虎门停泊，挑起中英第二次武装冲突。《明史 · 和兰传》：“十年，驾四舶，由虎跳门薄广州，声言求市。其酋招摇市上，奸民视之若金穴，盖大姓有为之主者。当道鉴壕镜事，议驱斥，或从中挠之。会总督张镜心初至，力持不可，乃遁去。已为奸民李叶荣所诱，交通总兵陈谦为居亭出入。事露，叶荣下吏，谦自调用以避祸。为兵科凌义渠等所劾，坐逮讯。自是奸民知事终不成，不复敢勾引。”12 月 29 日，英商威德尔率领船队离开中国澳门返航。

即无毒性”。[1]“谙厄利亚”就是“英国”的最早中文译名。

1.《利玛窦坤舆万国全图》第 16 张，禹贡学会 1936 年影印。

1623 年，另一意大利传教士艾儒略[2]《职方外纪》在杭州刊印，此为第一部用汉文撰写的世界地理学著作，介绍“谙厄利亚”最为详细，共 300 字。这些文字所叙述的既有怪异之事，例如“有小岛无根，因风移动，人弗敢居，而草木极茂，孳息牛羊豕类极多”、“傍有海窖，潮盛时，窖吸其水而永不盈，潮退，即喷水如山高。当吸水时，人立其侧，衣一沾水，人即随水吸入窖中，如不沾水，虽近立亦无害”等，也有关于英国的知识，如介绍谙厄利亚（英格兰）“气候融和，地方广大，分为三道，共学二所，共三十院”[3]等。这也是中国人首次从汉语知晓英国信息。

2. 艾儒略（Jules Aleni，1582—1649），意大利布雷西亚人，1600 年加入耶稣会。明万历三十八年（1610）来华，曾任在华耶稣会长，号称“西方孔子”，有译著 30 余种。《职方外纪》，艾儒略译，杨廷筠记，凡五卷，系据庞迪我（Didace de Pantoja，1571—1618）、熊三拔（Sabbathino de Ursis，1575—1620）在明宫中讲解世界地理之稿增补而成，分五大洲介绍新知识，在杭州刻印，首次向国人介绍世界各国的自然条件、风俗习惯、人文景观等。

3. “三道”指英格兰、苏格兰、威尔士；“共学二所”指牛津、剑桥两所大学。

传教士来中国，是为了使中国人信奉天主教，因而在其中文著作中即如此有意识地描述一些奇闻异事，以激发读者的好奇心，吸引读者。另一方面，他们在介绍欧洲各国时也多赞辞：“俗敦实，重五伦。物汇甚盛，君臣康富。”欧洲人性情“尚直重信，不敢用诈欺人。以爱人如己为道”……如此，欧洲简直被描写成了人间乐园。实际上，其时，欧洲正处于资本主义兴起的动荡时代，社会内部结构急剧变迁，战争不断。为了使中华帝国臣民归化天主，只能美化他们的故乡欧洲。如果告诉异教徒们说：“在那些信奉天主教的国度里同样充满了灾难和战乱”，那谁还会去皈依天主呢？

明清交替之际，由于来华贸易的英国商人逐渐增多，人们对英国人开始有所了解，中国人将英国称为“英圭黎”，或者译作“英机黎”、“英鸡黎”、“英咭唎”[4]。至雍正年间，中国人对英国的认识更为加深，陈伦炯《海国闻见录》（1730）充分说明了这一点。这是鸦片战争前第一本中国人考察世界史地的记录。陈伦炯曾任康熙帝侍卫，得览西人献纳之世界地图，并与其父陈昂“出入东西洋”，“且见西洋诸部估客”，“询其国俗，考其国籍”，颇多见闻。书中专有《大西洋记》一章，记述英国的大体地理方位，指出英机黎（英国）为三岛之国，孤悬于吝因（丹麦）、黄祁（德国）、荷兰、佛兰西（法国）之西北海中，还说明了其特产，并对英国在印度洋地区的殖民活动有所认识。书后附图《四海总图》，也比较准确地标出了英国的地理位置，与文字相参照。可以说，这本书已经明确了英国的地理位置、特产，还有英国人的殖民侵略本性英国人的这种侵略性。[5]

4. 这些汉字上均带“口”字，带贬义，牲口之义。再如陈伦炯《海国闻见录》中所介绍的英国特产，如“哆啰呢”、“哔叽”等，也是如此。

5. 英国人的这种侵略性也为当时的清朝政府密切关注并严加防范。比如，1717 年（康熙五十六年），就是清廷下禁海令的当年，身为总兵的陈昂（陈伦炯之父）即奏称：“粤东红毛有英圭黎诸国最为奸宄，盖其时通市于广州、澳门等处，屡以粤关索费太重，纠洋商合词争之。”尔后，他又奏称：“臣遍观海外诸国，皆奉正朔，惟红毛一种奸宄莫测，中有英圭黎诸国，种族虽分，声气则一。请饬督抚关部诸臣，设法防范。”上从之。（王之春《国朝柔远记》卷四）。

17 世纪后期，荷兰在英国的打击下一蹶不振，丧失了海上霸主地位。英国人初来中国时，曾被称为“红毛”。乾隆年间所编《皇清职贡图》中说“英吉利，亦荷兰属国。”18 世纪英国日益强大，打败荷兰，成为世界上最大的殖民强国，同中国交往也最为密切。这样“红毛”一词越来越多地指英国人，将荷兰人从“红毛”中排斥出去。中国人通过与英国人的实际交往，渐渐知晓了英国的存在。

二、　马嘎尔尼使团访华与清乾隆年间的英国印象

1736 年乾隆登基，在这前后，中英通商交流发展的速度仍比较缓慢。英国社会，包括来华的英国商人，对中国社会及其经济状况亦知之无多。而在康雍之世以来，中华帝国的政治、经济以及对外关系均形成了固定的制度模式，仍然是富庶临天下，无求于他邦。

自 18 世纪 60 年代始，英国的工业革命使社会发生巨变。这一期间，英国逐渐成为西方最大的殖民强国。1792 年，英王派出一个以乔治·马嘎尔尼爵士（George Lord Macartney，1737—1806）为首的庞大使团，以给中国乾隆皇帝祝寿为名出使中国，希望通过外交途径获取商业与外交利益。使团虽然未能完成钦命，但却将大量的关于中国的信息带回英国，导致了英国关于中国知识的激增，开创了中英关系的新时代。[1]

在英国使团来华不久以前的 1784 年，乾隆皇帝下令撰修的清朝第二部《大清一统志》完成。其中根本未提及英国的名字，可见清朝政府对于世界局势的变化一无所知。马嘎尔尼使团的目的是“为了使整个东方向英国开放贸易，并使英中关系建立在条约的基础上”。但清朝从传统的夷夏关系出发，认为这只不过是又一个蛮夷之邦因为仰慕中华文明而特地“航海远来，倾心向化”，前来朝贡。当清朝皇帝看到使团所进呈的礼物贡单中将马嘎尔尼称作“钦差”后，特令将之改为“贡差”。因为他认为“钦差”是对中国使臣的称呼，外国的使臣只能称为“贡差”。

清朝把马嘎尔尼他们看成是朝贡者，所以自然要求按照中国传统向皇帝行三跪九叩之礼，但英国使臣认为这种礼节意味着英国是中国的附属国，予以拒绝，引发著名的礼仪争执。当时中国朝廷中甚至流行着这样一种解释性的说法：“西洋人用布扎腿，跪拜不便，是其国俗，不知叩首之礼。”

为了展示英国工业革命的成就，马嘎尔尼使团带来了大批科学仪器作为礼物，希望以此引

1. 马嘎尔尼勋爵率领的大英帝国使团 1792 年 9 月 26 日起航，一年以后，1793 年 9 月 17 日，使团在热河觐见乾隆皇帝，1794 年 9 月 5 日返回到英国。马嘎尔尼使团的中国之行很不令人愉快。400 人的使团近一半丧命。其中一个使团成员这样描述他们的出使经历：“我们的整个故事只有三句话：我们进入北京时像乞丐；在那里居留时像囚犯；离开时则像小偷。”使团的中国之行一无所成，中国拒绝了大英帝国的所有通商和外交要求，并且在是否给中国皇帝叩头的礼仪问题上纠缠不休，就这样使团失望羞辱地回到英国。虽然如此，访问也并非完全无功而返，他们为欧洲人带回了他们亲眼见到的神秘的东方古国的朦胧影像。

起清皇的重视。但清政府将这些先进的科技成就一概视为“奇巧淫技”。而且，清政府对于英国人将各类专家的名字放在使团官员前面而感到大惑不解：“此等人等，既称官员，何以名列在天文、医生之后？”

对于中国来说，使团的到来没有产生什么重要影响，它最重要的后果只不过是：在天朝的朝贡国名单中多了一个名叫“英咭唎”的海外番国。在嘉庆十六年（1811年）开始重修的清代第三部一统志中就增加了“英咭唎”一条。

第二节　中国文化西传与英国译介中国文学的开始

一、　中国知识论著的大量英译

英国地理学家萨缪·珀切斯（Samuel Purchas，1575—1626）搜集、编译的欧洲各国旅行家的东方游记，以《珀切斯游记》（*Purchas His Pilgrimage*）为书名，于1613年在伦敦出版。这部游记几乎收入了当时能收集到的所有关于中国的东方旅行游记，从马可·波罗到利玛窦的书都收在其中，它使英国人得以对远东有较为精确的了解，同时也成为后世作家文学创作的一个重要素材来源。[1]

1. 引起浪漫大诗人柯勒律治遐思和勃发诗兴，而写出千古名篇《忽必烈汗》的，就是这部游记中所收的马可·波罗的东方游记。《珀切斯游记》里有一处提及嗜食鸦片的危险：“他们（在非洲和亚洲的游历者）以为我不知道火星和金星在那点上交合和发生作用。其实一旦使用，就会每天处在死亡的痛苦之中。”柯勒律治也是通过这本书知道了鸦片和鸦片瘾。

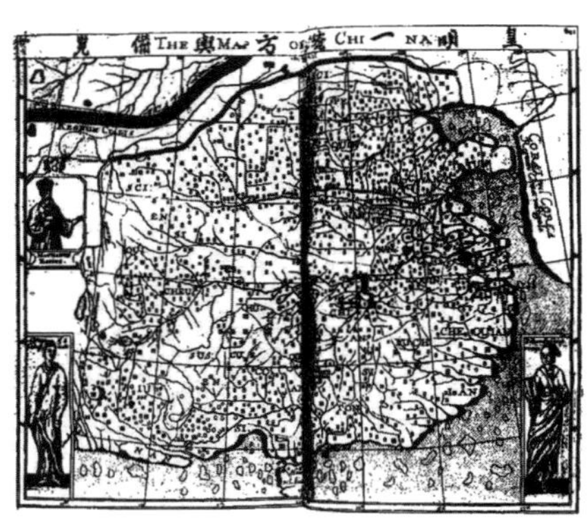

珀切斯著作中的中国地图《皇明一统方舆备览》

意大利传教士利玛窦在华期间，以其母语意大利语写下了大量介绍中国概况和记述在华传教事业的手记，名为《基督教远征中国史》。[1]此书是耶稣会士第一部详尽记述中国的重要著作，并记述了利玛窦在中国的亲身经历，呈现了当时中国的真实面貌，为欧洲人了解中国提供了极为珍贵的第一手资料。1622年其英文本出版，英国作家涉及中国知识亦多出于此。

1. 利玛窦的原意是记述耶稣会传教团在中国创建的艰难历程，所以书名是《基督教远征中国史》（*De Christiana expeditione apvd Sinas svscepta ab Societate Iesv ex P. Matthaei Riccii*）。此书在利玛窦生前未获刊行机会，1614年，在华比利时籍耶稣会士金尼阁（Nicolas Trigault，1577—1643）奉命返欧时，随身带走了这部手稿，在漫长的航行途中将它转译成当时欧洲文人普遍掌握的拉丁文。此书是耶稣会士第一部详尽记述中国的重要著作，对于传教史和中西文化交流史研究十分重要。作者从各方面向欧洲读者介绍中国的地理位置、疆域和物产，描述了中国的百工技艺、文人学士、数学天文等。关于中国的政治制度和民情风俗，诸如科举选仕、政府机构、待人接物的礼仪程式、饮食衣着、婚丧嫁娶以及种种迷信行为等，都一一加以介绍。

葡萄牙人平托（Fernão Mendes Pinto，1509—1583）的《游记》（*Peregrinação*）于1653年在伦敦出版英译本。英国政治家、散文家威廉·坦普尔爵士（William Temple，1628—1699）的未婚妻奥斯本（Dorothy Osborne）在此英译本出版的第二年（1654）就向他提到过书中关于中国的报道："你没有看过一个葡萄牙人关于中国的故事？我想他的名字叫平托。如果你还没有看过，你可以把那本书带走。那是我认为我所看过的一本饶有兴味的书，而且也写得漂亮。你必须承认他是个游历家，而且他也没有误用游历家的特权。他的花言巧语是有趣而无害，如果花言巧语能够做到这样的话，而且就他所涉及范围而言，他的花言巧语也不是太多的。……如果我这辈子能够看到那个国家，并能跑到那里，我在这些方面要好好地玩弄一番呢。"[2]

2. 转引自范存忠：《中国文化在启蒙时期的英国》，第12页，上海：上海外语教育出版社，1991年版。

平托自1537年起在东方游历，历时21年。他曾到过东南亚和中国、印度等地，1558年返回故土。他所撰《游记》于1614年出版，书中对中国文明有较详细的介绍。半虚半实的描绘将中国理想化了，难怪欧人将信将疑。这可能是威廉·坦普尔最早接触到的关于中国的材料。

1655年，葡萄牙人曾德昭（Alvarez Semedo,1585—1658）的《大中国志》（*Imperio de la China*）也出版了英文本：*The History of That Great and Renowned Monarchy of China*。[3]作者在中国生活了20余年，书中所述大多为他亲历、亲闻或采自中国的书籍。全书分两大部分：第一部分是对中国的详尽介绍，广泛涉及国名的由来、地理位置、疆域、土地、物产、工艺、科技、政府机构等等；第二部分是1638年之前基督教传入中国的历史回顾，其中包括基督教传入中国的起始、南京教难以及著名的中国教徒李之藻的传记等。此书对中国表示了由衷的称颂。

3. 1998年，中国学者何高济先生以英译本为据，并参考意大利文本和最新的葡文本，将此书译成中文，书名为《大中国志》，由上海古籍出版社于1998年出版。

而《鞑靼征服中国史》的英译本 *The History of the Conquest of China by the Tartars* 也在1671年由伦敦 Godbid 公司出版。这是17世纪欧洲记叙明清易代的著作。原书系西班牙文，由墨西哥奥斯与维西罗伊大主教帕拉福克斯（Bishop Palafox）所著。该书作者称赞满清统治者仁慈公正，消除了宫廷的腐败，引进了受人欢迎的改革。

葡萄牙籍传教士安文思（Gabriel de Magalhaes，1609—1677）所著《中国新史》（*Nouvelle Relation de la Chine, Contenant la defcription des particularitez les plus confiderables de ce grand Empire*）的英文译本刊于 1688 年。此书共 21 章，用比较通俗的语言介绍了中国的历史、语言、政治、人民的习俗、北京和皇宫等。此书通俗易懂，可读性较强，所以在向欧洲的一般读者普及中国历史知识方面起到了重要的作用。

法国耶稣会传教士李明（Louis Le Comte，1655—1728）所著《中国现状新志》（*Nouveaux Mémoires Sur l'État Present de la Chine*）的英译本于 1689 年在伦敦出版发行。李明在中国的逗留时间不足五年。在这短暂的数年中，他从宁波到北京，从北京到山西，再到西安，然后去广州。该书不以学术水平见长，而是以它对中国各方面生动而具体的描述和通俗流畅的语言赢得读者。全书共 12 封长信，收信人无一不是实有其人的大人物。与其他耶稣会士的著作一样，该著对中国的基本态度是颂扬与钦慕，同时也不隐讳中国的某些阴暗面，甚至说了些很“难听”的话。李明的言论影响到了英国作家如但尼尔·笛福等人对中国形象的看法。

1691 年，由英国人 Randal Taylor 在伦敦出版了比利时籍耶稣会士柏应理 (Philippe Couplet) 编译的《中国哲学家孔子》[1] 的英译版：*The Morals of Confucius, a Chinese Philosopher*。在英译版中孔子被描绘成一个自然理性的代表、传统文化的守护者。孔子的思想后成为英国启蒙作家的重要思想武器。

杜赫德（Jean-Baptiste Du Halde，1674—1743）的重要著述《中华帝国全志》[2]（*Description*

1. 1681 年，比利时籍耶稣会士柏应理主持编译的《中国哲学家孔子》（*Confucius Sinarum Philosophus*）刊行，该书分四大部分：第一，柏应理上法王路易十四书；第二，论原书之历史及要旨；第三，孔子传；第四，《大学》、《中庸》、《论语》译本。本书既向西欧国家介绍了儒家的经籍，又略举其重要注疏，便于欧洲人士接受。柏应理为此书写了一篇很长的序言，对全书的重要内容做了介绍，并附了一份 8 页长的儒学书目和一张孔子的肖像。本书在欧洲产生了广泛的影响。丹麦学者龙伯格在谈到这部书的影响时说：“孔子的形象第一次被传到欧洲。此书把孔子描述成了一位全面的伦理学家，认为他的伦理和自然神学统治着中华帝国，从而支持了耶稣会士们在近期内归化中国人的希望。”（龙伯格《理学在欧洲的传播过程》，载《中国史动态》1988 年第 7 期）。

2. 杜赫德的《中华帝国全志》（又常译为《中国通志》）法文版于 1735 年出版，这是当时全面介绍孔子及其思想的最为通俗易懂的读物。书中介绍了《易经》、《书经》、《诗经》、《春秋》、《礼记》，第三卷以 300 页篇幅全面介绍中国的礼仪、道德、哲学、习俗，说明儒学在中国社会的显要地位。杜赫德从未到过中国，却据 28 位在华耶稣会传教士的各种报告成功编撰了这本《通志》，全书共 4 卷，是 18 世纪欧洲有关中国问题的百科全书。此书被译成英文后，就成为英国人的主要参考书，18 世纪中叶的学识界谈到中国，莫不归宗于此。甚至还出现了一部题为《一篇非正式的论文，是由读了杜赫德的〈中华帝国全志〉所引起的，随时可读，除了这个 1740 年》（*An Irregular Dissertation, Occasioned by the Reading of Father Du Halde's Description of China. Which May Be Read at Any Time, Except in the Present Year 1740*）的怪书，在伦敦由 J. Roberts 刊行面世。该文对中国发了很多的议论，但其实是在讽刺与议论英国的方方面面。

géographique, *historique*, *chronologique*, *politique*, *et physique de L'Empire de la Chine et de la Tartarie Chinoise*, 1735）的英文节译本于 1736 年 12 月在伦敦出版发行。此节译本由布鲁克斯（R. Brooks）翻译，瓦茨（John Watts）出版，8 开 4 册，一刊行便在英国引起较大反响。《文学杂志》（*Literary Magazine*）为它作了长达 10 页的提要，《学术提要》（*The Works of the Learned*）的译述则长达 100 多页。该书所载《赵氏孤儿》开始与英国读者见面，并引起一些作家改编或转译。

就在《中华帝国全志》英文节译本问世几年后，杜赫德这部巨著的英文全译本也终于出齐，这就是凯夫（Edward Cave）的《中华帝国全志》英译本（*A Description of the Empire of China and Chinese-Tarta ry*, *Together with the Kingdoms of Korea*, *and Tibet*: *Containing the Geograghy and History (Natural as Well as Civil) of Those Countries*, 1738—1742），各方面均优于瓦茨的上述节译本，并得到良好的反响。18 世纪英国文豪约翰逊博士还写了一篇文章，刊登在《君子杂志》第 12 卷上。该文有三部分：第一部分除再次阐述《中华帝国全志》英译本的正确可靠以外，还叙述了中国的历史年历系统；第二部分是一篇孔子小传；第三部分则是《中华帝国全志》的篇目。其中最有趣的是关于孔子的小传，可见他对孔子的态度。这个小传的根据是《中华帝国全志》，与作者后来所写的《诗人列传》一样，先叙写传主的生平，其次谈他的思想，最后论述他的著作，条理十分清楚。小传在字里行间，处处点缀着严肃而又不失幽默的案语。约翰逊在小传中最后总结孔子的学说时有这样一句话：他的整个学说的倾向是在于宣扬道德性，并使人性恢复到它原有的完善状态。约翰逊本人是个大道德家，他曾说过："在现今的风气里，唆使做坏比引导向善的事来得多，所以若有人能使一般人保持中立的状态，就可以算做了一件好事。"

另外，南京人沈福宗（Michel Shen Fo-Tsoung，米歇尔为其教名）[1] 于 1687 年到达英国。英国国王詹姆斯二世曾对这位中国人也表现出一定的兴趣。[2] 沈福宗在英国期间，和"牛津才子"海德（Thomas Hyde，1636—1703）相识，并多次与之晤谈，回答了许多有关中国的问题。海德问及汉语和汉字，表达了创建一种全欧洲均可使用的汉字注音体系的愿望，沈福宗则向他介绍了中国的辞书《海篇》和《字汇》。海德于 1688 年出版了《中国度量衡考》（*Epistola de Mensuris et Ponderibus Serum sive Sinensium*），而在《东方游艺》（*De Lubis Orientalibus*

1. 沈福宗于 1684 年 8 月随耶稣会士柏应理来到法国巴黎，国王路易十四在凡尔赛宫亲自接见，设晚宴招待。席间国王请沈福宗用汉语诵读祷告词、还请他表演用筷子进食，饭后邀请他观赏了喷泉表演。沈福宗向法国人介绍中国的文房四宝、语言文字等。沈福宗在巴黎逗留了一个多月后即赴罗马，后又去比利时，于 1687 年转赴英国。

2. 詹姆斯二世曾与牛津大学东方学家托马斯·海德博士谈起过这位中国人："好，海德，这位中国人还在吗？"海德回答说："是的，如果陛下能对此高兴的话；而我从他那里学到很多东西。"然后，英王说了一句："他是个有点眯缝眼的小伙子，是不是？"

libri duo，1694）一书中，对中国的象棋作了相当详细的介绍，不仅绘有棋盘，用中文标出所有棋子，而且对下法和规则作了讲解。书中还介绍了围棋及其他游戏方式。这些知识显然是沈福宗提供的。他在该书第二卷的序言中称沈福宗为“亲爱的朋友”，足见两人关系比较亲密。[1] 沈福宗在英国期间曾被请到牛津大学 Bodleian 图书馆[2] 对中文书籍进行整理和编目。

1. 我们无法证实沈福宗是否会讲英语。但他留在海德《遗书》（*Syntagma*，1767）里的几封信以及有关中国语言和娱乐的说明文字大多用拉丁文写成。可见他能讲拉丁文，而拉丁文当时正是学术界的通用语。范存忠先生曾说，沈的大部分书信谈论的是生活杂事以及非常粗浅的中国文字及口头用法等等常识。若沈当时能向牛津人展示自己民族更杰出的成就的话，他肯定会在英国更引人注目的。

二、 英国早期汉学家编译中国文学作品

1761 年 11 月 14 日，托马斯• 珀西（Thomas Percy,1729—1811）编译的英译本《好逑传》（四卷）在伦敦问世。[3] 该书 1774 年再版。这部英译中国小说的书面上写着：“《好逑传》，或者《快乐的故事》，从中文译出，书末附录一、《中国戏提要》一本，二、《中文谚语集》，三、《中国诗选》。共四册，加注释。”（*Hau Kiou Choaan or The Pleasing History. A Translation from the Chinese Language. To which are added, I. The Argument or Story of a Chinese Play, II. A Collection of Chinese Proverbs, and III. Fragments of Chinese Poetry. In Four Volumes. With Notes.*）小说译本出版以后，风行一时，很快就被转译成法、德、荷兰等文本。[4]

珀西在这个编译本后面加了三种附录：第一种《中国戏提要》是一出中国戏的本事；第二种选择了中国的一些谚语；第三种《中国诗选》里共有 20 首诗，大部

2. 被钱锺书先生戏译为“饱蠹楼”的 Bodleian 图书馆为欧洲最大的大学图书馆，也是收藏中国图书最多的图书馆之一。该馆建馆后的第三年（1604 年）开始入藏第一本中文书。1635—1640 年，当时牛津大学校长威廉・兰德先生先后 4 次向该馆捐赠中文文献计 1 151 册。

3. 托马斯・珀西是欧洲第一个对中国的纯文学有比较深刻认识的人。他曾多方面注意中国文化，研究资料全都来自欧洲人的著述。他对于中国文明风俗的研究曾经下过苦功夫，所以他了解中国的程度远胜于同时代的英国人。

4. 其实，这本小说的翻译者是一个名叫威尔金逊（James Wilkinson）的英国商人，曾在广东居住过多年。他想学中文，无意中拿起这本小说来翻译。1719 年，他把《好逑传》的 3/4 译成英文，但是其余的 1/4 却被译成葡萄牙文。珀西于是把译文加以润色，把第四部分就葡萄牙文重译成英文，然后将全书出版。

分是从杜赫德《中华帝国全志》里转译过来的。这些格言和诗歌辗转译出，当然离原文很远，不过其中也展示出了珀西有关中国文学（中国诗歌）的观念。[1]

珀西在注释《好逑传》的过程中，广泛阅读欧洲人有关中国的著述，形成了自己的中国文化观。他虽借助于耶稣会士的著述和引用他们的话语，可是他全不接受耶稣会士颂扬中国文化的态度。[2] 他逐一撕破了耶稣会士们所精心绘制的那幅令人神往的中国图画，似乎那里不再存在着纯净的宗教、开明的政治、齐备的法律、优越的道德。当然他的这些看法我们也并不奇怪，因为他编译《好逑传》注释时虽然参考了耶稣会士李明、杜赫德的书，但主要的却是乔治•安森的《环球航海记》。随着《好逑传》英译本在欧洲大陆的重印，他的中国文化观也在不断传播，并产生了一定的负面影响。

1762年，托马斯•珀西在伦敦出版两卷本《中国诗文杂著》（*Miscellaneous Pieces Relating to the Chinese*），包括《中国语言文字论》（A Dissertation on the Language of the Chinese）、《一个中国作者的道德箴言》（Rules of Conduct by a Chinese Author，译自法国耶稣会士P.Parrenin）、《赵氏孤儿本事》（The Little Orphan of the House of Chao：A Chinese Tragedy，据《中国通志》里马若瑟的原译）、《中国戏剧论》（On the Chinese Drama，据赫德《诗歌摹仿论》另加发挥）、《中国的园林艺术》（Of the Art of Laying out Gardens Among the Chinese，钱伯斯原著）、《北京附近的皇家园林》(A Description of the Emperor's Garden and Pleasure Houses Near Peking，王致诚原著）等8篇文章。其中在《中国语言

1. 关于中国诗歌的观念，珀西说，中国的诗歌做得越是费解、呆板，就越是受人推崇。就此一点来看，我们对中国诗歌已经没有多大的希望了。不过却也奇怪，中国自古以来是最尊重这门艺术的，无论道德、宗教、政治各方面，都以韵文为最高的传达工具。而中国的诗歌大都属于简短警句的体裁，是一种艰涩的小品，以我们欧洲最健全的批评眼光看去，觉得那种诗体没有价值可言。中国并无伟大的诗作：至少长篇史诗（epic）他们是没有的；至于戏剧体诗恐怕也没有可能作为例外；因为中国戏剧似乎是一种散文体的对话，中间夹些曲调，好像意大利的歌剧一样。他们的古体诗（odes）自然也有一种庄重的朴素精神，但从杜哈德所录几首看来，大都是严谨的教规，不是雄壮巍峨的作品。……很诚恳地研讨自然及自然的美，才能得到这种艺术品；但这样的研讨，中国人是最不讲究的。这些都是珀西用西方文学观念来看中国文学，当然得出的结论难免有点偏颇。

2. 比如，中国的贤人政治和科举取士一向为传教士们所仰慕，但珀西认为中国政治制度不见得真的那样开明。耶稣会士们褒扬中国完备的法律制度，珀西却认为中国法律有缺陷，全在于没有宗教根基的缘故。耶稣会士们对中国的道德赞誉有加，《好逑传》更被认为是提倡道德、维持风化的杰作。珀西又两次批评《好逑传》的作者，以为未尽劝善的责任：描写铁中玉的粗亵和侮慢女性；描写水冰心的狡猾。珀西说中国人之所以佩服水冰心的狡猾性情，是因为中国人自己也是狡猾的一族。

文字论》里珀西认为中国文字既然几千年来还保持着原有的形象，那最好把它抛弃，越早越好，改用希腊文字，只有如此，中国文学才会有所长进；《中国戏剧论》里是珀西转录赫德所做的一篇文章，文中将中国戏剧与希腊戏剧相比拟，而珀西自己则说赫德有些过奖中国戏剧了。

另外，珀西还将杜赫德《中华帝国全志》（凯夫的英译本）里《庄子劈棺》的故事经过一番润色收入他的《妇女篇》（*The Matrons: Six Short Histories*,1762）里。这一故事来源于《今古奇观》里的《庄子休鼓盆成大道》，欧洲作家除珀西外，还有伏尔泰、哥尔斯密等人均曾将之改编进自己的作品里，并呈现出不尽相同的结论。

另一位汉学家威廉·琼斯（Sir William Jones, 1746—1794）[1] 于 1774 年出版了《东方情诗辑存》一书，并以独特的眼光剖析中国古典诗歌，认为“这位远游的诗神”对于更新欧洲诗风具有重要的意义。琼斯被范存忠先生称为“英国第一个研究过汉学的人”。[2] 他学过汉语，钻研过中国典籍，也认真思考过有关中国文化的问题。早年在巴黎读到《诗经》，特别喜欢《卫风·淇奥》，即将其译成拉丁文交友人欣赏，并说这首诗足以证明诗歌是一种超越时空的存在，因为无论中西都可以在各自的诗里采用相同的意象。作为 18 世纪英国著名的东方学家，琼斯的主要兴趣点在印度、阿拉伯、波斯文学，虽然只发表过少量的汉学研究论文，但他的意义仍无法忽视，因为在他之前关注中国文化的一些英国人如约翰逊、钱伯斯、珀西等人都不懂汉语，而他的出现预示着英国汉学新时代的来临。

1. 威廉·琼斯爵士是梵文学家、诗人和近代比较语言学的鼻祖。他的诗对拜伦、雪莱、丁尼生等颇有影响。他的翻译每次都有散文本、韵文本两种译本。实际上，琼斯的韵文译本是 18 世纪的英国作家在中国古诗的影响之下为 18 世纪的英国读者所写的诗，严格来讲，不是翻译。

2. 范存忠：《中国文化在启蒙时期的英国》，第 201 页，上海：上海外语教育出版社，1991 年版。

英国第一位汉学家威廉·琼斯爵士

1784 年 1 月 15 日，威廉·琼斯爵士在印度加尔各答创办亚洲学会（Asiatick Society）[1]，目的是研究亚洲的历史、文物、艺术、科学和文学，并任第一任会长，为促进欧洲的东方研究作出了贡献。在担任英国亚洲学会会长期间，他曾想全译《诗经》，后因故导致此计划搁浅。但在 1785 年发表的主要讨论《诗经》的一篇文章《论第二部中国经典》（On the Second Classical Book of the Chinese）里，就用直译和诗体意译这两种方式节译了《淇奥》、《桃夭》、《节南山》等三首诗的各一小节。琼斯的译法即是现在所谓的“拟作”，[2] 先直译，后意译，前者是散文体，后者是韵文体。他认为东方各国的诗都不能直接译成英文，否则诗旨与诗趣均将荡然无存，因此需要两道工序。他的英文韵文本将原诗的九个句子扩充为六节民谣体的诗。琼斯在这篇文章中也谈到了《诗经》的古老以及风格的简洁等问题，同时还专门介绍并翻译了《论语》对《诗》的三段议论。据研究者考察，这篇文章是英国学者第一次根据汉语原文研究中国文学，实乃英国汉学的滥觞。[3]

1. Asiatick Society 是亚洲学会最早的用名，后来也陆续采用过这些名称：The Asiatic Society (1825—1832)，The Asiatic Society of Bengal (1832—1935)，The Royal Asiatic Society of Bengal (1936—1951)。而自 1951 年起重新恢复使用 The Asiatic Society 至今。

2. 17 世纪的英国诗人兼批评家德莱顿曾将翻译分为直译、意译和拟作三类。17、18 世纪的英国名作家德莱顿、斯威夫特、蒲伯和约翰逊等都曾倡导拟作。琼斯关于《诗经》的“拟作”既为欧洲诗风输入了新的特质，同时又为 100 多年以后美国意象派新诗运动的兴起提供了深刻的理论启示，因此在中英乃至中西文学关系史上占有重要的地位。

3. 于俊青：《英国汉学的滥觞——威廉·琼斯对〈诗经〉的译介》，载《东方丛刊》，2009 年第 4 期。

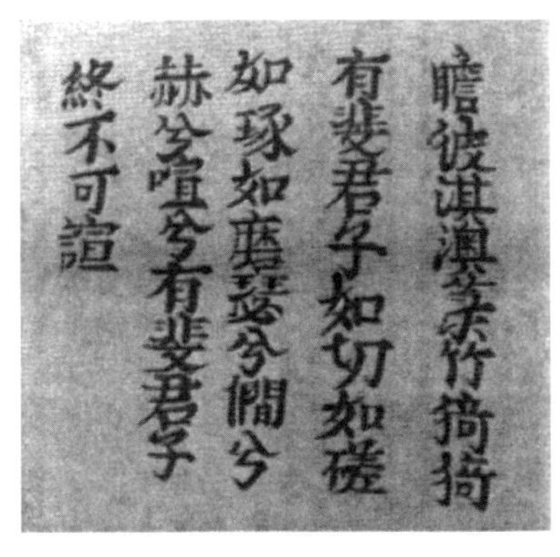

琼斯抄录《淇奥》的汉字原文

第三节 英国作家笔下的中国题材书写与文化利用

这一时期随着来华耶稣会士各种报道在欧洲的风行，一个中国文明之邦呈现在西方人面前，进而成为启蒙思想家们理想的天堂。受此种潮流影响，一些英国作家也把中国看作是文明、理性、丰饶的国度，并对之神往和欣佩。在他们心目中，富庶强盛的中国无疑是上帝创造的一个新世界。瓦尔特·罗利爵士曾说：“关于一切事物的知识最早都来自东方，世界的东部是最早有文明的，有诺亚本人作导师，乃至今天也是愈往东去愈文明，越往西走越野蛮。”（《世界史》，1614）

一、 罗伯特·勃顿眼里的中国文明

罗伯特·勃顿（Robert Burton，1577—1640）在其不朽的著作《忧郁的解剖》（The Anatomy of Melancholy，1621）中，分析了忧郁症的病原、征象、疗法。在他看来，世上所有政治、宗教、社会以及个人内心的种种矛盾都看做是或者概括为一种病，这就是“忧郁”（melancholy）。他为诊治这些无处不在的流行病开了不少“药方”，其中就包括东方的中国文明。他认为繁荣富庶、文人当政、政治开明的中国正是医治欧洲忧郁症的灵丹妙药。正是出于这种考虑，勃顿对中国文明怀有信心，而他那有限的中国知识来自于马可·波罗和利玛窦的著述。书中勃顿将中国的繁荣富庶与欧洲历史上的黄金时代意大利奥古斯都时期等量齐观，已经超越了中世纪欧洲人那种把中国看作一个神奇遥远国度的见识，而接近 18 世纪启蒙理性时代的看法。[1]

1. 详尽讨论可参看拙著《雾外的远音——英国作家与中国文化》（宁夏人民出版社 2002 年版）之“上帝创造了一个新世界——17 世纪英国作家对中国文化的‘解剖’”一章。

二、 英国散文体作品里的中国知识

1605 年，英国散文家弗朗西斯·培根（Francis Bacon，1561—1626）在其所著《学术的进展》（*The Proficience and Advancement of Learning*）第二部中，率先提出了中文作为通用文字的可能性。他首先谈到了中国文字的特征：“在中国和一些远东国家采用象形的文字，既不表示字母，也不表示词组，而只是表示事物和概念。”中国各省不能相互听懂对方的语言，却能读懂别省的书写文字。“我们完全可以怀疑汉语是否能变成大家非常需要的那种世界语，是否能沟通前不久发现的那些如此复杂的民族，甚至它是人类最早的和某种意义上的自然语言。”培根在其他著述中也多次提到关于中国的事情。在《新工具》（*Novum Organum*，1620）一书中，他认为中国人使用火炮已有两千余年的历史。他有一段很著名的论述指南针、火药和印刷术对西欧影响的话：“发明的力量、效能和后果是充分观察出来的。这从古人所不知，而且来源不明的俨然是新的三项发明中，表现得再明显不过了，即印刷术、火药和指南针。因为这三项发明已经改变了整个世界的面貌和事物的状态，第一种发明表现在学术方面，第二种在战争方面，而第三种在航海方面。从这里又引出了无数的变化，以致任何帝国、任何教派、任何名人在人类生活中似乎都不及这些机械发明有力量和有影响。”[1] 在以幻想游记形式写成的《新大西岛》（*New Atlantis*，1626）一书中，培根描绘了理想的社会图景，书中所罗门宫殿里国王也谈到了中国的瓷器：“我们在不同的土层中埋藏东西。这些洞壁用黏土和瓷土的混合物涂抹，就像中国人给瓷器上釉彩一样。”[2]

三、 约翰·韦伯赞誉中国文明

1669年，约翰·韦伯（John Webb,1611—1697）在伦敦出版《论中华帝国之语言可能即为初始语言之历史论文》（*An Historical Essay Endeavoring a Probability that the Language of the Empire of China is the Primitive Language*）。本书的资料来源是利玛窦的《基督教远征中国史》，曾德昭的《大中国志》，卫匡国的《中国史初编》、《中国新图》、《鞑靼战纪》，以及基尔歇《中国礼俗记》等。韦伯这部八开本的小书是当时典型的关于初始语言（Primitive Language）的论著。

韦伯推断中文是人类的初始语言的推理过程为：“《圣经》教导说，直到巴别塔之乱以前，全世界都通用同一种语言；历史又告诉我们，在未造巴别塔之前，当初世界通用同一种语言时，中国已有人居住生息。《圣经》教导说，语言混乱的惩罚只是加在造巴别塔的民族身上；历史又告诉我们，中国人早在这之前已经定居下来，没有去参加造塔，所以也就不在丧失初始语言的民族之列。不仅如此，不管参考希伯莱文或希腊文的记载，都可以知道中国人在巴别塔的混乱之前早已使用的语言文字一直到今天他们仍然在使用。”[3] 韦伯由此得出结论：“因此，很有可能肯定，中华帝国的语言便是初始语言，是大洪水以前全世界通用的语言。”韦伯指出初始语言的六个标准：古老、简单、通用、质朴、持久、简洁，再加上一条“学者的赞同”，而中文均明显体现着这样的标准，所以他毫不犹豫地肯定说，

1. 这部书里培根还举了一个例子，说中国人制作瓷器的方法是将它们埋在地下四五十年左右。

2. 培根这本书是以“我们航行从秘鲁……直到中国和日本”（We sailed from Peru ... for China and Japan）这句话开始他的故事的。后来18世纪的大文豪约翰逊博士在其《人类的虚荣》（*The Vanity of Human Wishes*）一诗里也说过“Let observation with extensive view, / Survey mankind, from China to Peru.”（让远大的眼光，瞻顾／人类，从中国到秘鲁。）

3. John Webb. *An Historical Essay Endeavoring a Probability that the Language of the Empire of China is the Primitive Language*. London: [s.n.], 1669. pp. Ⅲ—Ⅳ.

中文就是初始的即最早的语言。[1]

韦伯在此书里除了论述中文可能就是初始语言之外，还对中国文明作了多方面的热情赞赏。他谈到了中国的道德哲学，说他们的祖先对于仁、义、礼、智、信五点特别推重，所以他们最古老最基本的法律都是由此构成的。韦伯还对中国的孝道大加赞美，说中国在父慈子孝给世界各民族树立了一个好榜样。他说中国皇帝都是哲学家，还赞扬中国诗人，因为他们并不往作品里塞进“在诗人的狂热过去之后，连自己也不懂的寓言、虚构和讽喻之类”。他说中国诗里有教导人的“英雄体诗”，有写自然山水的诗，也有写爱情的诗，“但不像我们的爱情诗那样轻佻，却使用极纯洁的语言，在他们的诗里，连最讲究贞洁的耳朵也听不出一个猥亵而不堪入耳的字。”正是在韦伯的书里，我们看到了 17 世纪英国人对中国和中国文化最恰如其分的赞美和钦佩。[2]

四、 威廉·坦普尔著述中的中国题材

1657 年，威廉·坦普尔爵士发表《论英雄的美德》（Of Heroic Virtue）一文，把中国作为地球陆地的四极之一，与秘鲁、鞑靼、波斯并立。在这篇文章的第二节，坦普尔用了 20 多页的篇幅介绍了中华文明的诸方面内容。他首先说明中国的位置、幅员和区域，特别注意到了中国的政治制度及相关情形。他热情赞扬中国的历史和政治制度，称中国是世界上已知的最伟大、最富有、人口最多的国家，是拥有比任何别的国家更优良的政治体制的国家。他称孔子具有“突出的天才、浩博的学问、可敬的道德、优越的天性”，是“真的爱国者和爱人类者”，是“最有学问、最有智慧、最有道德的中国人。”[3] 在坦普尔看来，中华帝国是以最大的力量和智慧，以理性和周密的设计建立并进行治理的，实际上它胜过其他国家人民和欧洲人以他们的思辨能力和智慧所

1. 韦伯之论在后世不乏应和者。直到 18 世纪，英国人舒克福特（Samuel Shuckford）发表《世界宗教与世俗史》（1731—1737），还可以看到这样的文字：“在地球上确实存在着另一种语言，它似乎有着某些标记，表明它是人类的最初的语言，这就是汉语。……正如人们已经注意到的，诺亚很可能就居住在这些地区；如果人类光荣的祖先和复兴者是在这儿走出方舟后住下来的话，那他很可能在这儿留下了世界上惟一普遍使用的语言。”（艾田蒲：《中国之欧洲》上卷，第 392 页，郑州：河南人民出版社，1992 年版。）

2. 钱锺书先生说，韦伯的书代表着当时所能达到的对中国的最好认识，书中强调的是“中国文化的各方面，而不是津津乐道中国风气的大杂烩”，它注重的是“中国哲学、中国的政府制度和中国的语言，而不是中国的杂货和火炮”。（钱锺书：《十七世纪英国文学里的中国》，载《中国文献目录季刊》，1940 年 12 月号。）

3. William Temple. *The Works of Sir William Temple*, vol. III. London: [s.n.], 1814. p. 334.

想象的整体。他对孔子与儒学最终获得政治权力而成为统治者的思想依据十分心仪，虽然不免有过誉之嫌。

在另一篇文章《讨论古今的学术》（On Ancient and Modern Learning，1692）中，威廉·坦普尔写道：“中国好比是一个伟大的蓄水池或湖泊，是知识的总汇。”[1] 他与近代人一样，认为做学问需要有人指引，而这些气度淳雅的引路人大约只有来自印度和中国的圣哲方可胜任。因为那里“民性中和，地域清静，气候均匀，又有长治久安之国”。至于秦始皇焚书那样的出于“愚昧的野心”的悖行，他大加指责。他还把苏格拉底与孔子的思想相提并论：“孔子开始了同样的构思，呼吁人们从无用的与无休止的对自然的考察转到对道德的思索上来；但分歧在于，希腊人的好尚看来主要放在私人与家庭的幸福上，而中国人则放在王国与政府的优良品质与善于驾驭上，据悉这样的王国与政府存在已经有数千年，也许可以恰如其分地把它叫做学者政府（a government of learned men）”。[2] 他还特别推崇中国的学者政府，并别具慧眼地发现了中国园林的不对称之美，不自觉地缔造出后世风靡英伦的造园规则。[3] 可以说英国人对中国的钦羡在他的身上亦臻于顶点，他甚至说中国的好处是“说之不尽”的，是“超越世界其他各国的”，而这些无不出自他那独有的、世界性的眼光。[4]

五、“中国人信札”与文化利用

1757年5月，霍拉斯·沃尔波尔（Horace Walpole）写的《旅居伦敦的中国哲学家叔和致北京友人李安济书》，

1.J. E. Spingarn, ed. *Critical Essays of the Seventeenth Century*, vol. Ⅲ. Oxford: Oxford University Press, 1908. p. 36.

2.J. E. Spingarn, ed. *Critical Essays of the Seventeenth Century*, vol. Ⅲ. Oxford: Oxford University Press, 1908. p. 43. 西人对学者政府的渴求由来已久。柏拉图曾把理想国的公民分成三个等级，由高至低依次为哲学家、战士与农工商，而这后两个等级都要听命于哲学家，所以他主张实现的是哲学王统治的理想国世界。而这与传统儒学“尊贤使能，俊杰在位”的用人方略在内质上颇有神契之处。当坦普尔惊讶地发现中国人已将欧土贤明渴慕已久的治国理想付诸实施时，他怎能不为之欣悦鼓舞，原来“传说中的政治”并非乌有。而且他还不无悬想地指出：“在当前鞑靼国王的统治之下，政府继续保持原来的样子，仍然掌握在学者手里”。

3. 威廉·坦普尔在《论伊壁鸠鲁花园》（Upon the Gardens of Epicurus，1685）一文附加的段落中专门描写和赞美了中国园林，并引用了一个词：Sharawadgi。关于此词的意义，历来众说纷纭。范存忠先生认为就是一种不讲规则、不讲对称的而又使人感到美丽的东西。参见范存忠《中国文化在启蒙时期的英国》，第18页，上海：上海外语教育出版社，1991年版。

4. 详尽讨论可参看拙著《雾外的远音——英国作家与中国文化》（宁夏人民出版社2002年版）之“世界眼光的结晶——威廉·坦普尔对孔子学说与园林艺术的推崇”一章。

简称《叔和通信》（*A Letter from Xo Ho*），在伦敦发表。这是英国出现的第一本中国人通信。霍拉斯·沃尔波尔是英王乔治二世时代首相罗伯特·沃尔波尔的幼子。书中沃尔波尔用中国人的口气批评英国的人情风俗，尤其是当时的政党政治，风行一时，半月内连印五版。作品开头就说那些英国人是不容易了解的，他们不但与中国人不同，与其他的欧洲人也不一样。在政治上，从前有两党，现在变成了三派。在这里（伦敦），一般人都爱说闲话，不管它的性质如何。要是一个政客、一个部长，或者是一个议员，古怪一些，不把消息告诉人家，人家就要恨他。但是，要是他撒了慌，那就不要紧，人家说他会宣传。前几天，英王把内阁解散，却不等组织新阁就溜到乡下去了。英王没有权柄选择内阁，同我们（指中国人）没有权柄选择皇帝一样。[1]

沃尔波尔的文章对哥尔斯密（Oliver Goldsmith，1730—1774）产生了影响。后者的理想是抛开乡土观念和民族偏见，做一个世界公民。1760年年初，哥尔斯密开始为新办的日刊《公薄报》（*Public Ledger*）撰稿，虚构旅英华人“李安济·阿尔打基”（Lien Chi Altanji）向友人致函，借以评论英国社会，介绍中国文化。他连续写了119封书信，取名《中国人信札》，1762年结集时，又增加了4封信，合为123封，[2] 印成8开本的两大册，题名《世界公民》（*Letters from a Citizen of the World, to His Friends in the East*），成为18世纪利用中国材料的文学中最主要也是最有影响的作品。这部作品里涉及中国题材的地方不胜枚举，如果细加统计，可称得上是关于中国知识的百科全书。哥尔斯密在书中多方面称誉中国文明，并借那些中国的故事、寓言、圣人格言、哲理，去讽寓英

1. 沃尔波尔还有一本《象形文字故事集》(*Hieroglyphic Tales*，1785），共六篇，从中可见其眼中的中国形象：迷信、拘礼、懒惰、墨守成规、难以理喻。其中第五篇《米立：一个中国童话故事》（Mi Li，A Chinese Fairy Tale）写的是中国王子米立听从预言，寻找一个名字同其父亲的领地名字相同的公主作妻子，辗转来到英国伦敦，终于如愿以偿的故事。故事里的米立是作为不通英语的中国人来描写的，当他初次堕入他未来的妻子含情脉脉的目光所织成的爱网时，作者第一次让一个中国人（米立）讲了不完全准确的英语句子（Who she，who she？）。而在此前或此后许多作家笔下的中国人均可随时随地讲一口流利的英语。 因此，米立是英国文学作品中第一个接近实际情况的、有语言困难的中国人形象。

2.《世界公民》中的123封信，有的是朝典大臣福洪(Fum Hoam）写给河南人李安济的，讲的是中国朝廷的故事；有的是李安济写给儿子兴波（Hingpo）的，讲的是安贫乐道一类的话；有的是兴波写给李安济的，讲的是他在波斯的罗曼史；但是多半是李安济写给北京的朋友福洪的，讲的是他在英国伦敦的见闻。哥尔斯密关于中国的知识信息主要有两个来源，一个是李明的《中国现状新志》，另一个是杜哈德的《中华帝国全志》（凯夫的英译本）。另外还参考了柏应理等人的《论语》、《大学》、《中庸》的拉丁文译本，以及阿尔更的《中国人信札》和伏尔泰的《风俗论》等。

国的政治、法律、宗教、道德、社会风尚，来对英国甚至欧洲社会状况进行“有益而有趣”的评论，企求中国的思想文物能对英国社会起一种借鉴作用。

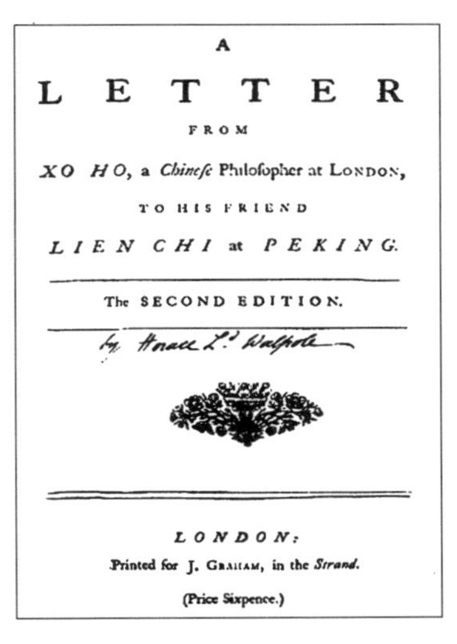
A
LETTER
FROM
XO HO, a Chinese Philosopher at LONDON,
TO HIS FRIEND
LIEN CHI at PEKING.
The SECOND EDITION.
LONDON:
Printed for J. GRAHAM, in the Strand.
(Price Sixpence.)

《叔和通信》扉页

英国浪漫诗人拜伦在谈到其长诗《恰尔德·哈洛尔德游记》里游记主人公与抒情主人公的区别时曾说：“关于那旅人，……我早已不耐烦继续把那似乎谁也决不会注意的区别保持下去；正如哥尔斯密的《世界公民》一书里的中国人，谁也不会相信他真是个中国人。”（《游记》第四章，致霍布豪斯先生）假托外国人写游历自己国家的观感是18世纪不少欧洲作品采用的一种基本模式，即借“他者”（当然是理想化的）来对自身的社会状况等大发感慨与评论。这一传统在英国文学里延续到19世纪甚至20世纪。比如19世纪散文家兰陀（Walter Savage Landor，1775—1864）就假托中国皇帝与派往英伦视察的钦差庆蒂之间的对话，批评了英国社会现实的混乱与不协调。20世纪的英国作家迪金森（Lowes Dickinson，1862—1932）则写了《约翰中国佬的来信》（*Letters from John Chinaman*，1901），重现了18世纪欧洲人心目中的那种乌托邦中国的图像，以此批评西方文明。

六、 英国作家笔下的负面中国形象

与以上那种乌托邦中国形象相比，17、18世纪英国作家笔下的另一种中国形象则是批评否定性的。在他们看来，中国无异于一个野蛮、愚昧、异教的民族。威廉·沃顿（William Wotton，1666—1722）认为中国的典章学术徒具虚名，何其幼稚，中国人与未开化的野蛮人差不多；威廉·尼克尔斯（William Nichols, 1655—1716）甚至伪造了一则荒诞不经的中国开天辟地的神话，攻击中国的宗教与道德；贝克莱（George Berkeley, 1685—1753）也对中国哲学及中国文化持有怀疑态度，不相信中国的历史有那么久，中国科学有那么高明。

颇有声誉的小说家但尼尔·笛福于1720年发表的《鲁滨逊飘流记续编》（*Farther Adventures of Robinson Crusoe*）及第三编《感想录》（*Serious Reflections During the Life and Surprising Adventures of Robinson Crusoe*）等作品，更是对中国文明进行了肆无忌惮的讽刺与攻击。在他眼里，所谓中国的光辉灿烂、强大昌盛等耶稣会士颂扬中国的言论丝毫不值一提；而中国人的自傲简直到了无以复加的程度，事实上中国人连美洲的生蕃野人都比不上；中国的宗教则是最野蛮的，中国人在一些怪物的偶像面前弯腰致敬，而那些偶像是人类所能制造的最下流、最可鄙、最难看、最使人看了恶心反胃的东西……从而成为当时欧洲对中国一片赞扬声里最刺耳的声音。笛福从未到过中国，为何对中国的评价如此毫不留情、如此极端，我们可以从他的宗教信仰、爱国热情、商业兴趣和报章文体诸方面做些分析。[1]

1．陈受颐先生在《鲁滨逊的中国文化观》（载《岭南学报》，第1卷第3期，1930年6月）一文里对这几点原因做了分析。拙著《雾外的远音——英国作家与中国文化》之“偏见比无知更可怕——笛福眼里的中国形象”一节，对此亦有详细的阐释。

当然，笛福等人的中国观与坦普尔、哥尔斯密等人一样，批评中国或赞美中国都是出于他们自己的文化理想，均是为了改良他们自己的政治和社会，这就难免出现以偏概全的状况：赞美者把中国的情况过于理想化，而批评者则抓住一点，否定其余。

七、 约翰逊博士称赞中国道德观念与政治制度

1738年7月，约翰逊（Samuel Johnson, 1709—1784）以读者的名义给《君子杂志》（*The Gentleman's Magazine*）编者写信，称赞中国文明，说中国的古代文物，中国人的宏伟、权威、智慧，及其特有的风俗习惯和美好的政治制度，都毫无疑问地值得大家注意：“当他读了中国圣贤们道德的格言和智慧的训导，他一定会心平气和，感到满意。他会看到德行到处都是一样，也会对那些胡言乱语的人更加鄙视；因为那些人断言道德不过是理想，而善与恶的区别完全是幻梦。但是当他熟悉中国的政府和法制以后，他能享受新鲜事物所能引起的一切快感。他为发现世界上有这样一个国家而感到惊奇。在那里，高贵和知识是同一件事；在那里学问大了，地

位就高，而升等晋级是努力为善的结果；在那里，没有人认为愚昧是地位高的标志，或以为懒惰是出身好的特权。当他听到那里有关忠臣的记载，会感到更加惊讶。那些忠臣虽似不很可信，但在那个帝国却一再出现，竟敢指出皇上对国家法令没有遵从，或在个人行动有所失误，以致危及自身的安全或人民的幸福。他会读到帝王听到了那种谏议，对大臣不冒火、不威吓、不训斥，也不以坚持错误为尊荣，而以中国帝王所应有的宽宏大量，心甘情愿地按照理性、法令和道德来检查自己的所作所为，而不屑使用自己的权力来辩护自己所不能辩护的东西。”[1]

1. 转引自范存忠《中国文化在启蒙时期的英国》，第 62—63 页，上海：上海外语教育出版社，1991 年版。

他在这里说，读了杜赫德的《中华帝国全志》，使人产生两种感觉：一种是满意，一种是惊讶。使人满意的是中国人的道德观念；使人惊讶的是中国人的政治制度。在这段话里，约翰逊表面上谈的是中国的事情，实际上针对且批评的是当时乔治二世的英国现状——有些人不讲道德，不辨善恶；升等晋级凭借的不是自己的学识；帝王高高在上，听不进大臣的任何谏议，等等。

在他晚年，也这样评论过中国人和中国文字。比如，1778 年 5 月 8 日，约翰逊与其传记作者鲍斯威尔有一段谈话，涉及到对东方人（中国人）的看法：“约翰逊说：‘东印度人是野蛮人’。（那时说东印度人，意思里是包括东方人全部）鲍斯威尔解释道：‘先生，你得除了中国人’。约翰逊说：‘不，老兄。’鲍斯威尔问道：‘他们不是有美术么？’约翰逊答：‘他们有的是土器。’鲍斯威尔又问：‘他们的单音文字，先生以为怎样？’约翰逊答道：‘他们没有字母，别的国家有的，他们没有。’鲍斯威尔辩解道：‘他们字量多，学术也比人家高明。’约翰逊说：‘中国文字简陋，学术研究只得比人家困难；好比用石刀砍树，总要比用斧头费力啦。’”[2]

2.James Boswell. *The Life of Samuel Johnson*. London：Methuen，1991. p. 238.

约翰逊对中国的这种看法并不奇怪。约翰逊最喜欢辩论，最喜欢把别人驳倒，至于他的议论是否完全合理，那是另一回事。而且约翰逊谈话时，往往先有结论，才找证据，有时证据不完全，他就摆出霸道，大吼一声，硬是把人家压倒。在这段对话里，不幸的是中国也处在他所说的东印度范围内，这样一来就给了鲍斯威尔一个机会，因为当时欧洲的中国文化热尚未退潮，你怎么能说中国人也是野蛮人呢？这难道不是要约翰逊博士下不了台吗？到底是约翰逊，他才不会让步呢。可是不巧的是鲍斯威尔步步紧逼，而约翰逊他老人家也就一不做二不休，哪有低头的道理。如此就越说越武断：中国没有美术，只有土器；没有字母，只有呆笨的方块文字；而中国的学术也就跟着不行了。[3]

3. 详尽讨论可参看拙著《雾外的远音——英国作家与中国文化》（宁夏人民出版社 2002 年版）之“从‘文明人’到‘野蛮人’——约翰逊眼里的中国文化”一章。

八、 伦敦舞台上的中国戏与报刊文学里的中国知识

1604年的新年元旦，一位观众津津乐道地告诉我们说：“新年的一天晚上，我们观看了一出戏，演的是善良的罗宾，还看到一个中国魔术师戴了假面具。剧院大厅稍低的一头，搭起一个天篷，我们这个魔术师从那里走出来，就他出生的国家的性质对国王做了长篇大论的演说，并将他的国家的实力和资源与英国进行了比较。随后他说他腾云驾雾，把几位印度和中国骑侠带来观看这个宫廷的宏伟场面。”[1] 这位17世纪初年的普通观众不经意间见证了中国人形象登上英国戏剧舞台的重要历史细节。

1674年1月，在英国伦敦的舞台上，则出现了第一个采用中国故事题材的戏剧——《中国之征服》（*The Conquest of China*），作者是埃尔卡纳·塞特尔（Sir Elkanah Settle, 1648—1724）。此剧写成于1669年。《中国之征服》虽然是以清兵入关、明朝覆亡为主题的故事，但作者对于中国的国情并不清楚。因此，与其说它是一个“中国戏剧”，倒不如说是一本英雄剧。因为剧中的情节结构、矛盾冲突等都与当时的流行英雄剧没有什么差别。尽管如此，剧中的一些情节，如明末皇帝崇祯临死前，以刀裂指，写血书，手刃嫔妃的一幕，足以让当时的英国观众既讶异又新鲜。作者参考了卫匡国的《鞑靼战纪》（*De Bello Tartarico Historia*），也参考了门多萨、纽霍夫等人的著作，企图以戏剧形式讲述明亡清兴的史实。这部戏剧有两条相互连接的情节线索：一条是复仇线。据说是清皇帝的父亲被汉人杀害，死后闹了好几次鬼，显灵诉说真相。于是，清皇帝跟了吴三桂统率大军南下入关，以报其不共戴天之仇。另一条线索讲的是清帝的儿子顺治和一个中国汉族姑娘的恋爱故事。情节还颇为曲折。说就在清兵入关的当儿，有这么一位奇女子从四川率领一支娘子军袭击来犯的清兵，可是哪知道敌手就是自己朝思暮想的意中人。原来，顺治少年时曾在中国内地居住过，结识了这位中国女子，并且产生恋情。后来顺治回满州，两人被迫离散，这次不巧在你死我活的战场上相遇了。这时候，就像高乃依、拉辛的古典主义悲剧里所展示的那样，发生了责任与爱情的矛盾冲突。不过，最终当然是爱情高于一切，末了这位起初颇有爱国思想的奇女子还是投降清兵。后来，顺治做了皇帝，她就当了皇后。当然，这里所谓的爱情故事纯粹是塞特尔的虚构。不过，这出戏于1674年1月在伦敦演出时，并不叫座，原因无法猜测。[2]

1. 转引自艾田蒲《中国之欧洲》下卷，许钧、钱林森译，第118页，郑州：河南人民出版社，1994年版。

2. 范存忠先生在其著作里提到一则关于崇祯皇帝自杀的滑稽表演，或许与这出戏在舞台上的失败不无关系。关于崇祯帝自杀的戏本来应该是很紧张的一段情节。崇祯皇帝听到宫门外嘈杂的人声，知道不免一死，于是杀了女儿和妃子，然后就伏剑自尽。关键问题就出在“伏剑”上。当时扮演崇祯皇帝的演员有意要闹些别扭，先把剑从从容容地塞进鞘子，又把鞘子从从容容地放在地上，然后舒舒服服地躺在鞘子上，喊道：“我死了也”。作者见了，怒不可遏，找那演员出气。演员则说，“你不是明明叫我‘伏剑’吗？”（范存忠：《中国文化在启蒙时期的英国》，第105页，上海：上海外语教育出版社，1991年版。）

塞特尔还于 1692 年把莎士比亚的《仲夏夜之梦》改成歌舞剧，名为《仙后》（*The Fairy Queen*）。塞特尔改编时，利用了他所谓的中国布景，使得该剧的中国色彩如此浓郁，以致于被人称为“英中戏剧”的典型。

1644 年 3 月，李自成入北京。崇祯皇帝自缢煤山，满洲人入关，明清易代。满清的突然入关占领整个中国，在当时的欧洲引起巨大反响：马可·波罗、耶稣会士笔下如此强盛的中华帝国怎么一夜之间就被区区几十万之众的满族给征服了，这令欧洲人大惑不解。有关明清易代的事件成为英国作家笔下的中国题材。有位霍华德爵士（Sir Robert Howard）即以戏剧形式写了一部《鞑靼人征服中国》的戏，并请他姐夫，那位大名鼎鼎的约翰·德莱顿改编。1697 年 9 月德莱顿在给他儿子的信中这样说道:“我回到伦敦后想把罗伯特·霍华德的一部剧本修改一下。这剧本他写好很久才交到我手里，剧名《鞑靼人征服中国》。修改起来，要花费我六个月的工作，或可得一百英镑的报酬。”同年 12 月，他又有一封家信说：“我已经停止了《征服中国记》的工作，现在正在读维吉尔，已花了整整九天的功夫了。”可见德莱顿对此类型的题材还是感兴趣的。

艾狄生（Joseph Addison，1672—1719）和斯蒂尔（Richard Steele，1672—1729）两人正式合作，于 1711 年 3 月创办颇负盛名的《旁观者》（*The Spectator*）报。斯蒂尔、艾狄生醉心于阅读各种关于中国的记载与报道，尤其是 17 世纪末年一个法国耶稣会士李明（Le Comte,1655—1728）所著的《中国近况新志》。他们在一些文章里就常引李明的话来证实自己的观点。比如在《守卫报》上有一篇文章谈到国王对属下臣子的封赏时说：在所有爵禄中，对于封赏者没有什么损害与危险性的，要算中国的封赠制度。文章援引李明的话说，这些封号是要等到臣子去世后才能授予的。假如一个臣子始终能得到主上的欢心，那么他死了之后，主上就给他一个封号。不但他的碑坊牌楼等一切纪念物上可以用这个封号，他的子女们也得袭取这封号。这样一来，那些野心家就得兢兢业业，听命于君主了。我们知道，当时的欧洲各国存在着有别于国王行政机构的贵族和僧侣特权阶层，特别是一些骄臣悍将恃功而傲，甚至威胁着君主的权威。这个故事即是以中国的封赠制度来讽刺当时的情形。

《旁观者》所刊载的都是一些短小精悍的“谈心式的文章”，其中有不少涉及中国情况的文字，诸如关于中国的故事，以及关于中国的物质文明（如瓷器、茶、长城等）、中国园林艺术、中国政治道德（如孝道、封赠制度）等等。[1]

1. 详细情况可参见拙著《雾外的远音——英国作家与中国文化》（宁夏人民出版社 2002 年版）之“旁观者清，当局者迷——艾狄生、斯蒂尔对中国文化的利用”一章。

九、《赵氏孤儿》的英国之行

1741年，英国作家哈切特（William Hatchett）[1]在伦敦查尔斯·科贝特印刷所（London，Printed for Charles Corbett）出版了根据纪君祥元杂剧《赵氏孤儿》改编的《中国孤儿》（*The Chinese Orphan：An Historical Tragedy*），共75页，并指明是依据杜赫德的名著所编的历史悲剧，而且按照中国的方式配上了插曲（Alter'd from a Specimen of the Chinese Tragedy in Du Halde' History of China. Interspers'd with Songs，after the Chinese Manner）。哈切特把这个改编本当作政治斗争的工具，揉进了许多攻击政敌的内容，剧中人物有大段大段的政治性独白，原剧的复仇主题完全被忽略了。本戏献给阿格尔公爵（Duke of Argyle）。从献词中我们可以看出，《中国孤儿》的主题是揭露朝政腐败。当时沃尔波尔（Sir Robert Walpole）正做英国的首相，他运用贿赂、分赃制度维持长期的统治，因而政敌很多，尤其是颇有军功战绩的元帅阿格尔公爵。《中国孤儿》这出戏正是献给阿格尔公爵的，某种意义上也是一篇反对首相沃尔波尔的政论。哈切特在序文里说“我们已经习惯使用中国的器物，如今不妨欣赏中国诗歌，正好换换口味”。此剧的前三幕与原作差不多，后两幕则完全不同。所以，尽管他对中国知之甚少，却要把马若瑟删掉的唱词补上。据他自己说，所有的唱段均是依据所谓的“中国方式”（the Chinese manner）编写的，可是实际上，他的这些唱段既不像英国的，也不像中国的。当然，这出戏最终没能上演，多少是件憾事。

英国批评家赫德（Richard Hard）在1751年所写的《贺拉斯致奥古斯都诗简评注》中评论了元杂剧《赵氏孤儿》。赫德不同意法国人对《赵氏孤儿》的指责[2]，认为这出戏在好多方面与古代希

1. 哈切特是17世纪的英国戏剧作家。关于他的生平经历，多无记载。据陈受颐说，他为了了解一点这个作家的情况，翻查了170多种英国当时的书籍，最后仍是茫然无果。我们可以确定他是一位专门从事改编剧本的作家。他改编的第三个剧本《中国孤儿》于1741年出版。其依据就是《中华帝国全志》里的《赵氏孤儿》译文。其时，《全志》已经出版6年。他改作这个剧本时，把角色的名字都改了，当然这些名字都是他从《中华帝国全志》第四卷后面的索引里借鉴过来的。剧中他把屠岸贾改成萧何（Siako）、韩厥改成了吴三贵（Ousanguee）、公孙杵臼变成了老子（Lao-Tse）、赵氏孤儿变成了康熙（Cam-Hy）。估计哈切特一心要为他的角色换个名字，至于这些人是不是同时，竟也顾不上了，现在看来倒有点荒诞剧的味道。

2. 马若瑟的《赵氏孤儿》法译稿通过杜哈德的《中华帝国全志》刊出以后，迅速流传开来，当时也引起了文艺界的关注和批评。有个叫阿尔更斯（Marquis d'Argens，1704—1771）的侯爵，也是伏尔泰的好朋友，最早对《赵氏孤儿》进行了细致的分析批评。他以新古典主义的惯例为衡量依据，对《赵氏孤儿》违背三一律以及新古典主义其他规律与惯例的做法大加指责。

腊悲剧相似或相近，并断言《赵氏孤儿》的作者对于戏剧作法的最本质的东西并不是不熟悉的。他认为中国作家，正同希腊作家一样，都是自然的学生。因此，尽管条件不同、情况相异，但中国戏剧与西方戏剧在作法上仍有相似和一致的地方。他认为《赵氏孤儿》是模仿自然、成功的作品，是中国人智慧的产物，是可以与古代希腊的悲剧媲美的。

1755 年，伦敦翻印了伏尔泰(Voltaire)据《赵氏孤儿》改编的《中国孤儿》(*L'Orphelin de la Chine*)。英国《评论月报》第 13 期第 493—505 页发表伦敦翻印伏尔泰《中国孤儿》的详细介绍。该年 12 月，伦敦出版了无名氏翻译的伏尔泰《中国孤儿》。英国《评论月报》第 14 卷 64—66 页中发表文章指摘其译笔拙劣，与原作太不相称。

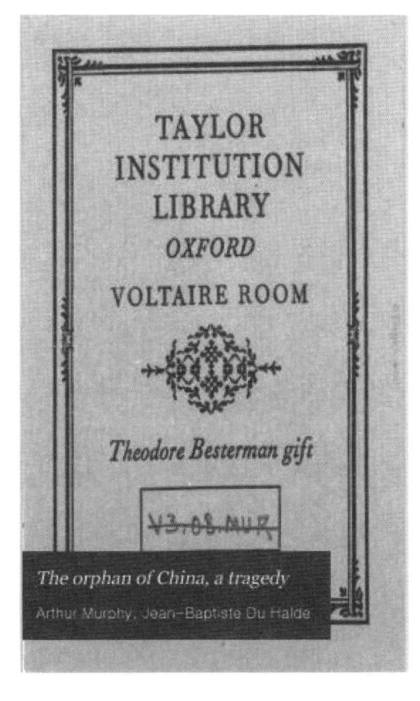

亚瑟·谋飞《中国孤儿》封面书影

英国戏剧家亚瑟·谋飞（Arthur Murphy，1727—1805）根据伏尔泰《中国孤儿》根据伏尔泰《中国孤儿》，于 1756 年重新写了一部同名剧《中国孤儿》（*The Orphan of China: A Tragedy*），由伦敦的出版商 R. Baldwin，at the Rose in Pater-noster-Row 刊行。谋飞的这个改编本后于 1759、1772、1797 年出版过几次。谋飞对于《赵氏孤儿》的兴趣最初是由理查德·赫德（Richard Hard）的批评引起的。[1] 谋飞改编本的依据是此前伏尔泰改编的《中国孤儿》，但对伏氏的改作颇不满意，他认为伏尔泰没有将材料里的情感发挥至极。为了让剧情更能吸引观众，避免像伏尔泰那样专注于对中国道德的颂扬，他在保留角色的基础上重新安排了剧情，变化出了一些新花样。在伏尔泰的作品里，孤儿是个婴儿，而在谋飞的剧中则是一个能够行动、能够说话、有面态表情的成年男子。因为谋飞以

《中国孤儿》剧照

1. 赫德对《赵氏孤儿》的评价得到了谋飞的赞赏，激发了后者对这出中国戏剧的兴趣。1756 年 4 月，谋飞读到了伏尔泰的《中国孤儿》，觉得远不如预想的好，于是决定重新进行改编。初稿当年完成，经过一番周折后，于 1759 年 4 月首演，获得成功。

为婴儿在舞台上不能行动，不能说话，不能有面态表情，这样极难引起观众的同情。谋飞也认为法文《中国孤儿》最显著的不足就是有兴味的动作太少，冗长的对话太多。所以他在改作时极力增加一些热情有生气的动作。而且动作之中，有很多的拥抱、晕倒、跪拜、洒泪等等行为，台上的声音则有呻吟、军号、步伐、受刑者的呼号，此外还有雷声、电火等声音，为剧情渲染气氛。[1]

该剧 1759 年 4 月 21 日起在伦敦的德鲁里兰剧院（Drury Lane Theatre）连续公演 9 场，剧院为它的演出特别制作了名贵的中国布景、合适的中国服装，舞台上的中国色彩令英国观众大开眼界，赏心悦目的同时也大受鼓舞。

德罗莫尔主教托马斯•帕西(Thomas Percy, Bishop of Dromore)所编《中国杂记》(*Miscelaneous Pieces Relating to the Chinese*)于 1762 年由伦敦多兹莱（London Dodsley）公司出版，其中第一卷 101—213 页亦收有根据马若瑟法文本转译的《赵氏孤儿》。[2]

十、 英国诗人笔下的贤官李白

1782 年，英国诗人约翰•斯科特(John Scott)题为《贤官李白：一首中国牧歌》（*Li-Po; or, The Good Governor: A Chinese Eclogue*）的长诗在伦敦出版。[3] 此诗长达 100 余行，以英雄偶句诗体写成，为西方最早以李白为主人公的长诗，根据杜赫德对中国吏治的赞颂而作，地点选在“云鹃镇”（the cloud-cuckoo-own）。主人公李白是一个王子，还是一个地方官，可见这是个虚构人物，与我国唐代大诗人有很大出入。根据杜赫德的书，在中国皇族子弟如若不关注臣民的福利，就将失去他的荣誉。因而长诗一开头就写李

1. 其实，谋飞的改编本在角色名字、台词、戏剧场面以及说教意味等方面，均与伏氏作品难脱干系。不过，与伏尔泰的改编本相比，谋飞此剧故事情节与元杂剧原本颇多相似之处。比如，伏尔泰改编本只保留了搜孤、救孤两出戏，而谋飞剧作除此外还有除奸、报仇两出内容。伏尔泰笔下的成吉思汗形象随着剧情内容进展而不断变化，由野蛮的征服者，一变为足智多谋的政客，再变为柔情蜜意的骑士，最后则成为一个以仁义道德自居的正人君子。而谋飞剧中的铁木真自始至终是个征服者形象，就像《赵氏孤儿》里的屠岸贾始终是个压迫者形象一样，他始终都没有受过所谓中国文明的洗礼，始终是个任性好杀的莽夫。至于谋飞戏里的那个孤儿，颇有点像赵氏孤儿。可见，马若瑟的法文译本和赫德的批评对谋飞的改编起了很大作用。

2. 以上的详细讨论，可参见拙著《雾外的远音——英国作家与中国文化》（宁夏人民出版社 2002 年版）之“‘中国孤儿’的英国之行——英国作家对‘中国戏’的改塑”一章。

3. John Scott. *The Poetical Works of John Scott, Esq*. London: J. Buckland, 1782. pp. 155—161.

白面对政务繁杂，颇感焦虑厌闷，经过一番内心的矛盾思索，终于振作起来，微服私访，关心民情，办案理政。该诗虽非依据李白的传记材料写成，却能给西方读者提供些关于东方中国的背景知识，或许还能引起他们阅读中国文学作品的兴趣。

斯科特创作该诗主要是受其前辈诗人威廉·科林斯（William Collins）的影响。后者于 1742 年曾发表《波斯牧歌》，1757 年重印时改题为《东方牧歌》，共 4 首。斯科特曾专门撰文评价科林斯的这组诗，同时创作同题《东方牧歌》一组 3 首。其中第一首写阿拉伯人的爱情故事，第二首写东印度的人为的饥荒，第三首即写中国，以李白作为中国政治的代表或化身。其实，斯科特并不了解李白的身世，其所据材料主要是杜赫德《中华帝国全志》，而这部著作对李白只是稍稍提及。但杜著描述了带有理想化的，或者至少与当时欧洲相比较为完善的中国政治和官吏制度。斯科特据此以李白为人物将这种优良吏治具体化与形象化。

十一、　英国作家笔下的东方故事

1769 年，伦敦出版了一本滑稽模仿的东方史诗小说，名字很长：《和尚——中国隐修士：一部东方史诗小说，达伦松先生译自北京官话，原作者鞑靼改宗洪志梵（音译），献给基尔沃灵勋爵，希尔斯伯罗夫伯爵的儿子与继承者，北美殖民地国务大臣。内容有驾翼飞翔探险新大陆的冒险经历，解放了的东方缪斯唱着天堂与人间的旋律，以及奇妙惊人的变化神通，并力求寓教于乐，以博试阅者一笑》[1]。该书共两卷，卷首献词煞有介事地说：“我的勋爵，中国作者之所以称这部作品为‘史诗’，原因主要在于它处理的是崇高的主题，它作为叙事体倒还在其次。作者众多的风格如繁花竞艳，足可以同伊甸园相媲美，上千种奢华侈丽的妩媚竞艳斗彩，这需要一把修整的剪刀，它最好能从无拘无束的大自然的瑰丽中把美分离出来，因为自然轻视艺术一本正经的修洁。”全部

1. 该书题名原文是：The Bonze, Chinese Anchorite, an Oriental Epic Novel, Translated from the Mandarin language of Hoamchi-vam, a Tartarian Proselite by Monsr D'Alenzon, dedicated to Lord Kilwarling, Son and Heir of the Earl of Hillsborough, secretary of state for the Northern Colonies. With adventurous wing exploring new found Worlds, the Orient Muse unfettered with Rhyme who sings of Heaven, of Earth, and Wondrous mutations; strives to Mingle instruction with delight, in hope to gain the smile of Approbation.

故事建筑在灵魂转生的传说上。小说的人物经历了明亡清兴的宫廷事变，逃避了囚徒的叛乱后，与传教士相遇，起初改信罗马天主教，后经过理智的思索，发现天主教过于迷信而改信新教。书里的情节比较离奇，其中一个人物死后的灵魂转生了15次，包括转生为蠕虫、卵黄、孔雀、玩具公鸡等等。每次转生又是一个小故事，而且故事里套故事，反映出当时流行的《一千零一夜》的影响。[1]

英国作家威廉·贝克福特（William Beckford，1759—1844）[2]亦于1786年出版了他的哥特式小说《瓦特克》（*Vathek*）。该作品是贝克福特最成功的“东方故事”之一，原用法文写成，后由别人译成英文。贝克福特在该小说里用了三个重要的中国题材来展示他的宗旨：贤君的开国传说[3]；灵魂转生的故事[4]；中国孤儿的传奇与戏剧[5]。这些中国题材，有如精致的金丝，贯穿整个作品。贤君传说与受诅咒的哈里发形成强烈对照。天赋异禀的中国官吏易形转生，赢了敌人，却未能变化自如控制自己，结果落入另一变态的施虐受虐情欲迷宫。作为传承文化的孤儿，尽管身受其害，仍然气质优雅。贝克福特熟悉这些错综复杂的中国故事，创造性地将之纳入自己的小说中，写出了一部广受欢迎的展示东方主义浪漫观的作品。

1. 参见张弘《中国文学在英国》，第49页，广州：花城出版社，1992年版。

2. 威廉·贝克福特是英国著名的收藏家、艺术鉴赏家、建筑设计家，对中国及中国风（Chinoiserie）了如指掌。他曾收藏有于1300年传入欧洲的中国瓷器花瓶，这可能是欧洲现存最早的瓷器。其座落在Fonthill（冯特山）的花园就是仿照中国园林风格设计的。贝克福特的作品对英国浪漫派作家，尤其是拜伦，影响很大。后者的《异教徒》（*The Giaour*）即直接受《瓦特克》的影响。

3. 贝克福特参照的是卫匡国《中国史》(1658)、李明《中国新印象记》（1698）里关于尧（Yao）的传说故事。他迄今未发表的文稿中有不少约1782—1783年间写的东方故事原稿，其中就有一篇用英文书写的《尧》，被称为“驰想天外的中国作品”。此类作品均拿中国与欧洲对照，认为中国是好政府的楷模，即贝克福特所说的“黄金时期”神话。

4. 贝克福特笔下的中国故事里头，最重要的是贤吏冯皇（Fum Hoam）的故事，资料主要来自法国作家格莱特（Thomas Simon Gueullette）的《中国故事集》（*Contes Chinoises*，1723）。这些故事很早被译成英文。

5. 贝克福特在本小说及《补遗故事》（Episodes）里采用《中国孤儿》题材，但个人色彩相当浓厚。他把“中国孤儿”这则拟东方故事写成充满浪漫色彩的乱伦故事。

第三章　　19 世纪的中英文学交流

第一节　中国文学在英国的流播及影响

19 世纪中英文化交流，包括中国文学向英国传播的重要媒介是英国的传教士与外交官，他们起到直接传播的作用。其中，理雅各、德庇时与翟理斯合称为 19 世纪英国汉学的三大星座，也是推动中国文学走向英国的功臣元勋。

一、　理雅各之《中国经典》和《中国圣书》译介

理雅各（James Legge，1815—1897）于 1815 年 12 月 20 日出生于苏格兰的一个富商家庭，在校期间表现出众，多次获得奖学金。1835 年从阿伯丁皇家学院毕业的时候，其所熟练掌握的科目范围广泛，包括希腊语、拉丁语、数学、哲学等。可以说，理雅各早年所受到的教育为他进入中国后的译经工作奠定了良好的基础。

英国汉学家理雅各画像

作为英国 19 世纪著名的汉学家，理雅各最初是以一名基督教传教士的身份进入中国的。由一名传教士转变成为一位汉学家，也是当时汉学的主要特征之一。早在利玛窦时代，采取与中国文化相“妥协”的传教策略已经取得成效，理雅各在某种程度上可以说延续了利玛窦使用的策略并将之进一步发展，才深入到中国文化的核心。1840 年，理雅各来到马六甲，在此除履行自己的传教事务外，也承担马六甲英华学院的教学任务，并管理其印刷厂。随着 1842 年中英《南京条约》的签订，香港被割让给英国，理雅各于

理雅各与中国助手

1843 年将英华学院迁移到了香港。也就是在这里，理雅各与多名华人合作，完成了其在英国汉学史上乃至欧洲汉学史上具有重要地位的关于中国经典的译介。此后，理雅各便一直从事修订完善中国经典的译介工作，直至其病逝前不久。

理雅各独特的经历使其在多个领域卓有成就，当然最值得关注的还是他的译著事业。理雅各的译著以儒家经典为主，对佛、道经典亦有所涉及。在一些传教士，如湛约翰、麦嘉温、史超活、合信、谢扶利，以及中国人黄胜等人的协助下，理雅各将《论语》、《大学》、《中庸》译成英文，于 1861 年编成《中国经典》（*The Chinese Classics*）第一卷。其后，陆续出版其他各卷，至 1872 年推出第五卷。这部煌煌巨著囊括了《论语》、《大学》、《中庸》（第一卷），《孟子》（第二卷），《尚书》、《竹书纪年》（第三卷），《诗经》（第四卷），《春秋》、《左传》（第五卷）。《中国经典》为理雅各赢得了世界声誉。其中，1871 年翻译出版的英文全译本《诗经》，为《诗经》在西方传播的第一块里程碑，也是中国文学在西方流传的重要标志。该书“序论”中，译者理雅各对《诗经》的采集、流传、版本、笺注、格律、音韵，以及《诗经》所涉及的地理、政区、宗教和人文环境、历史背景等，以一个西方学者的眼光作了全面深入的考证论析。

这些儒家经典此前虽然也有一些片段翻译，但是对其完整译介的则是理雅各。1873 年，理雅各游历中国北方，对中国的现实状况有了进一步的了解，并于该年结束自己的在华传教生涯，返回英国。3 年后，牛津大学设立汉学讲席，理雅各担任首任汉学教授（1876—1897），从此开创了牛津大学的汉学研究传统。牛津期间，理雅各笔耕不辍，不断修订完善已经出版的《中国经典》各卷，与此同时，还相继完成了由英国著名比较宗教学家穆勒主编的《东方圣书》（*The Sacred Books of the East*）中的 6 卷《中国圣书》（*The Sacred Books of China*）的内容，具体包括收入《东方圣书》第三卷的《尚书》（*The Shoo King*）、《诗经之宗教内容》（*The Religious Portion of the Shih King*）、《孝经》（*The Hsiao King*），第十六卷的《易经》（*The Yi King or Books of Changes*），第二十七、二十八卷的《礼记》（*The Li Ki or Books of Rites*）以及第三十九、四十卷的《道家文本》（*The Texts of Taoism*）。除此之外，理雅各还有一系列关于中国宗教文化的批评性论著，如《中华帝国的儒教》（*Imperial Confucianism*）以及佛教方面的典籍如《佛国记》（*A Record of Buddhisic Kingdoms, Being an Account by the Chinese Monk Fa-Hien of His Travels in India and Ceylon in Search of the Buddhist Books of Discipline*, 1886），以及《孔子——中国的圣贤》、《孟子——中国的哲学家》、《中国文学中的爱情故事》、《中国编年史》、《中国的诗》、《中国古代文明》等多种译著。直到 1897 年 12 月辞世前他还翻译了《离骚》（1895）[1]。

理雅各最重要的译著都收录在《中国经典》与《中国圣书》之中，这是其译介生涯中的两座丰碑，《中国经典》也使其获得了欧洲汉学界“儒莲奖”第一人的殊誉。

1.1895 年出版的《皇家亚洲学会杂志》第 27 卷上，发表了理雅各的《“离骚”诗及其作者》一文。该文中有《离骚》全文的英译文，另还翻译了王逸《楚辞章句》中对这部长诗的注释。这样，《离骚》全文首次由理雅各译介。

（一）　翻译动机

作为一名伦敦会的传教士，理雅各来华首要目的是传教。实际上，理雅各在其少年时代便已有机会接触中国典籍，这些典籍主要是由传教士米怜寄自中国的一些著述。到达香港后，随着对中国文化的不断接触，理雅各逐渐产生出深入了解中国文学及文化的意愿。由此开始思考一些涉及中国文化的深层问题：“我不是作为一位哲学家看中国，而是以哲学的眼光看中国。中国对我来说是个伟大的故事，我渴望了解其语言、历史、文学、伦理与社会形态。”“儒释道的真实目的是什么？”[2] 选择从儒释道三教的角度来认识中国文化的本质无疑是了解中国社会状况与中国人性格的有效途径。基于理雅各的传教士身份，最先将目光锁定在孔子及其儒家（儒教）经典上便是理所当然的事情。

2.Lauren F. Pfister. “Some New Dimensions in the Study of the Works of James Legge (1815—1897)”. *Sino-Western Cultural Relations Journal* (USA), 1990: 30—31.

与利玛窦秉持的“适应性传教”策略一样，理雅各选择了在深入理解中国文化的前提下来拓展自己的传教事业。“此项工作是必要的，因为这样才能使世界上其他地方的人们了解这个伟大的帝国，我们的传教士才能有充分的智慧获得长久可靠的结果。我认为将孔子的著作译文与注释全部出版会大大促进未来的传教工作。”[3] 在理雅各看来，传教士理当学习儒家思想，

3.Helen Eeith Legge. *James Legge, Missionary and Scholar*. London: The Religious Tract Society, 1905. pp. 32—38.

因为儒家思想既不同于佛教，又不同于印度婆罗门教，可以加以利用而不是对抗。因而，“不要以为花了太多工夫去熟悉孔子的著作是不值得的。只有这样在华传教士方能真正理解他们所要从事的事业。如果他们能避免驾着马车在孔夫子的庙宇周围横冲直撞，他们就有可能在人们心中迅速竖立起耶稣的神殿。”“只有透彻地掌握中国的经书，亲自考察中国圣贤所建立的道德体系、社会和政治生活的基础，才能与自己所处的地位和承担的职责相称。”[1]

1. James Legge. *The Chinese Classics*, vol. 2. Taipei: Southern Materials Center, Inc., 1985. pp. 37—38, 95.

的确，理雅各以传教为起点，然而却以译介中国经典为终点。不可否认，传教的热忱是其译介事业的原动力，然而将理雅各一生译介中国经典的热情完全归结为宗教原因，则又有些以偏概全。在传教以外，或者说在为了传教目的而译介中国经典的过程中，理雅各开始逐渐对中国文化，如儒释道文化等产生好感，借此窥探中国人的道德、文明等诸种状况。因此，理雅各的译书工作难以排除传教以外的窥探异域文化的因素。

（二） 译介特色

1. 《中国经典》

理雅各英译儒教四书五经的成就，使其成为后世汉学家们无法逾越的一座高峰。他的英译具有忠实于原文经典的倾向，最大程度上传达出了原文的韵味。当然此译介倾向也导致了另外一种结果，即为了直译汉语原文，而牺牲英文本身的特性。这样在读者看来，理雅各的译文更符合中国人的口味，呈现出某种汉化的倾向，而在英语世界的读者那里，陌生感则较为明显。

理雅各译文的汉化倾向主要表现在：（以收入《中国经典》中的《论语》为例[2]）

2. 以下译文内容皆选自［英］理雅各译，刘重德、罗志野校注《汉英四书》，长沙：湖南出版社，1992 年版。

（1） 尊重古文句式

子曰：“朝闻道，夕死可矣。”（4.8）

The Master said, “If a man in the morning hear the right way, he may die in the evening without regret.”

子曰：“父母在，不远游，游必有方。”（4.19）

The Master said, “While his parents are alive, the son may not go abroad to a distance. If he does go broad, he must have a fixed place to which he goes.”

孔子曰：“君子有三戒：少之时，血气未定，戒之在色；及其壮也，血气方刚，戒之在斗；及其老也，血气既衰，戒之在得。”（16.7）

Confucius said, “There are three things which the superior man guards against. In youth, when the physical powers are not yet settled, he guards against lust. When he is strong, and the physical powers are full of vigour, he guards against quarrelsomeness. When he is old, and the animal powers are decayed, he guards against covetousness.”

由上述几个例子可以看出，在句式上，理雅各最大程度地保留了中文的表述特色。

（2） **将原文分层次，分段翻译。如：**

子曰:“学而时习之,不亦说乎,有朋自远方来,不亦乐乎？人不知而不愠,不亦君子乎？”

Chapter I

1.The Master said, “Is it not pleasant to learn with a constant perseverance and application?

2.“Is it not delightful to have friends coming from distant quarters?

3.“Is he not a man of complete virtue, who feels no discomposure though men may take no note of him?”

（3） **注释等译文之外的辅助手段**

理雅各对中国经典的译介并不仅仅只是翻译其内容，在译本前言等内容中，皆有大量的研究性文字解释。如在《孟子》的译介中，译文之前，既有学术性的研究内容，也介绍了孟子的相关情况，包括孟子的著作（汉朝及其以前关于孟子的评价、赵歧对于孔子的评价、其他注释者、完整性、作者及在儒家经典中的位置），孟子及其观点（孟子的生平、孟子的观点及其影响、附录荀子等人对于人性善恶的观点），杨朱的观点，墨翟的观点。而在收有《论语》、《大学》、《中庸》的《中国经典》第一卷中，理雅各也并不仅仅局限于翻译，而是在第一章中概述中国的经典、经典包涵哪些书籍、经典的权威性；第二章探讨《论语》，包括《论语》的作者、写作的时间及真伪，以及关于《论语》的相关研究状况，并在第五章介绍了孔子的弟子以及孔子思想的影响等等。《书经》译文中则追溯了秦始皇“焚书坑儒”的历史事件，同时也论述了《书经》的真伪与成书时间。而《春秋》（与《左传》合为《中国经典》第五卷）则主要由《春秋》的价值、《春秋》的编年以及春秋时期的中国这几部分组成。同时，理雅各还善于比较儒教思想与基督教思想。如关于孟子，理雅各认为孟子作为道德教师与为政导师的不足之处在于：他不知上帝的启示，不探索未来，从未意识到人类的弱点（即基督教所说的罪），从未仰望上帝寻找真理，他很大的弱点就是自我满足。这就是东西方心态的不同。了解自我是学会谦卑的重要一步，但孟子没有做到。作为为政之师，孟子的弱点与孔子是一样的，只知道他那个时代的需求，而不知道这个世界上还有那么多独立的民族。然而统治阶级却乐意接受他的观点，以至于时至晚清，清朝政府在外国人面前从未放弃"天朝大国"的优越感。即使被蒙古人和鞑靼人征服也没有摧毁这种自大的感觉，也由于如此心态而拒绝基督教的传播。[1] 由于理雅各以宗教作为译经的主要出发点，因此其讨论的内容

1. 岳峰：《架设东西方的桥梁——英国汉学家理雅各研究》，第 177 页，福州：福建人民出版社，2004 年版。

也总是牵涉到宗教，而忽视了经典的文学性。如对于《论语》的评价，理雅各并不重点介绍论语中孔子的主要思想，而是侧重于论述儒家思想缺乏宗教意识，而这些内容对于普通读者而言并不具有吸引力。对于《大学》，理雅各认为《大学》的论证过程并没有与其初衷协调一致。尽管如此，他还是对诸如"道得众则得国；失众则失国"、"以身作则"等思想表示好感。理雅各认为西方的政府管理忽略了这一点。[2] 而对于《中庸》，理雅各"有大量基于

2. 岳峰：《架设东西方的桥梁——英国汉学家理雅各研究》，第 179 页，福州：福建人民出版社，2004 年版。

基督教教义的论述，认为作者滋长了国民的骄傲情绪，把圣贤上升到上帝的位置并大为崇拜，给民众灌输他们不需要上帝帮助的思想，这与基督教的思想是冲突的。这样的经典反而只能证明他们的先父既不知道上帝，也不了解自己。"[3] 而对于《春秋》这部史书，理雅各则"用

3. 岳峰：《架设东西方的桥梁——英国汉学家理雅各研究》，第 179 页，福州：福建人民出版社，2004 年版。

了大量例子说明《春秋》失实的情况，包括忽视、隐瞒与歪曲三种。总体上认为孔子这部著作没有价值，对该书何以受到中国人如此推崇很疑惑。他提出：《春秋》有许多不实之处，《春秋》与《左传》有数以百计的矛盾之处"；"《春秋》对其后的史书——《吕氏春秋》、《楚汉春秋》、《史记》、《汉书》、《资治通鉴》等等直至晚清的史书——产生了恶劣的影响，都有失实的问题。"[4]

4. 岳峰：《架设东西方的桥梁——英国汉学家理雅各研究》，第 180 页，福州：福建人民出版社，2004 年版。

抛开这些宗教性的对比评述不论，理雅各对于这些经典的译介基本上谨从原文。前文已提及，这种尽量尊重原文的倾向对于那些不了解中国文化的英语读者来说，读来就显得比较晦涩难懂。为此理雅各在译文以外用了大量注释来说明，而且这些注释的容量往往大大超过

译文本身。注释的内容包括：一是说明某事件发生的背景，也包括对于人物及作品等的说明。如关于《孟子》，理雅各便先解题，同时说明孟子是中国历史上的一位哲学家；又如关于《论语·庸也》所言“子见南子，子路不说”，理雅各对此解释说：“南子是卫灵公的姬妾，她以淫荡著称，因此子路很不高兴。”[1] 二是对经文作出自己的评价，如对于《论语》中孔子所言“父为子隐，子为父隐”的异议等。三是提供经文的其他解释，这种方法也为西方读者更好地了解儒家的经典准备了条件。这些注释所花费的精力超过了译介原文所需的时间，凝结着理雅各大量的心血，也成为其译文的重要组成部分。仅从这点来看，理雅各的译文称得上是一种学者型翻译，对有志于研究中国文学与文化的读者，其针对性更强。相反，对于一般读者而言，这些注释会显得较为冗长。但理雅各认为：“我希望读者能够理解译者的一片苦心。对于那些长长的评注，或许会有 99% 的读者会不屑一读，但在 100 个中只要有一位读者不这么认为，我就为他作这些注释。”[2] 由此可以看出理雅各作为一位传教士汉学家所具有的决心与毅力。以《孟子 · 梁惠王上》中“寡人之于国也”一则为例，理雅各将其分为了 5 段，在页下对相关段落进行注解。理雅各首先对这则从整体上进行说明[3]：Half measures are of little use. If a prince carries out faithfully the great principles of royal government, the people will make him king.

1.James Legge. *The Chinese Classics*, vol. 1.Taipei：Southern Materials Center, Inc., 1985. p. 127.

2.Helen Edith Legge. *James Legge, Missionary and Scholar*. London：The Religious Tract Society, 1905. p. 42.

3. 以下《孟子》译文内容皆选自：James Legge. *The Chinese Classics*, vol. II. London：Ludgate Hill Trubner & Co, 1875. p. 127.

如其中的第一段：

原文：梁惠王曰：“寡人之于国也，尽心焉耳矣。河内凶，则移其民于河东，移其粟于河内。河东凶亦然。察邻国之政，无如寡人之用心者。邻国之民不加少，寡人之民不加多，何也？”

译　文：King Hwuy of Leang said，“Small as my virtue is，in [the government of] my kingdom，I do indeed exert my mind to the utmost. If the year be bad inside the Ho，I remove [as many of] the people [as] I can to the east of it，and convey grain to the country inside. If the year be bad on the east of the river，I act on the same plan. On examining the governmental methods of the neighbouring kingdoms，I do not find there is any [ruler] who exerts his mind as I do. And yet the people of the neighbouring kings do not decrease，nor do my people increase-how is this ？”

注　释：A prince was wont to speak of himself as “the small or deficient man，” and so King Hwuy calls himself here. I have translated it by “small as my virtue is，I；” but hereafter I will generally translate the phrase simply by I. “Inside the Ho” and “East of the Ho” were the names of two tracts in Wei. The former remains in the district of Ho-nuy（meaning inside the Ho），in the department of Hwae-k' ing，Ho-nan. The latter，according to the geographers，should be found in the present Hëae Chow，Shan-se；but this seems too far away from the other.（解释了“寡人”一词的由来及自己的翻译方法，并解释了“河东”与“河内”的位置。）

由上文的译介及其注释可以看到，译文中括号里的内容主要用于使英文句子的表达更加流畅，这在一定程度上可以弥补理雅各以中文句式来译介的表述欠缺；其次，具体而翔实的注释涵盖了更多的信息量，这些信息主要涉及中国文化的方方面面，如上文所提到的“寡人”一词。正如理雅各自己所言：“（译者）没有改动的自由，除非原文直译出来会让人绝对看不懂”。[1] 实际上，对于西方的读者而言，在对中国的了解不够深入的前提下，拥有大量关于中国文化信息的注释对他们而言更具价值。可以想象，与之相对应的是，理雅各在注释上所做的工作必定不会少于译文本身。因此，理雅各的译文也被认为是“从头到尾都是忠实的”，也正是因为这点，“有的时候为了忠实，他的表达从英语角度来说可能不总是特别流畅完美。”[2]

1.James Legge. *The Chinese Classics*, vol. I. London: Ludgate Hill Trubner & Co., 1875. Prolegomena.

2.Helen Edith Legge. *James Legge, Missionary and Scholar*. London: The Religious Tract Society, 1905. p. 211—212.

2. 《中国圣书》

《东方圣书》中关于中国部分的内容（以下简称《中国圣书》）主要收录于其中的第三、十六、二十七、二十八、三十九、四十卷。从初版的时间上来说，《中国圣书》的初版时间要晚于《中国经典》，也显示出了理雅各意欲从更大范围内来了解中国文化的丰富多彩，而不仅仅局限于儒家文化。因此在《中国圣书》中，理雅各不仅延续了自己一直以来的译介领域（即儒家文化经典，如书、诗、礼、易、孝等），并且将译介触角探到了儒家以外的道家文化与佛家文化。这方面的译介成果主要是《道家文本》（其中包括老子的《道德经》和《庄子》，1891）和《佛国记》（又名《法显游记》，1886）。除此之外，还完成了《楚辞》的部分译介。对于儒释道三家的简介及代表作品，理雅各在《东方圣书》第三卷的序言中有所介绍。

关于《周易》，在理雅各之前已有一些汉学家迻译，如早期法国传教士金尼阁（1577—1628）、比利时耶稣会士柏应理（1623—1693）等，而法国传教士白晋（1656—1730）对《周易》的研究则对莱布尼茨产生了一定的影响。西方第一本完整的《周易》译本是由法国传教士雷孝思（1663—1738）用拉丁文翻译的《易经》。当时的英译本也由于种种原因而欠缺规范。理雅各完整翻译了《周易》的“经”与“传”部分，并指出《周易》“形式上的独特性使它

在翻译成可理解的译文时成了所有儒家经典中最困难的”[1]，不仅其中文文本具有博大艰深难

1.[英]理雅各译，秦颖、秦穗校注：《周易》，第 513—518 页，长沙：湖南出版社，1993 年版。

解的特点，而且由于理雅各在译介过程中力求达到“和中文原文一样简洁”，又使其翻译更是难上加难。理雅各所译《周易》是当时英译本中最具权威的译本，在译介的过程中，译者也逐渐形成了对《周易》的独特见解。对于“经”与“传”的作者问题，理雅各在序言中强调说:“我现在认识到，关于‘经’与‘传’，孔子只可能创作了后者，二者前后相差近 700 年，并且在主题关系上也并不一致。我正确理解的第一步是按照原文来研究经文，这样做很简单，因为 1715 年的官方版本就包括了所有的批评注释等，从而使‘经’‘传’保持了分离状态。”[2]

2.[英]理雅各译，秦颖、秦穗校注：《周易》，第 513 页，长沙：湖南出版社，1993 年版。

强调“经”与“传”的分离是理雅各译介《周易》的前提，这与他的思维习惯有一定关系。中国的学者将部分“传”文的内容与“经”文内容杂糅在一起的方法，在理雅各看来显得缺乏系统上的逻辑性，而逻辑性的缺乏在他看来主要是由于二者并非出于一人之手。因此对于“传”的作者问题，理雅各更认同一种比较折中的观点：“当我们有足够的证据证明‘传’的大部分并非出自孔子之手时，我们就不能说任何部分都出于他的笔下，除非那些编辑者介绍为‘子曰’的段落。”[3] 除了“经”“传”分离这一特点之外，理雅各还力求使其《周易》

3.[英]理雅各译，秦颖、秦穗校注：《周易》，第 513 页，长沙：湖南出版社，1993 年版。

译本尽量与“中文一样简洁”，但是这也仅仅是一种努力而已。实际上，理雅各在翻译的过程中，总是“附加大量的插入语”，希望借这样的一种译介方式可以“使译本对于读者而言是可理解的”[4]。

4.[英]理雅各译，秦颖、秦穗校注：《周易》，第 515 页，长沙：湖南出版社，1993 年版。

《东方圣书》第三卷是理雅各所翻译的书、诗、孝三经，与《中国经典》的模式一样，理雅各的译介并不只涉及原文，而是在译文之前首先对这些经书予以介绍。关于《尚书》，理雅各主要从其历史与性质、记载内容的可信度、其中的主要朝代与中国纪年三个方面来介绍，具体包括《尚书》名字的来历、孔子的编撰以及秦始皇焚书后书经的消失与保存（这便涉及到古今文之争了）。此外，理雅各还试图通过《尚书》来整理夏商周时期中国的断代细节问题，当然他并非没有意识到其中的难度：“从《尚书》中得出较为具体的编年系统几乎是不可能的”[5]。

5.*The Sacred Books of the East*, vol. Ⅲ. James Legge, tr. F. Max Muller, ed. Oxford: Oxford at the Clarendon Press, 1899. p. 20.

由此不难看出，理雅各在译介中国经典时，已表现出相当自觉的研究意识。关于夏商周的断代问题直到当代仍然存疑，而理雅各在其所处时代就对这一问题表现出了极大的兴趣与关注度。他在《尚书》的“介绍”中简述了中国历代学者在这一问题上所取得的既有成果，简介了虞、夏、商、周及尧、舜、禹等各个时代，同时列举了国外学者在这一问题上的相关研究成果，并在末

尾附上了中国地理位置图及历代年表。

从关于《诗经》的"介绍"来看，理雅各在很大程度上将《诗经》当做一部历史文献资料来看待，即从历史角度，而非文学角度，对《诗经》进行整体的观照。这种研究的视角与方法在理雅各那里是"一以贯之"的。理雅各首先介绍了"诗"一字的意义——"说到《诗》或《诗经》的时候指的是诗歌集"[1]、《诗经》的主要内容、《诗经》中所涉及的宗教题材；其后主要介绍了司马迁所记载的《诗经》、孔子编订的《诗经》及直至当代（理雅各时代）认可版本间的演化（主要介绍了秦始皇焚书事件对保存《诗经》的影响、"三家诗"的不同）；此外也探讨了一些《诗经》内部的问题，如《诗经》中篇目小与不完整的特点、诗歌的作者、《诗经》的诠释等。至于《孝经》，理雅各所采用的方法基本上与译介《尚书》、《诗经》的做法类似，解释"孝"的由来，介绍《孝经》的演变与流传以及经学家们的相关研究成果等。可以说，理雅各译介的态度与他的文风相同，都具有平实的特点，亦有可能受到了中国经学特点的影响。就专业性而言，或从中国读者的角度来说，理雅各的译本达到了一个较高的程度，成为后世英国汉学家难以企及的范本。

1.*The Sacred Books of the East*, vol. Ⅲ. James Legge, tr. F. Max Muller, ed. Oxford: Oxford at the Clarendon Press, 1899. p. 275.

除了儒家经典，道家经典也进入了理雅各的视野中，表明理雅各全面认识中国文化的开始。[2]《东方圣书》的第三十九卷与四十卷集中展示了理雅各关于道家文化的认识水平，涉及到其对于"道"的认知及道家两部经典《老子》（《道德经》或《太上感应篇》）与《庄子》（《南华经》）的译介。不仅如此，理雅各还考虑到了唐宋时期道家的发展，同样具有较开阔的学术视野。也就是说，理雅各在译介道家经典的同时，也大致梳理出了道家发展的一个基本脉络，因而具有学术史的价值。"行动报应论向我们呈现出了11世纪的道家在道德与伦理方面的某些特点；在早期的两部（道家）经典著作中，我们发现它（指道家——笔者注）在更大程度上是作为一部哲学思辨的著作而不是一部普通意义上的宗教著作。直到（我们的）1世纪佛教进入中国后，道家才将自己组织成为一种宗教，拥有自己的寺院和僧侣，自己的偶像和章程。"[3]"在不同的阶段，它（指道家）处于不同的变化发展中，如今它是以一种佛教退化了的附属物，而不是以老子、庄子的哲学发展而吸引着我们的注意。"[4]对于道家的认识，理雅各的理解与认识并没有偏离其在中国的原意。这与理雅各和中国学者的合作是分不开的。理雅各在序言的最后也表示对于中国本土学者的感谢，认为他们帮助自己节约了许多时间，但

2.《东方圣书》第二十七、二十八卷也主要是儒家经典《礼记》，其译介情况此处从略。理雅各对当时中国存在的儒释道及基督教都有相关介绍。

3.*The Sacred Books of the East*, vol. XXXIX. James Legge, tr. F. Max Muller, ed. Oxford: Oxford at the Clarendon Press, 1891. Preface.

4.*The Sacred Books of the East*, vol. XXXIX. James Legge, tr. F. Max Muller, ed. Oxford: Oxford at the Clarendon Press, 1891. Preface.

结果却有可能使译本呈现出的变化不大。此外，从理雅各所介绍的内容来看，他在一定程度上也具有了“比较”的意识，对此，我们姑且将之称为“不自觉的比较意识”。这主要表现在除了对于中国儒释道三家的认识外，还提到了中西交流的一些重要事件，如 7 世纪基督教的传入与在西安的墓碑[1]；13 世纪罗马教会派遣教士到中国，但却没有留下文字的记载等事件。在理雅各看来，道家以两部代表作品出发，从而延伸出与之相关的注释、阐释等。《道德经》一支的代表人物包括司马迁、列子、韩非子以及为《老子》做注的王弼，而《庄子》则是对道家的补充。

1. 也就是现在所说的景教，基督教的一种。

与儒家经典的翻译一样，《老子》与《庄子》的译介也附有大量的注释。但是对于《庄子》，理雅各并没有像儒家经典那样全译，而是采用了节译的方式。而对于《庄子》中的内篇、外篇及杂篇中的共 33 篇则有分别的介绍，这种介绍方式主要以“段”（paragraph）为单位。[2]

2. 以上关于理雅各译介中国经典的部分，笔者指导的研究生徐静参与了讨论，并提供了初步的解读文字。

《中国经典》与《东方圣书》里中国经典的部分是理雅各一生汉学成就的代表。在中国学者的帮助下，理雅各以尽量接近中文原文的方式译介了中国的许多经典。其范围不仅仅只在儒家经典领域，也涉及道家与佛家；在译文的风格上，理雅各的译文可称为学者型翻译的典型，大量的注释可以为证。学者型的风格还表现在理雅各在译介过程中加入了自己的研究，这主要体现在两个方面：一是梳理该问题在中国学术领域内的流变与发展；二是梳理既有的国外关于该问题的研究成果。而这些研究的视角主要是从历史的角度出发，因此理雅各的著作便显得学术性十足，从而也就显得有些曲高和寡。[3] 当然，这主要针对的是那些一般的英语读者，而对于汉学家而言，理雅各的译著则是难能可贵的学术著作，翟林奈（Lionel Giles，翟理斯之子）曾经这么评价理雅各的译介：“五十余年来，使得英国读者皆能博览孔子经典者，吾人不能不感激理雅各氏不朽之作也。”[4] 理雅各在经学译介上的成就成为了后来欧洲汉学家无法跨越的里程碑，它为那些从事汉学研究的汉学家们开启了一扇通往中国文化核心的大门。这种系统译介的影响之大，使紧随其后的另一位英国汉学家翟理斯也将理雅各经学上既有的成果纳入了他所要挖掘的中国文学部分。

3. 理雅各作品的再版次数就远远不如翟理斯译作，这可以从侧面说明这一问题。

4. 转引自忻平《王韬评传》，第 79 页，上海：华东师范大学出版社，1990 年版。

二、 德庇时译介中国文学

出生于伦敦的德庇时（John Francis Davis，1795—1890）于1813年开始在广州东印度公司的一家商行工作，并学习汉语。作为阿美士德使团的汉文正使，他曾于1816年前往北京。使团使命失败后，他在澳门和广州居住，继续经商和学习中文。1828年至1829年，他利用皇家亚洲学会提供的“东方翻译基金”（Oriental Translation Fund），先后翻译了《贤文书》、《汉文诗解》、《好逑传》、《汉宫秋》等著作。1832年，由于他精明能干又精通汉语，德庇时担任东印度公司在远东设置的最高职位——东印度公司广州特派员会主席。1833年，英国政府取消了东印度公司的对华贸易特权后，任命德庇时为主营驻华第二商务监督。1834年，升为商务监督。由于清政府拒绝承认商务监督的使命，德庇时本人也不喜欢新的自由贸易制度和举止粗俗的外国投机商，他于1835年12月离任回国。回国后，德庇时撰写了《中国人——中华帝国及其居民概述》、《中国见闻录》等著述。1844年，德庇时抵达香港，接替璞鼎查的职务，任英国驻华全权代表、商务监督和香港总督。

德庇时认为，英国人在诸多知识领域取得了巨大进步，惟独在与中华帝国（包括中国文学）有关的方面所取得的进展简直微不足道，而法国人差不多一个世纪以来一直勤勉而成功地进行着研究。为此，他呼吁英国同胞即使从中英两国日益增强的商业联系方面考虑，也要重视中国文学。[1] 他说，“耶稣会士以及那些偏见更大的天主教传教士们，两个多世纪以来一直致力于英中两国之间的有趣而有益的交流。他们努力用朦胧而概括的断言说服大家，中国是一个智者的民族，对文字的热爱是举世公认的，自觉的学习使他们通往富裕和崇高之路。政府的最高职位向社会地位最低的人开放。政府管理英明，一个极平常的事实是，如果不好好学习，王子们也会悄悄地沉沦为最无知的贫民。然而，那通往国家最高职位的一纸考试文凭，……是人类智慧的完美理想，是作为伟大的政治家不可缺少的资格。”[2] 然而，德庇时指出，他们却忽视了这个国家（中国）在诗词、戏剧舞台表现趣味方面所取得的非凡成就。加上去中国的旅行者们如此稀少，使得英国对赫赫有名的中国纯美文学（belles lettres）浑然不知。英国人被那些传教士们偏激的思想所误导，只尊重那些过多褒扬上古尧舜美德的古代典籍，而无瑕关注现代文学的总体状况[3]。

1. 见德庇时为其所编译的《中国小说选》（1822年由伦敦John Murray刊行）而写的长篇序言。该书全名：*Chinese novels, translated from the originals; to which are added proverbs and moral maxims, collected from their classical books and other source. The whole prefaced by observations on the language and literature of China*. 目次为：Observations on the language and literature of China; The shadow in the water; The twin sister; The three dedicated chambers; Chinese proverbs.

2. John Francis Davis. *Laou-Seng-Urh, or, An Heir in His Old Age: a Chinese Drama*. London: John Murray, 1817. pp. 396—397.

3. John Francis Davis. “A Brief View of the Chinese Drama and of Their Theatrical Exhibition”, in *Laou-Seng-Urh, or, An Heir in His Old Age: a Chinese Drama*. London: John Murray, 1817. pp. Ⅲ—Ⅳ.

德庇时进一步指出，对中国文学的某些方面如有更详尽的了解，即能使英国人更精确地判断这个国家国民的真正性格，比如那些奇特的中国人在生活中是如何行动、如何思考的？被供奉在私人房间里、寺庙里，以及道路两旁等所有公共场所里的孔子，曾说过很多精细的道德情感，通过阅读中国文学，我们也可以了解他的这些情感在现实生活中到底实践知多少。[1] 德庇时爵士对英国汉学所作的贡献，要比英国汉学家翟理斯早整整半个世纪。

1. 参见德庇时的《中国杂记》(*Chinese Miscellanies: A Collection of Essays and Notes*)，其中第四章“19 世纪上半叶英国汉学的产生与发展”（Chapter Four: Early Beginning and Development of Chinese Literature in Great Britain—the First Half of the 19th Century）已经由上海图书馆徐家汇藏书楼王仁芳馆员翻译成中文，刊于《海外中国学评论》第 2 期。

（一）　德庇时对中国戏剧的译介

1817 年，德庇时用英文翻译了元代戏曲家武汉臣的杂剧《散家财天赐老生儿》，他的标题为《老生儿：中国戏剧》（*Laou-Seng-Urh, or, An Heir in His Old Age*），由伦敦约翰·默里（John Murray）出版公司刊行。[2] 德庇时为此英译本写了长达 42 页的介绍，题为“中国戏剧及其舞台表现简介”，详尽介绍了戏班子的结构、演出的各种场合及表演手法等等。

2. 德庇时在其《中国诗作》（*The Poetry of the Chinese*, 1870）一书里曾引有《老生儿》的 8 行曲文，作为对偶句的例证。另外，《老生儿》的又一英译本，由 Pax Robertson 选译，题名《刘员外》（*Lew Yuen Wae*），于 1923 年在伦敦 Chelsea 出版公司刊印。

德庇时总结了自 1692 年至他撰著该书为止散见于各种报刊上的欧洲外交使官与旅行者涉及中国皇家戏曲的所见所闻。在这些欧洲人所见的中国戏曲里，有令人眼花缭乱的杂技、珠光宝气的戏曲服装，以及戏曲演员的优美指法；他们所见到的戏剧人物有穿黄袍的帝王、涂花脸的将军、从烟雾中走出的仙人鬼怪，以及插科打诨的小丑；他们所观剧目中有悲剧、喜剧、历史剧和生活剧；他们也注意到中国戏曲语言是有说有唱有朗诵的，而最使欧洲观众感兴趣的是体现在戏曲武打和模仿动物之中的虚拟程式动作。

英国汉学家德庇时爵士

德庇时也注意到中国很早以前就兴起了戏剧舞台表演，并在后来发展成为宫廷的公共娱乐。他说一个中国戏班子在任何时候只要用两三个钟头就可搭成一个戏台，并介绍了搭建一个舞台所需要的全部物品：几根竹竿用来支撑席编台顶，舞台的台面由木板拼成，高于地面六七英尺，几块有图案的布幅用来遮盖舞台的三面，前面完全空出。并通过与欧洲的现代舞台比较，德庇时指出中国的戏曲舞台并没有模拟现实的布景来配合故事的演出。比如，一位将军受命远征，他骑上一根细棍，或者挥动一根马鞭，或者牵动缰绳，在一阵锣鼓喇叭声中绕场走上三四圈；然后，他停下，告诉观众他走到了哪里；如果一城墙要被推翻，三四个士兵叠着躺在台上来表示那堵墙；如果有几位女士要去采花，你就要把舞台想象成一个花园，或者根据需要我们还得把舞台想象成一片船的废墟、一块岩石、一个岩洞；如果两支军队挺进了，我们又得把舞台想象成一个战场。而在欧洲，直到 1605 年移动布景才由琼斯 （Jones Inigo，1573—1652）在牛津设计出来。

在序言中德庇时还提到了中国的戏剧演员难以受人尊敬的处境，同时又宣称世界上没有一个民族像中国人那样与自己所宣布的原则不相符合的。他举了一个例子：乾隆皇帝后期便把一个演员迎入宫中立为妃子。而在希腊和罗马的戏剧中是禁止女性出现的，但后来在中国的戏剧中出现了女演员，有时候由太监扮演。莎士比亚戏剧中温柔、细腻的女性在他的有生之年也没有女性扮演，直到 1660 年，伯特顿夫人（Mrs. Betterton）才第一次表演朱丽叶（Juliet）和奥菲莉亚（Ophelia）。德庇时说在中国任何一种法律中，都没有禁止女人登上舞台表演的规定，而在任何表演中，前代的皇帝、皇后、王侯将相永远是最常见的戏剧主题；中国的客栈常常为客人们准备戏剧表演，正如伊丽莎白时代的英格兰小旅店也常常在院子里有戏剧表演一样。

德庇时对来华传教士们未能传达一些中国戏剧舞台的表演信息而表示遗憾，指出这使欧洲人不能了解中国的戏剧是一种尊贵的艺术，中国人是一个文雅的民族。同时，他还比较中国戏剧的开场或序幕与希腊戏剧特别是欧里庇得斯悲剧的开场，指出两者如此相似，都由主要人物上场宣布人物，以便使观众进入到故事情节中。戏剧对白都用通俗的口语。在中国戏剧中，爱恨情仇的感情都融合在唱词中，演员根据情感表达的需要或者自己的情势在柔和或者喧嚣的气氛中演唱。中国戏剧唱词的创作在悲剧中比在喜剧里更为流行，这也与古希腊悲剧中的合唱词相似。同样有如古希腊悲剧的合唱，中国戏剧中的唱词在演唱时也伴有音乐。剧本里的诗化唱词主要展示人物的悲喜爱恨等情绪，这在悲剧中又远比在喜剧里多得多，其形式亦像希腊悲剧里的合唱词。德庇时在译介过程中，觉得这些诗化唱词好像主要为取悦于观众的听觉，当然也借此表达人物的内心世界。

从德庇时的简介来看，他似乎不了解中国有各种戏剧文体的存在，尽管他指出他所翻译的《老生儿》是出自于《元人百种曲》。《老生儿》是第一部直接译成英文的中国戏剧，德庇时在译本中保持了诗体与对话体，但是去掉了原文他所认为的不雅之语及一些重复的叙述。1817年，《评论季刊》（*Quarterly Review*）第14期1月号在第396—416页载文，对德庇时的这个译本《老生儿：中国戏剧》作了较高评价。1829年，《亚洲杂志》第28卷7—12月号第145—148页也有涉及德庇时所译《老生儿》的评论文章。

德庇时还用英文出版了马致远的元杂剧《汉宫秋》（*Hān Koong Tsew, or, The Sorrows of Hān*），发表于他的英文著作*The Fortune Union：A Romance*第2卷，由伦敦东方翻译基金会（Oriental Translation Fund）于1829年刊行。虽然德庇时知道中国戏剧没有明确的悲喜剧的分界线，他仍然称《汉宫秋》为悲剧，因为觉得该剧符合欧洲的悲剧的定义："此剧行动的统一是完整的，比我们现时的舞台还要遵守时间与地点的统一。它的主题的庄严、人物的高贵、气氛的悲壮和场次的严密能满足古希腊三一律最顽固的敬慕者。"《汉宫秋》描写唐明皇与杨贵妃的爱情悲剧，本来就哀婉缠绵，加上译笔颇佳，因而出版后在英国引起更大反响。英译本《汉宫秋》也被推许为德庇时译著中的代表作。此英译本的问世，纠正了利玛窦说"中国戏剧很少有动人的爱情故事"而给欧洲人造成的错误印象。在这一译本的序言中，德庇时没有提供有关中国戏曲演出的更详尽信息，只是注明所有的中国剧本都配有一种不规则的唱腔，由时强时弱的音乐伴奏。德庇时在介绍论述中常常将中国戏剧与古希腊及莎士比亚的戏剧进行比较，这使得他对中国戏剧的介绍更能被英语世界接受，可以说他为西方世界了解中国舞台表演传统作出了开创性的贡献。

（二） 德庇时对中国诗歌的译介

关于中国古诗的译介，德庇时也有所涉及。1830年在伦敦出版的《皇家亚洲学会会议纪要》（*Transactions of the Royal Asiatic Society of Great Britain and Ireland*）第2卷第393—

461 页刊载了德庇时于 1829 年 5 月 2 日在皇家亚洲学会会议上宣读的论文《汉文诗解 Poeseos Sinensis Commentarii. XXI. On the Poetry of the Chinese. 》。该文分为两部分。第一部分详细介绍中国诗歌的韵律问题，包括六个方面：1) 中国语言的发音及其在韵律创作方面的适应性；2) 中国语言的声调、节奏，一些声调、口音在遵守创作规则时的变化；3) 中国各体诗歌的字数；4) 中国诗歌韵语中的词组与音步；5) 中国诗歌韵语的诸格律；6) 中国诗歌韵语的对仗。第二部分则从总体上把握中国诗歌的风格与精神（style and spirit）、想象与情感（imagery and sentiment）及其详细分类（precise classification）等。德庇时在文中以中文、拼音、英文译文三者对照的形式引用了相当多的中国诗歌为例子，既有从《诗经》、《乐府诗集》到唐诗、清诗中的诗歌作品，也有《三国演义》、《好逑传》、《红楼梦》等明清小说中的诗歌和《长生殿》等清代戏曲中的唱词，以及《三字经》片断等，涉及广泛。[1] 其中，两首李白诗作《赠汪伦》（The Inlet of Peach Blossoms）和《晓晴》（An Evening Shower in Spring）及《红楼梦》第三回中两首《西江月》都是首次译成英文。

1.John Francis Davis. “汉文诗解 Poeseos Sinensis Commentarii. XXI. On the Poetry of the Chinese”, in *Transactions of the Royal Asiatic Society of Great Britain and Ireland*, vol. II. London: J. L. Cox, 1830. pp. 393—461. 到 1834 年，该文由东印度公司印刷所在澳门出版单行本，题名改为《汉文诗解 *Poeseos Sinensis Commentarii. On the Poetry of the Chinese, (from the Royal Asiatic Transactions) to Which Are Added, Translations & Detached Pieces.*》。1870 年伦敦阿谢尔出版公司刊行增订版。

德庇时指出英国诗人认为在诗歌中一直出现单音节词（low words）是不合适的，尽管蒲伯在其诗歌里多次使用单音节词，而中国诗歌在一首诗中有时竟然有 10 个单音节词。中国诗歌中的每一个汉字，不仅仅被当做一个简单的音节，更应被看成是相当于其他语言中的音步。中国诗歌有很大一部分是双音节的，吟诵时往往被重读或者拖长声音，然而在英语诗歌中非重读的部分往往被模糊发音。

在他看来，中国诗歌中往往以最少的字数开头，以形成一个可数的诗行，常常以三个字开头，像流行音乐中的叠歌一样一遍遍地重复。这种歌被称为“曲”。德庇时以《乐府诗集·卷五十·江南曲》为例，认为这种短行的诗也组成了一种像编钟一样和谐的格言来灌输道德规范，无疑可以增加记忆。德庇时在该书中认识到，《诗经》作为中国最古老的诗歌总集，是两千多年前由孔子（Confucius）编辑而成，分为四个部分：《国风》（*Kwoh Foong, or the Manner of Different States*）、《大雅》(*Ta-ya*)、《小雅》(*Seaon-ya*) 和《颂》(*Soong*)。像其他国家最早的诗歌集一样，《诗经》也是由歌和长诗（odes）组成的。如果把中国诗歌的发展进步比作成一棵在自然界中生长的树，他认为《诗经》相当于这棵树的树根，《楚辞》使这棵树发芽，到了秦汉时期就有了很多叶子，及于唐代则就形成了很多树荫，枝繁叶茂，硕果累累。

他同样理解到，给予中国人这么多快乐的诗歌艺术，如果没有严格的诗律，没有经过历代诗人们辛勤的培育熏陶，中国的诗歌就无法取得如此辉煌的成就。

关于诗歌吟诵时的停顿，德庇时指出：在中国的七字诗（七言）中，往往是在第四个字后面停顿；如果是五字诗（五言），往往在第二个字后面停顿，并例举《好逑传》里的诗句、《莫愁诗》、欧阳修的《远山》诗和《文昌帝君孝经》等加以说明。他在用欧美方式标注汉语拼音时，其停顿部分用短横线表示出来，译文中也用短横线标出停顿。德庇时对中国诗歌里的偶句押韵亦有所介绍，指出中国诗歌一首通常是四行（指的是绝句）或者八行（指的是律诗）：四行诗一般是二、四句押韵，八行诗一般是二、四、六句押韵。在句子末尾押韵，韵由第二句的末尾音节决定。他同时指出，对仗在中国诗词中广泛出现，形成了中国文学的人工艺术之美，并举《好逑传》中的对仗句式“孤行不畏全凭胆，冷脸骄人要有才。胆似子龙重出世，才如李白再生来”，以描述铁中玉的勇敢和能力。德庇时还分析了中国诗歌对仗的类型：同义对仗、反义对仗和复合对仗，并例举多个诗句逐一解释这三类对仗形式。而且进一步说中国诗歌创作结构上的对仗渐渐扩展到散文的创作之中，比如北宋时期邵康成《戒子孙》中“上品之人，不教而善；中品之人，教而后善；下品之人，教而不善”。[1] 德庇时对中国文学里的这种对仗手法总体上是肯定的，认为它提高了写作的难度，也增加了创作的价值。他还对比法国悲剧里所运用的类似对仗手法，指出这使得法国悲剧的节奏性更持久，戏剧更严整。

1. 德庇时认为这几句话与赫西俄德《工作与时日》中的几句诗意思相近：He indeed is the best of all men, who of himself is wise in all things; Though he is good, who follows a good instructor; But he who is neither wise of himself, nor in listening to another, remains mindful of advice—this is the worthless man.

德庇时认为，中国的唐代是中国诗歌发展最重要的时期，并特别介绍了李白的诗酒故事，并称中国的诗人性格与酒有着悠远的联系，因为饮酒能够激发诗人的灵感。德庇时还举了一首关于桃花源的诗来说明唐代诗人想象力的丰富，并说虽然中国的诗歌形式很多，但没有一种诗歌形式与欧洲的诗歌相类似，而且中国诗歌中的道德或教诲色彩非常突出，中国的圣谕也是一种押韵的诗歌。

德庇时还发现，在中国诗歌中有些对自然界风景或物体的描述拥有显著的特征，而这些特征对外国人来说是很陌生的。比如春梦秋云（spring dreams and autumnal clouds）代表了快乐的飞翔的景色，水中倒映的月影（the moon's reflection in the wave）代表了得不到的好东西，浮云遮日（floating clouds obscuring the day）代表了杰出的人物暂时受到诽谤的遮掩，路中乱草横生（the grass and tangle in one's path）意味着行动过程中的困难，娇艳的花（a fair flower）表示了女子的美貌，春天（spring）代表了快乐，秋天（autumn）代表了愁思，女子的性格可以用“白色的宝石、纯水晶、冷冷的透明冰”（the white gem，the pure crystal，the cold and transparent ice）来形容，桃花盛开的季节（the season when peach blossoms are in beauty）表示婚姻，花丛中蜂蝶簇拥（bees and butterflies among flowers）形容快乐的追求者，等等。而这些均增加了外国读者理解中国诗歌的难度。不仅如此，还有中国诗歌中典故的运用。德庇时说：“如果没有一位博学的中国人帮助，我们很难读懂中国文学中的一些暗示（hint）”，“这些暗示包含着一些特定的历史故事或浪漫故事”，比如“凤求凰”（Foong kew hwang，or the bird foong in search of its mate）的歌曲（song）就包含着卓文君（Wun Keun）和司马相如（Sze—ma）的爱情故事。德庇时还发现，中国诗歌有时依赖于神话的帮助，对于自然界里的多种现象，中国人都有相应的守护神，如火王（the monarch of fire）、雷公（Luy koong）等等，还有掌管人间男女爱情婚姻的月老（the old man of the moon）。

总之，德庇时对中国诗歌的介绍从诗歌的外部形式，包括字数、押韵、对仗等，到诗歌的内部，包括诗歌的内容、分类、典故运用等，内容相当广泛，而且理解得颇有深度，这些都有助于英国读者对中国古代诗歌艺术特征的全面把握。

除了以上对中国戏剧、中国古诗的译介外，德庇时所译《好逑传》英文译本 *The Fortunate Union，a Romance；Translated. from the Chinese Original，with Notes and Illustrations，to Which Is Added，a Chinese Tragedy*，于 1829 年由伦敦 John Murray 公司分为两卷刊行。其他还有如《中国人：中华帝国及其居民的概况》（*The Chinese：A General Description of the Empire of China and Its Inhabitants*），于 1836 年由伦敦 C. Knight & Co. 出版，书中述及英国人对中国问题的看法，被认为是19世纪对中国最全面的报导，被译成其他文字。林则徐派人将其译成中文，编译进《华事夷言》。[1] 德庇时所撰《中国见闻录》（*Sketches of China；Partly During an Inland Journey of Four Months，Between Peking，Nanking，and Canton；with Notices and Observations Relative to the Present War*），于 1841 年由伦敦 C. Knight & Co. 刊行，对英国人了解中国情势提供了很多帮助。[2]

1. 林则徐早在鸦片战争前便设立译馆，派人译外文书报，搜集各国政治、经济、地理、历史等情况，编译成《华事夷言》。

2. 另外，1852 年，德庇时还在伦敦出版了《交战时期及媾和以来的中国》（*China，During the War and Since the Peace*）一书。书中大量翻译中国方面的谕折及公私文件，还引用了当时传诵一时的《林则徐与家人书》、《王廷兰致曾望颜书》。书中又引用了琦善、奕山欺骗皇帝的奏折，皇帝免林则徐职的谕旨，琦善的供词及其他有关文件。书中对奕山的昏愦顽固极为鄙视；于琦善等投降派，则誉为远见；对于坚持抗战的人物则敬、畏、恨皆有之。此书第一卷附录了《林则徐对于西方各国的著述》，介绍了林则徐在广州翻译西书的情况，为西方国家研究中国士大夫的思想特点提供了重要材料。

三、 翟理斯的中国文学译介

H. A. 翟理斯在剑桥塞尔温花园10号，1900年

翟理斯（Herbert Allen Giles，1845—1935）在英国汉学发展历程中，上承理雅各（James Legge，1814—1897），下启韦利（Arthur Waley，1889—1966）。尽管他与后者在相关问题上颇有争议，但恰好表明了英国汉学家对中国某些问题关注度上的一致性以及前后传承关系，这些特点也表现在其对中国文学的译介和研究上。

翟理斯的汉学著作颇丰，其所观照的中国问题既涉及民族、思想等大课题，也对中国的各种习俗，诸如女性裹脚等颇为用心。这也许在很大程度上得益于其童年及少年时代所受之教育。1845年，翟理斯出生于英国牛津北帕雷德（North Parade，Oxford）的一个具有浓厚学术氛围的家庭之中。在父亲的熏陶下，他涉猎了拉丁文、希腊文、罗马神话等，并接触到了历史、地理、文学艺术等各类学科。这种开阔的视野一直延续到了他与中国相遇之后，幼年时代的艺术熏陶以及由此而形成的艺术品位与修养，使他很快与中国文学结缘并对此有了某种独到的鉴赏力。

12岁的H. A. 翟理斯

1867年，年仅22岁的翟理斯首次开始中国之旅。此前他并未学习过汉语，抵北京后便开始从事这方面的语言训练。在此研习过程中，欧洲汉学史上的经典成果为其学习提供了极大便利。翟理斯认真研读的著述包括理雅各的《中国经典》、雷慕沙（Jean Pierre Abel Rémusat，1788—1832）和儒莲（Stanislas Aignan Julien，1799—1873）的《玉娇梨》译本、儒莲的《雷峰塔》和《平山冷燕》译本、德庇时的《好逑传》译本等。同时，翟理斯也大量阅读中文著作，

如《三字经》及一些戏曲、小说文本等。正是这一时期对中国书籍的广泛研读，为翟理斯日后在汉学领域的成就奠定了一个相当坚实的基础。

不仅如此，翟理斯还通过自己学习汉语的经历与体会，编写了一些关于外国人学习汉语的入门读物。《汉语无师自明》[1]就是针对在华英国人而编写的一部关于中国官话（即北京话）的学习指导书籍。在该书的扉页上，翟理斯便说明该书的编撰意图："给那些踏上中国土地的商旅之人以及各色团体的女士们和先生们。我曾听说他们中的许多人因为欠通一点汉语而倍感遗憾，或者见了汉语词汇，却因博学的汉学家们繁复的解释而无所适从并灰心丧气。"[2]该书共有60页，主要介绍数字、商业用语、日常用语、家庭主妇、体育运动、买卖用语以及简要的汉语语法和词汇等。翟理斯根据自己学习汉语的经验介绍了上述各方面词汇的汉语发音，认为汉语元音"ü"是英语中找不到对应的惟一一个音，但却相当于法语中的"u"或者是德语中的"ü"。

继《汉语无师自明》之后，翟理斯相继完成了一系列涉及语言学习类的书籍，包括《字学举隅》[3]、《汕头方言手册》（*Handbook of the Swatow Dialect*）、《关于远东问题的参照词汇表》[4]等。如此日积月累，最终促使其完成《华英字典》这部重要汉学著述的编撰。

在中英文学交流史上，翟理斯译介中国文学方面的成就举足轻重。他的文学类译著主要包括《聊斋志异选》（*Strange Stories from a Chinese Studio*，1880）、《古文选珍》（*Gems of Chinese Literature*，1884）、《庄子》（*Chuang Tzu, Mystic, Moralist and Social Reformer*，1889）、《古今诗选》（*Chinese Poetry in English Verse*，1898）、《中国文学史》（*A History of Chinese Literature*，1901）、《中国文学瑰宝》（*Gems of Chinese Literature*，1923）等。除此以外，他的其余汉学著述，如《中国札记》（*China Sketches*，1875）、《佛国记》（*A Record of the Buddhistic Kingdoms*，1877）、《翟理斯汕广纪行》（*From Swatow to Canton (Overland)*，1882）、《历史上的中国及其他概述》（*Historic China and Other Sketches*，1882）等，在内容上也涵盖了部分中国文学的内容。因此，在翟理斯的著作中，读者可以深深地感受到中国文化、文学的韵味。相对而言，英国汉学的功利色彩较强，翟理斯的汉学著述亦无法避免，不过那种流淌于其行文中的中国文学情趣则足以令人耳目一新。

《中国札记》是一本评介中国各种风俗、礼仪、习惯等方面的著作，涉及到的问题非常广

1.H. A. Giles. *Chinese Without a Teacher*. Shanghai: H. A. de Carvaliio, Printer & Stationer, 1872.

2.H. A. Giles. *Chinese Without a Teacher*. Shanghai: H. A. de Carvaliio, Printer & Stationer, 1872.

3.H. A. Giles. *Synoptical Studies in Chinese Character*. Shanghai: H. A. de Carvaliio, 1874.

4.H. A. Giles. *A Glossary of Reference on Subjects Connected with the Far East*. London: Kelly & Walsh, 1886. 该书主要介绍中国的专业术语，其中也涉及少量日本及印度的词汇。1878年初版，1886年再版。在第二版的序言中，翟理斯也认为该书的初版十分成功，因此，在第一版基础上，第二版的内容进一步增补与修订，"希望其能够成为关于'远东相关问题'的一本指导手册"。

泛。在该书序言中，翟理斯反驳了这样一种在当时欧洲广为流行的观点，即认为“中华民族是个不道德的退化的民族，他们不诚实、残忍，以各种各样的方式来使自己堕落；比松子酒带来更多灾难的鸦片正在他们中间可怕地毁灭着他们，并且只有强制推行基督教义才能将这个帝国从快速惊人的毁灭中拯救出来。”[1] 他以自己身处中国 8 年的经历来说明中国人是一个勤劳、

1.H. A. Giles. *China Sketches*. London：Trübner & Co.，1876. Preface.

清醒并且快乐的种族。[2] 翟理斯此后的许多创作皆延续了该书所关注的中国问题，并着力纠正

2.H. A. Giles. *China Sketches*. London：Trübner & Co.，1876. Preface.

其时西方负面的中国形象，这成为他撰著许多汉学著作的最重要的出发点。在《中国札记》中，翟理斯已开始显现出对中国文学的兴趣，其讨论的话题中便包括“文学”（literature）和“前基督时代的抒情诗”（anti—Christian lyrics）。翟理斯 以为当时的汉学家只是在诸如科学、历史及传记类著述中才稍微提及中国文学，这使得当时欧洲许多渴望了解中国文学的人失去了机会。[3] 正是基于对中国文学英译现状的不满，翟理斯于此方面用力最勤，这在其后来的汉学

3.H. A. Giles. *China Sketches*. London：Trübner & Co.，1876. p. 23.

著作里有充分体现。

《历史上的中国及其他概述》分为三大部分，包括朝代概述、司法概述以及其余各种概述。在叙述周、汉、唐、宋、明、清等六个朝代的历史演变中，加入了一些中国文学译介的片段。如在“唐”这一章节中，翟理斯插入了《探访君子国》（*A Visit to the Country of Gentlemen*），即《镜花缘》的片段节译。由是观之，《镜花缘》起初并非作为小说来向西方读者介绍，而更倾向于其史料上的文献价值，目的是由此窥探唐代的中国。宋代则选译了欧阳修的《醉翁亭记》，明朝选译了蒲松龄《聊斋志异》中的一篇短篇故事。这些文学作品大都被翟理斯作为史料或作为史书的一种补充而出现，起了一个以诗证史的作用。

翟理斯的一些涉及中国的杂论也多将文学作为一种点缀，如《中国和中国人》（*China and the Chinese*，1902）、《中国绘画史导论》（*An Introduction to the History of Chinese Pictorial Art*，1905）、《中国之文明》（*The Civilization of China*，1911）、《中国和满人》（*China and the Manchus*，1912）等。这些著述涉及对中国的宗教、哲学、文学、风俗习惯等的介绍，并将文学视为了解中国人性格、礼仪、习俗诸方面的一个路径。

1880 年，翟理斯选译《聊斋志异选》（*Strange Stories from a Chinese Studio*）两卷在伦敦 Thos. De La Rue 出版公司刊行，以后一再重版，陆续增加篇目，总数多达 160 多篇故事。这是《聊斋志异》在英国最为详备的译本，也是翟理斯第一部真正意义上的中国文学译著。在

初版的《聊斋志异选・说明》中，翟理斯指出自己的译本所依是但明伦刊本：“自他（指蒲松龄——笔者注）的孙子出版了他的著作（指《聊斋志异》）后，就有很多版本印行，其中最著名的是由道光年间主持盐运的官员但明伦出资刊行的，这是一个极好的版本，刊印于 1842 年，全书共 16 卷，小 8 开本，每卷 160 页。”[1] 翟理斯还提示：“各种各样的版本有时候会出现诸种不同的解读，我要提醒那些将我的译本和但明伦本进行对比的中国学生，我的译本是从但明伦本译介过来，并用 1766 年出版的余集序本校对过的。”虽然余集序本现在已难寻觅，但仅从翟理斯个人叙述来看，其对《聊斋志异选》所依据的版本是经过挑选的。翟理斯选择了《聊斋志异》近 500 篇中的 164 篇，但最初并非选译，而是将但明伦本共 16 卷一并译介。只不过后来他考虑到“里面（指《聊斋志异》）的一些故事不适合我们现在所生活的时代，并且让我们强烈地回想起上世纪那些作家们的拙劣小说。另外一些则完全不得要领，或仅仅是稍微改变一下形式而出现的对原故事的重复”[2]，而他所最终选译的 164 篇故事则是“最好的、最典型的”。这些短篇故事也最具有中国特色，最富有中国民间风俗趣味的气息，其他作品除了翟理斯所言“重复”原因以外，也由于在观念、礼仪、生活习惯等方面的相似性而被排斥。

1.H. A. Giles. *Strange Stories from a Chinese Studio*, vol. I. London: Thos. De La Rue & Co., 1880. Intruduction xxiv.

2.H. A. Giles. *Strange Stories from a Chinese Studio*, vol. I. London: Thos. De La Rue & Co., 1880. Introduction xxix. 以下翟理斯观点的引文皆出于此，不再另注。

翟理斯译介《聊斋志异》的目的在于，“一方面，希望可以唤起某些兴趣，这将会比从中国一般著述中获得的更深刻；另一方面，至少可以纠正一些错误的观点，这些观点常常被那些无能而虚伪的人以欺骗的手段刊行，进而被当做事实迅速地被公众接受了。”他一再强调“虽然已经出版了大量关于中国和中国人的书籍，但其中几乎没有第一手的资料在内”，因而那些事关中国的著述就值得斟酌。他认为“中国的许多风俗习惯被人们轮流地嘲笑和责难，简单地说，是因为起传达作用的媒介制造出了一个扭曲的中国形象”。而试图纠正这种“扭曲”的中国形象，正是翟理斯诸多汉学著作产生的一个重要原因。为了说明这一点，他还引用泰勒[3]的《原始文化》一书，否定了那种荒唐的所谓“证据”：“阐述一个原始部落的风俗习惯、神话和信仰须有依据，难道所凭借的就是一些旅游者或者是传教士所提供的证据吗？他们可能是一个肤浅的观察家，忽略了当地语言，也可能是一个粗心的、带有偏见的并任意欺骗人的零售商的未经筛选过的话。”翟理斯进而指出自己所译的《聊斋志异》中包含了很多涉及中国社会里的宗教信仰及信念和行为的内容，并谈到自己的译文伴有注释，因而对欧洲的读者更具启发性，也更容易被接受。这就是说，翟理斯通过文本译介与注释说明两方面，来向英语世界的读者展示他亟欲真正呈现的中国形象。

3. 爱德华・泰勒，英国最杰出的人类学家，英国文化人类学的创始人，代表作《原始文化》。

如此处理使得《聊斋志异选》不仅展现了中国文学的重要成就，而且也具有了认识中国的文献史料价值。

确实，《聊斋志异选》译本的一个显著特色就是其中有大量注释。在有些故事的译介中，注释的篇幅比原文的篇幅还要长。这些注释内容涉及到中国的各种习俗、宗教信仰、传说、礼仪等等，称得上是一部关于中国的百科全书。具体而言分为四大类：一是对中国历史人物的介绍，如关公、张飞等；二是对于佛教用语的解释，如“六道”、文殊菩萨等；三是对中国占卜形式的介绍，如“镜听”、“堪舆”等；四是对中国人做事习惯、性格的分析。这些注释对于西方人了解中国的各种知识信息具有很强的实用性，更重要的是，这种实用性与此前翟理斯所著之汉语实用手册一类的书籍已有所区别。翟理斯通过译介如《聊斋志异》这样的文学作品，承载着更多涉及中国文化的信息。读者既能享受阅读文学作品带来的情感趣味，又可获得大量关于中国的知性认识。

在《聊斋志异选》中，翟理斯全文翻译了蒲松龄的自序《聊斋自志》以及一篇由唐梦赉撰写的序文。蒲松龄在《聊斋自志》一文中引经据典，即便是当代的中国读者，倘使没有注释的帮助也很难完全理解其中的涵义。因此翟理斯关于《聊斋自志》的注释与其正文中的注释并不完全相同。《自志》中的注释看来更符合中国本土士大夫阶层的习惯，不把重点放在民风、民俗等习惯的介绍上，而是重点解释典故之由来。[1] 如对于《自志》中最后一句“知我者，其在青林黑塞间乎！”中的“青林黑塞”的注解如下：“著名诗人杜甫梦见李白，‘魂来枫林青，魂返关塞黑’[2]——即在晚上没有人可以看见他，意思就是说他再也不来了，而蒲松龄所说的‘知我者’也相应地表示不存在。”[3] 除此之外，仅在《自序》注释中所涉及到的历史人物及相关作品就包括屈原[4]（其作品《离骚》，并提到一年一次的龙舟节——端午节）、李贺（长指甲——长爪郎，能快速地写作[5]）、庄子 翟理斯翻译了《庄子·齐物论》中的“女闻地籁而未闻天籁夫！”一句。依翟氏的译文为：你知道地上的音乐，却没听过天上的音乐。、嵇康（是魏晋时期的另一个奇才，是著名的音乐家、炼丹术士，并提及《灵鬼记》中关于嵇康的故事[6]）、干宝（提到他的《搜神记》）、苏东坡、王勃（有才华，28岁时被淹死）、刘义庆（《幽冥录》）、韩非子、孔子[7]、杜甫、李白、刘损[8]、达摩。此外，也有少量关于习俗传说的注释，如三生石、飞头国、断发之乡、古代孩子出生的习俗、六道等。可以说，这些注释皆有典可考，具有很深的文化底蕴。

1. 或许确实存在一位帮助翟理斯的中国学者，但目前并无这方面的明确记载。

2. 即杜甫的诗歌《梦李白》中的诗句。

3. H. A. Giles. *Strange Stories from a Chinese Studio*, vol. I. London: Thos. De La Rue & Co., 1880. Introduction xxii.

4. 对《离骚》书名的翻译显然是采用了东汉王逸的说法，即指“离开的忧愁”。

5. 李商隐《李长吉小传》：“长吉细瘦，通眉。长指爪。能苦吟疾书”，翟理斯之注释当参考此文。

6.《太平广记》引《灵鬼记》载：嵇康灯下弹琴，忽有一人长丈余，着黑衣革带，熟视之。乃吹火灭之，曰：“耻与魑魅争光。”翟理斯注释的乃是此故事。

7. 翟理斯的注释提到了《论语·宪问》中“子曰：‘莫我知也夫！’”一句。

8.《南史·刘粹传》附《刘损传》：“损同郡宗人有刘伯龙者，少而贫薄。及长，历位尚书左丞、少府、武陵太守，贫窭尤甚。常在家慨然召左右，将营十一之方，忽见一鬼在傍抚掌大笑。伯龙叹曰：‘贫穷固有命，乃复为鬼所笑也。’遂止。”翟理斯注释的即是此事。

事实上，翟理斯对《聊斋志异》的译介已经具备了研究性的特征。或许是受到了中国学者“知人论世”学术方法的影响，翟理斯在篇首便介绍了蒲松龄的生平，继而附上上文所提到的《聊斋自志》译文，并作出了详尽准确的注释。“为了使读者对这部非凡而不同寻常的作品能有一个较为准确的看法与观点，我从众多的序言中选择具有代表性的一篇。”[1]翟理斯所选择的这篇便是唐梦赉为《聊斋志异》所作的序。翟理斯认同了唐序对于蒲松龄的文风的肯定，以及《聊斋志异》“赏善罚恶”的主旨。关于蒲松龄的文风，唐序云：“留仙蒲子，幼而颖异，长而特达。下笔风起云涌，能为载记之言。于制艺举业之暇，凡所见闻，辄为笔记，大要多鬼狐怪异之事。”而翟理斯也认为在隐喻的价值和人物的塑造上只有卡莱尔可以与之媲美[2]。他评述蒲松龄的文字“简洁被推到了极致”，“大量的暗示、隐喻涉及到了整个中国文学”，“如此丰富的隐喻与艺术性极强的人物塑造只有卡莱尔可与之相媲美”，“有时候，故事还在平缓地、平静地进行，但是在下一刻就可能进入到深奥的文本当中，其意思关联到对诗歌或过去三千年历史的引用与暗指，只有在努力地熟读注释并且与其他作品相联系后才可以还原其本来的面貌”。[3]而关于第二点，唐文中有云：“今观留仙所著，其论断大义，皆本于赏善罚淫与安义命之旨，足以开物而成务”。翟理斯对此亦表赞成，“其中的故事除了在风格和情节上的优点以外，它们还包含着很杰出的道德。其中多数故事的目的——用唐梦赉的话来说——就是‘赏善罚淫’，而这一定是产生于中国人的意识，而不是根据欧洲人关于这个问题的解释而得到的。”翟理斯还强调了该作品的“文人化”特征，说他在中国从未看到一个受教育程度比较低的人手里拿

1. H. A. Giles. *Strange Stories from a Chinese Studio*, vol. I. London: Thos. De La Rue & Co., 1880. Introduction xxv.

2. 对于这个对比是否恰当的问题，张弘的相关论述可以参考：“中国读者恐怕很少人会把卡莱尔同蒲松龄联系在一起，因为一个是狂热歌颂英雄与英雄崇拜的历史学家、另一个是缱绻寄情于狐女花妖的骚人墨客；一个是严谨古板的苏格兰加尔文派长老信徒的后代，另一个是晚明个性解放思潮的余绪的薪传者；一个是生前就声名显赫被尊崇为‘圣人’的大学者，另一个是屡试屡不中的的科场失意人；一个是德意志唯心精神在英国的鼓吹手，另一个是古代志怪小说在人心复苏的历史条件下的复兴者。如果硬要寻找什么共同点，惟一的相通之处就是两人都不用通俗的语言写作：卡莱尔有意识地破坏自然的语序，运用古代词汇，创造了一种奇特的散文风格；蒲松龄则在白话小说占据绝对优势的时候，重新操起文言文与骈文做工具。”参见张弘《中国文学在英国》（花城出版社 1992 年版）第 211—212 页。而王丽娜则说：“翟理斯把蒲松龄与卡莱尔相比，可见他对《聊斋志异》的深刻理解。”参见《中国古典小说戏曲名著在国外》（学林出版社 1988 年版）第 215 页。

3. H. A. Giles. *Strange Stories from a Chinese Studio*, vol. I. London: Thos. De La Rue & Co., 1880. Introduction xxi.

着一本《聊斋志异》。他也不同意梅辉立的“看门的门房、歇晌的船夫、闲时的轿夫，都对《聊斋》中完美叙述的奇异故事津津乐道”[1] 的论调。虽然《聊斋志异》的故事源于民间，但是经过蒲松龄的加工后，它并不是一本易懂的民间读物，而这一点恐怕也会成为英语世界的读者接受的障碍。因此，翟理斯一再表明：“作为对于中国民间文学知识的一种补充，以及作为对于中国人的风俗礼仪、习惯以及社会生活的一种指导，我所译的《聊斋》可能不是完全缺乏趣味的。”[2]

综上，翟理斯对于《聊斋志异》的译介主要立足于两个基点：一是通过这部作品大量介绍关于中国的风俗、礼仪、习惯；二是基于对《聊斋志异》“文人化”创作倾向的认同。[3] 正是这两点的结合，促使了翟理斯将其作为自己译介的对象。这样的立足点与其时欧洲读者对于中国文化、文学了解的状况也恰好相对应，因此受到了读者的青睐。

1882 年，翟理斯在《中国评论》(*The China Review*) 上发表了一篇题为《巴尔福先生的〈庄子〉》(Mr. Balfour's *Chuang Tsze*) 的文章，评论当时著名汉学家巴尔福所翻译的《南华真经》(*The Divine Classic of Nan-hua*，1881)[4]。开篇就说，“《南华真经》被翻译成一些蹩脚的三流小说，而不是中国语言中非凡卓越的哲学论著之一，我应该很乐意将上述提到的翻译者和评论者默默放在一起。正由于如此，我冒昧地出现在备受争议的舞台上。……后世的汉学家们绝不会断言，巴尔福先生的庄子著作翻译被 1882 年头脑简单的学生温顺地接受了。”[5] 翟理斯批评巴尔福对于庄子著作中的一些核心概念的翻译很拙劣，并针对一些句子的翻译，例举巴尔福的译文与中文原著，以及他自己认为正确的翻译。可以说，翟理斯通过对巴尔福翻译的考察与批评，初步尝试了对庄子著作的译介。因而，他才有文中如此一段表述：“然而，尽管在这篇文章中提出了一些问题，但巴尔福先生翻译的准确性大体上是经得起检验的。我个人没有任何理由不感谢巴尔福先生翻译《南华真经》所作出的贡献。他的努力，也激发了我将从头到尾地去阅读庄子的著作，这是我在以前从来没有想过要这样做的。”[6]

1889 年，第一个英语全译本《庄子：神秘主义者、道德家、社会改革家》(*Chuang Tzu: Mystic, Moralist, and Social Reformer*) 出版，正如翟理斯所说的那样，在理雅各博士的儒家经典之外，他发现了另一片天地。《庄子》一书可以看做翟理斯对于两个领域的重视，即道家思想与文学性。也就是说，《庄子》之所以受到翟理斯的推崇，主要是因为庄子瑰丽的文风以及在这种文风中所体现出来的玄妙的哲学思想：“……但是庄子为子孙后代们留下了一部作品，

1. H. A. Giles. *Strange Stories from a Chinese Studio*, vol. I. London: Thos. De La Rue & Co., 1880. Introduction xxi.

2. H. A. Giles. *Strange Stories from a Chinese Studio*, vol. I. London: Thos. De La Rue & Co., 1880. Introduction xxi.

3. 在 1908 年重版本的“序言”里，有意识地将《聊斋志异》与西方文学作品比较：“蒲松龄的《聊斋志异》，正如英语社会中流行的《天方夜谭》，两个世纪来在中国社会里广泛流传，人所熟知。”“蒲松龄的作品发展并丰富了中国的讽喻文学，在西方，惟有卡莱尔的风格可同蒲松龄相比较。”“《聊斋志异》对于了解辽阔的天朝中国的社会生活、风俗习惯，是一种指南。”

4. 巴尔福 (Frederic Henry Balfour，1846—1909) 从 1879 年至 1881 年在《中国评论》第 8、9、10 期上发表了英译《太上感应篇》、《清静经》、《阴符经》等。其译著作为单行本在伦敦和上海出版的有《南华真经》和《道教经典》(1884)。

5. H. A. Giles. “Mr. Balfour's *Chuang Tsze*”. *The China Review: Or Notes and Queries on the Far East*, 1882, 11(1): 1.

6. H. A. Giles. “Mr. Balfour's Chuang Tsze”. *The China Review: Or Notes and Queries on the Far East*, 1882, 11(1): 4.

由于其瑰丽奇谲的文字，因此占据了最重要的位置”。[1]

1.H. A. Giles. *Chuang Tzu: Mystic, Moralist and Social Reformer*. London: Bernard Quaritch, 1889.

翟理斯专门邀请当时任教于牛津大学摩德林学院与基布尔学院的哲学导师奥布里·莫尔（Aubrey Moore），对《庄子》的一到七章即内篇进行哲学解读。奥布里·莫尔在自己的论文中提出，“试图在东西方之间找出思想与推理的类同，可能对于双方来说都是有用的。这种努力可以激发那些真正有能力在比较中理解两者概念的人们，来告诉我们哪些类同是真实存在的，哪些类同只是表面的。同时这种努力也可能帮助普通读者，习惯于去寻找和期待不同系统中的相似之处。而这两种系统在早年的人们看来，只有存在差异，没有类同。”[2] 曾经有一段时间，

2.H. A. Giles. *Chuang Tzu: Taoist Philosopher and Chinese Mystic*. London: George Allen & Unwin Ltd., 1889.

希腊哲学的历史学者常常指出哪些东西可以被认定为希腊思想的特征，同时将那些不契合这些特征的任何思想都贬低地称为“东方的影响”。他指出，这种西方固有的偏见，直到 1861 年理雅各向英国介绍一系列以孔子为主的儒家著作，才开始有所松动。

奥布里·莫尔在文章中也说，“在不考虑两者之间是否有任何的盗版或抄袭他人作品的情况下，我们可以在庄子和一个伟大的希腊思想家之间，指出一些相似之处。”[3] 他先是介绍了

3.H. A. Giles. *Chuang Tzu: Taoist Philosopher and Chinese Mystic*. London:George Allen & Unwin Ltd., 1889. p. 20.

西方哲学传统中的“相对论”（relativity），接着说庄子的“对立面”（antithesis）包含于“一”（the One）之中，然后对庄子与赫拉克利特进行了比较：“庄子是一个理想主义者和神秘主义者，有着所有理想主义者对实用体系的憎恶，也有着神秘主义者对一种生活作为纯粹外在活动的蔑视。……我们接触到了庄子神秘主义所构成之物。赫拉克利特并非一个神秘主义者，但他却是一个悠久传统的创立者。这个神秘主义传统历经柏拉图、9 世纪的艾罗帕齐特人狄奥尼西和苏格兰人约翰、13 世纪的梅斯特·埃克哈特、16 世纪的雅各布·伯麦，一直到黑格尔。”[4]

4.H. A. Giles. *Chuang Tzu: Taoist Philosopher and Chinese Mystic*. London: George Allen & Unwin Ltd., 1889. p. 23. 王尔德正是借助翟理斯译本中奥布里·莫尔的论文，把握住了庄子思想的要旨，如其中的对立统一的辩证法思想，以及其中的理想主义与神秘主义色彩，而成为其唯美主义思想的域外资源。

在《庄子》一书的说明中，翟理斯全文翻译了司马迁《史记·老子韩非列传》中庄子的传记。为了说明庄子的思想，翟理斯简要介绍了老子的主要思想——“道”、“无为”，“老子的理想主义已经体现在他诗歌的灵魂中了，而且他试图阻止人类物欲横流的趋势。……但是，显然他失败了，‘无为’的思想无法使主张实用性的中国人接受。”[5] 辜鸿铭曾经评价翟理斯“拥

5.H. A. Giles. *Chuang Tzu: Mystic, Moralist and Social Reformer*. London: Bernard Quaritch, 1889. Introduction.

有文学天赋，能写非常流畅的英文。但另一方面，翟理斯博士又缺乏哲学家的洞察力，有时甚至还缺乏普通常识。他能够翻译中国的句文，却不能理解和阐释中国思想”。[6] 当然，不可否

6. 辜鸿铭：《中国人的精神》，黄兴涛、宋小庆译，第 121—122 页，海口：海南出版社，1996 年版。

认的是，翟理斯在汉学造诣的深度上与法国的汉学家相比，的确存在不少差距，但他的重点在于向英国人或者英语世界的读者普及与中国相关的诸种文化知识。这是翟理斯汉学成果的主要

特征，但却并不能因此否认其对于中国思想的理解力。事实上，辜鸿铭所作的评论乃是针对翟理斯关于《论语》中的一则翻译而言的。而据笔者考察其关于《庄子》的译介，可以发现，对于庄子的思想，翟理斯的理解存在误读的现象还是比较少的。除了对庄子文风的认同外，对于道家思想（如对于上文所述之老子思想）尤其是《庄子》中所体现出来的哲学思想已经有了较深入而准确的认识："庄子尤其强调自然的情操而反对人为的东西。马和牛拥有四只脚，这是自然的。而将缰绳套在马的头上，用绳子牵着牛鼻子，这便是人为了。"[1]因此，在翟理斯看来，"《庄子》也是一部充满着原始思想的作品。作者似乎主要认同一位大师（指老子——笔者注）的主要思想，但他也设法进一步发展了这种思想，并且将自己的思考所得放进其中，他的这种思考是老子未曾考虑到的。"[2]翟理斯对于老子的《道德经》的真伪问题始终存在着疑问，但是对于《庄子》以及道家在中国社会中所占的地位与所起的作用却认识得很到位：

1.H. A. Giles. *China and the Chinese*. London: D. Appleton and Company, 1923. p. 60.

2.H. A. Giles. *Chuang Tzu: Mystic, Moralist and Social Reformer*. London: Bernard Quaritch, 1889. Introduction.

> *庄子，在几个世纪以来，的确已经被定位为一位异端作家了。他的工作就是反对孔子所提倡的物质主义并诉诸具体化的行动。在此过程中他一点都不吝惜自己的措词。……词语的华丽与活力已然是一种受到承认的事实了。他也一直被收录于一本大规模的辞典《康熙字典》中。……但是，了解庄子哲学却无法帮助那些参加科考的读书人走上仕途。因此，主要是年纪稍大的人才学习庄子的哲学，他们往往已经赋闲或者是仕途受挫。他们都渴望一种可以超越死亡的宗教，希冀在书页中可以找到慰藉，用以反抗现存烦恼的世界，期望另一个新的更好的世界的到来。*[3]

3.H. A. Giles. *Chuang Tzu: Mystic, Moralist and Social Reformer*. London: Bernard Quaritch, 1889. Introduction.

对于《庄子》的版本以及《庄子》的注释，翟理斯在翻译过程中亦有所思考。因此他引用了《世说新语》中的说法，认为"郭象窃取了向秀的成果。向秀的《庄子注》已有出版，因此与郭象的《庄子注》一起流通，但是后来，向秀注释的本子失传了，而只剩下郭象的本子。"[4]翟理斯于众多的《庄子》注释中选出了6种供欧洲读者参考。对于那些各家注释不一的地方，翟理斯说自己则"返回庄子所说的'自然之光'"[5]，从原典中找寻其中所要表达的真实内涵。这就是说，在对《庄子》进行译介的过程中，翟理斯下了一番苦功夫，并介绍了中国学者关于《庄子》内外篇的说法，认为"内篇"相对而言比较神秘，而"外篇"则比较通俗易懂。和"杂篇"相比，"外篇"具有一个较为统一、易理解的思想内涵；而"杂篇"则包含了各种截然相反且晦涩难懂的思想。"一般认为，'内篇'皆由庄子独立完成，但是，其他大多数章节显然都含

4.H. A. Giles. *Chuang Tzu: Mystic, Moralist and Social Reformer*. London: Bernard Quaritch. 1889. Introduction.

5.H. A. Giles. *Chuang Tzu: Mystic, Moralist and Social Reformer*. London: Bernard Quaritch, 1889. Introduction.

有‘他人’的迹象。”[1] 翟理斯选取了《庄子》的 33 篇译成英语，并在英国颇受欢迎，成为当时英国人认识中国文学与文化的一个桥梁。王尔德正是通过翟理斯的译本得以了解道家思想并与之产生共鸣的。[2] 而毛姆在翟理斯的译本中也找寻到了自己的心契合点：

> *我拿起翟理斯教授的关于庄子的书。因为庄子是位个人主义者，僵硬的儒家学者对他皱眉，那个时候他们把中国可悲的衰微归咎于个人主义。他的书是很好的读物，尤其下雨天最为适宜。读他的书常常不需费很大的劲，即可达到思想的交流，你自己的思想也随着他遨游起来。*[3]

虽然翟理斯对《庄子》瑰丽的文风赞赏有加，但这种青睐更多的是源于对中国社会“儒、释、道”三家思想的关注。正因为此，翟理斯在此后也完成了一系列介绍中国社会各种哲学思想（在某些时候这些哲学思想也被称为某种宗教）的书籍，这方面的著作除了上文所述及的《佛国记》外，还有《中国古代宗教》（*Religions of Ancient China*，1905）、《孔子及其对手》（*Confucianism and Its Rivals*，1915）等。

总而言之，上述《聊斋志异选》与《庄子》选译本这两部著作，是翟理斯对于中国文学的译介中最具代表性的且较完整的两部文学作品。当然，从两部著作的具体译介情况看，翟理斯并非完全基于两部作品的文学性而选译的。通过《聊斋志异选》的译介，英语读者可以从中了解大量的风俗礼仪；而《庄子》的译介也在很大程度上源之于翟理斯对于中国社会各种思想的关注。也就是说，两部作品的文学价值与文献价值共同促成了翟理斯的选择。

1884 年，翟理斯译著的《中国文学瑰宝》（*Gems of Chinese Literature*）由伦敦伯纳德夸里奇出版公司与上海别发洋行分别出版，一卷本，1898 年重版。[4] 至此，翟理斯已经开始全面关注中国文学：“对于英语读者来说，想要寻找可以借以了解中国总体文学的作品，哪怕只是一点点，都只是徒劳。理雅各博士确实使儒家经典变得唾手可得，但是作家作品领域却依旧是一块广袤的处女地，亟待得到充分的开发。”因此，翟理斯“选择了历史上最著名作家的一部分作品向英语读者来展示，这些作品得到了时间的认可”。这的确是“在新方向上的一次冒险”[5]。在这部译著中，翟理斯基本上按照历史的时间顺序分别介绍了从先秦至明末的 52 位作者及其 109 篇作品。此外，该书亦附有一篇中文的序，是由辜鸿铭介绍的一位福州举人粘云鼎撰写的：

1.H. A. Giles. *Chuang Tzu: Mystic, Moralist and Social Reformer*. London: Bernard Quaritch, 1889. Introduction.

2. 可参阅本书第三章第二小节第四部分“奥斯卡·王尔德对道家思想的心仪与认同”的详尽阐述。

3.W. S. Maugham. *On a Chinese Screen*. London: Heinemann, 1922. p. 95. 相关讨论参阅本书第五章第四节“‘中国画屏’上的风景：毛姆作品里的中国形象”部分内容。

4.1922 至 1923 年，这两家出版商又分别出版了修订增补本，分上下两卷。上卷为中国古典散文的选译与评介，与原一卷本之内容基本相同。下卷为中国古典诗词之选译与评介，乃新增部分。此二卷本 1965 年由美国纽约帕拉冈书局重印，在欧美有较大影响。

5.H. A. Giles. *Gems of Chinese Literature*. London: Bernard Quaritch, Shanghai: Kelly & Walsh, 1884. Preface.

余习中华语，因得纵观其古今书籍，于今盖十有六载矣。今不揣固陋，采古文数篇，译之英文，以使本国士人诵习。观斯集者，应亦恍然于中国文教之振兴，辞章之懿铄，迥非吾国往日之文身断发、茹毛饮血者所能仿佛其万一也。是为序。岁在癸未春孟翟理斯耀山氏识。

可以说，翟理斯是第一个对中国总体文学进行观照的英国汉学家。这里的总体文学更主要的是指一种纵向历史上的脉络。

如果说《古文选珍》是翟理斯对于中国文学散文的一种总体概述的话，那么 1898 年《古今诗选》（*Chinese Poetry in English Verse*）的出版则是他在诗歌领域的首次尝试。这部诗选所涉及的时间范围与《古文选珍》类似，上迄先秦，下至清朝。既有《诗经》选译，亦包括清代赵翼等人的诗歌。在该书卷首附有作者自己所撰写的一首小诗："花之国，请原谅我从你闪闪发亮的诗歌宝库中撷取了这些片段，并且将它们改变后结集为一本书。"[1] 在这首小诗中，

1.H. A. Giles. *Chinese Poetry in English Verse*. London: Bernard Quaritch, Shanghai: Kelly & Walsh, 1898.

翟理斯表达了自己对于中国诗歌翻译现状的不满，诗歌这种体裁在中国像珍宝一样闪耀着光芒，但"庸俗的眼光"却遮挡了这种光芒，只有耐心的学人才可以在"迷宫般语言的引导中领会这种光彩"。[2] 选入这本集子中的诗人共有 102 人，其中包括被认为在中国传统文学史上占有重

2.H. A. Giles. *Chinese Poetry in English Verse*. London: Bernard Quaritch, Shanghai: Kelly & Walsh, 1898.

要地位的文人，如张籍、张九龄、韩愈、贺知章、黄庭坚、李白、李商隐、孟浩然、欧阳修、鲍照、白居易、蒲松龄、邵雍、苏轼、宋玉、岑参、杜甫、杜牧、王安石、王维、王勃、元稹、韦应物、袁枚、赵翼等。由此可见，翟理斯所选作家有较大的涵盖面，但所选译的诗作也并非完全为大家所公认的经典。

《古文选珍》与《古今诗选》两本译著的完成说明翟理斯对于中国文学的总体面貌已经有了较为全面的了解。事实上，在《古今诗选》完成之前，翟理斯先后完成了《华英字典》（*Chinese-English Dictionary*，1892）、《古今姓氏族谱》（*A Chinese Biographical Dictionary*，1893）、《剑桥大学图书馆威妥玛文库汉、满文书目录》（*Catalogue of the Wade Collection of Chinese and Manchu Books in the Library of the University of Cambridge*，1898）等三本具备工具书性质的著述，这对于学习汉学的欧洲读者来说具有很强的实用性。关于《华英字典》与《古今姓氏族谱》二书，翟理斯如是说："从 1867 年算起，我主要有两大抱负：1. 帮助人们更容易、更正确地掌握汉语（包括书面语和口语），并为此作

出贡献；2. 激发人们对中国文学、历史、宗教、艺术、哲学、习惯和风俗的更广泛和更深刻的兴趣。如果要说我为实现第一个抱负取得过什么成绩的话，那就是我所编撰的《华英字典》和《古今姓氏族谱》。”[1] 的确，这两本字典性质的工具书在容量上可谓居翟理斯所有著作之首，其中凝结着翟理斯的许多心血。虽然正如翟理斯自己所言，这两部书籍的目的是为了使人们掌握汉语，但《古今姓氏族谱》的性质与《华英字典》却并不完全相同。在《古今姓氏族谱》中，翟理斯列举了中国历史及传说中的各类人物共 2 579 条，其中不乏文学家，如屈原、曹植、嵇康、阮籍、王维、李白、杜甫、韩愈、白居易、欧阳修、黄庭坚、罗贯中、施耐庵、蒲松龄、曹雪芹等。此外，与文学相关的人物还包括一些古代的文学批评家如萧统等。凭借这部著作，翟理斯也获得了欧洲汉学界的“儒莲奖”。事实上，翟理斯主要选取了这些人物最为人所熟知的事迹进行介绍，这主要是一些脍炙人口的小故事等，这些故事或出于正史，或出于野史与民间传说，标准并不统一。

另外，1885 年，翟理斯译《红楼梦，通常称为红楼之梦》（*The Hung Lou Meng, commonly called The Dream of the Red Chamber*），载于上海刊行的皇家亚洲文会北中国支会[2]会报(*Journal of the North China Branch of the Royal Asiatic Society*)第20卷第1期。1898 年，翟理斯所著《华人传记辞典》（*A Chinese Biographical Dictionary*）由上海别发洋行（Kelly & Walsh）刊行。上文已提及的《剑桥大学图书馆威妥玛文库汉、满文书目录》则是翟理斯在继威妥玛任剑桥大学汉学教授之后所作。事实上，剑桥大学设置汉学教授这一职位的初衷主要是为了妥善管理威妥玛捐赠给剑桥大学的这批书籍，因此，翟理斯在接触到这些书籍后，便列出了这批书籍的目录。这些书目不论是对学习汉学的剑桥大学学生，还是对于国内学界而言，都具有很重要的文献价值。并且，对于了解这一时期的英国汉学水平也具有相当大的参考价值。

四、 其他汉学家译介中国文学

除以上几位著名的汉学家外，英国其他汉学家也在译介中国文学方面贡献多多。兹简要例举如下：

1. 转引自王绍祥《西方汉学界的“公敌”——翟理斯（1845—1935）研究》，福建师范大学 2005 年博士论文。

2.1857 年 9 月 24 日，寓沪英美外侨裨治文（E. C. Bridgman）、艾约瑟（J. Edkins）、卫三畏（S. W. William）、雒魏林（W. Lockhart）等人组建了上海文理学会。次年，加盟英国皇家亚洲文会，遂更名为“皇家亚洲文会北中国支会”。该机构在中西文化交流过程中作出了突出贡献。

1807年9月，伦敦会传教士罗伯特·马礼逊（Robert Morrison，1782—1834）到达广州，成为进入中国的第一位基督教新教传教士。马礼逊在中国从事的重要工作是用中文翻译《圣经》，使得基督教经典得以完整地介绍到中国。同时，马礼逊还编撰完成了《华英字典》，收入汉字4万多个，是当时最完备的一部中西文字交流大典，对中英文化交流起了重大作用。马礼逊又编写了英文版的《汉语语法》和《广东土话字汇》。1812年，马礼逊翻译的《中国之钟：中国通俗文学选译》（*Horae Sinicae: Translations from the Popular Literature of the Chinese*）由伦敦Black & Parry公司出版，其中包括《三字经》（*A Translation of San Tsi King; the Three-character Classic*）、《大学》（*Translations of Ta-Hio; The First of the Four Books*）、《三教源流》（*Account of Foe, the Deified Founder of a Chinese Sect*）、《孝经》（*Extract from Ho-kiang. A Paraphrase on the Sun-yu*）、《太上老君》（*Account of the Sect Tao-szu. From "The Rise and Progress of the Three Sects"*）、《戒食牛肉歌》（*A Discourse Dehorting from Eating Beef, Delivered Under the Person of an Ox*）等英文节译。1824年，马礼逊回英国休假，带有他千方百计搜集到的1万余册汉文图书，后来全部捐给伦敦大学图书馆，为后来伦敦大学的汉学研究打下了基础。1834年，马礼逊病逝，留下遗嘱，将个人的图书捐赠给伦敦大学学院（University College，London），条件是对方5年内要设立汉学讲座。1837年，伦敦大学学院请到了马六甲英华书院院长喜迪牧师（Samuel Kidd，1804—1843）为教授，开设汉学讲座(1837—1842)。

1821年，伦敦J. Murray出版社出版斯当东爵士（Sir George Thomas Staunton，1781—1859）翻译图理琛的《异域录》(*Narrative of the Chinese Embassy to the Khan of the Tourgouth Tartars, in the years 1712, 13, 14, & 15*)。该书的附录二中收有《窦娥冤》(*The Student's Daughter Revenged*）的梗概介绍、《刘备招亲》人物表、《王月英元夜留鞋记》(*Leaving a Slipper, on the New Moon*）的剧中人物表和剧本梗概、元代剧作家关汉卿的《望江亭》（*Curing Fish on the Banks of the River in Autumn*）的剧中人物表及故事梗概。

1824年，澳门英国东印度公司印刷并于伦敦出版了汤姆斯(Peter Perring Thoms，fl. 1814—1851)首次翻译的《花笺记》（*Chinese Courtship*）[1]。《花笺记》是明末时期岭南地区

1.Peter Perring Thoms. *Chinese Courtship in Verse*. London: Published by Parbury, Allen, and Kingsbury. Macao, China: Printed at the Honorable East Indian Company's Press, 1824.

产生的说唱文学中的弹词作品，主要描写吴江县才子梁芳洲（字亦沧）和杨瑶仙（字淑姬）、刘玉卿之间的爱情故事，称得上中国古代优秀的描写爱情的长篇文学作品，时曰“第八才子书”与《西厢记》并列，艺术成就较高。汤姆斯译本[1]分为 5 卷 60 节，每页上半部为中文竖排原文，下半部对应横排英文翻译，语序皆为从左到右。另附序言一篇和《百美新咏》[2]中 4 首美人诗的翻译，另外还杂录了有关中国赋税、政府收入、军队分布等情报资料。汤姆斯在此译本的序言中，通过他翻译实践中的感受和他了解的中国文学知识，比较系统地论述了中国诗歌的风格特色、形式特征、发展历史和具有代表性的欧洲学者对中国诗歌的研究和翻译。序言的脚注部分则翻译了朱熹《诗经集传》的序言部分，作为对法国汉学家杜赫德 (Jean-Baptiste Du Halde, 1674—1743) 译介《诗经》时一些错误评论的反驳。通过译本序言我们可知，汤姆斯翻译《花笺记》的一个重要原因即为了“尝试让欧洲人改变对中国诗歌的一些错误看法”(*Chinese Courtship* Ⅲ)，因为“虽然我们写了很多有关中国的文章，但是他们的诗歌几乎无人理会”，这与前述德庇时译介中国文学的动因相似。也与其他汉学家一样，汤姆斯有意识地采用了中西比较的方式，从多方面解读中国诗歌的艺术形式，因而成为中西诗学比较研究的早期探索者之一。比如，汤姆斯初步解释了中国诗歌中缺失史诗的原因：一是“中国诗歌缺乏古希腊罗马式的崇高和西方对神灵（上帝）的尊崇”(*Chinese Courtship* Ⅲ)；二是虽然中国人擅长写诗，在作诗时充分地发挥了才能和创造力，但是却拘泥于古时留下的规范。这个规范中“短句描写”的形式——“中国人写诗时喜欢对事物进行暗示，而不是详细的描写”——限制了作品的篇幅(*Chinese Courtship* Ⅳ)。关于这两点汤姆斯在第四段的末尾再次进行了总结：“从叙述的角度来看，中国诗歌通常没有很长的篇幅，这样的篇幅使中国人通常沉湎于其中并尽情发挥了他们的天分。中国人不偏爱丰茂和崇高的理念（如《圣经》里表现的），但这却是其他民族拥有的。概括地说，其他民族和中国人相比创造力不足，但却拥有多样的意象、庄严的思想和大胆的隐喻”(*Chinese Courtship* Ⅴ)。汤姆斯也区别了中国几类诗歌在形式上的差别，总结了中国诗歌的字数、押韵和对仗，汉语的四声和平仄。尽管汤姆斯的某些论说不够精确，但作为早期尝试全面研究中国诗歌的西方学者，这些探索是弥足珍贵的直观感受。另外，汤姆斯还通过旁征博引中西方文献来说明中国诗歌的特点，清晰地勾勒出了中国诗歌的历史轨迹。对一些具有代表性的欧洲学者对中国诗歌的翻译，汤姆斯也作出了中肯的评价。比如，他认为法国汉学

1. 汤姆斯译本一经出版立刻在西方引起了巨大的反响，德国著名文学家歌德 1827 年在他主办的《艺术与古代》第 6 卷第 1 册上发表了 4 首“中国诗”，标题为：《薛瑶英小姐》、《梅妃小姐》、《冯小怜小姐》和《开元》。据歌德自己的说明和国内外学者考证，这些诗是歌德读了汤姆斯英译的《花笺记》，依据附录的《百美新咏》仿作的。而且，歌德首次阐明“世界文学”概念恰恰就是在他从魏玛图书馆借出《花笺记》、接触到“中国女诗人”的前后。可以说，汤姆斯译本在中外文学交流史上有着其独特的贡献。

2.《百美新咏》，全称《百美新咏图传》。乾隆三十二年（1767 年）版。广州中山图书馆现存版本为嘉庆十年（1805 年）刻本，封面印有“百美新咏图传，集腋轩藏版，袁简斋先生鉴定”。

家杜赫德在对《诗经》进行翻译时："他的翻译风格过于散漫而不能传达出原作的生机"（*Chinese Courtship* XII-XIII）。这些批评表现了汤姆斯在翻译中国诗歌时采用的翻译策略：在结构和内容上尽量忠于原作。就像他在序言结尾时强调的那样："作为一本描写恋爱的作品（《花笺记》），翻译者希望在正文和注解中传达给读者的是尽量保留了原作意蕴的文本"（*Chinese Courtship* VIII）。小而言之，汤姆斯的《花笺记》英译本在19世纪初的世界浪潮中，向海外读者详细地介绍了中国诗歌，而且对于塑造西方人心目中的中国形象亦发挥了重要作用。[1] 另外，汤姆斯还翻译了《今古奇观》中《宋金郎团圆破毡笠》、《三国志》中有关董卓和曹植的故事以及《博古图》等，并完成了《中国皇帝和英国女王》、《中国早期历史》和《孔子的生平和作品》等有关中国的文章。

1. 以上可参见蔡乾《初译〈花笺记〉序言研究》，载《兰台世界》，2013年第6期。

1840年，英国《亚洲杂志》（*Asiatic Journal*）第2期刊登《中国诗作：选自〈琵琶记〉》（*Chinese Poetry：Extracts from the Pe Pa Ke*），为我国元末明初著名戏曲家高则诚《琵琶记》最早之英文选译本。

1842年，英国驻中国宁波领事馆领事罗伯特•汤姆（Robert Thom）所译《红楼之梦》（*The Dreams of the Red Chamber*），载于宁波出版的《中国话》（*The Chinese Speaker*）上。将《红楼梦》第六回的片段文字译成英文，逐字逐句直译，是为在华外国人学习中文之用。此为《红楼梦》之最早介绍给西文读者。

1849年，张国宾的元杂剧《合汗衫》被S. W. William译成英文*Compared Tunic. A Drama in Four Acts*，发表于该年3月出版的英文杂志《中国丛报》（*Chinese Repository*）第18卷第3期，译文前附有介绍文字。

1852年，英国来华传教士艾约瑟（J. Edkins，1823—1905）所著《汉语对话》（*Chinese Conversations，Translated from Native Authors*）在上海出版，内收他本人节译的《琵琶记》之《借靴》一节，题名为Borrowed Boots。

1867年，英国汉学家伟烈亚力（Alexander Wylie，1815—1887）所著《中国文献纪略》（*Notes on Chinese Literature*）在上海出版，这是英国人编写的第一部中国图书目录学著作。该著叙录约两千种中文著作，分为"经典"、"历史"、"哲学"、"纯文学"四门类。该著对中国文学发展史亦有简要叙述。

1868 年，供职于中国海关的波拉（Edward Charles Bowra，1841—1874）将《红楼梦》前 8 回译成英文，书名译为 *The Dream of the Red Chamber*，连载于上海出版的《中国杂志》（*The China Magazine*）1868 年圣诞节号与 1869 年卷。

1869 年，亚历山大·罗伯特（Robert Alexander）翻译的五幕戏《貂蝉：一出中国戏》（*Teaou·Shin. A Drama from the Chinese*）由伦敦兰肯公司（Ranken and Company）出版。

香港出版的《中国评论》（*The China Review: Or Notes and Queries on the Far East*）第 1 卷第 1—4 期（1872 年 7、9、11 月，1873 年 2 月）上连载了署名 H. S. 的译者英译的《中国巨人历险记》（The Adventures of a Chinese Giant）。该译文一共分为 21 章，但其内容并非节译《水浒传》的前 21 回，而是将《水浒传》从第 2 回“史大郎夜走华阴县鲁提辖拳打镇关西”开始到第 119 回”“鲁智深浙江坐化宋公明衣锦还乡”之间与鲁达（鲁智深）相关的内容融合在一起。为了保持故事的完整性，译者还自行增加了一些介绍与总结文字。

1876 年，英国汉学家司登得（斯坦特，G. C. Stent，1833—1884）节译的《孔明的一生》（*Brief Sketches from the Life of Kung Ming*），相继连载于《中国评论》第 5—8 卷。内容即是《三国演义》中描写的诸葛亮一生的故事。译者在此译文之前附有序言：中国自古以来的官吏或将领很少有像孔明这样普遍被崇敬，他聪明、忠实、勇敢、机智，他的名字成为优良品德的代称，他的军事学一直到今天仍具有参考价值。

1879 年，《中国评论》第 2 卷发表了帕尔克翻译的《离骚》，英文意译的标题是《别离之忧》。译文对屈原这首最重要的长诗没有作任何介绍说明，也没有注解与评释。这是楚辞第一次被介绍到英国，译者运用了维多利亚式节奏性极强的格律诗形式。

1883 年，大英博物馆汉文藏书部专家道格拉斯（R. K. Douglus，1838—1913）翻译的《中国故事集》（*Chinese Stories*）由爱丁堡与伦敦布莱克伍德父子公司（W. Blackwood and Sons）出版。该译本共 348 页，包含 1 篇序言、10 篇小说和 2 首诗歌，其中有“三言二拍”中的 4 篇译文。在序言中，道格拉斯把中国的小说分成两类：历史小说和社会小说。反叛、战争和朝代更替把中国的悠久历史分成几个阶段，这就为历史小说提供了现成的故事情节。小说家引入对话的要素，运用想象力，使中国小说更精巧、多样化。道格拉斯认为最成功的中国历史小说是罗贯中的《三国演义》，指出罗贯中利用历史素材和无与伦比的写作技巧，为我们呈现了一幅色彩斑斓的奇迹、怪兆不断的画面。道格拉斯还在比较视野里谈及了中国人对战争的看法：像古巴比伦人一样，中国人也把战争看做是不文明的。浪漫诗人们避开战斗和流血以及恐怖贪婪的争吵，而西方作家却沉溺其中。西方国家里的士兵可以成为深得人心的英雄，但在中国，军人的英勇并不能赢得人们的掌声。在中国人眼中，科举考试里中状元，能引经据典的人才是标准的英雄。道格拉斯原为驻华外交官，后任伦敦大学中文教授，对英国汉学目录学的建设有过突出贡献。

1889年11月出版的《中国评论》第18卷第3期上就已经刊登了邓罗的“The Death of Sun Tse”（《孙策之死》）一文，经考察乃是译自《三国演义》第29回“小霸王怒斩于吉，碧眼儿坐领江东”中与孙策死亡相关的部分，译文与原文几乎一一对应，毫无遗漏。邓罗又在1890年9月出版的《中国评论》第19卷第2期的“Notes and Queries”栏目中发表了“Conjuring”一文，经考察乃是译自《三国演义》第68回“甘宁百骑劫魏营，左慈掷杯戏曹操”中与左慈相关的内容。再后，邓罗又在1890年11月出版的《中国评论》第19卷第3期上发表了“The San-kuo”一文，简要介绍了《三国演义》内容概要、人物、军队与战争、作战方法与战略、《三国演义》的文体风格等。邓罗译《深谋的计策与爱情的一幕》（A Deep-laid Plot and a Love Scene from the San-kuo）一文乃是节译自《三国演义》第8回“王司徒巧使连环计，董太师大闹凤仪亭”，发表在1892年出版的*The China Review: Or Notes and Queries on the Far East*（《中国评论》）第20卷第1期第33—35页。

1892年，英国驻澳门副领事裘里（H. Bencraft Joly）译《红楼梦》（*Hung Lou Meng, or, the Dream of the Red Chamber: A Chinese Novel*）第一册，由香港凯来及华希公司出版，共378页，附有1891年9月1日序。1893年，该译本第二册由商务排印局于澳门出版，共538页。该书系将《红楼梦》前56回译为英文。裘里的译文并不出色，然而，他是第一个完整地翻译《红楼梦》56回书的人。

1895年，上海华北捷报社（N. C. Herald）出版了塞缪尔·伍德布里奇（Samuel I. Woodbridge）翻译的《金角龙王，皇帝游地府》（*The Golden・Horned Dragon King; or, the Emperors' Visit to the Spirit World*），内容取自《西游记》第10、11回：“老龙王拙计犯天条”、“游地府太宗还魂”。此书据卫三畏编集的汉语读本小册子译出，为《西游记》

片段文字最早被译成英文。同一年，乔治・亚当斯(George Adams)的《中国戏曲》（*The Chinese Drama*）在《十九世纪》（*The Nineteenth Century*）上发表。

1899年，威廉・斯坦顿（William Stanton）出版《中国戏剧》（*The Chinese Drama*）一书，包括三出戏和两首诗的英文译本。三出戏是《柳丝琴》、《金叶菊》和《附荐何文秀》，曾分别发表在英文期刊《中国评论》（*The China Review: Or Notes and Queries on the Far East*）上。书前有19页长的对中国戏剧的论述。指出中国戏的舞台的三面没有墙，面对着观众，也说明了演员上场与下场的位置，另外桌椅的象征运用及虚拟动作也讲得很具体。"右面的通常用作上场；左面的用作下场。高山、关口、河流、桥梁、城墙、庙宇、坟墓、御座、龙床及其他物件均以桌椅的组合来代表。过河、骑马、开门（甚至没有一个屏障将客人与主人分开）、上山等其他无数动作都是用虚拟动作来体现的，观众能无误地看懂这些象征的虚拟动作。"威廉・斯坦顿还说："通常来说，主要角色的演员一出场要唱一段或者朗诵一段来介绍自己，用浓缩的语言来介绍他们所饰人物的历史。在整剧演进中，演员总是将自己的秘密告诉观众，有时直接对观众说话，这是我们所不熟悉的。"

第二节　英国作家笔下的中国题材及中国形象

一、　马嘎尔尼使团访华之后的中国旅行记

如果说18世纪初的笛福对中国的严厉批评基本上是出于一种商业需要与文化偏见，那么，到了18世纪后半期和19世纪，这种否定性评价则成为主导性潮流。其中，1793年，这一年具有历史意义，法国进入大革命高潮，欧洲近代启蒙文化之自信亦随之达到高潮；同一年，乔治・马嘎尔尼爵士（George Lord Macartney，1737—1806）率领的大英帝国使团满怀希望地访华，因遭遇天朝封闭体制拒斥而失败。一年中发生的两件大事构成欧洲人对中国文化顶礼膜拜态度的历史性转折。[1]

1. 有人说，马嘎尔尼使团突出表现了"中国政府的专横、腐化和低能"。由于"中国自称比世界所有民族都优越"，使团没有任何成功的机会。《中国丛报》则更加诅咒中国"不可思议地缺乏体面与阳刚精神，它以此著称"。

马嘎尔尼对东方游历本身怀有浪漫的向往。1786年，他曾用诗句表达说：“仿佛我游览中国幸福的海滨，/攀登她无比自豪的杰作万里长城。/眺望她波涛汹涌的江河，/她的都市与平原，她的高山岩石和森林。/越过北方疆界，探研鞑靼旷野，/不列颠冒险家从未到过的地方。”他宣称自己是以一个持哲人态度的旅行家的方式来观察中国的：“……任何时候当我遇到任何异常的或特别的事情时，我总是致力回忆是否我在其他地方见过类似的任何东西。通过把这样的对象放在一起比较，认真地记下它们的相似与不同的地方，可能在相互最为遥远的民族之间发现某种原则、习俗与风格方面的共同起源。”

1792年9月26日，马嘎尔尼使团从英国起航，一年以后，1793年9月17日，在热河觐见乾隆皇帝，1794年9月5日返回到英国。马嘎尔尼使团的中国之行很不令人愉快。400人的使团近一半丧命。其中一个使团成员这样描述他们的出使经历：“我们的整个故事只有三句话：我们进入北京时像乞丐；在那里居留时像囚犯；离开时则像小偷。”使团的中国之行一无所成，中国拒绝了大英帝国的所有通商和外交要求，并且在是否给中国皇帝叩头的礼仪问题上纠缠不休，就这样使团失望羞辱地回到英国。虽然如此，访问也并非完全无功而返，他们为欧洲人带回了他们亲眼见到的神秘的东方古国的朦胧影像。[1]

马嘎尔尼使团回国以后发表有关中国的报道，出版相关书籍，如根据马嘎尔尼使团访华时所乘“狮子”号船上第一大副（Chief-mate）爱尼斯·安德逊（Aeneas Anderson）的日记整理的《英使访华录》（*A Narrative of the British Embassy to China in the Years 1792, 1793, and 1794*）、使团副使乔治·斯当东（Sir George Leonard Staunton，1737—1801）编辑的《英使谒见乾隆纪实》（*An Authentic Account of an Embassy from the King of Great Britain to the Emperor of China*）、使团总管约翰·巴罗（Sir John Barrow，1764—1848）[2]所著《中国旅行记》（*Travels in China*）等，在伦敦纷纷出版，以及使团的其他随行人员对新闻媒体发表的各种报告、谈话，彻底打破了耶稣会士和启蒙哲学家们苦心经营的中国神话。越来越多的欧洲人相信笛福的诅咒、安森的谩骂、孟德斯鸠一针见血的批评。欧洲人好像大梦初醒，批判贬低中国成为一种报复。[3]

其中，《英使访华录》由伦敦出版商库帕斯整理，德布雷特（J. Debrett）公司于1795年4月出版，共278页，畅销一时，5月即行再版，后又多次再版印行。此书于使团回国的次年出

1. 马嘎尔尼关于中国之行的日记及观察记直到1962年才被全文整理出版，书名为 *An Embassy to China: Being the Journal Kept by Lord Macartney During His Embassy to the Emperor Ch'ien-lung 1793—1794 & Lord Macartney's Observations on China*。该书有一句题记摘自其1794年1月15日的日记：“没有比用欧洲的标准来判断中国更为荒谬的了。”

2. 巴罗为皇家地理学会创始人之一，著有《交趾支那之行》（1806年）、《关于马嘎尔尼伯爵的一些故事及未刊文稿选》（2卷，1807年）、《邦蒂号的兵变者》（1831年）、《自传体回忆录》（1847年）等。

3. 有一位牛津大学的教授于1860年发表了题为“落入清军手中的士兵”的一首诗，描述在1860年战斗中被中国骑兵抓住的一位英国士兵如何面对捕捉者的命令而拒不叩头。当同他一起被俘的印度兵照中国人命令的那样拜伏在地时，这位英国小伙子宁死也不选择耻辱：“让黑黝黝的印度佬哀鸣俯伏；/英国小伙子宁愿死。/怒目圆睁，/双膝不屈，/巍然屹立于恐怖的边缘，/昂首走向他红色的坟墓。”

版，显然是为了满足当时英国人迫切想知道第一个访华使团情况的愿望。这在作者于 1795 年 4 月 2 日写的序言里说得很清楚：“出使中国这件事在我国的外交史上是新鲜的，很自然地引起公众普遍的好奇：因为，姑且不论在商业上有其巨大的目的，就是对于那个帝国内部情况的普遍无知，以及从它的任何信使所必然产生的新颖事物都一定会引起我们这个开明的国家的注意，它是世界上惟一文明的、而又有预防惟恐不周的法律禁止外人入内的国家。……书内的记录将能满足合乎情理的好奇心，而关于一个为世界上其他各国很少知道的国家的知识有所增进。”由于作者不是使团成员，因而无法了解到两国谈判中的核心问题，但是他对使团活动以及沿途见闻的忠实记述仍具有十分重要的参考价值；此外，关于中国地理环境、人文风貌、社会制度、宫廷生活的描述以及对两国迥异风俗的对比观察都具有颇为独特的新奇角度。作为英国人对中国沿海口岸到内地腹地的广大疆域的首次访问和观察的记录，具有不可多得的史料价值。

1797 年，《英使谒见乾隆纪实》先由伦敦出版商 G. Nicol 出版 3 卷本，其后很快又由出版商 John Stockdale 出版 2 卷缩写本。这是关于此次外交使团记录的“官方版本”（Offical Version）。本书与使团随行人员对新闻媒体发表的各种报告、谈话，彻底打破了传教士苦心经营的中国神话。

1804 年，约翰·巴罗 (Sir John Barrow，1764—1848) 所著《中国旅行记》(*Travels in China*) 由伦敦 Cadell & Davis 出版社刊行，全书长达 632 页。该书于 1805、1807 年在巴黎出了两种法译本。巴罗的旅行记涉及面极其丰富，举凡中国的建筑、语言文字、科学、宗教、妇女、家庭，乃至行政、司法等方方面面，无不细致记述。[1] 巴罗在书里对中国评价不高，在他看来，应该被称为“蛮夷”的不是西方人，而是“不进则退”的中国人自己。巴罗的这种态度极大地影响了英国浪漫诗人对东方中国的看法。

马嘎尔尼使团出使中国，对欧洲的中国形象的转变具有决定性作用。他们发现两百年来欧洲绝大多数聪明人都让那些故弄玄虚的传教士蒙骗了。中国人实际上仍是处于半野蛮状态的怪物，愚昧而又傲慢。一个帝国，几百年或上千年都没有什么进步，何处值得仰慕？“一个民族不进则退，最终它将重新堕落到野蛮和贫困的状态。”（马嘎尔尼语）

1. 书里记录了他们对北京的印象：“中国首都的政治情况，就像我们随后发现的，一切都井然有序，百姓们的安定与平静很少受到干扰。”并将北京与伦敦比较：“北京的公用街道，晚上五六点钟后，就几乎看不见有人走动，但到处是狗和猪。……而在伦敦这个时刻，人群拥挤熙攘，从海德公园到迈尔区，不时阻塞了交通。在北京，一天刚开始破晓，公众就忙碌喧闹得像一群蜜蜂；与此同时在伦敦，早晨的街道相反寂无一人，简直像沙漠。即使在夏天，晚上八点北京的城门就已紧紧关闭，钥匙交到官员手中，此后就别想打开城门。”这是英国人通过考察得到的有关中国的直接印象，不再是其他国家传教士的传闻。

二、 英国浪漫作家的异国情调及中国印象

（一） 浪漫文学的中国想象与异国情调

浪漫主义将东方视为异域奇境。早在浪漫运动兴起之前的一二百年，欧洲传教士来东方传教布道，在深入研习东方文学与文化的同时，还将东方文化翻译介绍至西方，为欧洲作家对东方的神往提供了必要的铺垫。弗·施莱格尔 1800 年说“浪漫主义最登峰造极的表现必须到东方去寻找”。在浪漫作家看来，东方充满着梦想、幻象、色欲、希望、恐怖、庄严华美、田园般的快乐、旺盛的精力，东方那种无法想象的古老，不近人情的美，无边无际的土地，为作家提供了浪漫主义想象的空间。

从英国著名诗人兼东方学家威廉·琼斯爵士（Sir William Jones）那个时代开始，东方一直既是英国所统治的地域又是其所认知的对象。东方异国情调也是激发英国浪漫作家想象力的持久动力。当时欧洲文学中的“东方文体”（Oriental style）和“中国趣味”（Chinoiserie）非常盛行。1772 年，威廉·琼斯发表了一部自己翻译的东方诗歌集，其中有阿拉伯、印度、波斯与土耳其的诗歌。在其《论东方各国诗歌》一文里，琼斯用这样的一段话结束：“我不得不认为，我们欧洲的诗依靠同样的意象，利用同样的故事，陈陈相因，实在太久了。多少年来，我的任务在于灌注这样的一条真理：即如果把储藏在我们图书馆里的亚洲的主要著作设法出版，并加上注疏和解释，又如果东方各国的语言在我们有名的学术机构里得到研习（在那里每门有用的知识都教得很好），那么一个耐人思索的新鲜广阔的领域将会开辟起来，我们对于人们思想的历史将会看得比较深入；我们将有一套新鲜的意象和比喻；而许多美好的作品将会出现，供未来的学者去解释和未来的诗人去模仿。”[1] 在此，琼斯清楚地表明，东方的诗值得仔细研究，因为它能够提供新的意象、新的模型、新的园地。可见，在 18 世纪中后期的文坛，欧洲人对自己传统文学的厌倦态度和对东方文学的向往之情是比较鲜明的。

1. 转引自范存忠《中国文化在启蒙时期的英国》，第 196—197 页，上海：上海外语教育出版社，1991 年版。

不过随着 18 世纪末中国热的退潮，人们对印度的兴趣超过了中国。所以，对英国人来说，东方主要指的是印度，那是英国占领的一个现实区域，他们穿越近东的目的是为了最终到达自己的主要殖民地。而且就在 18 世纪欧洲启蒙思想家如伏尔泰等对中国圣人交口称赞之际，在印度的英国殖民者开始将一些印度经典的英译文和诠释带回欧洲。英国浪漫派诗人如布莱克、

柯勒律治、雪莱等，都对印度教哲学和神话学非常熟悉。相比之下，他们对中国缺乏兴趣，可以说在浪漫时期的英国文学里花整段章节描写中国的作品屈指可数。尽管如此，中国在柯勒律治和兰姆那里还是激起了异国情调的想象。

一般而言，异国情调作品展现的是对一个比现实更美丽、更绚灿、更让人惊异的他者的渴望。“它有助于滋养一个人的最美好的梦想，这个梦想是遥远的、陌生的和神秘的。”[1]对诗人柯勒律治来说，异国情调还是“产生丰富情感的一个来源”，他的那部神秘、魔幻、超自然的诗作残篇《忽必烈汗》就是这种异国情调想象的产物。而且，这首被《大不列颠百科全书》列为“英国文学中最伟大的诗作”的未完成诗篇，却是“由鸦片酊引起的”。鸦片对于富于想象力而且博学的人来说，是文学工具中的潘多拉魔盒。它使人们产生了迥乎现实的视觉想象，开始了超越时间的精神漫游，为观察平凡世界提供了新的眼光，而且它还扮演着帮助记忆的角色。可以说，对像柯勒律治这样的浪漫诗人来说，没有鸦片，就没有梦幻，也就没有想象力，更没有诗作残篇《忽必烈汗》中那神奇的异域风情和中国想象。[2]

柯勒律治在这首诗里所说的不是什么历史现实或具体故事，而展现的是浪漫主义的梦幻式的意境。柯勒律治对中国、对忽必烈了解得并不多，在诗中可以看出，他并不企图摹写真实，而只是把东方中国题材作为驰骋想象力、渲染异国情调的广阔天地而已。这是一个瑰奇的诗与音乐之梦，是一个异国情调的梦。几乎一切足以构成浪漫情调的成分都荟萃于此：亚洲的大汗、地下潜行的圣河、阴冷的大海、有围墙和守望塔的宫殿和御花园等等。

任何异域形象的构成或多或少都有些事实依据。柯勒律治对东方大汗帝国的想象构造也不例外。他有关中国的知识来自于《珀切斯游记》里所收的马可·波罗的东方游记。应该说在《忽必烈汗》中，史实只是提供了一个端绪，而所有的细节设置则全凭诗人的想象力去发挥“综合的神奇力量”了。

神奇而伟大的忽必烈、蜿蜒而潜流的神河、冰封而深幽的岩洞、呼啸而翻滚的圣泉、古老而森黑的丛林、异国情调的宫殿、月下悲哀哭泣的女子、操琴的阿比西尼亚姑娘、长发亮眼的诗人……似乎毫无逻辑联系，任凭诗人挥洒笔墨。各各有其背景，联想多多不同，但是诗人却能通过想象力将它们“融合为一”。而我们也会发觉原来忽必烈汗的行乐逍遥宫其实就是柯勒律治营造的艺术宫，在它的周遭弥漫着异国的情调和神秘的气氛。可以说，忽必烈汗就是诗人

1. 弗朗西斯·约斯特：《比较文学导论》，廖鸿钧等译，第 139 页，长沙：湖南文艺出版社，1988 年版。

2. 这方面内容的详细说明可参见拙著《雾外的远音：英国作家与中国文化》（宁夏人民出版社 2002 年版）之“梦里宫阙今何在——柯勒律治残篇里的神奇国土”一节内容。

自我欲望的外现，而关于中国的想象也就是诗人自己的艺术想象。

一般认为，兰姆（Charles Lamb，1775—1834）是一个躺在过去羽翼下生活的人。他精心地收藏古董，也优游自适地体悟着它们所引起的泛着幽美的怀旧情绪。其随笔给人一种和蔼可亲、温文忠厚的感觉。但他在生活上却并非总是如此，有时行为显得古怪难解，不寻常的癖性也使他显得与众不同。但他从不是个遁世者，虽然有些口吃，但很少保持沉默，酷爱交际。他喜欢喧闹、吵嚷、化妆舞会和哑剧，对这些他从不会厌烦。正因为如此，他与伦敦以外的生活格格不入。同样，兰姆对英国以外的世界漠不关心，对遥远的中国也很少提及。与其他浪漫作家一样，中国文化他了解得并不多。尽管如此，《古瓷》（*Old China*）和《烤猪技艺考原》（*A Dissertation on Roast Pig*）这两篇美文里，仍能让我们感觉到兰姆对中国的那份神往、那份想象。

英国作家查尔斯·兰姆

作为一个古董收藏者，中国古瓷器当然也是兰姆的酷爱之物。不过引起兰姆更大兴趣的是古瓷上那充满异国情调的生活画面，以及对中国绘画技法的好奇与不解。

中国瓷器西传对欧洲“中国文化热”的形成功不可没。中国瓷器所具有的淡雅或浓艳的色彩与仪态万千的纹样，本身就是一种赏心悦目的工艺品，也给欧洲人送去了一种陌生新异的艺术情调，让他们在举箸觞酌间陶醉其中。欧洲人由喜爱中国瓷器进而喜爱中国瓷器上的中国绘画和图案。他们的仿制品不仅仿外形，也仿绘画和图案，包括龙凤、鹦鹉、仕女、儿童乃至穿着官服的中国官员，以及典型的中国场景，诸如在竹篱或葡萄架上嬉戏的猴子、花丛中飞舞的蝴蝶、打着阳伞的贵妇人等，都是仿制品上常见的画面。这些画面所呈现出的中国图景深深地留在欧人心灵的深处。在陡峭的山崖上，在曲折的小河边，人们在小巧的亭子里饮茶，谈天，听松涛，临晓风，望彩云明月；阳春三月在绿草如茵的田野上放风筝，在柳树成荫的河边垂钓——这就是许多欧洲人心目中的中国人形象。以至于 18 世纪下半叶，欧洲人惊诧地发现他们想象中的中国人形象与实际不符。故而有位游记作者这样写道：“从来自中国的瓷器上所见到的人物画推断中国人的长相，肯定会得出完全错误的印象。事实上，他们既非那样丑，也不那样滑稽可笑。”[1] 与其他欧洲人一样，兰姆是通过古瓷画面上的世界来认识中国的。最为西人惊异的是，中国古画竟然缺乏他们认识视野中的那种透视原则。因而兰姆在《古瓷》里才会把瓷器上的人物画面称为“全然不解透视学为何物的东西”。这让兰姆颇觉惊奇，只能设想那遥远的东方古国就是这等画法。[2]

1. 转引自许明龙《欧洲 18 世纪“中国热”》，第 173 页，太原：山西教育出版社，1999 年版。

2. 关于兰姆《古瓷》中对中国瓷画技法认识的详细分析可参见拙著《雾外的远音：英国作家与中国文化》（宁夏人民出版社 2002 年版）之“古瓷与烤猪的诱惑——兰姆美文里的中国景观”一节内容。

西方绘画所讲究的透视法，或称远近法，就是把眼前立体形的远近的景物看做平面形以移上画面的方法。这样，由于远近距离的变化，大的会变小，小的会变大，方的会变扁；因上下位置的变化，高的会变低，低的会变高。应该说，兰姆对缺乏透视学原理的中国绘画技法并不反感，对这异国情调，乍见之下，反有几分惊喜。相比之下，不少西方人认为，在中国各种艺术形式里，最没有吸引力的就是绘画了。从 17 世纪一直到 19 世纪，欧洲人对中国画的批评是同一个腔调。这一批评传统可以追溯到利玛窦。他说：“中国人广泛地使用图画，甚至在工艺品上；但是在制造这些东西时，特别是制造塑像和铸像时，他们一点也没有掌握欧洲人的技巧……他们对油画艺术以及在画上利用透视的原理一无所知，结果他们的作品更像是死的，而不像是活的。”[3] 黑格尔说过：“他们（中国人）还没有做到把美的画成美的，因为在他们的画中缺少透视和阴暗层次。”维科提到中国绘画时也这样认为：“尽管由于天气温和，中国人具有最精妙的才能，创造出许多精细惊人的事物，可是到现在在绘画中还不会用阴影。绘画只有用阴影才可以突出高度强光。中国人的绘画就没有明暗深浅之分，所以最粗拙。”[4] 还有法国耶稣会士李明（Louis Le Comte），他虽然对中国的许多事物倾情赞美，但对中国艺术却全面谴责。比如他对中国绘画的评价是：“除了漆器及瓷器以外，中国人也用绘画装饰他们的房间。尽管他们也勤于学习绘画，但他们并不擅长这种艺术，因为他们不讲究透视法。”[5]

3. 利玛窦、金尼阁：《利玛窦中国札记》，何高济等译，第 22 页，北京：中华书局，1983 年版。

4. 维科：《新科学》，朱光潜译，第 70 页，北京：人民出版社，1987 年版。

5. 转引自赫德逊《欧洲与中国》，王遵仲等译，第 255 页，北京：中华书局，1995 年版。

比较而言，西方绘画的透视法是在画面上依据几何学的测算构造一个三进向的空间幻景，一切视线集结于一个焦点（或消失点）。而中国“三远”之画法[1]，则对于同一片山景“仰山巅，窥山后，望远山”，视线是流动的、转折的。这与西方绘画的透视法从一个固定角度把握“一远”差异很大。因此，由这“三远法”所建构的空间不复是几何学的科学性的透视空间，而是诗意的创造性的艺术空间。这些差异兰姆当然无从知晓，也就难怪他对古瓷上的绘画好奇又惊讶了。不过，兰姆与那些贬低中国绘画技法的欧洲传教士和思想家不同，这些人抱着文化成见来理解中国。而兰姆则是试图了解中国艺术，尽管是从自身文化视角看异域文化，怀着一种好奇和想象，但无疑是文化交往中对待他者的一种进步，当然其中也难免存有某种东方主义想象。

比如，兰姆的《古瓷》开头就说他对古瓷器有一种“女性般的偏爱”，文中又说：“我喜欢见到这里的男人具有着女性般的面容，我甚至愿意这里的女子带有更多的女性的表情。”如果说瓷器（china）代表中国（China）的话，那这里显示的就是一种带有消极意味的中国形象。18 世纪后半期以来，特别是马嘎尔尼使团来华以后的英国，产生了一种对中国的女性化的否定性看法。作家们在描述中国时，总是尽量使之具备女性化特征。也就是说，与男性（代表英国或欧洲）的特征相反，中国非常像女人，嫉妒、误入歧途、被外表所吸引、缺乏理性、专横与反复无常；而这一想象的中国形象就起着一种产生中产阶级阳刚特征的作用，这种阳刚特征就是真善美和理性。正是在这种对中国的否定性描述里产生了“西方”。或者说一个活生生的中国及其活生生的消极性起着构筑优越的英国民族特征的作用，并证明英国（确切地说是英格兰）现在已经超越了地球上的所有人群。[2]

我们在这里当然并不是指责兰姆，很有可能他的这种“偏爱”是发自内心的，由此或可看出当时英国人在其心理意识中对东方中国的想象存在着某种“西上东下”的思维结构。这可以去看他在另一篇奇文《烤猪技艺考原》中是如何调侃中国的。

兰姆对猪肉大概如同对中国古瓷一样也比较酷爱。我们从他的书信中可以发现他有些得意的饮食，特别是一种叫做“腌猪肉”的食物，即把猪的头、脚、腿和舌头等各部分肉剁碎混合起来烹调。这篇名文把背景放在了遥远的中国，煞有介事地称源出一篇中文古抄本，说我们人类在最初的七八万年间一直都是吃生肉的，也就是弄到一个活物便生裂活剥起来，又抓又咬，

1. 宋朝画家郭熙在其《林泉高致·山川训》里说：“山有三远：自山下而仰山巅，谓之高远。自山前而窥山后，谓之深远。自近山而望远山，谓之平远。”

2. 参见美国学者何伟亚《从东方的习俗与观念的角度看：英国首次赴华使团的计划与执行》一文，中译文收入张芝联主编《中英通使二百周年学术讨论会论文集》，第 69—93 页，北京：中国社会科学出版社，1996 年版。

撕下肉来就吃。这段时期中国大圣人孔夫子在其《春秋》（*Mundane Mutations*）的第二章中即显有涉及，曾称此黄金时代为“厨封”（Cho—fang），字面意思即厨子的节日。

其实，兰姆对中国了解得很少，为了让别人相信自己所讲的故事，就说是他的好朋友曼宁（Thomas Manning）曾不辞辛劳亲口说给他听的。曼宁确实到过中国，1807 至 1816 年间曾在广州居住，在东印度公司担任厂务医生，曾去过北京和中国内地，而且他 1803 年还在巴黎学过中文。兰姆抬出这位有中国经历的朋友本来是要加重他这篇《考原》的真实性和分量，不过后经人们的再“考原”，发现作者所据原始材料并非曼宁所说的什么中国的古抄本，而是 1761 年在意大利莫地那出版的一部题为《猪颂》的诗集，另外尚有其他材料都提到烤肉起源于牲畜被烧死后为人发现可食，当时在欧洲这是流传颇广的说法。兰姆对这些传说很难说不知晓，那他何以杜撰出自一部中文手稿，而将背景放在远东？大概取其遥远国度的浪漫情调，何况他还从曼宁那里听说过一些关于中国的零星而不太准确的知识，加之他素有幽默滑稽想象的拿手好戏，写成了这篇诙谐百出、令人解颐的故事。

读了这篇美文的前半部分，那洒脱流畅的文字，那鲜活生动的人物，那出人意料又触处成春的幽默感，确实让人兴味盎然，爱不释手；但后半部分对烤小猪的欣赏与赞美，也的确让人难以接受，说不定还顿生反感，似乎有点合理但不合情。这些姑且不论，我们想到的仍然是中国形象问题。

兰姆生活在欧洲的中国形象由美好变得可憎的时代潮流之中。但又与其稍后的德·昆西(Thomas De Quincey，1785—1859)不同，他是复古派，对古中国还有一种异国情调方面的神往。这里，“娇嫩得像一朵小花”的乳猪可指称古代中国，“芳馥可爱”，对人充满诱惑。而那个“贪吃、懒惰、顽固、可憎的家伙”则可以指 18 世纪末以来至 19 世纪的中国形象，“粗鄙不堪、桀骜难驯”，野蛮未开化，遭人唾弃。这样一种负面的中国形象左右着 19 世纪英国作家的认识视野，构成他们借鉴中国题材创作的主导文化心态。

（二） 浪漫作家笔下两种不同的中国形象

与 18 世纪欧洲的中国文化热相比，19 世纪被称为中国文化的摒弃期。因而，在 19 世纪的作品中，中国不再被视作典范，却成为批评的对象，不再是受人崇敬的理想国度，而是遭到蔑视和嘲笑。英国浪漫作家很少能超越当时的流行看法，他们对东方中国的印象多半不佳，只有散文家兰陀对中国的仰慕让我们回想起 18 世纪欧洲启蒙思想家的中国情结。当然，赞扬或贬斥一贯是外国作家对待中国的两种基本态度，英国浪漫主义文学里也存在着这两种不同的中国形象，只是前者的声音非常微弱而已。

正如前文所言，人们一般认为马嘎尔尼爵士率领的大英帝国使团访华失败是导致欧洲人对中国看法转变的主要因素，称使团彻底打破了传教士苦心编造的中国神话，致使愈来愈多的人相信笛福的诅咒、安森的谩骂、孟德斯鸠一针见血的批判。当然，我们也应该看到，就使团报告本身来看，他们绝不是那种 360 度的大转弯，即以往对中国过分溢美，而此时则百般咒骂。很多人因此次事件而对中国颇有微辞，主要是因为这一事件的结局——中国拒绝对世界开放，并仅仅是因为英人不对皇帝三跪九叩（实际原因当然不是如此，但许多欧洲人却认为如此）——而并没有去认真阅读使团成员们的记载。正是由于使团的政治使命失败，从而让欧洲人普遍认为中国人是闭关自大、落后盲目，况且欧洲本来就已存在大量关于中国落后的看法，至此则被借机无限度地夸大了。可以说，使团通商使命的失败所传递的信息，远比使团见闻中传递的信息更受人重视。[1] 而且当时日益强盛的欧洲在物质上的绝对优势，挟着基督教神学"唯我独尊"情绪，也渐渐促使欧洲中心主义和种族优越论成为时代主潮。

1. 有关详细论述可参见赵世瑜《大众的观点、长远的观点：从利玛窦到马嘎尔尼》，载张芝联主编《中英通使二百周年学术讨论会论文集》，第 63—68 页，北京：中国社会科学出版社，1996 年版。

身处这样时代潮流里的英国作家对中国也存在着某种"摒弃"心理。华兹华斯提到中国人时，将之与印第安人、摩尔人、马来人、东印度人放在一起，均视为低等民族。他在《序曲》这首长诗里尽管提到了被称为承德避暑山庄三十六景之二的乾隆的"万树名园——热河的无与伦比的山庄"，说"它汇集 / 最辽阔的帝国各方之风物，……歌台舞榭 / 点缀着百花争妍的草地，溪谷的 / 茂树隐去东方的寺院，阳光 / 沐浴的山丘托起一座座神庙，/ 还有许多小桥、游船、山石、/ 洞穴，一片片林木按人的意愿 / 相互渗透着温暖的色彩，微妙的 / 色调在追逐中忽暗忽明，细微的 / 差别难以分辨；或形成强烈 / 而华丽的对比，但毫不喧杂，宛如 / 热带鸟类的羽翼上那一排排彩条。/ 到处都有山峦，拥抱着一切；/ 到处都有泉水流淌，飞落，/ 安睡，绵绵地滋润着整个景园。"（第 8 卷"回溯：对大自然的爱引致对人的爱"第 70—97 行） 但华兹华斯歌咏的并不是"万树名园"这样的皇家园林，而是"大自然"！华氏在此把中国名园当做一种陪衬。我们还记得自威廉·坦普尔爵士开始（特别是 18 世纪）英人对中国园林狂热崇拜的情景，到了这时，情形则大相径庭。

华兹华斯有关中国的知识来自马嘎尔尼使团成员之一的巴罗于1804年写的《中国旅行记》。使团在热河的避暑山庄受到乾隆皇帝的接见，对这里的皇家园林亦颇为欣赏。但巴罗的书里对中国评价不高，比如他说中国“这个民族总的特征是傲慢和自私的，伪装的严肃和真实的轻薄，以及优雅的礼仪和粗俗的言行的牢固组合。表面上，他们在谈话中极其简单和直率，其实他们是在实践着一种狡诈的艺术，对此欧洲人还没有准备好如何去应付”。[1] 巴罗的这种态度影响着华兹华斯以及其他诗人对东方中国的看法。他们几乎原封不动地沿袭前人赋予东方的异质性、怪异性、落后性、柔弱性、惰怠性，认为东方需要西方的关注、重构甚至拯救。

1. 转引自约 · 罗伯茨编著《十九世纪西方人眼中的中国》，蒋重跃、刘林海译，第20页，北京：时事出版社，1999年版。

拜伦《唐 • 璜》（*Don Juan*，1819—1824）第13章第34小节诗里也曾提到“一个满清官吏从不夸什么好，至少他的神态不会向人表示 / 他所见的事物使他兴高采烈”。这里已经出现了中国人用冷漠的面具掩饰真实情感的主题，而浪漫作家正是要抒发真情实感的。当时的哲学家、历史学家、人类学家从生理和伦理特征出发区别了人种的特性，亚洲人是“黄色的、忧郁的、刻板的”。而在他们眼里，中国人也成了某种象征，象征古老与永恒，永远立于时间之外，立于国家和种族的界限之外，对任何道德评判都无动于衷，顽固抵制基督教和西方生活方式的传播，停滞不前，落后愚昧。在达凯莱的叙事诗《一个悲惨的故事》（*A Tragic Story*）里，就出现了一个“睿智”的中国人，他惟一操心的就是一条神秘的“英俊的猪尾巴”，尽管他费尽力气想把它拿到前面来，它却总是垂在屁股后面，他对此束手无策。这是条迫使中国人回头瞧的尾巴隐喻保守落后、停滞不前、保持原状。[2]

2. 参见米丽耶 · 德特利《19世纪西方文学中的中国形象》，载孟华主编《比较文学形象学》，第247页，北京：北京大学出版社，2001年版。

英国浪漫散文家德 • 昆西更是把东方国家看做是停滞不前和顽固落后的。与另一位浪漫诗人柯勒律治一样，德 • 昆西也是靠鸦片与中国发生了关联。不过，前者借助于鸦片在《忽必烈汗》（*Kubla Khan*，1797）中为我们展示了一幅神奇的东方异域风情，而在后者那里，东方中国则出现在噩梦一般的恐怖图景中。

德 • 昆西通过《瘾君子自白》（*The Confessions of an English Opium-Eater*）告诉我们，鸦片能给吸食者带来莫大的乐趣，当然也带给人们无穷的痛苦。这种痛苦有时是由一些希奇古怪的可怕的恶梦构成的，而这恶梦的来源却是东方和东方人。

于是，德 • 昆西首次以惊人的细节描述了这样一个可怕的梦境，其中可见他对东方（包括中国）的印象。事情还得从德•昆西曾经无意中遇到过的一个马来商人说起。这次会面为时甚短，但这件事却在他心中产生了重大影响，因为这个马来人竟然成为德•昆西想象中的梦魔。

有一天，一个马来人来敲德•昆西家的门。那人的吐鲁番式头巾使替其开门的英国小姑娘大为吃惊，以为是一个魔鬼。在德•昆西的眼中，那位英国姑娘的美丽面孔、她的极端的白净，以及她亭亭玉立的姿势，同那个马来人病黄色的、患肝胆病的、被海洋之风涂抹成的红褐色的皮肤，凶狠的、转来转去的小小的眼睛，薄嘴唇，卑屈的姿态以及他的崇奉心态形成了鲜明的对照。而就是这个马来人，侵扰了德•昆西，引他进入了一个苦恼无尽的世界。尤其是1818年5月的一份记载[1]中这样讲到：

1.Thomas De Quincey. *Selected Writings of Thomas De Quincey*. New York: Random House, Inc. 1937. pp. 853—855.

那位马来人已成为一个可怕的敌人，达数月之久。每晚，我都是通过他被运送到亚洲的情景中去。我不知道别人是否对此与我有同感，但我常想：如果我被迫离开英国去住在中国，并生活在中国的生活方式、礼节和景物之中，我准会发疯。[2]

2. 德 · 昆西：《德 · 昆西经典散文选》，刘重德译，第181页，长沙：湖南文艺出版社，2000年版。

德•昆西说对亚洲（包括中国）如此恐惧的原因根深蒂固，有的甚至连自己也说不清楚，当然部分原因跟别人是相同的。19世纪的西方人对东方的印象极其糟糕。他们用来表达对中国人看法的词一般都是：“野蛮”、“非人道”、“兽性”。这些普遍的看法也就渗透进德•昆西的心灵深处，构成他理解亚洲（包括中国）形象的心理定势。

他虽然承认亚洲的人文、制度、历史和信仰方式等等古香古色，非常动人，觉得那个种族和名字的古老历史便足以征服一个青年人的感情。但德•昆西又与其他思想家站在同一个时空坐标上，视中国停滞落后。早在18世纪，英国的亚当•斯密就从经济学角度在理论上探讨了中国社会长期停滞的问题。他说中国一向是世界上最富裕的国家，土地最肥沃，耕作最精细，人民最多也最勤勉，然而长久以来，它似乎就停滞于静止状态了。今日旅行家关于中国耕作、勤劳及人口稠密状况的报告，与500年前视察该国的马可•波罗的记述比较，似乎没有什么区别。后来德国思想家黑格尔更是竭力宣扬这种认为中国“停滞不前，没有历史，总是保持原状”的思想。德•昆西在这方面似乎也没有什么“超前”意识，他说亚洲的一切均古老而停滞，个人的青春累遭扼杀，以至于“一个年轻的中国人就是洪水时代以前的古人的再世”，而“人在那些地区犹如草芥”。

中国的情况更是这样。德•昆西说在中国，除了它具有同南亚其余地方相同的那些特点之外——他说过“南亚，一般说来，是最可怕的形象和联想的中心”——它的生活方式、日常礼节，还有莫名其妙、无从分析的冷酷无情，尤其使他恐惧不安。说到这里，德·昆西还提醒读者，这是理解他那些恐怖的东方恶梦及其所带来的痛楚的前提。不仅如此，他还把所有热带地区的人、鸟兽、爬虫，以及所有的树木、植物、习俗、外貌都一股脑儿地放在中国或印度斯坦。同样出于类似的感情，也把埃及和它所有的神灵也统统归于这一个法统。而在那里，他感到自己受到猴子、长尾鹦鹉和大鹦鹉的瞪视、叫骂、嘲笑和谈论；撞进宝塔，被囚禁于塔顶或密室达数百年之久，成了偶像，变成僧侣，受到膜拜，做了牺牲品；同木乃伊和狮身人面像一起上千年地被埋在那永恒的金字塔中心狭室的石棺中，受到鳄鱼带癌的亲吻，在芦苇中和尼罗河的泥沙中同非言语所能形容的肮脏东西混杂在一起……所有这些恶梦般的感觉都可以置于中国的场景之中。

对这些梦幻中看到的东西，德·昆西感到与其说害怕，倒不如说令他憎恨和厌恶。因为每种形状、威胁、惩罚和模糊的监禁都使他产生了一种永恒和无限的感觉，而这种感觉驱使他进入一种仿佛属于疯狂的苦恼状态。有时他试图逃避，但发现自己在中国人的房子里，内有藤桌等家具。桌子、沙发等等的腿都即刻有了生命。再加上鳄鱼那可厌的头部及其睨视的双眼对着他，上千次重复着这种动作，这让他站在那里，不胜厌恶，且迷惑不解。后来这个可憎的爬虫时常出现在德·昆西的梦中，并与中国的场景叠映在一起，让他恐怖万分，厌恶无比。

刘重德先生在翻译这段文字时，加了一条注释说：“在 1818 年 5 月的回忆中，德·昆西先后多次提到‘中国’和‘中国人’，似系误解，一因中国无种姓等级制度；二因中国不在他所说的南亚或东南亚，而是在东亚；三因中国一向被称为文明古国，礼仪之邦。”[1] 在另一中译

1. 德·昆西：《德·昆西经典散文选》，刘重德译，第 181 页，湖南文艺出版社，2000 年版。

版本的《译后记》里，刘先生也说“其中只有‘中国’一词，根据上下文多提及南亚、东南亚以及印度斯坦，并根据中国没有种姓制度这一事实，一律纠正为‘印度斯坦’（Hindostan）”。[2]

2 见德·昆西《瘾君子自白》，刘重德译，第 143 页，长沙：湖南文艺出版社，1995 年版。

这里似乎有点为德·昆西辩解的意思。对此我们有两点需要说明：一是西方人将中国称为“文明古国，礼仪之邦”，那大致上是 17、18 世纪的看法，德·昆西生活的 19 世纪已经走向了这种看法的反面；二是在英人眼里，中国不过是东方许多古老国家之一，他们当初对中国的兴趣是跟着对东方的一般兴趣浓厚起来的，同样 19 世纪以后对中国的厌恶也是与对东方（埃及到远东）的恶劣印象纠缠在一起的。可以说他们分不清，也不屑于分清这些国家之间的区别，把东方统统作为一

个异己的“他者”（the Other）来对待的。

根据黑格尔和萨特的定义，“他者”指主导性主体以外的一个不熟悉的对立面或否定因素，因为它的存在，主体的权威才得以界定。西方之所以自视优越，正是因为它把其他国家，特别是殖民地人民看做是没有力量、没有自我意识、没有思考、没有统治能力的结果。我们可以看到，那些形形色色的关于殖民活动的文字，均表明了那种西方世界体系是如何将其他民族的沦落视为当然，视为该民族与生俱来的堕落而野蛮的状态的。[1]

1. 艾勒克·博埃默：《殖民与后殖民文学》，盛宁等译，第22页，沈阳：辽宁教育出版社，1998年版。

诗人雪莱同样把中国当做未开化的、“未驯服的”（unsubdued）的“蛮族”看待。因为他的文化理想全在希腊。1821年出版的抒情诗剧《希腊》（*Hellas: A Lyrical Drama*）可资为证。诗剧《序言》里说：“我们完全是希腊人。我们的法律、我们的文学、我们的宗教、我们的艺术，无不生根于希腊。如果没有希腊，那么我们祖先的老师、征服者或京城——罗马——就不可能用她的武器来传播启蒙的光辉，我们也许到今天还是野蛮人和偶像崇拜哩。也许更坏，社会弄到那种停滞而悲惨的境地，像中国和日本那样。”[2]

2. 雪莱：《希腊》，杨熙龄译，第3—4页，上海：新文艺出版社，1957年版。

在诗剧《希腊》的最后部分，雪莱把中国、印度、南极诸岛以及美洲土著所崇拜的一些奇异的偶像称之为“未驯服的偶像”。在雪莱看来，所有这些异教神明毫无疑问一直统治着人的理智，况且自从他们统治以来，人们所知道的一切恶势力总是在起着邪恶的作用，而且这种作用不断地扩大。于是，只有耶稣基督出现，人们才能得救，异教迷信的恐怖才能得以消除。

这些英国作家心目中的东方（中国）印象，只不过是当时流行观念的点滴表现。我们可以从那份在英国家喻户晓的《笨拙》（*Punch*）杂志上体会到这种观念的典型展演。

有了以上这些观念背景，我们看德·昆西对中国的那些恶劣印象就丝毫不会感到奇怪。维多利亚时代的桂冠诗人丁尼生在一行诗里说：“在欧洲住五十年也强似在中国过一世。”德·昆西没有这么“谦虚”，他声称“我宁愿同疯子或野兽生活在一起”，也不愿在中国生活，因为在他的心目中，中国人不过是些未开化的野蛮人。

辜鸿铭在《尊王篇》序言里讲：“一个英国佬最近在上海对我说：‘你们中国人非常聪明并有奇妙的记忆力，但尽管如此，我们英国人仍然认为你们中国是一个劣等民族。’”[3]将中国当做劣等民族，当做未开化的野蛮人，这可以说是19世纪不少英国人的一种“共识”。那位改变了英国对中国认识态度的马嘎尔尼爵士就认为英国或者更确切地说英格兰在世界上的优

3. 辜鸿铭：《辜鸿铭文集》上卷，黄兴涛等译，第12—13页，海口：海南出版社，1996年版。

越是不容质疑的。他说："现在的英国人是世界第一民族，不管他们在什么地方，只要在国外，这一点就得到承认。"[1] 他在自己的日记里称中国的普通民众"像俄国人一样野蛮"。那里的精英也具有野蛮人的一切恶习：他们是欺诈的、撒谎的，他们背信弃义，贪得无厌，自私、怀恨和怯懦。更概括地说，"尽管从我们掌握的有关他们的描述中我们估计他们是什么样的，我们必须把他们当做野蛮人。……他们是不应该同欧洲民族一样对待的民族。"[2]

1. 马歇尔：《十八世纪晚期的英国与中国》，见张芝联主编《中英通使二百周年学术讨论会论文集》，第 23 页，北京：中国社会科学出版社，1996 年版。

2. 马歇尔：《十八世纪晚期的英国与中国》，见张芝联主编《中英通使二百周年学术讨论会论文集》，第 24 页，北京：中国社会科学出版社，1996 年版。

与以上作家对中国的贬斥不同，19 世纪浪漫时期的散文家沃尔特·塞维奇·兰陀（Walter Savage Landor，1775—1864）则对中国怀有一种仰慕之心。据说鸦片战争期间在伦敦的一次大型宴会上，他大谈特谈中国是世界上惟一的文明之邦，这对当时傲慢不可一世的英人来说，是何等的不入耳，何等的"不合时宜"。

兰陀被视为英国浪漫主义时代的古典作家，这是一个孤独傲世、超尘拔俗的人物。他的一生很长，经历了英国浪漫主义的全盛期及其以后的许多岁月。他 45 岁时开始写作《想象的对话》（*Imaginary Conversations*，1824—1829）。这部作品的写作形式与他追求的特定目标与艺术方向最为相契。兰陀醉心于古典学术，钻研颇深，以至于他的思维方法都带有古典色彩。《想象的对话》不仅取材于古希腊、罗马的事件与人物，而且字里行间都显得古色古香。全书分 5 辑，其中包括古典对话、君主与政治家的对话、文人的对话、名女人的对话，以及其他对话杂录。对话者通常为两个人，这些不同地区不同人物的对话涉及的年代甚广，上至特洛伊战争，下至兰陀本人所处的时代。虽然这些对话的背景大多为古代历史及神话，但对话的内容却颇具新意。

兰陀这部散文作品里有一篇涉及中国题材，名为《中国皇帝与庆蒂之间想象的对话》（Imaginary Conversation Between Emperor of China and Tsing Ti）[3]。庆蒂是中国皇帝派到英国去的钦差，当然这完全出于兰陀的向壁虚造，但我们借此可以听到当时英国对中国的另一类声音。作品里庆蒂向圣明的中国皇帝讲述他游历英国时所了解到的一些奇怪现象，结果每每让皇帝不可思议，甚至"感到天旋地转"，不理解为何英国的一切会"那么不协调、那么混乱"。这当然是兰陀本人的借题发挥。以中国人或东方人的眼光来观察欧洲社会，对欧洲文明的弊端进行嘲讽批判，这是英国文学乃至欧洲文学的一个传统，只不过这种传统在 19 世纪的时代氛围中已变得难以觅见。

3. 雷蒙德·道森：《中国变色龙》，常绍民、民毅译，北京：时事出版社；海口：海南出版社，1999 年版。本节引文均出于此处，不另注。

兰陀首先选择中国的封赏制度来与英国的赏罚不明相对照。我们知道，中国古代的奖惩制度一般是与考核制度、监察制度相结合而实行的。对官吏考核、监察之后，都要根据为政优劣进行奖惩。或增加俸禄、迁官升级、赐赏爵位，或贬职、免官、降薪、治罪等，总之赏罚分明。在兰陀笔下，那位被皇帝派到英国去的庆蒂回来后，给皇帝讲了他在游历时的所见所闻，当然多半是些不合常理的事情，这引起了皇帝的赞赏和兴趣。中国皇帝对奖赏臣下很是看重，自然也就想知道那些白人国王是如何奖赏臣民的了。

庆蒂回答说在英国没有人喜欢谈论别人的赏赐，即便连国王对此似乎也同样缺乏知识。因为从来没有人向他建议某人值得提升或某人值得被恩赐一个使他高出普通市民很多的头衔，除非那个人屠杀了很多、毁掉了很多，士兵和律师便是如此。

兰陀在此告诉我们，在英格兰能得到奖赏的，既不是那些道德高尚的人，也不是那些有益于国家的人，更不是那些爱好和平的人。这就与启蒙思想家眼里的中国形成对照。伏尔泰曾经说过，在别的国家，法律用以治罪，而在中国，其作用更大，用以褒奖善行。若是出现一桩罕见的高尚行为，那便会有口皆碑，传及全省。官员必须奏报皇帝，皇帝便给应受褒奖者立碑挂匾。他还举了一个例子说，一个老实巴交的农民拾到一个装有金币的钱包，交还后被赐给五品官，因为朝廷为品德高尚的农民设有官职。[1] 因此，与中国皇帝的赏赐有加比照，英王及其臣僚的行为就有些不近人情，当然那屠杀和毁掉了很多的士兵和律师除外。

1. 伏尔泰：《风俗论》上册，梁守锵译，第 217 页，北京：商务印书馆，1996 年版。

这两类人竟然受到赏赐，中国皇帝觉得蹊跷："为他的国家默默无闻增光添彩的人、后世应当尊敬的人，这些人都不能昂起他们的头颅吗？你是这个意思吗？他也许在灌溉着天才的花园；他也许为其花园中的果实兴奋激动；他也许在欣喜地等待着将来有一天他敌人的子孙和他自己的子孙一起在他种植的树下休憩；他的劳作永远得不到荣耀；他的冥想里永远不会出现掌声！难道英格兰就是这个样子吗？"

与军队的涂炭生灵相比，倡导和平的人更值得尊重。言下之意里把穷兵黩武的英王与热爱和平的中国皇帝形成鲜明对照。利玛窦也这样说过中华帝国，"虽然他们有装备精良的陆军和海军，很容易征服邻近的国家，但他们的皇帝和人民却从未想过要发动侵略战争。他们很满足于自己已有的东西，没有征服的野心。在这方面，他们和欧洲人很不相同，欧洲人常常不满意自己的政府，并贪求别人所享有的东西"。[2] 兰陀在此传达的虽然仍是 17、18 世纪来华传教士们理想化中国观的一种声音，然而在 19 世纪西方普遍敌视中国的情势下重提这种启蒙理性精神，

2. 利玛窦、金尼阁：《利玛窦中国札记》，何高济等译，第 58—59 页，北京：中华书局，1983 年版。

并为中国鸣不平却又是难能可贵的。

英国的有识之士对贵族世袭制颇多微辞。兰陀在这篇想象的对话中也通过中国皇帝之言反对英格兰的国王把荣誉授予那些毫无价值的人们，“他们仅仅因为那些孩子是一些聪明的家伙所生就恩宠他们，而绝非因为他们本人聪明”。

兰陀在此对贵族世袭制及封赏制度提出批评，对中国的相关制度表示赞赏。当然这种看法并不新鲜。法国传教士李明在《论中国人的政策和政府》中就指出，在中国，“贵族从来不是世袭的，除了他们执掌的公务所形成的地位之外，人们的地位之间没有差别；所以除孔子家族之外，全国只分官员和平民。……当一个省的总督或省长死去，他的孩子以及其他人一样地要为自己的前程奔波；如果他们没有继承自己父亲的美德和才智，那么不管他们所继承的父亲的名字多么显赫，对他们也无济于事。”[1] 而英国的情况则不一样，比如 18 世纪乔治国王执政年间，封赏高级职务的原因与个人的能力没有任何关系。政府以出售职务而变富。或者是政府作为忠实效劳的犒赏和希望结交盟友而赐给职务。当然这种授予职务的方法本身并非一无是处，但一些批评派思想家则认为如果以功德为基础而赐给，那么我们不就会有一个好得多的政府？[2] 中国的政府形式正好为他们提供了一个理想化的目标，这也是兰陀该文的命意所在。

1. 转引自赫德逊《欧洲与中国》，王遵仲等译，第 288 页，北京：中华书局，1995 年版。

2. 参见艾德蒙・莱特《中国儒教对英国政府的影响》，中译文载《国际汉学》第 1 期，第 164—179 页，北京：商务印书馆，1995 年版。

一切都是那么不协调、那么混乱，这就是兰陀通过与中国文明的对照，对英国状况的评价。

中国皇帝不仅对英国赏罚不明等状况不满，还讨厌那些岛民的言行不一，对他们的缺乏宗教观也颇感震惊。同时，大概是以己度人吧，皇帝还要庆蒂替他描述一下国王就寝时为他读诗的人的情形。庆蒂的回答让他有些意外，因为“国王陛下睡觉很沉，从来不叫任何人读诗”。同样也“没有人在他进餐时为他背诗”。这毋宁说英国国王是不读书的无知之辈。而且，“在英格兰没有哪一个君主——尤其是现在在位者——肯去与一位诗人或哲学家谈上一个小时，但却可以与赌徒或扒手度过无数个日夜。”

在 17、18 世纪的一些西方人眼中，中国皇帝既是诗人，也是哲学家。人们已经失望于欧洲的政治状况，上有不学无术的君主，下有游手好闲的贵族。启蒙思想家期望通过理性建设与道德教育来塑造开明的君主。因此在他们看来，那些中国皇帝，他们“投入自己全部的生命与幸福去治理国家。他们是最高尚智慧的哲学家，也是最公正勤勉的君主”。伏尔泰曾用热情的诗句歌颂乾隆皇帝——中国的哲人王："伟大的国王，你的诗句与思想如此美好，/ 请相信我，留在北京吧，永远别来吾邦，/ 黄河岸边有整整一个民族把你敬仰；/ 在帝国之中，你的诗句总是如此美妙，/ 但要当心巴黎会使你的月桂枯黄……/ 宫廷会想方设法加害于你，/ 以法令诋毁你的诗句与上帝。"[1] 他在《风俗论》里也指出中国皇帝可能是全国首屈一指的哲学家。利玛窦在谈到中国的政治机构时也说过："标志着与西方的一个非常引人注目的不同的另一重要事实是，整个帝国是由文人学者阶层即通常称作哲学家的人进行统治。对整个国家进行井然有序的管理的责任完全交由他们承担。"[2] 这些激情洋溢的赞美，把中国君主完全理想化了，然而他的博学通达、开明稳健，却是西方启蒙主义政治期望的投影，也是他们认定一个明君应有的品质。兰陀显然受到了这些影响与启发。

1. 参见艾田蒲《欧洲之中国》下卷，许钧、钱林森译，第 275 页，郑州：河南人民出版社，1994 年版。

2. 利玛窦、金尼阁：《利玛窦中国札记》，何高济等译，第 59 页，北京：中华书局，1983 年版。

庆蒂的话先扬后抑、先赞后讽："英国人虽然丧失了自己的宗教，却依然在诸多方面不失为世界上最为诚实、最为克制的民族。"他举了一个例子，说曾经沿着伦敦附近的一条运河散步，看见许多老鼠、猫、狗，正在可爱地吮吸母亲乳汁的猫咪、最温顺的胖狗崽，甚至可以见到上等的长蛇，颜色有绿有黄，每一条有几磅重，这一切足以让一名黎明散步的鸦片瘾君子胃口大开。庆蒂对皇帝说："陛下，我看见它们在岸上被杀死，却没有一个人——男人、女人或孩子上前卫护它们；而我想订立一份购买部分家畜的合同的愿望也在徒然地等了几个小时之后化为了泡影，因为主人一直未露面。有证据表明那些死去的东西就一直留在那里直到腐烂。他们以这种方式保持土壤的肥沃和与之相适应的稀少人口。即使青蛙也不被看成奢侈品。我曾注意到一些被农民用石头砸死的青蛙死在沟壑旁，而假如这些人企图杀死一只食谷鸟或偷一只酸苹果，那就会被流放到天涯作为惩罚。"这段亦庄亦谐的调侃大概是说英国人无所顾忌地践踏生灵，缺少与动物和光同尘的仁厚心肠。

如上所言，兰陀以理想化的中国图像与英国现况进行对比，以挖苦后者，这多少让我们想到了哥尔斯密的《世界公民》。在《世界公民》里，哥尔斯密不就经常运用理想化的中国事物，或假托中国人来批评英国那些不太令人满意的状况吗？ 18 世纪的不少作品采用的都是这样一种模式，即借"他者"（当然是理想化的）来对自身的社会状况评论针砭。假如将这篇皇帝与庆蒂的对话放在 18 世纪，我们丝毫不感到有什么了不得。然而在 19 世纪上半叶，兰陀的这篇文字就显得突兀而显豁，因为当时英国乃至欧洲亲华的声音已经相当微弱了。可以料想，在当时的情形下，读了这篇对话的英人一定大惑不解：竟然还有人在为该用武力惩罚的愚昧国度高唱赞歌，竟称之为文明之邦？在他们心中，或许兰陀应该像费奈隆写《苏格拉底与孔夫子的对话》那样，对中国文明成就表示不屑一顾才是。[1] 如果说当初马嘎尔尼的无奈离去为一个时代画上句号，兰陀的想象对话则让人们重温起往日那段乌托邦中国的美妙图景，只不过这种印象不再令人神往，并很快淹没在贬斥中国的浪潮之中。

1. 参见艾田蒲《中国之欧洲》上卷，许钧、钱林森译，第 316—332 页，郑州：河南人民出版社，1992 年版。

三、 维多利亚时代英国作家作品里的负面中国形象

维多利亚女王 1837 年继位，1901 年去世。不过，史称“维多利亚文学时期”的开端却往往以司各特去世的 1832 年为标志。这一年浪漫主义作为一个思潮气数散尽。1832 年英国国会通过第一个改革法案，从政治上说也标志着一个新时期的到来，英国逐渐走上了强盛之途。尤其到了维多利亚中期，英国是世界上无可争辩的头号强国。它的政治、经济、社会制度都有稳固的基础，并且是欧洲和海外新老国家的典范。英国统治下的帝国包括非洲、美洲、亚洲和澳洲的大片地区。英国的海军力量统治各个大洋，贸易扩展到全世界。英国在长时期内被认为是世界金融和工业中心。虽然在女王统治结束以前，上述情景的某些细节已有所改变，但英国的影响与力量仍然强大。

鼎盛时期的大英帝国，它的骄横和自信蔓延全球。大多数英帝国主义者都以为自己在扮演一个了不起的世界征服者和文明使者的英雄形象。在他们看来，英国的历史是一部由各种最早的、最好的和各种绝对的起始所构成的历史。英国人在任何一地建立一个十字路口、一座城市或一块殖民地，他们都把它说成是一部新的历史的开端。其他的历史都被认为不那么重要，甚至在某些情况下，根本就不存在。对英国人而言，维多利亚女王统治时期代表了一个伟大的殖民主义时代。不列颠被认为是注定要而且有义务去统治全世界，或至少也要统治她的大帝国现已延伸到的占地球 1/4 那么大的面积。

这样一种对世界的看法当然需要有非常有力的文化和话语方面的支持。我们看到，像 3 卷本小说和畅销冒险故事这样一些维多利亚时代最典型的文类里，无不充满着大英帝国的骄傲和民族自豪感。维多利亚时代的作家和思想家，如卡莱尔、约翰・斯图亚特・穆勒、狄更斯等，

在用文字来参与大英帝国的自我再现时，都采取了一种视之为当然的态度。他们对帝国有一种默认和接受：因为这背后有一个假设，只要有大英帝国掌舵，整个世界就不会出问题。因而这样一种帝国心态，不仅有工业的和军事的支持，也往往有明显的道德、文化和种族优越性等意识形态来支持它的阐释活动。[1]

1. 参见艾勒克·博埃默《殖民与后殖民文学》，盛宁、韩敏中译，第 25—26 页，沈阳：辽宁教育出版社，1998 年版。

狄更斯笔下的“董贝父子公司”就完全是按照“以他们自己为中心的商贸体系”来看待整个世界的，而“江河湖海之所以形成，为的是让他家的船只驶向‘董贝父子公司’”。“地球是为董贝父子的买卖而造；太阳和月亮为他们的照明而生；江、河、海洋只为他们行船而流动；长虹许诺他们风和日丽；风儿随他们的事业运行，所有的星星都围着他们旋转，形成一个永远以他们为中心的系统……”（《董贝父子》）从这样一段关于董贝极为夸张的自负的描写中，也能够看出 19 世纪中期英国小说家所特有的一种自负。

传统上讲，英国的民族自我向来是以一个海外他者作为对立面才得以形成的。如果说 17 世纪时的他者是天主教的欧洲，那么随着帝国的发展，这个自我就逐渐变得需要靠殖民地所代表的相对弱小的国家作为陪衬方可得到界定了。在达尔文之前，殖民化就已经被描写成适者生存，用德·昆西的话说，就是“扬簸谷粒似的决出种族的优劣”。英国殖民主义作品通常将殖民地人描写成低等的、卑下的、懦弱的、阴柔的，是相异于欧洲，尤其相异于英国的他者。

中国同样是英国的他者。尤其是经过两次鸦片战争和一系列不平等条约，表明英国与中国之间的关系是建立在既是不可抗拒的，又是厚颜无耻的强权暴力基础上的，也是建立在一个世纪中对中国不断地表现出的鄙视与嘲弄的基础上的。人们对中国人的野蛮和麻木确信无疑，以至于当时有较大影响的《19 世纪世界大词典》（1869）在“中国”词条的解释中竟指责中国人吃人肉。

曾任英国驻上海领事的麦华陀(Sir Walter Henry Medhurst,1823—1885)在其著述里说：“有关中国人的突出观点是，他们是非同寻常但却是愚蠢昏聩的人类，他们无休止地吸食鸦片，生出女婴就把她们溺死；他们日常食物中有小狗、小猫、老鼠，以及诸如此类的东西；他们在荣誉、诚实和勇气方面水平是最低的；对他们来说，残忍的行为是一种消遣娱乐。”[2] 1858 年 4 月 10 日，《笨拙》上刊登了题为《一首为广州写的歌》的诗歌，还有一幅漫画，上面是一个未开化的中国人，背景是柳树图案。这首诗歌说：约翰·查纳曼(John Chinaman，中国佬)

2. 转引自约·罗伯茨编著《十九世纪西方人眼中的中国》，蒋重跃、刘林海译，第 201 页，北京：时事出版社，1999 年版。

天生是流氓，他把真理、法律统统抛云霄；约翰·查纳曼简直是混蛋，他要把全世界来拖累。这些残酷而顽固的中国佬长着小猪眼，拖着大猪尾。一日三餐吃的是令人作呕的老鼠、猫狗、蜗牛与蛐蜒。他们是撒谎者、狡猾者、胆小鬼。约翰牛（John Bull，英国佬）来了机会就给约翰·查纳曼开开眼。这可以说是英国人心目中对中国印象的流行看法。[1]

1. 雷蒙德·道森在《中国变色龙》一书里复制了这首诗及漫画，见该书中译本第 188—189 页。

在有关中国人的种种恶习中，令英人印象尤深的是中国人嗜吸鸦片成瘾。狄更斯在其最后一部未完成的小说《德鲁德疑案》（*The Mystery of Edwin Drood*，1870）里，就把中国人描写成吸毒成瘾，完全被毒品搞昏头的人。小说一开始就写主人公在一间简陋不堪而密不透风的小屋子内，看到床上横躺着几个人，都没脱衣服，其中有处于昏迷状态的中国人和印度水手，还有形容枯槁的鸦片烟馆老板娘。满面烟容、大烟鬼似的老板娘“跟那个中国人出奇地相像，不论脸颊、眼睛和鬓角的形状，还是皮肤的颜色，两人完全相似。而那个中国人身子抽动着，似乎正在跟那多神教中的一个鬼神搏斗，他的鼻息也响得可怕。”狄更斯甚至把这些嗜吸鸦片的中国人当成是中国国民的真正典型。而在其成名作《匹克威克外传》（1837）里提到中国思辨哲学时也颇多讥讽调侃。小说第 51 章里写匹克威克先生遇到一位旧相识卜特先生（Mr. Pott）。卜特建议他读读在报纸上“论中国思辨哲学的一篇书评，内容丰富”，“非常深奥”，而且是从《大英百科全书》里弄到这个题目的。匹克威克说：“当真？我不知道那部宝贵的著作里面包括关于中国思辨哲学（Chinese metaphysics）的任何材料。”卜特回答说这很简单，只要从《大英百科全书》的 M 部里找到思辨哲学（metaphysics）读了，又从 C 部找到中国（China）读了，将两份材料结合起来不就成了中国思辨哲学。狄更斯在这里实际上是通过他笔下人物的口表达了中国不可能有哲学的偏见。

诸如此类的针对中国的负面认识在德·昆西那里有更明显的呈现。前文已经提及，鸦片是德·昆西与中国关系的联结点。对于鸦片的危害性，德·昆西深有体会，但这并不能使他良心上受到任何责备，他依旧成为英国对中国发动鸦片战争的一个坚决的支持者。他有一个儿子霍拉蒂奥（Horatio）就是侵华英军中的一员，并于 1842 年 8 月 27 日死在中国。因为他考虑中国问题的角度，再也不是 18 世纪末、19 世纪初那些令人好奇的浪漫想象，其衡量标准是出于战略意义的商贸利害关系。在《瘾君子自白》里，他讲述了自己第一次购买鸦片的经历。那时在他的眼中，鸦片只不过体现着一种交换、一种心旷神怡的诱惑。他说自己不愿意把任何世俗的回忆同第一次使他熟悉这种天国药物的那个人、地点和时刻相联系。然而，在德·昆西 1840 年以后的文章里，鸦片已经增加了经济的价值。由此他力求使大英帝国在中国的野蛮行径合法化。

对是否应该对中国进行武力干涉，英伦朝野众说纷纭，经过争论基本上形成了支持与反对两派意见。战争的反对者从鸦片贸易不道德的角度批评英国政府的对华政策。他们坚持说鸦片是一种危险的毒品，中国人抵制的原因倒并不是由于对帝国侵略的厌恶，而是因为那些进口商品的不道德的本性。一个基督政府其责任应该是使中国人开化，而不是去毒害他们。1839 年，有位任职于剑桥大学圣三一学院的牧师地尔洼（Algernon Thelwall）还出版了一本《对华鸦片贸易罪过论》（*The Iniquities of the Opium Trade with China*），产生了很大影响。书中叙述了鸦片贸易的史实、鸦片的危害性等，呼吁英国国会应该对鸦片贸易的情况进行调查，英国政府应与中国合作共同制止这种祸害。

战争的支持者则说，中国人自己要吸鸦片，鸦片的危害性可能还没有烈性酒大；并大谈特谈中国政府对英国商人的残暴，坚持要让中国受到惩罚。1840 年鸦片战争后，大批传教士趾高气扬地以征服者的姿态踏进中国的城镇。当时在华的基督教传教士的基本信条是："只有基督教能拯救中国解脱鸦片，只有战争能开放中国给基督。"也就是说，鸦片危害于中国，英国政府及商人是没有什么责任的，也是无力解决的。基督教传教士都不反对这种罪恶的贸易，他们可以乘坐贩运鸦片的飞剪船到中国去，还从贩运鸦片的公司和商人的手中接受捐款。他们都说，鸦片对中国人是无害的，就像酒对西方人是无害的一样。他们认为只要中国人接受了基督，鸦片的危害也就自然会消失；而要使中国人接受基督，惟一的办法就是战争。这就是他们荒唐至极的侵略逻辑。[1] 后来，汉学家翟理斯（H. A. Giles）在 1923 年写的一本小册子《关于鸦片之事实真相》(*Some Truths About Opium*) 里，也说远在鸦片战争以前，中国人就已嗜食鸦片。民国以来，军阀都强迫人民种植罂粟作为税源。中国人实际上已经自种自吸，英国人纵使禁止鸦片贩往中国，也难以收到实效。这就是说，如果中国决心禁烟，只能靠自身努力，英国本没有这种道义上的责任。

1. 顾长声：《传教士与近代中国》，第 48 页，上海：上海人民出版社，1981 年版。

因此，对于鸦片，反对者说它是一种致命的毒药，支持者则把它看做是一种无害的醉人的兴奋剂，而且只不过是中国人大量需求的一种商品。德·昆西在 1840 年的那篇《关于中国的鸦片问题》的文章里非常详细地引述了相关的争论。而他则宣称中国人禁止印度鸦片仅是由于他们自己能够充足供应以满足自己的需求。于是当第一次鸦片战争爆发后，德·昆西就搁下了有关鸦片消费的正义与否不谈，而走进对抗中国的战争支持派的阵营。他认为中国人本来就是一些原始而野蛮的族类，只有与文明的西方（尤其是英国）接触，才是发展的惟一希望；同时，由于中国人的本性是欺骗奸诈的，所以这些接触必须由西方人在武力的保护下实施，这是能够让中国人明白的惟一制裁手段。德·昆西在写作《瘾君子自白》时，就一贯有厌恶中国的思想，这时候更不愿意公平地检视那些争论意见，尤其是战争反对者的意见。[1]

1.Grevel Lindop. *The Opium-Eater: A Life of Thomas De Quincey*. London: J. M. Dent & Sons Ltd., 1981. pp. 338—339.

因此，鸦片能破坏中国人的家庭经济。德·昆西由此又继续推测中国人的命运：他说鸦片消费取代其他消费后，将会出现财富过剩的状况。因而那些连续生产以供中国人消费的英国人将会越来越富裕，而那些“生活在阴沟里，吃着垃圾的”中国人，不能生产足够的产品供他们大量的人口消费。但是这种财富增加的模式仅仅在国外市场购买力增加时才会起作用。理论上对英国商品来说，中国人是一个理想的市场，他们的贫困给英国贸易提供了最好的根基。德·昆西的计划是英国停止进口中国茶叶。他认为尽管只是在相当小的程度上让这一计划获得实施，也足以会对中国的整体经济造成毁灭性的后果。[2] 德·昆西写道：“我们要对中国这样的国家

2.Philip W. Martin, R. Jarvis, ed. *Reviewing Romanticism*. New York: St. Martin's Press, 1992. p. 124.

行使权利，因为这种民族是没有能力达到真正的文明的。尽管他们也有那种半文雅的态度和技艺，但是他们在道德方面的不开化是无可救药的。我们要在足够力量的展示下表明我们的意思。”他指的是通过战争所展示的军事力量。在他看来，中国是一个无生命力的国度，既没有值得一提的商业贸易，也没有海洋工业、兵工企业、造船业，同样也没有像利物浦、格拉斯哥那样的大城市。简言之，中国没有生机，没有器官，没心没肺。[3]

3.Philip W. Martin, R. Jarvis, ed. *Reviewing Romanticism*. New York: St. Martin's Press, 1992. p. 124.

类似的看法也出现在德·昆西题为《中国》[4] 的文章里。这篇文章的开头引用诗人柯勒律

4.Hsiao Ch'ien（萧乾）, ed. *A Harp with a Thousand Strings*. London: Pilot Press Ltd., 1944. pp. 37—47.

治那种故作夸张式的义愤之句：“诸邦憎恨你（The nations hate thee）！”然后说，关于中国的事情，“（欧洲）诸邦憎恨你（中国）”这个说法无需正规投票就能一致通过。因为在那里存在着最可卑、最愚蠢的不人道的侮辱事情。假如一个人声称对莎士比亚笔下的伊阿古（Iago）表示敬重，那他将会成为令人厌恶和受人怀疑的对象。伊阿古不过是戏剧里的一个恶魔式的梦，而那些犯罪的中国人不仅是些活生生的存在物，一旦有机会就实施着他们那种残忍恶毒的无礼行为。德·昆西还说，两个世纪里英国的扩张倒是将自己带进了一个痛苦不堪的境地。为什么呢？因为必须把英国人与那些自负的、最该被忽视的中国居民联系在一起。他回顾了中英交往的历

程，指出从第一次的接触开始，其基础就是建立在极度恶意之上的，而且还持续不断地发生着一些不好客的粗鄙的事情。这当然是针对中国这一方而言的。德·昆西认为英国在广东的商贸活动是丢脸的。原因是中国人没有看到英国的雄伟壮观，没有看到英国的坚强实力，以及英国的开明而有坚实基础的制度，还有那些良好的信用、精妙绝伦又古色古香的文学，对人类任何一种形式的灾难所表现出的巨大同情心，另外还有那些能大大增加金钱能量的保险制度、巨大的造船企业、码头、兵工厂、灯塔、无论是私人还是国有的制造业，等等。德·昆西说除了这些以外还有很多东西，中国人无法明白，也无法看到；英国在广东的人太少，因而不能向中国人显示一个伟大国家的能量。

德·昆西在文中谈到了写过《环球旅行记》的安森在广州的遭遇。然后说，一个政府（中国）如此善于欺骗，而一国人民（至少在满清官员阶层）却通过数世纪以来的训导而不自觉地顺从其政府，这是不可思议的现象。他还提到了英使马嘎尔尼和阿米士德来华，因“叩头”礼仪而招致的失败，说这些东方人的堕落是骇人听闻的，而从妇女的境况上也同样可以发现亚洲国家的未开化程度。德·昆西进一步认为，中国人是一个非常低能的民族；他们的顽固的特性又是与其低能的大脑联系在一起的，同样也跟低能的道德能力相连。我们从他的这种种看法，再联系他在《瘾君子自白》里的那些恐怖的东方（中国）恶梦，可以看到这是一个对中国和中国人极具成见和偏见的英国作家，他关于中国问题的著述正是忠实地展现英帝国殖民心态的自白书。

四、 奥斯卡·王尔德对道家思想的心仪与认同

（一） 老庄学说与唯美主义者的心灵诉求

正如儒家学说因17、18世纪耶稣会教士的传播得以登上欧陆，道、释两家也是靠他们的译介而进入西方文化圈的。不过，儒道在近200年的西行历程中，各自的境遇却冷热甚殊。如果说儒家学说经过耶稣会教士的倾慕推重、启蒙思想家的礼赞接纳，早已在西方思想界生根开花，成为当时构建知识、信念体系的重要思想资源的话，那么，道释两家则丝毫不受关注，与儒家学说所受到的隆遇相比，道家智慧在一段时间里仍处于未被“发现”的沉寂状态，其中的缘由是颇值深究的。

道家原典中，老子《道德经》最早被译成欧洲语言。1788 年译成拉丁文后尚未付梓印行的《道德经》，作为献给皇家学会的礼物送到伦敦，标志着中国道家思想的欧洲之旅由此肇始。译文将“道”译作“理”，意为神的最高理性。法兰西学院的第一位汉学教授雷慕沙成为欧洲研究道家思想的发轫者。他选译了《道德经》（第 1、25、41 和 42 章）并加以评论，认为“道”的概念难以翻译，只有“逻各斯”（logos）庶几近之，包括绝对存在、理性和言词这三层意义。雷慕沙的学生和继任者儒莲于 1842 年完成《道德经》的第一个加注全译本。他遵从原中文注释，将“道”译作“路”，更贴近中文本意。在道家思想的西行历程中，他的注释和翻译不失为一项出色的开拓之举。欧洲的学界精英正是通过这个译本初步结识了道家学说，并惊讶于它的玄远深邃。例如谢林，他在《神话哲学》（1857）中提及雷慕沙和儒莲，并写道：“‘道’不是以前人们所翻译的理性，道家学说亦不是理性学说，道是门，道家学说即是通往‘有’的大门的学说，是关于‘无’（即纯粹的能有）的学说，通过‘无’，一切有限的‘有’变成现实的‘有’……整部《道德经》交替使用不同的寓意深刻的表达方式，只是为了表现‘无’的巨大的、不可抗拒的威力。”[1] 这段话表明道家思想的核心部分，如有无之辩，以及它那独特的哲学言说方式已经激起了西方学者的兴趣。

1. 转引自卜松山《与中国作跨文化对话》，刘慧儒等译，第 76—77 页，北京：中华书局，2000 年版。

与这一学理性兴趣相伴出现的是老庄学说的大量翻译。从 19 世纪 60 年代到 20 世纪初出现了老子翻译热。英文译者有查尔姆斯、巴尔弗、理雅各、卡鲁斯和翟理斯，德文译者有普兰科纳、施特劳斯、科勒尔、格利尔和卫礼贤，法文译者有阿尔莱。最早的德语《庄子》译本也出现在该时期，接着翟理斯的英译《庄子》于 1889 年问世，1891 年，理雅各的《庄子》及《道德经》英译稿一起发表在米勒主编的系列丛书《东方圣典》中，它们均为西方《庄子》接受史上最具影响力的译本。

尽管西方接受道家的第一个高潮姗姗来迟，然而却热烈得多。它那特有的社会批判色彩，一旦被施诸现实，它所掀起的强烈冲击是人们始料未及的。

19 世纪后期，迅速发展的资本主义制度在极大地推动物质文明进步的同时，也在摧毁着许多传统观念的基础。根深蒂固的基督教世界观，以及建立在其上的道德观念与制度观念不断受到质疑。在一片惶惑疑虑的气氛中，许多知识分子深感严重的精神危机，对社会现状极端不满，于是纷纷寻找各种心灵出路。正是在这样的期待之下，人们试图从新的思想源泉中汲取力量以弥合社会变革带来的精神断裂。

对这一期待，王尔德（Oscar Wilde，1854—1900）是这样描述的：

> *在这动荡和纷乱的时代，在这纷争和绝望的可怕时刻，只有美的无忧的殿堂，可以使人忘却，使人欢乐。我们不去往美的殿堂还能去往何方呢？只能到一部古代意大利异教经典称作 Cilla Divina（圣城）的地方去，在那里一个人至少可以暂时摆脱尘世的纷扰与恐怖，也可以暂时逃避世俗的选择。*[1]

作为唯美主义者，他向艺术和古典文明倾吐了强烈的心灵诉求。古老的东方及其精美的艺术、东方式逃离尘嚣的处世哲学，便在这一诉求的召唤中顺理成章地进入他的知识视野，成为批判现实的有力武器。与东方哲人庄子的邂逅相逢并一见倾心自然也成为情理之必然。

英国唯美主义作家奥斯卡·王尔德肖像及墓碑

在唯美者眼中，艺术的纯美即是对丑陋现实的超越，心灵若流连于“美的殿堂”中，自然可以不染尘垢。所以王尔德的身着奇装异服，与中国花瓶、日本扇子、孔雀羽毛、向日葵、玉兰花为伍，亦无非刻意让美的氛围包裹自己以便与世俗隔绝。他用两个中国青瓷花瓶装饰房间，朝昔观赏，以至觉得自己越来越配不上它们的清雅了。因为这些精致器物本身的完美结构就象征着艺术世界——一个以形式美统治生活的超现实领域。

中国瓷器的莹润幽美征服了王尔德，他认为中国人的生活也无处不散发优雅的气息。1882 年，他应邀去美国巡回演讲，宣扬他的唯美主义理论，引起轰动。在其后所作

1. 王尔德：《英国的文艺复兴》，见《王尔德全集》第 4 卷，杨东霞、杨烈等译，第 27 页，北京：中国文学出版社，2000 年版。

的《美国印象》一文中，他提到了中国人的生活：

> *旧金山是一座真正美丽的城市。聚居着中国劳工的唐人街是我见过的最富有艺术韵味的街区。这些古怪、忧郁的东方人，许多人会说他们下贱，他们肯定也很穷，但他们打定主意在他们身边不能有任何丑陋的东西。在那些苦工们晚上聚集在一起吃晚饭的中国餐馆里，我发现他们用和玫瑰花瓣一样纤巧的瓷杯喝茶，而那些俗丽的宾馆给我用的陶杯足有一英寸半厚。中国人的菜单拿上来的时候是写在宣纸上的，账目是用墨汁写出来的，漂亮得就像艺术家在扇面上蚀刻的小鸟一样。*[1]

1. 王尔德：《美国印象》，见《王尔德全集》第 4 卷，杨东霞、杨烈等译，第 35 页，北京：中国文学出版社，2000 年版。

王尔德之所以偏偏对中国劳工所谓艺术化的生活兴趣盎然，因为他只注重艺术细节自身的独立性，也符合唯美主义原则。这种对东方国家的审美化、理想化是唯美主义“为艺术而艺术”以及“生活为艺术”理念的另一种表现。因为他们从东方艺术品看到的只是线条、色彩、结构、装饰性等纯形式美。王尔德对东方艺术的推崇也正是由于其装饰性和形式美，以及这种“装饰艺术”与当时现实主义艺术的对立。在《英国的文艺复兴》（1882）里，王尔德说：“我们现代骚动不宁的理性精神难以充分容纳艺术的审美因素，因而艺术的真正影响在我们许多人身上隐没了，只有少数人逃脱了灵魂的专制，领悟到思想不存在的最高时刻的奥秘。这就是东方艺术正在影响我们欧洲的原因，也是一切日本艺术品的魅力的根源。当西方世界把自己难以忍受的精神上的怀疑与其哀伤的精神悲剧加在艺术上时，东方总是保持着艺术最重要的形象条件。”[2]

2. 王尔德：《英国的文艺复兴》，见《王尔德全集》第 4 卷，杨东霞、杨烈等译，第 19 页，北京：中国文学出版社，2000 年版。

他认为东方艺术所代表的是一种“物质的美”、“一种绚丽多彩的表层”的美。这种风格与唯美主义所倡导的“纯美”、“形式美”以及“外在的品质”等审美理想正好是吻合的。[3]

3. 参见周小仪《消费文化与日本艺术在西方的传播》，载《外国文学评论》，1996 年第 4 期。

唯美主义运动与东方文化有着千丝万缕的联系，不少著名的唯美主义作家、艺术家都把东方想象成“艺术乌托邦”。王尔德亦曾多次提到西方艺术的东方根源。在题为《一本迷人的书》（1888）的书评中，王尔德就反复提到：“我们必须承认，所有现存的欧洲装饰艺术，至少在浓烈因素这一点上，是与亚洲的装饰艺术直接相关的。我们无论在哪里发现欧洲人历史上的装饰艺术的复兴，我想象，差不多经常是由于东方的影响和与东方民族相接触所致的。”“路易十五和路易十六时期许多漂亮的外套都是受惠于中国艺术家那考究的装饰针线活。……中国和日本的丝绸长袍教给我们色彩调和的新奇迹、精心设计的新奥妙。”[4]

4. 王尔德：《一本迷人的书》，见《王尔德读书随笔》，张介明译，第 296—301 页，上海：上海三联书店，2000 年版。

如果说以中国瓷器为代表的东方艺术契合了唯美主义对西方艺术传统的厌弃、对纯形式美的爱好，那么，当王尔德跨出艺术的疆域，涉足东方哲学发现庄子思想时，后者则为他反叛传统观念、抨击社会风尚援以武器。而这两者之间多少存在些微妙的关联，不妨这么说，正是古韵悠然的东方艺术为王尔德跻身西方庄学研究的堂奥启户开墉。

（二）“无为”思想与王尔德的精神追寻

在19世纪后期，王尔德对庄子思想的吸纳是一件值得注意的事，它标志着庄子思想与西方知识阶层开始在精神深处进行对话。1889年，汉学家翟理斯翻译出版了他的著作《庄子：神秘主义者、道德家与社会改革家》，并评论说：“庄子虽未能说服精于算计的中国人‘无为而无不为’，但却给后代一种因其奇异的文学美而永远占有首屈一指之地位的著作。”王尔德怀着极大的兴趣读完后，于1890年2月8日以《一位中国哲人》（A Chinese Sage）[1]为题，在《言者》（*Speaker*）杂志第1卷6期发表书评，评论翟理斯译《庄子》。在这篇评论中，王尔德的思想与庄子哲学产生共鸣，他的一些社会批评与文艺批评观念也借此得以成形。

在这篇评论文章里，王尔德把庄子放在西方哲学传统的坐标上，在与西方哲学的比照中，指认他们的相似点。作为异质文化的接受者，认同是对话的第一步，王尔德亦不例外。比如，他认为庄子像古希腊早期晦涩的思辨哲学家那样，信奉对立面的同一性；他也是柏拉图式的唯心主义者；他还是神秘主义者，认为生活的目标是消除自我意识和成为一种更高的精神启示的无意识媒介，等等。因而在王尔德看来，庄子身上集中了从赫拉克利特到黑格尔的几乎所有欧洲玄学或神秘主义的思想倾向。王尔德借助于翟理斯的译本对庄子哲学的这些比附与意会，应该说还是把握住了庄子思想的要脉，如其所蕴含的对立统一的辩证法思想，所独具的理想主义与神秘主义色彩。评述中也流露出对博大精深的庄子哲学的赞赏与钦佩。同样，我们也不应该忽视，王尔德对庄子哲学的解释，又显然是以其自身所处文化境遇为依托的，不少地方难以契合庄子哲学的真意。[2]

与诸多译介者不同，王尔德的独到之处是不停留于表面的认同，而是心契于庄子“无为”思想这一神髓，将之运用于社会批评与文学批评中，成为一种新的思想准的。

他发现在博学的庄子的文字中，包含着一段时期以来他所读过的对现代生活的最尖锐的批评。可能正是由于这一点才引起他的强烈兴趣。王尔德想象说：

1. 王尔德：《一个中国哲人》，见《王尔德全集》第4卷，杨东霞、杨烈等译，第273—280页，北京：中国文学出版社，2000年版。下文所引均出自该译本，不另注。

2. 如《庄子杂篇·则阳》中提出的“安危相易，祸福相生，缓急相摩，聚散以成”的相对论观点，就被王尔德解释为“在他（庄子）身上没有一点感伤主义者的味道。他可怜富人甚于可怜穷人，如果说他还会可怜的话。对他来说富足和穷困一样可悲。在他身上没有一点现代人对失败的同情。他也没有建议我们基于道德的原因，总是把奖品发给那些在赛跑中落在最后面的人。他反对的是赛跑本身。”这样的解释评述已经偏离了庄子思想的内涵。

庄子在耶稣诞生前四个世纪，他出生在黄河边，一片布满鲜花的土地上；这位了不起的哲人坐在玄想的飞龙上的图画，仍然可以在我国最受敬重的坐落在郊区的许多宅子里，在造型简洁的茶盘和令人愉悦的屏风上找到。拥有宅子的诚实纳税人和他的健康家庭无疑曾经嘲弄这位哲人穹隆般的前额，哂笑他脚下的风景的奇特透视法。要是他们真的知道他是谁的话，他们会发抖的。因为庄子一生都在宣传“无为”的伟大教导，指出所有有用之物的无用。

王尔德料定英国人不会接受庄子的“宣传”，因为“一切有用之物的无用的教导不但会威胁英国在商业上的霸权，而且会给小店主阶层的许多殷实、严肃的成员脸上抹黑”。如果接受这位中国哲人的观念，那些受欢迎的传教士、埃克塞特教堂的讲演者、客厅福音主义者们，还有政府和职业政治家就会遭到致命的打击。所以，“很清楚，庄子是个极危险的作家；在他死后两千年，他的著作译成英语出版，显然还为时过早，并且可能让不少勤奋和绝对可敬的人身受许多痛苦。”王尔德借庄子的态度，以揶揄的口吻调侃了英国社会种种奔竟营求之举，矛头直指 19 世纪末英国盛行的商业主义、功利主义以及虚伪的博爱主义。

庄子反对人为的营求，提出“自然无为”思想是有其时代背景的。战国时代“纷纷淆然”的社会现状，各政治人物的嚣嚣竞逐，弄得“天下瘁瘁焉人苦其性”。庄子洞察这祸乱的根源，认为凡事若能顺其自然，不强行妄为，社会自然便趋于安定。所以庄子的“自然无为”的主张是鉴于过度的人为（伪）所引起的。在庄子看来，举凡严刑峻法、仁义道德、功名利禄、知巧权变以及权谋术数，都必将扭曲自然的人性，扼杀自发的个性。“凫胫虽短，续之则忧，鹤胫虽长，断之则悲。故性长非所断，性短非所续”（《庄子外篇 · 骈拇》）。任何“钩绳规矩”的使用，都像“络马首，穿牛鼻”，均为“削其性者”。

“橛饰之患”（人为的羁勒），乃为造成苦痛与纷扰之源，凡不顺乎人性而强以制度者亦然。“乃至圣人，屈折礼乐以匡天下之形，悬岐仁义以慰天下之心，而民乃始岐岐好知，争归于利，不可止也，此亦圣人之过也”（《庄子外篇 · 马蹄》）。人类最不该被这些礼俗、法规和制度所拘囚。王尔德本人立身行事放达不羁，蔑视传统，无视道德伦理的检束。他高张唯美主义旗帜，彻底背弃维多利亚中期的生活和艺术方面的价值观，不断向现实社会发问。本着这样的心性，他惊喜地“发现”了庄子，旋即引为同道。于是唱出了和庄子一样的调子：“它们（指人为）

是不科学的，因为它们试图改变人类的天然环境；它们是不道德的，因为通过干扰个人，它们制造了最富侵略性的自私自利。它们是物质的，因为它们试图推广教育；它们是自我表现毁灭的，因为它们制造混乱”，“随后出现了政府和慈善家这两种时代的瘟疫。前者试图强迫人们为善，结果破坏了人天生的善良。后者是一批过分积极、好管闲事的人。他们蠢到会有原则，不幸到根据它们来行动。他们最后都没有好结果。这说明普遍的无私和普遍的自私结果一样糟糕。这一切的结果使这个世界失去了平衡，从此步履蹒跚。”善意的矫造进取同样在戕伐人类纯朴自然的本性。

当王尔德将庄子笔下“甘其食，美其服，乐其俗，安其居，邻邑相望，鸡狗之音相闻，民至老死而不相往来”（《庄子外篇 · 肱箧》）的“至德之世”[1]用来批判社会时，遂发出了对维多利亚时期乃至整个西方文明最尖刻的抨击：

> *那时没有竞争性的考试，没有令人厌烦的教育制度，没有传教士，没有给穷人办的便士餐，没有国教，没有慈善组织，没有关于我们时代对我们的邻居的义务的烦人训诫，完全没有关于任何题目的乏味说教。他（指庄子）告诉我们，在那些理想的日子，人们相爱却并未意识到慈善，或写信给报纸谈论它。他们是正直的，却从不出版论无私的著作。正因为所有人都对自己的知识缄口不言，所以世界逃脱了怀疑主义的诅咒；所有人都对自己的美德闭口不谈，所以没有去管别人的闲事。……人类的作为不留下任何记录，没有愚蠢的历史学家来使这些事迹成为后人的负担。*

可以说，正是依循庄子对人类文明以及社会批判的思路，王尔德自己的价值判断才变得更加清晰坚定。

王尔德对庄子“无为”思想的理解和评述表现在以下几个方面：

首先，王尔德将老庄的“无为”思想与老子的观念联系起来，指出“‘无为而无不为’的教训是他（庄子）从他的伟大导师老子那里继承下来的。把行为化解为思想，把思想化解为抽象，是他调皮的玄学的目的。”

其次，王尔德揭示出庄子无为学说的多重内涵。其一，顺其自然，不加人为，做一个静观宇宙的“至人”。他指出“自然的秩序是休息、重复和安宁。厌倦与战争是建立在资本基础上的人为社会的结果”。而只有与自然和谐地生活的人才能得到智慧，因为“真正的智慧既不可

1.《庄子外篇 · 天地》：“至德之世，不尚贤，不使能，上如标枝，民如野鹿。端正而不知以为义，相爱而不知以为仁，实而不知以为忠，当而不知以为信，蠢动而相使不以为赐。是故行而无迹，事而无传。”

能被学到也不可能被传授”。对外在的事物，“至人”顺其自然：“没有一样物质的东西能够损伤他；没有一样精神的东西能够使他感到痛苦。他的心智的平衡使他获得了世界的帝国。他从来不是客观存在的奴隶。他在无为中休息，静观这个世界自然地为善。……他的心是‘天地之鉴’，永远处于宁静之中。”其二，强调人的自我修养与自我完善。王尔德说“被人告知有意识地为善是不道德的”，借此表明自己对维多利亚后期英国盛行的说教陋习的不满。基于此，他将自我修养和自我发展的理想看做是“庄子的生活模式的目的和哲学模式的基础”。他认为“在一个像我们这样的时代，多数人都急着教育自己的邻居，以致没有时间教育自己，他们也许真的需要一点这样的理想”。他希望英国人“在喜欢自吹自擂的习惯上自制一点”。

第三，王尔德同样强调了庄子“无为”思想的现实意义。不过他的话满含讽意：“如果他（庄子）能复起于天上，并来访问我们的话，他可能会和巴勒弗尔先生[1]谈谈他在爱尔兰的高压政治和勤勉的失败；他可能会嘲笑我们的某些慈善热情，并且对我们的许多有组织的救济活动摇头；地方教育委员会不会给他留下深刻的印象，我们对财富的追求也引不起他的钦佩，他对我们的理想可能会感到惊奇，并对我们已经实现的部分感到悲伤。”现代人的所作所为在庄子“无为”精神的映照下可悲可叹。正是借助于庄子“无为”哲学这一他山之石，王尔德对19世纪末盛行于英国社会的功利主义以及政府行为提出批评。在一篇谈社会主义的文章里，王尔德引用老庄学说，表明了“政府应该清静无为”的主张，展示了他反对权威和治理的观念。

1. 巴勒弗尔（Balfour，1848—1930），英国保守党政治家，1887至1891年任爱尔兰事务大臣。

王尔德说庄子的整个一生就是对站在讲台上说教的抗议，而他自己对英国社会的市侩哲学和虚伪道德更是深恶痛绝。因此他别出心裁地将“无为”思想运用到文艺批评上。用艺术之“美”同现实之“丑”抗衡，反对艺术的功利目的，宣扬艺术不受道德约束。这些也都是对维多利亚时期各种道德说教的抗议，他说“一个艺术家是毫无道德同情的”，这种“超道德”的艺术观既是唯美主义主张的自然延伸和具体化，更是本于他对庄子思想的深切感悟，是王尔德艺术哲学的重要组成部分。

王尔德的文艺评论中常常隐现着庄子的一些思想。比如他在《社会主义制度下人的灵魂》（The Soul of Man Under Socialism，1891）里说：人根本不该受外部事物的奴役。外界的事物对他应该是无关紧要的。人们有时候会问，艺术家最适合在什么形式的统治下生活？对这个问题只有一个答案，最适合艺术家的统治形式就是根本没有统治。这显然是“自然无为”式的文艺观。

《作为艺术家的批评家》（The Critic as Artist，1890）是王尔德一篇非常重要的批评文章。这篇长文有两部分内容，分别有两个副标题“略论无为而为的重要性”和“略论无所不谈的重要性”。在这篇长文里，王尔德通过吉尔伯特（Gilbert）与厄内斯特（Ernest）两人的对话，表明“无为而为才是世界上最艰难而又最聪明的事，对热爱智慧的柏拉图而言，这是最高贵的事业形式。对热爱知识的亚里士多德而言，这也是最高贵的事业形式。对神圣事物的热爱把中世纪的圣徒和神秘主义者也引入这样的境界。”“我们活着，就是要无为而为。”“行动是有限和相对的，而安逸地闲坐和观察的人们的想象和在孤独与梦境中行走的人们的想象才是无限的和绝对的。”[1]

1. 王尔德：《王尔德全集》第 4 卷，杨东霞、杨烈等译，第 431 页，北京：中国文学出版社，2000 年版。

这里王尔德提到了思想和艺术的最高境界问题。所谓“有为”即“有限”，“无为”即“无限”，那么“无为”即最高境界。正如庄子所说：“道不可闻，闻而非也；道不可见，见而非也；道不可言，言而非也。”（《庄子外篇·知北游》）道是无限恍惚、无从捉摸之物，靠有限的理智与逻辑根本无从追攀，只有弃圣绝智，打通一切人为的壁障，宅心玄远，才能体道悟玄，精神活动臻于宏大而辟、深闳而肆的最高境界。其实，庄子悟“道”，与其说意在陈述事理，毋宁说是表达一种心灵的境界。若从文学或美学的观点去体认则更能捕捉到它的真义。说到底，悟“道”乃属感受之内的事，而感受本质上也是一种情意活动。王尔德将庄子哲学意义上的终极追寻拿来审视文学，认为情意活动的最高境界就是“安逸地闲坐和观察的人们的想象”和“在孤独与梦境中行走的人们的想象”。这俨然如庄子所谓“涤除玄览”、“澄怀静观”一类的境界了。由此出发，他对文学受到道德之类人为刻意的干预大为不满。

王尔德指出所有的艺术创作都是完全主观的，作家无法超越自身，作品中也不能排除创造者的存在，一部作品越显得客观，实际上就越是主观。按他的理解，这就是文学创作中的“无为而为”。他举莎士比亚为例来说明“无为而为”的重要性，说莎翁创作上“无为而为，所以他能够无所不成”，或者说“因为他在戏剧中从未向我们诉说他自己，他的戏剧才把他向我们表现得一览无余，并向我们显示他的本性和禀赋。”[2]

2. 王尔德：《王尔德全集》第 4 卷，杨东霞、杨烈等译，第 440—441 页，北京：中国文学出版社，2000 年版。

文学创作要遵守“无为而为”原则[3]，反对各种律法限制的艺术批评家也应该标举这种“无为”精神。王尔德说具有这种精神的人，或者为这种精神支配的人，就会像兰陀为我们描述的

3. 王尔德的文学作品中，不少人物，如亨利勋爵（《道林·格雷的画像》）、哥林子爵（《理想丈夫》），重无为而轻有为，贵静而不贵动，整日高谈阔论，荒度时光，终生无所作为。当然，王尔德借文学作品表达的无为观念具有明显的消极、颓废色彩。

为蓝色水仙和紫色不凋花包围的那个可爱而忧郁的珀耳塞福涅一样，将得意地坐在“深沉不动的安静之中，令世俗之人感到怜悯，而令神感到愉悦”。这样的人展望这个世界，洞察其奥秘，通过接触神圣的事物，自己也变得神圣，因此他的生活也将是最完美的。[1] 王尔德追求生活和艺术的完美，才有如此别样的艺术批评理想。坎坷多变的人生经历又让他清醒，不得不承认要做到这样的“无为而为”确实是世界上最难的一件事。但他这种对道家“无为”思想的心仪和认同让我们看到了一个唯美主义者的心灵诉求和精神追寻。

1. 王尔德：《王尔德全集》第 4 卷，杨东霞、杨烈等译，第 460 页，北京：中国文学出版社，2000 年版。

五、 托马斯·卡莱尔对儒家政治的采撷与利用

18 世纪中叶以后，欧洲的“中国热”迅速冷却。[2] 直到 19 世纪中叶，百年之间，英国文学乃至欧洲文学中，提及中国者或语焉不详，或肆意贬斥。就在中国文化在欧洲的声誉步入衰境时，享有崇高地位的英国文坛领袖托马斯·卡莱尔（Thomas Carlyle，1795—1881），却反其道而行，屡屡称颂中国，这让喜爱中国文化的人们稍感欣慰。当然卡莱尔并非中国文化的专门研究者，更无详尽系统的论述。他对人生的基本态度与我国古代圣哲多有相似。或许正因如此，他论述中国文化往往信手拈来又中肯切要。比之于众多西方汉学家“见树不见林”来，要耐人寻思得多。友人称他为“东方圣人”，传记作者比之以孔子，梅光迪则推崇备至地称他为“中国文化的一个西方知音”。[3]

托马斯·卡莱尔

2. 参见许明龙《十八世纪欧洲“中国热”退潮原因初探》，载张芝联主编《中英通使二百周年学术讨论会论文集》，第 104—124 页，北京：中国社会科学出版社，1996 年版；或见其所著《欧洲 18 世纪“中国热”》，第 285—316 页，太原：山西教育出版社，1999 年版。

3. 参见梅光迪《卡莱尔与中国》，载 1947 年出版的《思想与时代月刊》第 46 期。本部分内容的写作得益于此文颇多。梅光迪对卡莱尔可谓推崇备至。他在文中这样说道：“先生为十九世纪英国首屈之文学家、思想家，而尤为人生之领导者。其雄才硕德，足以排倒一世之豪杰者，垂五十年。……虽其于中国，多凭理想，不免过情之誉。又以有激而言，借题发挥，夸人之长以箴己之短，不免改革家之通习。然非先生之与中国文化，脾味相投，能倾倒备至若是乎？”

卡莱尔在其最早的著作《旧衣新裁》（*Sartor*

Resartus）中提到了中国。该书1835年先刊于美国的波士顿，由于卡莱尔在1837年成功地写作了《法国大革命》（*The French Revolution*）一书，声名大震，这才促使《旧衣新裁》于1838年在伦敦出版。《旧衣新裁》是一部离奇的浪漫主义杰作，也是带有浓厚自传色彩的哲理作品。卡莱尔一生的主要思想见诸其中。书中假托德国魏斯尼赫图（Weissnichtwo，意为Don't Know Where"不知何处"）大学的一般事物学教授第奥根尼·吐菲勒德洛克（Diogenes Teufelsdrockh，意为Devil's Dung"声名狼藉"）的生平和论述，将自己35年的人生经历、感受和哲学思辨巧妙地注入其中。此人好学覃思，漫游过地球上的许多文明古国，见过中国的万里长城，还有店铺悬挂着的"童叟无欺"的招牌。自称受业于各国的大学，只有中国的国学（大学）没有进去过。这位教授还将当时中国嘉庆年间的白莲教起义与意大利的一个秘密革命团体卡波纳里（Carbonari）相比拟。其中对中国题材的运用大抵属于漫兴游戏一类，并无多少文化利用的意味。

卡莱尔对中国题材的深入探究主要集中在1841年出版的《英雄与英雄崇拜》（*On Heroes, Hero-Worship and the Heroic in History*）一书。书中竭力鼓吹英雄崇拜论，在当时的思想界引起了不小的震荡。作者一开题便直言不讳，宣称英雄创造历史：

> *我要赞美一下英雄，赞美他们的名望和功德，赞美英雄崇拜和人类事务中的英雄业绩。……在我看来，世界的历史，人类在这个世界上已完成的历史，归根结底是世界上耕耘过的伟人们的历史。他们是人类的领袖，是传奇式的人物，是芸芸众生踵武前贤、竭力仿效的典范和楷模。甚至不妨说，他们是创世主。*[1]

1. 卡莱尔：《英雄与英雄崇拜》，张峰、吕霞译，第1—2页，上海：上海三联书店，1995年版。

他列举北欧神话时代之统治者与教主穆罕默德，宗教革命家路德、诺克斯，政治革命家克伦威尔、拿破仑，诗人但丁、莎士比亚，以及近代文人约翰逊、卢梭等，为英雄之代表。卡莱尔的英雄崇拜论一抛出便遭到进步文人的反对，将他视为民主的对头。其实，卡莱尔的英雄主要是指影响人类精神生活的政治及文化伟人，盛赞他们的功绩，旨在针贬现实，抨击欧洲现代化进程以及议会民主制的诸多流弊。

卡莱尔批评现实主要是考虑到道德教育在近代政治中的委顿。他认为社会的安定祥和如果仅靠外部政治经济的立法管束是难以维系的，而最好的办法就是通过个人的道德教化来化民成俗。目前的统治阶级却彻底放弃了他们在这方面的领导作用，因而大众再也得不到他们在生活上的指引。针对这些状况，卡莱尔倡议应该效仿中国，建立一个“有机的文士阶级”。正如大多数英国作家那样，向域外的中国文化寻求思想认同，来印证并支持自己的立场。中国古代延续两千多年的“文人当政”统治模式恰好契合了他的需要，成为他上述立场的支点。

在《英雄与英雄崇拜》里的“文人英雄”一章，卡莱尔对中国的“文人当政”津津乐道。[1]“文人当政”政治模式在中国的形成是儒家学说最终被统治者选择为国家政治意识的结果。在汉代以前，出现过像秦代那样的“以吏为师”，完全靠外部制度和法律来治国。汉代的统治模式发生巨大变化，所谓“王霸道杂之”，将儒家道德教育和外在约束结合起来，“以吏为师”变成“以师为吏”。一方面，政治意识和政治运作方式兼容了法规、情感与理智；另一方面，依儒立身的文人与循法牧民的官吏合二为一，人文精神教育与政务能力训练并轨，最终道德教育及人格培养与官吏选拔逐渐合一，并成为一整套的制度，这就是科举制度。

1. 卡莱尔：《英雄与英雄崇拜》，何欣译，第 190—191 页，沈阳：辽宁教育出版社，1998 年版。

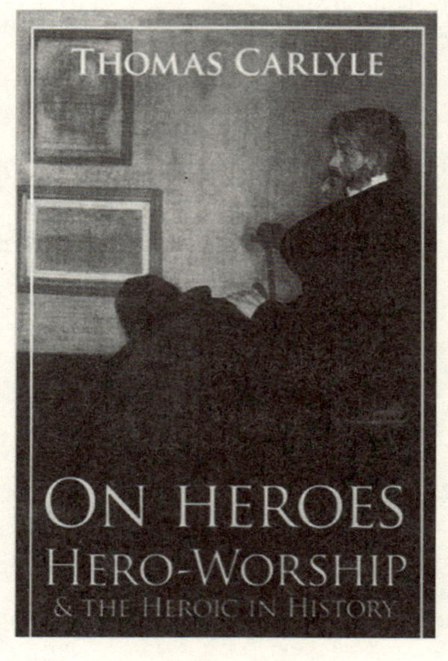

《英雄与英雄崇拜》封面

卡莱尔最后说：“有才智的人居于高位，这是一切宪法和革命的终极目的，如果它们果真有目的的话。因为有真正才智的人，如我所说的和永远相信的，是心灵最高贵的人，是真实的、公正的、仁慈的、刚勇的人。能得到他做官，就得到了一切；不能得到他，虽然你的宪法丰如黑莓，每个村镇都有议会，还是一无所得！”近代文明引以为荣的议会民主制被贬斥得一钱不值！

这番话在辜鸿铭那里得到了有力的回应。据说辜鸿铭在爱丁堡大学文学院求学时，卡莱尔是其名誉导师，曾接受辜氏及其义父布朗的多次造访，解答各种文史问题。在辜鸿铭看来，如果世界上还有令中国人民向其他民族学习的东西，那一定不是统治之术。中国人民在统治上取得辉煌成就的秘密就包含在一句寻常的格言中：法人而不法法。也就是说，中国人之所以在统治事务上取得了巨大的成就，是因为他们不是使自己在宪法上费尽心力，而是找到了统治的根本，让中国人尽力使自己成为良民。我们拥有的立法人，所有伟大的立法人不是倾力于整治法律、法规和宪法，而是依赖于他们所挑选的合适的人。中国皇帝的真正任务就是选拔拥有良好精神与风范的合适的人才。中国官员的任务除了管理之外，主要是负责培养民族品格，以便使人民有一种自觉的精神而依赖于政府。[1]

1. 辜鸿铭：《孔教研究之二》，见《辜鸿铭文集》上，黄兴涛等译，第542—543页，海口：海南出版社，1996年版。

卡莱尔和辜鸿铭对西方近代文明的谴责，对道德力量的呼唤，均抬出古典式人治理想，来指出西方近代政治中道德与情智因素的缺失。如果说当年利玛窦把“文人当政”作为中国不同于西方的重要标志，并表达了一份由衷的欣羡，那么作为浪漫的文化守成者[2]，柏拉图《理想国》中提出的“哲人治国”思想则又使他们的观点在西方古典传统中找到呼应。柏拉图坚决反对民主制，攻击它是“恶政府”。实现“理想国”的主要条件是“哲人之治”。因为根据苏格拉底“知识即道德”的观点，哲学家是爱知识和追求真理的人，是惟一能认识正义和真善美的理式的人，有权进行统治；而劳动者是没有知识，也就是没有道德的人，只能心甘情愿地接受统治。卡莱尔的相关思想同样可以在柏拉图这里找到源头。

2. 参见艾恺《世界范围内的反现代化思潮》，贵阳：贵州人民出版社，1991年版。

应该看到，卡莱尔的主张并非书斋里的浪漫遐想，而是切中时弊，有现实依据为其出发点。卡莱尔忧愤英国现状，斥责当时的英国贵族为假领袖、假统治者，他们一贯沉溺于物质享受，灵魂空虚，智慧乏绝，根本不能感化下民。而那些正想从贵族手中攫取政权、主张功利主义的自由派，误认为政治问题只是一个物质问题，打出“最大多数人的最大幸福”这样一个信条，却与人生真谛的探询、精神生活的提升毫不相干。他曾目睹当时数十万平民，颠沛流离，冤深无告，甚而出现父母毒死自己亲生的3个儿子以获取政府之丧葬费而苟延残喘的惨状。他认为这正是民众缺乏统治者道德教化的结果。于是，他将世风的窳弱、人民的遭殃归咎于那些假领袖之志得意满，并予以针砭痛斥。由此我们不难看出，卡莱尔开出的济世药方就是自上而下的政治刷新，从彻底改革上层统治着手，以涤荡其灵魂，使之归于高尚纯洁之境，而后才能有领袖人伦可言。惟其如此，那些人伦领袖和社会统治者必须要有高尚纯洁的灵魂，继而才会有深粹优越的智慧，这对一个完善的社会来说显得极其重要。

当然，造成西方现代化进程中弊端丛生的根源并不像卡莱尔说的那么简单。卡莱尔开出的药方也绝非拯时济世的惟一灵丹，其意义在于借助他者文化看到了西方近代文明发展过程中的某些误区，并试图从异域文明里找寻新的活力因子，体现出一个文坛领袖的开阔胸襟和淑世雄心。

不可否认的事实是，卡莱尔对西方现代化的态度仍是一分为二的。他既看到了工业化的种种弊病，竭力反对把挣钱作为工作目的；同时也看见并强调了现代工业的创造性，尤其是激发出“勤工主义”这一信条。工业革命后的清教伦理也认为通过工作创造财富同样是对上帝的敬奉。因此，在他所崇拜的英雄中也包括了机器的发明者，他们的人生信条就是“工作、工作，……不论你干什么，都要全力以赴地去做”（《旧衣新裁》），他们是“工业的首领”，是“一群整治混乱、满足所需、反对邪恶的斗士”（《过去与现在》）。

让卡莱尔感到愤恨的是，英国贵族（指那些懒惰的贵族）作为英国的统治阶级，却是名不副实，忝居高位，难副其职。因此在他看来，所谓“英雄伟人”，不光能够明白上天所赐智慧的本意，而且要勤恪政务，不畏艰险，领导芸芸众生勇往直前共赴光明前途。这样卡莱尔又标举“勤工主义”（勤奋工作）的旗帜，认为“勤工即宗教”。1843年春出版的《过去与现在》（*Past and Present*）是卡莱尔所有关于社会问题的著作中内容最丰富、影响最大的一本。该书尖锐地把英国上层阶级归入“游手好闲者”和“拜金主义者”。前者指拥有特权和地产的贵族，正在变成一个无所事事的寄生阶级。后者指工业中产阶级。相比之下，卡莱尔宁肯喜欢后者而不是“游手好闲者”。

正因为劳动、勤奋工作能带来文明，因而他在《过去与现在》一书里屡屡痛击英国贵族：“你们这些人身为英国地主，所共同认识的职务，就是在满意地消耗英国的地租，猎杀鹧鸪小鸟，如若有什么贿赂和其他便利时，就盘游于国会里，或做地方法官。我们对如此懒惰颓废的贵族还有什么好说呢。我们对皇天后土，只有悄然惊疑，无话可说而已。这种阶级，有权取得土地中的精华，来享受其优越生活，而又允许毫无工作，以为报效，此乃我们星球上所从来没有见到过的现象。除非天道已亡，此种人绝对是暂时的例外而不能长久存在下去的。”[1] 卡莱尔又举中国为例说：

还是让我们看看中国的情况吧。我们的新朋友，那里的皇帝，是三万万人的大祭司……，他相信“劳作就是崇拜”。他的最为人知的崇拜法令，似乎就是在某一天，

1. 卡莱尔：《过去与现在》，程钢译，见柳卸林主编《世界各人论中国文化》，第80页，武汉：湖北人民出版社，1991年版。

当上天刚刚终结死寂黑暗的冬季，再一次用绿芽来唤醒大地母亲的时候，在大地母亲绿色的胸脯上，他严肃地扶着犁把，开出一条醒目的红色犁沟——这象征着中国的犁都将开始犁地，同时就开始做崇拜活动！这是很壮观的。他，在上天的可见和不可见的力量鉴照之下，扶着犁把，踩着那醒目的红色犁沟，说着，祈祷着，用无声的象征，表达许多最雄辩的东西。[1]

1. 卡莱尔：《过去与现在》，程钢译，见柳卸林主编《世界名人论中国文化》，第395—396页，武汉：湖北人民出版社，1991年版。

在古代中国的立春之日，天子照例亲耕，以重农事，而他正是卡莱尔一再颂扬的勤工的伟人英雄。西方传教士对此亦有记载，如1727年12月15日耶稣会士龚当信神父在广州写给另一个神父的信里就说过这样的话：中国人的治国箴言是，皇帝应该耕田，皇后应该织布。皇帝亲自为男子作表率，让所有的臣民都不得轻视农业生产。春耕仪式，不仅在于皇帝以身作则，激发百姓耕地的热情，还具有另一层含义，皇上像一个伟大的神长，亲自献祭，请求上帝（chang-ti）给他的百姓一个丰收年景。信里还详细描述了雍正皇帝主持的春耕仪式。[2]

2. 杜赫德：《耶稣会士中国书简集》第3卷，朱静译，第264—265页，郑州：大象出版社，2001年版。

卡莱尔在《旧衣新裁》一书中说过有两种人最让他心折。一为像农夫那样的劳力者，一为智者那样的劳心者。相比之下他又更倾心于后者。在卡莱尔的书中，所谓伟人、智者、英雄、领袖、先知等，差不多是同一个意思。他说我们所见闻的有形之宇宙，为无形天道的外在表现。人生的最高责任，则在于效法天道，在于使上天的无形意旨通过我们勤奋的工作展现出来，这就是“勤工即宗教”的意思。中国皇帝在卡莱尔眼中，可以说是一个同时能兼有劳力者和劳心者的人。他认为，这才是一个尽职的统治者，是真正的伟人、真正的英雄，而那些惰废旷职的英国贵族则无法与之相比。

正因为中国的“文人当政”如此开明，中国皇帝如此勤劳，“他以真正的热情，尽其所能，永无止息地从众多的百姓中寻找并筛选最聪明的人”，所以卡莱尔极力褒扬中国政治的成功，以此反证欧洲政治的失败。他说：“他们（指中国人）不像其他几百万人一样，有什么七年战争、三十年战争、法国大革命战争，以及相互之间令人恐惧的战争。”而能够做到这一点，中国皇帝必然要对各派宗教表示宽容心态。比之欧洲历史上旷日持久的宗教战争及其所造成的祸患，中国此点尤其令西人称羡，卡莱尔也不例外。他说：

我们的朋友，祭司皇帝，轻蔑而又高兴地允许佛教徒、佛教僧侣、……和尚按照自愿原则建庙宇；用歌唱、纸灯混乱刺耳的喧闹的方式来崇拜；使黑夜令人恐惧；因

为佛教徒从中得到享受。他既轻视，又高兴。他是一个比许多人所想象的要聪明得多的大祭司！他还是地球上的一个统治者或教士，他作了一个独特的、系统的尝试，想获得我们称之为一切宗教的最终结果，“实际的英雄崇拜”。[1]

1. 卡莱尔：《过去与现在》，程钢译，见柳卸林主编《世界各人论中国文化》，第 233 页，武汉：湖北人民出版社，1991 年版。

卡莱尔将之归功于能使贤智在位的考试制度，以及帝国对人民迷信的不加干涉，进而使其贫瘠的精神生活得以调节，因而安居乐业，无待求助于战争以发泄其暴戾愤郁之气。这一方面反映出卡莱尔能够理会我国古代政治的意义，同时又再一次展现出他以理想的眼光看中国。因为虽然有通过科举选士出来的名卿贤相，但他所称颂的那种圣王实际上寥寥无几。

在卡莱尔对中国文化的认同中，与孔子的心通神契尤值一提。他偏重实际，尤其不喜来世及灵魂不灭之说，爱引孔子“未知生焉知死”的理性态度来自勉。他晚年的时候，关于有无来世的争论，众说纷纭。有一份杂志请他撰文参加讨论，得到的回答却是“我们对死亡与来世毫无所知，必须置之不谈”。他与爱默生（R. W. Emerson1803—1882）论近代科学家侈谈人生以外之事，就像孔子问童子那样。相传有一童子问孔子天空里有多少星辰，孔子答以不知；又问人的头发有多少，孔子答以不知，而且也不想知道。这则故事可能是后人伪托。卡莱尔虽然受到德国哲学的陶冶，但不太喜欢它的玄想，虽笃信宗教，却不愿谈及来世，这与孔儒多有默契。[2]

2. 参见梅光迪《卡莱尔与中国》，载 1947 年出版的《思想与时代月刊》第 46 期。

卡莱尔不仅赞誉中国的古代文化，对当时中国的现状也深表关切，尤其不满于英国在华的所作所为。1857 年，英军攻陷广州，翌年掳总督叶名琛以去。卡莱尔与朋友谈及此事时，对英帝国侵入中国痛心疾首，态度极为严肃地称英国当局误国，竟向人类 1/3 开战。他对戈登（C. G. Gorden，1833—1885）协助清政府镇压太平天国，也表示反对。1862 年，有一英国少校将至上海，招练水军，以供李鸿章驱遣，竟被卡莱尔斥责为海盗。由此可见，卡莱尔对于 19 世纪英国的侵略行为是深恶痛绝的。

卡莱尔如此为中国伸张正义，令人钦佩。他之了解中国，也得益于与之交游的数名“中国通”。如后来曾为英国驻华代办的密得福（Mitford），以及曾著有《中国人及其叛乱》（*The Chinese and Their Rebellions*,1856）的密迪乐（Thomas Taylor Meadows，1815—1868）。后者这本书多袒护太平军，对卡莱尔的相关看法多有影响。

第三节　清代中后期英国在中国的形象

一、阿美士德使团访华与嘉庆道光年间的英国印象

在晚清历史中，英国在相当程度上可以作为“西方”的代表。晚清时期的两次鸦片战争都是英国挑起的。中英贸易发展迅速，英国凭借自己雄厚的经济实力取得了在华商业和经济利益的最大份额。英国不仅在对华商业和经济利益上占有最大份额，而且在政治和文化等方面，对中国的影响也大大先于其他国家。英国是近代欧洲文化科学技术和新式产业模式输入中国最早、最多的国家，英国近代化发展模式成为东方落后国家学习的楷模，英国在求进步的中国人向西方寻求真理历程中占有重要地位。

1796 年，乾隆帝禅位，嘉庆帝登基。此朝年间，尤其是 1808 年（嘉庆十三年），中国人对英国的看法发生了根本的变化。此年 9 月，英国军队非法浸入澳门，英国军舰还闯入黄埔。3 个月后英国军队才从澳门撤走。这一事件使中国政府对英国殖民者的侵略本性有所认识。自该年起，皇帝及朝臣讲到英国时，越来越多的词句是：“向于诸番中最为桀骜；于西洋诸国中最为狡黠，负强鲸窟，肆侮邻夷；狡险叵测；向称狡诈；生性狡黠；该国夷情贪诈……”等等。

1816 年（嘉庆二十一年）2 月，英国政府任命威廉·皮特·阿美士德勋爵（William Pitt Lord Amherst,1773—1857）为全权大使，再次来华，目的仍然是想进一步开辟中国市场。阿美士德于 2 月 8 日自英启程，7 月 10 日抵达中国海面。嘉庆皇帝既对英国人上次遣使（马嘎尔尼使团）的目的有所了解，又目睹近年来英国人一再图占澳门的蛮横行径，对阿美士德使团的来访表现得极为冷淡。到北京后，虽经中国接待官员再三劝说，阿美士德仍然拒绝按照中国礼仪觐见皇帝。[1]嘉庆帝大发雷霆，下令立即将使团遣送回国，并且谕令今后不必再谴使来华。因而，使团在北京仅停留 10 个小时即被赶回国，中英双方均指责对方“无理”和“放肆”。因此，阿美士德使华完全以失败而告终。他不仅没有完成英国政府交给的使命，而且未能如马嘎尔尼那样受到皇帝接见的礼遇，甚至向清政府正式提出要求的机会也没有得到。英国政府本来想通过阿美士德使华改善中英关系，以便扩大英国在华利益，其结果反而增加了清政府对英国的戒

1. 阿美士德坐了驴车从天津一路颠到北京，嘉庆帝立刻要召见他，并且要他行三跪九叩之礼。阿美士德愤怒，答曰：“我生平只对上帝和女人下跪。”阿美士德被清廷即日遣回。

备和敌视情绪。同样，这次使华也影响到了英国作家对中国形象的塑造。本次使团留下了两部旅行记：勋爵秘书亨利·埃利斯（Henry Ellis）的日记（*Journal of the Proceedings of the Late Embassy to China*，1817）和医师兼自然学家克拉克·埃布林（Clark Abel）的旅行记（*Narrative of a Journey in the Interior of China*，1818）。

阿美士德1817年7月1日在圣赫勒拿岛遇见拿破仑。[1]他于1826年任印度总督，写过关于出使中国的一本日记（未发表）。

1. 拿破仑在与阿美士德谈到中国时说："中国一旦觉醒，世界就会震动（Quand la Chines，ere Eillera，... Le monde fremblera）。"拿破仑这句名言，在19世纪、20世纪之交的西方与中国有着相当广泛的影响，人们从各自立场出发，把中国比喻成一头睡狮或醒狮。

1820年道光时期开始，由于中英两国冲突更加剧烈，迫使一些先进的中国人努力去认识英国。同时，本时期的基督教新教传教士用中文出版了许多关于英国与世界的书刊，为中国人提供了一个重要的知识来源。于是，有关英国的著述渐渐增多，如萧令裕《记英咭唎》，叶钟进《英吉利国夷情纪略》，汤彝《英吉利兵船记》和《绝英吉利互市论》，何大庚《英夷说》，息力《英国论略》等等。

这些著述介绍了英国的历史与地理、资本主义政治制度与经济制度、科学技术和文化教育、社会风俗，如萧令裕《记英咭唎》中说英国："婚嫁听女自择，女主赀财，夫无妾媵，自国王以下，莫不重女而轻男。相见率免冠为礼，至敬则以手加额，虽见王亦植立不跪。"同时，这些著述中又有对英国殖民侵略的认识以及由此引起的忧患意识。此外，这些著述中还有对英国的一些错误观念，尤其是当时人们基本上认为英国不可能对中国发动侵略战争，即使中英战争爆发，英国也决不是中华帝国的对手。比如，颜斯综《海防余论》中说："彼之伎俩，专务震动挟制，桅上悬炮，登岸放火，占据各处地方，多用此法。然未敢尝试于大国之边疆，恐停贸易，则彼国之匹头，港脚之棉花，何处销售？茶叶等货，何处购买？彼之国计民生，岂不大有关系？"即使英国人自不量力，胆敢挑起战争，也绝不是中国的对手，因为当时的皇帝与大臣众口一辞地认为"该夷人除炮火以外，一无长技"，而中国"内洋水浅，礁石林立，该夷船施放炮火，亦不能得力"。文字中充满了必胜的信心。当时，英国已经决心对中国发动侵略战争了，而林则徐却十分自信地说："臣等细察夷情，略窥底蕴，知彼万不敢以侵凌他国之术窥伺中华。"近有学者为此深深感慨："战争到来了！前方主帅没有发出战争警报！林则徐犯下了他一生最大的错误。"其实，犯错误的岂止林则徐一人。

曾在外国商船上工作多年，已成盲人的航海家谢清高（1765—1821）把其海外见闻口述给乡人杨炳南，后者笔录成书，于1820年刊行，为《海录》的最早版本（杨炳南录本）[1] 其他如吴兰修所记《海录》，李兆洛所记《海国纪闻》、《海国集览》诸书，均已散佚。

1.《海录》是中国人写的第一部介绍世界历史、地理、民情、风俗的著作。在谢清高之前，中国人关于欧洲的印象全部得自传闻，从没有直接观察的第一手资料。1623年艾儒略撰成《职方外纪》，第一次向中国人介绍世界地理知识，但由于是外国人的天方夜谭，中国人听来，不辨真假。

谢清高是清代最早放眼看世界的人之一，吕调阳《海录》序中说："中国人著书谈海事，远及大西洋、外大西洋，自谢清高始。"[2] 英国是谢清高所游历过的欧洲国家之一，杨炳南所记《海录》之《英咭唎》一章专述英国的地理位置、经济发展情况、城市景观以及风土人情。将"英咭唎"称为"红毛番"："英咭唎国，即红毛番，在佛郎机西南对海。"谢清高说，英国是一个富裕的岛国，同时也是一个势力一直扩展到印度洋地区的海上殖民强国。《海录》中述及英国的情形：

2. 冯承钧：《海录注》，第9页，上海：商务印书馆，1938年版。

海中独峙，周围数千里。人民稀少而豪富，房屋皆重楼叠阁。急功尚利，以海舶商贾为生涯。海中有利之区，咸欲争之。贸易者遍海内，以明呀喇（孟加拉）、曼哒喇萨（马德拉斯）、孟买为外府。民十五以上，则供役于王，六十以上始止；又养外国人以为卒伍。故国虽小，而强兵十余万，海外诸国多惧之。[3]

3. 谢清高口述，杨炳南笔录，安京校释：《海录校释》，第250页，北京：商务印书馆，2002年版。

谢清高对英国的城市面貌、重商习气、国家实力等作了恰如其分的介绍。他还具体地介绍了伦敦泰晤士河上的大桥、城市自来水设施等：

桥各为法轮，激水上行，以大锡管接注通流，藏于街巷道路之旁。人家用水，俱无烦挑运，各以小铜管接于道旁锡管，藏于墙间。别用小法轮激之，使注于器。王则计户口而收其水税。[4]

4. 谢清高口述，杨炳南笔录，安京校释：《海录校释》，第250页，北京：商务印书馆，2002年版。

此外，《海录》还详细描述英国的火枪军容：

军法亦以五人为伍，伍各有长。二十人则为一队，号令严肃，无敢退缩。然惟以连环枪为主，无他技能也。其海艘出海贸易，遇覆舟必放三板拯救。得人则供其饮食，资以盘费，俾得各返其国。否则有罚，此其善政也。[5]

5. 谢清高口述，杨炳南笔录，安京校释：《海录校释》，第250页，北京：商务印书馆，2002年版

在当时的中国，这些文字是第一次的真实见闻，和当时进入现代化的英国情况是相符的。《海录》是根据中国人在外国的亲身经历而写成的一部珍贵文献，对于人们认识欧洲与世界具有十分重要的意义。遗憾的是，当时的中国知识分子热衷于"只向纸上与古人争训诂形声"，他们对古人的热情远远超过了认识世界的热情，这部著作远没有引起人们过多的注意。

谢清高与林则徐、魏源、吕调阳不同，他没有祖国被列强欺侮的经历，因而可以用一个旅游者的眼光看世界，接触最多、感触最深的是当地有别于中国的风土人情。他记述了一个即将

改变世界的欧洲文明，并将这些信息传播至中国。《海录》作为清代最早记述西方工业文明的著作之一，对林则徐、魏源产生过重要影响。魏源《海国图志》、徐继畬《瀛寰志略》等均引用过《海录》里的资料。1839年，林则徐在广州禁烟时，曾将此书推荐给道光帝。书里对英国政治制度、军事状况、宗教信仰、生活习俗、天文历法、婚丧礼仪和物产的叙述十分具体，并把英国描写成“海外三神山”和“桃花园”，“楼阁连绵，林木葱郁，居民富庶”，一片迷人景象。

1834年（清宣宗道光十四年），安徽歙县人叶钟进，由于客居粤中，留心西事，作《英吉利国夷情记略》一书，对英国的地理位置、国土大小、宗教、礼俗、学校、海外殖民以及政治现状等都有更详细的记述。对于英国政府组织情况，说英国“有二、三、四头人以治政事，其酋所居，城名伦墩”。又言英人“人性强悍好斗，土人荷兰等国皆畏之，推为盟主”。此书与杨炳南记《海录》一样，没有能对已经掌握的材料进行深入分析。但二书均为中国社会提供了大量有关英国的新鲜而有益的信息。

徐继畬（1795—1873）《瀛寰志略》于1848年刊行。该书共10卷，专记世界风土人情、史地沿革、社会变迁，为鸦片战争前后留心西事的上乘之作。徐也注意到英国海外殖民、四处抢占商品市场的行为与其富强之联系。徐在其著作中清晰地描绘出了独立于儒家文化圈之外的另一种文明体系，认为欧洲文明起源于地中海沿岸的几个文明古国，如巴比伦、犹大国、希腊、罗马，而至哥伦布发现新大陆后，才使英国“骤致富强，……富溢四海”，这样，就把英国看成西方文明新时代的代表，从而否定了欧洲文明由中国创立，然后“流于欧罗巴洲”的结论。

二、　清廷外交官、旅英中国人等关于英国的游记

直到1866年，清政府终于派出第一批赴泰西游历的官员。至19世纪80年代，中国赴海外旅游者不断增加，范围有所扩大。此时期的海外旅游与古代中国文人的游学完全不同。他们之中有外出谋生的商人，如林鍼等；亦有饱读经书、跻身士大夫或准士大夫行列的出国考察者与驻外使节，如斌椿、志刚、张德彝、郭嵩焘、曾纪泽、刘锡鸿、薛福成等。他们均感受到异域的风俗民情和文化传统完全是一个陌生而新鲜的世界，特别是西方物质文明明显优于中国，这

给他们带来了前所未有的震撼。海外旅游打开了闭目塞听的中国人的眼界，以前荒诞不经的“海外奇谈”成了眼见为实的世界。同时，旅游主体也把中国文化移到海外，因而促进了文化的交流与发展。中外交往不再是“有来无往”的局面。

中国近代出现了大量的域外游记，它记载了近代中国人逐步走向世界的足迹。晚清游记中的英国形象是近代中国人开眼看世界的重要组成部分，游记作者是中西文化交流的重要媒介，他们旅外留下的文字实录是我们了解西方世界的重要窗口，更是我们照映出晚清中国文化的一面镜子。

晚清游记数量众多，从 1840 年到 1911 年的 70 多年间，晚清域外游记对英国的形象建构可以分为三个阶段，经历了一个开端、发展和鼎盛的过程。

第一阶段是 19 世纪 40 至 60 年代，是对英国形象认识的开端期。林鍼《西海纪游草》，斌椿《乘槎笔记》、《海国胜游草》、《天外归帆草》，志刚《初使泰西记》，张德彝《航海述奇》等作品为代表作。这一时期两次鸦片战争爆发，中国和西方国家签订了一系列不平等条约，西方列强的商品和资本输出逐步瓦解中国传统的封建经济，此时的社会危机初现端倪。开端期的游记作者文化程度及社会地位均不是很高，这决定了其对西方的认识程度。也就是说他们对英国的认识比较粗浅，内心深处仍然笃信封建的儒家纲常，传统的士大夫情调浓重。

1866 年，清廷第一次派员出国考察，由原山西襄陵县知县斌椿担当此任。本次游历由担任中国总税务司的英国人赫德组织，由总理衙门派遣，斌椿率同文馆[1]学生凤仪、德彝、广英、彦慧 4 人，游历法国、英国、荷兰、德国、丹麦、瑞典、芬兰、比利时等 11 个欧洲国家，游历时间不到 4 个月，斌椿回国后把游历见闻记录在日记《乘槎笔记》和两本诗稿《海国胜游草》、《天外归帆草》中。

1.1862 年（同治元年）8 月 20 日，总理各国事务衙门奏设京师同文馆。谓“各国皆以重资聘请中国人讲解文艺，而中国迄无熟习外国语言文字之人，恐无以悉其底蕴”，得旨允行。初设英文馆，次年设法文馆、俄文馆，光绪二十二年设东文馆。光绪二十七年并入京师大学堂，改组为译学馆。

斌椿在其游历日记《乘槎笔记》里，详细地介绍了英国的历史地理、风情民俗、经济技术，甚至还写到政治制度方面的见闻，有时情不自禁地对西方的政俗表示赞许。英太子接见斌椿时问：“伦敦景象较中华如何？昨游行馆，所见景物佳否？”云：“中华使臣，从未有至外国者，此次奉命游历，始知海外有此胜境。”[2]维多利亚女王问斌椿：“敝国土俗民风，与中国不同，所见究属如何？”斌椿答：“来已兼旬，得见伦敦屋宇器具制造精巧，甚于中国。至一切政事，好处颇多。”[3]

2. 斌椿：《乘槎笔记》（钟叔河编《走向世界丛书》），第 117 页，长沙：岳麓书社，1985 年版。

3. 斌椿：《乘槎笔记》（钟叔河编《走向世界丛书》），第 117 页，长沙：岳麓书社，1985 年版。

斌椿还以赞赏的语气提到英国议会，尽管他远远不能理解英国议会政治的实质。对中西之间的巨大差异，他没有用封建顽固派的眼光表示“憎恶”或“嫌弃”。游历一番，斌椿的思想没有根本的变化，但他的直觉观感无疑给封闭的清王朝开了一扇看西方的窗户，这和以前的想象是完全不同的。斌椿西游是晚清中国走向世界的历史起点。

此次随同斌椿游历英国的同文馆学生张德彝，以留下《航海述奇》这篇游记以志其行。之后，张德彝又分别于 1867、1876、1896、1902 年 4 次前往英国。每次出游英国，都勤奋写作，终成煌煌大观：《欧美环行记》、《随使英国记》、《参使英国记》、《使英日记》等著述凡 58 卷，近 200 万言。张德彝的几部游记，皆为日记体裁的见闻录，其中对英国风土人情“所叙琐事，不嫌累牍”，为当时中国人提供了大量有关英国各方面情况的第一手资料。

第二阶段是 19 世纪 70 至 80 年代，为对英国形象认识的发展期，代表作品有郭嵩焘《使西纪程》、刘锡鸿《英轺日记》等。始于 19 世纪 60 年代的洋务运动力图发展中国的军事技术、民用及教育事业等，当时的洋务派对西方先进的军事力量和经济制度有所了解，同时中国的大门日益对西方开放。此阶段的游记作者对英国经济制度、政治制度作了比较深入的观察和思考，着重强调英国的经济制度和科技文明程度要胜于中国，对英国的民主政治制度的优越性有直观感受，但还没有深入的理性的认知。

清廷派出的出使英国的第一任公使郭嵩焘(1818—1891)[1]于1876年12月离开上海出使英国，开始了他实地考察英国的艰难跋涉。[2]经过 50 多天的航行，1877 年 1 月，郭氏到达伦敦，并感慨良多。从上海到伦敦，凡西方人所在，政教修明，足够让人震惊。郭嵩焘将自己的旅行日记寄回国内，作《使西纪程》刻印，夸饰英国“政教修明”、“环海归心”，一时引起轩然大波。朝臣弹劾，朝廷毁版：“二心于英国”、“诚不知何肺肝”。不久郭嵩焘被撤回，罪名是有伤国体，诸如天寒外出，披了洋人的外衣，冻死事小，失节事大；见外国国主，擅自起立致敬，有损天朝尊严；听音乐会，索取节目单看，仿效洋人；让洋人画像，与洋人握手，带夫人出席洋人宴会等。

他通过对中西文化的比较，进一步批判中国传统文化。郭嵩焘认为，正是由于中西文化的这种差异，导致了中国落后，英国等西方国家发达富强。郭嵩焘要求对此可“深长思也”。郭嵩焘超越了传统的中华上国观念，从根本上肯定了英国作为一个文明之国、富强之邦，不仅不

1.1858 年的中英、中法《天津条约》中规定双方可以互派使节，但清政府一直犹豫未决。直到 1875 年“滇案”（马嘉理事件）发生后，英国再三要求遣使，清政府再也没有办法拖延，于 1876 年派遣郭嵩焘为中国驻英国公使，“赴英通好谢罪”。

2. 在国人心目中，西方蛮夷之地，西方人犬羊之性，原本无可同情，更不必说羡慕了。郭嵩焘受命出使英国，朝野便一片哗然。办夷务已是迫不得已，士人不屑；使夷邦更是奇耻大辱！朝中士冷嘲热讽，传出赠联：“出乎其类，拔乎其萃，不容于尧舜之世；未能事人，焉能事鬼，何必去父母之邦！”家乡父老群情愤慨，几乎烧了长沙城里郭嵩焘家的房子。据《湘绮府君年谱》“1876 年”条：“八月，湖南乡试，时郭侍郎筠仙出使英吉利，作《使西纪程》，颇言英法制修明，非中国所能及，时湖南风气闭塞，尤恶洋人，讹言上林寺居有洋人，来湘传教。乡试诸生恶之，约会玉泉山，议毁上林寺及郭氏居宅。”

是夷狄，而且还具备了远胜于中国的政教文化。

郭嵩焘的《使西纪程》虽屡遭禁毁，但流传已广，影响深远。郭氏作为洋务派的理论家，出使英国前就主张发展民族工商业来达到自强的目的，对李鸿章等人只主张发展军事工业的做法不以为然。使英后，他对西方的认识不断加深。郭氏对中西文化进行了比较深入的对比，得出西方资本主义文化比中国封建文化先进的结论，这是出使英国前没有的思想。

在出使英国期间，郭氏沉思西洋文明先进的根源，这使他的识见超越了表层文化交流的局限，而开始对西方政治制度和更深层次的观念文化进行观察和比较，这在当时中国的士大夫中都是超前的。

郭嵩焘认为西洋有立国之本末，有自己的文明发展史，不是中国人眼中的蛮夷。这种夷夏观点也是超越同时代人的。他对西洋文明的肯定是建立在深刻的观察和反思基础上的结论，相比林则徐，他要开明得多。林则徐一生都没有抛弃对西方社会的鄙视，尤其是后者居然相信西夷腿脚屈伸不便。

正当郭嵩焘登高望远，放声悲歌的时候，其副使刘锡鸿正做着以夏变夷的美梦。他对英国的总体印象是："英人无事不与中国相反，论国政则由民以及君，论家规则尊妻而卑夫（家事则妻唱夫随，坐位皆妻上夫下），论生育则重女而轻男，论宴会则贵主而贱客，论文字则自右之左（语言文字皆颠倒其先后，如伦敦的套，则曰套儿的伦敦等），论书卷则始底而终面（凡书自末一页谈起），论饮食则先饭而后酒"。在刘锡鸿眼里，英国是一个颠倒的、不正常的世界。之所以如此，刘锡鸿可笑地认为是因为"其国居于地轴下，所载者地下之天，故风俗制度咸颠而倒之也"。[1]

1. 刘锡鸿：《英轺私记》（钟叔河编《走向世界丛书》），第 205 页，长沙：岳麓书社，2002 年版。

然而，英国的城市面貌终究让他耳目一新："衢路之宽洁，第宅之崇闳，店肆之繁丽，真觉生平得未曾见也"。[2] 关于英国的政治制度，刘锡鸿亦有所认识。他这样记述英国的议会，"凡开会堂，官绅士庶各出所见，以议时政。辩论之久，常自昼达夜，自夜达旦，务适于理、当于事而后已"[3]，辩论各不相假，论定后即俯首相从，不存胜负之见。相比之下，中国人则显得虚伪，不说实话，不做实事，有所议论，心里不同意，口里却答应，到执行的时候，又不按照协议的办理。他对其评论道："官政乖错，则舍之以从绅民。故其处事恒力争上游，不稍假人以践踏；而举办一切，莫不上下同心，以善从之。盖合众论以择其长，斯美无不备；顺众志以行其令，斯力

2. 刘锡鸿：《英轺私记》（钟叔河编《走向世界丛书》），第 70 页，长沙：岳麓书社，2002 年版。

3. 刘锡鸿：《英轺私记》（钟叔河编《走向世界丛书》），第 83 页，长沙：岳麓书社，2002 年版。

无不殚也。”[1] 其民主政治的优越性见于笔端。但他不敢过分赞美，在后面介绍地方选举的时候，

1. 刘锡鸿：《英轺私记》（钟叔河编《走向世界丛书》），第 83 页，长沙：岳麓书社，2002 年版。

把英国的选举制度与汉代、明朝的选举制相比，从而表明自己作为大清臣子的忠顺姿态。

刘锡鸿还描述了英国政俗之美：“无闲官，无游民，无上下隔阂之情，无残暴不仁之政，无虚文相应之事。……两月来，拜客赴会，出门时多，街市往来从未闻有人语喧嚣，亦未见有形状愁苦者，地方整齐肃穆人民鼓舞欢欣，不徒以富强为能事，诚未可以匈奴、回纥待之矣。”[2]

2. 刘锡鸿：《英轺私记》（钟叔河编《走向世界丛书》），第 109—110 页，长沙：岳麓书社，2002 年版。

刘锡鸿粗浅地描述了英国“政通人和”的景象，食古不化的头脑受到现实的刺激还是有些转变，不得不承认今“夷”不同于古“夷”。

刘锡鸿观看了英国人的先进科技后，大发议论，“彼之实学，皆杂技之小者。其用可制一器，而量有所限者也。子夏曰：虽小道，必有可观者焉；致远恐泥，君子不为。非即谓此乎？”[3]

3. 刘锡鸿：《英轺私记》（钟叔河编《走向世界丛书》），第 128 页，长沙：岳麓书社，2002 年版。

然后长篇大论中国的圣人之道，认为仁义才是安家立国之根本。“外洋以富为富，中国以不贪得为富。外洋以强为强，中国以不好胜为强。此其理非可骤语而明。究其禁奇技以防乱萌，揭仁义以立治本，道固万世而不可易。彼之以为无用者，殆无用之大用也夫！”[4] 刘锡鸿使英期间，

4. 刘锡鸿：《英轺私记》（钟叔河编《走向世界丛书》），长沙：岳麓书社，2002 年版。

虽然不得不承认西方文明有胜于中国之处，但他否认学习西方的必要性。首先，他认为西方优越的制度早已存在于上古三代之制中。这种托古比附、西学中源的思想是晚清士大夫进行中西比较时经常采取的思维方式，他们企图从传统文化中找回文化尊严和民族尊严，并恢复和捍卫古老的文化传统。

秉持这样的理念，刘锡鸿就强调中西国情的差异。他认为中国国情的特殊性不适合学习西方，列举了英国人生活中种种与中国“颠而倒之”的社会风俗，进而得出滑稽的结论，在其心目中华夏文化的优越感不言自明。

另外，1878 年 3 月 2 日，曾纪泽（1839—1890）受命出任驻英公使。11 月 5 日自上海启程，次年 1 月 25 日抵达伦敦受印。在英期间，他广泛参观了英国的工厂、铁路、港口、天文台、政府所在地，与英伦各界人士频繁晤谈，从而对英国的政治、经济、军事、外交等各方面的情况有比较深入的了解，批评了当时流行的对英国等西方国家的多种错误看法。但其通过对西学中源说的阐发，说明其国富强与中国文化的关系。如他在《出使英法俄日记》中说：“《易》之深处未易骤谈，请为君举浅处之数事以证之，可见西洋人近日孜孜汲汲以考求者，中国圣人于数千年前道破”。甚至即“西学而论，种种精巧奇奥之事，亦不能出其范围”。此种说法偏

颇之处明显，英国传教士艾约瑟还专门写了《西学略述》一书，批驳西学中源说。1879年三月初七（旧历），曾纪泽还在伦敦“观园观剧”，“所演为丹麦某王，弑兄、妻嫂，兄子报仇之事”。此指在伦敦剧院观看的英国著名演员厄尔文所演的莎剧《哈姆雷特》。

第三阶段是19世纪90年代，为对英国形象认识的鼎盛期，薛福成《出使四国日记》是代表作。甲午中日战争以中国惨败告终，清王朝的颓势日渐突出，中国社会的多元矛盾日益加剧，一些有识之士开始了对中国命运的思考。本阶段的游记作者亲眼目睹西方国家的先进，不仅认识到了西方的经济制度、科技水平胜于中国，而且还认真考察西方民主政治制度，开始提倡学习西方的民主政治制度，初步提出改革政治制度的思想主张，具有了初步启蒙思想的色彩。

薛福成在访问期间，高度赞扬了君主立宪制，呼吁国人应该兴建铁路，提出了诸如如何利用税收控制鸦片等很多挽救时弊、强盛中华的方略。他准确地提出了英国的优势：占据得天独厚的煤铁资源，国人又擅于经商，海外属地广布，所以能够超越法国等欧洲国家。在日记中，薛福成常常流露出弱国外交的无奈，如英法两国属地之争；本国的茶叶等本土产品由于税务过重，渐渐失去市场，而无法与印度茶业抗衡。他同时又怀有大国心理，认为英法两国是靠武力取得天下，并不得民心，觉得中国才是源远流长的大国，西方的不管是社会制度、科学创造抑或是服饰等等一些先进的东西，回归到中国的历史里都能得到一些发现。所以得出的结论是中国地大物博，并不逊色于英法，只是思想保守、武装落后，如果能够西学东渐，中国也将慢慢发展成为世界强国。除了关注一些国家事务外，薛福成也在日记中记载了英法两国的天气、园林、民风、民俗乃至国民性格。

据《薛福成日记》[1]所载，他最赞赏英国的经商之道以及强劲的水师装备，多次提到英国商贸及水师甲于其他国家。他还介绍了英国的地理及社会状况：英国有三个岛，虽然地处温带之北，已近寒带，却因洋流及海风因素，冬天不至于寒冷，夏天不至于酷热，得天独厚的气候条件与四面皆海的地理环境使得伦敦物产富饶。英国煤铁资源丰富，且制钢铁技术卓越。由于人口稠密，又大力发展工业，伦敦经常大雾笼罩，不适合居住。所以英国的官绅有每年冬夏移居乡间一两个月的习惯。薛福成认为英国民风较之法国还算纯朴，也算一个礼仪之邦，只是所行礼仪与中国大不相同。见面不用鞠躬、下跪，而是点头致敬。只有妇人见君主时屈一膝请安。英国采用的是君主立宪制，但是不像美国那样赋予人民的权利太多，不便于管理，也不像法国

1．薛福成：《薛福成日记》，蔡少卿整理，长春：吉林文史出版社，2004年版。

那样叫嚣之气过重，而是采取居于二者之间的政体。英国以民为重，虽然也收取税收，但真正做到“取之于民而用之于民”。所以国家才能兴旺发达。英国人比法国人讲道理，不似法国人恃强嚣张。且当英国日渐繁荣起来后，英国对于与民众衣食等日常必备品，采取免关税以招徕大量货品进口，而只对于烟、酒、茶、咖啡四者重税，以保证民众生计。这也是英国保持长久昌盛的原因。英国很善于经营，把落后的属地经营得十分繁华，如原本是一座荒岛的香港在英国的经营下发展迅速。这样，各个属地就能为其提供原材料、劳动力、税收等等。英国擅于经营的原因在于注重交通与商贸的关系。英国很早就开始造船、火轮车、汽车，不断修建铁路、桥梁，每到一块属地，更是先大兴交通，这样便于商贸及沟通。由于水师发达，不仅能保本国的海域边界的平安，而且占领了许多至关重要的通商口岸，很快控制了海上的交通及商贸。在控制了陆地、海面的交通后，英国还积极和美国联合制造汽船，期望在海陆空都能称霸。不但如此，英国注重通讯技术，注重信息的流通，密切关注世界各国的发展。英国是首个设置电线、发明电话机的国家，而且还发明了悬于空中的气球，然后上悬电灯以通消息。可见英国人擅于发明创造。薛福成在日记中多次感叹英国虽仅三岛，而属地遍于五洲，自古以来所罕有。并列举出详细的人口普查数据，说明英国的繁荣昌盛。

晚清游记的作者因其身份的特殊使他们在建构晚清对于西方的集体想象中担任了重要角色，他们很大程度上是后代中国人想象西方的社会集体想象物的建构者、鼓吹者和始作俑者。晚清使官有深厚的文化功底，有较高的社会地位，能受到晚清士大夫阶层的普遍重视，而且他们传播西方知识的态度非常积极，这些都决定了他们在建构中国对西方的集体想象过程中起着重要作用。[1]

1. 以上关于晚清域外游记对英国的形象建构问题，笔者指导的毕业研究生黄海燕参与了资料搜集、分析讨论，并提供了初步的解读文字。

另外，除了上述驻外使官的记游文字，其他一些游记亦值得关注。比如，王韬（1828—1897）应理雅各之邀，于1867年赴英国续译中国经籍。王韬是第一个前往英国考察的学者。在其访英游记《漫游随录》中不仅记述了英国的富强景象，而且已开始着力系统探求富强背后的秘密。他从社会观念、中西文化等角度全方位地展开对比，认识到：“英国以礼义为教，而不专恃甲兵，以仁信为基，而不先尚诈力，以教化德泽为本，而不徒讲富强。”即英国立国不仅追求富强，还有独特的文化价值体系。此外，英国“学问之士，俱有实际，其所习武备、文艺，均可实见诸措施，坐而言者，可以起而行也”的务实作风，与其富强的关系亦极大。王韬此观点为以后论者从两国文化差异所导致的行为差异方面寻求英富强之因奠定了基础。

王韬在《漫游随录》自序里还记述了自己在牛津大学的演讲中，通过回顾中英贸易交往史，呼吁停止对华的不平等行为，建立国家间互相尊重的正常关系，又从孔教和耶稣教的异同着手，切入中英文化的差异点，指出“孔子之道，人道也。”而“泰西人士论道必溯于天，然传之者，必归于人。”初步认识了孔教和耶教的异与同。接着，王韬还认为“由今日而观其分，则同而异。由他日而观其合，则异而同，前圣不云乎。东方有圣人焉。此心同，此理同也，西方有圣人焉，此心同，此理同也。”同时还指出英国所代表的西方文化和中国所代表的东方文化，作为人类创造的两种不同的文明，尽管有这样那样的差别，但归根到底，它们的本质相同。因此，王韬充满信心地预言，未来的中英两种文化必将走向融合，从而引导世界大同盛世的到来。

1878年刊行的江宁人李圭所著《环游地球新录》则给我们留下了一幅英国的市井繁华图，刺激着中国人继续走出国门，探索英国。该书卷首有李鸿章的序。李序高度评价李圭游记的价值，认为“是录于物产之盛衰，道里之险易，政教之得失，以及机器制造之精巧，人心风俗之异同，一一具载。”书中所记英国之事，如英京伦敦“为泰西第一大都会，居民四百万，其人烟之稠密，市肆之繁富，屋宇之高耸奇崛，街道之斜直纷歧，诚乃名不虚传。”“根性登（肯兴）博物院”各国日用服饰，无所不有，百利替施博物院（大英博物院）“屋以石建，规律宏巨，土木之费五百万圆”，并评论“按肯兴登、百利替施博物院，古物居多，盖知古乃能通今，援古乃可证今。”

三、 晚清诗歌里的英国形象

晚清时期的内忧外患使一批诗人及文人受到极大震撼与刺激，从而改变了往日对待外部世界的“华夏中心观”。诗人们开始放眼英国，试图通过对他者先进文化文明的吸收、借鉴，以完成对自我的超越，重振天朝雄风。于是，在诗人们的作品中开始出现大量英国的身影，构成复杂的英国形象。[1]

1. 以下关于晚清诗歌里英国形象的阐释，笔者指导的毕业研究生张杰参与了资料搜集、分析讨论，并提供了初步的解读文字。

（一） 晚清诗人眼中的英国“鬼子”形象

乾隆后期以及嘉庆年间，清政府逐渐由盛转衰。历史遗留下来的矛盾随着生产力的发展日趋明显，到了道光年间，统治集团愈加腐败，大批农民不堪残忍的压迫而奋起反抗，一系列内乱就此爆发。通过血腥的武力镇压，天下终归相对太平，满清统治者固步自封，继续着“华夏帝国”的美梦。长时间的闭关锁国使得清廷对外一无所知，固守着华夏几千年的农业文明，洋洋自得于天朝上国的铜墙铁壁，却不知遥远的西方即将带来一场足以灭顶的噩梦。1840 年（道光二十年），代表着西方工业文明的英国率先发动了侵华战争，正式拉开了西方工业文明对东方农业文明的侵蚀。随着第二次鸦片战争、中法战争、甲午中日战争、八国联军侵华等等的发生，清政府本就衰朽不堪的楼台终至土崩瓦解。中原大地频繁遭到列强的血洗，中华民族受到前所未有的屈辱，华夏子孙面临着亡国灭种的大灾难。

在此背景下，大批诗人在持续的震动和刺激中，凭借强烈的爱国情操和良好的学术素养，写出了大量的爱国作品，藉笔下诗句喊出了时代的最强音，他们与国家的命运紧紧地联系在一起。诗人们怀着“救亡图存”的目的，在揭露邪恶侵略者暴行的同时，也在努力引入他者的先进文化理念，试图构造一个新的文化帝国。

中国人对英国“洋鬼子”的痛恨，首先因之鸦片入侵并给华夏子孙造成极大毒害。[1]这在诗人笔下多有提示：“直使鬼装青面目，能使人变黑心肝。”（何春元《洋烟》[2]）“鸦片入中国，尔来百余载。粤人竞啖吸，流毒被远迩。”（朱琦《感事》[3]）“请君莫畏大炮子，百炮才闻几人死。请君莫畏火箭烧，彻夜才烧二三里。我所闻者鸦片烟，杀人不计亿万千！君知炮打肢体裂，不知吃烟肠胃皆熬煎，君知火箭破产业，不知买烟费尽囊中钱。”[4]一曲《炮子谣》道尽了鸦片烟的危害，其竟然已经远远超过“大炮子”、“火箭”等的破坏性，杀人更是以“亿万千”计。而且鸦片烟还给人的身体、心理造成极大的伤害，一旦吸食成瘾即不可再离，否则“肠胃皆熬煎”。

关于他者入侵自我的形象，晚清诗歌大抵可以分为三个层次来探讨：对丑陋的“番鬼”形象的描述，对鬼子侵华暴行的揭露，对自我统治阶级的批判。

“华夏中心观”延续了几千年之后，到了晚清诗人们这里依然占据着主导性地位。即使经受了西方文明灾难性的侵蚀，他们心中或多或少还是残留着“天朝上国”的概念。加之母国正被列强侵略，因而诗歌中对他者“番夷”形象的憎恶与鄙夷，不但未有削弱迹象，反而得到增强。这在鸦片战争时期的民谣里反映得最明显。如《三元里等乡痛骂鬼子词》：“水战陆战兼能，

1. 参见福建侯官人林昌彝《射鹰楼诗话》24 卷，1851 年家刻本刊行。书名“射鹰”，“鹰”是“英”之谐音，即取射击英帝国主义之意，可见其书之要旨。首两卷全为反映鸦片战争之诗歌及涉及鸦片之记载。搜集有魏源、林则徐、张维屏、朱琦等人的诗篇，保存了反帝国主义侵略的佳作。林昌彝为道光十九年（1839）举人，是这一时期比较活跃的诗歌评论家。在其诗文和诗话中，多记鸦片战争之史实，表彰抗英爱国的诗人，抨击清政府的腐败无能，创作了反拟古主义的现实题材，具有强烈的爱国精神。

2. 阿英编：《鸦片战争文学集》，第 675 页，北京：古籍出版社，1957 年版。

3. 阿英编：《鸦片战争文学集》，第 3 页，北京：古籍出版社，1957 年版。

4. 阿英编：《鸦片战争文学集》，北京：古籍出版社，1957 年版。

岂怕夷船坚厚？务使鬼子无只身存留，鬼船无片帆回国。”[1]第二次鸦片战争时期的北京小曲《外国洋人叹十声》也是极尽对“洋鬼子”鄙夷、嘲笑之能事：“洋鬼子进中国叹了头一声，看了看中国人目秀眉清，体态人情衣冠齐整，外国人中国人大不相同。洋鬼子照镜子叹了二声，瞧了瞧自己样好不伤情，黄发卷毛眼珠儿绿，手拿着哭丧棒好似个猴精。……洋鬼子错主意叹了八声，外国人尽讲究洋法大时兴，造轮船作火车玩艺作的妙，我国的机器局也献与了你们大清。”[2]

1. 阿英编：《鸦片战争文学集》，第 785 页，北京：古籍出版社，1957 年版。

2. 阿英编：《鸦片战争文学集》，第 253 页，北京：古籍出版社，1957 年版。

这些民谣中，“夷”、“鬼子”、“洋鬼子”这几个字眼反复出现，既点明了时人仇恨的对象，又明确地赋予其鄙夷之意。“务使鬼子无只身存留，鬼船无片帆回国”充满了对鬼子的蔑视之情；“黄发卷毛眼珠儿绿，手拿着哭丧棒好似个猴精”则是从人种上凸显出他者与自我的差异，这些个鬼子相貌如此丑陋，完全无法与我华夏民族“目秀眉清、衣冠齐整”相提并论。言语之间不乏对鬼子形象的调侃、嘲笑。

还有张维屏[3]在《三元里》中如此描述鬼子：“众夷相视忽变色：‘黑旗死仗难生还。’夷兵所恃惟枪炮，人心合处天心到，晴空骤雨忽倾盆，凶夷无所施其暴。岂特火器无所施，夷足不惯行滑泥，……中有夷酋貌尤丑，象皮作甲裹身厚。”[4]朱琦《关将军挽歌》：“番儿船头擂大鼓，碧眼鬼奴出杀人。……涛泷阻绝八万里，彼虏深入孤无援。”[5]金和《说鬼》：“侍从亲见西鬼来。白者寒瘦如蛤灰，黑者丑恶如栗煤。卷发批耳髭绕腮，……鬼官日日游相陪。”[6]

3. 张维屏（1780—1859），广东番禺人。道光进士，官至南康知府。其诗出入于汉魏唐宋诸大家间，取材富而酝酿深。早年作诗受宋诗派影响，多为仕宦游历和个人生活之抒写。反映鸦片战争的诗歌皆悲愤激昂，气壮词雄，传诵一时。

4. 阿英编：《鸦片战争文学集》，第 1 页，北京：古籍出版社，1957 年版。

5. 阿英编：《鸦片战争文学集》，第 11 页，北京：古籍出版社，1957 年版。

6. 阿英编：《鸦片战争文学集》，第 42 页，北京：古籍出版社，1957 年版。

在中华民族被外族入侵的情况下，诗人们需要的不再是慢条斯理的研讨，而是亟需一个异域形象以供批判。于是我们看到，在这些诗歌中，原本复杂的异域形象被无情地简单化。前述提到他者形象在被刻画时有邪恶与理想的两种形象，这里处在外族入侵和国内矛盾的窘境下，诗人们无一例外地选择了对“他者”的鄙夷与藐视。“华夏中心观”在中原大地上浸濡了太久的历史，以致当直面比自我更优越的他者文化时，晚清诗人们依然试图在文本上体现出对他者的憎恶。《三元里》中的“凶夷”、“夷酋貌尤丑”，《关将军挽歌》中的“番儿”、“碧眼鬼奴”，《说鬼》中的“西鬼”、“鬼官”等形象的刻画，无不显示出诗人心中对“他者”的痛恨、鄙夷。而这些又体现出鸦片战争时期中英之间不可调和的民族矛盾。可以看到，诗中反复出现的对他者形象的刻画，直指鸦片战争期间英国对华侵略的种种罪行，并最终将“鬼子”的语义场压缩到一种所指：“一切皆由‘仇恨’而来”。[7]

7. 孟华编：《中国文学中的西方人形象》，第 24 页，合肥：安徽教育出版社，2006 年版。

假如说鸦片战争期间诗人们对“鬼子”还只是讥讽、蔑视、鄙夷成分居多的话，那么随着列强对华侵略的加剧，诗人们情感中的“仇恨”也逐渐增多并最终上升到主导地位。

林则徐虎门销烟，英国的鸦片贸易遭到毁灭性的打击，却终有借口对满清发动更大规模的侵略。爱国诗人们清醒地看穿了“洋鬼子”的丑恶嘴脸。他们开始发出唤醒世人的最强音，在揭露“洋鬼子”在华凶狠暴行的同时抒发着强烈的爱国之情。诗人金和在《避城》中这样描绘鬼子的恶行：“夷于丁男不甚虐。惟与妇人作剧恶，比户由来皆大索。城中儿女齐悲啼，四乡一一谋棲枝。……稍不如意便怒骂，……”[1] 孙衣言《哀厦门》：“红毛昨日屠厦门，传开杀戮搜鸡豚。恶风十日火不灭，黑夷歌舞街市喧……天阴鬼哭遗空村。”[2]

1. 阿英编：《鸦片战争文学集》，第 42 页，北京：古籍出版社，1957 年版。

2. 阿英编：《鸦片战争文学集》，第 56 页，北京：古籍出版社，1957 年版。

英军的入侵给中华民族带来了灭顶之灾，其一路烧杀掳掠肆意为之，使得华夏民众叫苦不迭。鬼子所到之处，无不“杀戮搜鸡豚”、“歌舞街市喧”，“天阴鬼哭”迷漫了有着悠久农业文明的华夏大地。在诗人们的视野中，这些鬼子惨绝人寰，“与妇人作剧恶”只是其诸多罪行中恶劣的一笔，对沦陷城池的居民也是“稍不如意便怒骂”，种种劣迹令人发指。诗人们对“洋鬼子”劣迹暴行的揭露，固然是对他者入侵自我的强烈谴责，而另一方面，却也流露出对农业文明衰退的无奈。国民思想仍未开化，封建统治者依然不思进取，只知动辄求和了事，自然灾害频繁发生，这一切均使泱泱中华陷入无尽的黑暗之中。

面对英国鬼子的武力侵袭，中华民族举起了手中的长矛奋勇抗击。这一时期的诗歌作品中，底层民众第一次被作为英雄形象加以歌颂，也从侧面反映出“自我”在“他者”的影响下逐渐做出改变。其中，三元里抗英就是典型的事件，因而关于三元里一役的诗歌作品数量众多达 90 多首，大多是以人民群众为主角而进行的歌咏。如张维屏诗《三元里》所示：“三元里前声若雷，千众万众同时来。因义生愤愤生勇，乡民合力强徒摧。家室田庐须保卫，不待鼓声群作气。妇女齐心亦健儿，犁锄在手皆兵器。乡分远近旗斑斓，什队百队沿溪山。众夷相视忽变色：‘黑旗死仗难生还。’”[3] 诗人以大型浮雕般的手法，描绘了三元里万千群众抗英的波澜壮阔的场面，展现了华夏民族面对强权英勇无畏的气概。“诗作中所说的场景，所表现出来的情绪：‘妇女齐心亦健儿，犁锄在手皆兵器’，以及动员的广泛，愤怒的普遍，是与当时的现实符合的，极富有概括性。”[4] 在诗人眼里，英帝国鬼子在与中华民族的对抗中是没有还手之力的，“蛮夷”之邦终究还是要臣服于我天朝上国。

3. 阿英编：《鸦片战争文学集》，第 1 页，北京：古籍出版社，1957 年版。

4. 阿英编：《鸦片战争文学集》，第 12 页，北京：古籍出版社，1957 年版。

就晚清诗歌所反映出来的他者形象以及新时代爱国主义的分析，我们可以看到两个要素：

一个是对英国帝国主义——邪恶的“他者”形象的刻画，一个是新时代反封建反帝国主义背景下爱国情操的形成。事实上，这两个要素也是紧密联系在一起的，正是通过对他者形象的规划，然后才有了自我思想上的进步。

值得注意的是，即使这个时期诗人们对待英国的侵华普遍持有仇恨心理，但还是有一些能够突破传统思想束缚、具有近代思想因素的先进人士，如林则徐、魏源等。早在鸦片战争未曾爆发之时，林则徐就主张多了解外国，更是委托魏源编撰《海国图志》。魏源作为开眼看世界的第一位思想家与诗人，早在 1840 年就提出了“欲师夷技收夷用，上策惟当选节旄”的观点。在第二次鸦片战争失败后，魏源更是直指当朝统治者的愚昧，提出“船炮何不师夷技”、“题本如山译国书，何不别开海夷译馆筹边谟”[1] 等相对具体可行的举措。

（二）　《伦敦竹枝词》里的英国印象[2]

作为一种诗体，竹枝词是从古代巴蜀地带的民歌演变而来，一般认为是从唐代刘禹锡正式开始的。而后经过宋代的传唱和元代的发展，一直到了明清两朝，还依然因其推崇的民间格调和夹杂的生活气息受到文人的青睐。鸦片战争以后，诗人的爱国情操固然得以彻底的体现，对“鬼子”的鄙夷、恐惧皆溢于言表，但也不乏眼光远到之士开始“师夷长技”。对英国人的态度已经出现了分化。这期间，还有一些文人，或因公出国当差，或私下自发出游，他们已经亲身到了外国。经过长久的传统文化的浸淫，自然会对眼前所看到的一切感到惊讶、奇特。在他们眼里所体现出的英伦形象，必然会有更大的不同。潘乃光[3] 作为一个商人，曾对伦敦有这样的描写：“我来恰遇艳阳天，真面庐山现眼前。五百万人增户口，岂惟毂击更摩肩。……制造曾闻胡力枢，船坚炮利启鸿图。……对来金表渐三更，有女如云结伴行。不许东风管闲事，留将明月照多

1. 阿英编：《鸦片战争文学集》，第 12 页，北京：古籍出版社，1957 年版。

2. 1833 年 8 月 1 日，《东西洋考每月统记传》（*Eastern Western Monthly Magazine*）在广州创刊，由郭实腊任主编，翌年迁新加坡。此为中国境内创刊的第一种近代中文期刊。该刊 12 月刊登《兰墩十咏》，为 10 首中文五言律句，且说明“诗是汉士住大英国京都兰墩所写”。此为目前所见最早用中文描写英国首都伦敦的古诗，有重要文献价值。拙著《中英文学关系编年史》（上海三联书店 2004 年版）第 83—85 页收录，此处不赘。1838 年 4 月，《东西洋考每月统记传》刊出《兰墩京都》一文，专门介绍英国首都伦敦，为中文对于欧美国家首都的最早的一篇专文。

3. 潘乃光，清朝广西荔浦的一个商人，于光绪廿一年也就是 1895 年写了百余首竹枝词，多为记述国外见闻之事。后出任清军大员王之春的幕僚，编写《国朝柔远记》一书，成为中外交通史上一部具有很大影响的著作。

情。”[1]“奔走三十年，足迹几遍天下”的潘乃光，见闻不可谓不丰富。然而，踏上英伦大地后，依然体会到了别样的味道。“地横南北岛孤悬，……除却园林街市外，更无旷土与闲田。”习惯了传统“我为中心，其他皆为蛮夷”的概念，忽然看到一个“英里量来逾二千”的岛，竟然还有跟我国一样热闹的街市，竟然一年四季都跟冬天一样。

1. 王慎之、王子今辑：《清代海外竹枝词》，第 203 页，北京：北京出版社，1994 年版。

这只是当时描绘伦敦风土人情的众多诗词之一，其他的还有尤侗的《外国竹枝词》、局中门外汉的《伦敦竹枝词》等，而尤以局中门外汉所作最为值得推崇。“局中门外汉，姓名及生平事迹均不详。或以为即室名‘观自得斋’的安徽石棣人徐士恺。”[2]朱自清先生曾有这样一段话：“‘局中门外汉’无论如何是五十年前的人物了，他对于异邦风土的愤激怪诧是不足奇的。如邮筒、电话、电灯、照相，都觉新异，以之入诗，便是一例。所奇的是他的宽容、他的公道。”[3]

2. 王慎之、王子今辑：《清代海外竹枝词》，第 207 页，北京：北京出版社，1994 年版。

3. 朱自清选编：《禅家的语言》，天津：天津人民出版社，1998 年版。

明清之际的中国尚处于典型的小农经济时代，没有工业的污染，“风吹草低见牛羊”的场面随处可见。而伦敦的景象却发生了很大变化。“黄雾迷漫杂黑烟，满城难得见青天。最怜九月重阳后，一直昏昏到过年。”[4]先不说黄雾、黑烟之类从何而来，单就其满城终日不见青天一说，已从一个侧面说明了两种国度所处的地域与环境截然不同。而重阳过后的伦敦，更是昏昏沉沉延续到新年。英国是最先开展工业革命的国家，伴随着工业的迅速发展出现了煤烟污染大气的问题。而且伦敦那些由煤炭支持的重工业工厂大多建在市内，再加上居民家庭的烧煤取暖，也就导致了烟尘与雾混合笼罩在伦敦城上空。老舍曾描绘伦敦雾是“乌黑的、浑黄的、绛紫的，以致辛辣的、呛人的”。其实这里还掺杂着作者的几许诧异，好好的天为什么就笼罩着黄雾呢，兴许心里也会浮上些对“蛮夷”环境的鄙夷吧。

4. 王慎之、王子今辑：《清代海外竹枝词》，第 207 页，北京：北京出版社，1994 年版。

当然，对伦敦环境的认识不会仅仅停留在“雾都”上，他们也有“海滨浅水绿如油”的景色。见惯了“霜叶红于二月花”的美景，这里的碧海、轮船也不啻于一道不错的景色。明清之际，海禁一直存在，姑且不说远离海岸，即使居住临海滨，照样因官府的限制而不敢私乱出海。“缘海之人往往私下诸番贸易香货，因诱蛮夷为盗，命礼部严禁绝之，敢有私下诸番互市者，必寘之重法。”“凡番香番货皆不许贩鬻，其见有者限以三月销尽，民间祷祀，止用松、柏、桃诸香，违者罪之”。[5]海禁之严，由此可见一斑。及至清朝，为了杜绝民众接济反清势力，更是有强行将沿海居民内迁 30 到 50 公里的举措。这样一来，国人哪里还有机会接触到“海滨浅水”、“如屋方车”之类，也就难怪作者为之诧异了。

5.《明太祖实录》（卷 231），洪武廿七年正月甲寅，第 3067、3324 页，北京：中华书局，1958 年版。

再看这首："紫丝步障满园林，罗列珍奇色色新。二八密司亲手卖，心慌无暇数先令。"词后附有小注云："伦敦四季皆有善会。至夏日，则择园林幽敞之处遍支帐篷，罗列各种玩物。掌柜者皆富商巨绅家女子之美者。物价较市里昂数倍。卖出之钱，本利皆归入善举。盖富贵家设此以劝捐者，不惮出妻献女而为之。"[1] 中华文化自有朝以来，妇女是只能"大门不出，二门不迈"的，还要恪守着所谓"三从四德"之类的教条，否则是大违妇道，不足取。而作者到了伦敦，眼界陡然为之开阔。英伦的善会自无法与国内的集会相提并论，但是所售之物却也应有尽有。"紫丝步障、珍奇罗列"，更有"二八密司"亲自于摊前招揽顾客，其热闹景色比之国内必有别番风味。作者在小注中指出，此举实是富贵家为募捐而作，所以才"不惮出妻献女"。而在国内，富商贵胄家虽也时有散发财粮之善举，但却很少出妻献女为之，最多派些丫鬟下人之类罢了。而小注的最后一句"冀有奇遇也"，也恰恰流露出作者对此现象的惊讶诧异之情。

1. 王慎之、王子今辑：《清代海外竹枝词》，第 212 页，北京：北京出版社，1994 年版。

由是得知，在作者眼中，一定程度上也可以说是在当时大批文人眼中，英国已不再是偏远的"夷狄"国度了，他们有着与"天朝"不一样的景色、不一样的民族风情。甚或还有些许值得"天朝"借鉴之处。当然，作者身上还是贯穿了很悠远的天朝传统的。比诸"二八密司亲手卖"的场景，还是以为"奇遇"居多。这一定程度上还是体现出当时文人的复杂性，一方面对英国体现出的不同之处有所好奇，发掘出其值得赞赏的一面；另一方面却又放不下心中的天朝情结，一旦碰到与我天朝不一样的事物，却又时而透露出鄙夷、诧异的态度。

其次，在经济上，工业、商业、交通等部门水平相当先进。在当时的英国，高楼林立，街道宽阔，工商业发达。放眼望去，无处不充斥着一个先进的工业国家的气息。"十丈宽衢百尺楼，并无城郭筑金瓯。但知地上繁华甚，更有飞车地底游。"[2] 我们知道，中国历代城市都有城墙，为的是安全防护，这也是由于自古多战乱的缘故。但到了英国，却"并无城郭筑金瓯"。人家是地上有高楼，地下还有隧道，火车更是成为了其交通的主要运输力。英国自工业革命始，其工业方面的高速发展固然给本土带来了"黄雾"、"黑雾"等环境问题，但在经济方面所带来的影响却是更为巨大。单就英国来说，不仅转变了人们的思想观念和生活方式，使大批人口从农村涌入城市，还促使了当时的农业文明转向工业文明。而伴随这些的发生，世界格局也为之改变，英法美等国迈向资本主义潮流，东方逐渐落后于西方。也正是基于此，当时部分先进的中国人才开始开眼看世界，萌发了向西方学习的新思潮。林则徐、魏源、龚自珍、黄爵兹等人

2. 王慎之、王子今辑：《清代海外竹枝词》，第 207 页，北京：北京出版社，1994 年版。

的“师夷长技”、“经世致用”迈出了艰难的第一步，在中国近代史上书写了浓墨重彩的一笔。

再次，在政治体制上，是君主立宪制和多党执政。“国政全凭议院施，君王行事不便宜。党分公保相攻击，绝似纷争蜀洛时。”[1] 作者在附注中指出，其国家大事，皆有议院商议确凿，然后上书女皇请示定夺，女皇只有批或不批的权力，而不能否决。议院有两个党派即公党和保党，他们轮流执政，且某党执政则尚书、宰相、部院大臣皆为此党之人。政党之间也时有争执，犹如北宋党争。兹以为，这里还是说出了英国君主立宪制执政的几个重要特征的，但把其政党之争描绘成北宋变法时期的具有地方色彩的派别之间的斗争，未免有失偏颇。

1. 王慎之、王子今辑：《清代海外竹枝词》，第 208 页，北京：北京出版社，1994 年版。

英国是一个君主立宪制的国家，他们在保留君主制的同时，通过立宪来赋予人民权力从而达到实现共和政体的愿望。英国还是世界上最早出现现代意义上的政党的国家，虽然早期政党分歧比较严重，但随着时代的发展，他们之间的分歧已渐缩小。还要看到，英国从建国开始，就一直秉承着君主立宪制度。鉴于当时清廷的高度中央集权，一些有识之士妄图效法英国的执政制度，只能化为幻影。毕竟他们身上还是保留着传统的“华夏中心观”，所以当看到“公保相攻击”时，竟然也只是“绝似纷争蜀洛时”。在他们看来，简单效法英国的话，或许给我中华大国带来的只是又一场纷争。文人身上的矛盾性毕露无疑。

最后，在文化习俗方面，英国的文化更多元化，思想更开放。自古以来，儒家文化讲究的就是仁、义。经过千年来的进化，人治、礼仪更是成为封建统治者制约人们思维方式和行为的主要工具。再看当时的英国，君主制、民主、自由、反叛，这些都是那个称霸全球之民族的文化品格的独特体现。作为民众，在封建王朝统治之下，有着严格的等级区分，普通小民见到上一级的官员只能俯首叩之，相应的，下一级官吏觐见上一级时亦是如此，而在拜见皇帝时则是不能抬头观望的，皇帝出游更是全城封锁。而在当时的英国，则是别样风景了。女皇出宫，“健儿负弩为前驱，八马朱轮被绣襦。”士兵佩带武器前面开道，宫车的豪华也是非同一般，只不过“夷狄不知尊体统，万民夹道尽欢呼。”[2] 这里就体现出了截然不同于清廷的一面。英国国民竟然“脱帽欢呼，声闻数十里”，是如此的“不知尊体统”，完全不符合礼仪之邦的律例。可以看出，作者对此情景还是颇有微词的。

2. 王慎之、王子今辑：《清代海外竹枝词》，第 208 页，北京：北京出版社，1994 年版。

关于《伦敦竹枝词》的作者，其姓名、生卒、事迹均不详。从此集最后一首诗：“堪笑今人爱出洋，出洋最易变心肠。未知防海筹边策，且效高冠短褐装。”自注“盖有所见而云然。”

可以得知，作者对国人出洋是抱着不赞允态度的，“出洋最易变心肠”。本着“华夏中心观”的思想，国人理应遵循正统的儒家传统，讲究的是诗书礼仪之说，秉承的是仁爱道德之礼。一旦出洋，经受外国人所谓自由、反叛精神的熏陶，那我流传几千年的文化传统怕会丧失殆尽。毋庸置疑，作者出洋数载对当时英国的各种风俗礼仪以及政治、经济制度有着深刻认识的，在其诗词中也一再流露出对英国种种先进制度的推崇、向往。但最后依旧对出洋抱有成见，却也反映出当时文人面对西方先进文化冲击时的复杂心态。

诗人作为晚清知识分子的一员，对自己亲眼看到的截然不同于国内的英伦景象，虽偶有鄙夷、蔑视之情流露，但大抵还是艳羡、推崇的。在已经把西方文明树为自己学习的师长之后，诗人们除了讴歌赞美其先进的文化技术外，还面临着民族情感的压抑。毕竟自己的民族同胞处于被压榨的境地，为了抵抗外族的侵略，维护中华民族的利益，诗人们不得不从另外一个角度来弱化西方文化的影响。于是，“夷狄”、“愚民”形象重新回到纸端。很明显，这种鄙夷的态度透露着对西方文明的否定心态。在民族陷入危机的情势下，既要抵制西方文明对华夏的侵蚀，而又不得不学习他们的先进文明以扭转落后的局势。这样就在抵制与学习之间、理智与感性之间形成了一种张力，对西方先进文化的吸收引进也变得愈加模糊。反映到诗歌文本里面就是，看似给人以和蔼友善的伦敦背后，还隐藏着不知礼仪道德的“夷狄”、“愚民”。

小而言之，晚清诗歌里的英国形象体现在两个方面：一个是“洋鬼子”形象，另一个是和蔼亲善的“文明师长”形象。自英国殖民者初与中国交往发生的经济纠纷，到对中国大肆武力入侵，“洋鬼子”形象在国人心中可谓根深蒂固。无论是最初的仅仅外貌怪异、举止奇特，还是随后的行为恶劣、极尽烧杀掳掠之能事，都给时人留下异常恶劣的印象。也就是说，一直以来英国人在诗人们眼中都是冥顽不化的“蛮夷”、“夷狄”、“鬼子”等。而另一方面，在一些有识之士对英国先进的政治制度、经济文化有所认识之后，开始意识到自己的国家经过改革所能达到的民族形态。林则徐、魏源等人站在民族存亡的高度来认识英国也罢，徐士恺、潘乃光等人仅仅从自身的角度来看待英国也罢，都无一例外地表达出对英伦国度的赞叹。换一个角度来说，他们试图通过自己的视角勾画出未来中国制度的蓝图。

第四节 西方传教士与中国近代之英国文学译介

西方传教士翻译与传播外国文学作家及其作品主要依赖他们创办和出版的各类中文报刊，至清末民初才逐渐开始大规模借助于书籍的形式。比如，在林乐知（Young John Allen, Allen，1836—1907）主编的《万国公报》(*Chinese Globe Magazine*)上，来华传教士就曾介绍过英国作家，包括丁尼生(Alfred Tennyson，1809—1892)、罗伯特·勃朗宁(Robert Browning，1812—1889)、彭斯(Robert Burns，1759—1796)等著名诗人。1856年慕维廉(William Muirhead，1822—1900)翻译并由上海墨海书院刊印的《大英国志》中，也提及到伊丽莎白时期包括莎士比亚在内的若干文人名士。1896年发表的林乐知的文章开头有句引诗，源自蒲伯(Alexander Pope，1688—1744)的名诗《人论》（*An Essay on Man*），即为早期英国诗歌的中译文。从晚清至清末，英国文学在中国的传播也包括戏剧演出的形式。鸦片战争以后，广州和上海等开埠较早的城市相继出现了西方人的业余戏剧场所，有些由传教士参与组织，由西方来华的官员、商人、军人、游客等以英文或者其他西文进行业余演出，自娱自乐，演出包括英国戏剧作品在内的世界名剧。19世纪50年代至90年代初期是近代西方来华传教士译介外国文学的第一个阶段，也是译介英国文学的初始阶段。

一、 英国诗人之最初介绍

1838年11月出版的《东西洋考每月统记传》所载《论诗》，以及此前刊载的《诗》（1837年正月号）二文阐述了对中西诗作的看法，对两者的异趣有所比较。而且《诗》一文还介绍了欧罗巴诗词，称“诸诗之魁，为希腊国和马之诗词，并大英米里屯之诗”。和马即今译荷马；米里屯即英国大诗人弥尔顿(John Milton，1608—1674)。《诗》文称弥尔顿：“其词气壮，笔力绝不类，诗流转圜，美如弹丸，读之果可以使人兴起其为善之心乎，果可以使人兴观其甚美矣，可以得其要妙也。其义奥而深于道者，其意度宏也。”此为中文最早介绍弥尔顿之文字。

咸丰四年，即1854年，《遐迩贯珍》（*The Chinese Serial*）第9期上也刊载了弥尔顿十四行诗《论失明》（*On His Blindness*）的汉译文[1]。这首汉译诗四字短句，形式整齐，语言凝练，显示出相当精湛的汉语功底。如其中几句：“世茫茫兮，我目已盲，静言思之，尚未半生。天赋两目，如耗千金，今我藏之，其责难任。嗟我目兮，于我无用，虽则无用，我心珍重。忠以计会，虔以事主，恐主归时，纵刑无补。”译诗前有“附记西国诗人语录一则”[2]，简要回顾了弥尔顿的生平与创作，以及他在英国文学中的崇高地位。《遐迩贯珍》为英国伦敦会传教士麦都思于1853年8月1日在香港创刊的一种中文月刊。该月刊由香港马礼逊教育协会出资，香港英华书院印刷和发行。[3]弥尔顿《论失明》的汉译文是作为1854年9月号《遐迩贯珍》中所载长篇论说文《体性论》的附录形式发表的。[4]

由此可以推测，近代中国最早介绍的英国诗人应该是17世纪的伟大诗人约翰·弥尔顿。而18世纪的英国古典主义大诗人亚历山大·蒲伯也比较早地得到了译介，尤其是诗人的长诗《人论》反复被提及。比如，1896年12月，《万国公报》第95卷所刊《重裒私议以广见公论》（五）一文，作者林荣章（乐知）以一句译诗（“除旧不容甘我后，布新未要占人先”）导引议论，此中译诗片段即源自蒲伯《人论》。1897年12月，严复译赫胥黎《天演论》（Evolution and Ethics），于1898年2月以《天演论悬疏》为名在《国闻汇编》第2、4—6册刊载，其中亦有译自赫胥黎所引蒲伯《原人篇》（即《人论》）长诗中的几句诗。更值得注意的是，1898年，英国传教士李提摩太（Timothy Richard）与任廷旭合译《天伦诗》，并以书的形式由上海

《遐迩贯珍》封面

1. 这是一首四言译诗，题为《附记西国诗人语录一则 *Notice of the poet Milton. And translation of the sonnet On His Blindness*》。译者究竟是谁目前尚无定论。

2. “万历年间，英国有著名诗人，名米里顿者崛起，一扫近代芜秽之习，少时从游名师颖悟异常，甫弱冠而学业成，一时为人所见重云。母死，后即遨游异国。曾到以大利逗留几载，与诸名士抗衡。后旅归，值本国大乱，乃设帐授徒。复力于学，多著诗书行世，不胜枚举。后以著书之故，过耗精神，遂获丧明之惨，时年四十。终无怨天尤人之心。然其目虽已盲，而其著书犹复不倦，其中有书名曰乐园之失者，诚前无古后无今之书也。且曰事吟咏以自为慰藉，其诗极多，难以悉译。兹祗择其自咏目盲一首，详译于左。”

3. 《遐迩贯珍》于1856年5月1日停刊，共出版32期（其中有两次出版二期合刊）。该刊先后由英国伦敦会传教士麦都思（Walter Henry Medhurst，1796—1857）、奚礼尔（Charles Batten Hillier，?—1856）与理雅各（James Legge，1815—1897）担任主编。《遐迩贯珍》刊有中英文对照的目录，除少数传教文字外，所载多为介绍西方政治、历史、地理和科技等各个方面的文章，对西学东渐起到了一定的促进作用。

4. 沈弘、郭晖：《最早的汉译英诗应是弥尔顿的“论失明”》，载《国外文学》，2005年第2期。

美华书馆出版单行本，此为蒲伯《人论》的中文全译本，也是迄今所见英国诗歌作品最早而完整的长篇汉语译本。译者李提摩太是当时西方传教士中主张以译介西方文学影响中国社会发展的重要人物。译介《天伦诗》是将预期影响的对象确定为更为广泛的知识阶层和信仰基督教的民众。通过译介西方诗歌传播以基督教教义为核心的“天人相关之妙理”，启示读者，改造人心与世道，所谓“因文见道，同心救世”。（《天伦诗 · 译序》）

1878 年（清德宗光绪四年）3 月 23 日（农历二月二十日）出版的《万国公报》第 10 年 481 卷上刊载了日本汉文学作家中村敬宇[1]于明治八年（1875 年）[2]节译的英国诗人“葛罗丝米德”（Oliver Goldsmith，1728 或 1730—1774；现一般译为“哥尔斯密”）的诗作《僻村牧师歌》（*The Deserted Village*）。其后两年，光绪六年六月初五（1880 年 7 月 12 日）出版的《万国公报》第 12 年 597 卷上又再次刊载了这首译诗，但几乎没有什么改动。

1. 中村敬宇（1832—1891），名正直，幼名钏太郎，通称敬辅、敬太郎，号敬宇、鹤鸣、梧山。他曾于 1866—1868 年间留学英国，回国后从事翻译、教育工作，是日本著名的启蒙思想家、汉文学家，其主要译本包括《共和政治》、《西洋品行论》、《西国立志篇》、《自由之理》，其诗作则结集为《敬宇诗集》。

2. 参见高文汉《日本近代汉文学》，第 165 页，银川：宁夏人民出版社，2005 年版。

维多利亚时代桂冠诗人丁尼生的信息也进入了中国读者的视野之中。上述严复译赫胥黎《天演论》中，亦有译自赫胥黎所引丁尼生《尤利西斯》（*Ulyssess*）长诗中的几句。同年，即 1898 年 11 月，《万国公报》第 10 期刊载主编林乐知所译的《各国近事》，从中我们也发现一段关于“忒业生”（丁尼生）的文字：“西廷向例，国家必择一善于吟咏之人养之以禄，盖道扬盛烈，鼓吹休明，亦不可少之事也。兹有英议院大臣忒业生者，素工词翰，生平作诗篇甚多，英之诗人举无驾乎其上。故知英之语言文字者，即知有此人，英廷与之岁俸，亦一著作才也。”另外，该刊本栏目还编译了“蒲老宁”（勃朗宁）、“褒思”（彭斯）等英国诗人的文字，尽管这些文字均摘引自西方报刊，大多为新闻性质的消息，一般不详细论及作品的内容或者艺术特色，但对晚清的中国读者了解英国作家作品及其在社会中存在的意义颇有帮助。

同样，19 世纪英国另一位桂冠诗人威廉 • 华兹华斯（William Wordsworth，1770—1850）也进入人们的眼帘。1900 年 3 月，《清议报》第 37 册刊载梁启超的题为《慧观》的文章，文中谈及“观滴水而知大海，观一指而知全身”的“善观者”时，即举“窝儿哲窝士”（华兹华斯）为例：“无名之野花，田夫刈之，牧童蹈之，而窝儿哲窝士于此中见造化之微妙焉。”并高度评价这些善观者“不以其所已知蔽其所未知，而常以其已知推其所未知。是之谓慧观。”这是威廉 • 华兹华斯的名字为我国读者所知的开始。

二、 莎士比亚的最初引进

1853年，陈逢衡[1]记于道光二十一年（1841年）的《英咭利纪略》于日本刊行。书中介绍英国的情况时说：“又有善作诗文者四人，曰沙士比阿，曰弥尔顿，曰士边萨，曰待来顿。”此处提到莎士比亚、弥尔顿、斯宾塞、德莱顿等四位英国作家，可能取自林则徐组织辑译的《四洲志》。[2]上海墨海书院于1856年刻印了英国传教士慕维廉译《大英国志》（英人托马斯·米尔纳著），凡二卷，为比较系统的关于英国历史的中文著作。其中在讲到伊丽莎白女王时代的英国文化盛况时，曾提到一批英国作家及诗人，如锡的尼（锡德尼）、斯本色（斯宾塞）、舌克斯毕（莎士比亚）、倍根（培根）等，称这些作家“皆知名之士”。[3]

1877年8月11日，清末外交官郭嵩焘[4]（1818—1891）担任驻英公使时，应邀参观英国印刷机器展览会，看到了展出的一些著名作品的刻印本。他在日记中说：“在这些印本中最著名者，一为舍克斯毕尔（Shakespeare），为英国二百年前善谱剧者，与希腊人何满（Homer）得齐名。……其时，有买田契一纸，舍克斯毕尔签名其上，亦装饰悬挂之。其所谱剧一帙，以赶此刻印五百本。一名毕尔庚（Bacon）亦二百年前人，与舍克斯毕尔同时，英国讲求实学自毕尔庚始。”这段文字中，“舍克斯毕尔”即莎士比亚，“毕尔庚”即培根。这是中国人第一次谈到莎士比亚和培根两位文艺复兴时期的英国著名作家。

清德宗光绪八年，即1882年，北通州公理会刻印了美国牧师谢卫楼所著《万国通鉴》，其中也提到莎士比亚：“英

1. 陈逢衡（1778？—1855），江苏扬州人，字履长、穆堂。有《竹书纪年集证》、《逸周书补注》、《穆天子传注》、《山海经纂说》、《博物志考证》等著述。

2. 1840年（清宣宗道光二十年），林则徐派人将英国人慕瑞所著《世界地理大全》（*The Encyclopaedia of Geography*，1834年出版于伦敦）译成《四洲志》。《四洲志》是近代中国第一部有关世界史地的著述。对英国的山川大势、地理位置、行政区划、政府体制、军事组织、王位继承等情况均有相当详尽的记述。《四洲志》记英吉利时称：“有沙士比亚、弥尔顿、士达萨、特弥顿四人，工诗文，富著述。”

3. 《大英国志》中说：“当以利沙白时，所著诗文，美善俱尽，至今无以过之也。儒林中如锡的尼、斯本色、拉勒、舌克斯毕、倍根、呼格等，皆知名之士。”

4. 郭嵩焘于1876年出任驻英公使，1878年初又兼任驻法公使。他在1879年1月18日的日记中说：“是夕，马格里来邀赴莱西恩阿摩戏馆，观所演舍克斯毕尔（Shakespeare）戏文，专主装点情节，不尚炫耀。”此处“莱西恩阿摩戏馆”即著名的伦敦兰心剧院（Lyceum Theatre），19世纪英国著名的莎剧演员亨利·厄尔文（Henry Irving，1838—1905）在这里导演、演出莎剧直到1902年。郭嵩焘所观看的莎剧即是厄尔文演出的《哈姆雷特》。

国骚客沙斯皮耳者，善作戏文，哀乐罔不尽致，自侯美尔（即荷马）之后，无人几及也。”此系对莎翁创作特色及文学地位的最早介绍文字。

上文提到的严复所译赫胥黎著《天演论》中，将莎士比亚称为“词人狭斯丕尔”，在《进微篇》中说“词人狭斯丕尔之所写生，方今之人，不仅声言笑貌同也，凡相攻相感，不相得之情，又无以异。”在其小注中又介绍道：“狭（指狭斯丕尔）万历年间英国词曲家，其传作大为各国所传译宝贵也。”由于《天演论》刊行后曾风行一时，莎翁之名亦随之播扬，而此前见诸中文的对莎翁的零星介绍均属教会人士著作，阅读对象有限。此为中国学者第一次对莎士比亚的评价。[1] 另外，严复在 1897 年开始翻译的斯宾塞《群学肄言》中，也多次提到莎士比亚的名字，并以“丹麦王子罕谟勒”（指哈姆雷特）的话论证其观点。

1. 严复在《天演论》卷下《论五 · 天刑篇》中插入了哈姆雷特的故事：“罕木勒特，孝子也。乃以父仇之故，不得不杀其季父，辱其亲母，而自刃于胸，此皆历人生之至痛极苦，而非其罪也。”此为第一次将哈姆雷特的故事介绍给中国读者。

1896 年，上海著易堂书局翻印一套英国传教士艾约瑟在 1885 年编译的《西学启蒙十六种》，在《西学略述》一书《近世词曲考》中亦介绍过莎士比亚：“英国一最著声称之词人，名曰篩斯比耳。凡所作词曲，于其人之喜怒哀乐，无一不口吻逼肖。加以阅历功深，遇分谱诸善恶尊卑，尤能各尽其态，辞不费而情形毕露。”

三、 英国小说的最初译介

英国文学在近代中国的译介和传播与西方来华传教士关系密切。上面涉及到的英国诗人、戏剧家在中国的最初引进，大多与传教士的著译或与他们主持的中文期刊有关。其中特别是鸦片战争之后，西方来华传教士更加致力于翻译和传播外国文学。但是，他们所肩负的宗教使命制约着他们选译作家及其作品，同时也左右着他们对于作家与作品的解读方式，以及翻译策略和技巧。这种现象典型地体现在对 17 世纪清教徒作家约翰 • 班扬（John Bunyan，1628—1688）的讽喻小说《天路历程》（*The Pilgrim's Progress*）的译介上。

1851 年（清文宗咸丰元年），英国伦敦传道会的慕维廉首次将《天路历程》节译成中文，译本冠名为《行客经历传》，篇幅共 13 页，成为这部讽喻小说最早的汉译本，也是英国小说的最初译介。两年后，即 1853 年（清文宗咸丰三年），《天路历程》第一个全译本（“文语译本”）由英格兰长老会来华的第一位牧师宾威廉（Rev. William Chalmers Burns，1815—1868）

与佚名中国士子合作，以浅近文言文形式译成中文，在厦门出版。此系《天路历程》第一部，全书99双页，分为5卷。该译本译序陈述了译者选择该小说译介的原因：“《天路历程》……将《圣经》之理，辑成一书，始终设以譬词，一理贯串至底。其曲折处，足令人观之而神悦；其精严处，尤足令人读之而魂惊，且教人如何信其神道，如何赖耶稣功，当如何着力，如何谨慎，是诚天路历程之捷径也。”此译作出版后的10余年间，“屡次刷印，各处分送。凡我教同人，或教外朋友，阅此书者，咸谓是书有益于人”。从中可看出，译者将《天路历程》视为主人公基督徒依据亲身经历撰写的宗教著作，并未将其视为虚构性的文学艺术作品。此为译成中文的第一部外国小说。这个译本于1856年在香港再版、1857年在福州印行，后多次重印，附有前言和10幅插图，为苏格兰画家亚当斯（Adams）绘制，画中人物都是中国人的面孔和装束。

1865年（清穆宗同治四年），宾威廉又以北京方言译成《天路历程》第一、二部（“官话译本”），这也是第一部较为完整的外国文学作品重译本。译者重译该小说的动机，是因为初译本以文言为译语，传播有限，有违于广泛传授“天路历程之捷径”的目的。因此，译者“缘此重按原文，译为官话，使有志于行天路者，无论士民，咸能通晓……诚以是书为人人当读之书，是路为人人当由之路”。重译本序中还说：“初译无注，诚恐阅者不解，今于白文旁，加增小注，并注明见圣书某卷、几章、几节，以便考究。凡阅是书，务于案头置新、旧约，以备两相印证。依次而行，则《圣经》之义，自能融洽于胸中。”

时隔4年，即1869年（清穆宗同治八年），上海美华书馆又据咸丰三年（1853年）版印行了班扬这部小说的汉译本《天路历程》。后此书传入日本，由村上俊吉译成日文，在1876—1878年神户出版的基督教报纸《七一杂报》上连载，书名照搬中国译名，后出单行本。据芥川龙之介《骨董羹》说，书里数页铜版画的插图都是中国人画的，以中国风格描绘文中的人物风景，其中的英诗翻译更是“汉味”十足。

1871年（清穆宗同治九年），广州羊城惠师礼堂刊行《天路历程土话》，现藏英国伦敦大学亚非学院图书馆。此为粤语本《天路历程》，包含30幅插图，用宣纸精心印制，单独装订，与其他5卷正文（各卷分别为25页、26页、26页、29页、28页）合成一函。此刊本除抄录咸丰三年的原刊本序外，还有一《天路历程土话序》，交代了该书的特色及来龙去脉。[1] 该书可以看做为最早介绍到中国的英国长篇小说。[2]《天路历程土话》的30幅插图均各有四字标题，联系起来便是完整的故事梗概，[3] 读者从中可以大致领略到这部小说的精髓。陈平原教授指出："在我看来，为《天路历程土话》插图的画家明显是将此书作为'章回小说'来阅读，并按照'绣像小说'的传统，为其制作具有某种独立叙事功能的'系列图像'。"该刊本用"绣像小说"的传统来诠释及表现《天路历程》。"《天路历程土话》中的图像，从人物造型，到服饰、建筑、器具等，几乎全部中国化。除了十字架等个别细节，你基本上看不出所阐释的是一部英国小说。图像叙事的独立性，在这里得到更加充分的显示。"[4]

除了《天路历程》得到多次重译重印外，其他英国小说文本也不断进入近代中国人的视界。如，1872年（清穆宗同治十一年）5月21—24日，上海出版的《申报》载一文，题作《谈瀛小录》，约5 000字，经考实为《格列佛游记》（*Gulliver's Travels*）之小人国部分，此为斯威夫特这部名著介绍进中国之始。

英国作家利顿（Edward Bulwer Lytton）的小说《夜与晨》（*Night and Morning*），也被蠡勺居士于1873年（清穆宗同治十二年）译述成《昕夕闲谈》，开始

1. 该书序言为："《天路历程》一书，英国宾先生，于咸丰三年译成中国文字，虽不能尽揭原文之妙义，而书中要理，悉已显明。后十余年，又在北京，重按原文，译为官话，使有志行天路者，无论士民妇孺，咸能通晓，较之初译，尤易解识。然是书自始至终，俱是喻言，初译无注，诚恐阅者难解。故白文之旁，加增小注，并注明见圣书某卷几章几节，以便考究，今仿其法，译为羊城土话。凡阅是书者，务于案头，置《新旧约》书，以备两相印证，则《圣经》之义，自能融洽胸中矣。是书诚为人人当读之书，是路诚为人人当由之路。苟能学基督徒，离将亡城，直进窄门，至十字架旁，脱去重任，不因艰难山而丧厥志，不为虚华市而动厥心，则究竟可到郇山，可获永生，斯人之幸，亦予之厚望也。爰为序。同治十年辛未季秋下旬书于羊城之惠师礼堂。"

2. 周作人《欧洲文学史》（1919）第三卷第二篇中，评价道："（班扬）狱中作《天路历程》，用譬喻（allegory）体，记超凡入圣之程。其文雄健简洁，而神思美妙，故宣扬教义，深入人心，又实为近代小说之权舆。盖体制虽与Faerie Gueene同，而所叙虚幻之梦境，即写真实之人间，于小说为益近。"

3. 30幅画题为：一、指示窄门；二、救出泥中；三、将入窄门；四、洒扫尘埃；五、脱下罪任；六、唤醒痴人；七、上艰难山；八、美宫止步；九、身披甲胄；十、战胜魔王；十一、阴翳祈祷；十二、羁伯老王；十三、拒绝淫妇；十四、摩西执法；十五、唇徒骋论；十六、复遇传道；十七、市中受辱；十八、尽忠受死；十九、初遇美徒；二十、招进财山；二十一、同观盐柱；二十二、牵入疑寨；二十三、脱出疑寨；二十四、同游乐山；二十五、小信被劫；二十六、裂网救出；二十七、勿睡迷地；二十八、娶地畅怀；二十九、过无桥河；三十、将入天城。

4. 参见陈平原《作为"绣像小说"的〈天路历程〉》，见《大英博物馆日记》，第126—139页，济南：山东画报出版社，2003年版。

在我国最早的文学期刊《瀛寰琐记》[1] 上连载（1873 年 1 月第 3 期到 1875 年 1 月第 28 期）。[2] 此系我国近代最早由中国人自己从外文译成中文的白话体长篇小说，分为上、下卷，共 50 回。蠡勺居士《昕夕闲谈序》云：“小说者，当以怡神悦魄为主，使人之碌碌此世者，咸弃其焦思繁虑，而暂迁其心于恬恬之境也。……其感人也必易，而其入人也必深矣。谁谓小说为小道哉？”1904 年印行的单行本是经过删改的，署名则改为“吴县藜床卧读生”。书前有《重译外国小说序》，称翻译之目的是要灌输民主思想云云，并认为中国不变更政体则决无富强之路。据郭长海从当时《新闻报》、《申报》广告及刊出诗中考察，蠡勺居士本名蒋子让，藜床卧读生是该书重译者，名管子骏。[3]

1896 年七月初一日，汪康年等创《时务报》于上海。《时务报》第一册刊有梁启超所撰《论报馆有益于国事》：“去塞求通，厥道非一，而报馆其导端也。……阅报愈多者，其人愈智；报馆愈多者，其国愈强。”就在这第一册上刊载了《英国包探访喀迭医生案》，未署译者，后上海素隐书屋单行本署“丁杨杜译”。此为较早译入之侦探小说，后侦探小说流行于晚清，《时务报》开此风气。1896 年 8 月 1 日至 1897 年 5 月 21 日，《时务报》第 6—9、10—12、24—26、27—30 册刊登张坤德译的英国小说家柯南•道尔（Arther Conan Doyle，1859—1930）的 4 篇侦探小说，题为《歇洛克•呵尔唔斯笔记》，包括《英包探勘盗密约案》、《记伛者复仇事》、《继父诳女破案》、《呵尔唔斯缉案被戕》。[4] 此为中国早期所见的英国侦探小说译本。

近代中国对英国小说的选择，丹尼尔•笛福《鲁滨逊飘流记》的译介也颇具代表性。鲁滨逊那种顽强的冒险精神对近代中国人有着巨大的吸引力。沈祖芬[5] 于 1898 年（清德宗光绪二十四年）

1.1872 年 11 月 11 日，蠡勺居士主编的《瀛寰琐记》月刊于上海创刊，出版者申报馆；1875 年 1 月停刊，共出 28 卷。为我国最早之文学专业刊物，以刊载诗词、散文为主，兼及小说、笔记、政论等。学者考证认为，蠡勺居士为杭州蒋子让，寓居上海，别署小吉罗庵主、小吉庵主人、蠡勺渔隐、西泠下士等。

2. 韩南：《谈第一部汉译小说》，见陈平原等编《晚明与晚清：历史传承与文化创新》，第 452—481 页，武汉：湖北教育出版社，2002 年版。

3.1874 年（清穆宗同治十三年）12 月，申报馆出版《昕夕闲谈》两册，上卷 18 节、下卷 13 节，书首《昕夕闲谈小叙》，署“壬申腊月八日，蠡勺居士偶笔于海上寓斋之小吉罗庵”；上卷总跋署“同治癸酉九月重九前五日蠡勺居士跋于螺浮阁”。

4. 这几篇小说现分别通译为《海军协定》、《驼背人》、《分身案》、《最后一案》。后译者另增《英国包探访客迭医生奇案》，共 5 篇，1899 年由素隐书屋出版单行本，改书名为《新译包探案》。

5. 沈祖芬，又名跛少年，杭州人，生卒年不详。3 岁染足疾，行走不便。但意志坚强，日夜自习攻读英文，22 岁时已发表译著多种。沈自小喜欢这本小说，早就有志于将它译成介绍给中国读者并希望借小说冒险进取之精神“以药吾国人”。

节译这部小说为《绝岛飘流记》。经师长的润饰与资助，于 1902 年始得刊布，由杭州惠兰学堂印刷，上海开明书店发行。有《译者志》称该小说“在西书中久已脍炙人口，莫不家置一编。……乃就英文译出，用以激励少年。”高梦旦在《绝岛飘流记序》（1902）中认为此书“以觉吾四万万之众”。宋教仁读了此书后也认为，鲁滨逊的“冒险性及忍耐性均可为顽懦者之药石”（《宋教仁日记》1906 年 12 月 31 日）。1905、1906 年，复有从龛译本《绝岛英雄》与林纾、曾宗巩译本《鲁滨孙飘流记》、《鲁滨孙飘流续记》。[1]

另外，1878 年（清德宗光绪四年）9 月 7 日，林乐知主编的《万国公报》第 504 卷刊登《大英文学武备论》；9 月 14 日出版的第 505 卷上刊《培根格致新法小序》。二文对英国文学及部分作家略有介绍。1897 年（清德宗光绪二十三年）11 月出版的《万国公报》第 106 卷刊载了林乐知、任延旭的《格致源流说》。该文称培根为“英国格致名家”，同时在该文中穿插翻译了培根的一篇论述“格致之效”的数百字的小品文。这也是目前所见培根的文学作品最早的中译文。

1. 后来，笛福的这部小说名著又出现多种译本或节译本。如严叔平译本（上海崇文书局 1921 年 6 月版），彭兆良译本（上海世界书局 1931 年 12 月版），李嫘译本（上海中华书局 1932 年 12 月版），顾均正、唐锡光译本（上海开明书店 1934 年 10 月版），张葆庠译本（上海启明书局 1936 年 5 月版），徐霞村译本（上海商务印书馆 1937 年 3 月版），吴鹤声译本（上海雨丝社 1937 年 5 月版），殷雄译本（上海大通图书社 1937 年 6 月版），等等。其中，徐霞村译本后来较为通行。

第四章　20 世纪上半叶的中英文学交流（一）：中国文学在英国

第一节　翟理斯《中国文学史》：对中国文学的总体观照

从写作时间上看，在汉学界产生重要影响的《中国文学史》（*A History of Chinese Literature*，1901），出现于翟理斯汉学译介生涯的中后期，它是翟理斯关于中国文学研究成果的总汇。当然，《古文选珍》（*Gems of Chinese Literature*，1884）、《古今诗选》（*Chinese Poetry in English Verse*，1898）已为其写作这部文学史奠定了重要基础。同样，翟理斯在文学史料等方面的积累也不断向前推进，如于 1923 年刊行的《中国文学瑰宝》（*Gems of Chinese Literature*，包括诗歌卷、散文卷）中，作家的数量较之于《古文选珍》与《古今诗选》已经有了大幅度的增加，其中许多已出现于《中国文学史》之中，在时间跨度上也从原来的明清时期延伸至民国。

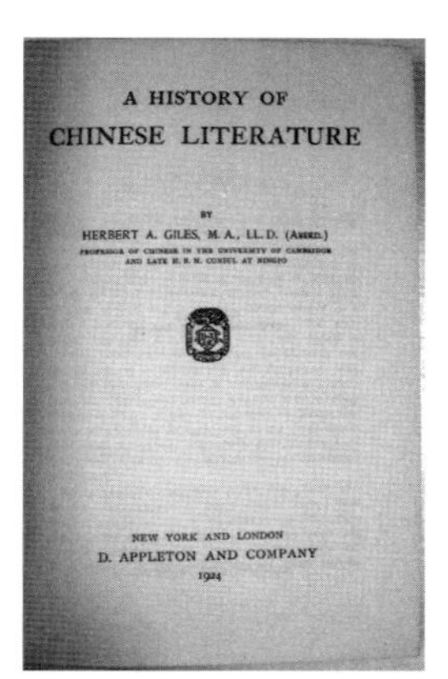

翟理斯《中国文学史》

翟理斯的《中国文学史》于 1901[1] 年由伦敦海涅曼公司（William Heinemann）出版社刊行。这是英语世界出现的第一部中国文学史。该书主要是应英国文学史家戈斯（Edmund W. Gosse）之邀，而作为其《世界文学简史丛书》（*Short Histories of the Literature of the World*）中的一种而作。翟理斯接受友人戈斯的建议，在书中尽可能纳入作品的译文，以便让读者自己感受与评判，同时引证一些中国学者的评论，便于西方读者了解中国人自己如何理解、评析这些文学作品。原作翻译在书中占据不小的篇幅，而这些内容绝大多数是由翟理斯自己动手翻译。翟理斯的英译以明白晓畅著称。他曾引托马斯·卡莱尔的话“还有什么工作，比移植外国的思想更高尚？”（《中国文学瑰宝》卷首引）来表明翻译异域知识的重要性。因而其译

1. 对于该书的初版时间存在的争议较多，主要集中于 1900 年与 1901 年之争上，王丽娜和熊文华的相关论著中认为是 1900 年，而后来的学者多认为是 1901 年。笔者并未见到 1900 年版的《中国文学史》，而 1901 年的版本则有，因此此处暂时采用 1901 年为初版时间。该书随后于 1909 年、1923 年与 1928 年由纽约及伦敦 D. 阿普尔顿出版社（D. Appleton and Company）再版，1958 年、1967 年由纽约丛树出版社（Grove Press）和纽约弗雷德里克·温加尔出版有限公司（Friderick Ungar Publishing Co.）再版，1973 年又由拉特兰郡查理斯·E. 塔特尔出版公司（Charles E. Tuttle Co.）再版。该书一版再版也从侧面说明了该书受英语世界读者的欢迎程度。翟氏于 1935 年离世，而该书至今可看到的版本已是出版到了 1973 年，足见该书的生命力。本节关于翟理斯《中国文学史》的讨论，笔者指导的毕业研究生徐静参与其中，并提供了初步的解读文字。

文颇能传达原作的神韵。[1]

1. 此书面世后，郑振铎先生曾撰写书评《评 Giles 的中国文学史》，指出它存在着疏漏、滥收、详略不均、编次非法等缺点，并认为其根本原因在于作者对中国文学没有作过系统的研究。由于作者“对于当时庸俗的文人太接近了，因此，他所知道的中国文学，恐除了被翻译过的四书五经及老庄以外，只有《聊斋》、《唐诗三百首》以及当时书坊间通行的古文选本等等各书。”（见《中国文学论集》，上海：开明书店，1934 年版。）翟理斯的文学史将中国文人一向轻视的小说、戏剧之类都加以叙述，并且能注意到佛教对于中国文学的影响。这两点可以纠正中国传统文人的尊儒和贱视正当作品的成见。

《中国文学史》是 19 世纪以来英国汉学界翻译、介绍与研究中国文学的一个总结，在某种程度上代表了整个西方对中国文学总体面貌的最初概观。在该书序言里，翟理斯批评中国的学者无休止地沉湎于对个别作家作品的评价与鉴赏之中，由于认为要在中国文学总体历史研究上取得相对的成就都是毫无指望的事，他们甚至连想也没有想过文学史这一类课题。翟氏《中国文学史》一书实际上是当时英国汉学发展过程中取得的一个阶段性成果的总结。翟理斯前承理雅各、威妥玛等人，后启韦利，在英国汉学的发展过程中起着重要的衔接作用，同时也对中国文学和文化在英语世界国家包括西方世界的传播有着举足轻重的地位。以“中国文学史”为题，在英国世界中属于开山之作，不论其所涉及的内容为何，该书的发行及其在西方英语世界的传播便向英语读者们传达了一个信息：中国文学的一个总体概貌在英语世界开始呈现了。

文学史作为文学研究的一个重要组成部分在欧洲已经有了较为成熟的发展，但是对于史学发达的中国来说，文学史却是舶来品。翟理斯的《中国文学史》是早期几本中国文学史之一，具有一定的代表性。这部中国文学史在西方一版再版，足见其受欢迎之程度，并且在一定程度上影响了中国学者在文学史上的写作。

翟理斯这部《中国文学史》全书共 448 页，以朝代的历史演变为经、以文学的各种体裁为纬，分为封建时期（公元前 600—前 200 年）、汉朝（前 200—200 年）、小朝代（200—600 年）、唐朝（600—900 年）、宋朝 (900—1200)、元朝（1200—1368 年）、明朝（1368—1644 年）、清朝（1644—1900 年）等 8 卷。全书具有一定的“史”的意识，总体上将中国各时期的文学（此处“文学”不单指审美性的纯文学作品）作了详简得当的介绍。

根据每个时代所特有的文学特征，每一卷又分为若干章来叙述。第一卷题为“封建时期”的文学，即对先秦文学的总述，包括神话传说、以孔子为中心的四书五经、与儒家思想并存的其余各家以及诗歌等。第二卷题为“汉朝”文学，实际上则包含了秦与汉两个时期的文学概况，作为文学史上的一些重要事件（如“焚书坑儒”），翟理斯也没有忘记讲述，此外还涉及了史传文学（《战国策》、《史记》、《汉书》等）；而李斯、李陵、晁错、路温舒、扬雄、王充、蔡邕、郑玄、刘向、刘歆等人的相关作品也在翟理斯的译介讨论之中；还有贾谊、东方朔、司马相如、枚乘、汉武帝、班婕妤等人的诗赋亦包含在内。另加上以辞书编撰与佛教传入中国为主题的两章，共同构成了翟氏《中国文学史》第二卷的主要内容。题为“小朝代”的第三卷涉及的主要时间段为国内文史学界所说的魏晋南北朝时期。翟理斯将这一时期的文学从文学（主要是诗歌）与学术（主要指经学）两方面来展开，前者为其介绍的重点，包括了当时的“建安七子”、陶渊明、鲍照、萧衍、隋朝的薛道衡以及我们习惯上认为的初唐诗人王绩。第四卷的“唐朝”文学中，唐诗成为翟理斯着重介绍的文学体裁，在对中国的成熟诗歌形式作了简要介绍之后，分别选择了王勃、陈子昂、宋之问、孟浩然、王维、崔颢、李白、杜甫、岑参、常建、王建、韩愈、白居易、张籍、李涉、徐安贞、杜秋娘、司空图等人的一些作品；也从学术研究的角度出发，简要介绍了魏征、李百药、孔颖达、杜佑等人；同时还介绍了诗歌以外的文学体裁，主要是散文，包括柳宗元、韩愈和李华的一些作品，这样构成了翟理斯心目中唐代文学的整体面貌。作为第五卷的“宋朝”文学，翟理斯将雕版印刷（主要是木版印刷）发明后对文学的影响放在了首位，其次论述了宋朝的经学与总体文学，分别介绍了欧阳修、宋祁、司马光、周敦颐、程颢、王安石、苏轼、苏辙、黄庭坚、朱熹等人；而关于宋朝的诗歌则主要选取了陈抟、杨亿、邵雍、王安石、黄庭坚、程颢、叶适等人的一些作品。除此之外，翟理斯还介绍了宋朝时所编撰的一些字典，主要有《广韵》、《事类赋》、《太平御览》、《太平广记》、《文献通考》以及宋慈的《洗冤录》等。第六卷的“元朝”文学，除了介绍传统的诗歌作品（主要有文天祥、王应麟、刘因、刘基等人）外，翟理斯开始引入了文学中的新体裁即戏曲和小说，并对戏曲和小说的起源阐述了自己的看法，收入的戏曲作品主要包括纪君祥的《赵氏孤儿》、王实甫的《西厢记》以及张国宾的《合汗衫》；小说则主要有《三国志演义》、《水浒传》，而以对《西游记》的译介作为了该卷的收尾。第七卷的“明朝”文学，翟氏将李时珍的《本草纲目》和徐光启的《农政全书》纳入了这一时期的总体文学之中，对宋濂、方孝孺、杨继盛、沈束、宗臣、汪道昆等人的相关作品与上述的农政和医药方面的书籍一起作了相关的介绍；而小说和戏曲方面则选择了《金瓶梅》、《玉娇梨》、《列国传》、《镜花缘》、《今古奇观》、《平山冷燕》，以及《二度梅》、《琵琶记》等；诗歌作品则将解缙、赵彩姬、赵丽华的一些作品选入了该文学史中。最后一卷的“清朝”文学，着重译介了蒲松龄《聊斋志异》中的一些篇目（包括《聊斋自志》、《瞳人语》、《崂山道士》、《种梨》、《婴宁》）以及《红楼梦》的故事梗概；简要介绍了康熙王朝时所组织编写的百科全书，主要有《康熙字典》、《佩文韵府》、《骈字类编》、《渊鉴类函》、《图书集成》等5部，以及乾隆帝时期的一些作品；此外还介绍了顾炎武、朱用纯、蓝鼎元、张廷玉、陈宏谋、袁枚、陈扶摇、赵翼等人，并在该卷要结束时引入了新的文学式样——“墙壁文学”、“报刊文学”、幽默故事以及谚语和格言警句等。

翟理斯以介绍文学作品自身内容为重点，而对文学作品本身的评论可谓一鳞半爪。他在序言中对此作出了解释：“在翻译所能达到的范围内，由中国作家们自己说话。我也加上了一些中国学者的评论，读者通过这些中国人自己的评论也许可以形成自己的观点。”[1] 此前翟理斯所完成的《古文选珍》与《古今诗选》为这部《中国文学史》的完成准备了坚实的基础。当然，随着时间的推进与翟理斯自身知识的积累，选入《中国文学史》中的作家作品也有了适当的增加。

1.H. A. Giles. *A History of Chinese Literature*. New York and London: D. Appleton and Company, 1923. Preface.

翟理斯这部《中国文学史》涉及到的文学种类主要包括诗歌、散文、小说、戏曲等，以宋朝为分水岭，呈现出宋之前（包括宋朝）的文学史侧重诗文，宋之后的文学史侧重小说戏曲这样的面貌。并称“在元朝，小说和戏曲出现了”。[2] 不难看出，这种文类的架构已呈现出了现代文学模式中所包含的几种主要体裁，即诗歌、散文、小说、戏剧。西方的文类发展正如艾布拉姆斯所说：“自柏拉图和亚里士多德起，根据作品中说话人的不同，倾向于把整个文学区分成三大类：诗歌类或叫抒情类（始终用第一人称叙述），史诗类或叫叙事类（叙述者先用第一人称，后让其人物自己再叙述），以及戏剧类（全由剧中角色完成叙述）。”[3] 中国文学史的书写在很长一段时期内所用的文学分类形式都是这种来源于西方的现代文学分类模式，而翟理斯的文学史可谓早期的尝试。

2.H. A. Giles. *A History of Chinese Literature*. New York and London: D. Appleton and Company, 1923. p. 256.

3. 艾布拉姆斯：《文学术语汇编》第7版，北京：外语教学与研究出版社，2004年版。

《中国文学史》里的诗歌文类具体包括赋、五言、七言诗等。但对于词这一在中国文学中有重要地位的文体，翟理斯只字未提。基于词在韵律方面的特点，将之划归于西方文体中的诗歌类应为较为妥当的一种方式。对于“词”的“缺场”，有学者援用一位研究词的加拿大汉学家的观点，认为：“关键是词比诗难懂得多。如果没有广博的背景知识，外国读者面对词里众多的意象将会一筹莫展。”[4] 还有人指出宋词由于“受格律形式的限制，译解难度比较大”，[5] 因此才被忽略。从欧洲文学传统来看，并无词这种文学体裁，在中国传统的文艺观中词则被视为“诗余”，长期处于“失语”的状态，在此文学语境中，“词”这一诗歌文类要进入翟理斯的视野确属不易。

4. 张弘：《中国文学在英国》，第152页，广州：花城出版社，1992年版。

5. 程章灿：《魏理眼中的中国诗歌史——一个英国汉学家与他的中国诗史研究》，见朱栋霖、范培松主编《中国雅俗文学研究》（第一辑），第51页，上海：上海三联书店，2007年版。该文指出，魏理惟一翻译的一首词为李煜的《相见欢》。

翟理斯对小说这一被传统视为“小道”的文体亦较为推崇，让其登上了文学史这一大雅之堂。不过他对中国小说的着眼点却侧重于其外部因素，即更看重小说在文献方面的价值，而对于内部美学方面的价值关注较少。这或许是翟理斯时代即维多利亚时代英国汉学的一个总体特征。比翟理斯略早的伟烈亚力（A. Wylie）曾经如此评价中国的小说："中文小说和浪漫传奇故事，作为一个品种，是太重要了，其重要性是怎么说都不为过的。它们对于不同年龄者的民族风格方式和习惯的洞见，它们所保留下来的那些变化了的语言的样本，使得它们成为人们学习历史，获得相当部分历史知识的惟一通道。而且，它们最终形成了那些人物，实际上这些并非毫无价值可言，而这些根本就不应该遭到那些学者们的偏见轻视。""而且，那些阅读这种类型的中国小说的读者将会发现，尽管那些故事中充满幻想，但却常常是忠实于生活的。"[1]

1.*The China Review: or Notes and Queries on the Far East*. 1897, 22(6): 759.

虽然翟理斯有注重文学性的倾向，但在这种总体汉学的氛围中，其突破也是相当有限的。中国典籍（包括小说）的价值更多地体现在文献价值上，这依然是这一时期欧洲汉学的主要倾向，[2]

2. 如翟理斯的《聊斋志异选》就被当做民间故事或者民俗研究的材料来看待。

但不能否认的是同时也蕴藏着一股从美学角度观照小说的潜流。在这股潜流尚未发展为主流之前，翟理斯《中国文学史》中的小说部分只能体现当时汉学领域小说的研究水平。翟理斯还喜欢将本土文学与异国文学进行比附。如将《聊斋志异》中《孙必振》一篇的篇名译为《中国的约拿》；将《婴宁》中某些细节的描写与吉尔伯特（W. S. Gilbert, 1836—1911）《心上人》（*Sweethearts*）第一幕结尾的相似之处进行对照，说吉尔伯特是"中国人的学生"。[3] 翟理斯

3.H. A. Giles. *A History of Chinese Literature*. New York and London: D. Appleton and Company, 1923. p. 348.

对中西文学进行总体的观照并不仅仅在小说中有所体现，对于诗歌，也在有意无意之间进行中西的比照。如将"平仄"与西方诗歌中的"抑扬"作类比，并向"欧洲的学生们"介绍说："长诗对于中国人来说并没有吸引力，中文中也没有'史诗'(epic)这个词，但达到上百行的诗歌还是有一些的。"[4] 不难推测，翟理斯对中国诗歌的观照是以西方传统的诗歌为参照对象的。

4.H. A. Giles. *A History of Chinese Literature*. New York and London: D. Appleton and Company, 1923. p. 145.

小而言之，这是一本由汉学家来完成的中国文学史著作，因而从整体上看，该书带有浓厚的汉学色彩，这主要体现在：

其一，受英国汉学水平及成果所限，收入《中国文学史》中的作家作品极其有限。加之该书仅有448页，在如此有限的篇幅内要容纳上迄公元前600年、下至19世纪末这一漫长时期的文学，实属不易。因此，郑振铎先生认为其存在"疏漏"的缺点。

其二，就翟氏《中国文学史》的具体内容而言，确有参差不齐等缺陷。翟理斯于中国的所见所闻成为了其写作的最重要依据，因此民间最底层的文学与政府（皇帝钦定）官方色彩最浓

重的文学同时出现，但他却忽略了许多士大夫的作品，这些士大夫从属于上层贵族阶层，然其作品上未能进入政治权力的核心，下未能达于民间广泛传诵，因而难以进入翟理斯之视野。这样，那些为官方与民间普遍接受的文学最为翟理斯青睐，代表儒释道文化的文学作品遂成为其文学史内容的主导。此外，翟理斯自身对女性文化的兴趣亦成为其文学史内容的另一重要方面，由此构成了翟氏《中国文学史》的主体部分。

其三，驳杂的文学。英国汉学界巨擘理雅各关于儒家经典作品的译介已然成为了英国汉学家们绕不过的一块“石头”，翟理斯作为继理雅各后的又一较有成就的汉学家，虽然对于理雅各的译介间或总有批评，但不可否认在儒家经典的英语译介上，尚无人可以逾越理雅各。在如此强大汉学成果的影响下，翟理斯下意识地传承了这一成果，然而却又在另一层面上不自觉地企图超越这一成果，正如他在《古文选珍》的序中所说的那样：尚有一块广袤的处女地亟待开垦。正是在这两种思想力的共同作用下，《中国文学史》既大致呈现出了经学发展的脉络，又试图勾勒出中国文学发展的面貌。这样，中国文学便包括了四书五经、小说、戏剧、百科全书等。此外，对于自己既有的译介成果，翟理斯似乎也不忍舍弃，因此诸如宋慈的《洗冤录》、蓝鼎元的审判案例等也收入了该部文学史之中。这也是郑振铎对之不满的重要原因，即“滥收”与“详略不均”。但是，翟理斯却相当注重外界因素对于文学发展的影响，除了郑振铎所提到的重视佛教之于中国文学的影响之外，翟理斯还强调了文学文本在产生过程中对生产方式的影响，如文字的发明、印刷术的发展以及统治者的提倡与庇护等。

因此，这部20世纪初用英文写作的中国文学史若以现代眼光视之，确实存在诸多缺陷。但如考虑到当时汉学尤其是英国汉学的总体状况，此部著述的写作达到如此水平已属不易。

从《古文选珍》、《古今诗选》到《中国文学史》，直至《中国文学瑰宝》，收入其中的作家作品逐步增加与完善。在1923年版的《中国文学瑰宝》中，翟理斯在诗歌卷中主要增加了几首白居易的诗，在散文卷中则主要增加了近代晚清时期的作品，如曾国藩、梁启超等人的作品。从《中国文学史》与《中国文学瑰宝》（诗歌卷、散文卷）两部著作来看，由于翟理斯置身于“文学史写作”较成熟的欧洲，因此在译介中国文学的过程中具有一定的文学史意识；但由于英国汉学成果所限，尤其是文学史料的缺乏使其文学观又呈现出驳杂的一面。

晚年的翟理斯还译介了《中国神话故事》（*Chinese Fairy Tales*，1911）、《中国笑话选》

（*Quips from a Chinese Jest-book*，1925）。《中国笑话选》选译了《笑林广记》中的几则笑话，使英国人看到了中国人及中国社会的另一面。

总而言之，翟理斯是英国汉学史上乃至整个欧洲汉学界对中国文学进行总体观照的第一人。英国汉学的功利性虽然令其汉学研究无法像法国汉学那样精深，但却并不妨碍其对于中国文学的关注。或许也正是这种相对的业余性质使得英国汉学对于中国文学的关注较于欧洲其余国家更多些。由于既有成果与条件所限，翟理斯并没有深入研究中国文学及作品，但是这种总体的观照与"总体文学"的提出，使英语世界的读者对于中国文学有了一个大致的了解，加之翟理斯流畅的文笔以及大众化的倾向，遂使传播面更加广泛，在中英文学交流史上起到了非常重要的作用。

第二节 阿瑟·韦利的中国文学译介

一、 阿瑟·韦利的汉学成就及翻译策略

阿瑟·韦利（Arthur David Waley，1889—1966）是20世纪英国著名汉学家之一，1889年8月出生于英国东南部肯特郡（Kent）的一个小城里，父亲大卫·许洛斯（David Frederick Schloss，1850—1912）是英国著名的犹太经济学家，费边社成员，一生致力于争取犹太人在英国社会的合法地位。幼时的阿瑟·韦利便对东方文化产生了浓厚的兴趣。

1903年韦利到拉格比公学（Rugby School）就读，在此他奠定了深厚的古典文学基础。1906年他获得剑桥大学国王学院的拉丁奖学金，成为剑桥的一名学生。20世纪初的剑桥大学学者云集，新人文主义者狄金森（G. L. Dickinson，1862—1932）、现代伦理学的创始人穆尔（G. E. Moore，1873—1958）等名家当时正在剑桥任教，每逢他们上课或讲座，韦利逢场必到。尤其是狄金森，他鼓励韦利研究中国绘画、诗歌、散文，乃至中国文学史。当时英国学界研究中国文学权威的著作是翟理斯的《中国文学史》，但该著主要是一系列具体作品的描述，对中国

文学发展史的理解稍有欠缺。

1913 年 2 月，韦利通过大英博物馆绘画部严格的考试，竞聘到绘画部工作。年初大英博物馆东方图片及绘画分部（The Oriental Sub-department of Prints and Drawings）成立，6 月韦利便调到此分部作劳伦斯·宾扬（Lawrence Binyon，1869—1943）的助手。宾扬乃英国著名诗人、艺术批评家，1909 年进入大英博物馆绘画部工作，著有许多关于东方艺术的论文及专著。韦利主要负责整理馆藏的绘画作品，并为其作一详细的编目。为了适应工作的需要，韦利开始自学中文和日文。巴斯·格雷（Basil Gray，1904—1989）在回忆韦利的文章中谈到：“那时，韦利在博物馆的工作主要是为中国的绘画作品作简要的介绍，同时为馆藏的原画及复制品作一编目。1922 年该目录由 Trustees 出版社出版，此后，该书成为艺术研究必备的工具书。……但对馆内藏画的介绍除了一部分发表在 1923 年出版的《中国绘画介绍》外，大多没有发表。”[1] 但韦利对绘画的兴趣点并不在绘画本身，他关注的是画中体现出的文学特色。巴斯·格雷对此事深有感触：“韦利对中国绘画的兴趣主要集中在画的文学性特点上，即使为绘画作品作介绍，也要从文学的角度着手。”[2] 众所周知，中国古代绘画有一特点，那就是画中存有大量的题诗，有的是画家自题的，有的则是朋友赠题的，还有的是收藏者题写的。韦利对中国诗歌的翻译就始于这些题画诗。工作的间隙，韦利开始研读馆藏的中国诗歌选本，并着手翻译中国的古代诗歌，开始了他涉足汉学的漫漫长路。

英国汉学家阿瑟·韦利

韦利第一次公开发表文章是在 1917 年 1 月份，他在

1.Basil Gray. “Recollections of a Younger Brother”, in *Madly Singing in the Mountains: An Appreciation and Anthology of Arthur Waley*. London: George Allen & Unwin Ltd., 1970. p. 40.

2.Basil Gray. “Recollections of a Younger Brother”, in *Madly Singing in the Mountains: An Appreciation and Anthology of Arthur Waley*. London: George Allen & Unwin Ltd., 1970. p. 41.

英国著名的艺术类杂志《伯林顿杂志》（*Burlington Magazine*）上发表了《一幅中国画》（A Chinese Picture），该文主要介绍张择端的《清明上河图》。文学翻译方面，现存最早的译本是 1916 年由伦敦 Lowe Bros 出版社出版的《中国诗歌》（*Chinese Poems*）。此书有韦利的亲笔签名。说起此书的出版，还有一段有趣的故事。韦利工作时，因为不懂汉语文学常识，常常把一个艺术家当做两个，因为中国古代文人除了姓名之外，还有字、号，有的文人号还不止一个。对这些只要稍不熟悉，就很难分清画上题名的是一个人还是两个人。为此他到那时刚刚成立的东方研究院学习中文，并到芬斯伯里地区拜访负责汉语研究的一位老传教士。在他那儿，韦利非但没有得到鼓励，还被告知东方研究院的资料太少，中国诗歌方面仅有一本孔子编订的《诗经》。见韦利不信，这位老传教士便戏谑地让韦利去图书馆找找，看能否找到什么有用的东西。那时大英图书馆对这些汉语书籍还没有详细的编目，书籍杂乱无章地堆放在一起，结果韦利从中找出了几百册中国诗歌集。学习一门语言，翻译是一条捷径，当然必须经过严格的训练，了解相关的翻译技巧。对初学者来说，翻译往往可以更加精确地掌握词汇的运用。韦利就是在拙笨的翻译中逐渐掌握汉语知识的。由此可见，翻译在韦利眼里仅仅是为更好地工作所备的一块基石。最终韦利初步译出了 50 多首诗歌。为了和朋友们分享译诗的快乐，好友罗杰•弗莱（Roger Fry，1866—1934）建议韦利结集成册，由他的欧米伽工作室[1]出版。为此，弗莱召集相关人员对韦利译诗的出版问题进行商议。弗莱尽管是一名艺术家，但在此书的出版问题上，必须考虑成本与收益的平衡问题。大多数人认为该书出到 200 本才能收回成本。但此书能否卖出去成为会议的焦点，与会的多数人认为该书最多能卖出 20 本，音乐家特纳（Saxon Turner）的话更显刻薄，他说一本也卖不出去。为此热情的弗莱只好放弃此计划。但这一举措却激起韦利出版的欲望，在弗莱的资助下，韦利找到一家普通的出版商（Lowe Bros）将此书付梓出版了 50 本。为了省钱，韦利用墙纸作皮，分送给朋友，权当圣诞节的礼物。[2]第二年伦敦大学东方学院创办《东方学院学报》（*Bulletin of the School of Oriental Studies*），创刊号登载了韦利的两篇译文，一篇为《唐前诗歌》（Pre-T' ang Poetry），一篇是《白居易诗三十八首》（Thirty-eight Poems by Po Chü-I）。同年 11 月 15 日，泰晤士报文学副刊刊载了一篇文章，题为《一颗新星》（A New Planet），文中谈到："读这些译诗是一件快意而有趣的事。"[3]就是这一句话成为韦利译介生涯的第一个支点，至此，他苦心翻译的中国古诗也有读者开始欣赏了。

1. 欧米伽工作室，英文名称为 Omega Workshops，1913 年 7 月由罗杰·弗莱倡议成立，地址在布鲁姆斯伯里费兹罗伊广场 33 号，主要从事室内如花瓶、地毯、窗帘、桌椅等的设计，也负责绘画作品装裱、书籍的装帧出版事宜，1919 年 6 月解散。

2. Arthur Waley. *One Hundred and Seventy Chinese Poems*. Suffolk: St. Edmundsbury Press Ltd., 1986. Introduction.

3. Arthur Waley. *One Hundred and Seventy Chinese Poems*. Suffolk: St. Edmundsbury Press Ltd., 1986. Introduction.

1918 年，韦利从波西米亚滑雪回来服兵役，遇到了德佐特（Beryl de Zoete，1879—1962），一位舞蹈评论家，她长韦利 10 岁，是柏拉图式精神恋爱与素食主义者联盟志愿者之一。后来两人一直生活在一起，直到 1962 年德佐特去世。个人生活的安定大大激发了韦利的创作欲望，他不仅翻译中国诗歌，还着手翻译日本能剧，1921 年 3 月，译文 *The No Plays of Japan* 由伦敦 George Allen & Unwin Ltd. 出版。虽然韦利的工作依然是中国绘画，期间也出版过一些这方面的著作，如 1922 年 3 月韦利编制的《大英博物馆东方图片及绘画分部藏品之中国艺术家人名索引》（*An Index of Chinese Artists Represented in the Sub-department of Oriental Prints and Drawings in the British Museum*）由博物馆董事会出版，1923 年 9 月伦敦 Ernest Benn Ltd. 出版了《中国画研究概论》（*An Introduction to the Study of Chinese Painting*），但韦利的兴趣依然在中日文学翻译上。其中 1925 至 1933 年间翻译完成的《源氏物语》全译本，至今仍是日本文学英译的典范。1929 年 12 月底，韦利辞掉博物馆的工作，专心于汉学译介与研究，直至 1966 年 6 月去世。

韦利汉学研究的成就可分为三个方面：第一是中国诗歌、小说的翻译，第二是为中国诗人作传，第三是对中国古代哲学思想的研究。

或是由于第一本书出版的坎坷遭遇，韦利此后的译介著作特别注意读者的接受。他把读者欣赏作为自己翻译的宗旨。为此在语言的选择上，他宁愿用通俗的口语，也不愿用精美的学术语言。韦利之前，诗歌属于上流社会精英者消费的文化产品，抽象而深奥，一般的老百姓很难读懂。为此一般的读者往往见诗兴叹，将诗拒之于选择范围之外。就连赫赫有名的小说家福斯特（E. M. Forster，1879—1970）看完韦利的一本中国诗译作后，也摆不脱知识分子精英者的成见，说道中国诗可爱，但不漂亮。[1] 此话对中国诗的评价显然有失公允，不过福斯特依据的也仅是韦利的译诗，这倒从另一侧面表现出韦利译诗的通俗畅达，不追求过多的藻饰，喜用明白晓畅的语言。就是对这一译语风格的尊崇，成就了韦利的汉学翻译，也奠定了他在英国诗坛领袖的地位。韦利可以说开创了英国诗坛的一股新潮流。查阅相关的百科全书，对韦利的定位首先是著名的诗人，其次才是汉学家。《牛津英国文学词典》中韦利词条一栏称：“韦利：诗人、中日文学译介的权威，通过其知名的译作，将中日文学介绍给大众。”[2] 因此，韦利的诗歌虽是译诗，但在英国读者的眼里，已经忘却了他创作时依据的中诗原文，权当韦利自己的作

1.Arthur Waley. *One Hundred and Seventy Chinese Poems*. Suffork：St. Edmundsbury Press Ltd.，1986. Introduction.

2.Margarel Drabble. *The Oxford Companion to English Literature*. 北京：外语教学与研究出版社，2005. p. 1070.

品去赏读。仰仗译诗的流畅自如、不拘格套，韦利获得了 1953 年度的英国女王诗歌勋章（The Queen's Medal for Poerty）。

出于翻译中传情达意的思考，韦利有自己的翻译准则。他首先关注的是译文语言表达的通畅性。在他看来，译文就是给所译语言的大众读的，不管这些大众是否懂原作的语言，是否潜心读过原作，译者翻译时一定要符合所译语言的表达习惯，避免出现译文蹩脚、表达古怪的情况。为此韦利提出了一个有趣的论断："译者不必是语言的天才，但惟一需要养成的习惯就是听人谈话。"[1] 因为听惯了普通人谈话时所用的语言表达，包括词汇的运用、声调的抑扬，翻译的时候就能熟练地运用翻译语来传达原文的意思。当然不同语言中极少有句子可以做到一对一的对等翻译，如果用自己熟练的译语来表达，难免会遭到别人的批判，当译语与原文的句法结构无法对等翻译时，相比原文，译文的精确性就会遭到质疑。韦利自己就因为译文通畅却不能准确传达原文意义而经常遭到同人的批判。在这一点上，韦利还是坚持自己的看法，他将译者与原作者的关系比做作曲家与演奏者。"译者的角色就似音乐的演奏者，他对歌词韵律必须有一定程度的感知，这种感知能被大大激发出来而且不断增强（这样演奏者才能弹奏好好作品）。"[2] 这样看来，演奏者已经忘却了乐曲是作曲家的创作，他是在用自己的感悟弹奏"自己"的作品。藉此韦利引用法国一位知名学者的一句话说："译者在对原作充分理解后，原作文本就已经消失了（他不是为原作者说话），他在为自己发言。"[3] 显然韦利在翻译三大标准中的"信"、"达"两方面，更重"达"，在"达"的基础上尽可能做到"信"。其实"信"与"达"并不矛盾。当译者运用通顺自如的语言将原文的意思表达出来时，在一定程度上也就做到了"信"。这就是韦利对译事的理解，也是他置身于翻译的一大准则。

1. Arthur Waley. *Note on Translation*. 见余石屹《汉译英理论读本》，第 74 页，北京：科学出版社，2008 年版。

2. Arthur Waley. *Note on Translation*. 见余石屹《汉译英理论读本》，第 75 页，北京：科学出版社，2008 年版。

3. Arthur Waley. *Note on Translation*. 见余石屹《汉译英理论读本》，第 75 页，北京：科学出版社，2008 年版。

注意译文的通畅，自然就会关注原文中作者的表达语气。韦利以《西游记》与《源氏物语》中的一段译文为例，阐述情感表达在翻译中的重要性。就拿《西游记》的一段译文来看，原作第 98 回《猿熟马驯方脱壳，功成行满见真如》中讲到：接引佛祖南无宝幢光王佛撑一艘无底之船载唐僧师徒过凌云渡的独木桥，"那佛祖轻轻用力撑开，只见上溜头泱下一个死尸。长老见了大惊，行者笑道：'师父莫怕，那个原来是你。'八戒也道：'是你，是你！'沙僧拍着手也道：'是你，是你！'那撑船的打着号子也说：'那是你！可贺可贺！'"海伦·赫斯（Helen Hayes）的译文如下：

A dead body drifted by them, and the Master saw it with fear. But the Monkey, even before him, said, "Master, do not be alarmed. It is none other than your own!" The Pilot also rejoiced as he turned to say, "This body was your own! May you know joy!"

韦利认为该段文字中最重要的是"是你"两个字，第二个人如果仅仅是重复第一个人所言，那就没有意义了。他认为接引佛祖所说的"可贺"二字，其实包含了唐僧终于摆脱肉体凡胎修炼成佛的意蕴。"可贺"二字在中国文化里常用于某人升迁后，人们祝福他的一种日常口语。赫斯翻译成"May you know joy！"则与这一文化术语无关了，这样就丢掉了原作者要表达的情感意味。文学翻译不同于法律文书的翻译，法律文书的翻译只重意思的传达，文学却要表达出原作者在文中倾注的情感。愤怒也罢，怜悯也罢，原作者都将其隐藏在自己所用的韵律、句法及措辞上。如果只是将原文的每个词语对照字典一一照搬出来，尽管表面看来准确无误，实际上却大大背离了原作。

以这样的翻译原则为规范，韦利对原作就有自己的选择。他讨厌在官方规定的范畴内应景而译，更不喜欢罗列系列原著，按照历史或其他的逻辑顺序依次翻译。为此他举林纾与曾朴的事例。曾朴建议林纾在外籍著作中，列一名著的清单，按照时间、国别及流派依次排列，进而系统性地展开翻译工作。林纾却说他不懂外文，没有资格为其列一清单，他更不想放弃自己现有的做法，即只译那些令人感动、情节曲折，且能打动自己的作品。正是这些林纾的"即兴"译作引发了中国小说史上最伟大的一场革命。韦利认为这并非巧合，恰恰说明传达情感在翻译中的重要。"译者最重要的一点是被原作感动，这种情感日夜萦绕于心，以致于产生翻译的冲动，如此译者一直处于焦虑之中，直至将作品译出，才有畅快之感。"[1]就译本选择而言，这里的情指的是动情，即能打开译者心扉之门，让其为原作而喜且悲，进而产生激烈创作欲望的一种情感。至此，读者便不难理解韦利为什么以传情达意为翻译的旨归。这一点在韦利的诗歌翻译上表现得尤为明显。

1. Arthur Waley. *Note on Translation*. 见余石屹《汉译英理论读本》，第 79 页，北京：科学出版社，2008 年版。

二、 阿瑟·韦利的中国诗歌小说翻译

诗歌翻译是韦利汉学成就的第一重要方面。在其50多年的创作生涯中，中国古典诗歌的译作就有10多部，主要包括：

《中国诗选》（*Chinese Poems*），伦敦：High Holborn，1916年。

《一百七十首中国诗》（*A Hundred and Seventy Chinese Poems*），伦敦：Constable and Company Ltd.，1918年。

《中国古诗选译续集》（*More Translations from the Chinese*），伦敦：George Allen & Unwin Ltd.，1919年。

《庙歌及其他》(*The Temple and Other Poems*)，伦敦：George Allen & Unwin Ltd.，1923年。

《中国诗集》（*Poems from the Chinese*），伦敦：Ernest Benn Ltd.，1927年。

《诗经》（*The Book of Songs*），伦敦：George Allen & Unwin Ltd.，1937年。

《中国诗文译作选》（*Translations from the Chinese*），纽约：Alfred A. Knopf，1941年。

《中国诗选》（*Chinese Poems*），伦敦：George Allen & Unwin Ltd.，1946年。

《大招》（*The Great Summons*），火奴鲁鲁：The White Knight Press，1949年。

《九歌》（*The Nine Songs*），伦敦：George Allen & Unwin Ltd.，1955年。

以上均为韦利独立译介，还不包括韦利为李白、白居易、袁枚三人所作的传记中翻译的诗作，以及韦利收进其他文集中的诗歌译作。难怪另一英国著名汉学家、《红楼梦》的英译者大卫·霍克斯（David Hawkes，1923—2009）在回忆韦利的文章中称："韦利的成就不仅表现在汉学领域，他还是一位赫赫有名的日文译者。然而，中国诗译者的声望更大一些。……依据传记学研究的逻辑将其作品作一粗线条的勾勒，会发现1922至1931年出版的书籍主要是关于中国艺术的，日文翻译主要出版在1919至1935年间，1934至1939年主要关注中国古代文学与哲学，1956至1958年重心主要在19世纪的中国文学。但中国诗歌翻译自1918年出版《一百七十首中国诗》后，一直利用其工作的间隙坚持翻译，直到他去世。"[1]

从中国诗歌发展的历史角度看，韦利的大部分译作集中在唐代及唐以前的创作上。尤其是唐以前的诗歌，他译介较多。西周初年的《诗经》，韦利全部做了翻译。[2] 屈原除《离骚》之

1.David Hawkes. "From the Chinese", in *Madly Singing in the Mountains: An Appreciation and Anthology of Arthur Waley*. London: George Allen & Unwin Ltd. 1970.

2.1937年出版的《诗经》译本只收录了韦利的290首译诗，另外15首被韦利删掉了，原因是这些诗都是政治悲歌，不像其他的诗有趣。删掉的15首诗，韦利以《日蚀诗及政治悲歌》（The Eclipse Poem and Its Group）为题，发表在1936年10月的《天下月刊》（*T'ien Hsia Monthly*）上。

外的诗赋，或是节译或是全译，韦利都有翻译或分析，当然最为引人注目的是他对《九歌》和《大招》的翻译。与《诗经》翻译的出发点相似，《九歌》主要以人类学关注的巫术仪式为重点。汉代诗歌韦利翻译较多的是五言诗。唐代诗歌作为中国诗歌史上的高峰，韦利仅翻译了李白、杜甫、白居易。尤其是白居易，几乎占他译诗的一半以上。就这一点看，足见韦利对他的偏爱。至于宋诗，韦利认为缺少原创性，诗人的精力都集中在形式的限制上。当然宋代韵文最突出的是“词”，词的句式长短不一，且需遵守严格的平仄及韵律。韦利认为词的内容多以传统内容为重，因为韵律灵巧，所以不适合翻译。至于元明清诗歌，韦利只提到一人，即他为之作传的袁枚。但韦利觉得袁枚的诗歌都是模仿白居易和苏东坡。可见韦利对中国诗歌发展史观的认识显然有缺陷，尤其是对元明清诗歌的认识，他对唐诗的理解也有诸多疏漏，他认为唐诗形式的价值远超过内容。唐代诗歌作为我国诗歌史上的黄金时段，不论是形式还是内容都有较大的发展。就内容看，王昌龄等人的边塞诗，王维、孟浩然等人的山水田园诗，杜甫表现现实生活的“三吏”、“三别”，白居易的闲适诗，元稹的抒情诗等等都堪称一代绝唱。诗歌形式最重要的贡献在于近体律诗绝句的成熟。尽管如此，韦利将中国古典诗歌的艺术魅力较多地展示给欧洲读者看，使英国大众第一次接触到中国诗歌意象优美、抑扬顿挫的艺术魅力。[1]

在诗歌的内容展示方面，韦利认为欧洲诗歌离不开爱情，爱情才代表浪漫，诗人都愿做一名为爱疯狂的人；中国诗则不同，爱情掀开了西方人眼中那层神秘的面纱，平淡而明晰，在中国人眼里爱情仅仅满足生理的需求，缺少情感的沟通，他们需要的是友情而不是爱情。诗人笔下最舒心的场景莫过于寒窗苦读，或与友人对弈，或与一偶逢客人比练书法。但朋友不像妻子或小妾，通过家庭的纽带与诗人系在一起，他们经常因边塞征战、异地任职或告老还乡等原因而远离诗人。所以韦利断言：“说中国诗一多半都是关于朋友分别或远离的一点也不过分。”[2]以此论断为基础，韦利将中国古代诗人的生活归纳为三个阶段：第一阶段，诗人与朋友在京城一起宴饮、创作并讨论时事人生；第二阶段，厌倦了官场的约束，弃官归隐或贬职到僻远的异地；第三阶段，辞官置办一点田产，召集旧友一起宴饮赏玩。有趣的是韦利据此认为中国的爱情诗结束在汉代，后世即使有一些情诗，也主要出自那些孤独的妇人或小妾之手。显然韦利所述的这些观点仅是对其所读诗歌的一种表面直觉，缺少精细的研究与分析。中国诗歌里的爱情主题源远流长。先不论韦利未曾涉猎到的宋词中有大量描写情爱缠绵的韵语，即便在其所译《诗

1. 在韦利之前，也有英国汉学家翻译过中国诗歌，如理雅各、翟理斯等，但他们的翻译很少以大众欣赏为主旨，所以他们的译作并没真正打破中英语言间那层厚实的壁垒，只有到了韦利手里，中国诗歌才真正走入英国寻常百姓家，许多作品还被谱曲，妇孺皆知。

2. Arthur Waley. “The Limitations of Chinese Literature”, in *A Hundred and Seventy Chinese Poems*. New York: Alfred A. Knopf Inc, 1919. p. 19.

经》中，情诗也占很大比例。虽说中国儒家文化为主的教育理念，将知识分子的使命定格在修身、齐家、治国、平天下等方面，无论“达”，抑或“穷”，似乎都未强调个人私密情感的重要，但中国诗人对爱情的诉求并未弃之不顾，只不过在表达方式上与欧洲诗人不同而已。

最有借鉴意义的是韦利对中国诗歌格律的认识。韦利认为中国没有严格意义上的诗，中国诗歌配乐歌唱，具有固定的曲调，即便诵读也要读出一种乐感。因而中国诗歌的本质特征在于音乐性，利于吟唱而不在于阅读。诗歌开始与音乐分野是在赋出现以后，所以韦利认为真正的文学性诗歌应该从汉赋开始。文学性某种程度上即是作品为审美而排斥功利。《诗经》的“兴观群怨”说表明其带有鲜明的功利性，并构成中国诗歌的诗教传统之一。汉赋的出现虽不乏功用色彩，如司马相如的赋就是为取悦汉武帝而作，但其夸饰与丰富的想象显然更带有审美特征。中国早期诗乐舞三位一体，及至汉赋，诗与音乐、舞蹈逐次分离，与历史、哲学的界限渐趋分明。以此观之，韦利的上述认识有一定的参考价值。韦利在翻译中国诗歌时，喜欢将中国诗歌中的每一个字翻译成一个重音，这在英语中形成了所谓的“跳跃式节奏”（Spring Rhythm）。跳跃式节奏不依从英国传统的诗歌节奏，只以重音音节为中心，辅之以数量不等的轻音节，这种音步结构的代表是英国诗人霍普金斯（Gerald Manley Hopkins，1844—1889）。据此大多数评论家认为韦利模仿了霍普金斯，但韦利予以否认，因为霍普金斯的诗歌直到 1918 年才刊行于世。韦利这种翻译法的优点在于突出了中国诗歌中描述的一个个意象，深受当时大众的喜爱。

韦利的另一翻译成就体现在中国古典小说的译介上。其最著名的译作是《西游记》的节译本《猴》（*Monkey*），该书 1942 年由伦敦乔治•艾伦与昂温（George Allen & Unwin Ltd.）出版有限公司印行，后多次重版，并被转译成西班牙文、德文、瑞典文、比利时文、法文、意大利文、斯里兰卡文等多种文字，成为《西游记》英译本中影响最大的一个译本。[1]《猴》全书共 30 章，内容相当于《西游记》的 30 回，约为原书篇幅的 1/3。从该节译本内容来看，构成《西游记》故事的三大主干部分，有两大部分即孙悟空大闹天宫及玄奘和唐太宗的故事，在韦利的译笔下作了原原本本的介绍。这样，读者对西天取经的英雄孙悟空和主持人唐三藏以及取经的缘起，便留下了完整的印象。对参加西天取经的猪八戒与沙僧，甚至白龙马，韦利同样译出了有关章回，交代了他们的由来与出处。韦利省略的是第三部分即赴西天取经途中的经历，只选择三个典型故事，借以显出唐僧师徒路途的艰难。可见，韦利的《猴》基本上再现了《西游记》

1. 此据上海亚东图书馆 1927 年排印本选译，选译的内容为原书的第 1—15、18—19、22、37—39、44—49、98—100 回，共 30 回。书前并译有胡适关于《西游记》的考证文章。韦利对《西游记》评价很高，他在译者序里说：“《西游记》是一部长篇神话小说，我的选译文大幅度缩减了它的长度，省略了原著插进的许多诗词，这些诗词是十分难译的。书中主角‘猴’是无可匹敌的，它是荒诞与美的结合，猴所打乱的天宫世界，实际是反映着人间封建官僚的统治，这一点在中国是一种公认的看法。”

的原貌与神韵。韦利在该书的《序言》中谈到："《西游记》作者的写作技艺精妙绝伦，包含了寓言、宗教、历史和民间传说的许多内容。含蓄蕴藉，寓意深远……唐三藏坚忍不拔克服各种艰难困苦，是为拯救大众；孙悟空奋力与各种妖魔斗争，是名渴望自由的天才；猪八戒粗壮有力，象征肉体的欲望，同时还有一种厚重的耐心；沙和尚则不太好理解，有的学者认为他代表真诚，即全心全意为事业的执着精神。"[1]《猴》虽是节译本，但译文较为准确地传达了原著的风格，尤其是该书的明快畅达而略带幽默的语言深受欧洲读者的喜爱。[2]1944 年纽约 John Day 出版了《西游记》的儿童版——《猴子历险记》(*The Adventures of Monkey*)，为译文的节略本。[3]《西游记》在西游世界的行旅中，韦利功不可没。

《猴》封面

此外，韦利还翻译过《红楼梦》、《金瓶梅》、《封神演义》以及《老残游记》等书的一些章节，且对这些作品有一定的研究。1929 年 11 月号的《亚洲》（*Asia*）杂志曾刊登韦利对《老残游记》"白妞说书"一段的译文，文章名为《歌女》（The Singing Girl）。他曾为伯纳德·米奥尔的《金瓶梅》英译本、吴世昌的《红楼梦探源》英文本、柳存仁《封神演义》的英译本作序。

1. Arthur Waley. *Monkey*. London: George Allen & Unwin Ltd., 1942. Preface.

2. 胡适对这种翻译语言也颇为欣赏。胡适在 1943 年版为该书写的序言中说道："在对话的翻译上，韦利在保留原作滑稽幽默的风格及丰富的俗语表达方式方面着实非常精通。只有仔细比照译文与原作，才能真正察觉出译者在这些方面的良苦用心。"参见 Hu Shih. "Introduction to the American Edition". 见周质平、韩荣芳整理《胡适全集·英文著述五》（第 39 卷），第 7 页，合肥：安徽教育出版社，2003 年版。

3. 1973 年，韦利之妻艾莉森·韦利（Alison Waley，1901—2001）将原译本删节，以《可爱的猴子》（*Dear Monkey*）为题再次出版，出版者是美国的 The Bobbs-Merrill Company。

三、　阿瑟·韦利的中国三大诗人传记

韦利关于中国文学研究的第二大贡献即为李白、白居易、袁枚撰著的传记。通过中国诗歌的大量翻译实践，并结合中国史书的相关记载，韦利逐渐形成了关于李白、

白居易及袁枚生平行旅及创作历程的基本认识，完成了三大诗人传记：《诗人李白》（*The Poet Li Po, A.D. 701—762*），1919年7月由伦敦East and West Ltd.出版；《白居易生平及时代》（*The Life and Times of Po Chü-I, 772—846 A.D.*），1949年由伦敦George Allen & Unwin Ltd.出版；《李白的诗歌与生平》（*The Poetry and Career of Li Po, 701—762 A.D.*），1950年由伦敦George Allen & Unwin Ltd.和纽约的The Macmillan Company同时出版；以及《十八世纪中国诗人袁枚》（*Yuan Mei: Eighteen Century Chinese Poet*），1956年由伦敦George Allen & Unwin Ltd.出版。

这三部传记中，第一部《诗人李白》基本上是译作，包括三部分：第一部分主要阐述韦利对李白的看法，第二部分的资料主要是《新唐书·李白传》的翻译，第三部分是李白诗歌选译。该著原为作者在伦敦大学东方学院中国学会议上的一篇演讲稿。韦利认为李白是仅次于杜甫的唐代伟大诗人之一，尽管这一点在其他国家尚无定论，但欧洲学者至少不该忽略中国人对自己诗人的这种崇信，至少可以让欧洲人知道李白是中国最伟大的作家之一。[1]随后韦利引白居易《与元九书》、元稹《唐故工部员外郎杜君墓系铭并序》、惠洪《冷斋诗话》及黄庭坚关于李白的评论，给英语世界的读者理解与接受李白提供一些帮助。涉及到李白的诗歌成就，韦利从三点阐述，主题方面不外乎酒与女人，写女人的诗歌除了爱情外，还包括那些由孤独的妻或妾写的诗，这类诗歌固然有讽喻味道，但却是中国诗中最为乏味的一部分，而李白诗中这一部分占绝大多数。[2]单就“乏味”二字的评价可见韦利对李白诗歌的理解存在着一些偏误。在欧洲诗歌传统熏陶下成长的韦利，对叙事类的诗歌有所偏爱，故而更喜欢白居易，对抒情类诗歌则多少有些排斥，故而谈及李白时，似乎损益的成分多于颂赞。以此文学观念为出发点，韦利认为李白的诗歌在形式上的贡献大于内容，尤其是他的歌行体，语言的华美远胜于思想的深邃。再则就是李白诗中大量运用的典故。如果不加细密的疏解，读者很难准确理解诗意，故而其诗歌给人以隐晦艰涩之感。他还断言，如果让英国能读懂中文的名诗人看看李白的诗，就不会再将其置于唐代第一或第二的地位了。[3]这点显然有失公允。

1.Arthur Waley. *The Poet Li Po, A.D. 70—762*. London: East and West Ltd., 1919. p. 1.

2.Arthur Waley. *The Poet Li Po, A.D. 701—762*. London: East and West Ltd., 1919. pp. 3—4.

3.Arthur Waley. *The Poet Li Po, A.D. 701—762*. London: East and West Ltd., 1919. pp. 4—5.

循着这样的立论导向，《李白的诗歌与生平》一书的编者注中标明“李白的人格并不高贵。就其作品看来，显得浮夸、冷酷、奢华、不负责任且非常虚伪，尤其他还是一位酗酒者。尽管他畅言自己是一位道家主义者，但其对道家神秘的哲学思想一点也不理解。他寻道求佛，仅仅是为了逃避早年的困境。从伦理角度看，李白与那些高洁之士形成强烈的对照。这样，只有通过看山脚才能认识山尖”。[1] 这既是该书编者的论断，也是对李白没有好感的韦利的观点。就人格而言，韦利认为李白恰恰是白居易的反衬。

1.Note by the General Editors. In：Arthur Waley. *The Poetry and Career of Li Po, 701—762 A.D.* London：George Allen & Unwin Ltd.，1950. p.x.

或许由于钟爱白居易的诗篇，韦利对白居易赞誉有加。他先后译出白居易各体诗歌 108 首，收入他翻译的各种中国古典诗歌选集里，并在再版时多次修订。在此基础上，韦利撰写了《白居易生平与时代》，向英国及欧洲读者全面介绍这位中唐诗界的领袖。该书的框架主要取自于《旧唐书·白居易本传》，但韦利认为《旧唐书》仅有 20 多页，且一半是白居易的诗文。其他资料来自于四部丛刊影印本《白氏长庆集》，清代汪立名一隅草堂刊本《白香山诗集》、《旧唐书》、《新唐书》、《全唐文》、《全唐诗》、《唐文粹》所收白氏作品，李商隐撰《唐刑部尚书致仕赠尚书右仆射太原白公墓碑铭》、《文苑英华》所收白氏作品，以及白居易自撰《醉吟先生墓志铭》等。全书共分 14 章，大多依据白居易的诗文写成。“我对白氏生平的了解和论述主要依据他自己的作品，包括诗歌与散文。白氏的诗文大部分有年代可考，与其他作家相比，白居易更喜欢在自己作品题目或小序中注明写作的时间。所以，我选用的作品，都能断定其创作的确切年代。”[2]

2.Arthur Waley. *The Life and Time of Po Chü-I, 772—846 A.D.* London：George Allen & Unwin Ltd.，1949. pp. 5—6.

韦利对白居易诗歌平实易懂的特点予以高度的评价，他认为正是这一点使得白居易诗歌广为流传。通俗易懂的诗歌，翻译起来一般会顺心应手，在传情达意方面即可获取更好的效果，译作也就容易让英国读者接受。韦利在白居易的 100 多首译作中，大部分选自于白居易的新乐府诗。白居易在《与元九书》中强调“文章合为时而著，歌诗合为事而作”。在《新乐府序》中也说道“为事而作，不为文而作”，“上以补察时政，下以泄导人情”，为此救济人病，裨补时阙是新乐府的主旨所在。裨补时政就要借事说理，才可达到讽谏的作用。纪事就需介绍事件的一些基本情况，这一点恰与西方叙事诗的传统相吻合，这也是白居易诗深受韦利青睐的主要缘由所在。

1956 年，George Allen & Unwin Ltd. 出版了韦利的另一个中国诗人传记《18 世纪的中国诗人袁枚》。撰著此书的初衷是为弥补英国读者对 18、19 世纪中国知识的欠缺。韦利觉得英国普通大众除了乾隆皇帝外，对中国事务一无所知。韦利选择袁枚，还因为清初诗坛拟古之风依然盛行，文坛一些耄耋宿将大谈格律，故而有“诗必盛唐”的说法。袁枚则与其相反，大倡性灵。

主张要直抒胸臆，写出个人的性情遭际，这样诗文才能突出自己的个性。他说：“自三百篇至今日，凡诗之传者，都是性灵，不关堆垛。”诗人只有将其性情、天分及后天的学习结合起来，其创作才可达到“真”、“新”、“活”。这一主张无疑为当时文坛的拟古之风注入一股清香，成为清代文坛一道亮丽的风景。韦利觉得：“袁枚可爱机敏、慷慨热情，性情急躁且不乏偏见。无论是激情洋溢的章节，还是低沉抑郁的部分，都是作者真情的流露。这些作品不时会迸发出愉悦的火花。”[1]

1.Arthur Waley. *Yuan Mei: Eighteen Century Chinese Poet*. London: George Allen & Unwin Ltd., 1956. Preface.

韦利自认为这本传记还不够全面，没有对袁枚创作的所有著作详细作一评述，仅是其生平及创作的一种全景式概览。关注的重点集中在人们感兴趣的系列事件，及一些不需作注就可理解的诗作。韦利此言当有自谦成分，他的这本袁枚传记是海外汉学界第一本系统介绍传主生平的著述。中国学界对袁枚的研究较早，早在清同治十一年，方濬师已编出较为完整的《随园先生年谱》，该书 1872 年由肇罗道署刊印，成为韦利译介的最佳材料依据。韦利这本传记的附录部分亦有较大的参考价值。其中《安德森在中国广东的遭遇》及《马噶尔尼使团及袁枚著作》这两篇就中英文化交流中的一些事实作了详细的介绍，并分析了袁枚的贡献所在。《安德森在中国广东的遭遇》在袁枚的《子不语》中有介绍。《子不语》又名《新齐谐》，是袁枚创作的 34 卷本短篇笔记小说，内容主要写一些“游心骇耳之事”。《马噶尔尼使团及袁枚著作》中谈到斯丹东曾向皇家亚洲学会捐赠中国书 3 000 册，此为讹传，斯丹东捐赠数仅为 250 册，且没有袁枚的著作，皇家亚洲学院收藏的袁枚的《子不语》及《书信集》应该在 1793 年左右，这一信息将袁枚西传的时间大大提前了。当然欧美汉学界以袁枚为研究对象应该始自韦利。

四、　阿瑟·韦利的中国古代思想研究

韦利关于中国古代思想著作的研究，成就最突出的就是关于孔子《论语》(*The Analects of Confucius*)与老子《道德经》（*Tao Te Ching*）的翻译研究。韦利的《论语》与《道德经》译本是目前英语世界较为通行的译本。1997 年北京外语教学与研究出版社出版了一系列中国古典名著的英译本，韦利《论语》、《道德经》的译本正式在中国出版发行。《论语》译本初版于 1938 年，由伦敦 George Allen & Unwin Ltd. 出版。《道德经》的译本初见于 1934 年 George

Allen & Unwin Ltd. 出版的《方法和力量——〈道德经〉在中国思想史上的地位》中。除了《论语》、《道德经》外，韦利还翻译过《孟子》、《庄子》、《韩非子》、《墨子》，这些译文主要集中在《古代中国的三种思维方式》（*Three Ways of Thought in Ancient China*，1939 年由伦敦 George Allen & Unwin Ltd. 出版）中。

韦利为《论语》译本撰有《前言》及《导论》，其中前言主要谈他对《论语》内容划分的看法。韦利认为《论语》的内容可分为两部分：第一部分是三到九章，这七章主要表现孔子的思想观点，内容前后连贯，可归在一起；第一、二、十至二十章，内容和人物都较为庞杂，可视为第二部分。《导论》以孔子及其他学者的学说为主要内容，对一些相关的术语，如仁、道、君子、小人等作一简要的浅析，还介绍了与《论语》相关的古代礼仪、音乐、舞蹈，及其开创的语录体文学传统。书后附有孔子年表、译文注释及索引。韦利《论语》的翻译延承其诗歌翻译的传统，将语言的通俗易懂作为翻译的最高宗旨。“《论语》的文字似乎显得机械而枯燥，但在翻译中，我不想放弃《论语》的文学性，忘记我的读者主要是普通的大众。”[1]《论语》译文的通畅易读扩大了该书的读者群，许多普通的大众也藉此译本开始了解《论语》这部作品。该书不仅体现了韦利作为译者的成就，书中的《导论》及附录中大量的论证也体现出韦利汉学研究的成就，尤其是关于《论语》文本考据的一些看法。这些观点对西方汉学界的影响很大，至今仍有学者依据韦利的方法从事研究工作。

1.Arthur Waley. *The Analects of Confucius*. London: George Allen & Unwin Ltd., 1938. Preface.

《论语》译文虽然主要针对普通读者群，但文本的其他部分学术化倾向明显，一般读者不太愿意去读这一部分。为了让读者了解中国古代思想的大体概况，韦利于 1939 年出版了《古代中国的三种思维方式》，讨论了先秦时期对后世影响较大的几种学术流派，有儒家、道家、法家和墨家。此书专门针对普通读者，视野开阔，在多种流派比较的语境中对中国古代的思想流派进行阐释。为了加强读者的理解力，韦利将原文的顺序打乱，以人物为线索对每一章节进行重组，以突显人物鲜明的性格特征。该文《庄子》部分，就以“庄子与惠子”为线，对原文的内容进行拼接。对人物的印象深刻了，作品的吸引力就会大大增强。该书语言流畅自如，内容深人浅出，成为英语世界中国先秦思想史的一部普及性著作。

《方法和力量——〈道德经〉在中国思想史上的地位》是韦利主要的译著之一，内容包括《前言》、《导论》、附录的六篇短文、《道德经》译文、注释、文本介绍、目录七部分。前言部分韦利重申了自己为一般读者服务的宗旨，介绍了翻译的思路及该书的结构，还就西方汉学界对中国古代文化研究的情况作一简要的介绍。价值较大的是该书的《导论》部分。导论全文长达80多页，仅次于《道德经》译文的长度。该文以《史记·周本纪》中周公生病一段与《孟子·告子上》中关于“牛山之木尝美也”一段做比，引出两种对待生活的态度，一种是前道德时期对天与地的顶礼膜拜，一种是孟子强调的人之初，性本善。然后详细介绍儒家学说的发展史，对照儒家积极入世的观点，韦利详细介绍了老庄的道家思想及哲学体系。就“无为”、“道”、“圣”等道家基本的哲学名词作了较为详尽的阐述。附录的六篇短文分别就老聃与《道德经》创作的传说、《道德经》的各种中文注释本、阴阳五行的内涵、《道德经》对世界的影响等方面作了详细介绍。该译本对道家思想在西方的传播有较大影响，曾重印多次。与以往的文学化的翻译不同，这本著作注重细节的精确，是一部纯学术化的研究著作。

韦利的汉学研究成果还远不止这些，他对中国绘画、佛教文献、蒙古史、中国古代神话、习俗等都有研究。正如他的弟子大卫·霍克斯所言：“韦利的博学与多产令人震惊。他出版了约36部长篇著述，这种产量只有在那些随意删改的译者或者侦探小说家那里才令人信服。其实他的每一本著作都要翻阅大量的资料，需要令人撼服的学术修养。将他上述的著作加上大量涵盖面广、形式各样的文章，他的成就实在令人吃惊。”[1] 确实，韦利涉猎领域之广、学术研究成果之多，着实令其他汉学研究家难以望其项背，而成为西方现代汉学的又一座高峰。

阿瑟·韦利去世于1966年，[2] 至今他的诸多优秀译本依然不断再版，借这些经典的译作及研究著作，韦利在中英文学交流史上的价值意义也在不断延伸。[3]

1.David Hawkes. “Obituary of Dr. Arthur Waley”. *Asia Major*. 1966, 12(2): 144—145.

2. 韦利临终神志不清，他毕生研究的东方语从脑海深处浮出来，代替了英语。照料他的妻子说：“我去沏茶，你也来一杯You too？”韦利说：“别说，别说这话。”妻子莫名其妙。正好他的学生霍克斯（David Hawkes）来探视，闻之愕然：韦利肯定把You too听成了“幽途”。所谓“幽途渺渺，谁与招魂？”参见赵毅衡《轮回非幽途：韦利之死》，见《伦敦浪了起来》，第87—92页，北京：人民文学出版社，2002年版。

3. 以上关于阿瑟·韦利译介中国文学的讨论，由笔者参与指导的博士毕业生冀爱莲副教授执笔撰写初稿。

第三节 中国古典诗文、小说的英译概览

一、 中国古典诗文的英译

20世纪上半叶，关于中国古典诗歌的英译，除了上述介绍过的翟理斯、韦利以外，尚有不

少推进。因篇幅所限，择其要者简介如下：[1]

英国汉学家克莱默—宾格（L．Cranmer-Byng，1872—1945）编译的《诗经》由伦敦约翰·默里（John Murray）出版公司于1904年刊行。他的译著《玉琵琶》（*A Lute of Jade*）[2]也由约翰·默里公司于1909年出版。该书的副标题为“中国古诗选”（*Selections from the Classical Poets of China*）。书的扉页上标有“献给 Herbert Giles 教授”。[3]这本集子称得上是精选，因为虽然书的题目很大，但实际收录的诗人与诗作并不多。《诗经》选了三首，屈原选了一首。绝大部分是唐诗，最后宋代的有几首。每个诗人的诗歌之前，一般都有简略介绍，而像李白、杜甫这样的诗人介绍则很长。宾格在长篇引言中，提到了孔子编辑的《诗经》，但评价不高，认为这些诗歌过于浅显。但这些早期中国诗歌不同于世界上的大部分歌谣，最重要的一点是，其他歌谣描写战争，而这些中国歌谣大多吟诵和平。这些古代歌谣虽然稍嫌粗陋，但也有永久的艺术价值。宾格还讲到屈原的生平与《离骚》，简评了汉代诗歌，还有陶渊明，不过对其评价不高，仅仅是“诗画”（word pictures）而已，虽不乏魅力与色彩，但仅此而已。与译者编选诗集的篇幅相对应，译者给予了唐代诗歌很高的评价，称中国为一个诗的国度。对于中国宗教在诗歌中的体现，宾格花了很多笔墨。他以为中国的儒道释三种宗教之中，儒学不能给予诗人灵感，而佛教和道教是很多诗人灵感的源泉。他举了许多例子证明这一点。西方读者不能理解中国诗歌中的“取静”（quietism），这主要源于东西方社会行为方式与生活哲学的差异。

克莱默—宾格的另一译著《灯宴》（*A Feast of Lanterns*）也由伦敦约翰·默里出版公司于1924年刊行，被收入“东方智慧丛书”。与《玉琵琶》一起，在西方产生了很大影响。在引言里，宾格一开头引用了袁枚的几句话，说春天挂起灯笼，不是为了过节，纯粹为了快乐。这应该是给诗集《灯宴》命名的缘由。宾格提取出中国文化里的几种象征加以解释：首先是月亮，认为月亮和月神嫦娥是中国诗歌永恒的主题。第二种象征是鲜花。诸多诗人隐居乡里的安慰之一是种花种草，“采菊东篱下”是诗人们的理想与归宿。花草不是无生命的种植对象，而像活生生的人，也有着灵魂思想，能与人对话，给诗人灵感和新生。第三种象征是龙。宾格以为，龙是中国四大精神象征之一，其余三种为麒麟、凤凰与龟。宾格把中国龙的形象和功能与西方类似的象征作了比较，认为与它们相比，中国龙形式更多样，能力也更全面。宾格由此推论中

1. 关于中国古诗英译的介绍，北京外国语大学翻译系吴文安副教授提供了以下英译本资料及初步的说明文字，特此致谢：《玉琵琶》（*A Lute of Jade*）、《灯宴》（*A Feast of Lanterns*）、《英译唐诗选》（*Gems of Chinese Verse Translated into English Verse*）、《英译唐诗选续集》（*More Gems of Chinese Verse Translated into English Verse*）、《信风：宋代诗词歌赋选》（*The Herald Wind：Translations of Sung Dynasty Poems，Lyrics and Songs*）、《唐诗选》（*Poems of the T'ang Dynasty*）、《唐诗选续篇》（*A Further Selection from the Three Hundred Poems of the T'ang Dynasty*）、《中国诗选》（*From the Chinese*）以及《秦妇吟》的英译本等。

2. 译者在该书封页书名下面补题了一句：“With lutes of gold and lutes of jade：Li Po”（以金镶玉饰的琵琶——李白）。李白《江上吟》有“玉箫金管坐两头”之句，《江夏赠韦南凌冰》有“玉箫金管喧四筵”之句，《上崔相百忧章》有“金瑟玉壶”之句，译者的书名大概取意于此。

3. 该书1959年重印版的编者是译者之子小宾格（J．L．Cranmer-Byng M．C．）。在该版前言中，小宾格声明父亲的这些译文称作 renderings，而不是译文，因为父亲不懂中文，这些译文是在他的朋友翟理斯（Herbert Giles）直译基础上修改而成。虽然如此，这些译文却深受读者喜爱，尤其是托马斯·哈代很喜欢这些译诗。小宾格还谈到中国诗歌和文字的特点：由于中文极为简约，诗歌的直译文读起来像电报；而中文里多为单音节词，虽然中国人听起来很悦耳，但翻译成英文非常困难。如果不妥善处理，就会给人单调乏味之感。为了让英文译诗更容易接受，译者采取了英文诗的模式翻译，但内容上贴近原文，尽力再现原诗的特色与风格。小宾格的父亲这样做，也许比简单模拟原诗更成功。他着力之处是先抓住原诗的精髓，然后融入自己对中国文化的理解，最后用英语诗歌的形式让原诗复活。

国的诗歌都着力于暗示，是为了给读者带来狂喜，是为了“言有尽而意无穷”。宾格在引言中还提到他编译的上一本书《玉琵琶》，称里面讲的中文多为单音节不太准确，也有很多的双音节词。中文里只有大约400多种读音，为了相互区别，就产生了音调。宾格还简述了中国诗歌史，从春秋的《诗经》直到清朝的袁枚。与《玉琵琶》相比，作者对中国诗歌的认识显然前进了一步，历史感更明确，收录的诗歌也更全面，当然大多数为山水诗。因为宾格认为中国人最深的感情还是体现在对山川、河流、树木如画的描写中。当诗人乘舟而下，御风而行，那种天人合一的境界，从自然中体会永恒的思想，是最能代表中国诗歌之美的。这部诗集与《玉琵琶》体例相同，每个诗人都有一个简介，所选诗人与《玉琵琶》也有重复，但诗歌不同。《玉琵琶》所录诗人虽以唐代为多，但兼录了唐代之前的诗作。而《灯宴》则从唐代开始，一直收录到清代的袁枚，中间有宋代的王安石、苏东坡、陆游等诗人。唐代诗人收录了9位，唐以后诗人收录了11位。整部集子共收入55首诗，可以称作是《玉琵琶》的续集。

1914年，庞德出版第一本意象诗集《意象派选集》。其中，庞德的6首作品中，有4首取材于中国古典诗歌：《访屈原》的灵感来自于《九歌》中的《山鬼》；《刘彻》是对汉武帝“落叶哀蝉”的改写；《秋扇怨》是班婕妤《怨歌行》的模仿；最后一首出处不详。此时庞德的中国古典诗歌材料来源是翟理斯的《中国文学史》（1901年）。1915年，庞德经过对费诺罗萨（Ernest F. Fenollosa，1853—1908）遗留的150首中国古诗笔记的整理、选择、翻译、润色和再创作，在伦敦出版了18首短诗歌组成的《神州集》（Cathay）。

1918年，英国人佛来遮（William John Bainbridge Fletcher，1871—1933）在上海商务印书馆出版其《英译唐诗选》（*Gems of Chinese Verse Translated into English Verse*），英汉对照并附有注释，到1932年4月第6次重印。佛来遮（别名谪仙）为该书所写的引言不长。第一段谈到译诗的局限性，译文永远不能与原文等同。译文与原文的关系就像画中的鲜花与真实的鲜花那样，相距甚远。佛来遮翻译时尽量模仿原文的形式，保持原诗的音步，但不敢保证能传递原诗的种种微妙之处。译者对唐诗十分推崇。他提到唐代中国文明达到如此高度之时，欧洲人的祖先还在日耳曼野蛮人的统治之下，而苏格兰人还处在茹毛饮血的时代。佛来遮总结了唐诗的一些特点，比如称这些诗篇都是描写自然的，诗人们对大自然都抱有深深的热爱，虽然中国当时也有战乱，如果读者也能领略到诗中的那些山山水水，也许同样会体验到和平宁静。

佛来遮以仰慕的姿态，诗一般的语言，向英语读者描绘了一幅美不胜收的山水画卷。《英译唐诗选》共收录唐诗 180 多首，重要诗人、重要诗作大多收入，而且有中文对照，应当算是相当全面的一个集子。其中收录诗歌最多的是李白、杜甫、王维三人。李白诗共收 36 首，杜甫 45 首，王维 13 首，这三大诗人的诗作几乎占据了全书的一半，而其余诗人一般只收录 1 到 3 首（白居易也只收了 3 首）。所录诗作长短都有，相当典型。译者为重要诗人、重要诗作都加了长长的注释，使读者对诗人、诗作有较深的了解。

1919 年，商务印书馆又刊印佛来遮《英译唐诗选续集》(*More Gems of Chinese Verse Translated into English Verse*) 第 1 版（first edition），1923 年刊印第 2 版 (second edition)，收录 105 首。诗歌当中仍以李白、杜甫为主，李白 17 首，杜甫 30 首。王维的诗歌仍然排在第三位，录入 7 首。另外刘长卿 6 首，李商隐 6 首。号称小李杜之一的李商隐诗在首册里仅仅收录 1 首，续集篇幅有所增加。续集中白居易的诗依旧不多，仅录 2 首。其余诗人均为 1 到 3 首。佛来遮的两册《唐诗英译选》规模宏大，几乎囊括了唐代的好诗，也具有了 300 首唐诗的规模，为唐诗英译作出了很大贡献。

佛来遮曾任英国领事馆翻译、领事，对唐诗有一定的研究。佛译唐诗继承理雅各与翟理斯译诗的风格，用格律诗体翻译原作，力求押韵，较能忠于原诗的意旨。有些译诗做到了“信达而兼雅”，但因是以诗体译诗，因此不免有“趁韵”（追求押韵），“颠倒词语以求协律”之嫌[1]。

1. 吕叔湘编：《中诗英译比录》，第 10 页，北京：中华书局，2002 年版。

1922 年，巴德（C. Budd）译著《古今诗选》（*Chinese Poems*）于伦敦出版。英国汉学家德庇时的《汉文诗解》原载英国《皇家亚洲学会会议纪要》第二卷，1929 年又在伦敦刊印了单行本。英文名为 *On the Poetry of the Chinese*，封面顶端有楷体“汉文诗解”四字，下有同义之拉丁文书名。文章分两个部分：第一部分讲解中诗作诗法，指出西人应予关注的六桩事：语音性质及其入诗的适用性、语调和重音的规律性变化、诗歌韵律的运用、尾韵的运用和对仗诗句的效果；第二部分讲解使上述表面形式充满生气的诗质、诗魂，并与西方诗人两相比较。文中选有《诗经》篇什、《三字经》片断、唐诗、清诗，乃至小说（如《好逑传》）中的诗歌。此书流传甚广，影响颇大，曾多次重刊，考狄尔（H.Cordier）《中国书目》中均有著录。

《秦妇吟》英译本由雷登（Leyden）出版社刊于 1926 年，译者为英国著名汉学家翟理斯之子翟林奈（Lionel Giles，1875—1958）。1919年初，翟林奈在整理大英博物馆斯坦因中文手稿（Stein Collection of Chinese Manuscripts）时发现了一本书，标注为《戏要书一本》（A）。等他誊抄完全书，才发现那是一首长达153行却并不完整的诗歌，作者自称“妾”，描述了公元880至881年黄巢攻陷长安的情形。几个月后，翟林奈又找到了手稿的另一本（B），共198页，其上注明“贞明五年乙卯岁四月十一日敦煌郡金光明寺学士郎安友盛写讫”。再后来，翟林奈又找到了第三个手抄本（C），比前两个更为完整。翟林奈把这三个手稿全面进行了对比和分析。1923年，翟林奈在皇家亚洲学会（Royal Asiatic Society）百年庆典上宣读了关于此诗的论文，并由此得知Pelliot教授曾在敦煌找到了《秦妇吟》的另两本，后来保存于巴黎的国家图书馆。其中编号2700的书（D）上标有“右补阙韦庄撰”，而标号3381（E）的书上注有“天复五年乙丑岁十三月十五日敦煌郡金光明寺学士张龟写”。王国维曾经根据上述A、B、E本，校勘补全为一本，发表于1924年《国学季刊》第一卷上，注明作者为韦庄。但王国维因对另外版本无所知晓，所以全诗讹误颇多。同年，罗振玉收于《敦煌零拾》的此诗亦不完整。据此，翟林奈断言，他所整理过的全诗应该是最接近原诗的一种。翟林奈注意到了《秦妇吟》并非严格的律诗，而与《长恨歌》类似，但在自然天成与少有做作方面胜过《长恨歌》。全诗大体上四行成一节，双行押韵，但更加灵活。文字风格上，《秦妇吟》简洁明了，用典极少，对仗也不工整。翟林奈的翻译宗旨是让译诗可读，且尽量直译。由于诗歌很长，是《长恨歌》的两倍，因此译者把全诗分为十四部分，并分别拟定其主题为：一、引言，诗人与妇人相逢；二、妇人的故事：反军进城；三、长安陷落；四、四个姑娘的命运；五、叛军营中的妇人；六、孤独的希望；七、暴风雨之后的荒城；八、荒郊之旅；九、金神之遇；十、洛阳途中；十一、老人变成了乞丐；十二、其他省份的音讯；十三、江南来客；十四、结尾。翟林奈的译文不求格律严整、音韵和谐，最大的特点是达意：对原文的理解和英文表达都十分准确到位。译文节奏看上去松散，但细细读来也有诗歌的韵味于其中。相对于原文以叙事抒情见长的特点，译文铺陈达意的笔法倒也能传译原作60%以上的神韵。

翟林奈这本译介《秦妇吟》的著作共有76页，然而注释多达30页（46—76页），非常精细地解释了相关词汇、人名、地名以及历史背景等，脚注里还有原文不同版本文字的考证，足见译者之用心。让人吃惊的是，此书1926年出版，竟然是英汉对照版，印刷的汉字都是漂亮的刻版繁体字，不像有些后来的著作使用手写字，或用拼音代替。在没有电子印刷术的当时，能如此精美地印刷双语书籍，实属难能可贵。总之，翟林奈所著《秦妇吟》，从原文考证整理到译文达意耐读，足可称得上学术性强，可读性强，而且双语对照印刷精美，让人爱不释手。

1933 年，英国著名宋代诗词翻译家克拉拉 • 坎德林（Clara M. Candlin）译著《信风：宋代诗词歌赋选》（*The Herald Wind: Translations of Sung Dynasty Poems, Lyrics and Songs*）[1]，由伦敦约翰 • 默里出版社出版。此书有胡适和克莱默—宾格分别撰写的序及长篇导言。全书选译宋代诗词歌赋共 79 篇，译著者对每位入选作家均有小传，介绍作家的生平及创作特点。译文皆生动优美，可读性强。克莱默—宾格在导言中说，此书译著者的美好愿望是促进东西方之间的学术交流，使西方学者深入理解古老中国的伟大思想和崇高哲理，从而增进不同肤色、不同民族、不同信仰的人们相互间的博爱精神。克莱默—宾格对宋代诗词歌赋的创作情况、艺术特点以及宋代文学对西方文化的影响，作了系统而概括的论述。他认为宋代（公元 906—1278 年）是中国文化与艺术史上最重要的历史时期，其后明代与康乾盛世虽也有过辉煌，但终究比不上宋代的鼎盛时期，宋代好像是盛夏，而其后只能算作是秋冬了。中国历代虽曾为外族所侵，然而其核心文化却前后相承，不曾中断过。克莱默—宾格指出，宋代诗歌虽然比不上盛唐，但也不乏伟大的诗人，比如欧阳修、苏东坡、陆游等。宋代诗歌自然也体现出中国诗歌的一些共性，比如虚指和暗示，决不明言；比如对时光易逝、韶华易逝表露出的淡淡哀愁，但哀而不伤，没有绝望与悲观之情。此外，宋代诗歌表现出了一种新的情愫，即悲悯之情，好比山崖上的枯松，面对狂风骤雨无可奈何，又如凡人面对苍穹，自觉宇宙无限而人力有限。胡适的序言着力介绍了宋词的三个特点：第一，与五言诗或七言诗不同，词每行可以从一个字到十一个字不等，更符合自然语言的节奏；第二，每首词都与一定的曲调相对，同一曲目可以有上千首词，但都必须符合曲目的特点；第三，词篇幅短小，适合抒情，不适合叙事和说教。胡适的序言很短，可谓言简意赅。

1. 该译著的扉页上有献给编译者父亲的一段文字："献给我的父亲：我还没有追上他的脚步，他就已经远逝……"下面还附上了他父亲（George T. Candlin）编选的《中国小说》（*Chinese Fiction*）里的一段话，十分耐人寻味："而这些人（中国人）同样被赋予了丰富而神奇的想象力，使之天才展露，辉煌永存……这些诗文使他们（也使我们）超越了平凡，使世人共享往日的馈赠，使他们在粗劣的实际生活之外建造了一个理想王国，那里浩瀚无边，到处是华贵与唯美。"由此可见，乔治 · 坎德林父子相承的中华文化传播人，前赴后继，把中国文化的精华播撒向世界。

1934 年上海商务印书馆出版了《英译中国诗歌选》（*Select Chinese Verses*），该书由詹姆士 • 洛克哈德（Sir James Lockhart，1858—1937；又译作"骆任廷"）编选，著名出版家、商务印书馆的创始人之一张元济作序。该书分两部分：第一部分收录翟理斯的韵体译诗，第二部分收录韦利的散体译诗，取自翟理斯和亚瑟 • 韦利的旧作，即翟氏《中国文学瑰宝》、韦氏

《一百七十首中国诗》、《庙歌及其他》和《中国古诗选译续集》，系先秦至唐宋诗歌。张元济的序文虽只有短短一页，不足 500 字，但对此书出版的缘由分析较为详尽：骆君“旅华多年，精通汉学”，喜欢介绍中国文化。他“归国后，悠游林下，尝以吟诵汉诗自娱。深知吾国诗歌，发源甚古。其体格之递嬗，与夫风调之变迁，凡不失兴观群怨之旨者，多足媲美西土。亦极思荟萃佳什，广其流传”。张元济还对韦利与翟理斯的译文予以简要的比较：“英译吾国歌诗向以英国翟理斯（Herbert A. Giles）与韦利（Arthur Waley）二君为最多而精。前者用韵，后者直译，文从字顺，各有所长。其有功于吾国韵文之西传者甚大。”张元济的序言注意到二者所用翻译方法的区别在于翟理斯采用意译的韵体译文，韦利采用直译的散体翻译法。至于二者孰是孰非，张元济采取折中的态度，一并予以褒扬，没作进一步的分析。

1935 年上海别发洋行出版李高洁（Cyril Drummond Le Gross Clark）翻译、注释及评论的《苏赋》（*The Prose-Poetry of Su Tung-p'o*），该译作由当时在上海光华大学任教的钱锺书（Ch'ien Chung-shu）作序，其名为《苏东坡的文学背景及其赋》（Su Tung-po's Literary Background and His Prose-Poetry）[1]。初大告（Chu Ta-kao）所译《中国抒情诗选》（*Chinese Lyrics*）也于 1937 年由剑桥大学出版社出版。

中国学者吴经熊（John C. H. Wu，1884—1986）曾用化名 Teresa Li（李德兰）翻译中国诗词共 142 首，于 1938 年 1 月至 1939 年 10 月分四批在《天下月刊》刊发。诗词选材从《诗经》的“静女”、“伐木”，项羽《垓下歌》，阮籍《咏梅》，唐诗宋词直至现代诗人的古体诗，不落窠臼，自成风格。在 142 首中国诗词中，从数量比例上比较突出的有李煜 17 首，李商隐 13 首，纳兰性德 11 首，苏轼 6 首，辛弃疾 5 首，李白、杜甫、元稹、朱敦儒各 4 首。吴经熊这样说：“现在我的兴趣转到了中国诗歌上。除了将许多中国诗歌翻译为英文外（是以李德兰为笔名发表的），我还写了一篇论《唐诗四季》（*The Four Seasons of T'ang Poetry*）的论文。此外，我还有份参加道家经典《道德经》的翻译。从文学的产量来看，也许这是我一生中最活跃的时期。”[2]

1940 年，伦敦约翰·默里（John Murray）公司出版了《唐诗选》（*Poems of the T'ang Dynasty*）[3]，是“东方智慧丛书”（*The Wisdom of the East Series*）的一种，主编为克莱默—宾格（L. Cranmer-Byng）和阿兰·沃兹（Alan W. Watts），译者为索姆·詹宁斯（Soame Jenyns）[4]。该编译本有一篇十几页的前言。开篇引用翟理斯的话，认为唐代学问既无创新亦

1. 张隆溪：《论钱锺书的英文著作》，见《走出文化的封闭圈》，第 259—261 页，北京：三联书店，2004 年版。林语堂盛赞李高洁作为西方学者对中文著作的翻译，敬佩他的个人思想和纯粹的勇气。这位汉学家就是凭借勇气和不屈不挠的勤奋，随着时间的推移，在这个领域不断作出贡献，从而为后一代的学者铺平道路，引导他们去发掘中国文学和思想的潜在矿藏。

2. 吴经熊：《超越东西方》，周伟驰译，第 288 页，北京：社科文献出版社，2002 年版。

3. 该书扉页的题目却不一样，字数更多：《唐诗三百首诗选》（*Selections from the Three Hundred Poems of the T' ang Dynasty*）。

4. 译者的身份较为特殊，他是大英博物馆东方典藏部的助理管理员（Assitant Keeper, Department of Oriental Antiquities, the British Museum）。这一译本参照的原作出自一位匿名学者，自称“莲池居士”（A retired scholar of the Lotus Pond），诗选乾隆初年（1736 年）出版，共收唐诗 298 首。

欠深刻，多为模拟前人之作，但远非前人诗歌，如《诗经》与《楚辞》那样生动有力和妙手天成，而且唐诗用典过多。译者概括了唐诗中常见的意象和主题，把唐都长安描绘成一个世界都市，各种宗教、各种人物从世界各地赶来，汇聚一堂，使得长安盛极一时，而唐代众位诗人就是在大唐盛世的背景下提笔耕耘的。索姆·詹宁斯编译的唐诗共分十个主题，它们依次是：一、自然风光；二、饮酒；三、闺房；四、绘画、音乐、舞蹈；五、宫廷事务；六、分别与流放；七、战争；八、隐居；九、神话；十、往日传奇。詹宁斯编译的这本书开本小，薄薄的，只有 120 页，拿在手里，感觉小巧玲珑，翻翻看，却有这么多有趣的题材，名家名作光彩夺目，的确适合广泛传播。

继 1940 年版英译《唐诗选》之后，约翰·默里又于 1944 年出版《唐诗选续篇》（*A Further Selection from the Three Hundred Poems of the T'ang Dynasty*），主编仍然是克莱默—宾格，译者仍是索姆·詹宁斯。为何再出版《续篇》，詹宁斯解释道，由于《唐诗选》的反响很好，所以他们决定把剩余的唐诗也翻译过来。原作里面的诗歌，他们觉得有价值的全都进行了翻译。这一卷没有延续上卷的编排体例，只是按照诗人的前后顺序做了排列。詹宁斯本来想给诗人们加一些生平介绍，但由于二战的影响，没有时间和精力去实现这些设想。该《续篇》共收英译唐诗 147 篇，其中一些重要诗人收录篇目较多：韩愈 8 首，李白 13 首，刘长卿 8 首，李商隐 7 首，孟浩然 7 首，白居易 7 首，杜甫 12 首，王维 12 首，杜牧 4 首，韦应物 6 首，元稹 4 首。

1945 年，屈维廉（R. C. Trevelyan）编著的《中国诗选》（*From the Chinese*），收诗 62 首，1945 年在牛津大学出版社刊行。该译诗选并非由屈维廉亲自翻译，而是从已有的译诗集编选而来。[1] 屈维廉在选本导言中指出，中国很多诗歌达到了伟大诗篇的标准。他列举的伟大诗篇标准为：直接、简单、真诚（directness，simplicity，sincerity）。他认为，中国最优秀的诗人足以和希腊与英国的诗人媲美，虽然相对而言，中国诗人的题材范围与思想深度有一定局限性。同样，屈维廉指出，中国古典诗歌的成就虽然很高，但有一大缺陷不可回避。中国古代社会里妇女居于从属地位，只能在家里操劳并且养育子女。欧洲诗歌的主题往往是男女间的爱情，而中国诗歌里常见的却是男人之间的友情。惟有一些弃妇诗、怨妇诗里才能见到男女之爱。屈维廉分析了中文诗歌的一些明显特点，称中文诗在形式美与音韵和谐方面都无可挑剔，还谈到了

1. 这些译诗集主要包括：Harold Acton 与 Ch'en Shih-Hsiang 的《现代中国诗》（*Modern Chinese Poetry*），Florence Ayscough 和 Amy Lowell 的《松花笺》（*Fir-Flower Tablets*），E. D. Edwards 的《龙之书》（*The Dragon Book*），H. A. Giles 的《中国诗选》（*Chinese Poetry*），Witter Bynner 的《玉山》（*The Jade Mountain*），另外还有阿瑟·韦利的几本诗集《诗经》（*Book of Songs*）、《游悟真寺诗》（*The Temple*）、《中国古诗选译续集》（*More Translations from the Chinese*）、《一百七十首中国诗》（*A Hundred and Seventy Chinese Poems*）等。

不同译者的翻译方法，对阿瑟·韦利比较赞赏。这本中国诗选共收诗歌 62 首，题材较为特别。开头收了几篇《诗经》中的古诗，然后是张衡与王延寿的汉赋，以及陶潜和陈子昂的诗，最多的仍然是唐诗，多达 37 首。[1]

1. 该译诗选集未收录宋词，因为屈维廉对已有的宋词译文都不满意。诗集最后还收入了 12 首现代诗的译文，其中有何其芳、徐志摩、戴望舒等人的诗歌作品。

关于中国古文在英国的译介，亦有进展。出生于中国的翟林奈（Lionel Giles），子承父业，也成为成绩卓著的汉学家。他编译的《老子语录》（*The Sayings of Lao Tzu*），由伦敦约翰·默里（John Murray）出版公司于 1905 年刊行，后多次再版。该书将老子之言分为十类，对一般英语读者了解老子的思想十分有益。1912 年，伦敦约翰·默里出版公司又刊行了翟林奈编译的《道家义旨：〈列子〉译注》（*Taoist Teachings from the Book of Lieh Tzu*）。该译本省去了原书中专论杨朱的内容。同年亦在伦敦出版的 Anton Forke 译本题为《杨朱的乐园》（*Yang Zhu's Garden of Pleasure*），只译了《列子》里关于杨朱内容的部分，正好与翟林奈译本互为补充。后来，英国汉学家、伦敦大学亚非学院教授格雷汉姆（Angus Charles Graham，1919—1991；汉名“葛瑞汉”）完成了《列子》的第一部全译本（1950），又出版了《〈列子〉新译》（*The Book of Lieh-tzu: A New Translation*），也由约翰·默里出版公司于 1960 年刊行。1921 年，翟林奈译著《唐写本搜神记》（*A T'ang Manuscript of the Sou Shen Chi*）载《中国新评论》1921 年第 3 期。1938 年翟林奈还译出了《三国演义》中的部分片断。1938 年，翟林奈的《仙人群像：中国列仙传记》（*A Gallery of Immortals: Selected Biographies Translated from Chinese Sources*）由伦敦约翰·默里出版公司出版发行。

老沃尔特·高尔恩（Walter Gorn Old）编译的《老童纯道》（*The Simple Way, Laotse, The "Old Boy": A New Translation of the Tao-Teh-King*）也于 1904 年在伦敦刊行，后多次重印。此前高尔恩译有《道德经》（*The Book of the Path of Virtue, or a Version of the Tao Teh King of Lao-tsze*），于 1894 年由 Theosophical Publishing House 刊行。密尔斯（Isabella Mears）的《道德经》（*Tao Teh King*）译本也于 1916 年由 Theosophical Publishing House 刊行，并于 1922 年和 1949 年重印。另外，中国学者初大告的《道德经》（*Tao Te Ching*）也于 1937 年由伦敦 George Allen & Unwin Ltd. 出版发行，后分别于 1939、1942、1945、1948、1959 年重印再版。吴经熊的《老子〈道德经〉》（*Lao Tzu's The Tao and Its Virtue*）发表于 1939—1940 年的英文期刊《天下月刊》（*T'ien Hsia Monthly*）。林语堂的

英文著述《老子的智慧》（*The Wisdom of Laotse*）也于 1949 年由伦敦蓝登书屋（Random House）出版。

林语堂在 1935 年与温源宁、吴经熊、姚莘农等人创办英文《天下月刊》（*T'ien Hsia Monthly*），并出任编辑，同年他连续刊发英译《浮生六记》四章，并先后发表几篇专题论文与书评。他在《浮生六记》的翻译中既使用原汁原味的英文，又使用中国的术语。通常对成语及习语的翻译存在一定的难度，在直译会造成误读的前提下，译者可以采用符合英语习惯的表达，使译文能够被读者正确地理解和接受。林语堂在翻译中用英语谚语替换汉语谚语，或用英语说法替换汉语说法，从而避免赘语及误读。

1938 年，伦敦阿瑟·普洛普斯坦因公司出版了伊凡吉林·多拉·爱德华兹（Evangeline Dora Edwards，1888—1957；或称“叶女士”）[1] 编译的《中国唐代散文作品》（*Chinese Prose Literature of the T'ang Period, A.D. 618—906*）。该书共 236 页，凡两卷，上卷介绍一般散文，下卷介绍传奇故事。下卷分三章：第一章“中国小说概况”设两节，介绍唐代以前和唐代小说的发展；第二章“小说——《唐代丛书》”设四节，除“导言”外，分别介绍“爱情故事”、“英雄故事”和“神怪故事”；第三章是上卷译介的续篇，继续介绍《唐代丛书》中的作品。该书不仅在译介部分提供了较详的注释，而且在介绍部分提出了一些值得认真探索的重要问题，如中国小说发展的特殊历程、文言小说的类型及其特点、《唐代丛书》所辑作品的真实性（书末附录论及此旨）等。这部书以其大量译介和深入探索而独步于当时，影响较大，1974 年又再次刊行。爱德华兹后来还写有《柳宗元与中国最早的风景散文》（*Liu Tsung-yuan and the Earliest Chinese Essays on Scenery*，1949）等著述。

1. 伊凡吉林 · 多拉 · 爱德华兹，出生在中国，其父是来华传教士。她在中国接受教育，对中国文化和中国文学有所研究。1921 年被伦敦大学聘为汉学讲师，后接替退休的庄士敦，升任伦敦大学远东系主任和汉学教授。

二、 中国小说话本的英译

20 世纪上半叶关于中国古代小说话本的英译，初步简介如下：

1. 关于话本小说的英译

1905 年，上海别发洋行出版了豪厄尔（E. B. Howell）编译的《今古奇观：不坚定的庄夫人及其他故事》（*The Inconstancy of Madam Chuang and Other Stories from the*

Chinese），书中收入了《今古奇观》中的六篇译文，译者力图使西方读者了解一点中国的哲学、文学等。该译本出版后，得到英国学界的注意，著名的欧洲汉学刊物《通报》第 24 卷第 1 号（1924 年）就发表过汉学大师伯希和撰写的评论。该译本于 1925 年由伦敦沃纳·劳里（T. Werner Laurie）公司再版。

1941 年，伦敦 The Golden Cockerel 出版社印行了哈罗德·阿克顿（Herold Acton）与李义谢（Lee Yi-hsieh，音译）合译的故事集《胶与漆》（*Glue & Lacquer*），内含《醒世恒言》的四个话本小说。此书后经伦敦 John Layman 出版社重印，改题为《四谕书》（*Four Cautionary Tales*，1948），书中附译者注释及著名汉学家韦利所撰导言。

林语堂将刘锷所著《老残游记》译成英文 *A Nun of Taishan*，1935 年由商务印书馆出版，1936 年又出版了 *A Nun of Taishan and Other Translations*（即《英译老残游记第二集及其他选译》），仍由商务印书馆出版。这是林语堂"百科全书式"文化译介工程的组成部分。1948 年，刘鹗的名篇《老残游记》由杨宪益、戴乃迭（Gladys Yang）夫妇翻译成英文，由伦敦 George Allen & Unwin Ltd. 出版。此前（1947 年）该英译本已由南京独立出版社出版。杨宪益、戴乃迭两位先生长期致力于中国文学作品及文化典籍的英译工作，成就卓著。在推动我国文学走向世界的过程中，杨、戴两位先生功不可没。

2. 关于《西游记》的英译

詹姆斯·韦尔（James Ware）翻译的两段英译文，载于上海华北捷报社出版的《亚东杂志》（*East of Asia Magazine*）1905 年第 4 卷。第一段为《西游记》前 7 回的摘译；第二段为《西游记》第 9 回至第 14 回的摘译。两段译文的总题是《中国的仙境》，译文之前有译者写的《唐僧及西游记介绍》一文。

1913 年，《西游记》最早的英译本，由蒂莫西·理查德（Timothy Richard，李提摩太）所译，书名《圣僧天国之行》（*A Mission to Heaven*），书的内封题："一部伟大的中国讽喻史诗"（A Great Chinese Epic and Allegory）。这是根据题为邱长春（Ch'iu Ch'ang Ch'un）作《西游证道书》本翻译的，前 7 回为全译本，第 8 回至 100 回为选译本。此书于同年由上海基督教文学会（Christian Literature Society）出版（363 页），另有 1940 年版本。[1] 蒂莫西·理查德翻译了《三国演义与圣僧天国之行》一书，其所据中文底本为袁家骅编选的《三国演义与

1. 理查德还翻译了《三国演义与圣僧天国之行》（*Romance of the Three Kingdoms and a Mission to Heaven*）一书，其所据中文底本为袁家骅编选的《三国演义与西游记》（上海北新书局 1931 年版），共 265 页。

西游记》（上海北新书局 1931 年版），《西游记》占该译本的后半部分（第 115—265 页）。

倭讷[1]（Edward Theodore Chalmers Werner，1864—1954；又译作“沃纳”）编著的《中国神话与传说》（*Myths and Legends of China*）一书，1922 年由伦敦哈拉普出版公司（G. G. Harrap）与纽约的布伦塔诺出版公司（Brentano's）同时印行。其中第 16 章为介绍《西游记》的专章，题作《猴子如何成神》，其中对《西游记》的主要情节都摘有片段译文。书中还有插图两幅，一幅是“黑河妖孽擒僧去”（第 352 页），一幅是“五圣成真”（第 368 页）。

1．倭讷曾于光绪十年（1884 年）来中国，历任英国驻北京及其他各地的领事，后曾任清政府历史编修官和中国历史学会会长，是研究中国历史的专家。

1930 年，海伦 • M • 赫丝（Helen M. Hayes）节译的《佛国天路历程：西游记》（*The Buddhist Pilgrim's Progress: The Record of the Journey to the Western Paradise*）由伦敦 John Murry 公司出版发行。此书为 100 回选译本，105 页，列入《东方知识丛书》（*Wisdom of the East Series*）。

3．关于《聊斋志异》的英译

英国研究中国历史的专家倭纳编译《中国神话与传说》一书，收入了《聊斋志异》的五篇译文，包括《与狐狸交朋友》、《不可预测的婚事》、《高尚的女子》、《酒友》、《炼金术士》。1884 年，倭纳来到中国，任英国驻北京等地的领事，还担任过清朝政府历史编修官和中国历史学会会长。初大告翻译的《聊斋志异》单篇《种梨》、《三生》、《偷桃》，收入《中国故事集》（*Stories from China*），于 1937 年在伦敦出版。

4．关于《三国演义》的英译

斯悌尔（Rev. John Clendinning Steele）翻译的 *The 43rd Chapter of the Three Kingdom Novel*, *“The Logomachy”*（《第一才子书三国演义第 43 回，“舌战”》）由上海美华书馆（Presbyterian Mission Press）于 1905 年推出过单行本，1907 年再版，改名为 *The Logomachy, Being the 43rd Chapter of the Three Kingdom Novel*。该书是专供外国人学习中文使用的读本，因此书中收录了《三国演义》第 43 回“诸葛亮舌战群儒，鲁子敬力排众议”的中文全文，并附出版导言、译者序、人物索引、地图，以及对人名、地名、朝代名等专有名词的注释等。不过，由于该书仅选译了《三国演义》的第 43 回，内容明显单薄，分量不足，使得它在《三国演义》英译史上的重要意义大打折扣。

杰米森（C. A. Jamieson）摘译了《三国演义》中的“草船借箭”故事，取名为 Chu-goh

Leang and the Arrows（《诸葛亮与箭》），载 1923 年在上海出版的 *Journal of the North China Branch of the Royal Asiatic Society*（《皇家亚洲学会华北分会杂志》）新第 54 卷。

1925 年，英国汉学家邓罗 (Charles Henry Brewitt-Taylor, 1857—1938) 将《三国演义》全书译成英文，书名为 *San Kuo, or Romance of the Three Kingdoms*，由别发洋行 (Kelly & Walsh Limited) 分为两卷在上海、香港与新加坡三地同时出版。这是第一种《三国演义》120 回英文全译本，[1] 不过原著的诗歌多半被删去，该译本在英语世界影响较大。

在推出其《三国演义》英文全译本之前，邓罗就已经节译过《三国演义》的部分章节，主要集中刊登在《中国评论》(*The China Review: or Notes and Queries on the Far East*) 上，共 3 篇译文与 1 篇研究论文，我们在上一章已有所介绍。1891 年邓罗到天津海关工作之后，继续翻译《三国演义》。但到了 1900 年 6 月 13 日晚，义和团放火烧毁了邓罗的住处，而他辛辛苦苦 10 多年完成的《三国演义》英文译稿毁于一旦。不过，邓罗终究未放弃译介《三国演义》的雄心壮志，最终完成了世界历史上第一种《三国演义》英文全译本。[2]

邓罗认为《三国演义》是极具东方特色（distinctly eastern）的作品。在其自序中邓罗说："此前《三国演义》已经有满文、日文、暹罗文或者其他语言文字的译本问世。不管成功与否，对于有能力将我的译本与源本进行比较的热爱求知的读者来说，我现在都已经为其增添了一种英文译本。"[3]

关于该译本的阅读群体，邓罗所预想的是《三国演义》的源语（汉语）读者，或者可以进一步缩小为中国读者。这一点在其译本版权页上通过英文、中文对照的形式表达得清清楚楚、明明白白："Especially prepared for the use and education of the Chinese People"、"專備為中國人民之用"（原文由右及左）[4]。邓罗在 1880 年 10 月 1 日至 1891 年 9 月 30 日间在福建船政学堂执教达 11 年之久。[5] 或许他在教学过程中发觉学生缺乏英文课外读本，才决定将中国广为流行、妇孺皆知的《三国演义》译成英文，为中国学生提供一种英文读本，方便他们在课外自行阅读，提高自身英文水平。同样也正是因为邓罗将其《三国演义》英文译本定位成英文读本，别发洋行才会决定出版该书。别发洋行销售的产品包括英文教材、外语工具书、文具等等，主要以在华的外国人及学习外文的中国人为销售对象。《三国演义》作为一本通俗小说，可以满足部分外国人对中国文学与文化的猎奇心理。正是出于这种考虑，以赢利为

1. 近 60 年后，美国学者罗慕士 (Moss Roberts) 才于 1983 年试图将《三国演义》全书译成英文，而其译本到了 1991 年由美国的加利福尼亚大学出版社 (University of California Press) 和中国的外文出版社 (Foreign Languages Press) 在美国共同出版，到 1994 年又由外文出版社在中国大陆首次出版。

2. 后来，在盛京（沈阳）就与邓罗结识并长期保持密切关系的伊凡吉林·多拉·爱德华兹编译了一本中国文学选集 *The Dragon Books*（《龙书》），由伦敦的威廉·霍奇公司（William Hodge and Company）于 1938 年出版，邓罗还有幸在过世之前阅读过该书。该书内收邓罗《三国演义》英文全译本中的 8 段译文，包括刘备托孤遗诏、孟获银坑洞蛮俗、张飞夜战马超、关公刮骨疗毒、华佗入狱身死、曹操传遗命等内容。

3. Charles Henry Brewitt-Taylor, tr. *San Kuo, or Romance of the Three Kingdoms*. Shanghai, Hong Kong, Singapore: Kelly & Walsh, Limited, 1925. Preface.

4. Charles Henry Brewitt-Taylor, tr. *San Kuo, or Romance of the Three Kingdoms*. Shanghai, Hong Kong, Singapore: Kelly & Walsh, Limited, 1925. Copyright page.

5. ［英］魏尔特（Stanley F. Wright）：《赫德与中国海关》下，陈敩才等译，第 575 页，厦门：厦门大学出版社，1993 年版。

最高目的的别发洋行相信邓罗所译《三国演义》英文译本不会缺少市场，所以才决定出版、售卖该书。

小而言之，邓罗之所以翻译《三国演义》，是要为中国读者提供一种英文读本，方便他们在课余阅读，以提高英文水平。由这种翻译目的出发，邓罗在英译《三国演义》的过程中，并不字对句比地完全忠实于原文，而是根据需要灵活地处理原文字句与段落，或增或删，使得他翻译的《三国演义》英文全译本显得比较精炼、流畅，可读性较高。尽管其译文中也存在一些误译之处，但这个译本毕竟是有史以来《三国演义》的第一种英文全译本，邓罗的首译之功不容忽视。

6．关于《红楼梦》的英译

1929年，王际真(Chi' chen Wang，1899—2001)译《红楼之梦》（*The Dream of the Red Chamber*）于伦敦乔治·路脱来奇父子公司(George Routledge & Sons，Ltd.)出版。该书系《红楼梦》120回本的节译本，有阿瑟·韦利序及译者导言，共371页。韦利序言里认为“《红楼梦》是世界文学的财富”。王际真曾为哥伦比亚大学教授，中英文以及翻译均是第一流的。王际真在英译本序言里说：“《红楼之梦》是中国最伟大的小说，是全然独辟蹊径之小说中的第一部。”

7．关于《水浒传》的英译

1929年，英国汉学家杰弗里·邓洛普（Geoffrey Dunlop）翻译的《水浒传》70回本的英文节译本，取名《强盗与兵士：中国小说》（*Robbers and Soldiers*），由伦敦的杰拉德·豪公司（Gerald Howe）与纽约的克诺普夫公司（Knopf）出版。该书由邓洛普转译自埃伦施泰因(Albert Ehrenstein，1886—1950)的德文节译本。

8．关于《金瓶梅》的英译

1939年，伯纳德·米奥尔(Bernard Miall)由库恩的德文节译本[1]转译的英文节译本《金瓶梅：西门与其六妻妾奇情史》（*Chin P'ing Mei：The Adventurous History of Hsi Men and His Six Wives*）由伦敦约翰·莱恩（John Lane）出版社出版。全书分49章，共两卷，863页。汉学家阿瑟·韦利撰写的导言论述了《金瓶梅》的文学价值、创作情况、时代背景、作者考证、版本鉴定等。同一年，克莱门特·埃杰顿（Clement Egerton）在老舍的协助下[2]，据张竹坡评

1．弗朗茨·库恩根据张竹坡评本节译的德文节译本《金瓶梅：西门与其六妻妾奇情史》（*Kin Ping Meh：oder die abenteuerliche Geschichte von Hsi Men und seinen sechs Frauen*），出版于1930年，出版者为莱比锡岛社（Leipzig Insel-Verlag），全书分49章，一册（920页）。库恩是欧洲著名的中国古典文学作品翻译家，他翻译的《红楼梦》、《水浒传》等在西方很受推崇。《金瓶梅》的英、法、瑞典、芬兰、匈等译本，多半是根据库恩的德译本转译的。

2．首先，老舍帮助埃杰顿打下了良好的中文基础；其次，老舍可能为埃杰顿提供了《金瓶梅》中文原本；再则，老舍最初是埃杰顿英译《金瓶梅》的合作者。理解原文是翻译过程中极其重要的第一步。不能正确理解原文，译者就不可能产出高质量的译文。老舍十分耐心地为埃杰顿提供帮助，正因为如此，埃杰顿才会在“译者说明”里首先感谢老舍。

点本译出的《金瓶梅》由伦敦乔治•路脱来奇父子公司（George Routledge & Son，Ltd.）出版，改题为《金莲》（*The Golden Lotus*）。该译本在西方是最早最完全的《金瓶梅》译本，被评论家们称为“卓越的译本”。[1] 该译本出版后，于1953、1955、1957、1964年又重印4次。第一版译文对小说中的诗词部分作了简化或删节，把一些所谓淫秽的章节译成拉丁文。直到1972年才出版完全的译本，第一版中的拉丁文都译成英文。英译本出版时，埃杰顿专门在扉页上写上：“献给我的朋友舒庆春！”在“译者说明”中，第一句话就是：“在我开始翻译时，舒庆春先生是东方学院的华语讲师，没有他不懈的慷慨的帮助，我永远也不敢进行这项工作。我将永远感谢他。”[2]

1. 老舍曾与埃杰顿在伦敦圣詹姆斯广场31号同住一层楼。后者当时在伦敦大学东方学院学中文。埃杰顿是位知识广博的学者，对社会心理学很感兴趣。他了解到《金瓶梅》是一部描写众多人物和复杂社会关系的杰作，是研究社会心理和文化的资料宝库。大约在1924年，埃杰顿开始翻译《金瓶梅》。老舍一面教他中文，一面帮助他翻译《金瓶梅》。

2. 埃杰顿在这篇短短的“译者说明”里感谢了为其译本的翻译出版提供帮助的五个人，其中第一个即为“C. C. Shu”：Without the untiring and generously given help of Mr. C. C. Shu, who, when I made the first draft of this translation, was Lecturer in Chinese at the School of Oriental Studies, I should never have dared to undertake such a task. I shall always be grateful to him.（Clement Egerton，1939：XI）1946年，老舍在《现代中国小说》一文中写道：“明代最杰出的白话小说是《金瓶梅》，由英国人克里门特·艾支顿（Clement Egerton）译成英语，译本书名是*The Golden Lotus*。在我看来，《金瓶梅》是自有中国小说以来最伟大的作品之一。《金瓶梅》用山东方言写成，是一部十分严肃的作品，是大手笔。奇怪的是，英译本竟将其中的所谓淫秽的章节译成拉丁文，看来是有意让读者读不懂。”（《中国现代文学研究丛刊》1986年第3期）

第四节 中国古典戏剧的英译

一、 中国古典戏剧英译概观

中国古典戏剧在20世纪英国的译本比较丰富。法国文学社会学家埃斯卡皮（Robert Escarpit）说过，“翻译总是一种创造性的叛逆（creative treason）”[3]。确实，文学翻译的创造性叛逆在中国古典戏剧译介中表现尤为突出。因为中国古典戏剧是综合散体、韵体等形式为一体的独特体裁，尤其是其中的唱词，与诗歌无异，往往令译者无所适从——保存了内容，却破坏了形式；照顾了形式，又损坏了内容。

中国古典戏剧在20世纪上半叶的英译过程中，译者的创造性叛逆有多种表现形式，仅从译本角度来看，具体表现为：

第一，梗概简介。20世纪初期，有些译者以故事梗概的形式对中国古典戏剧作品进行简要译介。1901年，英国汉学家翟理斯在《中国文学史》有关戏剧章节中对《赵氏孤儿》、《琵琶记》（*The P'i Pa Chi, or Story of the Guitar*）进行了介绍。1927年梁县出版社出版了倭讷据戴遂良（Dr. Leo Wieger）法译文《中国古今宗教信仰史和哲学观》转译的英文本（*A*

3. ［法］埃斯卡皮：《文学社会学》，王美华、于沛译，第137页，合肥：安徽文艺出版社，1987年版。

History of the Religious Beliefs and Philosophical Opinions from the Beginning to the Present Time）。其中第 744—745 页收有无名氏《硃砂檐》摘译和简介，第 747 页有元代郑光祖《倩女离魂》译介，第 748 页收乔孟符喜剧《两世姻缘》梗概介绍[1]。此类中国古典戏剧翻译形式只粗略地保存剧作故事情节，流失了其戏剧审美特色。

第二，选译。选译属于节译的一种，也是有意识型创造性叛逆。节译的原因很多，可能是为适应接受国习惯、风俗，抑或为迎合接受国读者趣味，或可能为了便于传播，也可能是出于政治、道德等因素考虑[2]。中国古典戏剧在英国选译包括两种情况：一是其他国家学者剧作选译本在英国出版。比如，1923 年，帕克斯 • 罗伯逊（Pax Robertson）选译的元代武汉臣所著的喜剧《老生儿》、《刘员外》(*Lew Yuen Wae*)，由伦敦切尔西出版公司（Chelsea Publishing Company) 出版。1925 年，美国马里兰大学比较文学教授祖克[3]（A. E. Zucker）所著《中国戏剧》[4]（*The Chinese Theatre*）在伦敦出版，其中第 41 页载《窦娥冤》第 3 折《斩窦娥》节译文[5]。另一种情况是英国学者对中国古典戏剧的节译。1939 年，第 8 卷 4 月号《天下月刊》（*T'ien Hsia Monthly*）第 360—372 页发表哈罗德 • 阿克顿据明代汤显祖 55 幕戏剧《牡丹亭》选译的《春香闹塾》（*Ch'un Hsiang Nao Hshueh*），译文前有剧本内容介绍。

第三，转译。转译又称重译，是译者借助一种媒介语翻译另一种外国语文学作品。在大多数情况下，转译都是不得已而为之，尤其在翻译非通用语种国家的作品时。译者们从事再创造性文学翻译时，不可避免地融入译者本人对原作的理解和阐述，甚至融入译者语言风格、人生经验乃至个人气质。因此，通过媒介语转译其他国家的文学作品会产生“二度变形”，则不难理解。[6]20 世纪英国学者对中国古典戏剧的转译有：1927 年倭讷据戴遂良法译文转译《中国古今宗教信仰史和哲学观》，此点上文已经提及。1929 年伦敦海纳曼出版社（W. Heinmemann）出版詹姆斯 • 拉弗（James Laver，1899—1975）翻译元代李行道《灰阑记》[7]（*The Circle of Chalk：A Play in Five Acts*）。该译本据阿尔弗雷德 • 亨施克（Alfred Henschke）德文改编本转译。1955 年，伦敦罗代尔出版社（Rodale Press）出版弗朗西斯 • 休姆（Frances Hume）由朱利安(S. Julien；汉名“儒莲”) 法译文《赵氏孤儿》转译的《雌雄兄弟》[8]（*Tse Hsiong Hiong Ti. The Two Brothers of Different Sex：A Story from the Chinese*）。

1. 参见王丽娜编著《中国古典小说戏曲名著在国外》，第 498、502、499 页，上海：学林出版社，1988 年版。
2. 谢天振主编：《翻译研究新视野》，第 76 页，青岛：青岛出版社，2003 年版。
3. 祖克教授曾经在北京协和医科大学 (Peking Union Medical College) 当英语副教授。
4. 本书同时在美国由波士顿利特尔 · 布朗公司 (Little, Brown and Co.) 出版。
5. 王丽娜编著：《中国古典小说戏曲名著在国外》，第 537 页，上海：学林出版社，1988 年版。
6. 谢天振主编：《翻译研究新视野》，第 78 页，青岛：青岛出版社，2003 年版。
7. 李行道所著的《灰阑记》共四幕加一个楔子，詹姆斯 · 拉弗的转译本从其名称 *The Circle of Chalk：A Play in Five Acts* 可以看出是五幕，共 107 页。
8. Edy Legrand 为这本 51 页的书绘有插图。

第四，直接全译本，指译者直接从中文翻译作品。此类译本完整地反映出其在 20 世纪英国的命运。大体分类为：第一，译者是英国人，或具有英国学术训练经历。比如 1901 年翟理斯的《中国文学史》中将京剧《彩配楼》译为 *Flowery Ball*[1]。1911 年，麦高温（Rev. J. Macgowan）从中文原作翻译《美人：一出中国戏剧》(*Beauty: A Chinese Drama*)，由伦敦出版商 E. L. Morice 出版。1921 年，曾任末代皇帝溥仪英文教师的庄士敦（Sir Reginald Fleming Johnston, 1874—1938）著《中国戏剧》（*The Chinese Drama: With Six Illustrations Reproduced from the Original Paintings by C. F. Winzer*），由上海别发洋行（Kelly & Walsh）出版发行，向英国读者全面介绍中国戏剧。Winzer 为该书临摹了 6 幅插图。1929 年，李行道的元杂剧《灰阑记》被詹姆斯・拉弗译成 The Circle of Chalk: A Play in Five Acts，由伦敦海纳曼出版社刊行。1936 年，哈特（Henry H. Hart）翻译《西厢记：中世纪戏剧》(*The West Chamber: A Medieval Drama*)[2]，此译本将原剧分 15 折译出，书中有译者注释及爱德华・托马斯・威廉斯 (Edward Thomas Williams) 所作序言。1937 年，叶女士将其所译《莺莺传》选入本人编《中国唐代散文文学》（*Chinese Prose Literature of the T'ang Period, 618—906 A.D.*）[3]。

而英国汉学家哈罗德・阿克顿自述为中国戏剧（Chinese theatre）热情的献身者[4]，不仅与美国汉学家阿灵顿（L. C. Arlington）合作翻译编辑《中国名剧》（*Famous Chinese Plays*, 1937），也与陈世骧（Chen Shih-hsiang）合译清代孔尚任《桃花扇》(*The Peach Blossom Fan*) 并于 1976 年由白之（Cyril Birch）整理出版[5]，同时还独立翻译汤显祖 55 幕戏剧《牡丹亭》之《春香闹塾》一幕。旅英华人熊式一（S. I. Hsiung）花了 6 周时间把中国旧戏《红棕鬣马》改编为《王宝川》（*Lady Precious Stream*），于 1934 年由伦敦文艺性出版社麦勋书局出版，[6] 同

1. H. A. Giles. *A History of Chinese Literature*. New York and London: D. Appleton and Company, 1909. pp. 264—268.

2. 该译本共 192 页，由加利福尼亚斯坦福大学出版社、伦敦 H. 米尔福德出版社及牛津大学出版社出版。

3. 该著作由阿瑟・普罗布斯瑟恩出版社出版，共 236 页。《莺莺传》译文收入其中第 2 卷第 191—201 页。

4. Harold Mario Mitchell Acton. *Memoirs of an Aesthete*. London: Methuen & Co. Ltd. 1948. p. 354.

5. 该书 1976 年由伯克利加利福尼亚大学出版社 (University of California Press) 出版，共 41 出，其中前 35 出 (加楔子) 由阿克顿和陈世骧合译，后 7 出由白之翻译。

6. 1935 年麦勋书局出版了 *Lady Precious Stream* 的第 2 版，1936 年出版了第 3 版，1941 年第 5 版，1946 年第 6 版，1949 年第 8 版，1952 年第 9 版，1960 年出版了第 10 版。

年冬又亲自导演此剧，此后每周8场，连演3年900场，可谓盛况空前。我们将在下文详述。

二、 熊式一的英文剧本《王宝川》

1934年7月，熊式一（S. I. Hsiung）的英文剧 *Lady Precious Stream: An Old Chinese Play Done into English According to Its Traditional Style*（《王宝川》[1]）在伦敦出版，很快销售一空。次年2月出第2版，1936年出第3版。[2] 此剧依中国传统剧《平贵回窑》改写，展示的是薛平贵从军、王宝川守寒窑、相认前的误会插曲、最终大团圆的故事，具有中国传统化的题材与故事讲述模式。熊式一改译时，凡认为是宣扬迷信、旧道德的部分，均予删改。1933年7月《王宝川》英译本脱稿时，熊式一曾请当代英国著名诗人、剧作家艾伯克罗姆毕（Lascelles Abercrombie，1881—1938）过目。岂料艾氏对此剧爱不释手，认为英译《王宝川》堪称一部英语文学作品。艾氏高度评价熊式一流畅的英语文笔，同时深深地为其剧中人物所吸引，并为该剧作序。一些文学评论家也认为英译《王宝川》“具有一种精湛文化的标志”，其作者为“丰富英语文学”作出了贡献。该剧上演亦盛况空前。据熊式一本人记载，世界上几乎所有的语言均有英文剧《王宝川》的译本。[3]

熊式一《王宝川》之“代序”（燕遯符）也谈到了这部译著的重要意义：20世纪30年代初，中国正积贫积

1. 熊式一在其《王宝川》中文版序中说到：“许多人问我，为什么要把‘王宝钏’改为‘王宝川’呢？甚至于有人在报上说我的英文不通，把‘钏’字译成Stream。二十几年来，我认为假如这个人觉得‘钏’字不应改为‘川’字，也就不必和他谈文艺了。近来我发现了许多人，一见了‘王宝川’三字，便立刻把‘川’字改为‘钏’字。所以我在某一次的宴会席上，要了一位朋友十元港币作为学费，捐给会中，告诉他就中文而言，‘川’字已比‘钏’字雅多了，译成了英文之后，Bracelet或Armlet不登大雅之堂，而且都是双音字，Stream既是单音字，而且可以入诗。”（熊式一：《王宝川》（中英文对照本），中译本序，北京：商务印书馆，2006年版。）

2. 温源宁在1935年8月《天下月刊》创刊号的“编者按”介绍：“今年十二月中国艺术国际展览将在伦敦开幕。一共有一千多件展品已从中国运往伦敦。这些展品包括瓷器、织锦、绘画、青铜器、古书籍和玉器。”1935年是中英文化交流重要的一年，民国政府在伦敦举办“中国年”。而熊式一英译《王宝川》于1934年出版并大获成功，为翌年伦敦举办“中国年”做了必要的预热。

3. 这部剧后来搬上美国舞台，但遭遇美国批评界的冷淡与民众的不满。国内有学者分析到：“6年前看过梅兰芳的精美戏剧表演的百老汇和它被各种演出陶冶了敏锐、精致的审美味觉的观众，自然将《宝》的演出放在梅兰芳为他们定下砝码的审美天平上去衡量，结果就是对该作品的不满和冷淡。”（吴戈：《中美戏剧交流的文化解读》，第137页，昆明：云南大学出版社，2006年版。）1930年2月梅兰芳赴美访问演出，盛况空前。

弱、遭受列强欺凌和侮辱之时，一位文弱书生远涉重洋只身去伦敦，成功地把中国民族传统文化的精华弘扬到西方世界的中心，倾倒了包括英国王室在内的千万欧洲人。从此之后他头戴国际文化名人之冠，把中华文明的种子撒向全球。[1] 由中国传统通俗小剧改写成《王宝川》之所以能够在世界范围内产生持久影响，得益于熊式一在剧本开头的招亲过程中去掉了怪力乱神的内容，只留下宝川慧眼识真的故事，并以宝川平贵夫妻团圆为结局，否定了中国历来的一夫多妻制。只有剔除这些糟粕，才能继承弘扬传统的精华。[2]

1. 熊式一：《王宝川》（中英文对照本），中译本序，北京：商务印书馆，2006年版。

2. 熊式一：《王宝川》（中英文对照本），中译本序，北京：商务印书馆，2006年版。

熊式一于20世纪20年代从北京高等师范英文科毕业后，开始写作和翻译生涯，在郑振铎主编的《小说月报》上发表小说剧作，并翻译了大量英国名著，如肖伯纳《人与超人》、哈代《卡斯特桥市长》、巴里《彼里·潘》和《可敬佩的克莱敦》等。徐志摩对其大为赏识，称之为中国研究英国戏剧的第一人。1932年底熊式一远赴英伦，弘扬古老中华文化，让西方人见识中国传统戏剧的风采。那时候世界看中国，除了裹小脚、吸鸦片，就是妻妾成群、野蛮残暴。为了给同胞正名，塑造美好的中国人形象，他比较了几个通俗剧本之后，首选《王宝钏》的故事，花6个星期用英文改写为英美人士能够接受的雅俗共赏的舞台剧《王宝川》。[3]1934年夏，被伦敦文艺性出版社麦勋书局看中，成为文艺刊物上的热门话题。萧伯纳、毛姆、巴里、韦尔斯等大加赞扬，纷纷与之结交。同年冬天在伦敦演出，由熊式一亲自导演，首演成功。伦敦人以争看《王宝川》为荣，惊动王室，玛丽皇后携儿媳和孙女（今伊丽莎白女王）亲往观看，外交大臣以及各国使节陪同前往。《王宝川》问世后，中国成了“神龙出没，桃李争艳，梦幻储于金玉宝器之中，文化传于千变万化之后”的天国仙乡。世界各国人士都称它是中国舞台剧的杰作，但熊式一认为是误解，应该让世人知道中国文艺精品与一般通俗剧本的差异，于是紧接着又用11个月时间把《西厢记》逐字逐句译成英文，配有多幅插图，由伦敦Methuen公司于1935年出版，题目仍为《西厢记》（*The Romance of the Western Chamber*）[4]。在译者前言中，熊式一指出：《王宝川》只是一出为商业目的演出的通俗戏，并非为文人雅士所作，真正具有艺术价值的是《西厢记》。他在向读者介绍《西厢记》的创作情况时写道：“虽然对于《西厢记》的真正作者究竟是谁，我们还不太清楚。但是，大家都一致公认，该剧是诗歌戏剧领域中的一部巨著。”熊式一在动手翻译前，先收集并研读了中国文学史上的17种不同的《西厢记》版本，比较研究的工作持续了11个月。尔后，才决定采用金圣叹的对话及一个明版本的诗文，译文完全忠于原

3. 熊式一在该剧的中文版序中说：1933年春，伦敦大学聂柯尔教授提议，在中国旧剧中，找一出欧美人士可雅俗共赏的戏，改译成英文话剧。当时心中想译的有三个剧本：第一个是《玉堂春》，第二个是《祝英台》，第三个是《王宝川》。经权衡，决定把后者改成英文话剧。对迷信、一夫多妻制、死刑，也不主张对外宣传，故对前后剧情，改动得很多。我又增加了一位外交大臣，好让他去招待西凉的代战公主，以免她到中国来掌兵权。（熊式一：《王宝川》（中英文对照本），中译本序，北京：商务印书馆2006年版。

4. 1935年9月，汤良礼在上海主编的《人民论坛报》（*The People's Tribune*）的第5号（第10期第779—813页）上也发表了熊式一花费11个月翻译的《莺莺传》，题作《西厢记》。

文。与《王宝川》的出版、演出火爆异常相比，西方读者对《西厢记》英译本的反应极其冷淡，也无一家剧院演出。[1]熊译本有戈尔登·博顿利（Gordon Bottomley）撰写的《序言》，其中将中国戏曲与希腊戏剧及英国戏剧加以比较研究："莺莺的文雅风姿有时接近于朱丽叶，而焦虑的张珙在某个时候蒙受的痛苦却很像焦虑的特雷斯登。"书的封面上是熊式一所题"西厢记"三个汉字，扉页是剧中女主人公崔莺莺的画像。

虽然《西厢记》的演出并不卖座，但却受到学界高度关注，萧伯纳说："我爱《西厢记》远胜于《王宝川》。《王宝川》不过是旧式传奇剧罢了，《西厢记》则和英国古代最佳舞台诗剧并驾齐驱，而且只有中国 13 世纪才能产生。"《西厢记》后来成为英美各大学中文系和亚洲研究所的教材，熏陶了一批英国汉学家，大卫·霍克斯即为熊式一的得意门生。[2]

三、阿克顿与阿灵顿合译《中国名剧》

1932 年，英国作家哈罗德·阿克顿（Sir Harold Mario Mitchell Acton，1904—1994）[3]出于对中国文化发自内心的痴迷，来到北京大学教授英国文学，前后有 7 年之久。[4]他把中

1. 戏剧大师萧伯纳在正式答复熊式一征求《西厢记》意见的信时，用比较的方式，充分肯定了《西厢记》："我非常喜欢《西厢记》。与《王宝川》相比，《王宝川》仅是一出大轰大嗡的情节戏，而《西厢记》则是一出令人欣喜的诗剧，跟我们那些最优秀的中世纪戏剧很相像。要演出《西厢记》，需要极精雅的表演艺术。这恐怕只有中国在 13 世纪时才能做到。"（S. I. Hsiung. *The Professor from Peking: A Play in Three Acts*. London: Mechuen & Co. Ltd., 1939. Epilogue.）

2. 熊式一：《王宝川》（中英文对照本），中译本序，北京：商务印书馆，2006 年版。

3. 哈罗德·阿克顿爵士，出生于意大利佛罗伦萨，英国艺术史家、作家、诗人，曾受业于伊顿、牛津等名校。1932 年起他游历欧美、中国、日本等地。早年在牛津、巴黎、佛罗伦萨研究西方艺术，暮年于佛罗伦萨郊外一处祖传宫殿颐养天年。著有诗集《水族馆》（*Aquarium*，1923）、《混乱无序》（*This Chaos*，1930）等，小说《牡丹与马驹》（*Peonies and Ponies*，1941）、《一报还一报及其他故事集》（*Tit for Tat and Other Tales*，1972），以及历史研究《最后的美第琪》（*The Last Medici*，1932）、《那不勒斯的波旁朝人》（*The Bourbons of Naples*，1956）。此外还有两部自传，《一个爱美者的回忆》（*Memoirs of an Aesthete*，1948）与《回忆续录》（*More Memoirs*，1970）。

4. 从 1932 到 1939 年，阿克顿在北平住了 7 年。欧战爆发后，阿克顿离开北平，奉召应征入伍，参加英国皇家空军。因他会讲意大利语，实际上当了翻译参谋。离开中国，使阿克顿结束了"一生最美好的岁月"。二战后阿克顿移居意大利，潜心从事那不勒斯波旁王族的研究工作。他伤心地看到"这一番轮回中已回不到北京"。去国之思，黍离之悲，使他找到陈世骧共同翻译《桃花扇》，以排遣怀乡病。他们的翻译直到 70 年代陈世骧作古后，才由汉学家白之整理出版。

国文学和文化介绍给西方，与陈世骧[1]（1912—1971）合作翻译了《中国现代诗选》（*Modern Chinese Poetry*），于1936年在伦敦出版。1937年3月，他与美国的中国戏剧专家阿灵顿（Lewis Charles Arlington，1859—1942）合作，把流行京剧33折译成英文，集为《中国名剧》（*Famous Chinese Plays*）一书，于1937年在中国出版，由北平的出版商Henri Vetch刊行，后又于1963年由纽约Russell & Russell，Inc. 刊布面世。

1. 陈世骧幼承家学，后入北京大学主修英国文学，1932年获文学士学位。陈世骧和阿克顿合作编译的这本诗选可以说是两人在北大交往的缩影。当时陈世骧还是北京大学西方语文系三年级学生，阿克顿是他的老师，本来对他并没有什么特别的印象。1933年，日本不断侵扰北平，后北大被迫停课，学生纷纷向老师告辞到乡下避难，就在众多学生的信函中，阿克顿读到了陈世骧写给他的一封情文并茂的散文诗，当即为陈世骧的文学及英语素养而动容。当情势稍定，北大复课，阿克顿随即邀请陈世骧回校。据说两人重聚当时恰巧是阿克顿的生日，学生们送了一个达摩瓷像给阿克顿。饭后大家在院子里，陈世骧更为阿克顿吹了一曲笛子，令阿克顿想起英国浪漫诗人华兹华斯《刈割女郎》内一段哀怨缠绵的歌声。阿克顿后来更强调，正是借着陈世骧，他才进入中国现代文学的殿堂，同时因为陈世骧，他才继续留下在北大任教。

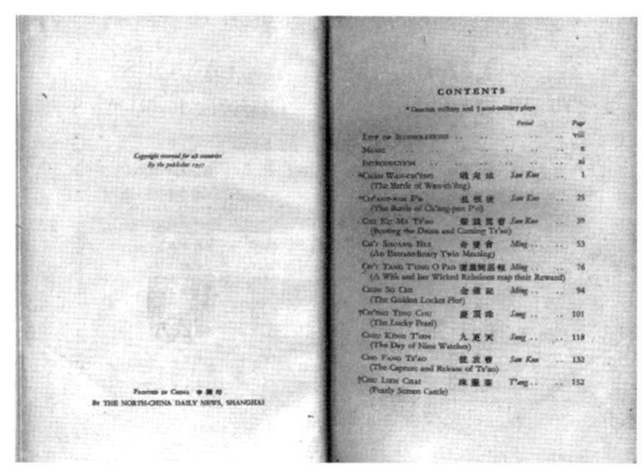

《中国名剧》目录

《中国名剧》收有从春秋列国一直到现代的京剧折子戏：《战宛城》（*The Battle of Wan-ch'êng*）、《长坂坡》（*The Battle of Ch'ang-pan P'o*）、《击鼓骂曹》（*Beating the Drum and Cursing Tsao*）、《奇双会》（*An Extraordinary Twin Meeting*）、《妻党同恶报》（*A Wife and her Wicked Relations reap their Reward*）、《金锁记》（*The Golden Locket Plot*）、《庆顶珠》（*The Lucky Pearl*）、《九更天》（*The Day of Nine Watches*）、《捉放曹》（*The Capture and Release of Ts'ao*）、《珠帘寨》（*Pearly Screen Castle*）、《硃砂痣》（*The Cinnabar Mole*）、《状元谱》（*A Chuang Yüan's Record*）、《群英会》（*The Meeting of the League of Heroes*）、《法门寺》（*Buddha's Temple*）、《汾河湾》（*At the Bend of Fên River*）、《蝴蝶梦》（*The Butterfly's Dream*）、《黄鹤楼》（*The Yellow Crane Tower*）、《虹霓关》（*The Rainbow Pass*）、《一捧雪》（*A Double Handful of Snow*）、《雪盂缘》（*Affinity of the Snow Cup*）、《牧羊圈》（*The Shepherd's Pen*）、《尼姑思凡》（*A Nun craves Worldly Vanities*）、《宝莲灯》（*Precious Lotus-Lantern*）、《碧玉簪》（*The Green Jade Hairpin*）、《打城隍》（*Beating the Tutelar Deity*）、《貂婵》（*Sable Cicada*）、《天河配》（*The Mating at Heaven's

Bridge）、《翠屏山》（*Jade Screen Mountain*）、《铜网阵》（*The Brass Net Plan*）、《王华买父》（*Wang Hua buys a Father*）、《五花洞》（*The Five Flower Grotto*）、《御碑亭》（*Pavilion of the Imperial Tablet*）、《玉堂春》（*The Happy Hall of Jade*）等。

阿克顿热衷于中国京剧，认为它是一种理想化的艺术形式，就像欧洲的芭蕾舞一样让他向往。像意大利人热爱歌剧那样，京剧票友们对京剧的热爱让他们反复地观看同一出戏，并乐此不疲。北京是京剧最热门的地方，他曾邀请很多友人一同观京剧，但他们几乎都受不了那样吵闹的氛围，只有 Desmond[1] 认为京剧是最吸引人的一种中国艺术。阿克顿认为，京剧是唱念坐打的完美结合，演员们都具足了一身的本事，虽然舞台道具都很简单，但是它们的作用却非常之大，演员们的表演让人眼花缭乱，戏剧的现场让人热血沸腾，而听众则安然在台下饮茶嗑瓜子，细细品味每出戏带给他们的艺术享受。当时的外国人都希望有一本能够介绍中国戏剧的书来作为中国戏剧的入门读物，于是阿灵顿和阿克顿就从当时非常流行的中国戏曲中选取了 33 部戏呈现给读者，尽量还原戏曲在舞台上的原貌，对于一些重复和冗余之处则作了删节。

1.Desmond Parsons，阿克顿在中国时结交的英国朋友，他跟阿克顿一样也是个中国迷，曾于华山结交道友，对中国道教非常痴迷。他因病离开中国，并交着在北京寓所的房租，连佣人也没辞退，希望有朝一日能够回到北京，Desmond 于 1937 年病逝。

我们通过阿克顿的自传，可以了解到其合作者阿灵顿的信息。阿灵顿来自美国的加利福尼亚州，是一个在青年时代便发愤图强并有着丰富人生阅历的人。他自学成才，在中国待了将近半个世纪，具有丰富得惊人的中国知识，且热衷于京剧艺术，在他们共同出书之前阿灵顿就已出版了一本关于中国戏剧的书。然而志趣相投使得年迈的阿灵顿愿意与阿克顿合作出书，他们常常在一起讨论中国戏剧。阿灵顿认为中国戏剧吸引人之处在于戏里的故事情节，希望有朝一日能将中国戏剧搬上西方舞台。阿灵顿由他的一位忠实的中国管家悉心照料，这位管家的女儿就进了戏曲学校，他希望她将来能扮演女性角色，因为当时的戏中女性角色还多由男性来扮演。

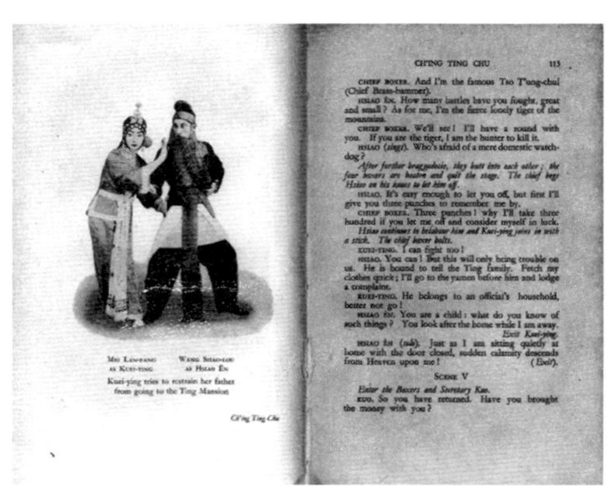

MEI LAN-FANG as KUEI-YING　　WANG SHAO-LOU as HSIAO ÊN

Kuei-ying tries to restrain her father from going to the Ting Mansion

Ch'ing Ting Chu

CH'ING TING CHU　113

CHIEF BOXER. And I'm the famous Tso T'ung-chui (Chief Brass-hammer).

HSIAO ÊN. How many battles have you fought, great and small? As for me, I'm the fierce bloody tiger of the mountains.

CHIEF BOXER. We'll see! I'll have a round with you. If you are the tiger, I am the hunter to kill it.

HSIAO (*sings*). Who's afraid of a mere domestic watch-dog?

After further braggadocio, they butt into each other; the four boxers are beaten and quit the stage. The chief begs Hsiao on his knees to let him off.

HSIAO. It's easy enough to let you off, but first I'll give you three punches to remember me by.

CHIEF BOXER. Three punches! why I'll take three hundred if you let me off and consider myself in luck.

Hsiao continues to belabour him and Kuei-ying joins in with a stick. The chief boxer bolts.

KUEI-YING. I can fight too!

HSIAO. You can! But this will only bring trouble on us. He is bound to tell the Ting family. Fetch my clothes quick; I'll go to the yamen before him and lodge a complaint.

KUEI-YING. He belongs to an official's household, better not go!

HSIAO ÊN. You are a child: what do you know of such things? You look after the home while I am away.

Exit Kuei-ying.

HSIAO ÊN (*solo*). Just as I am sitting quietly at home with the door closed, sudden calamity descends from Heaven upon me! (*Exit*).

SCENE V

Enter the Boxers and Secretary Kuo.

KUO. So you have returned. Have you brought the money with you?

《中国名剧》内页

《中国名剧》一书分为以下几个部分：第一部分是关于这些戏目的一些插图的介绍，连图说明了一些脸谱的名称，或某部戏中扮演某角色的某个演员，对角色的性格也都进行了概括。第二部分是由Hope-Johnstone翻译并编谱的戏曲折子唱腔，曲谱下方还给出了英文翻译。在目录部分的说明中，具体到了男声还是女声，以及戏中所运用的主要乐器名。第三部分的引言详尽地叙述了编者对中国戏剧概况的了解，其中包含了编者对中国戏剧的观点。第四部分是戏曲翻译的部分，共收录了33部中国经典戏曲曲目，每个剧目前，编者都注明了此戏所提到的故事所发生的年代、戏剧类别，并附有出场人物的名称、角色内容及角色名称，而且对于戏中所提到的特殊的中国用语或戏中人物角色及情节介绍等，都在戏文中加注并在脚注中进行详尽的解释。部分戏文前还有个剧情梗概，而且在每部戏文之后都有个结局“Finis”，由编者概述这场戏会如何收尾。在引言的后半部分编者还将中国戏剧以音乐形式作了西皮、二黄、评剧、昆曲四种区分并对它们进行了概述，而且将中国的戏剧角色即生、旦、净、丑四大类进行了区分并作了简要介绍，指出虽然当时还是以男性来扮演女性角色，但是开办戏剧学校并收男女学生已经成为当时的大势所趋，一些私人机构如一些退出舞台的著名戏剧家就招收了女学生。

最能突显编者主观意图的就是引言部分，从中我们可以看出编者对中国戏剧的了解程度及对中国戏剧的看法。引言中指出，中国戏剧的剧本并没有太大的文学性，而更适合于舞台艺术，它们的精彩主要表现在表演、舞蹈和歌唱上，于是后来有一些人就将这些戏的内容和节奏、音乐等写进戏目，然后由不同的人反复将它们在戏剧舞台上表现出来。这些戏剧脚本往往是不可信的，需要亲眼到舞台下观看戏剧，而且这些演员们还会突发奇想地改变一些戏词动作等，因为他们要使得自己更加融入适合自己的角色。所以翻译者没有比较权威的原始脚本，只能从比较有代表性的广为人所熟悉的戏剧曲目中提炼并翻译剧本，因此误差在所难免。

编者在引言中还提到，中国戏剧文学好比一颗钻石的一个平面，戏曲脚本就是矿石，经过演员们的润色之后才会熠熠生光。中国戏剧是各种姿势、动作、脸谱、歌唱与舞蹈等的华丽结合体，而且非常富有歌剧风格，歌唱是它的主要部分，在书中节取的33个戏剧中，每个剧本的2/3以上都是由歌唱构成，对话则用来缓和紧张感，便于让听众有所放松。管弦乐队在戏中扮演了重要的角色，虽然不协调而且刺耳，然而却具有魔术一般的魅力。来中国居住的外国人一般需要花上好长时间才能适应这种浓重的口味，此种音乐充满力量并使人脉搏的跳动加速，尤其在武戏里，因为那些敏捷迅猛而又令人眼花缭乱的激烈打斗也非用这种音乐伴奏不可。编者指出，中国戏剧里的这种音乐令人陶醉，但常不被西方人接受而反被指责为一种野蛮的艺术表现形式。与西洋轻音乐那种轻柔、优雅、精致的风格迥然不同，中国戏剧的音乐是洪大而粗犷的，它汹涌如潮地伴随着戏剧的情感而波动。

编者在引言里还指出，中国戏剧是一种极具象征性的艺术形式，其现实感不强，不崇尚自然，不主张还原现实场景入戏，这与西方戏剧崇尚逼真毕现的艺术风格构成显著差别。或者说，中国戏剧有如西方的歌剧和芭蕾，追求的是一种纯艺术的境界。

这样，象征性特点明显的中国戏剧对演员角色的要求远比西方戏剧苛刻严格。每个角色都必须源于生活，并且能够取悦观众，所以中国戏剧的演员们都必须经过非常严格的训练，而且有各种繁琐的成规。编者认为，中国戏剧虽然有严格的定规，但也没有一成不变，因而中国戏剧并非一种迂腐的艺术形式，它会随着时代变化发展。五四以后，中国人对传统中国戏剧进行了改革，并提倡新剧，以西方戏剧作为衡量的标准。不过，编者认为，这样戏剧改革的尝试是失败的，因为中国戏剧与西方戏剧相比是一种更有象征意味、更感性化的戏剧，它以其自身丰富的意蕴力图创造一个理想化的社会，它一直是而且必将继续成为一种经典，应该保持并发扬中国戏剧的特色，让它变得更富有中国魅力。

阿克顿一直把中国古典戏剧当做他所追求的理想艺术："在中国古典戏剧中，念白、歌唱、舞蹈、杂技表演如此和谐地统一在一起，如果人们能忽略情节和音乐，便可以发现其中戏服、化妆、动作和哑剧的含蓄美。"[1] 这种理想艺术在欧洲只有俄罗斯的芭蕾可以与之媲美。阿克顿对中国古典戏剧的投入不仅实现了其东方救赎，还帮助英国读者认知了中国流行文学的魅力。

第一，中国古典戏剧翻译是阿克顿东方救赎的一剂良药。两次世界大战使欧洲人价值观紊乱，"爱美者"[2] 阿克顿认为世界颠倒无序，西方世界充满了悲观失望情绪，难以寻找心灵归宿。他以贵族化心态包装其中国梦，在北京找到了富丽堂皇的东方家园。尤其是中国古典戏剧，与意大利即兴喜剧、俄罗斯芭蕾艺术一样富有本土特色，其融汇中国文化气质，弘大而不失庄严、含蓄而充满象征、规整而不失灵活，成为阿克顿的精神安慰，"只有这种音乐（响锣密鼓）才能恢复心灵安宁"[3]。中国古典戏剧为阿克顿提供了他一直在努力寻找的综合艺术，是他自我救赎的一剂良药。"中日战争爆发后，慕尼黑方面警告我离开北京。我已投身翻译多年，待在房

1.Harold Mario Mitchell Acton. *Memoirs of an Aesthete*. London: Methuen & Co. Ltd., 1948. p. 355.

2."爱美者"(aesthete) 这个词经历了维多利亚时代之后，原本的意思被扭曲了，自王尔德之后，它有同性恋的不名誉暗示。但阿克顿却对其不以为意，认为自己是 20 世纪的人，不必拘泥于陈词滥调，认为对该词只取原来的意思。

3. 赵毅衡：《艾克敦：北京胡同里的贵族》，见《西出洋关》，第 48 页，北京：中国电影出版社，1998 年版。

子里不出门好像它就是我的爱人”。[1]

1.Harold Mario Mitchell Acton. *Memoirs of an Aesthete*. London: Methuen & Co. Ltd., 1948. p. 395.

尽管作为一个英国人，阿克顿无法完全摆脱用西方人的眼光来看中国景物，却愿意以中国人的身份生活在中国。“突然他们（英国的朋友）发现我是一个中国人：说话像，走路像，眼角也向上扬……”[2]，“朋友坚持说我已经变成一个中国人了”[3]，具有中国气质的阿克顿在英国人看来已误入歧途，“好像我转错了弯，摔伤了两条腿，不得不学会走路”[4]，朋友们希望他早点丢掉中国气质回到西方世界。但 4 个月的欧洲生活使他感到欧洲艺术主要是一种职业治疗：为病人治疗的职业，对本质的漠视及琐屑的关注成为一种地方疾病。[5]

2.Harold Mario Mitchell Acton. *Memoirs of an Aesthete*. London: Methuen & Co. Ltd., 1948. p. 380.

3.Harold Mario Mitchell Acton. *Memoirs of an Aesthete*. London: Methuen & Co. Ltd., 1948. p. 390.

4.Harold Mario Mitchell Acton. *Memoirs of an Aesthete*. London: Methuen & Co. Ltd., 1948. p. 390.

5.Harold Mario Mitchell Acton. *Memoirs of an Aesthete*. London: Methuen & Co. Ltd., 1948. p. 395.

虽然中国的现实使阿克顿不得不认清自己的“中国梦”建立在幻影之上，但他仍希望在中国找到精神家园，他信奉中国宗教、艺术，用“中国梦”来逃避西方信仰危机，甚至离开后还希望回到中国。康有为的女儿康同璧（K’ang T’ung-pi）1937 年为阿克顿画了一幅罗汉打坐图，称他“学冠西东，世号诗翁。亦耶亦佛，妙能汇通。是相非相，即心相通。五百添一，以待于公”。汇通耶佛，以中国梦实现其自我救赎正是阿克顿的精神境界。这位爱美家中西合璧的独特气质，使他在众多来华文化人士中独绽异彩。

第二，为了向英国读者呈现中国文学，阿克顿孜孜不倦地翻译中国古典戏剧。萧乾说“像艾克敦那样热爱中国和中国文化的人，会在中西文化之间起些穿针引线的作用”。[6] 其实阿克顿不仅在客观上起到了中西文化间穿针引线的作用，向英国读者呈现中国文学是其主动而为之的计划。“我开始从事雄心勃勃的翻译工作，一卷新的中国戏剧，包括我最喜欢的篇目，几个小说和短篇故事，每种都有不同的合作者，作为一种反抗分离失败的投资形式。最终，我希望为英语读者介绍整个中国流行文学的藏书，直到二战前我都在依次为每本书工作。”[7] 在当时的英国，翻译中国文学并不受欢迎。“他们见到我很高兴，但我不得不远离北京住地及其工作。他们的冷漠直接告诉我，必须得停止满足于翻译给我的个人快乐。”[8] 然而，阿克顿倔强地坚持翻译工作，说自己所选择的古典戏剧作品及其他书，至少有世界 1/4 的文化人熟悉，“世界正在缩小。H. H. Hu 博士正在翻译《长生殿》，Yen Yü-heng 在翻译《镜花缘》，我试着胡乱地修改了很多其他作品，包括一百多章、幕或更多的小说和戏剧”。[9] 阿灵顿认为他和阿克顿选编的《中国名剧》可以和科沃德[10](Sir Noël Coward，1899—1973) 戏剧相比，H. H. Hu 认为《长生殿》英译本在伦敦第一版将会一抢而光。阿克顿冷静地看待英国读者对中国古典戏

6. 萧乾：《悼艾克敦——一个唯美主义者的陨落》，见《萧乾全集》第四卷，第 813—817 页，武汉：湖北人民出版社，2005 年版。

7.Harold Mario Mitchell Acton. *Memoirs of an Aesthete*. London: Methuen & Co. Ltd., 1948. pp. 365—366.

8.Harold Mario Mitchell Acton. *Memoirs of an Aesthete*. London: Methuen & Co. Ltd., 1948. p. 390.

9.Harold Mario Mitchell Acton. *Memoirs of an Aesthete*. London: Methuen & Co. Ltd., 1948. p. 391.

10. 诺埃尔·科沃德，剧作家、演员和作曲家，以写作精练的社会风俗喜剧闻名。12 岁开始当演员，演出之余写轻松喜剧。1924 年剧本《漩涡》在伦敦上演，颇为成功。其后的经典喜剧有：《枯草热》(1925)、《私生活》(1930)、《生活设计》(1933)、《现在的笑》(1939) 和《欢乐的心灵》(1941)，作品表现出世俗背景下的复杂性格。他经常为好友劳伦斯写作剧本，也常与他同演。最受欢迎的音乐剧是《又苦又甜》(1929)。他还写有影片《相见恨晚》(1946)，并在以他的剧本改编而成的许多电影中演出。此外，他还写作短篇故事、小说和歌曲，包括《疯狗和英国人》。

剧的反应，“我能对他们说什么呢？我们一起工作那么努力，我讨厌令他们失望”。[1] 虽然《王宝川》在英国的成功只是昙花一现，但阿克顿仍对遥远的星星 [2] 充满自信。阿克顿感觉自己是传播中国思维模式的媒介，并希望即便按照超现实主义的标准选择中国作品，也能被英国读者正常接受，并自信地认为自己选择的中国作品是欧洲文化所需要的。[3]

1.Harold Mario Mitchell Acton. *Memoirs of an Aesthete*. London：Methuen & Co. Ltd.，1948. p. 390.

2.“遥远的星星”是阿克顿用的一个比喻，来说明中国文学在英国受欢迎的梦想。

3. 本节关于中国古典戏剧的英译简介，笔者指导的毕业研究生陈夏临、蒋秀云参与资料搜集、讨论分析并提供了部分解读文字。

第五节　中国现代文学作品的英译

一、　中国现代诗歌的英译

1936 年，伦敦 Duckworth 公司出版了由阿克顿与陈世骧合译的《中国现代诗选》（*Modern Chinese Poetry*），这是一本最早将中国新诗介绍给西方读者的书，共选译了 15 位中国现代诗人的新诗作品。其中一些译诗在出版前已经在芝加哥的《诗刊》（*Poetry*）、上海的《天下月刊》（*T'ien Hsia Monthly*）以及《北平年鉴》（*The Peiping Chronicle*）上刊发。在《诗选》的扉页上，阿克顿对这些刊物的编者，尤其是《诗刊》的女主编美国人哈丽特•蒙罗（Harriet Monroe，1860—1936）致以最诚挚的谢意，因为她对这部诗集提供了很多宝贵意见。阿克顿还在引言中提到，卞之琳和梁宗岱先生在此书翻译中作出了重大的贡献。卷首有阿克顿所作自序，在客观评价的同时也指出了他个人对于新诗的审美取向。另外，诗选还收录了阿克顿与废名（即冯文炳）的对话，更指出中国古诗传统在新诗创作中的重要性，认为新诗与旧诗不过是两种现象，并非新的取代旧的。旧诗在意境上已经大大超过新诗，达到了新诗难以企及的高度，新诗要想突破，只能在形式上再作调整。而且新诗自身面临诸多问题，要走的路还很长。

这本译诗选所选诗作及其《引言》充分体现了阿克顿的文学观及关于中国新诗的审美取向，其中突出的一点就是倾向于饱含古典抒情传统的诗篇——所选作品最多的诗人是林庚 [4]——而不太赞赏那些过于欧化的中国新诗作品，尤其对胡适、郭沫若、冰心等人的诗评价不佳。在该译诗选的后记中，阿克顿同样颇有深意地指出，东方诗不能走西方救赎的路子，应该从自己的

4. 废名在《谈新诗》中说：“在新诗当中，林庚的分量或者比任何人更重些，因为他完全与西洋文学不相干，而在新诗里很自然的，同时也是突然的，来一份晚唐的美丽了。真正的中国新文学，并不一定要受西洋文学的影响的。林朱二君的诗便算是证明。”（废名：《论新诗及其他》，第 171 页，沈阳：辽宁教育出版社，1998 年版）当然，林庚的新诗创作是不是“完全与西洋文学不相干”，后来不少评论者对此颇有异议，但废名的这种评价并非空言，林庚的新诗的确充满浓郁的古典气息。诗中的意象大致沿袭古典诗词中夜、雨、荒野、秋风、落叶、孤鹰、凄雁等经典语词。当然，这些传统的意象经过了诗人的思想映照，被赋予了强烈的主观情绪和崭新的时代精神。今天看来，阿克顿的眼光与当时中国新文学的努力方向相去甚远。当新诗人义无反顾地切断与传统的血脉渊源时，阿克顿却以域外学者的身份，确立审视中国新文学的另一种眼光，强调传统对新诗建设的重大意义。

古典美和古典典藏中汲取营养，创造出真正属于中国人的中国新诗。

阿克顿在北京大学教书期间，陈世骧给他带来了许多诗友，如李广田、陈梦家等。这些学生向阿克顿展示他们的习作，其中给阿克顿留下深刻印象的是 1933 年仅 18 岁的青年诗人卞之琳。虽然那时卞之琳已经在中国白话诗坛独树一帜，创造了一种全新的诗风，并出版了《三叶集》（*Leaves of Three Autumns*），可态度仍谦恭有加，常向阿克顿请教中诗西译的问题。阿克顿让卞之琳朗读这些诗，诗中蓄藏的情感让人沉醉。卞之琳融合想象与物象于新诗创作中，让一种完全个人化的感觉通过想象与物象的方式传达给读者。阿克顿认为这样美妙的诗歌尽管翻译起来很有难度，但其优美的诗意一定会得到更多人的关注和认可。在卞之琳的鼓励下，阿克顿与陈世骧开始着手翻译一些白话诗，正好白话文运动拉近了新诗和英语之间的距离。阿克顿与陈世骧的交情延续不断，最终成功合作译出了这本《中国现代诗选》。直到阿克顿离开中国以后，他还与陈世骧合译《桃花扇》（*The Peach Blossom Fan*），并于 1976 年由白之整理出版。[1] 阿克顿对于这部书译诗的选择标准，并非以这些诗人在当时中国的声望为依据，所选择的白话诗偏重于其诗歌意象的营建。上文已提及，选诗数量最多的是林庚，有 19 首，其次是卞之琳 14 首，戴望舒 10 首，徐志摩 10 首，何其芳 10 首，陈梦家 7 首，闻一多 5 首，周树人 4 首，废名 4 首，李广田 4 首，郭沫若 3 首，邵洵美 2 首，俞平伯 2 首，沈从文和孙大雨各 1 首。

关于中国白话文诗歌，阿克顿在此书的《引言》中表明了他的态度。他站在一个西方人的角度审视中国现代诗歌，并就中国新诗的发展提出了自己的希望和建议。阿克顿也同意古旧的文言文创造不了全新的文学体式，诗歌创作上需要一种全新的诗歌体式来写白话诗歌。但是他也清楚地看到，文人们经历了数千年文言诗歌的写作，很难迅速创造出超越古典诗歌的新诗体式，因而新诗在体式和内容上正处于摸索过程中。当时的中国诗人虽然意识到要改良诗歌，可是他们更多的创作背景却是中国传统诗歌体式，中国古典诗歌经历了从古到今的演变，通过不断创新、摸索、再创新，从诗歌创作到诗歌鉴赏已形成极其成熟完备的体系，虽然简约，但含意隽永、意象丰富。为了说明中国古典诗歌内涵的丰富深刻，阿克顿举了“枫树”和“秋”[2] 这两个中国古诗中常见的意象，说明它们呈现的丰富意蕴，白话文诗歌不是那么容易达到的。

但是阿克顿也指出，中国的白话诗人们已不再拥有古人那种旷达的情怀，他们不可能是酒

1. 阿克顿在《桃花扇》英译本的前言中这样说：“《桃花扇》的英译给我在精神上回到中国的机会，而我的身体无法回到中国了。陈世骧在伯克利大学教学并从事早期中国诗歌及批评的研究，在我的建议下，我们非常高兴地翻译《桃花扇》，只是为了它本身，并非为了出版。虽然我们也希望它最终能出版。我们完成了除去最后七幕的草稿工作，直到陈世骧先生去世，我们的《桃花扇》都是这种未完成的状态。他在伯克利十一年的同事白之先生完成了其余的七幕，并重新修改了我们前面的译文。这个杰出戏剧的完整英文版本现在出版了，来纪念我们的一位朋友。”

2. Harold Mario Mitchell Acton, Ch'en Sh'ih Hsiang. *Modern Chinese Poetry*. London: Duckworth, 1936. pp. 26—27.

仙，也没有同诗意一样美仑美奂的书法，为了现实生活他们不能放纵，也不能归隐。在所选的白话文诗歌中，诗人们或影射现实，或自我剖析，也适度借鉴了西方诗歌的创作方法，但是阿克顿认为他们的缺点在于抛弃了中国传统古典诗歌的精萃。阿克顿例举胡适的白话诗作为五四白话诗歌创作的一个失败例子。胡适于 1914 年提出自己关于白话文作品的创作观点，其中之一就是勿模仿他人。阿克顿为了反驳他的观点，征引了胡适一首肤浅的白话诗《蝴蝶》。同样，阿克顿也不看好冰心的《繁星》、《春水》，认为陈独秀所主办《新青年》刊载的一些爱情诗徒有热情，浅薄无根基。阿克顿也认为郭沫若的作品太过于追求现实细节而忽略了诗意美，而且他的诗缺乏打磨，后来又出现了革命口号；而同样充满激情的诗人徐志摩在诗歌韵律上和他的情感一样奔放，但是他的诗歌在想象力上有所欠缺，诗意过于简单。

阿克顿按照自己对诗歌的鉴定标准来选取、评价，他认为戴望舒的自由体诗很能代表未来的诗歌走向，而废名的诗歌读起来就像难解的谜团——“陷入了生活的本质”（plunged in the inward life）[1]，卞之琳对语言的感受力很强，卞之琳和林庚的自由体诗都给人留下一种隽永博蕴的印象，孙大雨则填补了徐志摩诗的空白，并将徐志摩的诗风进行了更为淋漓尽致的发挥与创造。阿克顿很欣赏林庚的诗歌，说他的诗歌并没有迎合潮流，而是反对白话诗歌刚刚出现所带来的体制及方法上的混乱和诗意的晦涩，他的那些诗歌原滋原味地展现了中国传统文学的面貌：就像唐诗作者一样，林庚通过缩小题目的主题，围绕很细微的生活画面展示意象，如冬天的早晨、晨雾、夏雨、春日里的乡村、春天的内涵等，他将他的诗定格在许多瞬间性的感觉，或是通过回忆来重现往事，再或是将孟姜女哭长城这样的民谣纳入主题等。阿克顿指出林庚承袭了中国古代诗人王粲、陶渊明等人的创作理念，虽然他的诗风有些流于平淡，但是依旧出色。

1.Harold Mario Mitchell Acton, Ch' en Sh' ih Hsiang. *Modern Chinese Poetry*. London: Duckworth, 1936. p. 23.

阿克顿进一步认为，中国白话诗歌走完全西化的路是行不通的，而要在短期内超越中国古典诗歌也是不可能的，中国诗的魅力离不开中国的传统，中国悠久的历史和深厚的文化底蕴都是不能丢弃的，应该融古典诗歌与白话文为一炉，思考如何将古典文化精萃与中国的时代精神合二为一，抛开全盘西化的错误道路，走出一条属于自己的路，冶炼出真正属于中国人自己的白话文诗歌。由此可见，阿克顿所热爱的中国是传统意义上的中国，他以中国古典诗歌作为中国诗的评判标准。阿克顿在中国人纷纷热衷于西化的年代提出要保有古典诗歌传统的想法，事实上是基于中国人自己的立场去思考中国诗歌的走向，尤为难能可贵。

阿克顿在《中国现代诗选》中还引入了废名、林庚、戴望舒等人的中国诗观。这些观点的撷取，也侧面反映了阿克顿对中国现代诗的基本态度，即对中国古典诗歌赞誉有加，而对中国白话诗歌的现状和前景并不感到乐观。

废名认为中国古典诗歌已经登峰造极，不是刚刚崛起的中国白话诗歌所能轻易超越的。中国旧诗诗人对新诗的蔑视也是情有可原的，因为他们接受传统文化的熏陶，深得中国古典诗歌的妙处，根本不可能投入到对新诗的狂热中去。旧诗的意境，经过几千年的发展已经登峰造极，在同一个场景下，甚至可以将景、情、音及时空观、历史感等都融会贯通。[1]

1.Harold Mario Mitchell Acton，Ch'en Sh'ih Hsiang．Modern Chinese Poetry．London：Duckworth，1936．p. 43.

废名尤赞晚唐诗人李商隐诗歌中的忧郁，他认为这些忧郁使得诗歌的意蕴都随之升华了。阿克顿在他的回忆录中也提到，其实中国诗简单的外表下并不缺乏深情挚意，中国诗和西文诗的激情在诗歌里的表现手段不一样，但它们所包含的情感都是丰富的。废名认为新诗并非一定不会有什么建树，但新诗可能不会超越中国古典诗歌。同样对中国新诗的前景抱有疑虑的还有林庚[2]，他在新诗创作时就大量运用了古典诗歌的意象。阿克顿在诗选中大量撷取林庚的诗作，说明阿克顿本人对中国新诗的审美与林庚有相近之处。但戴望舒的想法则是，好诗不在乎用什么样的体式去表达，关键在于写诗的人是否具备了诗意的情感。新诗创作者依旧得调动他们脑中的能量，用最大的激情写诗，运用手中的任何一个意象、任何一种诗体去创造好诗。至于是否要抛弃古典诗歌的音韵、意象、形式等，这些都不若激情来得重要，甚至根本不是新诗诗人应该注意的方面。[3]

2. 林庚并不认为中国古典诗歌的意象都源于自然是一种枯燥，反之，他认为如果诗歌中人与自然的主题被削减了，那诗歌就不知将往何处去寻求主旨。正如他所说，中国古典诗歌中有大量关于自然主题的诗，而中国现代诗的主题依旧应当以自然为主，因为自然就象征着和谐，因此用来表现自然的诗句也一样会因为其和谐的内涵而变得和谐。现代诗对刚刚开始应用白话文的中国文人来说本来就是一个很生疏的体式，这样的体式需要强大的文学传统去为它增添内涵，而抛弃了中国古典诗歌的长处，那就无异于修建空中楼阁，只是纸上谈兵，这样的诗歌实践终究会以失败告终。

3. 阿克顿在书中介绍戴望舒时还专门选取了戴望舒关于中国新诗的*Fragments of Opinions on Poetry*，这个专门介绍新诗的集子在当时的中国文学青年中流传甚广。

阿克顿自己也是一位诗人，他对于诗歌的写作有着自己的心得体会。他通过中国人之口来传达自己对中国新诗写作的观点，可谓是别出心裁。阿克顿并非不会欣赏诗歌，他在北京大学上诗歌鉴赏课时就给学生们朗读诗歌，也让同学们自己在朗读中找到诗歌的音韵美；而且在诗意上，他不跟随世人的言论，在读书时代就已经看中当时还没写出《荒原》（*The Waste Land*）的 T. S. 艾略特，认为他的源于幻想的诗意充满了法式风格的明快和伊丽莎白时期的审美趣味。而阿克顿所向往的中国，又是拥有深厚文学底蕴的古老东方古国，阿克顿读过阿瑟·韦利翻译的中国古典诗歌，认为古典诗歌在中国文学中是不能轻易翻过的一页。[4]

4. 笔者指导的毕业研究生陈夏临参与了上述关于阿克顿论中国新诗问题的讨论。

《中国现代诗选》刊行不久，常风就在1936年8月13日的《武汉日报·现代文艺》发表《关于翻译诗》一文，评价这部《中国现代诗选》。该文指出这本集子所收的全是白话诗的翻译，与韦利、翟理斯两人的中国古诗英译不同，“在某一种意义言，这集子却是有更大的重要性的”。

常风关注的是诗选里的诗人选择，“仅仅拿这 18 位（应为 15 位——引注）作家作为代表人物介绍给外国人于我们现代诗实在大有斟酌的余地”。在常风看来，“像这部《中国现代诗选》需要一点系统。这是要译给陌生国度里的人看的。他们对于中国诗，尤其是现代诗，可以说没有一点知识。我们应该让他们知道我们的新诗是如何成长的，又是经过如何的蜕变而成为今日的样子。所以这种‘选译’的诗集应该比‘选诗集’更注意到一篇诗的历史的价值。我们选诗除了一首诗‘本质底’的好坏——即艺术的好坏——还要注意它的影响，它在诗演化上的地位。所以，现在我们拿这部《中国现代诗选》作为讨论编选翻译诗的一个对象看，我们觉得编这样的一部集子不应过分冷落了胡适之先生（Acton 先生在导论中论到胡先生的地方似乎有点多余的讥讽）。而新诗初期的作者至少也应该有沈尹默和刘复二氏入选。在稍后的一时期中陆志韦先生对于新诗的格律实在是有贡献的，却往往被一班选诗的人忽略了，这册译诗集里当然更无他的地位。……朱氏（湘）在诗形及词藻上的贡献极大，是不容忽视的。这集子里既有戴望舒的作品而无李金发的，而李氏不惟在派别上是戴氏的先驱者并且在新诗的历史上也占有重要位置的。……一个选集还应该注意到‘量’的问题。每位诗人的作品应该有合理的分配。比方说，这集子里选林庚先生的诗有十九首之多，不管 Acton 先生如何解释，是不能满人意的。这不是林先生的诗好坏，而是说多量的选某一个的诗有点畸形。……这工作不易，……已是一件出乎意料之外的事。从事于新文学的人里面有不少精通西文的人；假若肯自己动手来干，当然会有令人满意的成绩”。[1]

1. 常风：《逝水集》，第 217—219 页，沈阳：辽宁教育出版社，1995 年版。

除了阿克顿与陈世骧合译的《中国现代诗选》外，关于中国现代新诗的英译，尚不能忘记白英所作的工作。1943 年 9 月，新学年开学后，在西南联大做研究工作的英国记者、诗人罗伯特·白英（R. Payne）准备选编一部中国新诗选译方面的作品集，特邀闻一多合作。闻一多在选诗时看到了解放区诗人田间的诗，大为赞赏。在“唐诗”的第一节课上称田间为“时代的鼓手”。1947 年，白英编译《当代中国诗歌选》（*Contemporary Chinese Poetry*），由伦敦乔治·劳特利奇父子有限公司 George Routledge & Sons，Ltd. 出版发行，主要收录 30 年代以后的诗作。白英在《导论》中概述了中国新诗发展的道路，主要评价了徐志摩、闻一多、艾青、田间等人的诗歌创作。同年，白英编译的《白驹——中国古今诗选》（*The White Pony: An Anthology of Chinese Poetry from the Earliest Times to the Present Day*）出版。

二、 中国现代小说的英译

首先值得关注的是鲁迅小说的英译。据戈宝权考证，鲁迅作品最早的西文译本是美国新泽西州大西洋城出身的中国华侨梁社乾（George Kin Leung，1889—？）翻译的《阿 Q 正传》英文译本。他早在 1925 年 4 月就和鲁迅通信，并请鲁迅审阅过他的译文。这个译本名为 *The Story of Ah Q*，于 1926 年由上海商务印书馆印行，此后在 1927、1929 和 1933 年得到再版。鲁迅 1926 年 12 月 11 日日记中记录收到梁 6 本赠书的情况（《鲁迅全集》第 14 卷）。鲁迅很谦虚，说“英文的似乎译得很恳切，但我不懂英文，不能说什么”。[1]

1926年，在法国里昂学习的四川留学生敬隐渔（1902—1931）的法译本《阿Q正传》经罗曼•罗兰介绍，刊于《欧罗巴》第 41、42 期（1926 年 5、6 月出版）。1929 年敬隐渔把他所译《阿 Q 正传》与《孔乙己》、《故乡》收进他译、编的《中国当代短篇小说作家作品选》（*Anthologie des Conteurs chinois modernes*），在巴黎出版。英国人米尔斯（E. H. F. Mills）将敬隐渔译本选译成英文，改名为《阿 Q 的悲剧及其他当代中国短篇小说》（*The Tragedy of Ah Qui and Other Modern Chinese Stories*），1930 年由伦敦的乔治•劳特利奇父子有限公司出版，列为《金龙丛书》之一。此书收《阿 Q 正传》、《孔乙己》、《故乡》、《离婚》等 4 篇作品，是英国最早出版的鲁迅作品英译本。1931 年由美国戴尔出版社（Dial Press）再版，从此鲁迅之名传遍欧美诸国。1932 年《药》由肯尼迪（George A. Kennedy）翻译，刊载在上海英文刊物《中国论坛》第 1 卷第 5 期上。在鲁迅生前，上海的外文报刊登载过鲁迅作品译文的还有英文刊物《中国呼声》、《大陆周刊》、《民众论坛》等。

1936 年 10 月 19 日，鲁迅在上海的寓所逝世。同时，斯诺（Edgar Snow）翻译、编辑的《活的中国——现代中国短篇小说选》（*Living China: Modern Chinese Short Stories*）由伦敦哈拉普公司（George G. Harrap and Co. Ltd.）出版。该书第一部分收录鲁迅的 6 篇小说《药》、《一件小事》、《孔乙己》、《祝福》、《风筝》、《离婚》和杂文 1 篇《论“他妈的！”》，均由姚莘农翻译，并称鲁迅为“当代中国文坛上举世公认的最杰出的作家”，“他的很多作品都是艺术，而且几乎是现代中国所能产生的最伟大的艺术”。20 世纪前期欧洲不少中国学家普遍认为中国文学是西方文学影响的产物，斯诺虽也承认西方文学对鲁迅的影响，

1. 见鲁迅 1926 年 12 月 3 日在厦门写的《〈阿 Q 正传〉的成因》。关于“鲁迅和梁社乾的友谊与书信往还”的详细考证，以及鲁迅等人对梁译本的意见，可见戈宝权《谈〈阿 Q 正传〉的英文译本》一文，载《〈阿 Q 正传〉在国外》，人民文学出版社 1981 年版。

但也提醒大家不要放大这种影响，更强调鲁迅作品的本土性。[1]

《活的中国》是向英美读者介绍中国现代文学的第一个集子。[2] 斯诺于 30 年代初来到中国。在鲁迅先生的影响下，决定翻译中国现代文学作品。他读了鲁迅先生和 30 年代其他中国作家的作品。他看到了一个被鞭笞着的民族的伤痕血迹，但也看到这个民族倔强高贵的灵魂。在这本集子第二部分的编译工作中，斯诺邀请萧乾做助手。萧乾于 1933 年欣然应允，并邀请好友杨刚参加，共同挑选了鲁迅、郭沫若、茅盾、巴金、沈从文等 14 位作家的 17 篇作品，包括柔石的《为奴隶的母亲》，茅盾的《自杀》、《泥泞》，丁玲的《水》、《消息》，巴金的《狗》，沈从文的《柏子》，孙席珍的《阿娥》，田军（萧军）的《大连丸上》、《第三枝枪》，林语堂的《忆狗肉将军》，郁达夫的《茑萝行》，张天翼的《移行》，郭沫若的《十字架》，失名（杨刚）的《日记拾遗》，沙汀的《法律外的航线》。还包括斯诺执意要求萧乾翻译的一篇自己的作品《皈依》，该文揭露了在华教会的黑暗。萧乾负责了绝大部分的翻译工作。每篇译文前有作家小传，并对创作特色有精炼的评述。如说：“《为奴隶的母亲》被认为是他（柔石）最好的短篇小说，在中国文学‘革命现实主义’运动中一直有着影响。”[3]“茅盾大概是中国当代最杰出的小说家。他的中篇小说《春蚕》和《幻灭》、《动摇》、《追求》三部曲是给中国文学以活力的新现实主义或革命自然主义的出色典范。”（92—93 页）“丁玲也许是当今中国女作家中最负盛名的一位，她在中国

1. 鲁迅去世后，斯诺《中国的伏尔泰——一个异邦人的赞辞》在《大公报》发表。文中把鲁迅比拟为苏俄的高尔基、法国的伏尔泰、罗曼·罗兰、纪德等几个仅有的在民族史上占有光荣一页的伟大作家。1937 年，斯诺夫妇在北平创办了英文版《民主》杂志，同年 6 月发行的第 1 卷第 3 期上，斯诺发表《向鲁迅致敬》一文。海伦·斯诺以尼姆·威尔斯的笔名撰写《现代中国文学运动》一文，刊于 1936 年伦敦《今日生活与文学》杂志第 15 卷第 5 期。该文把鲁迅作为现代中国文学的杰出代表介绍：“毫无疑问，鲁迅是中国所产生的最重要的现代作家。他不但是一位创作家——多半是中国最好的小说家，也是一位活跃的知识界领袖，是最好的散文家及评论家之一。”“在一九一九年的五四运动以前，除了一些实验性质的诗歌和新闻评论之外，几乎没有什么新的创作。鲁迅的《狂人日记》以及随后发表的两个短篇小说《孔乙己》和《药》是先驱。他的小说集《呐喊》（其中包括《阿 Q 正传》）在一九二三年轰动了全国，至今仍是现代中国小说的畅销书。他立即被称为中国的高尔基或契诃夫——各有各的称法。”这是英国刊物上最早出现的介绍鲁迅及其创作的文字。（参见王家平《鲁迅域外百年传播史：1909—2008》，第 80—82 页，北京：北京大学出版社，2009 年版。）

2. 该书中文版于 1983 年由湖南人民出版社出版，萧乾写《斯诺与中国新文艺运动》一文作为代序。

3. 斯诺：《活的中国》，第 67 页，长沙：湖南人民出版社，1983 年版。下引只标页码，不另注。

青年当中威望尤高。她的作品的特点是善于分析当代青年的心理活动，笔调清新，生气盎然。”（118 页）巴金“在日本比在中国更受欢迎并更普遍地受到赞赏。……可惜在英译文中，原作的风格和力量，形式和技巧的新颖大部分都丧失了，因为译文只能表达作品大致的含意，却无法表达原作中的中国文字所蕴蓄的内在感情、辛辣的讽刺和机智的幽默”。(163 页) 沈从文“在三十岁以前就有了‘中国的大仲马’之称，……最著名而受欢迎的是描写军营生活、士兵、边城土著的小说。……沈从文最著名的作品是《阿丽思中国游记》，这是一部长篇讽刺小说，在中国，这种形式是别开生面的”。（172 页）田军（萧军）“最接近于一个真正的‘无产阶级作家’”。（204 页）郁达夫“是最早大胆地描写两性之爱的中国作家之一。……他被认为是中国印象主义的代表。他笔下的人物几乎都是病态的内向，多愁善感，不满现实，却又能通过实际行动去变革社会。他们本质是无能为力的悲观主义者，因此，对当前更富于革命气质的青年缺乏吸引力”。(245 页）失名（杨刚）“大胆地运用迄今被中国文艺界视为禁区的社会题材，她的勇气显示出一种解放精神，势必使那些认为中国艺术不能以革命气概断然与过去决裂的人大为震惊”。（312 页）

《活的中国》扉页题“献给 宋庆龄 她的坚贞不屈，勇敢忠诚和她的精神的美，是活的中国最卓越而辉煌的象征”。该书的一部分作品曾先在《亚细亚月刊》、《论坛》、《今日之生活与文学》、《今日中国》、《中国之声》等刊物上发表过。在当时西方汉学家只重视中国古典诗词译介的风气下，该译本填补了中国现代文学译介的空白。[1]

埃德加·斯诺在《编者序言》中说得明白：“编译的动力既出于好奇，也为了做一些尝试，但主要是由于我急于想了解‘现代中国创作界是在怎样活动着’，并让西方读者也了解他们的情况。任何人在中国不需要呆多久就体会到他是生活在一个动荡不安的社会环境中。这个环境为富有活力的艺术提供了丰富的资料。世界上最古老的、从未间断过的文化解体了，这个国家对内对外的斗争迫使它在创造一个新的文化来代替。……到处都沸腾着那种健康的骚动，孕育着强有力的、富有意义的萌芽。……这里的变革所创造的气氛使大地空前肥沃。在伟大艺术的母胎里，新的生命在蠕动。”（第 1 页）“西方人——甚至中国人专门为西方读者所撰写的成百种‘解释’中国的书并未满足我的要求。他们几乎都把过去作为重点，所谈的问题和文化方式都是早已埋葬了的。外国作家对中国的知识界差不多一无所知，而那些一般都是顽固不化、

1. 常风于 1937 年 3 月给《活的中国》所写的书评里说：“那班以中国和它的文化当做古董来欣赏的‘老中国手’或汉学家固不必说，即是真诚地求了解，表同情于这民族及其文化的有灼见的学者也往往是因为缅怀一个过去的古远的时代，一个精粹的文化业绩，和对于几位伟大的贤哲的景仰而感着惊异新奇而欣羡着。这种思古之幽情正如西方文学史上浪漫运动时期的作者对于中古文明之向往。他们是我们真诚的朋友，然而他们对于我们的祖先比对于我们的兴味大。他们对于我们持有一种冷漠的礼貌。他们震惊于我们过去的光芒，但是对于我们，对于我们这时代，对于我们的现代文化的蜕变，他们却是毫无容心的。正是为了这个道理，斯诺（Edgar Snow）先生编译这部《活的中国》是值得称赞的一件工作。”（常风：《逝水集》，第 214—215 页，沈阳：辽宁教育出版社，1995 年版。）

把变革看做洪水猛兽的汉学家总有意不去探索。大部分中国作者则要么对现代中国加以贬低，要么用一些假象来投合外国读者之所好。”（第 2 页）“我想了解中国知识分子真正是怎样看自己，他们中文写作时是怎样谈和怎样写的。……大多数外国人——甚至那些懂中文的，都认为革命时期的白话文没有什么值得译的。我想：即便当代中国没产生什么伟大的文学，总具有不少科学的及社会学的意义，就是从功利主义出发，也应当译出来让大家读读。我相信其中必然有重要的材料，足以帮助我们了解正在改造着中国人的思想的那种精神、物质及文化的力量。”（第 3 页）“读者可以有把握地相信，通过阅读这些故事，即便欣赏不到原作的文采，至少也可以了解到这个居住着五分之一人类的幅员辽阔而奇妙的国家，经过几千年漫长的历史进程而达到一个崭新的文化时期的人们，具有怎样簇新而真实的思想感情。这里，犹如以巨眼俯瞰它的平原河流，峻岭幽谷，可以看到活的中国的心脏和头脑，偶尔甚至能够窥视它的灵魂。”（第 7 页）

常风关于《活的中国》的书评中，称斯诺先生的工作并不容易：“但它确是值得做的一件重要的工作。我们需要有人将我们介绍给世界上的人，让他们知道我们在这个错综的时代里如何行为，如何思想。这工作需要激进的知识与敏锐的判断力。”[1] 常风对于《活的中国》里的作家选择也提出了一些意见，并指出“斯诺先生实在缺乏他所从事的工作必需的条件。他对于中国新文学的演化欠明晰的认识。他对于眼前的活动虽然比较明白而且有兴味，对于比较过去的却有点茫然，或者他是不屑去理会。一个选集当然不免要依照编选者的主观见解，不过，像这个集子，却应不分重轻地将新文学运动二十年间重要作家的代表作品选入。这是第一部比较有系统地将中国现代的文学介绍给英语世界的书，我们要我们以外的人能从这里尽量认识我们，编者当然是愈客观愈好”。[2]

萧乾在《斯诺与中国新文艺运动——本版代序》一开始就说：“三十年代上半期，斯诺在中国曾做过一件极有意义的工作：他和他当时的妻子海伦·福斯特花了不少心血把我国新文艺的概况及一些作品介绍给广大世界读者，在国际上为我们修通一道精神桥梁。”[3] 萧乾除了大力协助斯诺编译中国现代小说外，此前（1931 年），就在美国青年威廉·安澜（William D. Allen）创办的英文周刊《中国简报》（*China Brief*）第 4 至 6 期上，译载了鲁迅的《聪明人、傻子和奴才》、《野草》，郭沫若的《落叶》，茅盾的《野蔷薇》、《从牯岭到东京》，郁达

1. 常风：《逝水集》，第 215 页，沈阳：辽宁教育出版社，1995 年版。

2. 常风：《逝水集》，第 216 页，沈阳：辽宁教育出版社，1995 年版。

3. 斯诺：《活的中国》，第 1 页，长沙：湖南人民出版社，1983 年版。

夫的《日记九种》、《创作之回顾》，沈从文的《阿丽斯中国游记》，徐志摩的《自剖》、《灰色的人生》（诗），闻一多的《洗衣歌》（诗），章衣萍的《从你走后》，还对这些名作一一作了粗浅的介绍。除此，还译了一些《二月二来龙抬头》一类民间文艺作品。《中国简报》是最早向世界介绍中国新文艺的刊物。1932年，萧乾应辅仁大学英文系主任、爱尔兰裔美国神父雷德曼邀请，在北平辅仁大学创办的英文月刊《辅仁杂志》（*Fujen Magzine*）上，翻译郭沫若的《王昭君》（并作介绍）、田汉的《湖上的悲剧》和熊佛西的《艺术家》三部剧本，又用英文写了《棘心》（苏雪林）的书评。

1940年4月，萧乾在国际笔会上发表"战时中国文艺"的演讲，后扩充为《苦难时代的蚀刻——中国当代文艺的一瞥》（*Etching of a Tormented Age*）一书，于1942年3月由伦敦George Allen & Unwin Ltd.出版，后瑞士有德文译本。该书介绍新文学运动以来25间（1919—1942）小说、诗歌、戏剧、散文、文学翻译五个领域的成就，将中国现代比较重要的作家几乎均作了扼要评述，并指明中国现代作家受西方文学影响的状况。他还指出，要着重介绍当代作家，通过文学翻译来进行文化交流，使各民族间的感情能息息相通。书末他还对西方迷恋中国古典文学而忽视当代文学的汉学家提出轻微的抗议。他说："中国读者不可能通过《鲁滨逊漂流记》或《李尔王》来了解英国，英国人如果只研究我们的唐代诗人，怎么能期望他了解中国今天生气勃勃的面貌？"[1]该书出版后立即收到英国出版界、读书界的普遍重视。《泰晤士报·文艺副刊》等报刊载文推荐，称道本书包罗宏富、立论谨严，文风明晰，使对中国当代文学蒙昧无知的读者不但大开眼界，而且深受教益。总之，萧乾对中国现代文学英译及西传作出了重要贡献。

1. Hsiao Ch'ien. *Etching of a Tormented Age*. London: George Allen & Unwin Ltd, 1942. p. 48.

另外，1946年，英国记者、诗人白英（Robert Payne）等编译的《当代中国短篇小说选》（*Contemporary Chinese Short Stories*）由伦敦Noel Carrington公司出版发行。白英在《导论》中介绍五四新文化运动，突出了胡适在提倡白话文中的作用，推誉鲁迅是"现代中国文学之父"，肯定其在白话短篇小说创作中的巨大功绩。

其他还有现代戏剧的英译等。如，1936年，曹禺的名剧《雷雨》被姚莘农（Yao Hsin-nung）译成*Thunder and Rain*，发表于该年出版的英文杂志《天下月刊》（*T'ien Hsia Monthly*）第3期，以及1937年出版的第4期上。

第五章　20世纪上半叶的中英文学交流（二）：英国作家的中国题材创作

第一节　华人移民与托马斯·柏克的中国城小说

英国作家借用中国题材一般都是从某种观念出发，或假中国之名来反思、批判自身文化及社会现状，或借丑化、贬斥中国以凸显自我的优越感。就本章所涉及的作家而言，不论是萨克斯·罗默、盖伊·布思比，还是罗斯·迪金森，他们都是出于某一先行的观念，利用中国这个他者，来表达自己的各种欲望。中国只是他们表述思想的一个工具，甚至是切入思考的一个对照物。故而，文化利用的特征在他们那里尤其明显，这也是绝大多数西方作家借用中国题材的总体趋向。

托马斯·柏克（Thomas Burke，1886—1945）是这一时期（1893—1918）英国少有的一个描写“中国城”的作家。[1] 与上述诸人不同，他对中国题材的兴趣来自童年时代与中国人结下的友谊，来自切实的生活经历，而非出于为印证某种观念的假想，所以柏克“中国城”小说最突出之处就是客观与真实。

作家托马斯·柏克

一般所谓“中国城”小说多描写犯罪与历险故事，作品中总会出现一些中国恶棍，试图绑架侮辱白人妇女、诱惑白人男性，甚至征服全世界。最后，白人英雄出现，化险为夷，消灭了中国歹徒，恐怖解除，世界重见光明。此类作品都带有明显的种族主义偏见，尤其以美国的“中国城”小说最突出。正如美国学者哈罗德·伊萨克斯（Harold Isaacs，1910—1986）在《美国的中国形象》中说：“拥挤

1. 柏克，现代英国作家，著有小说、诗歌、随笔数种，专爱描写伦敦东区和“中国城”的社会情形。从改造国民性出发，曹鸿昭翻译了柏克的《弱者箴言》。译者选译的这篇，是鼓励青年人勇于冒险、勇于奋斗的。一个青年人处境多么糟糕，只要你敢于冒险，握住希望给予你的任何东西，不管是实体还是幻影，奋斗下去就有希望。一个勇于冒险的人永远不会老。柏克这篇文章对于 30 年代中国青年很有现实意义，对于中国民性是一个有益的刺激。译者附识：“中国人普遍的处世方针，可以‘谨慎持重，安分守己’八字来包括。长者教训子弟，自幼就下了不要冒险的警告，并且常常以‘少年老成’相劝勉，结果，原来很活跃的青年，都活活地变成了毫无生气的奴隶。现在我们读读这篇文章，看人家怎样指教青年人。”（柏克：《弱者箴言》，曹鸿昭译，《益世报·文学周刊》，1934—03—07）

的、蜂窝状的中国城（唐人街）本身，也很快在流行杂志上成为神秘、罪恶和犯罪的黑窝。任何罪恶加到中国恶棍头上都不为过，他们在黑暗的胡同里，通过隐蔽的小径潜随他们的牺牲品，他们拿着他们的鸦片烟管四处闲逛，走私毒品、奴隶、妓女，或其他中国人，或在帮会争斗中互相砍杀。”[1] 柏克“中国城”小说也涉及到了华人移民社会的混乱野蛮，但他的创作倾向则几乎不带多少偏见，而是美丑错综、善恶纠集，一如生活自身那样复杂而真实。不少作品还或多或少带上了柏克本人的感伤情调和忧郁气质。而这均与作者的身世经历密切相关。

1. 哈罗德·伊萨克斯：《美国的中国形象》，于殿利、陆日宇译，第 156 页，北京：时事出版社，1999 年版。

柏克出生在伦敦东区。伦敦东区处于东端城门外与利河之间，自 17 世纪初，这里已成为贫民聚居区。19 世纪石码头有了发展，提供了打散工的机会，成衣业和家具业发展起来，使越来越多的贫民为获得不固定的菲薄收入而展开竞争。19 世纪后半叶，移民（包括中国移民）络绎不绝地涌来，除了贫困外，他们还遭受种族、宗教、排外等歧视的折磨。

柏克只有几个月大时父亲去世，因而被送到住在莱姆豪斯地区的叔父家寄养。莱姆豪斯（Limehouse）是英格兰伦敦东区陶尔哈姆莱茨自治市邻近的一个地区，位于泰晤士河北岸，以水手旅店、教堂和酒店众多为地方特色，散布着不少华人餐馆。那儿也是伦敦最大的华人聚居地，流动性也最大，就像纽约和旧金山的中国城。

据英国约翰·西德（John Seed）《莱姆豪斯蓝调：寻找伦敦码头的中国城 1900—1940》（Limehouse Blues：Looking for Chinatown in the London Docks，1900—40）一文里的调查数据显示，在伦敦的中国人主要集中在莱姆豪斯公路和潘尼弗尔兹地区，那是位于波普勒和斯特普尼区内两条狭窄的贫民窟街道，靠近泰晤士河。莱姆豪斯是伦敦当时臭名昭著、声名狼藉的贫民窟之一，那里居住空间狭小，过分拥挤，公共卫生条件差，周围到处是锯木场、焦油场、煤气燃罩场之类的工厂，周围飘散着酸臭的味道，加上伦敦常常是大雾的天气，空气环境恶劣，生活条件比较差。莱姆豪斯还是伦敦儿童死亡率最高的地区，居住在那里的英国人，没有固定的收入或是收入过低，仅能维持基本的一日三餐。许多流浪汉、无业游民集中在莱姆豪斯，因而成为伦敦最贫困的一个地方。到达伦敦的中国移民由于语言、文化方面的原因，无法在英国找到合适的工作，只好与在英国的犹太人、爱尔兰人一样住在靠近码头的莱姆豪斯，形成自己的一个封闭的小圈子。由于中国移民把自己封闭在莱姆豪斯地区，加之生活和文化习俗上的不同，莱姆豪斯在英国人眼里成了一个神秘的地方，让人恐惧又好奇。在作家作品的描写和英国媒体的大肆渲染与报道下，莱姆豪斯成了中国城的代名词，一提到莱姆豪斯，在英国人和美国人脑海里就会浮现拖着长辫子、拿着烟枪的中国人，还有那烟雾缭绕的鸦片馆等充满神话色彩的故事或是报道，莱姆豪斯承载了一代西方人对中国人形象的想象。

莱姆豪斯中国人的店铺，从图上可以看到这家店门外贴着一幅对联。

童年时代的柏克对住处周围的码头环境非常熟悉，也常遇到中国人和其他外国人。对这些外国移民的艰辛生活，他一贯满怀同情和兴趣。在柏克的童年生活以及日后的创作中，孤独的老华人李琮是不能不提的，他是个经营杂货的小店主。尽管身边不乏亲朋熟人，柏克仍觉得孤独，惟一与之交往密切的人就是李琮。按柏克的说法，两人语言不通，无法交流，但在一起却觉得很快乐。

这位老人在柏克的小说《窗下私语：水边的故事》（*Whispering Windows: Tales of the Waterside*，1921）、《老琮的娱乐》（*The Pleasantries of Old Quong*，1931）以及自传性作品《风和雨》（*The Wind and the Rain*，1924）中都出现过，所以有评论者认为，李琮只是柏克见过的一个中国人，或者说是想象的产物。但这并不重要，重要的是，他对柏克的创作生涯影响极深，正是他刺激柏克提笔写作。在柏克的记忆中总会闪现在伦敦街上的那一幕：他站在李琮的店前向里张望，老人招手唤他进去。那一刻他仿佛变成了虔诚的信徒。此后他怀着惊喜，悄悄地光顾小店，肤色淡黄、说着单音节词语的老人激起了柏克对美梦的最初遐想。也正是这美梦鼓励他熬过许多炼狱般的时光。最后在这位中国老人的刺激和影响下，柏克以艺术创作的方式认识了自我，发现了上帝。他说，他“知道有人在天堂寻觅，而有人在小店寻觅”，在那里他学到了“亚洲人灵魂里所有的美丽和所有的罪恶，它的残酷，它的优雅，它的睿智”。[1]

1.Edwin Bjorkman. “Thomas Burke: The Man of Limehouse”, in *Thomas Burke: A Critical Appreciation of the Man of Limehouse*. New York: George H. Doran Company, 1929. p. 10.

在 20 世纪初，柏克以集中描写伦敦生活而受人瞩目。恐怕除了 19 世纪中期的狄更斯外，没有哪个小说家像柏克这样热爱伦敦，将伦敦的底层社会作为大半生的创作源泉。他以伦敦东区的中国城为背景创作了一系列散文、小说和诗歌等作品，这使他获得了“莱姆豪斯桂冠诗人”的尊称。柏克在工作期间翻阅积累的大量关于伦敦的历史、社会生活、风俗习惯等的资料，为他创作伦敦的文学故事、历史生活的散文提供了很大的帮助。柏克的勤奋和对伦敦的独特表现方式，使他在当时的英国文坛上获得了一席之地。

《窗下私语：水边的故事集》封面

柏克在世时笔墨甚丰，写了 40 多部中长篇小说和散文作品。其中尤其以描述伦敦莱姆豪斯地区的中国城、港区和货物区著称，这些作品最初结集为《莱姆豪斯之夜：中国城的故事》（*Limehouse Nights：Tales of Chinatown*，1916）[1] 出版，其中大多是些通俗闹剧般的故事，描述了伦敦底层社会中的色情与谋杀，在评论界引起不小的震动。受到著名作家威尔斯、本涅特等人的好评，也引起相当大的争议。芝加哥《刻度》（*The Dial*）杂志 1917 年 7 月 19 日发表了塞尔迪斯（G. V. Seldes）的一篇题为《再现与罗曼司》的文章，文章指出这部小说里充斥着奇异可怕的情节。其他评论家对作品的意见也都相似。1917 年 9 月份的纽约《书人》（*Bookman*）杂志上有人说这部小说有最率直而野蛮的现实色彩，这得到了《流行观念》（*Current Opinion*）杂志一位不署名评论家的附和。因而，柏克那些描写中国移民的小说在受到不少批评家们反对的同时，又遭到权力很大的英国租赁图书馆的查禁。尽管大多数英国人早已领略过斯蒂芬·克莱恩（Stephen Crane）的那些有暴力倾向的现实主义作品，但他们仍然一个劲儿地应和着那些针对柏克作品的肆意嘲讽，毫无宽容之心。

除了《莱姆豪斯之夜》以外，托马斯·柏克创作

1.Thomas Burke. *Limehouse Nights: Tales of Chinatown*. London: Richards, 1916. Republished as *Lime house Nights*. New York: McBaide, 1917.

的系列描写莱姆豪斯中国城的作品还有：《城市之夜：伦敦自传》（*Nights in Town：A London Autobiography*，1915）、《Twinkletoes：一个中国城的故事》（*Twinkletoes：A Tale of Chinatown*，1917）、《伦敦灯火：一本赞歌》（*London Lamps：A Book of Songs*，1917）、《伦敦郊区附近：战时的伦敦手记》（*Out and About：A Notebook of London in War-Time*,1919）、《莱姆豪斯的李琮之歌》（*The Song Book of Quong Lee of Limehouse*，1920）、《窗下私语：水边的故事》（*Whispering Windows：Tales of the Waterside*，1921）、《风和雨：自白书》（*The Wind and the Rain：A Book of Confessions*，1924）、《老琮的快乐生活》（*The Pleasantries of Old Quong*，1931）、《中国城的比利和贝里尔》（*Billy and Beryl in Chinatown*，1935）等等。

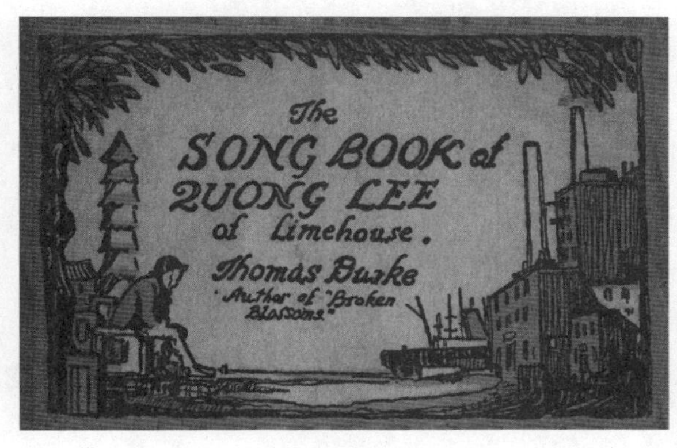

《莱姆豪斯的李琮之歌》的封面，上面说明是《落花》的作者

与T. S. 艾略特在《荒原》中将莱姆豪斯作为泰晤士河历史上的污点不同，柏克认为那是世上最奇妙的地方，他一生都没停止过写它。当然，他并没有因为对莱姆豪斯的兴趣而戴上玫瑰色眼镜来美化中国城，他时常发现中国人的道德一点也不好。所以有关莱姆豪斯中国城小说里的故事总是被安置在这样的背景中：破旧不堪的商店，低矮而摇摇欲坠的廉价公寓与小木屋，穿梭往来的船只，三三两两的外国人在船上出入……那种惨淡败落暗示着生活在其中的诸多人物的命运。柏克基本上抱着自然主义的创作心态，既直面生活的阴暗与丑陋，又要唤起人们的怜悯与同情。

本着这样的意图，柏克笔下的中国人形象大体不出两类模式。心地善良、淳朴温厚一类，如《中国佬和小孩》（*The Chink and the Child*）中的程华。小说写中国男人程华与白人女孩露西的故事。孤独的程华在妓院发现露西——深受父亲虐待的12岁小女孩，把她带回家，纯朴地爱着她，仿佛她会转瞬即逝。但是女孩的父亲还是把她抓回去打死了。程华发现女孩的尸体后，先用毒蛇杀死了女孩的父亲，然后也自杀了。柏克的这部成名作给读者讲了虐待、谋杀、自杀等令人惊骇的事情。1919 年被好莱坞导演格里菲思看中，改编成电影《落花》（*Broken Blossoms*），1936 年再次改编。[1] 尽管小说遭到一些重要报纸的无情攻击，认为中国男人对白人女孩淳朴无私的爱并不可信，作者把他们两人的关系弄得那么奇妙，恐怕只会助长有害倾向，导致不良后果。尽管如此，小说还是以它哀婉动人的力量打动了无数读者。

另一类人物俨然是些狡狯不端的市井细民。如《爪子》（*The Paw*），主人公想让妻子重新回到自己身边，但又懦弱畏怯，不敢面对她和她的中国情人，就转而虐待 11 岁的女儿。每时每刻提醒着女儿，是母亲的中国情人让她陷入困苦，必须杀了这个家伙。最后这个神经错乱的、被打得不成形的女孩杀死了自己的母亲。其中的中国情人也受到人们的道德指责。

《尤托的父亲》（*The Father of Yoto*）写的是一出粗野低俗的市井闹剧：三个中国男人和一个白种男人争论谁是玛丽格德将出世的孩子的父亲。柏克说这里没有圣徒，他们全是不道德的人。与之不协调的是开头："甜美的人性——故事里有月夜狂欢、海边的春潮、花开叶盛……故事是朋友郃琳告诉我的，她住在西印度码头路。它不是发生在被阳光抚爱的东方岛屿，而是在莱姆豪斯。尽管如此，它仍然是奇异的，因为充满人性。"毫无疑问，开头的颂美恰与闹剧的粗野低俗构成强烈的反差，所谓"甜美的人性"也只是作者的反讽而已。

上述两类模式代表了柏克所有中国题材作品里中国人形象的基本类型。姑且不论这些小说造成的客观影响如何，它在多大程度上遵从了作者的主观认识，至少它们跳出了通常"中国城"小说的一贯套路，没有贴上"中国人都是恶棍"那样种族歧视的标签。

在 20 世纪前 20 年，"黄祸论"的影响并未消歇，对有色人种的歧视仍很强劲，不少作家对黄种人（主要指中国人）始终抱有偏见，走不出种族歧视的樊篱。柏克的诗集《伦敦的灯火》（*London Lamps: A Book of Songs*，1917）里，有一些中国题材的作品也像小说一样，基本不沾染上述那种狭隘观念，有时还流露出对中国人的淡淡同情。如：

黄种人，黄种人，你从哪里来？／来自令人神往的太平洋，／来自波光粼粼的太平洋，／那儿夜色碧蓝，白昼如银。／黄种人，黄种人，你在干什么？／可爱美丽的少女，我爱过二十个。／她们脸颊如紫罗兰，热吻如烈火，／怀着渴望，我纵情注目。／黄种人，

1. 后《落花》成了美国荧屏上表现中国人形象的代表作之一。格里菲思电影中对于柏克笔下莱姆豪斯位于角落的小咖啡馆、商店和酒吧等的细腻刻画给观众以遐想，并引发了莱姆豪斯蓝调的形成，成了爵士乐演奏者的保留剧目。随后，关于莱姆豪斯的唱片也取得了很大的成功，如《中国人的洗衣店蓝调》(*Chinese Laundry Blues*)、《武先生的婚礼》(*The Wedding of Mr. Wu*)等，都很受欢迎。继《落花》之后的几年里，托马斯·柏克的其他中国城故事也被拍成了电影，莱姆豪斯和伦敦的中国城走上了世界的大舞台。

黄种人，你为什么叹息？／为那鲜花零落成泥，／为清澈的流水带走光阴异国的夜晚，／为淡忘的脸庞那双失去的纤手。

诗人带着好奇的目光猜询那些来自遥远东方的异乡人，他们远在太平洋彼岸的故土，可爱多情的少女，还有漂泊异国的寂寞伤感。笔端蕴含着对他们的怜悯与关切。当然，诗集里也描写纷乱嘈杂、各方云集的西印度码头，那儿是华人移民的聚集地：

黑人，白人，棕色人，黄种人／白杨树还有中国城！／庄严高贵的残酷五色斑斓的神秘，／那惊心动魄的事情伦敦各界全没见过！／在邪恶的曙色里玫瑰和星星还有白银——／谁悄然传唱来自新加坡的古老歌谣；／馥郁的香料缭绕的鸦片，／中国人和乌头素，印度大麻。／帆船、阜头和烟囱／辗转就到莱姆豪斯，／诱惑、污垢和香味还有满身风尘的男人和黄金；／东方的蓝月在莱姆豪斯斜斜落下——／似年轻阿拉丁斯人的灯勇敢者的长刃。[1]

1. 以上两首诗转译自：Milton Bronner. "Burke of Limehouse". *The Bookman*, 1917, 46: 16—17.

中国城的各方移民携带着“五色斑斓的神秘”汇集在一起，纷呈迭出的异国意象摹画出混合着善恶美丑的驳杂图景，“诱惑、污垢和香味”就是那儿独有的气息。柏克的这首诗就如同莱姆豪斯小说的诗歌版，诗人只写出了眼中的直观印象，却不肯轻易表示自己的态度。

人们通过柏克的“中国城”小说及诗作，看到了伦敦底层的生活。20世纪初的大英帝国仍雄心勃勃地统治着世界，伦敦号称世界经济的中心。柏克却抛开帝国的强盛与伦敦的荣华，去关注社会的黑暗面，几乎是无所顾忌地暴露伦敦的庸俗、贫困和罪恶，以及穷苦人和外国人错综复杂的关系，如英国本地打手、酒保和华人店主、水手之间的暴力冲突等。总之，柏克试图将莱姆豪斯与伦敦的体面雄夸形成对照的用意是毋庸置疑的。

尽管柏克本人对华人移民社会的态度比较折中，甚至有些晦黯不明朗，有时还持有一种同情式的理解，但鉴于总体上的写实倾向，作品在相当程度上客观再现了华裔移民圈内的混乱、野蛮和诡异。

如小说集《窗下私语：水边的故事》，写底层人物，小偷、酒鬼和娼妓，他们每个人都以自己的方式寻找快乐，但都失之交臂。小说的主题是复仇和被扭曲的爱、性以及变态的感情，这些都强烈刺激着读者的神经。值得一提的是，柏克凭着漂亮的文字、温厚的怜悯，使这些熟烂老套的故事颇有些读头。其中《蓝衣大男孩》，写李珊的父亲阿肥希望警察停止对他的调查，他让李珊给男孩（警察）送去一杯毒茶，结果李珊把它喝了，以牺牲自己来控告他父亲有罪，结果发现两只杯中阿肥均投了毒。《红鞋》里，狄运与美丽的女孩相爱，女孩的父亲李业是个酒鬼，把她的床租给了贫穷的水手，让她流落街头，无处安身。狄运给了她一些红色的鞋子，并设法将水手赶走。李业发现后将女儿推到河里淹死。小说中柏克安排了一段荒诞的情节，让重新回来的鞋子去召唤狄运走向死亡。

另外，在小说集《老琮的娱乐》（1931）中，老琮（即上文的李琮）讲的故事大多是讽刺或困惑于观察到的人性中的阴暗面。其中有篇讲主人公经历了 12 年的不幸婚姻。当她的丈夫被判入狱两年后，她给他寄信，以致丈夫感动得悔过自新。但他被释放回家时，却惊讶地发现，原来她正等着杀掉他。[1]

1.Thomas Burke. "The Ministering Angel", in *The Pleasantries of Old Quong*. London: Constable, 1931.

很明显，这类作品展现的正是变态的心理，被仇恨扭曲了的人性。正如一些评论家所说的那样，虐待孩子，以及背叛与复仇，是包括《莱姆豪斯之夜》在内的柏克小说常见的题材。尽管这类故事很容易处理成罗曼蒂克，喜剧或是悲剧，但柏克对题材格调的处理总是显得审慎而诚实，为的是避免他的故事在别人看来通通污秽病态。他目光犀利、洞察入微，但在某种程度上，又怀着怜悯、同情和仁慈来对待人性中的美丑善恶。的确，他的人物画廊里不是虐待者，就是窃贼或杀人犯、同性恋一类，大多并不可爱，而柏克试图理解他们，让人意识到他们良知未泯，在丑恶中发现刻骨铭心的情感，或者抗恶除暴的英雄气概，在丑恶中发现美丽的恶之花。他试图在善恶难辨的人性中披沙拣金，以凸显人性中美好的一面。作者在小说开头表白了这一用意：

> *这是从堤岸上听来的关于爱情与情人的传闻，那堤岸从西方一直延伸到水尽处的黑色荒野。而我猜这传闻在遥远的太平洋，在新加坡、东京、上海也一样被说起……这是一个催人泪下的故事。你可以从黄种男人的诉说中听到。它会唤起你的同情。在我们单调乏味的评述中，它听起来一定很悲惨。不过，在同情和想象的提升与净化下，它那卑劣的气息渐渐褪去，变得美丽而凄凉起来。*[2]

2.Thomas Burke. "The Chink and the Child", in *Limehouse Nights: Tales of Chinatown*. London: Richards, 1916. p. 58.

不过就客观效果看来，作者的良苦用心已被过多重复的凶杀暴力所遮没，以至于严厉的批评者断言，柏克的"中国城"小说从未成功过。

柏克 1945 年 9 月 22 日去世。像许多两次大战之间的作家一样，被人们逐渐遗忘了。可以说他是公认的第一位写亚洲移民，也是第一位写女子同性恋的英国小说家。他描写吸毒、女子同性恋、婚前性行为、虐待儿童、种族仇恶等等，现在已经不再是什么令人震撼的题材。尽管他写了太多太滥，以至于流于平庸的俗套，但柏克的优秀作品仍有生命力，当人们回忆起往昔伦敦的生活时，也不时为他作品的爱憎之情所感动。

第二节　傅满楚：萨克斯·罗默笔下的恶魔式中国佬形象

傅满楚（Fu Manchu）是享有国际声誉的英国通俗小说作家萨克斯·罗默（Sax Rohmer，1883—1959）所塑造的阴险狡诈的恶魔式中国佬的典型。罗默原名阿瑟·沃德（Arthur Henry Sarsfield Ward），早年酷爱埃及历史，后又对东方和神秘学说发生兴趣。他所塑造的阴险狡诈的中国罪犯傅满楚是他许多小说中的恶棍主角。他所创作的 13 部傅满楚系列小说在欧美妇孺皆知。

萨克斯·罗默

1913 年，罗默发表该系列小说的第一部作品《狡诈的傅满楚博士》（*The Insidious Dr. Fu Manchu*）。这个不可思议的具有贵族气派的人物傅满楚立即吸引了读者。[1] 在随后的 45 年间，罗默陆续写了其他 12 部关于傅满楚等中国罪犯的长篇小说：《傅满楚归来》（*The Return of Fu Manchu*，1916）、《傅满楚的手》（*The Hand of Fu Manchu*，1917）、《傅满楚的女儿》（*Daughter of Fu Manchu*，1931）、《傅满楚的面具》（*The Mask of Fu*

1. 罗默在回忆自己的创作动机时说：“我常想为什么在此之前，我没有这个灵感。1912 年，似乎一切时机都成熟了，可以为大众文化市场创造一个中国恶棍的形象。义和团暴乱引起的黄祸传言，依旧在坊间流行，不久前伦敦贫民区发生的谋杀事件，也使公众的注意力转向东方。”（转引自周宁《“义和团”与“傅满洲”：二十世纪初西方的“黄祸”恐慌》，载《书屋》，2003 年第 4 期。）

Manchu, 1932)、《傅满楚的新娘》(*The Bride of Fu Manchu*, 1933)、《傅满楚的踪迹》(*The Trail of Fu Manchu*, 1934)、《傅满楚总统》(*President Fu Manchu*, 1936)、《傅满楚的鼓》(*The Drums of Fu Manchu*, 1939)、《傅满楚的岛屿》(*The Island of Fu Manchu*, 1941)、《傅满楚的影子》(*The Shadow of Fu Manchu*, 1948)、《傅满楚重现江湖》(*Re-Enter Dr. Fu Manchu*, 1957)、《傅满楚皇帝》(*Emperor Fu Manchu*, 1959)。写于美国的最后一部《傅满楚皇帝》,傅满楚已经从一个自私自利的恶棍转变成一个坚定的反共分子。[1]

1. 以下关于萨克斯·罗默笔下傅满楚形象的阐释,笔者指导的毕业研究生刘艳参与了这一问题的讨论,并提供了部分解读文字。

傅满楚系列作品,除以上13部长篇小说外,另有中篇《傅满楚的暴怒》(*The Wrath of Fu Manchu*, 1952),3个短篇故事《傅满楚的眼睛》(*The Eyes of Fu Manchu*, 1957)、《傅满楚的词语》(*The Word of Fu Manchu*, 1958)、《傅满楚的头脑》(*The Mind of Fu Manchu*, 1959)。

罗默的其他小说,如《黄爪》(*The Yellow Claw*, 1915)、《毒品》(*Dope*, 1919)、《黄影》(*Yellow Shadows*, 1925)、《金蝎》(*The Golden Scorpion*, 1936)等,以及小说集《唐人街故事》(*Tales of Chinatown*, 1922)和《东西传奇》(*Tales of East and West*, 1932)里的一些作品,也涉及到中国人形象,描写了伦敦唐人街的犯罪活动,其中那些危险的华人为傅满楚的仆人形象提供了素材与原型。

罗默创造傅满楚形象与他在莱姆豪斯的经历有关。英美读者对中国人的看法之所以都带有"莱姆豪斯"的色彩,就因为与罗默写作的这些流行小说有关。

罗默在第一部小说《狡诈的傅满楚博士》里把傅满楚描述为亚洲对西方构成威胁的代表人物:

> *你可以想象一个人,瘦高,双肩高耸,像猫一样地不声不响,行踪诡秘,长着莎士比亚式的额头,撒旦式的面孔,头发奇短的脑壳,还有真正猫绿色的细长而夺人魂魄的眼睛。如果你愿意,那么赋予他所有东方血统残酷的狡猾,集聚成一种大智,再给予他一个富有的国家的所有财富。想象那样一个邪恶可怕的生灵,于是对傅满楚博士——那个黄祸的化身,你心中就有了一个形象。*[2]

2. Sax Rohmer. *The Return of Dr. Fu Manchu*. In: A. Dulles, ed. *The Hand of Fu Manchu, the Return of Dr. Fu Manchu, the Yellow Claw, Dope: 4 Complete Classics by Sax Rohmer*. [s.l.]: Castle, 1969. p. 94.

罗默在这段描述中赋予了傅满楚智力超人、法力无边的特征。他将东方所有"邪恶"的智慧全部集中在傅满楚一人身上,并让他随心所欲地调动一个国家的所有财富。而且,傅满楚的长相也可谓东西合璧：西方莎士比亚的额头，象征着才能超群者的智慧；想象中撒旦的面孔，暗指邪恶狰狞而又法力无穷；猫一样的细长眼，这是西方人对东方人外貌特征的典型想象，由此可见傅满楚这个人物本身所被赋予的丰富的隐喻含义。对于西方人来说，这种既带有本土特征，又具有异国情调的形象，是黄祸观念具体化的一幅心像，迎合了 19 世纪末至 20 世纪最初 20 年风行一时的排华之风。

在罗默笔下，傅满楚首先是一个残忍、狡诈的恶魔。他领导着东方民族的秘密组织，杀人、绑票、贩毒、吸毒、赌博、斗殴无恶不作，意在“打破世界均衡”，“梦想建立全世界的黄色帝国”，他们是来自东方的梦魇，来自地狱的恶魔，“黄色的威胁笼罩在伦敦的上空，笼罩在大英帝国的上空，笼罩在文明世界的上空”。[1] 为了实现他的“邪恶目标”，即征服白人世界，建立黄色帝国，傅满楚绝不放过任何一个敌手。任何阻碍这一伟大进程的人都会被毫不留情地除去。大英帝国派驻远东的殖民官、著名的旅行家、熟悉远东的牧师，甚至是美国总统，“如果一个人掌握了对傅满楚不利的资讯，只有奇迹可以帮助其逃脱死亡的命运”。[2] 他杀害泄密者，谋害对抗者，祸及无辜者，凡是对抗、妨碍傅满楚计划的人都会落得凄惨的下场。皮特里认为傅满楚的残忍完全来自他的民族和种族。“在傅满楚的民族，直到现在，人们还是会把成百上千的不想要的女婴随手扔到枯井里。傅满楚正是这个冷漠、残忍的民族刺激下的犯罪天才。”[3]

傅满楚既是危险邪恶的，也是法力无边的。他的强大更来自于那不可思议的天才。在罗默笔下，傅满楚可谓一个前所未有的、全知全能的天才，而且已经成功地入侵大英帝国的中心——伦敦，使得英国人很少有安全感。尽管史密斯、皮特里痛恨他，仇视他，立志消灭他，但根本无计可施。他们无奈地承认傅满楚是“撒旦式的天才”、“恶魔天使长”。[4] 傅满楚“拥有三个天才的大脑，是已知世界的最邪恶的、最可怕的存在……他熟练地掌握一切大学可以教授的所有科学与技能，同时又熟知所有大学无从知晓的科学与技能”。[5] 傅满楚武器库里的武器品种繁多，威力无穷。不仅有蝎子、蜘蛛、毒蛇等颇具东方色彩的武器，更有西方生物学、病理学、化学等最新发展而衍生的高科技武器。傅满楚有各式各样的实验室，并在其中进行大量的科学试验，研制毒品和新的杀人机器。

在伦敦，他刺杀任何对他起疑的人，并将那个时代最伟大的科学家绑架回他的“总部”，然后设法取得他们的知识。他采用先进的科学方法从事毁灭活动，专门采用白人所不齿的“阴

1.Sax Rohmer. *The Hand of Fu Manchu*. In：A. Dulles, ed. *The Hand of Fu Manchu, the Return of Dr. Fu Manchu, the Yellow Claw, Dope: 4 Complete Classics by Sax Rohmer*. [s.1.] ：Castle, 1969. pp. 1, 9, 40.

2.Sax Rohmer. *The Return of Dr. Fu Manchu*. In：A. Dulles, ed. *The Hand of Fu Manchu, the Return of Dr. Fu Manchu, the Yellow Claw, Dope: 4 Complete Classics by Sax Rohmer*. [s.1.] ：Castle, 1969. p. 135.

3.Sax Rohmer. *The Return of Dr. Fu Manchu*. In：A. Dulles, ed. *The Hand of Fu Manchu, the Return of Dr. Fu Manchu, the Yellow Claw, Dope: 4 Complete Classics by Sax Rohmer*. [s.1.] ：Castle, 1969. p. 174.

4.Sax Rohmer. *The Return of Dr. Fu Manchu*. In：A. Dulles, ed. *The Hand of Fu Manchu, the Return of Dr. Fu Manchu, the Yellow Claw, Dope: 4 Complete Classics by Sax Rohmer*. [s.1.] ：Castle, 1969. pp. 93, 103.

5.Sax Rohmer. *The Insidious Dr. Fu Manchu*. New York：Mcbride, Nast & Co., 1913. p. 9.

毒”手段，如以扎亚吻、绿色氯气、毒品、毒针等手段杀人。除了神秘的催眠术外，傅满楚还有许多神秘而恐怖的杀人手段，如“湿婆的召唤”（The Call of Siva）、“沉默之花”（The Flower of Silence）、“金石榴的毒刺”（The Golden Pomegranates）、“扎亚的吻”（The Zayat Kiss）、“燃烧的手掌”（The Fiery Hand）……对于傅满楚来说，谋杀不仅仅只是为了达成目的，谋杀手段本身也经过了精心的选择和筹划。每一次行动看上去都是神秘莫测，无迹可寻。这使得伦敦变为古怪可怖的异域，他通过其黑暗而神秘的能力将他的打击对象诱入可怖的幻境，而人们似乎对此无能为力。他在谋杀列昂纳尔勋爵时，仿佛是“东方的一股气息——向西方伸出一只手来”。这象征着傅满楚博士所体现的阴险狡诈、难以捉摸的力量。博古通今的傅满楚还能将自己的身体变形，他那硕大无比的头颅和翡翠绿的眼睛便是他变异的标志。他操控着鸦片和其他对大脑有影响的药品并用它们来增强他已经不同凡响的脑力，他突变的大脑不仅能破解自然中的秘密，更被用来制造和他自己一样可怕的怪物。他要先同化俄国和大英帝国的亚非领地，最终创建“全球性的黄色帝国”。[1]

1. 参见何伟亚《档案帝国与污染恐怖：从鸦片战争到傅满楚》，载《视界》第一辑，第104页，石家庄：河北教育出版社，2000年版。

傅满楚身上蕴含着某种神秘恐怖的力量。他的眼睛最使人费解、恐惧。那仿佛不是人类的眼睛，就像是一个邪恶、永恒的精灵。狭长、微斜的眼睛覆盖着一层类似鸟类的薄膜（这使得他在黑暗中也能够看清一切）。白天好似白内障患者，混浊不清；夜晚却像猫头鹰一样熠熠生辉，射出祖母绿似的阴冷的光芒。傅满楚的魔力就凝聚在这双眼睛中。它仿佛可以轻而易举地窥视人类的心灵，催眠、控制任何人。在《神秘的傅满楚博士》中，他绑架并催眠了一位著名的科学家，轻而易举地让他泄漏了军舰制造的核心资料。在《傅满楚的手》中，他催眠了皮特里，使他产生幻觉，误把史密斯当做傅满楚并开枪射击。在《傅满楚总统》中，他又故技重施，催眠了美国总统候选人的保镖赫曼·葛罗塞特（Herman Grosset）。

在西方的文化想象中，中国是最遥远的东方，也是最神秘的东方。那儿有难以计数的财富，又隐藏着不为人知的威胁。从浪漫主义文学开始，西方人就开始勾勒一个怪诞、奇异、阴森恐怖的东方。傅满楚来自古老中国最神秘的地方——思藩（Si-Fan）[2]，自然弥漫着最神秘的气息。

2. 思藩即西藏，也有人称之为香格里拉，是西方社会了解得最少、最神秘的地方。

伴随傅满楚出现的是阴森的场景，若有若无的黄雾，浓郁神秘的东方气息。他如幽灵似的无所不在，从伦敦到加勒比海，从纽约到缅甸，他的足迹遍布世界，但很少有人能够觅其行踪，窥其真容。在伦敦、在纽约，他隐匿在中国城里。那是一个黑暗、幽闭的世界，是在西方文明、法制管辖外的另一个独立的世界。傅满楚就藏匿在这样神秘、黑暗的中国城里，这儿没有西方世界的力量和秩序，有的只是华人的统治以及衍生其中的各种神秘、邪恶而见不得人的勾当。赌博、抽鸦片、绑架、杀人，这就是神秘、恐怖的东方的缩影。在这儿傅满楚策划、发动所有的袭击。

因此，傅满楚成了笼罩在西方社会的不散的阴云。傅满楚及其领导的庞大的犯罪组织对整个白人种族和文明世界带来了巨大威胁。他们身上都带有不可更改的东方性。他们相貌丑陋，衣饰古怪，藏匿、滋长于阴森、杂乱、见不得光的黑暗角落，过着腐朽、堕落的生活。男人们沉迷堕落，流连于地下赌馆、酒馆、鸦片馆。女人们妖冶、放荡，既让人向往，又使人恐惧。傅满楚神秘、恐怖、狡猾而又残忍，是来自神秘东方的最大威胁。犯罪集团的其他成员力大无穷、野蛮残忍，带着先天的嗜血性，残忍地执行谋杀、绑架等犯罪行为。

与傅满楚对抗的是大英帝国驻缅甸的殖民官、著名的侦探奈兰德·史密斯。他瘦高、坚毅，有着古铜色的肌肤与铁一样冷峻的目光，在他身上有着强烈的种族优越感和责任感。一出场他就庄严地宣称：有一股邪恶的力量，有一个巨大的阴谋正在酝酿："我千里迢迢从缅甸赶回伦敦，绝不仅仅是为了大英帝国的利益，而是为了整个白色种族的利益。我相信我们种族能否生存将在很大程度上取决于我这次的行动能否成功。"[1] 对于史密斯来说，与傅满楚的对抗从来不是简单的中英对抗，而是以中国人为代表的东方世界和整个西方世界的对抗，较量的结果将直接影响种族和文明的存亡。在系列小说中，傅满楚渗透到西方社会的心脏地带，阴谋策划一次次的袭击，他的计划一次比一次周全，手段一次比一次诡异，但总在最后关头被史密斯粉碎。罗默既提醒着西方社会来自东方的威胁，又坚信"高人一等"的西方社会一定能够战胜"黄祸"，取得最终的胜利。

1.Sax Rohmer. *The Insidious Dr. Fu Manchu*. New York：Mcbride，Nast & Co.，1913. p. 2.

罗默表现出了明显的种族歧视以及对亚洲的敌意。他通过傅满楚小说里的人物，直接表示对华人的蔑视。傅满楚及其助手作为亚洲人的代表，种族低下，行为狡诈。正面人物如皮特里，不仅公开称华人为"中国佬"，而且不断提醒读者，"这些黄种游牧部落使白人陷于困窘失措的境地，也许这正是我们失败的代价"。

傅满楚形象之所以被塑造成"黄祸"的化身，因为他符合当时通行的中国观以及对中国人的普遍看法，但是这一形象并不能代表罗默自己关于中国人的真正看法。在 1938 年的一次采访中，罗默吐露了自己真实的想法。他反驳布勒·哈特创造的阿新形象[1]。他说：“我完全不同意布勒·哈特的结论……中国人是个诚实的民族，这就是西方人认为他神秘的原因……作为一个民族，中国人拥有平衡、和谐，这正是我们日渐失去的东西。”[2]采访中罗默还谈到了另一个神秘、高贵的中国人 Fong Wah，也许他才是傅满楚的真正原型。Fong Wah 在唐人街开餐馆和杂货铺，受到周围中国人的尊重和爱戴。很多年以后罗默才知道他也是一名堂会的官员。Fong Wah 待罗默非常友善，他经常向罗默讲述自己早年的生活。Fong Wah 的宠物——獴，也立刻让我们联想到了傅满楚的獴，它们都是神秘而诡异的，瞪着圆圆的眼睛，匍匐在主人的身旁。在 Fong Wah 身上笼罩着一种神秘色彩，某天，他送给罗默一把精致的匕首后，突然消失了……

罗默心目中的中国人是诚信的、友善的，而傅满楚形象的主调却是邪恶与恐惧。如果说这仅仅是罗默的艺术想象，那么这样的傅满楚形象为什么会在西方社会受到广泛的认可？一个人的想象只能写成一本书，大众共同的想象才能使一本书变成畅销书。因而，傅满楚是迎合大众想象的创作结果，是那个特定的文化背景、历史际遇使得中国人形象被如此的妖魔化、丑恶化。

而且，在罗默笔下，傅满楚不只是“黄祸的化身”，他还体现了为数众多的黄种人、黑人以及棕色皮肤的人蜂拥入西方后，对整个白人种族和文明世界所带来的威胁。这一形象比较复杂。正如上文所分析的那样，他颓废堕落、鸦片成瘾、狡诈残忍、老于世故、傲慢、对自己和他人的痛苦无动于衷；同时，他又聪明、勤劳、有教养、风度翩翩、言而有信、超然离群。但是，傅满楚又和传统的中国统治阶级以及一般的“中国人”不一样。他是一个聪明的科学家，通晓现代西方科技，又掌握着隐秘的东方知识，这两者结合使他有着超自然的能力，“是那片神秘土地——中国——所产生的最不可捉摸的人物”。正是这种东西方的组合使傅满楚比欧洲人幻想中的东方野蛮人入侵更可怕，也比廉价的华工在欧美的泛滥更有威胁力，因为这种东西方知识的融合蕴涵着极大能量，它使推翻西方、破坏帝国结构乃至全球白人统治成为可能。

20 世纪初，傅满楚这样一个在西方世界家喻户晓、广为人知的恶魔典型的出现，预示着中国人作为“黄祸”的形象，已经在西方的文学想象中逐渐固定下来。如果说义和团是本土中国人代表的“黄祸”，那傅满楚则是西方中国移民代表的“黄祸”。可以说后者是西方文学中对中国人形象最大也是最坏的“贡献”。这些傅满楚式的野蛮的中国佬，在西方人看来，丑陋肮脏、阴险狡猾、麻木残忍：“他们中大多是些恶棍罪犯，他们迫不得已离开中国，又没有在西方世

1. 阿新是 19 世纪下半叶一个非常著名的中国人形象。1870 年，美国作家布勒·哈特创造了这个狡猾、贪财的中国人形象。

2. Sax Rohmer. “Pipe Dreams: The Birth of Fu Manchu”. *The Manchester Empire News*, 1938—1—30.

界谋生的本领，就只好依靠他们随身带来的犯罪的本事。”可见这是中国“黄祸”威胁西方文明的象征。

萨克斯·罗默创造的傅满楚形象，典型地展现出西方关于东方中国的那种神秘而恐怖的心理状态，而这一形象的多元化传播也体现出西方殖民心态下关于中国的认知网络的运行轨迹。[1]

傅满楚形象的独特性吸引大众媒体的广泛参与，印刷媒介、电子媒介等均加入了傅满楚形象的传播与再创作，范围之广、形式之多样、持续时间之长都是令人惊讶的。傅满楚系列作品问世之初主要以报纸、杂志连载的方式在西方世界进行广泛传播，《柯立叶》（*Collier's*）、《侦探故事》（*Detective Story*）、《新杂志》（*The New Magazine*）等 30 余种杂志相继刊载了傅满楚系列故事。一部傅满楚小说往往被分为几十个故事，每周一期，持续刊载半年到一年。在那个年代，不接触傅满楚系列作品几乎是不可能的。借助大众媒体的广泛参与，傅满楚形象从一个文学形象变成了一个媒体形象，更加的无所不在。

广播、电影、电视等新的传播方式出现以后，傅满楚的形象更加形象、生动，栩栩如生地出现在西方观众眼前。广播剧呈现给听众的是听觉幻想，尤其是当人的有声语言与自然界的一切音响和音乐组合在一起时，其感染力就更加惊人。同样的题材和内容，人们读小说时可能平心静气、置身事外，而一旦付诸于声情并茂的广播剧，就会产生出神入化的效果。傅满楚广播剧的制作和播出单位都是世界著名的媒体集团，听众遍及全国甚至欧美。傅满楚广播剧多安排在晚上黄金时段播出，且多次重播，收听人群非常

1918 年，《伦敦新闻》杂志

1920 年，《侦探故事》杂志

1930 年 5 月，《最佳侦探》杂志

1. 参见葛桂录《Shanghai、毒品与帝国认知网络——带有防火墙功能的西方之中国叙事》，载《福建师范大学学报》，2010 年第 3 期。

庞大，傅满楚形象产生的广泛影响可想而知。

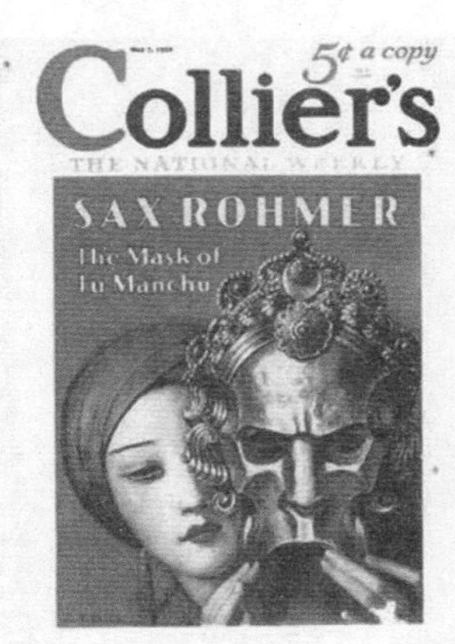

1932 年，《柯立叶》杂志

傅满楚形象最早出现在荧屏上是 1923 年，那还是默片时代。英国 Stoll 电影公司拍摄了首部傅满楚系列电影《傅满楚博士的秘密》，一年后，Stoll 公司又摄制了《傅满楚博士的秘密 II》，均非常轰动。当时伦敦的每一个地铁站都张贴着巨大的傅满楚电影海报。在大本钟的上空，天气阴霾，乌云密布，隐约中透出一个中国人的脸，绿色的眼睛闪闪发光，露出不怀好意、阴森森的笑。电影剧照还被印成了系列卡片，广泛派发。此后，好莱坞电影公司相继出品的傅满楚系列作品使得傅满楚成了家喻户晓的中国恶魔形象。1929 年，美国派拉蒙电影公司（Paramount Pictures）拍摄了首部有声的傅满楚系列电影《神秘的傅满楚博士》，随后两年间又相继出品了《傅满楚博士的归来》（1930）、《龙的女儿》（1931）。傅满楚成了侦探电影中最为著名的角色。1930 年，在派拉蒙电影公司影展上，电影公司还特意设计了一个短剧，由两位著名的侦探福尔摩斯侦探和费洛·范斯（Philo Vance）侦探联手对付傅满楚。[1]

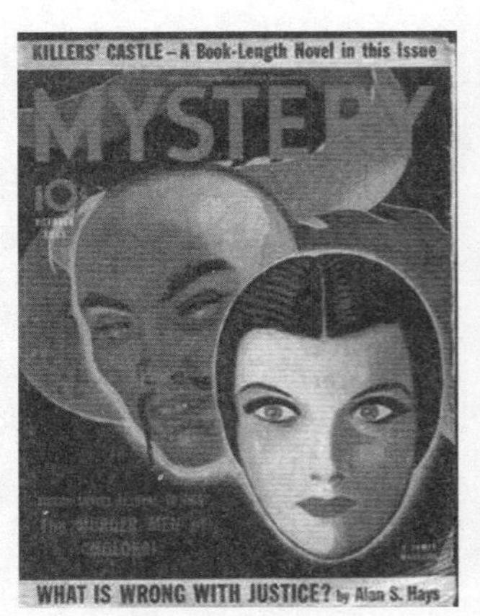

1933 年 10 月，《神秘》杂志

20 世纪三四十年代，米高梅电影公司（MGM）先后拍摄了《傅满楚的面具》、《傅满楚的鼓》和《傅满楚的反攻》等三部电影。由于好莱坞这个“世界电影工厂”的广泛影响力，傅满楚系列电影在英、法、德、意、西等主要西方国家公映，造成了非常大的影响。1942 年，由于国民党政府的正式抗议，好莱坞暂停傅满楚系列电影的拍摄。但傅满楚形象已经深入人心，无法磨灭。

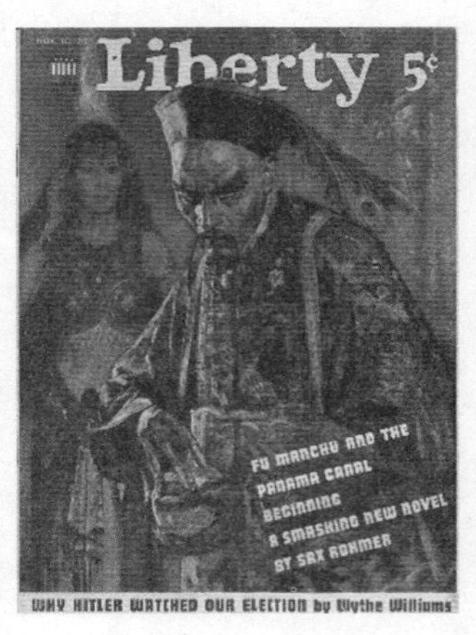

1940 年 11 月，《自由》杂志

新中国建立后，伴随着“红色威胁论”[2]的兴起，西

1. 费洛·范斯，活跃于 20 世纪二三十年代，是当时最受欢迎的推理小说人物。许多专家学者论及美国推理文学黄金时期的兴起之议题时，必定会追溯至 1926 年的 *The Benson Murder Case*。这本由范斯出马破奇案的作品，销售成绩之好让人诧异，据说该书还帮助出版商 Scribners 渡过经济大萧条的难关，免于负债的窘况。

2. “红色威胁”是 20 世纪下半叶西方社会对社会主义中国的主观臆想。受到传统中国形象以及冷战思想的影响，西方社会总是担心中国会发动对其的毁灭性打击。

方社会又掀起了新一轮拍摄傅满楚系列作品的热潮。1949 年，英国广播公司（BBC）率先制作了两部电视短剧——《红桃皇后》和《恐怖的咳嗽》(取材自《傅满楚博士的归来》)。1952 年 Herles 公司拍摄了《扎亚的吻》（选自《神秘的傅满楚博士》）。1955—1956 年，好莱坞电视公司拍摄了一系列 13 集的傅满楚电视短剧，在美国全国播放，仅 1956 年间就在纽约重播三次。1965—1969 年，英国 Harry Alan Towers 电影公司连续推出了《傅满楚的脸》、《傅满楚的新娘》、《傅满楚的报复》、《傅满楚的血》和《傅满楚的城堡》五部电影。关于傅满楚题材的电影一直持续到了 20 世纪 80 年代。1980 年最后一部《傅满楚的奸计》中，家喻户晓的傅满楚才被电影安排“死去”。但傅满楚形象始终深藏在西方人的心里。当 1999 年土生土长于美国的华裔科学家李文和被指控为间谍时，一家美国报纸所用的标题就叫做“傅满楚复活”。

1929 年，美国派拉蒙电影公司制作的首部有声的傅满楚电影——《神秘的傅满楚博士》的相关图片

傅满楚形象自诞生以来，至少在几十部影视作品中出现，在欧美世界反复公映，受众面非常广。电影、电视以其声、光、电合一的独特魅力，形象地再现了那个身穿长袍、面似骷髅、目光如炬的傅满楚形象。在阴森的气氛里，在恐怖的音乐中，傅满楚一次次地伸出了留着长指甲的枯爪，一次次将观众拉入死一般的幻境。在恐惧、挣扎、反抗之间，观众经历了一场生与死、善与恶的搏斗。在与傅满楚的较量中，深切地感受到致命的威胁以及危机过后的酣畅淋漓，在幻想的世界里成就了白种人的英雄史诗。傅满楚恶魔形象是如此地深入人心。2000 年，西班牙导演亚历斯·艾格列斯还曾计划开拍千禧版本的《傅满楚》电影，最终因为种种原因未能实施。广播、电影、电视等媒体的广泛参与，扩大了傅满楚形象的受众面。借助新媒体形式特有的生动性、形象性，更加渲染、强化了观众业已形成的傅满楚形象。傅满楚形象成为了一个标志性形象。

总之，经过一系列广播系列剧和好莱坞影片等多媒体的传播，傅满楚很快变成了一个在西方家喻户晓的名字，并把一整套关于中国人的严刑、无情、狡诈和凶恶的陈腐观念传遍了大半个世界。几乎对它无知的英美儿童也从关于傅满楚的电影和故事中获得了关于华人品性的概念。拿好莱坞制片宣传材料中的话来讲，傅满楚“手指的每一次挑动都具有威胁，眉毛的每一次挑动都预示着凶兆，每一刹那的斜眼都隐含着恐怖”。[1] 在傅满楚系列电影的宣传海报上，也总是傅满楚的人像高高矗立，白人男女主角被傅满楚的巨影吓得缩成一团。傅满楚令西方世界憎恨不已而又防不胜防。他如此邪恶，以至于不得不定期地被杀死；但他又具有如此神秘的异乎寻常的能力，以至于他总是奇迹般地得以在下一集的时候活灵活现地出现。在西方人看来，傅满楚代表的“黄祸”似乎是一种永远无法彻底消灭的罪恶。

1. 哈罗德·伊萨克斯：《美国的中国形象》，于殿利、陆日宇译，第 157 页，北京：时事出版社，1999 年版。

在欧美世界妇孺皆知的傅满楚形象甚至也波及到日常生活的方方面面。比如，以傅满楚形象为原型的茶壶、笔筒、火柴、糖果种类繁多，一种罕见的兰科植物因为垂着类似傅满楚胡须的枝条而被命名为傅满楚兰，在美国、加拿大、澳大利亚、苏格兰等国甚至还有傅满楚主题餐厅、傅满楚研究会。傅满楚形象极大地影响着西方世界的中国观。傅满楚这个精心打造的脸谱化形象成为好莱坞刻画东方恶人的原型人物。这个“中国恶魔”的隐秘、诡诈，他活动的帮会特征，以及作恶手段的离奇古怪，都被好莱坞反复利用、修改、加工。直到今天，任何力图妖魔化中国的好莱坞电影，都不断地回到“傅满楚博士”这个原型人物，鲜有偏离和创造。

瓶子

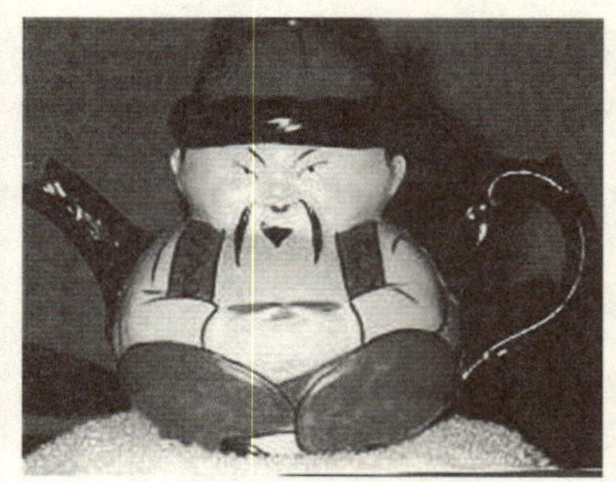

茶壶（德国制造）

傅满楚系列的广为流传也催生了大量的模拟创作。任何力图妖魔化中国的作品都不断地在“傅满楚博士”这个原型人物身上寻求创作灵感，时间之长、范围之广都是颇为惊人的。最早的模仿作品是 1914 年纽约未来电影公司制作的一部名为《神秘的吴春福》（*The Mysterious*

Wu Chun Foo）的四节默片电影。尽管作者从未公开承认模仿、抄袭，但是傅满楚形象的影响清晰可辨。影片的主人公吴春福是一个神秘的中国商人，与傅满楚一样，他也有个智慧、坚毅的西方对手——侦探李斯特爵士（Lord Lister）以及他的朋友查理斯·布兰德（Charles Brand）。吴春福绑架了许多美国人，把他们关押在地窖中，迫使他们从事繁重的劳作。一次偶然的机会，李斯特和布兰德发现了失踪者写在钞票上的求救信息。他们顺藤摸瓜找到了吴的巢穴。与《神秘的傅满楚博士》一样，吴春福也有一位美丽的女儿，她钟情于布兰德，在她的帮助下，李斯特成功地解救了所有被囚禁的人。此后还有大量的模仿之作，如《蓝眼睛的满楚》（*The Blue-eyed Manchu*，by Achmed Abdullah，1917）、《黄蜘蛛》（*The Yellow Spider*，by John Charles Beecham，1920）、《骷髅脸》（*Skull Face*，by Robert E. Howard，1929）、《生命巫师》（*The Wizard of Life*，by Jack Williamson，1934）等。这些作品中都有一位恶魔式的中国人，他们都有傅满楚某一或某些方面的主要特征。他们或者是出身名门，受过高等教育，精通各种语言和各类高科技；或是有着傅满楚标志式的长袍、高额、绿眼、枯爪；或者是掌控着庞大、邪恶的国际犯罪集团，热衷于绑架、勒索、暗杀，以颠覆西方社会，重建黄色帝国为目的。

第三节　西方文明的良药：迪金森对中国文明的美好信念

16 世纪葡萄牙游历家平托曾提出一个利用中国的著名概念，即用中国来批评欧洲的社会风习，这成为 17 世纪以来欧洲人涉及中国题材作品中的一个重要传统。比如，18 世纪的哥尔斯密假托中国人检视与讥讽英国现状，19 世纪的兰陀借助两个中国人的对话表明英国的状况是多么混乱和不协调。20 世纪的英国作家迪金森（Lowes Dickinson，1862—1932）同样借助中国人表达他对西方近现代文明的强烈反思，借他者反观自身是他们的共同倾向。

服膺启蒙主义思想的迪金森是一位具有鲜明政治社会改革意识的英国作家。欧洲作家中他特别仰慕柏拉图、歌德和雪莱，尤其是雪莱那种具有革命思想的激进观点对迪金森的影响巨大。

但他又与雪莱不同。雪莱因为将文化理想全放在希腊，而对东方中国文化采取贬斥的态度。相比之下迪金森的文化视野开阔些，希腊与中国是他的两个文化理想。远古的希腊让他明白了英国政治和社会混乱的事实，而异教的东方中国则向他呈现出正义、秩序、谦恭、非暴力的理想境界。后者为他试图从根本上批评西方文明提供了一个合适的突破口。

英国汉学家的著述是迪金森了解中国文化的门径，翟理斯的《古文选珍》（*Gems of Chinese Literature*）就让他爱不释手。不过，他曾亲口告诉辜鸿铭说，他那本《约翰中国佬的来信》（*Letters From John Chinaman*，1901）是受到法国人西蒙（Eugene Simon）《中国城市》（*La Cité Chinoise*，1890）的启发和激励而写成的。西蒙曾任法国驻华领事，他的《中国城市》把中国自给自足的经济作为一种值得推广的全球模式来看待。中国在作者笔下是一个风景优美、幸福安康的理想国家，说它虽然没有众多官吏和庞大的军队，但凭借悠久的文化，足以征服或同化入侵者。这种对中国的理想化的赞歌并不新鲜，我们早就在 18 世纪欧洲启蒙思想者那里听到很多，但是在 19 世纪末西方一片“黄祸”的恶骂中，西蒙的这本关于中国的著作就比较显眼了。难怪竭力维护中国传统文明的辜鸿铭要将这部著作称为是用欧洲文字写的关于中国文明的最佳著作了。而迪金森的《约翰中国佬的来信》也因借鉴这部书的观念，批评西方近代文明，赞美中国文化，而一举成名。

《约翰中国佬的来信》里一共有 8 封信。由于其中对中国文明的顶礼膜拜，以及完全站在中国文明的立场上批评西方文明，以至于不少人认为这必定出自于一个中国人之手。人们争相议论着他笔下的那个约翰中国佬的来信，欣赏着东方文明诱人的芳香。盛名之下的迪金森更觉得自己与中国人息息相通，竟对他的学生们说：“我现在跟你们说起中国，不是由于我对这个问题知道得很多，也不是因为我曾经访问过这个国家，而是因为我上辈子是一个中国佬。”[1] 由此可见迪金森对中国的酷爱。据说他很喜爱一种中国式的小帽子，即便是在国王处进餐时也常常戴着它。

正是出于对东方中国的神往，1913 年迪金森终于有机会踏上心目中那片神奇的国土。他到过香港、广东，在上海会晤了孙中山先生。在扬子江上经历 10 天孤独的旅行，又乘很长时间的火车到达北京。停留几周后，便攀登东岳泰山，拜访在曲阜的第 76 代衍圣公，并举行了象征性的仪式，将《约翰中国佬的来信》这本描述美好中国图景的书籍送归孔子故乡。[2]

1.E. M. Forster. *Goldsworthy Lowes Dickinson*. New York: Harcourt, Brace and Company, 1934. p. 142.

2.E. M. Forster. *Goldsworthy Lowes Dickinson*. New York: Harcourt, Brace and Company, 1934. p. 151.

结束对中国的访问之后，迪金森继续东进前往日本，日本的洁净、美观、效率都给他留下了愉快的印象。然而在东方三国之中，他还是对中国的印象最好。近现代中国贫穷落后、动荡不安的社会现实并未使他产生失望之感。“印度令人印象深刻，日本令人愉悦，然而停驻我心灵的还是中国。”[1] 不仅如此，在他到访过的所有国家之中，他也只有对中国的印象最好。福斯特说，除了中国他从未对其他外国产生过如此特别的感情。[2]

1.E. M. Forster. *Goldsworthy Lowes Dickinson*. New York：Harcourt, Brace and Company, 1934. p. 152.

2.E. M. Forster. *Goldsworthy Lowes Dickinson*. New York：Harcourt, Brace and Company, 1934. p. 70.

几乎是一种规律，那就是对中国怀有美好感情的西方人一踏上中国国土，往往大失所望。贫困落后的中国现实彻底打破了他们心目中对这个文化古国的乌托邦印象。还有不少西方人根本不愿意到东方游历，历史的、文化的中国才是他们惟一感兴趣的梦想，所以他们宁可遨游在自我陶醉的幻境中。迪金森与这些西方人都不一样，有人情味的现实中国仍然是他心目中的理想国度，他毕其一生都对中国倾情向往。

迪金森曾多次将中国与印度相比。他说：“当我抵达天朝，头一次看见中国人时，我放了心。我离开的印度是一个崇高、可怕、缺乏人情味的国家，而中国却淳朴、雅致、富有人情味。从一开始我就喜欢这个丑陋、快活、精力充沛的民族。它那稚气的快乐、友好的天性、深深的人情味立刻打动了我，使我难以忘怀。”[3] 居留北京的迪金森给他剑桥的同窗好友——也是他的传记作者——E. M. 福斯特的信里也说：“中国是人类的定居之所。而在遥远的过去发着微弱之光的印度则是神秘的、不可思议的、可怕的、极端的、恐怖的、单调的，布满了高山和深谷，到处是高地和深渊，永远让人琢磨不定。可是中国！她是一个让人愉快、友好、美丽、明智、希腊式的、优秀的、人性的民族。”[4]

3. 转引自黄兴涛《闲话辜鸿铭》，第 268—269 页，桂林：广西师范大学出版社，2001 年版。

4.E. M. Forster. *Goldsworthy Lowes Dickinson*. New York：Harcourt, Brace and Company, 1934. p. 147.

迪金森所说的“人情味”就是通常意义上的国民性格。比如，他虽也看到了中国的肮脏与贫穷，但中国人贫困度日仍能乐天知命，保持宽容安祥，使他深感中国仍然可爱。在给福斯特的信里他说：

是的，中国正是我所想象的模样。我本以为我太理想化了，可我现在对这种想法感到怀疑。……整个国家非同凡响！环游北京，真仿佛置身于意大利一般！你可以出城去登山，从一座寺院走到另一座寺院，每座都只会比上一座更精美。那些有幸到过内地的人可以讲讲许多更有趣的故事。罗斯告诉我说一个省就是一块由美丽的山脉、鲜花，或耕耘着自己土地的一群既是学者也是绅士的农民组成的奇妙乐土……他们是

惟一在礼仪和组织上平等的民族——非常自尊、礼貌和友善，总是谢绝做任何他们认为不理智的事情。如果这样一个民族能够发展到较高的经济水平而不失却这些品质，那么我们就拥有了这个星球最美好的机会。[1]

1.E. M. Forster. *Goldsworthy Lowes Dickinson*. New York：Harcourt，Brace and Company，1934. pp. 147—148.

“如果这样一个民族能够发展到较高的经济水平而不失却这些品质，那么我们就拥有了这个星球最美好的机会”，这正是出自对西方现代文明危机的忧患，从比较的角度，对中国文明前景发出的美好期待。1914 年出版的旅行日记《外观》（*Appearances*）里，他也不断谈到对中国的美好印象。比如他写到：“我以前从没有到过这样一个国度，这里的人民是如此的自尊自立和如此的热情。比如在美国，每个人都认为有必要向你保证，他和你一样和善，可事实上他们却很粗暴地对待你。而在中国却不同，因为你能感觉到他们对你都很和善。他们没有那种个人权力的自我意识，但却不像人们在印度到处可看到的那种爬在地上的卑躬屈膝。中国人民是民主主义者，从他们怎样对待自己和怎样对待同胞中就能看到，他们已经实现了民主主义者期望西方国家所达到的水平。”[2]

2. 转引自辜鸿铭《孔教研究之二》，见《辜鸿铭文集》上，第 544—545 页，海口：海南出版社，1996 年版。

无疑，迪金森对中国的看法是理想化的，或者说仅仅看到了让他感兴趣的现象。与其他作家一样，他对异文化采取的是“为我所用”的态度，目的是批评西方现代文明进程中的弊端。西方现代文明是工业革命之后迅速发展起来的，它给人们带来了物质上的富裕和舒适，但是单纯的物质追逐造成了客观世界的动荡不安，以至侵蚀并逐渐占据了人们的精神领域，由此造成了人的异化。迪金森正是看到了西方人这种精神上的现代病，希望在东方中国文化里寻觅西方文化缺失的东西。他通过约翰中国佬说，“我们谆谆教诲着各阶层的民众，让他们时时要尊重心灵和精神方面的事情，而这些在欧洲，特别是在英国则很难发现同样的情形。”[3]

3.Goldsworthy Lowes Dickinson. *Letters From John Chinaman*. London：J. M. Dent & Sons Ltd.，1913. p. 32.

在迪金森看来，现代人对财富和权力的追求扼杀了对生活里那些美好事物的感受力。而在中国，历代诗人和文学家教导人们的正是要训练这种“上等的和高雅的鉴别能力”：“月夜花园中的玫瑰、草坪上的树影、盛开的杏花、松树的香气、酒杯和吉他；这些以及对生与死的同情、长久的拥抱、孤立无援伸出的手、永远消逝的时刻，连同它伴随的音乐与光芒，溜进梦魂萦绕的过去的阴影与静寂之中，我们所拥有的一切，从我们身边溜掉的一切，一只展翅飞翔的鸟儿，一缕在微风中散溢的香味——对这一切我们要训练自己去做出感应，而这种感应就是我们所说的文学。”而在西方，这些都“在织布机的轰鸣声中无法听到，在工厂的浓烟里也不能看到。它已经被西方生活的车轮扼杀了”。[1]的确，中国的农业文明造就了人对大地亲切的依存关系，文学不可避免地会传达出与大地声息相通的纯朴体验，这近乎是一种先天获得的创作素养。

1.Goldsworthy Lowes Dickinson. *Letters From John Chinaman*. London: J. M. Dent & Sons Ltd., 1913. pp. 32—33.

迪金森更以其具有高度想象力的诗一样的语言，展现了他心目中的中华民族的特征和中国人的生活方式：

在这个可爱的山谷生活的千万人却除了习俗外没有任何法律，除了他们自己的家庭外没有任何制度。他们的勤劳是你在欧洲几乎看不到的……他们没有其他的过高奢望，他们不在乎积累财富；……在这样一个民族里不会存在疯狂的竞争。没有主人，也没有仆人；有的只是平等，不折不扣的平等规范，维系着他们的日常交往。健康的劳作，充足的闲暇；坦诚的友善，一种与生俱来的、不为不实际的空想所折磨的满足感，一种造物主赋予的审美感——在无法以艺术作品的形式来表达时，代之以优雅、庄重的礼仪；所有这一切便是养育我的那个民族的特征。[2]

2.Goldsworthy Lowes Dickinson. *Letters From John Chinaman*. London: J. M. Dent & Sons Ltd., 1913. pp. 18—21.

以上是中国人安时处顺、乐天知命的生活方式，也是迪金森眼中理想的东方景观。而英国人是何等情形呢？迪金森同样通过那个中国佬的口说：我发现的是英国人违背自然天性，也无法通过艺术来恢复人的本来天性。英国人只不过仅是一个工具而已，他们在技艺方面的成功，正展示着在精神洞察力上的失败。英国人能够完美地制造和使用各种机械，但不能建造一所房子，或者写一首诗，或者画一幅画，更谈不上崇拜或渴求它们了；他们的文学是每日的新闻，充满着傲慢而毫无意义的词句，趣闻、谜语、双关语以及各种诽谤之词充斥其间；他们的绘画只不过是涂写上颜色的故事。因而他们无论是外在还是内在的感觉都苍白迟钝，差不多都是些瞎子和聋子。[3]

3.Goldsworthy Lowes Dickinson. *Letters From John Chinaman*. London: J. M. Dent & Sons Ltd., 1913. pp. 25.

其实，尼采早就指出资本主义工业的发展和经济的繁荣导致了肤浅的乐观主义，致使人们只追求金钱，以此满足物质的需要而忽视精神生活。追求财富甚至变为生活的目的，为了财富，人们表现出盲目的疯狂的勤奋。在《快乐的科学》中，尼采说：“我常常看到，这种盲目而疯狂的勤奋尽管创造了财富与荣誉，但同时剥夺了那些器官的统一（由于这种统一，人们可能享受到财富和荣誉）。我同样看到，那用以对抗无聊和激情的主要手段，同时会使感官变得迟钝，使精神不愿接受新的刺激。我们的时代是所有时代中最勤奋的时代，它只知道用自己大量的勤奋和金钱去创造越来越多的金钱和勤奋。”[1] 所以，这些由于贪婪而变形和异化的现代人，只能是“瞎子和聋子”，他们只能是心灵上的“野蛮”人。这也正是迪金森在比较视野中，借美化中国文明为参照，来重新估定一切价值去批判现代文化的整个倾向。

《约翰中国佬的来信》写作时正值中国发生义和团运动。发生在世纪之交的义和团运动是震惊世界的大事变。这场运动是中国人民以暴力驱逐外来侵略和保卫社稷家园的一种特殊的抗争形式。它的兴起引起了外国列强的仇视，于 1900 年组成八国联军大举入侵，挑起了烧杀劫掠不遗余力的殖民侵略战争，给中国人民造成空前残酷的毁灭性灾难。义和团“扶清灭洋”的口号以及运动过程中对在华欧人的强烈冲击，正好为当时西方颇为盛行的“黄祸论”提供了重要口实，随之有关中国人的种种“劣行败德”和“野蛮行径”，伴随着原本就有的偏见与成见，在欧洲迅速传播，几可达到了“深入人心”的地步。各大报刊上刊登的有关围困使馆和攻击传教士的耸人听闻的报道更加剧了对中国的敌对情绪。在此形势下，迪金森大张旗鼓地重申中国文明优越论，替中国人辩护，认为义和团叛乱及其抗击洋人并不是中国人的错。1903 年他又以《一个中国官员的来信》（*Letters from a Chinese Official*）抗议义和团运动中，西方势力对中国事务的横加干涉，揭露了在此事件里西方国家的贪婪嘴脸。而义和团暴动及西人对此事件的回应也成为了迪金森思考中国文明问题的契入点。他在《约翰中国佬的来信》第一封信里[2] 就借约翰中国佬之口说，假如欧洲人据此推断中国人为野蛮人，都是些残忍嗜血之民，那当北清事变（指八国联军入侵）时，欧洲军队在中国飞扬跋扈、暴戾狼籍、无所不为，不是也能由此可见西洋文明的野蛮性。

迪金森在此采用了先抑后扬的方法驳斥了西方肆意攻击中国的论调，进而认为中国人对西方文明的不信任与嫌恶，并非如欧人认为的那样出于狭隘与无知，其根本原因在于中西文明观念的不同。迪金森将之概括为物质利益与道德、道义的对峙，这在当时可以说是抓住了中西方文明冲突的核心。

西方文明强调物质功利性，中国文明崇尚精神道德力，这是 20 世纪初期人们论及中西文明特质时必然标举的差异。这方面辜鸿铭是个典型代表。他认为，西方近现代文明在本质上是一种“物质实利主义文明”，社会的一切方面都贯穿着实利主义、机械主义和强权主义的精神，它崇尚的是物质力；而中国儒家文明则与此截然不同，它崇尚的是道德力。前者的目标就是“尽

1. 转引自殷克琪《尼采与中国现代文学》，第 48 页，南京：南京大学出版社，2000 年版。

2.Goldsworthy Lowes Dickinson. *Letters From John Chinaman*. London: J. M. Dent & Sons Ltd., 1913. pp. 3—9. 下文相关内容引述均出自第一封信，不另注。

管提高物质生活标准”，而后者的理想则是纯朴的生活，追求人的道德和心灵的发展，因此它是一种纯粹的道德文明。

迪金森对这样一种以道德责任感作为社会秩序基础的中国文明更为激赏，因为正好用来作为批评西方文明的支撑点。他通过约翰中国佬的口指出，作为世界上最古老文明的中华文明之所以能绵延长久，正在于中国社会组织制度的稳固安定，而中国文明不只是稳定，还贯穿着一种道德、道义的秩序。与之相比，西洋文明展现的则是不绝如缕的经济纠纷罢了。迪金森由此从宗教、家庭观念、个人与社会的关系等多方面，对中西方文明展开对照，以强调物质利益与道德、道义之追求的差异。

在迪金森看来，宗教的核心问题是对民族社会感化的程度。而基督教比起儒教对中国民族的感化来，要少得多。中国文明以儒教为支撑。所谓儒教，即讲求道义的说法。因而中国文明的首要基础就是道义、道德。西方的文明，不是与利益观念相连，就是立足于经济的关系，而道义和道德，不过是附属于表面的装饰物而已。在家庭观念方面，迪金森说，西方的儿童一等到能够离开父母时，就被送到公共学堂里去。这样一下子就脱离了家庭的感化。父母就在此时投身于生活竞争的激浪之中。而与父母分离的儿童，对父母的反哺之情，也随之淡忘了。而至于个人与社会关系方面，迪金森指出西方社会以个人为本位，这样似乎就自由自在，社会进步了。如若有人总是停留在原来的地位，必引为大辱。所以，为求得个人的独立，冒险、竞争、苦斗。身处这种社会中的人，终身得不到满足的感觉，整日遑遑营利，汲汲求私，总是没有平静安乐的生活，“金钱关系”则成为社会中惟一的社会关系。

迪金森认为，在以道德伦理为尚的中国人看来，这样一种以金钱利益为基础的社会纯粹是野蛮社会的表现。因为中国人推测文化的程度，并不在于财宝堆积的分量，而在于国民生活的品性与人生价值。在中国的儒政模式中，孔子早就对衡量社会发展的物质与道德两个尺度提出了“庶、富、教”的主张，求富庶同固然可以强国足民，但孔子以教为治、重视教化，更强调社会的道德水准。迪金森此处正是从这一观念出发的。他对中国文明与西方文明或褒或贬，扬中国文明之道德、道义，斥西方文明之物质利益，其出发点当然是试图以他人之长，补己之不足，以拯救西方文明亦已表现出的各种弊端，因而借中国人之口竭力称颂中国传统文明，其偏颇之处，在所难免。这只不过是西方作家利用中国题材的一种策略而已。

前文已经提及，义和团暴乱是迪金森比较中西文明的出发点，他将中西文明的显著差异看做是双方一系列冲突产生的基础。当时欧洲流行着一种看法，认为挑起这种冲突的是中国。迪金森指出这是诬蔑之词。因为事实上，文明优越的中国人绝不愿意与西方交流。当初东西方之交往，实因西方人通过强力而造成，并非中国人之所求。而西方为强行开放他国市场，不惜以武力相逼。迪金森说，这是一种侵略行径。由于“从经济上来看你们的社会，其组织的结果，常常导致民众面临饥饿的深渊。即使是你们日常生活所需消费的也不能自己产出，而所产出者，又不能自己消费掉，所以你们在他国发现市场，卖出所生产的物品，换取食品与原料，以解决你们的生死存亡的问题。近年来，为了达到开发市场的目的，为获得经济利益，你们频频在中国挑起事端，这是不容争辩的事实”。[1]迪金森道出了西方列强在中国不断肆意挑衅的本质原因。

1.Goldsworthy Lowes Dickinson. *Letters From John Chinaman*. London：J. M. Dent & Sons Ltd.，1913. pp. 11—12.

至于英国商人一再声称的高调，所谓“不排斥英国的企业，而欢迎之，能为大清国带来利益”，信里的约翰中国佬根本不以为然，因为，“我们的宗教，本来优于你们的那种宗教；至于在道德方面就更高尚了，社会制度也更完全，这一点我们感到很自信，然而也是真理”。[2]惟其如此，当18世纪末英国人带着所谓“淫巧奇技”企图叩开天朝大门时，中国君臣也正是抱着同样的心态来拒斥他们的。

2.Goldsworthy Lowes Dickinson：*Letters From John Chinaman*. London：J. M. Dent & Sons Ltd.，1913. p. 10.

迪金森在这部作品里所展示的中国文明优越论颇有点类似辜鸿铭对传统中国文明的看法，也与一战前后（五四时期）世界范围内兴起的东方文化思潮有些内在联系。只不过后来人们更自觉地比较中西文化，揭示中国人的精神生活，宣扬中国传统文化的价值，鼓吹儒家文明救西论。当然，对那时面临着摆脱封建文明包袱、走出中世纪、迈向近代化的中国来说，儒家文明较多地显示出消极的一面；而对于逐渐进入后资本主义社会的西方世界来说，它却能显现出某种帮助西方反省现时文明之弊，启发人们寻求精神新境的文明价值。迪金森正是出于这一考虑而抱着对中国文明的理想信念，极力赞美中国。确实，迪金森毕其一生都对中国倾情向往，抱持着中国文化救赎理想终生不渝。他的传记作者福斯特这样评价他：“他的生命充满了许多的理想破灭，但是中国从未使他失望。她作为一个道德正直而又高雅的文明，形象坚定，而当他为她哀伤之时不是因为她使他感到失望，而是因为他不得不看着她被欧洲列强的暴力所损毁。在他的晚年之时，她的命运成了人类的缩影。如果中国能够得到拯救，他才能被说服人性不会被毁灭。”[3]我们从他所创造的乌托邦中国图景中可以看到西方作家的文化利用承传嬗变之轨迹。

3.E. M. Forster. *Goldsworthy Lowes Dickinson*. New York：Harcourt，Brace and Company，1934. p. 142.

第四节　中国画屏上的风景：毛姆作品里的中国形象

在英国作家中，毛姆（William Somerset Maugham，1874—1965）的作品最富于异国情调。他一生爱好旅行，屐痕处处，耳目所及，摇笔成文。但他从来不是个单纯的观光者，其兴趣在于人和人的生活。凭其丰富的想象力所构设的艺术世界，弥漫着旖旎的南洋风光，显现着浓郁的域外风情，同时也呈示着那种以欧人心态观照异国的文化视角。他来中国追寻的是古代的荣光，昔日的绚烂。因为他心目中的中国是在汉唐盛世，甚至是在《庄子·秋水篇》里。透过他那画屏上的古典中国形象，我们也看到了西方文化优越感心理作用下的傲慢与偏见。

来华旅行之前，毛姆就在《人性的枷锁》（*Of Human Bondage*，1915）这部流传最广泛的小说里提到了一个中国人。这部作品以作者早年的生活经历为依据写成，因而也是一部叙写他成长的"教育小说"。

小说主人公菲利普（Philip Carey）是英国的一个留德学生，在柏林经历成长阶段，其中包括首度和中国人交往。我们注意到，在海德堡大学，与毛姆住在同一公寓里的就有一个中国学生。菲利普初到德国时，寄宿在欧林教授夫人的家里。同时寄宿在此的有一个中国人宋先生。在菲利普的眼中，宋先生"黄黄的脸上挂着开朗的微笑。他正在大学里研究西方社会的状况。他说起话来很快，口音也很怪，所以他讲的话，姑娘们并不句句都懂。这一来，她们就张扬大笑，而他自己也随和地跟着笑了，笑的时候，那双细梢杏眼差不多合成了一道缝"。[1]可见，菲利普对宋先生的初次印象并不坏，甚至还打破西方人的优越感和宗教框框，认为像宋先生这样的大好人，不应该因为是异教徒就得下地狱。

1. 毛姆：《人生的枷锁》，张柏然等译，第89页，上海：上海译文出版社，1997年版。下文引述小说内容皆出自于该译本，不另注。

但没过多久，菲利普发现宋先生和另一位寄居者法国小姐凯西莉在谈恋爱。这一下子改变了人们对宋先生的看法。同住一处的几位老太太开始把这事当作丑闻来谈论，于是闹得整个寄宿家庭心神不宁。在房东教授太太眼里，宋先生"黄皮肤，塌鼻梁，一对小小的猪眼睛，这才是使人惶恐不安的症结所在。想到那副尊容，就叫人恶心"。种族歧视和"黄祸"心态左右着人们对宋先生的评价。菲利普也觉得寄宿家庭的整个气氛令人恶心。"屋子里空气沉闷，压得人透不过气来，似乎大家被这对情人的兽欲搞得心神不宁；周围有一种东方人堕落的特有气氛；

炷香袅袅，幽香阵阵，还有窃玉偷香的神秘味儿，似乎逼得人直喘粗气。”他自己弄不明白，究竟是什么奇怪的感情搞得他如此心慌意乱，他似乎觉得有什么东西在极其强烈地吸引他，而同时又引起他内心的反感和惶恐。

我们从菲利普的困惑以及寄宿家庭的矛盾里，或可推测到毛姆早期对中西文化交流所持的不甚乐观的看法。正如他在小说里表达的结论——“生活是虚无的，现实是无法改变的”——那种悲观论调一样，文化隔阂也是限制人们自由交往的精神枷锁。在毛姆眼中，异域文化是令人向往的（如开始时菲利普对宋先生的评价），但一旦异域文化侵入西方本土文化（宋先生竟然敢与法国小姐谈恋爱），威胁到西方文化的纯正，就是大逆不道、十恶不赦，就会遭到西方文化的抵制和攻击。西方种族主义文化心态昭然若揭。毛姆的高明之处在于，他认识到了如果西方文化泥古不变，一味排拒异域文化，就会如宋先生与凯西莉最后上演出一幕私奔戏那样，一筹莫展、一团混乱。

20 世纪英国文学变化的重要特色之一，正是对异域文化（东方文化）有选择的接纳，毛姆也不例外。文化隔阂的破除在于相互了解，达到相互了解在于缩短交往距离。于是，毛姆写完《人性的枷锁》之后，开始了广泛的旅行，足迹所至遍及印度、缅甸、新加坡、马来亚、香港地区、中国内地以及南太平洋中的英属与法属岛屿，还到过俄国及南北美洲，在积累丰富的见闻和创作素材的同时，也试图近距离了解异域文化。

1919 年，毛姆与他的秘书赫克斯顿（Gerald Haxton）一起，到中国体验生活，收集创作材料，前后游历了 4 个月。12 月底，他和赫克斯顿坐民船沿长江上溯 1 500 英里，然后改走陆路。1920 年 1 月 3 日回上海，在给弗莱明的一封信里，他吹嘘自己凭两条腿走了 400 英里路。这次游历大大丰富了他的创作素材，从 1922 年起他写了一系列涉及远东（中国）的作品：戏剧《苏伊士之东》（*East of Suez*，1922）、散文集《在中国画屏上》（*On the Chinese Screen*，1922）、长篇小说《彩色的面纱》（*The Painted Veil*，1925）、中篇小说《信》（*The Letter*，1926）、短篇集《阿金》（*Ah King*，1933）。这些作品所展现的异国情调，加之毛姆俊逸飘洒的文笔、精彩生动的故事描述，获得不少读者（观众）的青睐，构成毛姆“东方题材”作品的重要组成部分。

据说以北京为背景的《苏伊士之东》1922 年在伦敦最有名的王家剧院上演时，其场面之宏大，令伦敦观众惊叹。该剧头一场布景便是北京皇城根儿附近的一条热闹的大街，在伦敦唐人街找了 40 多个华人做临时演员，有拉车挑水的苦力，有蒙古骆驼商队，有游方和尚，甚至有个国乐班子，这是配乐作曲家古森在索荷的华工中物色到的。如此多的华人上台演出，在英国是破天荒，为此，剧院还特地雇佣了几个广东话翻译。《苏》剧于 9 月上演，连演了 209 场，剧本本身并不太成功，但华人“龙套”特别令人满意，毛姆自己也说：“任何看过此剧的人都不可能忘记中国人的精彩演出，尤其是第四场暗杀未遂，伤者抬过来时，那惊恐的姿势表情，声音压低的激动交谈，真有一种戏剧性的紧张气氛。”[1]

1. 转引自赵毅衡《西出洋关》，第 53 页，北京：中国电影出版社，1998 年版。

吉卜林（Rudyard Kipling）在《人生路险》（*Life's Handicap*，1891）里说过，一过“苏伊士运河以东”，那就是“圣恩不及”而“兽性”大发的地方。同样，毛姆《苏伊士之东》以殖民地为题材，将“具有高尚道德原则的白种人”与“残酷、狡猾、虚伪、容易犯罪的亚洲人”相对立，带有明显的“白人优越感”的倾向。这种文化优越论所造成的对其他民族文化的傲慢与偏见，也不自觉地渗透进了《在中国画屏上》。

《在中国画屏上》是反映毛姆中国题材创作的主要作品，也是他心目中的中国形象的集中展现。在这部作品里，毛姆并没有因为踏上中国土地实地考察、增广见闻后，重新更为现实地认识中国，反而随着距离的缩短，看待文化问题的角度越发狭窄，基本持续了《人性的枷锁》中对中国的看法。如作品题目标示的那样，这是一个画屏上的中国，就像济慈看到的希腊是古瓮上的希腊一样。原来，毛姆来中国最想寻觅的是昔日的荣光、古典的绚烂。他就是手持这样的滤色镜来看 20 世纪一二十年代的中国的。中国是神秘国度，百姓幽雅，风度翩翩，像宋先生一样。他全然不顾当时中国军阀割据、民不聊生、革命频起、新旧交替的现实。像欧洲人心目中的中国只是历史的、文化的中国，而非现实的中国一样，踏上中国国土的毛姆也隔着历史的薄纱看中国。

在当时满目疮痍的中国土地上，最让毛姆感兴趣的正是那暮色里消逝的东方神奇与奥秘，他就是用那种衰落的豪华寄予着自己的怀古忧思。其实，通读全书，我们可以看到，从历史的帷幕里走出来的不是别人，而是毛姆本人。他一手捧线装书，一手持放大镜，正在六朝的清谈中左顾右盼，在柳永杜牧的水榭楼台上缅怀苏杭。他心目中理想的中国形象正是这古典中国，是汉宫魏阙，是唐风宋采，是一种凭借其自身文化优越感抉发出的异国情调。[2]

2. 参见李奭学《傲慢与偏见——毛姆的中国印象记》，载《中外文学》，第 17 卷第 12 期，1989 年 5 月。后收入其文集《中西文学因缘》，台北：联经出版事业公司，1991 年版。本节内容写作受此文启发很大，特此说明。

毛姆来中国时，正值那场声势浩大的五四运动刚过后不久。我们虽然没有看到他对此有什么直接评价，但从那位清癯、文雅、忧郁的内阁部长的一段话，可以窥见毛姆此时的所思所想：

> *他用一种忧郁的中国方式和我谈话。一种文化，最古老的世界知名的文化被粗暴地扫荡着，从欧美留学回来的学生们，正把这种自古以来一代接一代建立起来的东西无情地践踏掉，而他们却拿不出东西来替代。他们不爱他们的国家，既不对它信仰，也不尊敬。一座一座的庙宇，被信士们和僧侣们糟蹋，让它们衰败以致坍塌，到现在它们的美除了在人们的记忆里什么也没有了。（《内阁部长》，The Cabinet Minister）*[1]

1.W. S. Maugham. *On a Chinese Screen*. London: Heinemann, 1922. p. 14.

毛姆与这位“内阁部长”一样，基本上为中国古文化之现代命运感到“忧心”和“惋惜”。因而，尽管他发现内阁部长是一个恶棍，一个压榨的能手，中国之衰败到如此悲伤的危险地步，肯定有他的一份。“但是当他抓起一只天青色的小小花瓶在他手上时，他的手指似乎用一种着魔的温情扣住它，他的忧郁的双眼爱抚地瞅着它，而他的双唇微微地张开，好象要抽出一声贪欲的叹息。”[2] 毛姆的心情有点类似内阁部长注视花瓶时那种抑郁不安的感觉。他们都只看到历史的美好、眼前的衰败，却对未来的展望视若无睹。我们可以不怀疑毛姆对中国传统文明的真诚喜好，但也无法忽视其中夹杂着的那种居高临下的文化心态。这种文化态度也适用于中国的苦力（the Coolie），毛姆将之称为“负重的兽”（The Beast of Burden）。

2. W. S. Maugham. *On a Chinese Screen*. London: Heinemann, 1922. p. 16.

来华西人在对中国人的观感中每每提到中国苦力，多数还带有怜悯与同情之心。在毛姆眼中，那不堪重负的中国苦力构成的却是一幅非常有趣的图景：“当你第一次看见苦力挑着担子在路上走，触到你眼帘的是逗人爱的目的物。……你看那一个跟着一个一溜上路的苦力，每人肩上一条扁担，两头各挂着一大捆东西，他们造成一种令人惬意的图景。看着在稻田水里面反射的他们匆匆忙忙的倒影，是非常有趣的。”面对这些牲畜一样的苦力，毛姆是空怀一肚子无用的怜悯与同情，这让他感到沉重的压抑。他进而联系到所有的中国人，因为中国人“由于为颠连困苦的人生所烦扰，同时人生如白驹过隙，一个人不可能掌握自己的命运，这难道不是可怜的事实？无休止的劳动，然后没有日子去享受果实。精疲力竭，突然饮恨而亡，一切茫然不知所措，这不恰好就是悲哀的所在吗？”[3] 毛姆觉得如是展现了中国的神秘。

3.W. S. Maugham. *On a Chinese Screen*. London: Heinemann, 1922. pp. 67—69.

这种对中国人“终身役役，莫知所归”的见识，大概来自于毛姆对老庄思想的体悟，同时也得益于他早年在海德堡大学期间所接受的叔本华悲观哲学的熏陶。确实，毛姆喜欢读《庄子》，这甚至已经成为他的中国渊源的标签，只不过他看重的不是南华真人出世的逍遥游，而是等同于近现代主流思想的“个人主义”。在《雨》（Rain）一篇里毛姆就这样说道：

> *我拿起翟理斯教授的关于庄子的书。因为庄子是位个人主义者，僵硬的儒家学者对他皱眉，那个时候他们把中国可悲的衰微归咎于个人主义。他的书是很好的读物，尤其下雨天最为适宜。读他的书常常不需费很大的劲，即可达到思想的交流，你自己的思想也随着他遨游起来。*[1]

1. W. S. Maugham. *On a Chinese Screen*. London: Heinemann, 1922. p. 95.

道家强调个人的内在自由，顺乎自我个性。从这点来看，在中国哲学中，道家与个人主义最为相近。然而，道家的思想和态度又与西方现代个人主义完全不同。因为他们惟一的反叛方式不是隐居高山名川，就是逍遥于醇酒诗画。道家的齐物论，将世界万物等量齐观，这就有可能否定个性。可以说，中国思想家中从来没有像穆勒那样，提出要给个人保留一方领地，连政府也不得干预。因而旨在使个人权利合法化的个人主义从来在中国没有发展的机会。[2]毛姆将庄子轻松地解读为一个“个人主义者”，显然是一种文化误读。不过这种误读也用不着奇怪，关键是经过庄子思想的洗礼（当然是毛姆所理解的），苦力再不是那样美好而有趣的印象了：“一群苦力戴着大草木帽正对着你走来，……雨把他们的蓝衣服打湿，粘贴在身上，瘦削而褴褛。路上铺的破了的石块都是使人滑跤的，你带着劳累挑拣着泥泞的路。”

2. 参见钱满素《爱默生与中国》，第216页，北京：三联书店，1996年版。

现实与历史在毛姆那里是永远的矛盾。历史的辉煌渐已逝去，只残留着一点点痕迹依稀可辨。毛姆笔下的那个汉学家“只借助印刷的纸张去认识真实。莲花的悲剧性华美只有供奉在李白的诗篇中，才能感动他，而端庄的中国女孩的笑声，也只有在化为完美又精雕细琢的绝句时，才会激动他，引起他的兴趣”。[3]而毛姆自己同样是拿着放大镜来中国寻觅古风远韵，结果还真是让他找到了一个，那就是辜鸿铭。与后者形成对照的是戏剧改造者、新派学者宋春舫。

3. W. S. Maugham. *On a Chinese Screen*. London: Heinemann, 1922. p. 215.

宋春舫是中国现代话剧的先驱者。我们知道，废除旧戏曲（包括文明戏），以西欧戏剧为榜样创建新戏剧，是五四新文化运动中戏剧改革的基本主张。钱玄同说：“如其要中国有真戏，这真戏自然是西洋派的戏，决不是那脸谱派的戏，要不把那扮不像人的人，说不像话的话全数扫除，尽情推翻，真戏怎样能推行呢？”[4]在胡适看来，中国戏曲中乐曲的一部分，以及脸谱、嗓子、台步、武把子等，都是早该废除的“遗形物”。只有把旧戏中这些“遗形物”淘汰干净，中国才会有纯粹进步的戏剧出世，这才是中国戏剧革命的希望。[5]可是，“那脸谱派的戏”、旧戏中的这些“遗形物”，正是西方人所热衷的。在这种情形下，宋春舫就中国戏剧改革求教

4. 钱玄同：《随想录十八》，载《新青年》，1918年第5卷第1号。

5. 胡适：《文学进化观念与戏剧改良》，载《新青年》，1918年第5卷第4号。

于西方的戏剧家毛姆，其结局也就可想而知了。

林以亮在《毛姆与我的父亲》一文里说得更清楚：“毛姆心目中的中国戏是京戏，所谓象征手法和思想性是他认为京戏中所特有而为当时欧洲舞台剧所缺少的。毛姆自己写惯了写实的舞台剧，当然对中国京戏那种表面上简单而又经过提炼的手法羡慕万分。可是我父亲，同他那一时代的参加五四运动的知识分子一样，总希望文学能对时代发生一点作用，对改良社会有所贡献。”[1]而这并不是毛姆所关注的问题，所以难怪他对宋春舫所代表的少年中国缺乏同情，对于五四前后崛起的新文学运动颇表怀疑。

1. 林以亮：《毛姆与我的父亲》，载《纯文学》，1968 年第 3 卷第 1 期。转引自李奭学《中西文学因缘》，第 229—230 页，台北：联经出版事业公司，1991 年版。

《戏剧学者》（A Student of the Drama）[2]里的宋春舫“原来是一位年轻人，个儿矮小，有一双小巧、文雅的手，一只比你看见过的一般中国人大的鼻子，戴着一副金边眼镜。虽然这天天气暖和，他还穿着一套厚花呢西装。他似乎有一点点拘谨。虽说他的嗓子并没有倒，他说话用一种高亢的假声，由于这些尖声的音调，使我不能凭声音弄清和他的谈话里有些什么不真实的感情。”先入为主的偏见如此之深，期待着毛姆对中国戏剧改革贡献良策，声援新文化运动，何其难矣！果然，谈及戏剧问题，宋一心要更新中国戏剧的模式，“他要求戏剧须要使人激动，要剧本优良，布景完美，分幕恰当，情节突兀，戏剧性强烈。”而毛姆认为“中国戏剧具有它的精心设计的象征手法，是我们经常大声疾呼寻求的戏剧理想”。言下之意，不解宋何以一味崇外，而不求诸己，以至贻笑大方。宋对社会问题大有兴趣，期求毛姆指点一二。而毛姆呢，有意回避社会问题，说“这是我的不幸，我不那么有兴趣。于是我尽我的灵巧把谈话引到中国哲学上去，在这方面随意谈了一些东西。我提了庄子。教授哑巴了”。毛姆自愿放弃讨论戏剧，而宋却是有备而来，对戏剧技巧大感兴趣，并求教于毛姆技巧的秘密。毛姆说写剧本是个水到渠成的事情，哪里需要什么技巧，“假如你能够写，那就像从山上滚落一筒圆木那么容易”。[3]当宋离开之前毛姆问他如何看待戏剧文学的将来时，“他叹气，摇头，举起文雅的双手，成了个泄气的化身”。

2. W. S. Maugham. *On a Chinese Screen*. London：Heinemann，1922. pp. 178—182.

3. 后来，毛姆还说过，“艺术家只是在题材不大使他感兴趣的时候才对写作技巧关注起来；当他满脑子想的是题材时，就没有多大功夫去考虑写作的艺术性问题了”。（W. S. Maugham. *The Summing Up*. New York：The Literarg Guild of America，Inc.，1938.）

作为一个新派作家，对西方作家表示敬重似可理解。不料宋春舫过分拘谨，竟不敢与咄咄逼人的毛姆辩置一词，如此在毛姆笔下成了一个漫画人物，像个怯场的小学生，一败涂地。

毛姆眼里的新派人物像个小丑，滑稽可笑，笔调亦尖酸刻薄，讽刺连连。然而碰到了那个文化守成者、“旧派”人物辜鸿铭，他那种倨恭心理也好像有点“泄气”了。在他眼里，辜像个巨人，口吐珠玑，顾盼自雄，而自己则有如慕道信徒，洗耳恭听，笔调亦谦恭有加，敬仰频频。

《哲学家》（The Philosopher）就是毛姆这种心态的展示。他说要去看这位有名望的哲学家是自己这次艰巨旅行中的令人兴奋的愿望之一。在他看来，辜是中国儒家学说的大权威，虽过着退隐生活，但仍为探讨学问和传授儒家学说而开门讲学。

尽管毛姆自以为拜望辜鸿铭有如晋见伟人，却也不得不秉客观之笔，细写初进辜府所见的破败与萧条，亦可见辜氏代表的旧传统（也是为毛姆所心仪的）之缩瑟局促：

我走过拥挤的市街，又走过冷僻的街道，直到最后来到一条寂静、空荡荡的街上。……我走过一个破旧失修的庭院，到达一间狭长低矮的房间，里面稀疏摆着一张美式折叠书桌，两三张黑木椅和中国小几。……地板上没铺地毯。那是一间空洞寒冷，令人感到不舒服的房间。[1]

1.W. S. Maugham. *On a Chinese Screen*. London: Heinemann, 1922. pp. 138—139.

毛姆就在这“令人感到不舒服的房间”里耐心倾听辜氏针对西方文化歧视的那种愤激“发泄”：

就说你们，你晓得你们正在做什么？是什么理由你们认为自己比我们高出一筹？难道你们在艺术上或者学术上能胜过我们吗？难道我们思想家的造诣不如你们的深吗？难道我们的文化不及你们博大真纯、艰深缜密、精益求精吗？不对吗？当你们还在穴居野处身上披着兽皮的时候，我们已是开化的民族了。你们知道我们在尝试做一个世界史上独一无二的实验吗？我们在寻求不用武力而用智慧治理这个大国。若干世纪来我们一直追求着。那么为什么白种人看不起黄种人？要我告诉你吗？因为他发明了机枪。那就是你们的优越性。我们是无防御的人群，而你们就能够把我们置于死地。你们已经把我们哲学家的梦砸得粉碎，说是世界能够由法律和命令的力量来治理。你们已经将你们丑陋的发明强加于我们，同时现在你们已经又要把你们的秘密教会我们的年轻人。你们不知道我们有机械学的天才吗？你们不知道在这世界上有四万万最讲实效的最勤劳的人民吗？你们想到这需要我们有较长的时间去学习吗？当黄种人能够把枪炮做得和白种人的一样好，射得一样准，那你们的优越性又在哪里？你们诉之于枪炮，也要受到枪炮的审判。[2]

2.W. S. Maugham. *On a Chinese Screen*. London: Heinemann, 1922. pp. 146—147.

鸦片战争以降，以英国为首的西方列强在对中国实行军事侵略、政治控制、经济文化渗透的同时，也极大地滋长了对于中国的文化优越感，以及建立在这种优越感之上的侵略合理意识与安适感。这种优越感又被一些传教士、汉学家、商人游客等关于中国的充满偏见的著作所强化，变得更加根深蒂固。辜鸿铭在此以中国文化的优越性迎击西方人的优越感，一句“你们诉之于枪炮，也要受到枪炮的审判”，就足以让自视甚高的毛姆哑口无言。毛姆的复古偏见遮蔽了他所没看出的辜氏的矛盾，不了解因应适变是文化融合的常态。如此一遇到“偏见”比他深、“辩才”高过他的辜鸿铭，焉能不俯首称臣？可以说，毛姆和他所代表的观点，完全忽视了世界潮流的趋向和中国本身对现代化的迫切要求。仅就此点而论，他和部分“中学为体，西学为用”的中国人士是相同的。宋春舫在傲慢下矮化了，辜鸿铭又在偏见下升华了。两者都是毛姆心态的展示，也都是隔岸观火的西方心灵的牺牲品。[1]

1. 参见李奭学《中西文学因缘》，第 235 页，台北：联经出版事业公司，1991 年版。

这种出于文化优越感心态的傲慢与偏见，也同样呈现于作家笔下那些在华英人的观念里。毛姆在中国游历期间，遇到各色各样的中国人，但其注意力却一直集中在一些在华的各种身份的英国人身上。他们当中有那些已在中国工作 20 年，知道如何与当地人打交道的海关人员；有那些大公司的年轻职员，他们每天上英国俱乐部看看伦敦报纸；有那些读罗素，承认社会主义思想，却斥责街头人力车夫的人；有那些心里憎恶中国人，一辈子在华以改造这个国家为己任的牧师；有那些沾沾自喜的皇室代表团成员；还有那些想为伦敦客厅复制一些北京庙宇里的艺术品的妇女。

《在中国画屏上》展示了这众多在华英人的速写，其中洋商、政客、教士三类人物，更是把西方文化对待中国的方式一展无遗。他们尽管性格不一，职业不同，但有一条是相同的，那就是在内心深处憎恨与鄙视中国人。这些西方民族自大与文化优越论的典型代表，其所思所想暴露在毛姆锐利的目光下。我们注意到，毛姆在描述他们时很少插话与评判，自己的态度往往在沉默中显现，有时还不免对其同胞的言行附和几句，以示同道。

先看传教士。毛姆所见的在华传教士，多数有一共同特征：一面虚心奉主，一面倨傲待人。即如毛姆所言：“他们可能是圣徒，但他们不常常是绅士。”《恐惧》（Fear）里的温格罗夫先生是一位来中国已有 17 年的“绅士”。他经常说起中国人的善良天性，孝敬父母、疼爱孩子，有崇高的品德。如他妻子所说，他“不喜欢听一个字反对中国人，他简直就是爱他们”。然而圣人心中也有魔鬼：

这时有人敲门了，接着走进来一个年轻的女人。她是个穿着长裙子，没有包脚的

本地基督徒，同时在她的脸上立刻现出一种畏缩的绷着脸的不高兴的颜色。她向温格罗夫太太说了些什么。我恰好瞥了一眼温格罗夫先生的脸。当他看见她时那脸上不自觉地流露一种极其鲜目的厌恶的表情，好像是有某种使他恶心的气味把他的脸弄歪扭了。但这立刻消失了，他的嘴唇骤然扭变为一种愉快的笑。但是这种努力太大了，于是他仅只现出一种歪曲的怪相。[1]

1.W. S. Maugham. *On a Chinese Screen*. London: Heinemann, 1922. p. 42.

温格罗夫先生向毛姆介绍她是一个教员，有非常好的品德，因而非常宝贵，对她寄予了无限的信任。这戏剧性的变化让毛姆看到了“真相”：凡是温格罗夫先生的意志上所爱的，他灵魂上都厌恶。这位传教士言不由衷地赞美中国人，但在骨子里却嫌恶和憎恨中国人。当被问起：“假如中国人不接受基督教，你相信上帝会判处他们以永恒的惩罚吗？”温格罗夫先生的回答十分肯定。也许正是由于这种信念，他尽管感情和灵魂上厌恶中国人，但理智和意志上还是愿意呆在中国，因为“他们很需要帮助，所以要离开他们很困难”。毛姆于此传达了“白种人负担”的讯息，温格罗夫先生这位“圣人”和“绅士”的灵魂也昭然若揭。

伴随西方船坚炮利而来的基督传教士的“宽厚仁慈”有目共睹，而支撑他们的不仅有上帝的召唤，更有白种优越论的心理基础。这后一种心态也表现在那些在华的洋商洋客身上，毛姆对他们亦多加顾盼。

《亨德逊》（Henderson）[2] 里的主人公就是一家信誉卓著的外资银行的经理。他刚来上海时，拒绝乘用黄包车。因为“那违反了他的观念，那个和他自己一样的同属人类的车夫，要拉他从这里到那里到处转，这有损对他的人身尊重”。这位心胸“仁慈”不下温格罗夫先生的银行经理，还借口走路可以锻炼身体，口渴可以喝啤酒，为自己如此的“高尚”作风找理由。然而，这位经理的道德理想终究抵不住现实的诱惑。因为“上海非常热，有时他又很忙碌，所以他不时被迫要使用这退化堕落的交通工具。这使他觉得不舒服，但那东西的确方便。现在他变得经常乘坐起来了。但是他常常想这两根车杆中的这个伙计是一个人和一个兄弟”。

2.W. S. Maugham. *On a Chinese Screen*. London: Heinemann, 1922. pp. 56—59.

亨德逊的转变，实则仍有心理上的文化优越感支持。未为现实所屈时，优越感或可保持距离，以“仁民爱物”的面貌伪装，就像菲利普最初不认为异教徒宋先生应入地狱一样。然而若涉及自身利益，羊皮下的虎皮就显露出来，就像宋凯恋情一旦曝光，东方尊严在西方瞬成猥亵一样。[3]

3. 参见李奭学《中西文学因缘》，第 223 页，台北：联经出版事业公司，1991 年版。

三年后的一天上午，亨德逊和毛姆一起乘黄包车从一家商店到另一家商店，黄包车夫热得汗流浃背，每一两分钟就用破烂的汗巾在额头上揩着。当亨德逊想起他非得要现在就去俱乐部买刚到上海的罗素先生的一本新书怕赶不到时，他要车夫停下来，打回转。毛姆说："你想是不是午饭以后再去？那两个家伙汗流浃背得像猪一样了。"亨德逊的回答："这是他们的好运道，你不必对中国人有任何关心。你明白，我们之所以在这里就是因为他们惧怕我们。我们是统治的民族。"最后当亨德逊正准备评述罗素《自由之路》（*Roads to Freedom*）的某些观念时，那个黄包车夫拉过了应该转弯的地方。"在街角上拐弯，你这该死的蠢货！"亨德逊气急败坏，为了强调这一点，还在那车夫的屁股上狠狠地踢了一脚。

与亨德逊的先恭后傲比起来，另一个英国洋行大班丝毫不掩饰他对中国人的憎恶和鄙视。《大班》（The Taipan）[1]里就有这号人的速写。"他是这儿社会上最突出的人物，什么都是他说了算。甚至领事都要注意站在他那正确的一边。虽说他在中国这么久，他并不懂得中国人，在他的有生之年，从没想到须要学习这种该死的语言，他用英语问两个苦力他们在掘谁的坟。他们不懂他的话，他们用中国语回答他，而他骂他们为无知的蠢家伙。"

1.W. S. Maugham. *On a Chinese Screen*. London：Heinemann，1922. pp. 183—194.

那恐怖的敞开的坟走进了大班的梦里。他憎恶那些袭进他鼻孔的气味，憎恶这里的人民，那些无数的穿着蓝衣的苦力和商人们、地方官吏的圆滑的笑。他们似乎都用恐吓压迫着他。他恨中国这个国家，当初他为什么要到这里来？他现在是惊慌失措了。他一定要回去。要死也要死在英国。他不能忍受埋葬在所有这些有着斜眼睛和露齿而笑的脸的黄色人中间……如此等等，毛姆写尽了白种人的傲慢与偏见。

毛姆笔下的西方在华政客更是集白种优越与傲慢无能于一身。《领事》（The Consul）[2]里英国领事彼特（Pete）先生的官场经验可谓资深，在领馆工作了20多年，只是一直处于极端愤慨的情况之下。洋商们住在中国35年，没有学会在街上问路的话，彼特说因为他们学的是中文。他不屈不挠地尽全力查禁鸦片买卖，但是他是全城惟一不知道他的雇员们把鸦片藏在领事馆的人，而一种忙碌的鸦片交易就在那院子的后门里公开进行。他比绝大多数同事们精通中国文史，更为了解百姓，"但是从他的广泛的阅读中，所学到的不是宽容而是自负"。这种自负与传教士、银行经理大班们的优越感没有什么两样。

2.W. S. Maugham. *On a Chinese Screen*. London：Heinemann，1922. pp. 104—111.

而他的一次接待却让这种自负心理受到很大的刺激。那天他接待了一个自称为余太太的女人。这是一个嫁给了中国人的英国女人。领事先生理所当然地没对她表示同情。因为一个白种女人要嫁给一个中国佬这本来就使他觉得不可思议而充满愤慨。他的话官气十足，不容置疑：“你必须立刻返回英国”，“你必须从此永远不回那里去了”，“我坚持你要离开那个人，他不是你的丈夫”。

有如宋先生与法国小姐的恋情，一旦危及到西方文明的纯正，奋起抵制是意料之中的事，否则怎能体现出自身的优越感，又怎能让人尊敬。作为副税务司的范宁（Fanning）让人尊敬的法子很简单，就是首先让你惧怕。因为他有一种恶霸作风，无事生非，鲁莽唐突。他没有一次对中国人说话不是提高嗓子到粗声大气的命令声调。虽然他说得一口流利的中国话，但是当某个下人做了什么不如他意的事情时，他总是用英语骂得他狗血淋头。然而，他的粗暴寻衅只不过是隐盖一种胆怯而痛苦的企图，那就是去慑服那些将和他打交道而尚未被他吓翻的人。以至于每当有客人来了，他妻子总会说：“这些中国人都怕我丈夫，但是，自然他们尊敬他。他们如果试图在他面前玩什么鬼把戏，那是没有好下场的。”他会皱着眉头回答：“所以，我晓得应该怎样对付他们，我在这个国家二十多年了。”（《范宁夫妇》，The Fannings）[1]

1.W. S. Maugham. *On a Chinese Screen*. London：Heinemann，1922. pp. 114—118.

如何对付中国人（或对待中国文化），这是在华英人的主要功课。“宽厚仁慈”也好，“鲁莽粗暴”也罢，都免不了要露出他们骨子里的那种文化优越感。我们借助于毛姆那小说家的慧眼看到了这一切。当然，毛姆不只是个旁观者。作为一个文化纯粹论者，他喜爱古韵之中国，冷淡新文化运动之中国，漠视 20 世纪现实之中国。当我们掀起遮在毛姆中国形象上的那块彩色面纱，源自于西方优越论的自负心理也就展现无遗了。确实，无论如何，毛姆都难以逃过那傲慢与偏见的文化心态，而其他西方作家与思想家又何尝不是。

第五节　爱美者的回忆：哈罗德·阿克顿笔下的中国题材

出生于意大利佛罗伦萨的哈罗德·阿克顿（Sir Harold Acton，1904—1994）是英国艺术史家、作家、诗人，曾受业于伊顿、牛津等名校。1932 年起他游历欧美、中国、日本等地。

早年在牛津、巴黎、佛罗伦萨研究西方艺术，暮年于佛罗伦萨郊外一处祖传宫殿颐养天年。著有诗集《水族馆》（1923）、《混乱无序》（1930）等，小说《牡丹与马驹》（1941）、《一报还一报及其他故事集》（1972），以及历史研究《最后的美第琪》（1932）、《那不勒斯的波旁朝人》（1956）。另外尚有两部自传，《一个爱美者的回忆》（1948）与《回忆续录》（1970）。

对东方文化，特别是中国文化，阿克顿有一种发自内心的痴迷。他最早把中国新诗介绍给西洋读者，曾与陈世骧合作完成第一本英译《中国现代诗选》[1]，并于1936年在伦敦出版。这本译诗选及其《引言》体现了阿克顿本人的文学观和嗜好，即对古典文化传承的重视。选录篇什最多的诗人是林庚，而对那些过于欧化的新诗，尤其郭沫若等人的作品评价不佳。今天看来，阿克顿的眼光与当时中国新文学的努力方向相去甚远。当新诗人义无反顾地切断与传统的血脉渊源时，阿克顿却以域外学者的身份，确立审视中国新文学的另一种眼光，强调传统对新诗建设的重大意义。对此，我们姑且暂不评判。不过，若联系阿克顿小说《牡丹与马驹》中主人公菲利浦对中国古代诗人的景仰，即可更进一步地印证阿克顿本人的态度。大而言之，阿克顿对中国古典文化的心仪、古典艺术之美的痴迷正由此清晰透出。

1.Harold Mario Mitchell Acton, Ch'en Sh'ih Hsiang. *Modern Chinese Poetry*. London: Duckworth, 1936.

小说《牡丹与马驹》(*Peonies and Ponies*)以20世纪二三十年代抗日战争前后的北京为背景，描写当时许多在京欧洲人形形色色的生活，以及他们来到东方古都的不同感受。他们或抱着种族自大的民族偏见无视身边的一切；或不知疲倦地组织舞会沙龙，趁机向有贵族头衔的游客兜售中国古董而从中渔利；或倦怠西方艺术、鄙弃西方文明，希望在搜寻东方的秘密中发现出路。小说也写到了一味崇拜西方的中国学者、新旧夹缝中的青年知识分子，以及底层京剧伶人的生活等。作者从不同角度表现了东西方文化碰撞下的人心世态。

主人公菲利浦·费劳尔（Philip Flower），一位孤独的爱美者，试图用中国文化救治一战以来为有识之士所焦虑的西方现代危机，所谓“精神的现代病”。他在中国的精神探索历程多少有点作者自己的影子。从某种意义上说，阿克顿以小说家之言，形象地反映了二三十年代东西方文化在更深层的碰撞中迸发出的重大思想命题。

首先，关于东方（主要指中国）文明救助西方危机。这一理想经罗素等西方思想家，以梁启超、梁漱溟为首的“东方文化派”，以及辜鸿铭等人的激扬鼓吹，在20世纪初的知识界荡起一片波澜。小说一开头便以主人公菲利浦对中国彻底的皈依切入这一时代话题：

菲利浦一直自忖北京这座城市对他意味着什么。欧战后，他返回北京，但又因一次偶然的西山之行，还有北戴河的染病在身而离开它。他发现自己竟那样强烈地想念北京，就像宠物依恋它的女主人……他深深感到自己正尽最大可能远离战后政治，还有笼罩欧洲的紧张激烈，很大程度上这紧张激烈就出自可疑的欧洲文明轨道之内。他在古都北京呼吸到一种宁静的气息，任何事物都让他沉浸在超自然的、泛神论的幻想与惊喜之中。[1]

1.Harold Mario Mitchell Acton. *Peonies and Ponies*. Oxford：Oxford University Press，1941. pp. 1—2.

他就像西方文明的逆子，又仿佛是中国文明流落在欧陆的弃儿，怀着一份倦游归乡的挚诚，把北京当作安身立命的归宿，栖息灵魂的家园。

他说："是中国治好我的病，战争让我的生活变成沙漠，而北京让我的沙漠重现生机，就像那牡丹盛开。"他患上的正是那一代西方有识之士共患的心病——所谓"精神的现代病"。的确，1914—1918年惨绝人寰的第一次世界大战，以血淋淋的事实暴露了西方资本主义近代文明的弊病，给人们带来难以弥补的精神创伤，对欧洲人的自信心和优越感是一个沉重打击。这让一些对文明前途怀抱忧患意识的西方人，在正视和反省自身文明缺陷的同时，将眼光情不自禁地投向东方和中国文明，希望在东方文化，尤其是中国哲学文化中找寻拯救欧洲文化危机的出路。德国人施本格勒著《西方的没落》一书，就公开宣告西方文明已经走到尽头，必将为一种新的文明所取代，为了走出困境，欧洲应该把视线转移到东方。罗素（Bertrand Russell，1872—1970）是20世纪声誉卓著、影响深远的哲学家、思想家和文化巨人，就是带着对西方文明"破产没落"的哀痛、甚至是对西方文明行将在战火中彻底毁灭的恐惧，朝圣般东来中国，企求能从古老的中国文明里寻求新的希望，呼吁用东方文明救助西方之弊端。

对西方文明满怀悲怆意绪的菲利浦，又何尝不是揣着类似的朝圣心情走进了北京？

他像做苦力一样，拼命阅读中国的经典著作，有时把冷毛巾放在前额上，好让自己头脑清醒，一读就是到深夜。他总希望能在中国人那难以捉摸的精神中发现新的光亮，在这块自我放逐的土地上找到人生的新航向。他渴望在中国的土地上与中国人相识，并被他们接受。若能被中国家庭收留，那就是再好不过的事情。他想象自己能在清明或中秋前举办祭孔仪式，那是他崇敬的美德。[2]

2.Harold Mario Mitchell Acton. *Peonies and Ponies*. Oxford：Oxford University Press，1941. p. 79.

失望于西方世界的他像无家可归的精神孤儿，苦心孤诣地渴望在中国得到抚慰与庇护，那么，中国也就成了他逃避欧洲、逃避现实的世外桃源。

其次，如果说阿克顿笔下菲利浦的中国寻梦，契合了罗素等西方哲人改造欧洲的思想，从而使他的形象具有深刻的文化意蕴；那么，身为“爱美者”的独特气质，又使他不愿正视中国正在发生的一切变化，而是一厢情愿地借着一种怀旧的情绪，对中国的历史和传统发出一种“但恨不为古人”，或“但恨今人不古”的感慨。如果说思想家罗素的中国观既是历史的、文化的，又是现实的，他站在关注人类命运的高处，对中国传统文化的利弊，以及中国的现状均有深切的思考与敏锐的洞察；那么，“爱美者” 菲利浦所追寻的只是古典中国——哲学、艺术、文学中的中国，与现实中国几乎毫不相干。他们的立场都是西方的，但他们的视界及关注的终极点并不一致。

对菲利浦而言，古典中国被想象成医治现代病的灵丹妙药。惟其如此，被现代中国人视为历史遗产的“古典”，在菲利浦眼里就有了“现实”救治的意义和价值，而这一切都是从他自己——一个现代西方人的角度出发的。所以追寻古典，就如同追寻精神家园般性命攸关。小说中表现他对古典中国的痴迷已经到了顶礼膜拜、甚至令人发笑的程度。比如在欧洲人的沙龙里，他被叫作满族崇拜狂，他的一切东西，甚至佣人和狗都要有满族家谱。他顽固地拒绝叫北京为北平。他不明白为什么现代中国人对传统文化弃如敝屣，竟要到国外去接受西式教育，倒把他对中国的热爱看成讨人嫌的偏激。其实这个人物的宁肯“抱残守缺”、拒不接受中国正在发生着的现代蜕变，在当时西方乃是一种十分普遍的倾向，即把中国当做“文物博物院”。

小说中写了以马斯科特（Mascot）夫人为代表的西方游客。他们纯粹为满足猎奇心理而来华，在北京四处游逛搜寻古董，兴致勃勃地看处决犯人。还把中式布置的住所称为“风俗”沙龙，来客都穿上满族的衣服，戴着长长的指甲套。正像小说中一位西方游客所说：“从社会学意义上讲，古典的一切都没有消失，只是名字换了罢了，难道我们不是在鞑靼国？”[1]20世纪的中国竟然仍是历史烟尘下的鞑靼国！

作者借菲利浦对他们的不以为然，对当时那些见解浅薄、浮光掠影的北京过客表示厌恶。但在骨子里，菲利浦与他们其实相去无几，尽管他更高雅渊懿、更有文化底蕴。在他眼里，来自西方的各种事物就像病菌一样侵蚀北京的肌体，“唉，北京已经死亡了；死于来自西方的各种病菌。惟一让他感到安慰的是，他已在西山的一角为自己买了块墓地”。[2]

1.Harold Mario Mitchell Acton. *Peonies and Ponies*. Oxford: Oxford University Press, 1941. p. 229.

2.Harold Mario Mitchell Acton. *Peonies and Ponies*. Oxford: Oxford University Press, 1941. p. 81.

对这一倾向，罗素的分析可谓发人深思。他认为喜欢文学艺术的人很容易将中国误解为像意大利和希腊一样，是一个文物博物院。在中国的欧洲人除了感兴趣的动机之外，还非常地保守，因为他喜欢每一样特别的、与欧洲大不相同的东西。他们把中国看成一个可欣赏的国家而不是可生活的国家。他们更看重中国的过去，而不为中国的将来考虑。[1] 罗素的这番话可谓相当精确地概括了一般西方人（不仅仅是喜欢文学艺术的人）看待中国的典型心态。所以说，尽管菲利浦与那些北京过客不同，他在中国不是为了肤浅地搜奇掘异，而是寻找心灵的寄托，也更具有向东方文明表达精神诉求的意味。惟其如此，他骨子里的“博物院”心态则更深刻彻底，这在他对古典诗歌与京剧艺术的嗜好上体现得最突出。

1. 罗素：《中国问题》，秦悦译，第 169 页，上海：学林出版社，1996 年版。

作为中国旧文学的精粹，古典诗歌在新诗崛起后不再风光依旧，这是时代选择并赋予新诗以历史责任的结果。而把古典当作家园的菲利浦，向中国青年提起古代的《诗经》、屈原、陶渊明、杜甫、李白、李清照时，侃侃而谈，如数家珍。联系阿克顿本人对中国现代新诗的审美口味，不难看出其中有作者自己的体会。而菲利浦对京剧的喜爱，及对北京伶人生活的描写恐怕大体来自阿克顿自己的经验。他与美国的中国戏剧专家阿灵顿（L. C. Arlington）合作，把流行京剧 33 折译成英文，集为《中国名剧》一书，于 1937 年在中国出版，收有从春秋列国一直到现代的京剧折子戏。这一工程非常困难，但阿克顿是个京剧迷，研究过梅兰芳《霸王别姬》的舞蹈艺术，观赏过北昆武生侯永奎的《武松打虎》，并与程砚秋、李少春等人均有交往。美国女诗人、《诗刊》主编哈丽特·蒙罗第二次来华访问时，阿克顿请她看京戏，锣钹齐鸣，胡琴尖细，蒙罗无法忍受，手捂耳朵仓惶逃走。阿克顿对此解释说：西方人肉食者鄙，因此需要宁静；中国人素食品多，因此喜爱热闹。“而我吃了几年中国饭菜后，响锣紧鼓对我的神经是甜蜜的安慰。在阴霾的日子，只有这种音乐才能恢复心灵的安宁。西方音乐在我听来已像葬礼曲。”[2] 这段趣事竟被阿克顿写进小说。

2. 转引自赵毅衡《西出洋关》，第 48—49 页，北京：中国电影出版社，1998 年版。

和菲利浦一样，女艺术家埃尔韦拉（Elvira）用 10 年时间尝试各种主义，从达达主义到超现实主义，但让她气恼失望的是，这些丝毫不能满足她的趋异心理。于是她离开巴黎来到中国，怀着幻想去“揭开另一个未经探索的现实”。实际上，她宣称的“西方必须面对东方”只是纸上谈兵而已，行动上则不自觉地流露出西方现代文化的优越感。比如，她认为中国的李博士用英语写哲学是了不起的进步。她无法欣赏京剧，一听中国音乐，“浑身起鸡皮疙瘩，好像听电钻打孔。天晓得我费了多大力气去欣赏它，我想它对我来说不值一提”。[1] 她想走进中国人之中，但她首先想到的是为“智力欠缺又怀种族偏见的地道中国人办一个沙龙”，但这个天真的野心最终受挫，那“优良的中国人”用怀疑的目光打量她，他们无法理解她想干什么。这一切让她不安，觉得自己仍置身于中国文化之外。说到底，她是以西方的眼光居高临下地看中国，所以在菲利浦看来，她终究割不断与西方的联系，“而那正欺骗她那虚弱的盔甲”。在埃尔韦拉的身上，我们似乎看到哈丽特·蒙罗的一些影子。

1.Harold Mario Mitchell Acton. *Peonies and Ponies*. Oxford: Oxford University Press, 1941. p. 28.

古老的京剧给了菲利浦别样的艺术感受，陌生而又热闹的戏园，身段柔美的男伶，“霸王别姬”那动人的音乐与悲剧力量，这一切都让他兴奋感动。他结识了17岁的男伶——扮演杨贵妃的孤儿杨宝琴（Yang Pao-Ch'in），毫不犹豫地想收为养子。他说：“我从看到他的第一眼起就喜欢他，我要为他做一切，不要问我为什么，我自己也不知道。我想因为他是中国鲜活的象征，而我爱中国。”[2] 其实，他所爱的只是舞台上、扮演“杨贵妃”的杨宝琴，当身着西装的男孩站在他面前时，他竟惊讶得半天说不出话来。这正表明，安慰救助菲利浦的只是那古典的、艺术的中国，现实中国的任何变化都令他难以接受。

2.Harold Mario Mitchell Acton. *Peonies and Ponies*. Oxford: Oxford University Press, 1941. p. 121.

也许，菲利浦与众不同的执著，就在于似乎义无反顾地彻底抛弃了西方文明，怀着可贵的真诚与平等的态度，发自内心地投身于北京人的生活中，他渴望别人把他看成中国人，他想和他们一样过着寻常的家庭生活，感受伦理亲情，沐浴在古典艺术的柔美月色中。然而，这究竟只是一厢情愿的幻想而已，步入20世纪的中国，正艰难地从古典迈向现代，它已经无法眷顾这位来自异域的寻梦人。

再次，如果说酷爱诗歌和京剧代表着菲利浦对古典艺术的追寻，那么从孔子的信徒，到道家思想的追随者，再变为遁世的佛教徒，菲利浦的哲学思考行踪几乎浓缩了整个西方世界对东方哲学的接受利用史。

小说中埃尔韦拉善意地责怪菲利浦说：“作为一个自认的孔子崇拜者，你太高尚了。”生活严谨端正，既重道德操持又不乏温厚的人伦情怀，加之对孔子思想的信从，菲利浦的确表现出儒者的襟怀风范。不过，“爱美者”的特殊气质使他与老庄道家思想更为心通神契。在这方面，阿克顿鉴于自己的艺术理想，他笔下的菲利浦更多是从审美层面上去认同道家人与自然的和谐关系。

菲利浦把金鱼看做大自然的精灵，“我得向金鱼们致敬……多么华美的生灵！我真嫉妒它们的洁净、清新，它们那宁静的生活与娴雅的交谈”。在他看来，金鱼比叫嚣的思想家教给我们的要多得多，“比如，幽雅的举止，当仪容庄重成为消逝的艺术，我们可以从金鱼身上学到。孔子说‘君子坦荡荡，小人长戚戚’。金鱼教会我们如何保持平静和冲淡。它们那超逸的游动提醒我们，它们比人类更悠闲而诚实”。他的话立刻遭到中国青年实用态度的讥讽，他激动地反驳说：“任何实用之物都无法使生活美丽起来，太实际会让人的眼界变得狭隘……而美必须靠细致培养才行，唉，即使在璀璨的东方，生活的色彩也暗淡了，我觉得西方应对此负责。在金鱼消失之前我要紧紧拥有它们，失去它们将是巨大的不幸。”[1]

1.Harold Mario Mitchell Acton. *Peonies and Ponies*. Oxford：Oxford University Press，1941. pp. 70，76.

这里，人对金鱼的赏爱与拥有实际是比喻人与自然的亲和关系，以及能够感悟天地自然之生命的诗化之心。失去即意味人与大地的隔绝，将再也无法体验物我交融中那元气氤氲、充满灵性的纯朴境界，在物质、金钱、技术至上的世界里，在重实用、重功利的支配下，人类迷失了自我，异化为它物。菲利浦与其说是紧紧抓住了“金鱼”，毋宁说他试图通过爱“美”之心的培养、宁静守一的追求来葆有一颗生意葱茏的天地之心，以此顽强地抗拒强加在人性上的种种异化。

先秦道家对社会文明智慧的断然拒斥，对天地自然的一往情深，所谓“弃圣绝智”、“独与天地精神往来”，通过泯去后天经过世俗熏染的“伪我”，以求返归一个“真我”。这种祈求人类天性自我的复归，重新找回人与自然的和谐，原本就有鲜明的心灵救赎意义。而西方进入工业时代以后，人与自然日益疏离成为“精神的现代病”之一，道家思想的特性恰好迎合了自尼采、斯宾格勒以来对西方文明批判的潮流，与怀着“精神的现代病”的西方哲人的救治渴求产生契合，造成了20世纪一二十年代发生在西方艺术家、文学家圈内的道家热，即所谓“欧道”主义的一时兴盛，根源就在于道家思想可以用来填补“上帝缺席”后现代西方世界的精神空场。

正如德国汉学家卜松山概括的那样：“自尼采和施本格勒以来，对西方文明的批判已经成了现代西方意识的基本组成部分。对文明的批判在新近时期表现为生态保护的一个重点，这是卢梭‘回归自然’口号的现代翻版。这里，道家人与自然一体的观念便闯入了西方敞开的大门。对很多西方人来说，‘现代的困扰’已蔓延到现代生活世界的其他领域，比如技术和经济效益挂帅把现代人束缚于‘目的理性’思维的刚硬外壳中，所以，道家文明批判的观点可以对今天厌倦文明的欧美人发挥影响。”[1]而这也正是菲利浦这一文学形象所体现的道家思想对现代西方的启蒙意义。

小说结尾写到由于日本入侵，在京的欧洲人纷纷离去，菲利浦仍留在家中，超然而悲观地面对现实。他觉得世事纷乱，好像回到了孔子时代。他自己就像孔子一样渴望安定，但头顶上日本人的狂轰滥炸令他根本平静不了。就是这样，他也不完全责怪日本人，他认为他们是在效尤西方，是欧洲人制造的毁灭性武器。他决定不管发生什么，都留下来。在他的心底，真希望满族人再回来，北京重新成为强大帝国主义的首都。[2]这样的想法出自一个“满族”狂的头脑并不足怪，倒更说明菲利浦对中国历史一厢情愿的美化粉饰，因而对现实中国的前途出路问题完全失去了判断力。

作者为困惑中的菲利浦安排了精神上的引路人童先生。他在菲利浦家避难，以微笑、忍耐与和善来面对突然降临的灾难和北京的沦陷，对天崩地坼的时代骤变持有疏远超逸的姿态。菲利浦从那微笑里看到了一种来自古典文明的、与世无争而处惊不变的从容。在它的背后菲利浦发现了令他欣羡不已的随缘哲学，以及更深闳神圣的宁静。这正是他渴慕已久的宁静。在童先生“四大皆空即可解脱”、“儒道佛三教合一，互不排斥，它们包含了整个人类学说”的开导下，菲利浦全身心地研究佛教经典，最后他成为一位吃斋念佛的遁世者。小说的最后一章题名“走向涅槃”，意味深长地暗示菲利浦经过人生的喧嚣、焦虑之后，最终在东方找到了一条归于寂静的精神出路。

应该说，《牡丹与马驹》中以西方学者菲利浦在中国的精神探索历程作为一个鲜活的思想个例，形象地呈现了东方文明拯救西方危机这一时代命题的诸多内涵。不过，别具深意的是，阿克顿还借菲利浦中国寻梦之路上的爱与憾，引发我们进一步思考这样两个连带的问题：他的精神出路到底有怎样的现实可能性？这恐怕是连作者自己也无法规避的问题。关于这些，阿克顿已经在客观的描写中相当明显地透露出些许消息来。而且，更重要的是，我们对菲利浦在中国的精神探索历程又该如何作出自己的评判？

东方救赎是西方文明危机下的一种精神诉求，它先天带有的理想化色彩就决定它对文化与文明的反思批判比提供实际可行的策略更有意义。菲利浦一旦走出古典中国的包裹，现实便立刻让他的理想化作泡影。如小说中写他与养子杨宝琴一起前往天桥营救杨的师傅安先生，围观

1. 卜松山：《与中国作跨文化对话》，刘慧儒等译，第 88 页，北京：中华书局，2000 年版。

2. Harold Mario Mitchell Acton. Peonies and Ponies. Oxford: Oxford University Press, 1941. pp. 303—304.

的看客潮水一般涌向那儿，他们看到不少猎奇的外国人也夹在看热闹的人流中，其中就有马斯科特夫人。菲利浦被震惊了，他深感困惑——“他们也叫人？”他心中的幻想破灭了。他一直以为在所有种族中，中国人本性最善良、最文明，而他们竟是这样麻木而冷漠，人性在哪儿？他从欧洲战场上幸存下来，始终坚信能在某个地方找到人性，他以为在中国找到了，而此刻，他的眼里一片黑暗，耳中一片轰鸣，对发生的一切似乎都失去了知觉。观众走了，士兵离去了，那些议论、兴奋、紧张也都消散了，周围重又变得灰黯、死寂。[1] 菲利浦在中国寻觅完美人性的理想也就此破灭了。

1.Harold Mario Mitchell Acton. *Peonies and Ponies*. Oxford：Oxford University Press. 1941. pp. 168—169.

面对无法抵挡的西化潮流，菲利浦想把养子杨宝琴培养成传统中国人的用心也无可挽回地付诸东流。他说中国戏曲艺术的家在北京，而男孩对此毫无兴趣，只对欧洲的图片看得津津有味。他绞尽脑汁地向杨灌输中国的历史与传统，讲北京城的由来，从忽必烈汗的壮丽都城到 1928 年民国政府改名北平。他带杨四处探访北京一带的古迹，想以此阻止杨对西方的沉醉，但只有美国才是孩子心中的乐土，帝国大厦的图片就张贴在房间里。杨还不顾义父的反对，一心想学英语而非中文，整天总穿菲利浦的那件诺福克茄克衫，恳求把他带到外国去。这些让本已对西方文明失望的菲利浦又陷入意想不到的尴尬境地。阿克顿安排这两处情节显然不尽为小说家的虚构，恐怕更应来自他对现实的敏锐观察与深切反思。

另外，东方救赎始终都是西方意识下的文化利用，这与东方文化自身在本土的现代价值并无多少关系。菲利浦说：“我只是半个外国人，心是中国的。”[2] 不可否认，像菲利浦这样的有识之士确实是出于强烈的危机感和精神诉求，虔诚地把目光投向中国。但更应看到，他们的立场、视点和期待视野始终都是西方的，他们的心不可能是中国的！他们推崇中国古代文化主要是出于自我警示、自我调整和自我完善，因而他们汲取中国文化作为思想资源，主要是借用他者之长，实际上是为陷入深刻的“现代性危机”之中的西方社会寻找一条可能的出路，他们发掘出中国古典文化的现代价值，实际上是为西方人所认同、适用于西方“现在”需求的西方价值。[3] 正像菲利浦拒绝把北京叫北平，不相信中国人的抗日信心，竟从心底盼望满清帝国重新回来等等，这都出于他对古典中国的“需求”，至于中国的“现在”及其“需求”，则既非他们考虑的重心，亦非考察的重点。他在中国文化中所认定的那些价值，比如道释的超越现实、遗落世事、追求宁静解脱等，也就理所当然是西方“精神的现代病”所需要的良方，显然不是

2.Harold Mario Mitchell Acton. *Peonies and Ponies*. Oxford：Oxford University Press. 1941. p. 98.

3. 参见卜松山《与中国作跨文化对话》，刘慧儒等译，第 231 页，北京：中华书局，2000 年版。

国难当头、山河破裂之际，中国所亟需的拯世之策。也就是说，我们不可以把西方人在后工业时代所遇到的问题当成自己的现实问题，而这正是我们不可移易的坚定立场。

第六节 心目中的理想国：I. A. 瑞恰慈与中英文学交流

瑞恰慈（I. A. Richards，1893—1979）是英国现代文论家、诗人、教育家。早年在剑桥大学攻读心理学，自 1922 年起，在剑桥大学教授英语文学，开始创造性地运用新的教学方法和批评立场。他在《文学批评原理》（*Principles of Literary Criticism*，1924）中提出了把语义学和心理学引入文学理论的主张，认为诗歌的作用在于把人的各种复杂情感因素综合起来。《实用批评》（*Practical Criticism：A Study of Literary Judgment*，1929）一书则总结了他的诗歌教学实验方法，为新批评派的文本中心细读批评方法提供了依据。瑞恰慈对中国哲学十分倾心，《美学基础》（*The Foundations of Aesthetics*，1922）就试图以儒家中庸哲学为旨归；后来更有《孟子论心》（*Mencius on the Mind：Experiments in Multiple Definition*，1932）探讨诗歌文本的多义性问题。30 年代起，长期致力于推广他与奥格顿（C. K. Ogden）创立的“基本英语”（Basic English）运动，并把中国当做最理想的试点基地。他先后 6 次来华，在华时间共计 4 年半，从 20 世纪 20 年代末至 70 年代末，时间跨度上持续了半个多世纪，足迹遍及大半个中国，不愧为沟通中西文化交流的使者。与大多数欧美思想家、文学家、汉学家不尽相同，对瑞恰慈而言，中国不仅仅是个想象中的神秘国度，一个只适合于哲学冥想与浪漫遐思的遥远的乌托邦存在，如他自己所言，中国经历是“塑造我生命的事物之一”。[1] 他的得意弟子燕卜逊也说瑞恰慈“辉煌的一生”的重要组成部分与中国密切相关。这也包括他生命的最后时刻。1979 年，86 岁高龄的瑞恰慈，不顾医生警告，最后一次来到中国。访华期间，他病倒了，飞回英国不久去世。毫无疑问，瑞恰慈对中国的感情是真挚的[2]，中国永远是他心目中的理想国。

1. 转引自童庆生《普遍主义的低潮：I. A. 理查兹及其基本英语》，载《社会 · 艺术 · 对话：人文新视野》第二辑，第 276 页，天津：百花文艺出版社，2004 年版。

2. 比如，他关注着中国的未来发展。在为李安宅《意义学》一书所写的序言中，瑞恰慈说：“中国人将来对于西洋思想其他方面的进展，不管采取到怎样程度或利用到怎样程度，……反正有一点是不容怀疑的：即最少，西洋的科学这一方面为中国所必需。中国若没有西洋的科学，便不会支配自己将来的命运，而被科学更发达的国家所支配。中国若打算自由地做自己觉得上算的事，科学便是使中国获得这样自由的途径，而且是惟一的途径。……因为科学是一种思想的途径，能将事物与讨论事物所用的工具——即字眼加以思考。”（瑞恰慈：《〈意义学〉：吕嘉慈教授弁言译文》，李安宅译，见徐葆耕编《瑞恰慈：科学与诗》，第 69—70 页，北京：清华大学出版社，2003 年版。）

一、　怀抱终身中国梦想的新批评家

人们一般把瑞恰慈称为“新批评派”的开山鼻祖。美国文学批评家兰塞姆(J. C. Ransom，1888—1974)在《新批评》（1941）中开宗明义地说：“讨论新批评，瑞恰慈先生首当其冲。新批评几乎就是从他开始的。”他对现代文学批评的贡献可以用一句话来概括：如何读诗。他认定一首诗是一个自我圆满的世界，读者应该唤醒他的全部情操与意识，以与诗之内涵相对应；一首诗是许多复杂的行动相结合并趋于平衡的结构，读者细读时，诗的结构进入平衡状态，瑞恰慈称之为“交感状态”（synaesthesia）。

I. A. 瑞恰慈

美国著名文学批评家韦勒克说过，瑞恰慈相信人类的基本统一，相信从柏拉图到现时代的传统的连续性，相信最不相容的文明——中国文学与英国文明的交汇，相信古往今来诗歌的医疗效果和文明力量。[1] 确实，瑞恰慈对人类文明通过沟通、交流、理解，达到人类心灵的和谐状态，持有乐观态度。1929 年 9 月 16 日上午清华大学开学典礼上，瑞恰慈在其所作的讲演中，给人文学者指出了一条试图谋求“国际谅解”和建设一个“世界文化”的神圣使命：“世界文化正在开始着互相接触。文化的沟通，是一个交通的问题，不过心灵的交通而已！世界各国，不相自由地来往者已有一百多年了！我们未曾开始研究最好的方法，去增进相互的谅解，但一部分，这也许就是因为那种公认为应该在‘谅解’的田园内，好好地栽培起来的大学的学者和批评者，不曾充分地互相接触的缘故……”他偕夫人来中国清华大学讲学，正是为谋得东西方文化之间“相互的谅

1. 韦勒克：《现代文学批评史》第五卷，章安祺、杨恒达译，第 338 页，北京：中国人民大学出版社，1991 年版。

解”所做的现实努力。在这篇演讲词的结尾，瑞恰慈显示了这种谦恭而真诚的心态：“未坐前，我同我的妻子表示着十分的诚意，感谢你们那种很热烈的欢迎，这种欢迎，在这样高爽的秋天气色之下，在这样美丽的中国情景之中，使我们得到一种特异的感觉，仿佛两个渺小的人物，蓦然不值得地被欢迎入天国一样。”[1]

1. 齐家莹：《瑞恰慈在清华》，见徐葆耕编《瑞恰慈：科学与诗》，第 124—125 页，北京：清华大学出版社，2003 年版。

在瑞恰慈眼里，中国是美丽的，似天国一般。这让我们想到了另一个剑桥人文学者迪金森（Lowes Dickinson，1862—1932）。迪金森有两个文化理想：一个是希腊，另一个则是中国。如果说远古的希腊让他明白了英国政治和社会混乱的事实，那么，异教的东方中国则使他体会到了正义、秩序、谦恭、非暴力的理想境界。比之于以往的欧洲作家，迪金森对中国的赞美有过之而无不及。至于为何如此袒佑中国，他自己也说不清道不明，只感到自己的血管里似乎流着中国人的血，或则上辈子就是一个中国佬。[2] 而瑞恰慈首次接触中国文化正是从读迪金森的著作开始的。他曾说迪金森的《现代论集》对他来说是“一种《圣经》”。应该说，瑞恰慈接受了迪金森对中国的美好印象，为他的中国观打下了一个不可磨灭的精神底色。

2. 关于迪金森对中国文化的理想信念，可参见本书第五章第三节“西方文明的良药：迪金森对中国文明的美好信念”部分内容。

正是出于对包括中国古代文化思想在内的东方文化的神往，瑞恰慈在其许多著作中都留下了东方文化思想的影响痕迹。除了迪金森著述里的东方文化资源，20 世纪 20 年代执教剑桥时，瑞恰慈还认识了来自中国山东的留学生初大告。[3] 初大告当时在剑桥做研究生，瑞恰慈便开始研究中国哲学。

与迪金森踏上中国土地后，不断强化着心目中的美好印象相似，1927 年，瑞恰慈访问北京时参观了清华大学，留下了深刻的印象。通过这次访问，他对中国文化与中英关系感到了莫大的兴趣，并由此产生了到中国任教的愿望。1929 年初，清华校长罗家伦向他发出了来校任教的邀请。[4] 瑞恰慈对此邀请极为重视，在回信中称“将极其愉快地期待着这次访问”，“自从 1927 年我访问北京以来，我对中英关系感到极大兴趣，而且我非常高兴得到这么令人羡慕的机会，来为校际合作和国际间的了解作出自己的贡献。”[5] 在瑞恰慈 6 次来华中，最长的一次是在 1929—1931 年，他以客座教授的身份来清华大学、北京大学、燕京大学教学，讲授“西洋小说”、“文学批评”、“现代西洋文学”等课程。其中“文学批评”作为一门重要课程，为三年级必修课。通过这些课程教学，瑞恰慈实践着中西文化相互谅解与沟通的良好愿望，尤其是他的语义学批评，把语义分析和心理学方法引进文学批评，对中国现代文学批评产生了重要影响。

3. 初大告（1898—1987），从小读过四书五经，嗜作诗词，奠定了古典文学的基础。1918 年考取北京高等师范英语系，后升入该系英国研究科，继由学校派往英国留学，在剑桥大学师从多位著名教授研究英国语言文学。1937 年，连续发表《中华隽词》、《老子道德经》与《中国故事选编》等三书的英译，名震伦敦文坛，成为中书英译的名家之一。英国刊物称其译文极其优美，是英国著名译家韦利的“一位强有力的竞争者”。他以新诗体与最常用的英语词汇译介《道德经》，并以意译为主，又没有背离原旨，做到了深入浅出，颇受英国读者欢迎。

4. 1929 年 2 月 25 日《国立清华大学校刊》登载了有关消息：“瑞恰慈先生（I. A. Richards）对于文学批评极富研究，任英国剑桥大学英文系主任有年，著有 *Principles of Literary Criticism*、 *Meaning of Meaning* 等书，近与罗校长函言，拟于 1929—1930 年间，请假来华一行，且愿来校任课。并闻偕夫人同行，其夫人亦可来校担任功课云。”

5. 齐家莹：《瑞恰慈在清华》，见徐葆耕编《瑞恰慈：科学与诗》，第 123 页，北京：清华大学出版社，2003 年版。

二、 包容诗与儒家的中庸之道

袁可嘉《谈戏剧主义——四论新诗现代化》一文论及戏剧主义理论产生的因素时，这样分析到：从现代心理学的眼光看，人生本身是戏剧的。各种不同的刺激引起各种不同的反应，既有不同，就必有冲突矛盾，而如何协调这些矛盾冲突的冲动（刺激 + 反应）就成为人生的根本任务。现代心理学还认为，人生价值的高低完全由它调和不同质量的冲动的能力而决定。冲动调和后的状态谓之态度（attitude），实即一种心神状态（state of mind）。人生价值的高低即决定于调和冲动的能力，那些能调和最大量、最优秀的冲动的心神状态就是人生最可贵的境界了，而艺术或诗的创造都具有这种功能。[1]

1. 袁可嘉：《论新诗现代化》，第 31—32 页，北京：三联书店，1988 年版。

当然，柯勒律治早就认为艺术或诗的想象力，有着综合不同因素的能力，能将相反的不和谐的因素加以平衡调和。瑞恰慈也有类似的“诗想象”的说法。在《文学批评原理·想象力》里，他就引用了柯勒律治关于“想象力”的论述：“那种综合的和魔术般的力量，我们把想象这个名称专门用来特指它……显现于对立的或不协和的品质的平衡或调和……”诗人具有整理经验的过人能力，通常相互干扰而且是冲突的、独立的、相斥的那些冲动，在诗人的心里相济为用而进入一种稳定的平稳状态。[2]在瑞恰慈看来，“对立冲动的均衡状态，我们猜测这是最有价值的审美反应的根本基础，比起经验中可能成为比较确定的情感来，更大程度上发挥了我们的个性作用”。[3]

2. 瑞恰慈：《文学批评原理》，杨自伍译，第 220—221 页，南昌：百花洲文艺出版社，1997 年版。

3. 瑞恰慈：《文学批评原理》，杨自伍译，第 228 页，南昌：百花洲文艺出版社，1997 年版。

瑞恰慈非常关注“对立冲动的均衡状态”这样一种心神状态，在多部著述中作了分析阐释。比如，在他与查·凯·奥格顿（C. K. Ogden）、詹姆斯·伍德（James Wood）三人合著的《美学基础》一书中，分析了历来 10 多家关于美的定义，指出这些定义都不能令人满意。他们吸收了立普斯、谷鲁斯和浮农·李（Vernon Lee，1856—1935）等人的移情说，列举了“美”的 16 种意义[4]，而所着重的确是“心理学观点”的“美”，认为美的经验是由按照独特方式组织起来的冲动构成的，进而指出，在冲动获得平稳状态时，人们体验到美。[5]所以，他们认为真正的美是一种“综感”（synaesthesis），因为一切美都具有把不同质的，甚至冲突的因素融合成一体的品质，是一种对抗冲动的美感经验。在此基础上，瑞恰慈于 1924 年在《文学批评原理》一书中提出了“包容诗”（poetry of the inclusion）与“排他诗”（poetry of the

4. C. K. Ogden, I. A. Richards, James Wood. *The Foundations of Aesthetics*. New York: International Publishers, 1929. pp. 20—21.

5. 瑞恰慈：《文学批评原理》，杨自伍译，译者前言，南昌：百花洲文艺出版社，1997 年版。

exclusion）的概念。[1] 他说：“有两种组织冲动的办法——不是排除，就是包容；不是综合，就是压灭。”面对互相冲突的经验，有不少诗歌采用的是“排他”的方式，只写一种经验，因此是单式的平行发展的。而真正杰出的作品，其中必然包容对立经验的平衡，因为那才是最有价值的审美反应的基础。而满足于有限经验的诗只能是“排他诗”，价值也较低。

1. 韦勒克指出，排斥的诗与包容的诗是来自桑塔亚那《美感》中的术语。在瑞恰慈那里，“排斥”指对一种特定情绪或一定情感的限制，“包容”则涉及复杂的诗，允许感情之间有“异质”、“竞争与冲突”。（瑞恰慈：《现代文学批评史》第五卷，章安祺等译，第 334 页，北京：中国人民大学出版社，1991 年版。）

在《文学批评原理》第 15 章“态度”里，瑞恰慈推而广之，进一步申说：“绝大多数的行为表现在各种各样行动之间的调和，这些行动会满足不同的冲动，它们组织起来产生了那种调和；意识上这种感受的丰富和兴趣的程度则取决于卷入的冲动的多样性。任何熟悉的活动，一旦置于不同的条件下，结果那些促成活动的冲动便由于新的条件而不得不调节自身以便适应新出现的冲动流，都可能在意识方面呈现出增强了的丰富性和充实性。这个普遍性的事实对于文学艺术来说具有重大意义，尤其是对诗歌、绘画、雕塑等表现型或模仿型艺术。”[2]

2. 瑞恰慈：《文学批评原理》，杨自伍译，第 97—98 页，南昌：百花洲文艺出版社，1997 年版。

在现代的评论家看来，唯情的 19 世纪的浪漫诗和唯理的 18 世纪的假古典诗都是“排斥的诗”，即是只能容纳一种单纯的，往往也是极端的，人生态度的诗，结果一则感伤，一则说教，诗品都不算高。他们认为只有莎翁的悲剧、多恩的玄学诗及艾略特以来的现代诗才称得上是“包容的诗”。因为它们都包含冲突、矛盾，而像悲剧一样地终止于更高的调和。它们都有从矛盾求统一的辩证性格。[3] 循着这样的思路，现代批评家才对诗歌特性有如此的表述：“诗即是不同张力得到和谐后所最终呈现的模式。”这也正是瑞恰慈心目中的“包容诗”特征。

3. 袁可嘉：《论新诗现代化》，第 35—36 页，北京：三联书店，1988 年版。

瑞恰慈的“包容诗”观念被新批评派看作是“张力”（tension）论的基础。“张力”本是一个物理学概念，后由阿伦·退特借用于文学批评，使之成为“新批评”理论中常见的一个描述性和评价性术语。“张力”表示字面意义和隐喻意义的同时共存，既要有明晰的概念意义，又要有丰富的联想意义，两者互相补充。诗是一个统一体，优秀诗歌的整体性在于抽象和具体、普遍概念和特定意象的有机结合。“张力”是诗的完整统一所在，统一的根源在于作品能够顺利地解决抽象与具象的冲突、字面意义与深层含义的冲突、一般与特殊的冲突。后来“张力”的应用有所延伸，指这类诗歌有一种介于严肃和讽刺之间的均衡，或相互抗衡趋势的某种调和，或新批评派所喜爱采用的，体现一首好诗的组合程式的任何一种“矛盾中的稳定”的模式。

瑞恰慈所说的“包容诗”，与儒学的中庸之道有关。在《美学基础》（1922）的头尾部分，瑞恰慈都引用了《中庸》章句。[4] 卷首引朱熹题解“不偏之谓之中，不易之谓之庸，中者天下

4. 在《美学基础》一书的开端，还印上了两个大大的汉字“中庸”（Chung Yung），对这两个汉字有如此解释：“By Chung is denoted Equilibrium; Yung is the fixed principle regulating everything under heaven.”（I. A. Richards. *The Foundations of Aesthetics*. New York: International Publishers, 1929. p. 13.）

之正道，庸者天下之定理”（朱熹《中庸章句》引程子曰）。他认为“平衡”（中）和“和谐”（庸）是艺术作品所取得的最高品质。他所说的“包容诗”或“综合诗”，实为中和诗。他认为好诗总是各方面平衡的结果，对立的平衡是最有价值的审美反应的基础，比单一的经验更有审美价值；“排他诗”写欢乐则缺乏忧郁、写悲伤则缺乏滑稽、写理想则缺乏绝望。可见瑞恰慈想建立一种以中国儒家思想为基础的文学观念，即“中和”的文学观。

“中和”是中国传统文化的一种审美形态，它的灵魂是儒家哲学。在儒家看来，尽心、尽性，就是要深入到心性之本源中去。心性之本源是生命根源之地，儒家把它理解为一汪清泉，澄明而活泼。中和之美的音乐和诗歌（雅颂之声）可以对已经鼓荡起来的“情”进行疏导和澄汰，而将真正的心性之源挖掘和导引出来，使生命如泉之奔涌。做到了这一点，在儒家看来，中和之美就不仅会使人快乐，而且会使整个人格向下深掘，向上超越。正如《中庸》所说：“喜怒哀乐之未发，谓之中；发而皆中节，谓之和。中也者，天下之大本也；和也者，天下之达道也。致中和，天地位焉，万物育焉。”（《礼记·中庸第三十一》）

当然，所谓中庸之道，并不是指“不偏不倚、无过无不及”，更不是指折中主义、调和主义。而这些恰是中庸所深恶痛绝的东西（例如“乡愿”，就可能具有或可能带来这些问题，所以被斥之为“德之贼”）。

中庸所标志的平衡是一种动态的平衡。我们知道，孔儒的原则是仁和礼，而中庸就是实现这些原则的准则和方法。所谓“中”有中正、中和两层意思，所谓“庸”就是用、常，因而中庸也就是把中和与中正当做常道加以运用。

中庸就是避免极端。无论从中庸偏向了它两翼上的哪一端，损失都是一样的。但中庸的获得不是靠着消除“极”的存在，而恰恰是通过对“极”的价值的尊重与兼容。两者间的张力是走上中庸之途的必要条件。

要避免走上极端的一个重要手段是在一个事物的两个极端之间找到一种张力。只有在两极共存的情况下，我们才能找到张力，找到中庸之道。中庸在中国漫长的历史中作为一种理想高扬着，却从未实现过，就是因为中庸的提出者及其传人从来没有理解中庸所依赖的两极间必要的张力。而瑞恰慈却受其影响与启发，构建了自己的诗学批评准则。

三、 孟子论心与诗歌的多义性

瑞恰慈与奥格登（C．K．Ogden）合著的《意义之意义》（1924），主要是研究如何才能把握文学作品的意义（meaning）。该书重点探讨语言与思想的关系问题，[1]尝试用语词、思想、事物三者的相互关系来推求文本的意义和文本意义的意义。瑞恰慈认为应该从语言入手来把握作品的意义。他把语言的功能分为四种，即意思（sense），指说话者或作者试图传达的外延的“物”；感情（feeling），指讲话者或作者对意思所持的态度；语气（tone），指讲话者或作者对观众的态度；意向（intention），指讲话者或作者有意无意地通过所说、所写、所感与对观众之态度所产生的影响而想要取得的效果。

1. 在该书第一章中，瑞恰慈援引《老子 · 五十六章》中的“知无不言，言者不知”，并大加赞赏，认为语言对思想的作用早已为中国的智者所重视。

文学作品意义的关键在于语言与思想的关系。语词本身是无所谓意义的，词语只有在运用中才具有意义，这与维特根斯坦的著名论断“意义即用法”一脉相承。而当语词与思想相联系而具有意义时，便涉及到语词、思想与所指客体之关系。语词与思想之间是因果关系。

瑞恰慈曾在 1930 年《清华学报》第 6 卷第 1 期“文哲专号”上发表《〈意义底意义〉底意义》一文。文中说，自己的关注点在心理学与文艺批评这两个层次上，探讨文字所有的模棱含糊的“意义”。而“研究‘意义’实是研究彼此藉以互相了解的工具”。所以他们所做工作的很大一部分便是分析“意义”的各种意义。瑞恰慈所做的努力，是引用人们对于“意义”共同研究的成果，加之偶然发现的大批新的证据，证明文字的不可靠性。他说，一切比较文学的工作，更明显需要“意义”的研究，特别是要翻译的时候。而对于汉文与英文的比较研究，必会推进“意义”的理论，对于心理学也有很重要的贡献，而且可以减除不正确的片面翻译所有的极大危险。一个要紧的字倘若翻译得不适当，会在思想界发生恶劣影响，以致累代学者努力拔除都不易成功。在该文中，瑞恰慈指出，这类比较研究，至少需要三人合作：一个能公平地指出中国思想细微处、中国哲学系统含义模棱处的中国学者，一位详知英汉两种语言典实的翻译者，一位凡遇讨论过程中所有语言情境都要加以分析、汇通与类别的“意义”学者。[2]这种合作关系比较典型地体现在《孟子论心》（1932）一书的著述之中。

2. 瑞恰慈的《〈意义底意义〉底意义》一文，后由李安宅译成中文，作为附录之一收入李安宅著《意义学》（商务印书馆 1934 年版）一书中。

瑞恰慈学过汉语，只能识别一个个汉字，不能认知其背后的关系。他自己也很清楚，他不是一个够格的汉学家，这样的汉语知识不足以研究《孟子》。为了弥补这种缺憾，他约请四名中国专家如黄子通、李安宅等人，一道研究《孟子》文本。实际上，对他来说，这项工作主要不是要为西方读者提供另一种儒家经典文本，而是通过《孟子》中所透露出的文本含义的多样性，反映语言译介交流的困难及其预期展望；同时又表明这种跨文化交流的困难是可以克服的，迄无联系的形形色色的文化可以融入一个和谐的知识实体。

《孟子论心》有个副标题名为“多义性实验”。所谓“多义”，也即“含混、歧义、复义、朦胧”等意思，指看起来只有一种意义且确定的话语却蕴蓄着多种且不确定的意义，读者阅读文本时可能感到其中蕴含着多重意义，有多种“读法”，令读者回味无穷。瑞恰慈就对诗歌语言与科学语言作了区分，并在《修辞哲学》中反复论述了文学语言的多义性与复杂性。科学语言诉诸科学性，与规定性、单一性相联系，排斥歧义；文学语言则模糊、含混、有弹性与伸缩性或柔韧性，还必须微妙才能传达意蕴。文学语言的柔韧性与微妙性构成了作品语言的多义性。

在该书前言中，瑞恰慈表示对胡适在《中国哲学史》中宣称的“中国传统哲学只有历史意义，无益于现代”大惑不解。他说他自己的理解正相反，他认为，西方的清晰逻辑正需要“语法范畴不明”的中国思想方式加以平衡。在这篇前言里，他还说：“要讨论对中国思想日益增进的了解会给西方带来什么影响，注意到下面这一点是十分有趣的：像埃蒂安·吉尔森（M. Etienne Gilson）这样一位很难被视为无知或粗心的作家居然在其《圣托马斯·阿奎那哲学》英文序言中认为托马斯主义哲学‘接受并囊括了人类的全部传统’。这是我们大家共同的思维方式，对我们来说西方世界仍然代表着整个世界，或这一世界的关键部分；但一个无偏袒的观察者也许会意识到，这样一种偏狭的地方主义是危险的。难以确保它不会给我们西方带来灾难。”[1] 这里，瑞恰慈意在提倡根除西方界定系统中所存在的争强好胜的心理，而提倡一种他所说的“多义性界定”（Multiple Definition），一种真正的多元论。

清华大学教授翟孟生（R. D. Jameson）评价《孟子论心》时曾说：“他给我们的贡献，与其说是分析了孟子自己底心理或者孟子所冥想的心理，都不如说是解除了西洋人底困难，不致再受西方逻辑与科学所自产生的语言习惯的束缚，以致不了解语言习惯不同的心理——那就是因为语言习惯底不同而使用一种好像文不对题的逻辑结构的心理。在一种意义之下，吕氏系以孟子为例，表演他自己对于语言分析、翻译、解释，以及并列界说（Multiple Definition）等所有的见解。”[2] 在这篇评述文字中，翟孟生还说，西方的汉学所有的方法与目的，是两种

1. 萨义德在《东方学》一书中引用了这段话，称可以将其中的“中国的”轻而易举地替换为“东方的”，以进一步申说他的东方主义观点。（萨义德：《东方学》，王宇根译，第 325 页，北京：三联书店，1999 年版。）

2. 翟孟生：《以中国为例评〈孟子论心〉》，李安宅译，见李安宅《意义学》，上海：商务印书馆，1934 年版。

东西的私生子——是古老的东方与轻浮的西方两种传统的语言学所有的结果。

《孟子论心》只有薄薄的 131 页。瑞恰慈在其他学者的帮助下，考察了《孟子》的中心章句，比较每一章句的所有解释，探讨其论辩结构，并加以解剖。著者在序言中说："比较研究底价值，举例来说，不一定是在我们对于孟子底思想有了什么意见，乃在我们比较了孟子与旁人以后，对于思想本身能有什么发见。"其所做在于采用西方的逻辑工具，有意识地比较分析中国的思想。

《孟子论心》共四章。第一章主要借助于汉字原文、罗马字拼音、英文直译，初步分析《孟子》本文。第二章"《孟子》论辩诸式"，用西方逻辑底观点，将《孟子》的论辩加以考察与分析。著者认为，孟子的论辩，在诸多地方，辩论停止处好像西洋分析的逻辑正要起始处。通过词义及思想的对比，探清了西方之自然主义与中国之人本主义的区别，以及这种区别对于中西交流的影响。第三章"孟子对于心的见解"，着重分析了孟子眼中的性、志、气、心等诸义。著者指出，中西思想的差异，是中西心理的不同，还是心底本身的不同，或则是使用心的目的与方法的不同呢？解释这个问题，多义性释义是最理想的方法。第四章"走向一种比较研究的技术"，著者区别了字词所指的事物（sense）、对于事物的情感（feeling）、对于读者的态度（tone）与字眼所希冀的目的（intention）等四种意义。著者总结到，我们有了《意义的意义》来分析事物、思想与字眼的关系，有了《孟子论心》来在远离西方的一种哲理上试验前书的理论，而且加以表证，又有"基本英语"以其一种用法制造分析的技术，以使字眼所有的意义都析成片段，找出它们的组成分子，都是这种革命的一些步骤。这些步骤，都足以推翻愚昧、偏见、自眩等有利可图的现状，且足以推翻以商业化、帝国主义、无谓的恐惧与顽固等为特点的上海洋人心理（the Shanghai Mind），以及不加深思的排外心理与我们谁都容易犯的当代想法——即以为只有我们的生活才是惟一可能的好生活。彼此了解，了解自己，成为文化交流的不二法则。[1]

1. 以上可进一步参见翟孟生的评论文章，见徐葆耕编《瑞恰慈：科学与诗》，第 77—84 页，北京：清华大学出版社，2003 年版。

可见，瑞恰慈连同他的合作者翻译评述《孟子》的目的正是要消除沟通的障碍，促进迥然不同的文化间有意义、多样化的智识的交流。也可以说，通过语言意义的多重性分析，试图确认不同语言之间的可通约性原则。

四、　瑞恰慈与中国现代文学批评

瑞恰慈在华讲学期间（1929—1931），他的文学批评思想就在中国得到译介与评述。比如，1929 年，华严书店就刊行了由伊人翻译的《科学与诗》。民国二十一年五月（1932 年 5 月），燕京大学文学院国文学系高庆赐（学号 28055）通过了其学士毕业论文《吕嘉慈底文学批评》（郭绍虞、周学章教授评阅）的答辩。该文论述了瑞恰慈文学批评在心理学、逻辑上的根据，具体分析了瑞恰慈文学批评的价值论、传达论、实用性等。这篇论文应该是最早的专门而系统地评述瑞恰慈文学批评思想的一篇文章。从这篇学士论文的参考书目可见，作者对瑞恰慈的著述比较熟悉，主要包括:《文学批评原理》(伦敦 Kegan Paul，1925 年版)[1]、《意义的意义》（伦敦 Kegan Paul，1924 年版）[2]、《美学基础》（伦敦 Allen & Unwin，1922 年版）[3]、《实用批评》（伦敦 Kegan Paul，1929 年版）[4]、《科学与诗》（伦敦 Kegan Paul，1926 年版）[5]、《心理的意义》（伦敦 Kegan Paul，1926 年版）等。在该论文的序言中，作者说：“吕嘉慈是哲学、文学、心理学兼通的学者，而在各方面又都有创见，都有发明。……在文学上，吕嘉慈先生建立了一个文学批评的基础。这新基础的建立便是根据他心理学上的创见。……吕嘉慈的学说，在中国并没有多少人介绍，尤其是对于他的文学批评，更没有系统地介绍过。……在中国介绍吕氏学说最多的，据我知道，要算是燕京大学的黄子通教授和李安宅先生。黄、李诸文，都是根据吕氏的哲学和文学批评而作的。”[6]

与此同时，即 1932 年 5 月，燕京大学外国文学系吴世昌（Wu Shih Chang，学号 28126）的学位论文“Richards’ Theory

1. 关于此书内容的中文介绍文字，有黄子通《吕嘉慈教授的哲学》（天津《大公报 · 现代思潮》第 4 期）；李安宅《论艺术批评》两篇（《北晨评论》第 1 卷第 10、12、25 期，以及《北晨学园》第 134—136 号）；西滢《一个文学批评的新基础》（《武大文哲季刊》第 1 卷第 1 期书评）。

2. 关于此书的中文介绍文字，主要有李安宅的一组文章:《什么是意义》(载《大公报 · 现代思潮》)、《语言与思想》（载《现代思潮》第 4、5 期）、《语言的魔力》（载《社会问题》第 1 卷第 4 期）。

3. 李安宅《论艺术批评》一文即取材于此书，亦即对此书之介绍。

4. 此著有张沅长的介绍文字，见《文哲季刊》第 2 卷第 1 期书评栏。

5. 此书有郭沫若的译本，见《沫若文选》。

6. 高庆赐这篇序言写于 1932 年 2 月 24 日。文中还说因为吕嘉慈的理论非常新颖，所用的名词又有别于普通流行的用法，故文章读起来很难懂，所以，他这篇学士论文的写作多得益于黄、李二先生的几篇介绍文字。

of Literary Criticism”[1]也剖析了瑞恰慈的文学批评理论。这篇英文学士论文后来以中文本《吕恰慈的批评学说述评》为题，刊于《中山文化教育馆季刊》1936 年 6 月号。文章结合中国古典诗词，从价值论、读诗的心理分析、艺术的传达诸方面综述了瑞恰慈的学说。文中也表明瑞恰慈是一位“以心理学作基础的文学批评理论家。……他的批评学说还没有好好地介绍过来，尤其是关于批评原理的这一部分”。[2]

1. 这篇英文学士论文包括六章：The Clearance of Fallacy in Criticism；On Value of Art；A Psychological Sketch；The Application of Richards Theory to Literary Criticism；Of the Communication of Art；Truth，Belief and Poetry。

2. 吴世昌的其他文章，如《诗与语音》（《文学季刊》第 1 卷第 1 期，1934 年 1 月）等，其思路受到了瑞恰慈文学批评心理学说的启发。比如，他认为读诗的心理历程即可分为瑞恰慈所提到的六步：1）视官的感觉，白纸上的黑字（visual sensation）；2）由视觉连带引起的“相关幻象”（tied imagery）；3）比较自由的幻象（images relatively free）；4）所想到的各种事物（references）；5）情感（emotions）；6）意志的态度（attitudes）。

1934 年 3 月，李安宅《意义学》[3]一书由商务印书馆刊行。这是我国首部公开出版的研究瑞恰慈批评理论的专著，对国内文学批评实践产生了有益的效果。而瑞恰慈的重要著述《科学与诗》、《诗的经验》、《诗中的四种意义》、《实用批评》等，则由曹葆华翻译成中文，由商务印书馆于 1937 年刊行，对人们了解瑞恰慈的批评观念大有助益。叶公超、朱光潜、钱锺书等均曾受过瑞恰慈批评理论方法的影响与启发。叶公超《爱略特的诗》（原载 1934 年 4 月《清华学报》第 9 卷第 2 期）评述的是涉及 T. S. 爱略特的三本著述。其中所用的精细分析法，有瑞恰慈批评方法的明显影响。在为曹葆华译《科学与诗》写的序中，叶公超说：“瑞恰慈（I. A. Richards）在当下批评里的重要多半在他能看到许多细微问题，而不在他对于这些问题所提出的解决方法。本来文学里的问题，尤其是最扼要的，往往是不能有解决的，事实上也没有解决的需要，即便有解决的可能，各个人的方法也难得一致。”叶公超还希望译者继续翻译瑞恰慈的著作，“因为我相信国内现在最缺乏的，不是浪漫主义，不是写实主义，不是象征主义，而是这种分析文学作品的理论”。[4]可见，对文本细读分析方法的关注，正是作为文学批评家的叶公超所重视的，从他的不少文章里都可看到这种影响的痕迹。

3. 该著系李安宅编译瑞恰慈著述并结合自己对中国古典思想的研究心得而成，内容以心理学为基础，着重讨论语言和思想的关系。

4. 陈子善编：《叶公超批评文集》，第 146、148 页，珠海：珠海出版社，1998 年版。

1983 年，朱光潜在接受香港中文大学校刊编辑的访问时说：留英期间，在文学批评方面他“还受过瑞恰慈的影响”。1936 年 1 月，朱光潜在天津《益世报・读书周刊》介绍的 30 部“美学的最低限度的必读书籍”中，列举了瑞恰慈的三本著作：《美学基础》、《文学批评原理》、《柯勒律治论想象》。他也在《文艺心理学》中批评克罗奇忽视“传达和价值”，而这个批评角度明显取自瑞恰慈的文学批评原理。可以说，瑞恰慈对文学的价值意识的细致阐述，某种程度上解决了朱光潜文艺观内部文学与道德的矛盾。朱自清也在《语文学常谈》[5]中介绍了“意义学”一词，指出：“‘意义学’这个名字是李安宅先生新创的，他用来表示英国人瑞恰慈和奥格登一派的学说。他们说语言文字是多义的。”朱自清还明确指出瑞恰慈正是研究现

5. 朱自清：《语文学常谈》，见徐葆耕编《瑞恰慈：科学与诗》，第 92—94 页，北京：清华大学出版社，2003 年版。

代诗而悟到了多义的作用。瑞恰慈表明语言文字的四层意义，即字面文义、情感、口气、用意。而他“从现代诗下手，是因为现代诗号称难懂，而难懂的缘故就因为一般读者不能辨别这四层意义，不明白语言文字是多义的”。在《诗多义举例》[1] 中，朱自清对四首中国古诗的细读式分析，深得瑞恰慈批评思想的影响，以及瑞恰慈的弟子燕卜逊《多义七式》（*Seven Types of Ambiguity*）一书批评方法的启发。

钱锺书对瑞恰慈著作的最早引用，见于《美的生理学》（The Physiology of Beauty，by Arthur Sewell，1931）的一篇书评之中。[2] 他在《论不隔》一文中，借用了瑞恰慈的“传达”理论，阐释王国维的“不隔”论，认为王国维的“不隔”在艺术观上是“接近瑞恰慈（Richards）派而跟科罗采（Croce）派绝然相反的”。这就将王国维《人间词话》中的“不隔”说，与“伟大的美学绪论组织在一起，为它衬上了背景，把它放进了系统，使它发生了新关系，增添了新意义”。[3] 在《论俗气》[4] 一文中，钱锺书又两次运用瑞恰慈的理论，其中一处说：“批评家对于他们认为‘感伤主义’的作品，同声说‘俗’，因为‘感伤主义是对于一些事物过量的反应’（a response is sentimental if it is too great for the occasion）——这是瑞恰慈（I. A. Richards）先生的话，跟我们的理论不是一拍就合么？’”

萧乾在其毕业论文《书评研究》中，对于文学批评者的素质、文学批评的标准、文学方法的论述，同样深受瑞恰慈《文学批评原理》的影响。1937 年 4 月，萧乾在主编上海《大公报·文艺副刊》时，办了两个专刊《作者论书评》和《书评家论书评》，大力倡导书评写作，并引发了一场探讨文学批评方法的热潮。其中叶公超《从印象到评价》[5]、常风《关于评价》[6]，对印象式批评方法和判断式的批评方法的关系，进行了非常精辟独到的理论辨析。二者均是以瑞恰慈《文学批评原理》为蓝本的。尤其是常风先生的《关于评价》一文，特别注意评价问题在整个文学批评进行中的重要性及其传达和欣赏的关系，明显可见瑞恰慈文学批评观念的影子。在中国现代文学批评家中，常风非常出色地把瑞恰慈的文学批评原理运用于中国现代文学的批评实践。在其《弃馀集》（1944 年 6 月北平新民印书馆初版）所收的作品评论中，可见其对瑞恰慈“文学是最广泛的经验组织成的完美篇章”这一观点的深刻理解：一方面倡导作家们从自我狭小的经验中走出来，努力扩大文学经验的范围；另一方面，又常敏锐地指出作家们在组织自己的经验时所存在的缺陷。循着瑞恰慈的文学批评原理，常风的这些书评褒贬得当，有助于我

1. 朱自清：《诗多义举例》，见徐葆耕编《瑞恰慈：科学与诗》，第 95—110 页，北京：清华大学出版社，2003 年版。

2. 这篇书评原载《新月》月刊第 4 卷第 5 期（1932 年 12 月 1 日）。钱锺书在书评中说：“瑞恰慈先生的《文学批评原理》确是在英美批评界中一本破天荒的书。它至少教我们知道，假使文学批评要有准确性的话，那么，决不是吟啸于书斋之中，一味‘泛览乎诗书之典籍’可以了事的。我们在钻研故纸之余，对于日新又新的科学——尤其是心理学和生物学，应当有所藉重。换句话讲，文学批评家以后宜少在图书馆里埋头，而多在实验室中动手。”

3. 钱锺书：《论不隔》，载《学文月刊》，第 1 卷第 3 期，1934 年 7 月。

4. 钱锺书：《论俗气》，载《大公报》，1934 年 11 月 4 日。

5. 叶公超：《从印象到评价》，载《学文》，第 1 卷第 2 期，1934 年 6 月。

6. 常风：《关于评价》，见《窥天集》，上海：正中书局，1948 年版。

们理解这些作品的艺术价值和确定它们在文学史上的位置。其中在为萧乾《书评研究》所写的评述文字中，常风提到“瑞恰慈教授的批评学说能以在今日占一优越的地位，他之所以成为著名的批评学者完全是因为他能比其他的学者追踪一个比较根本的问题，不让他的心灵尽在那神秘玄虚空洞的条规中游荡”。同样，常风自己的文学批评之所以独具慧眼、一针见血，也是因为他抓住了那“一个比较根本的问题”。另外，散文家李广田曾借鉴瑞恰慈《实用批评——文学批评的一种研究》第四章《伤感与禁忌》的观点，写出了《论伤感》一文，批判诗坛上的感伤主义倾向。

当然，袁可嘉更是瑞恰慈文学批评原理的最大受益者。自 1946 年起，他在天津《大公报·星期文艺》、《文学杂志》、《益世报·文学周刊》、《诗创造》等报刊杂志发表了 10 余万字的系列文章，讨论新诗现代化的问题，其中都能看出瑞恰慈的影子：他对文坛上情绪感伤和政治感伤的批评，以及他综合各种文学批评方法的努力，都是建立在瑞恰慈“最大量意识状态”以及“各种经验冲突的组织调和”这一理论基点之上的。比如，《新诗现代化——新传统的寻求》[1] 一文，袁可嘉在概括瑞恰慈的批评观念的基础上表明“艺术作品的意义与作用全在它对人生经验的推广加深，及最大可能量意识活动的获致，而不在对舍此以外的任何虚幻的（如艺术为艺术的学说）或具体的（如以艺术为政争工具的说法）目的的服役，因此在心理分析的科学事实之下，一切来自不同方向但同样属于限制艺术活动的企图都立地粉碎”。由此强调了文学艺术本体独立的基本原则，呼吁“艺术与宗教、道德、科学、政治都重新建立平行的密切联系”，进而提出了新诗现代化的方向是“现实、象征、玄学的新的综合传统”，这样的新诗“不仅使我们有情绪上的感染震动，更刺激思想活力”。袁可嘉的其他诸多文章，特别是《谈戏剧主义——四论新诗现代化》、《诗与民主——五论新诗现代化》、《对于诗的迷信》、《诗与意义》、《我的文学观》、《综合与混合——真假艺术底分野》等，多是在充分吸取了瑞恰慈诗学批评养料的基础上构建其批评观念的，展示出中国现代诗歌理论的变革特征。

1. 袁可嘉：《新诗现代化——新传统的寻求》，载《大公报·星期文艺》，1947 年 3 月 30 日。

韦勒克说过，瑞恰慈是个热衷于一个中心思想——语言批评——的专家，他把语言批评应用于许多论题，并由此写成了《基本英语》、《如何阅读》、《孟子论心》等论著。[2] 不管怎么说，瑞恰慈作为一个典范的实践批评家，其批评理念及操作方法对中国现代文学批评实践体系的建构提供了切实的帮助，直到今天，特别是在具体的文本批评实践中，仍然值得我们吸纳。这是

2. 韦勒克：《现代文学批评史》第五卷，章安祺等译，第 339 页，北京：中国人民大学出版社，1991 年版。

瑞恰慈对中英文化交流的又一重要贡献。

第七节　颠覆与建构：乔治·奥威尔创作中的中国元素

乔治·奥威尔（George Orwell，1903—1950）在散文名篇《泡一杯好茶》（A Nice Cup of Tea）中这样写道:“中国茶叶有今天不应轻视的优点:它便宜,可以不加奶就喝,但不够刺激。你喝了以后并没有感到人聪明了一些,勇敢了一些,或者乐观了一些。”[1]奥威尔并没有到过中国，那么，这位被誉为“20 世纪拥有读者最多、影响最大”[2]的英国作家会是像看待中国茶叶那样看待中国吗？这位曾经在中国被当作“反苏反共”的作家真的对中国有着如此大的偏见和敌视吗？我们将通过详细考察作家的阅读、生活、创作等经历来揭开这层神秘的面纱。[3]

1. 乔治·奥威尔：《奥威尔文集》，董乐山编，第 221 页，北京：中国广播电视出版社，1998 年版。

2. Jeffrey Meyers. *Orwell: Life and Art*. Urbana: University of Illinois Press, 2010. p. ix.

3. 本节关于乔治·奥威尔与中国关系的阐释，笔者指导的博士毕业生陈勇副教授参与了讨论，并执笔提供了详尽的解读文字。

阅读是奥威尔早期[4]了解中国的重要来源。奥威尔自幼酷爱读书，涉猎广泛，其中不乏中国题材的作品。奥威尔在去缅甸之前特别喜欢吉卜林（Rudyard Kipling）东方题材的作品。[5]吉卜林的小说《基姆》（*Kim*）是“他年轻时候深受影响的一本书”[6]，讲述的是英国士兵的孤儿基姆同西藏喇嘛在印度朝圣的经历。另外，奥威尔认为吉卜林的《曼德勒》（*Mandalay*）是“英语中最漂亮的诗”：“在去曼德勒的路上 / 飞鱼在嬉乐，/ 黎明似雷从中国而来 / 照彻整个海湾！[7]这首诗使人联想到富于异国情调的东方，让奥威尔——以及其他万千人——听到“东方在呼唤”。在伊顿公学毕业后，奥威尔正是怀着这样一种浪漫的想法选择去缅甸作警察，这个决定也对他以后的文学和政治思想产生了重要影响。

4. 奥威尔的早期阅读所指时间在本文大致是以奥威尔创作《绞刑》的时间 1931 年 8 月为界。

5. 陈勇：《试论乔治·奥威尔与殖民话语的关系》，载《外国文学》，2008 年第 3 期。

6. J. R. Hammond. *A George Orwell Companion: A Guide to the Novels, Documentaries and Essays*. Houndmills: The Macmillan Press Ltd., 1982. 92.

7. 杰弗里·迈耶斯：《奥威尔传》，孙仲旭译，第 80 页，北京：东方出版社，2003 年版。

1931 年，赛珍珠（Pearl S. Buck）的《大地》（*The Good Earth*）在纽约出版，迅速成为当时世界了解中国的畅销书。《大地》出版后在中国也引起了很大关注，鲁迅曾在评论中提到“即如布克夫人，上海曾大欢迎”[8]。奥威尔在《大地》出版的第一时间（1931 年 6 月）发表了书评，刊载于英国的文学杂志《阿德尔菲》（*The Adelphi*），这在国内赛珍珠研究界还没有引起注意。奥威尔认为：“作者显然像中国人一样了解中国，但又像是离开了中国相当长的时间，可以注意到中国人没有注意到的东西。《大地》很快会进入极少数一流的东方题材作

8. 鲁迅：《鲁迅全集》第 12 卷，第 272 页，北京：人民文学出版社，1981 年版。

品之列。”奥威尔分析了小说主人公王龙对土地的眷恋，“他是个地道的农民”，然而对于妻子阿兰，他只把她当作干活的工具。[1] 这里，奥威尔已触及到当时中国农民的两个重要问题：土地和妇女地位。正如奥威尔所言，赛珍珠因这部作品在 1938 年获得诺贝尔文学奖，颁奖词是“她对中国农民生活史诗般的描述，这描述是真切而取材丰富的……”。[2]

另外，美国作家杰克·伦敦（Jack London）的人生经历、政治思想，还有写实风格和对底层人物的描写都对奥威尔产生了很大的影响。最明显的例子是，杰克·伦敦曾根据自己在伦敦贫民窟的考察写了一篇新闻报告《深渊里的人们》（*The People of the Abyss*，1903），奥威尔在 1945 年 10 月 8 日介绍杰克·伦敦的 BBC 广播节目中称“这本关于伦敦贫民窟的书描写得既非凡又可怕”。[3] 奥威尔的第一部作品《巴黎伦敦落魄记》（*Down and Out in Paris and London*，1933）也是新闻报告，同样描写了一个英国人在巴黎和伦敦贫困落魄的流浪生活。杰克·伦敦也写过不少中国题材的作品，如《白与黄》、《黄手帕》、《空前的入侵》、《中国狗》、《黄祸》、《陈阿春》与《阿金的眼泪》等。奥威尔在 BBC 节目重点介绍了他的短篇小说《中国狗》（*The Chinago*，1909）。奥威尔曾在 1944 年 11 月 3 日的《随我所愿》（As I Please）中列出了描写执行绞刑的书单（execution literature），其中就有《中国狗》。[4] 奥威尔的传记作家戈登·伯克（Gordon Bowker）曾指出，奥威尔在寄宿学校圣塞浦里安（St. Cyprian）读书时就对这类题材的书很感兴趣，因此他后来写了散文《绞刑》（A Hanging）并凭记忆列出了这个书单。[5]“Chinago”是对太平洋岛上中国人的侮辱性称呼。故事讲述了华人劳工阿洲（A Chow）被岛上法国殖民当局的法官十分荒谬地判处死刑，但却少写了一个字母 w，结果另一个劳工阿卓（A Cho）反被带去执行。后来两名刽子手发现了错误，但是一位不愿为此耽误工时，另一位不愿延误和情妇的约会，于是便将错就错，因为“谁能把中国狗分得清楚？”，“他不过是个中国狗”。[6] 这个荒谬的故事一定使曾在缅甸殖民地做过警察的奥威尔深有感触，加深了他对帝国主义制度罪恶的理解。

奥威尔对于中国的认知也源自他的生活和工作经历。奥威尔 1903 年出生在印度，他的家庭具有很深的殖民主义传统。他的父亲供职于英印政府鸦片部，鸦片部负责输往中国鸦片的质量、收购和运输，他的工作是管理罂粟种植者并确保以效率最高的方式种植这种作物。[7] 对于鸦片给中国造成的巨大伤害，奥威尔在缅甸做警察期间一定有切身体会。奥威尔曾为罗宾逊

1.George Orwell. *The Complete Works of George Orwell*, vol. 10. P. Davison, ed. London: Secker & Warburg, 1998. pp. 205—206. 后文引自 *The Complete Works of George Orwell*，将用 CW 表示，并标注卷数、出版年份和页码。戴维森的《奥威尔全集》第 1—9 卷先于 1986—1987 年出版，第 10—20 卷于 1998 年出版，2006 年又出版了一卷补遗，前后长达 20 多年。

2. 姚锡佩：《赛珍珠的几个世界：文化冲突的悲剧》，见郭英剑编《赛珍珠评论集》，第 511 页，桂林：漓江出版社，1999 年版。

3.CW, vol. 17. 1998. p. 302.

4.CW, vol. 16. 1998. p. 451.

5.Gordon Bowker. *George Orwell*. London: Abacus, 2004. pp. 39—40.

6.CW, vol. 17. 1998. pp. 303—305.

7. 杰弗里·迈耶斯：《奥威尔传》，孙仲旭译，第 14—15 页，北京：东方出版社，2003 年版。

（H. R. Robinson）的《一位现代的德·昆西》（*A Modern De Quincey*）写过书评。罗宾逊是英印军队的官员，1923年他被人砍伤后便待在曼德勒，抽食鸦片上瘾，后来试图自杀，但却弄瞎了双眼。奥威尔在缅甸很有可能知道这件事。奥威尔也很熟悉19世纪英国散文家德·昆西（Thomas De Quincey）的中国题材作品《一个英国鸦片瘾君子自白》（*The Confessions of an English Opium-Eater*），因为他去世前身边曾保留着这本书。[1]他也亲眼目睹了缅甸的犯人因鸦片上瘾痛苦不堪的样子。因此对于奥威尔最后辞去缅甸警察一职，传记作家迈耶斯（Jeffrey Meyers）认为这是因为他产生了强烈的社会良知，对于其父参与过的这种最不道德、最不可原谅的帝国主义掠夺行为深感内疚。[2]另外就地理意义而言，奥威尔的缅甸岁月也是他距离中国最近的时候。他驻扎的最后一个地方——缅甸北部小镇杰沙（Katha）——已十分接近中国的云南边境。小说《缅甸岁月》（Burmese Days）的凯奥克他达镇（Kyauktada）就是以此为背景，这个镇上有4 000居民，其中就有几十个中国人。

1.Peter Davison. *The Lost Orwell: Being a Supplement to The Complete Works of George Orwell*. London: Timewell Press Ltd., 2006. p. 17.

2. 杰弗里·迈耶斯：《奥威尔传》，孙仲旭译，第15页，北京：东方出版社，2003年版。

中国与奥威尔创作的关系常常被人忽视，但是奥威尔早期对于中国题材作品的阅读和在缅甸亲历的东方文化氛围已使中国进入了他创作的潜意识。因此，如果细读他的全部作品，仍然能够从中找到不少的中国元素。概而言之，这些元素体现在奥威尔对“东方乐土”（Pleasure-dome）、“上海”（Shanghai）、“中国佬”（Chinaman）和“东亚国”（Eastasia）这四个中国形象的利用、消解和建构上。其中，“东方乐土”是西方文明构建的“乌托邦”中国，“上海”代表诱惑和恐怖的中国，“中国佬”为种族主义话语体系中的中国，而“东亚国”则是奥威尔建构的极权主义统治下的东方世界。从中外文学交流思想史来看，西方作家眼中的中国往往是“异己”的他者，是西方文明陪衬下的“文化构想物”，他们对于中国的文化利用的最终目的是为了解决自身的深层欲望和需求。奥威尔同样也继承了这种文化诉求的传统，利用“东方乐土”的中国形象来解决西方社会面临的危机。但是，作为特立独行的西方作家，奥威尔又具有东西文化的双重视角，也有着迥异于其他作家的创作动机和经历，因此他的文学和政治思想独树一帜。具体到对中国的文化利用，他又颠覆了西方文化传统对于以“上海”和“中国佬”为代表的，充斥着帝国主义霸权和殖民话语的中国形象建构。在极权主义威胁凸显的政治环境下，奥威尔又利用中国建构了与西方极权世界相互依托的东方极权世界“东亚国”，向世人警告了未来极权社会统治整个人类这一梦魇的现实显现。现就奥威尔利用的“东方乐土”、“上海”、“中国佬”和“东亚国”四个中国形象作逐一的分析。

一、 “东方乐土”（Pleasure-dome）

寻找“东方乐土”，构建心灵的乌托邦，将中国当做一面认识自我的镜子，寻求解决自身困境的灵丹妙药，这常常是一些西方哲人和作家认识中国的基本策略，早期如《马可・波罗游记》，18 世纪如哥尔斯密的《世界公民》，20 世纪如罗素、奥顿等人。英国作家迪金森（Lowes Dickinson）的《约翰中国佬的来信》中（*Letters from John Chinaman*）也是寻找“东方乐土”的典型代表。

奥威尔在 1946 年 4 月 7 日的《观察家报》（*The Observer*）上发表了对《约翰中国佬的来信和其他散文》（*Letters for John Chinaman and Other Essays*）的书评。迪金森在《约翰中国佬的来信》中借约翰中国佬的八封来信高度赞扬了中国人勤劳、平等和友善的民族特性。不过在奥威尔看来，这些发表在 1901 年的来信是对中国文明优越论的一种缺乏变化的坚持（monotonous insistence），他所谈的中国文明似乎是静止和几乎完美的，其美德主要表现在对机器和重商主义的排斥。相比来信中的狂热情绪，奥威尔认为发表在作者 1913 年到过中国之后的散文就显得比较冷静和理性。他发现了东方文明的传统正在迅速地瓦解，中国只有引进工业文明才能够摆脱外国的征服。虽然作者大大地低估了亚洲国家的民族主义力量，但他后来的观察是十分敏锐的。[1] 奥威尔对迪金森后期观点的赞同其实很大程度上受到当时在英国的中国记者萧乾的影响。奥威尔在这篇书评中提到萧乾的《千弦琴》（*A Harp with a Thousand Strings*）编选了迪金森的后期散文。[2] 奥威尔与萧乾有过直接交往的经历。他在 1944 年 8 月 6 日的《观察家报》上发表过对萧乾英文著作《龙须与蓝图》（*The Dragon Beards Versus Blueprints*，1944）的书评。奥威尔认为萧乾在书中阐述的观点是，中国对单单发展物质文明并没有兴趣，中国的古老文明根深蒂固也很难被机器所破坏，但是中国要想在现代有立足之地，必须要发展“蓝图”来加强国防这个“硬壳”。如果中国能够抵御外国干涉的话，中国是非常愿意回到“龙须”的。[3] 这里的“龙须”象征中国的古老文化，“蓝图”象征工业化。萧乾关于龙须和蓝图的辩证观点是从既熟悉中国古代文化又亲历中国苦难现实的中国人角度向西方人

1.CW, vol. 18. 1998. p. 225.

2. 萧乾在《千弦琴》中除了编入迪金森的《约翰中国佬的来信》选段外，也收入了他后期的散文（游记）《圣山》（A Sacred Mountain）和《在长江三峡》（In the Yangtze Gorges）。

3.CW, vol. 16. 1998. pp. 321—323.

表达了真实的中国和中国未来的希望，他所针对的是以罗素和韦利（Arthur Waley）为代表的英国作家对于“东方乐土”的向往和利用。奥威尔之后发表的对迪金森的书评显然是接受了萧乾的部分观点并且是站在以萧乾为代表的中国人的立场之上。

奥威尔在以中国人视角来看待“东方乐土”的同时也利用了这一文化想象来凸显二战爆发前英国人的一种怀旧和忧郁的心态。奥威尔曾在评论一些东方题材的作品时提到弥尔顿《失乐园》第三章中把撒旦比作一只秃鹫的比喻：“那魔王自由自在地在那大地上阔步。好像一只伊马乌斯山生长的秃鹫，……/ 途中降落在丝利刻奈的荒野，/ 那儿的中国人用风帆驾驶藤的轻车。”[1] 对于这段充满着中国意象的比喻，奥威尔这样评论道：“这段文字的魅力在于它引起了人们对于久远时空的怀旧，这种情感几乎如同感受身体上的疼痛，我们同时代的人正被这种怀旧所折磨，但却以此为乐。这很可能是一种有害的情感，但是我们都沾染在身，因此对于那些不能激起这种情感的旅行书籍不屑一顾。”[2] 杨周翰先生曾对这里提到的“中国加帆车”进行了很好的阐发，他认为17世纪的英国文人出于对封建现实的不满，渴望向古代和远方寻求知识和理想，这既是时代的需求，也是为了自身的需要。例如，同时代的勃顿（Robert Burton）在《忧郁的剖析》（*The Anatomy of Melancholy*）中认为，当时的时代病是“忧郁症”，而遥远的中国文明是治病的良方。[3] 奥威尔的评论写于1936年9月12日，当时法西斯主义在欧洲盛行，西班牙内战爆发，奥威尔从英国北部矿区考察归来不久，这种痛并快乐着的怀旧反映了奥威尔对于残酷现实的焦虑和人们怀恋第一次世界大战前那“美好往日”的普遍心态。奥威尔在后来的《上来透口气》（*Coming Up for Air*）中也抒发了他对英国爱德华时期和平和稳定生活的怀旧之情。

1. 弥尔顿：《失乐园》，朱维之译，第110页，上海：上海译文出版社，1984年版。

2. CW, vol. 10. 1998. p. 497.

3. 详见杨周翰《弥尔顿〈失乐园〉中的加帆车——十七世纪英国作家与知识的涉猎》，载《国外文学》，1981年第4期。

如果萦绕战前的是一种怀旧和忧郁的情绪，那么战争的残酷特别是原子弹的使用则加重了战后人们精神的空虚和对自然的漠视。奥威尔在1946年1月11日发表了《欢乐谷》（Pleasure Spots）一文。奥威尔认为英国浪漫主义诗人柯勒律治《忽必烈汗》诗中的“东方乐土”（Pleasure-dome）与现代的“欢乐谷”（Pleasure Spots）有着本质区别：“东方乐土”是自然的，而“欢乐谷”是人造的。他在文中提到，一位企业家梦想设计一个可以给战后身心疲惫的人们提供放松的“欢乐谷”：在几英亩的空间里，有可滑动的屋顶，中间是宽阔的舞池，半透明的塑料地板之下灯光闪烁。辅助设施有可远眺城市夜景的阳台酒吧和旅馆、两个可供专业和业余游泳者分别使用的礁湖、可模拟太阳光功能的太阳灯以及灯下享受日光浴的小床、从四周传来的广播音乐……特别值得注意的是，“东方乐土中的阳光草地”的自然绿色（greenery）已被改为“欢乐谷”的人造景观，奥威尔的文章题名（Pleasure Spots）具有强烈的讽刺意味。

奥威尔接着概括了现代“欢乐谷”的五个特点：人从不愿独处；人从不亲自动手；人永远也看不到野外植被和任何自然的东西；光与温度从来都是人来调节；人永远离不开音乐，因为音乐的功能是阻止人们严肃的思考和谈话。奥威尔认为这样的生活如同人返回了母体（womb）：没有阳光但有人陪伴，温度可以调节，不用为工作和食物担忧，人的思想被心脏有节奏的悸动所淹没。相反，柯勒律治诗中的“东方乐土”则被自然（Nature）环绕，表达的是一种对自然的仰慕，一种对冰河、沙漠或者瀑布宗教般的敬畏，能够感受到宇宙的力量和人类的渺小和脆弱。“我们觉得月亮美丽，是因为我们不能登月；大海令人向往，是因为人不能保证远航的安全；甚至是赏花的喜悦，即便是对花了如指掌的植物学家，也源自对花的神秘感。”但是随着人类征服自然能力的提高，比如人可以用原子弹炸平高山，人也可以通过融化极地冰川和灌溉撒哈拉大沙漠来改变地球气候，那么在这个时代，“如果还有人喜欢倾听鸟叫声而不是摇摆舞音乐，还有人想要留下几片原始森林而不是将整个地球的表面都铺上闪烁着人工太阳灯的高速公路，他们还有可能不被当做是多愁善感和愚昧保守的吗？”奥威尔最后指出人最大的幸福不是“欢乐谷”般的享受，因为“人只有大量地保留了生活的简单才不会异化，而许多现代发明，特别是电影、广播和飞机，将会削弱人的意识，钝化人的求知欲，使人越来越像动物”。[1]

1.CW, vol. 18. 1998. pp. 31—32.

“东方乐土”的岩洞、河流、海洋、森林、草地被现代“欢乐谷”的塑料、钢筋、太阳灯、收音机、游泳池所代替。奥威尔借用诗中的“东方乐土”对现代“欢乐谷”进行了斯威夫特式的讽刺，表达了他强烈的生态意识。《欢乐谷》并不是一个孤立文本，这种生态意识在《上来透口气》（*Coming Up for Air*）和《一九八四》等许多作品中都有充分体现。西方著名学者希金斯（Christopher Hitchens）在《奥威尔为何重要》（*Why Orwell Matters*）指出了奥威尔的当代意义，其中包括“他对自然环境和现在称作‘绿色’或‘生态’的关注”[2]。恩瑞菲尔德（David Ehrenfeld）深入分析了奥威尔与自然的关系，并认为奥威尔做出了两种乌托邦的预言：一是政治上建立一个人与人相互尊敬、公平以待、没有剥削的社会；二是生态上建立一个珍爱自然，以一种温柔和关怀方式的人类文明来改善自然的社会。他认为这两种社会在奥威尔

2.Christopher Hitchens. *Why Orwell Matters*. New York: Basic Books, 2002. p. 11.

的《通往维根码头之路》（*The Road to Wigan Pier*）的描述中合二为一：简单甚至有点辛苦的、以农业生活方式占主导的社会。在这个社会中也存在机器，但是必须在人类的控制之下。社会的进步不能定义为只是为少数肥胖的人提供安全，而且这种进步也不能是一种剥削方式。[1]

1.David Ehrenfeld. *Beginning Again: People and Nature in the New Millennium*. Oxford: Oxford University Press, 1993. pp. 8—28.

这种人与人和谐、人与自然和谐的理想社会其实正是奥威尔一直追求和建构的社会主义社会。奥威尔认为在这个理想社会中，政治上没有种族歧视，没有阶级压迫，人有充分的尊严和自由；生态上人与自然和谐相处，人仍然保留自然的纯真，追求物质简单、精神丰富的幸福生活。柯勒律治诗中的“东方乐土”形象成为奥威尔表达这种思想的有力工具。

二、“上海”（Shanghai）

除了对“东方乐土”的利用，奥威尔还利用上海题材来表达他反帝国主义的政治思想，消解了以“上海”（Shanghai）形象为代表的西方构建中国的殖民话语体系。奥威尔的《巴黎伦敦落魄记》取材于他在巴黎和伦敦下层生活的亲身体验，因此贫困的描写十分生动，令人感同身受。对巴黎下层生活有同样体验的美国作家亨利·米勒（Henry Miller）曾在1936年8月给奥威尔的信中这样写道：“它几乎妙不可言；真实得那么不可思议！我无法理解你怎么能坚持那么久……你去过中国吗？可惜你不能去上海（Shanghai）再落魄一次，那将是惊世之举！”[2]

2. 杰弗里·迈耶斯：《奥威尔传》，孙仲旭译，第154页，北京：东方出版社，2003年版。

在《通往维根码头之路》一书中，奥威尔批判了“下层阶级身上有气味”（the lower classes smell）背后的谎言。他认为上层阶级建构这一谎言的目的是设置无法跨越的阶级障碍，因为“种族和宗教仇恨以及教育、性情、智力，甚至是道德准则的差异都可以克服，但是身体上的排斥却毫无办法”。[3]奥威尔认为这种谎言在西方根深蒂固，只有毛姆（W. S. Maugham）的《在中国屏风上》（*On a Chinese Screen*）没有掩饰这个谎言。奥威尔所举的例子是其中的短篇《民主精神》，叙述的是一位中国官员来到毛姆所在的小旅馆住宿，但只剩下给苦力睡的小房间，官员顿时对房东大吼大叫，派头十足。但不久之后，毛姆惊奇地发现这位骄矜的官员却和他衣衫褴褛的仆人在友好地交谈。原来他大闹一场只是为了让自己挣足面子，达到了这个目的，他就能够不顾地位的差异和苦力坐在一起。奥威尔在缅甸也是无数次目睹过相似的场面，因此他认为在东方，人与人之间有一种自然的平等关系，这在西方简直无法想象。

3.CW, vol. 5. 1986—87. p. 119.

奥威尔接着引用了毛姆在文中的评论：“在西方我们由于气味（smell）相投而人以群分。工人是我们的主人，喜爱用铁腕统治我们，不可否认他有些发臭（stink）……对于一个鼻孔灵敏的人，这就造成了社会交往的困难。以一个清早的浴盆划分阶级，比用出身、财产或者教育更为有效。”[1] 这里可以看出奥威尔关于阶级歧视的观点与毛姆这篇中国题材作品中的观点是何等相似！

1.CW，vol. 5. 1986—87. pp. 120—121. 参见毛姆《在中国屏风上》，陈寿庚译，第 133—136 页，长沙：湖南人民出版社，1987 年版。

有趣的是，前面指出《中国狗》对奥威尔产生影响的传记作家伯克同时十分敏锐地发现奥威尔的散文名篇《绞刑》（A Hanging）与毛姆《在中国屏风上》的另一短篇《副领事》（The Vice Consul）也是惊人的相似，特别是叙述者视角下的细节描写和死刑执行之后的顿悟具有异曲同工之妙。[2]《副领事》叙述了一位英国使馆的副领事去监督一个中国囚犯被执行死刑。文中的顿悟发生在副领事坐轿从刑场回来的路上：“他想蓄意地使一条生命终结是如何可怕：这好像是一种负有巨大责任的摧毁，其结果是毁灭了数不清的时代。人类的种族已经存在这样长久，这里我们中的每一个都是作为超自然事件的无穷连续的结果。但在同时，他困惑了，他有一种生命微不足道的感觉。多一个或少一个是这样无关紧要。”[3] 奥威尔的《绞刑》发生在缅甸，犯人是印度人，在走向绞刑台的路上，“尽管有狱卒抓住他的两肩，他还是稍微侧身，躲开地上的一洼水”。在结尾，“我们大家又都笑了起来……我们大家在一起相当亲热地喝了一杯酒，本地人和欧洲人都一样。那个死人就在 100 码以外的地方”。文章的叙述者“我”——绞刑的目睹者——也有相似的顿悟：“当我看到那个囚犯闪开一边躲避那洼水时，我才明白把一个正当壮年的人的生命切断的意义，它的无法用言词表达的错误……他和我们都是一起同行的人，看到的、听到的、感觉到的、了解到的都是同一个世界；但是在两分种之内，啪的一声，我们中间有一个人就去了——少了一个心灵，少了一个世界。”[4]

2.Gordon Bowker. *George Orwell*. London：Abacus，2004. pp. 89.

3. 毛姆：《在中国屏风上》，陈寿赓译，第 223—228 页，长沙：湖南人民出版社，1987 年版。

4. 乔治·奥威尔：《奥威尔文集》，董乐山编，第 61—66 页，北京：中国广播电视出版社，1997 年版。

伯克认为奥威尔《绞刑》的创作灵感几乎可以肯定是来自于毛姆的《副领事》，而且这也解释了他为何一到缅甸就想亲眼去目睹一次绞刑。但是由于奥威尔对绞刑邪恶的揭示是透过一位具有良知的叙述者内心所想，因此相比之下显得更加形象、真实和有力。[5] 奥威尔因而被英国著名批评家普里切特（V. S. Pritchett）誉为“一代人冷峻的良心”（wintry conscience of a generation）[6]。不过这里伯克对于“有良知的叙述者”谈得还不具体。我们通过细读文本可以发现，虽然毛姆是第三人称叙事，奥威尔是第一人称叙事，但是叙述者都是故事的参与者，

5.Gordon Bowker. *George Orwell*. London：Abacus，2004. p. 89.

6.Jeffrey Meyers，ed. *George Orwell：The Critical Heritage*. London：Routledge，1975. p. 294.

他们都暗含了作者赞同和批判的两种声音：赞同的是叙述者对“囚犯”的同情部分——生命的存在；批判的是对“囚犯”的漠视部分——笑和喝酒。而叙述者的顿悟则表达的是作者的真实思想。不同的是，奥威尔的第一人称视角更能强烈地表达作者对殖民者任意剥夺本地人无辜生命的谴责态度；奥威尔顿悟中的“错误”一词也比毛姆的“可怕”和“困惑”更加有力地批判了帝国主义制度的邪恶。《绞刑》以及随后的小说《缅甸岁月》和散文《射象》（Shooting an Elephant）可谓是奥威尔反对英帝国主义在缅甸殖民统治的三部曲。[1]

1. 陈勇：《试论乔治·奥威尔与殖民话语的关系》，载《外国文学》,2008 年第 3 期。

毛姆在《副领事》中并没有指出死刑具体发生在中国的哪个地方，但是伯克这位著名的英国传记作家认为“故事发生在上海的英租界”。[2] 这是一个十分重要的信息。毛姆于 1919 年来到中国，在中国游历四个月，于 1920 年元月回到上海。[3]《在中国屏风上》于 1922 年出版，因此毛姆这部中国游记里包含着上海的经历。之后不久毛姆又开始了新的东方之旅，他于 1922 年来到缅甸仰光，并坐火车来到曼德勒，这段经历记录在游记《客厅里的绅士》（*The Gentleman in the Parlour*）一书中。奥威尔也差不多在这个时候来到缅甸，因此伯克认为“正是布莱尔在杜弗林堡（Fort Dufferin）期间，毛姆在去泰国和印度支那途中经过曼德勒。布莱尔很有可能在一些官方接待场合或者俱乐部与他会面，因为毛姆毫不修饰的文风和叙事魅力从小就令他钦佩不已，毛姆对他的影响之深远也超出了一般人的想象”。[4] 尽管毛姆是否对奥威尔讲过上海经历还不能完全确定，但是奥威尔对上海是非常关注和了解的。首先，他后来在报道中国抗战时对上海多有提及，如在 1942 年 5 月 9 日的《每周新闻评论》（*Weekly News Review*）中提到：“中国军队已经向上海、南京、杭州以及敌占区中心的其他城市英勇地发起了一系列进攻……”[5] 奥威尔也读过法国作家马尔罗（André Malraux）的作品《上海风暴》（*Storm Over Shanghai*）[6]，他在 1934 年 10 月 9 日的信中还提到如果《缅甸岁月》翻译成法文的话，可以请马尔罗写序，他曾写过有关中国和印度的小说，因此有可能对这本小说感兴趣。[7] 英国作家赫胥黎（Aldous Leonard Huxley）与奥威尔关系密切，他的《美妙新世界》（*Brave New World*）对奥威尔的《一九八四》产生了不小的影响。[8] 奥威尔极有可能读过赫胥黎的散文《上海》（Shanghai）并被文中描述的上海所吸引。该文编入萧乾的《七弦琴》，奥威尔曾为该书写过书评。赫胥黎描写的老上海（Old Shanghai）可谓是世界上最富有生机和活力的城市，保留了几千年中国文明的悠久传统，在欧洲文明衰落之后，它仍然会保持传统文

2.Gordon Bowker. *George Orwell*. London：Abacus，2004. p. 89. 除了奥威尔，伯克也为乔伊斯（James Joyce）、达雷尔（Lawrence Durrell）和劳瑞（Malcolm Lowry）等 20 世纪英国著名作家作传。

3. 特德·摩根：《人世的挑剔者——毛姆传》，梅影、舒云、晓静译，第 263 页，长沙：湖南人民出版社，1986 年版。

4.Gordon Bowker. *George Orwell*. London：Abacus，2004. p. 79. 杜弗林堡是曼德勒的警察培训学校所在地，奥威尔到缅甸后先在这里接受警察培训。

5.CW，vol. 13. 1998. p. 312.

6.CW，vol. 18. 1998. p. 63. 参见马尔罗《人的状况——中国：1927 风云》，杨元良、于耀南译，桂林：漓江出版社，1990 年版。

7.Peter Davison. *The Lost Orwell：Being a Supplement to The Complete Works of George Orwell*. London：Timewell Press Ltd.，2006. pp. 8—9.

8.Jenni Calder. *Huxley and Orwell：Brave New World and Nineteen Eighty-Four*. London：Edward Arnold，1976.

化的生机，几千年以后也是如此，如同那美妙而又高超的中国书法，永世传承，永恒不变。“你只要到老上海来逛一逛，就会对此深信不疑。”[1] 赫胥黎在此展现的上海图景十分像北京奥运会开幕式上在展开的画卷上演绎的古代中国文明，绚丽多姿，这无疑是他对真正的美妙新世界的内心表露。赫胥黎描绘的老上海一定会给奥威尔留下深刻印象。他还评论过罗兹•法默(Rhodes Farmer）的《上海丰收》（*Shanghai Harvest*）。他首先对法默来华作了一番介绍：1937 年法默作为澳大利亚新闻记者来上海度假。他开始并没有特别反对日本，但日本对上海平民的肆虐轰炸使他接受了《字林西报》（*North China Daily News*）[2] 的工作，后成为国民政府情报部的编辑顾问。在书中法默记录了 1937 年到 1939 年的中国抗战，揭露了日军暴行和南京大屠杀，并向世界宣传了中国抗战在世界反法西斯战争中的作用，呼吁世界给予中国更多的物资支持。奥威尔认为该书每页内容都十分生动，书中的一些图片具有史料价值。[3] 奥威尔甚至在死后未完成的短篇小说《一个吸烟房间的故事》（A Smoking Room）的提纲草稿中也提到上海：“房间里从新加坡和上海传来的回声，来自 1886 和 1857 年。”[4]《奥威尔全集》的编者戴维森(Peter Davison)在注解中说：“1857 年英国获得长江的航权以保护在上海的商业利益。1886 年和 1857 年都表明殖民利益的扩大。”[5] 奥威尔在最后一本文学笔记本上还记载了他在报纸上看到的有关上海的消息：“在上海（现在到处是难民），路上随时都能看到被遗弃的儿童，人们对此都有些熟视无睹了。”他感慨道：“一个小孩快要死了，他的身体只是一件弃物，任人踩踏。然而这些孩子来到这个世界的时候是怀着受人爱护的期望，我们见到的每个很小的孩子都坚信世界是个天堂，未来是无限的美好。”[6] 奥威尔的《绞刑》发表于 1931 年 8 月，根据他后来对上海的关注程度，我们可以判断奥威尔在写《绞刑》之前对上海是有一定认知的，比如他很有可能在那时就读了马尔罗的《上海风暴》。因此，综合以上伯克、毛姆、马尔罗和其他有关上海的所有证据，我们可以确定奥威尔在创作《绞刑》时正是利用了毛姆《副领事》中的上海题材。

1.Hsiao Ch'ien. *A Harp with a Thousand Strings*. London: Pilot Press Ltd., 1944. pp. 191—192.

2.《字林西报》是近代上海最早的英文报纸。初名《北华捷报》(*North China Herald*)，创于 1850 年 8 月 3 日，开始为周刊，1864 年 6 月更名并改为日刊，1951 年 3 月 31 日终刊，出版时间长达 101 年。

3.CW, vol. 17. 1998. pp. 35—36.

4.CW, vol. 20. 1998. p. 189.

5.CW, vol. 20. 1998. p. 192.

6.CW, vol. 20. 1998. p. 203.

小写的“shanghai”用作动词时有“用麻醉或其他不正当方式强迫人当水手”和“强迫或诱骗”这两个意思。这个词源和早期来沪的英国人从事鸦片走私和向美洲贩卖人口等肮脏的殖民贸易有关。因此，大写的“Shanghai”具有神秘和恐惧的双重文化意象，代表着神秘而又恐怖的中国形象。上海是中国在西方列强的坚船利炮下最早开埠的城市，租界、巡捕、十里洋场、

“华人与狗不得入内”、洋泾浜英语，甚至上海俚语如“赤佬”（英语cheat 和中文“佬”的混杂语）、“混枪势”（混chance）等都使上海极富殖民主义色彩，因而上海也被称为东方的巴黎、富人的天堂和冒险家的乐园。一些西方作家描写上海的文本，如马尔罗的《上海风暴》、巴拉德（James Graham Ballard）的《太阳帝国》（*Empire of the Sun*），都迎合和渲染了西方人关于上海的主导意象——神秘而又恐怖，从而帮助西方殖民帝国建构和维护了这一中国的认知网络。[1] 但是，奥威尔在《绞刑》和后来的评论中对“Shanghai”的认知和利用却在瓦解和拆除这个网络的防火墙，向世人揭穿了西方殖民主义的谎言和邪恶，谴责和批判了西方列强在中国的野蛮行径。

1. 详见葛桂录《Shanghai、毒品与帝国认知网络——带有防火墙功能的西方之中国叙事》，载《福建师范大学学报》，2010年第3期。

三、 “中国佬”（Chinaman）

奥威尔在创作中也对“中国佬”（Chinaman）这一种族主义形象进行了消解和批判。他在《巴黎伦敦流浪记》有这样的描述：“伦敦东区的女人很漂亮（也许是种族融合的结果），拉姆浩斯（Limehouse）贫民区多为东方人，有中国佬、吉大港水手、卖丝巾的达罗毗茶人，甚至还有些锡克人，不知怎么来的。”[2] 拉姆浩斯是伦敦最大的华人聚居地，在英国人眼中这个“中国城”代表着毒品、犯罪和堕落，因此“拉姆浩斯的引诱”成为华人区罪恶的代名词。[3] 在论及英国游民问题的解决时，奥威尔认为人们首先必须要抛弃“游民（tramps）全是无赖（blackguard）”这一根深蒂固的偏见。对于这种把游民说成“游民妖魔”（tramp-monster）的荒谬言论，奥威尔认为“这和杂志小说所描绘的邪恶‘中国佬’同样荒诞不经，但是这种言论一旦深入人心，就很不容易摒弃”。[4]

2. 乔治·奥威尔：《巴黎伦敦流浪记》，朱乃长译，第134页，台北：书林出版有限公司，2003年版。

3. 详见葛桂录：《Shanghai、毒品与帝国认知网络——带有防火墙功能的西方之中国叙事》，载《福建师范大学学报》，2010年第3期。

4. 乔治·奥威尔：《巴黎伦敦流浪记》，朱乃长译，第199页，台北：书林出版有限公司，2003年版。

在具有“中国盒子”（Chinese box）叙事结构[5] 的小说《缅甸岁月》中，奥威尔描写了一个初来缅甸的英国白人妇女伊莉莎白（Elizabeth）对于“中国佬”李晔（Li Leik）根深蒂固的种族偏见。小说主人公弗洛里（Flory）幻想刚来的伊莉莎白能够理解和分享他的东方生活，便迫不及待地带她去逛缅甸的集市（bazaar），不料集市浓烈的东方氛围立刻使伊莉莎白感到窒息，弗洛里于是带她来到一个中国朋友李晔的店中休息。进入伊莉莎白视线的这个“中国佬”是“一个老头，罗圈腿，穿着蓝色的衣服，留着一条辫子，黄黄的脸上没有下巴，净是颧骨，

5. Averil Cardner. *George Orwell*. Boston: Twayne Publishers, 1987. p. 29.

就像个和善的骷髅”。在透着“一股清凉芳香的鸦片味儿”的屋里，她突然看到店中中国妇女的“小脚”，她对弗洛里说“这简直太可怕了”。弗洛里认为“根据中国人的观念，小脚非常美”，她回答说“美，太可怕了……这些人肯定相当野蛮！”弗洛里反驳道：“不！他们高度文明；据我看，比我们要文明。美纯粹是一种喜好。”“中国佬”特地掏出一盒巧克力来招待伊莉莎白，他“撬开盒盖儿，慈父般地微笑起来，露出三颗被烟草熏黑的大牙”。两个缅甸女仆一个在背后给伊莉莎白扇扇，一个跪在脚下为她倒茶。“对于后有女仆给自己的脖子扇风，前有中国佬冲着自己咧嘴直笑”，伊莉莎白感觉这“非常愚蠢”，她对弗洛里说“我们坐在这些人的屋里合适吗？是不是有点——有点失身份？”弗洛里回答道：“跟中国佬在一起无所谓。他们在这个国家很受欢迎，而且他们的想法也很民主。最好跟他们平等相待。”对于这次不愉快的经历，文中写道：“他根本没有意识到，自己这样子反复不停地试图让她对东方产生兴趣，在她眼中只是极不正常、缺乏教养的表现，是故意追求肮脏和‘龌龊’的东西。即使是在现在，他也没弄清她看待‘土著’用的是什么眼光。他只知道，每当自己试图让她分享自己的人生、自己的思想、自己的审美感触时，她都像一匹受惊的马儿躲得远远的。”[1]很显然，伊莉莎白代表的是西方殖民者对于“中国佬”蔑视、仇恨和恐惧的普遍态度。

1. 乔治 · 奥威尔：《缅甸岁月》，李锋译，第 134—138 页，南京：南京大学出版社，2007 年版。译文个别地方略有改动。

《缅甸岁月》被认为是 20 世纪英国“最重要的反帝国主义小说之一”。[2]希金斯甚至认为“奥威尔可以被当做后殖民理论的奠基者之一”。[3]但是另外一些评论者认为小说结尾弗洛里的自杀削弱了反帝国主义的主题。伊格尔顿也认为弗洛里胎记这一先天生理缺陷象征了他对帝国主义矛盾的态度。[4]其实，这些指责奥威尔的研究者都犯了将弗洛里等同于作家本人的错误。需要注意的是，贯穿小说始终的是一种反讽的声音和效果，通过这种反讽，奥威尔批判了小说中的所有人物，包括英国人、印度人和缅甸人，十分强烈地表达了他对英国帝国主义制度的憎恨和谴责。这种反讽的效果与奥威尔精妙的叙述方法密切相关。通过同情东方文化，与其他白人格格不入，叙述者弗洛里批判了以伊莉莎白为代表的西方顽固种族主义分子对于“中国佬”的歧视态度，同时奥威尔也在叙述中掺进了自己的声音，为读者揭示了弗洛里的白人身份，并对其批判的不彻底性进行批判。奥威尔将两种矛盾的声音融入到叙述者的叙述，形成了强烈的反讽效果，实现了作家对帝国主义彻底的批判。在上述弗洛里和伊莉莎白关于“中国佬”的对话中，伊莉莎白认为的“可怕”、“野蛮”和“愚蠢”在弗洛里眼中却是：“美纯粹是一种喜

2. John Newsinger. *Orwell's Politics*. Houndmills: The Macmillan Press Ltd., 1999. p. 7.

3. Christopher Hitchens. *Why Orwell Matters*. New York: Basic Books, 2002. p. 34.

4. Terry Eagleton. *Exiles and Migrés: Studies in Modern Literature*. London: Chatto & Windus, 1970. pp. 78—87.

好（taste）”，“最好跟他们平等相待”。奥威尔通过弗洛里对于“中国佬”截然不同的态度批判了以伊莉莎白为代表的西方人所固有种族主义观念。同时，奥威尔也通过自己的声音批判了弗洛里认识的局限性：他只能将自己的真实想法隐藏于内心，并幻想找到一个理解自己思想的“伴侣”，但是“即使是在现在，他也没弄清她看待‘土著’用的是什么眼光”。弗洛里与伊莉莎白沟通的彻底失败导致他最后的自杀，这位小说中最具有反帝国主义思想的英国白人也难逃殖民主义话语的束缚，奥威尔这个反讽式结局深刻地揭示了帝国主义制度对所有殖民者和被殖民者的思想和道德具有无比强大的腐蚀作用。

西方人对“中国佬”形象的塑造也是西方殖民帝国建构和维护中国认知网络的重要策略。最典型的例子就是英国作家阿瑟·沃德（Arthur Henry Ward）以笔名萨克斯·罗默（Sax Rohmer）所塑造的“中国佬”傅满楚（Fu Manchu）形象。在罗默笔下，傅满楚是个残忍、狡诈的恶魔，同时又法力无边，给西方白人世界带来巨大的恐慌和威胁。这个形象经由西方大众媒体的传播更加深入人心，成为中国“黄祸”的化身。[1]因此，奥威尔在《通往维根码头之路》中曾有这样的描述：“在英国，我们甘愿被盘剥以维持五十万游手好闲者的奢侈生活，也不愿遭受中国佬的统治，如果真有这种不幸，我们宁愿战斗到最后一个。”[2]对于“中国佬”这一西方殖民话语构建的他者形象，奥威尔在缅甸殖民地经历之后有了清醒的认识。除了上述对“游民妖魔”、“中国佬”偏见和以伊莉莎白为代表的英国白人殖民者的批判，奥威尔还对“中国佬”形象背后的西方种族主义进行了深刻的反思。

1. 详见葛桂录《Shanghai、毒品与帝国认知网络——带有防火墙功能的西方之中国叙事》，载《福建师范大学学报》，2010年第3期。

2. CW, vol. 5. 1986—87. p. 135.

在1947年2月27日的《随我所愿》（As I Please）中，奥威尔提到他曾读过写给小孩的漫画字母表，其中J、N、U的英文解释分别是：

J for the Junk which the Chinaman finds

Is useful for carrying goods of all kinds.

N for the Native from Africa's land.

He looks very fierce with his spear in his hand.

U for the Union Jacks Pam and John carry

While out for a hike with their nice Uncle Harry.[3]

3. CW, vol. 19. 1998. p. 50.

书中Native的漫画是一个仅仅戴着手镯、披着几片豹皮的祖鲁人；具有中国特征的舢板船

(Junk)漫画很小，但可以看见几个留着长辫(pigtails)的“中国佬”。被誉为英国文化研究先驱[1]的奥威尔认为这小人书中将中国人、非洲人和英国人三种形象并置，非常形象地说明了英国人的种族主义意识。“坐在舢板船上、梳着长辫的‘中国佬’”无非是在凸显“头戴大礼帽，乘着单马双轮双座马车的英国人”。小人书中把种族优越观念这样无意识地灌输给一代又一代的小孩，难怪在一些很有思想的知识分子当中这种潜意识也会突然冒出来，并产生了令人不安的后果。奥威尔举了个实例：1942年10月10日，英国在为中国的辛亥革命周年纪念搞庆祝活动，BBC特意在广播大楼上竖起了中国国旗，但旗帜却被颠倒着挂。因此，奥威尔认为如果中国人觉得应该称作“中国人(Chinese)”而不是“中国佬”，英国应该尊重中国人的选择而放弃使用具有贬义色彩的“中国佬”。[2]在1943年12月10日的《随我所愿》中，奥威尔指出美国黑人受歧视现象其实反映的是世界范围内的种族歧视问题，这在资本主义制度下是无法解决的。因为，“即使一个全靠救济金生活的英国人在印度苦力眼中也和一个百万富翁差不多”，但在英国，无论是左派还是右派，对殖民地有色人种受到的剥削都视而不见。为了避免发生这种不平等造成的种族战争，奥威尔认为个人目前所能够做的就是停止使用对有色人种有侮辱性的绰号，如“negro”、“Chinaman”、“native”等。奥威尔指出，当今即使在左派的出版物上，这些词语仍然屡见不鲜。因此，如果还有人觉得这些改变微不足道，那么英国所谓的民族主义也是微不足道的，因为英国人也没人愿意被称为“Limeys”或“Britishers”(英国佬)。[3]奥威尔在这里明确地阐述了一个国家的民族主义必须建立在世界各国平等的种族关系之上，揭露了资本主义制度的殖民掠夺本质和当时左派政治家在虚伪的理论外衣下与殖民主义保持的共谋关系。因此，奥威尔在1944年为企鹅出版社重新修订《缅甸岁月》时，仔细校对了有种族歧视的地方，并把“Chinaman”改成了“Chinese”。[4]

1.Gordon Bowker. George Orwell. London: Abacus, 2004. p. xiii.

2.CW, vol. 19. 1998. pp. 50—51.

3.CW, vol. 16. 1998. pp. 23—24

4.CW, vol. 2. 1986—87. pp. 309—310.

四、“东亚国”(Eastasia)

如果说奥威尔对“Shanghai”的殖民主义和“Chinaman”的种族主义形象进行解构和批判的话，他又同时建构了“东亚国”(Eastasia)这一极权主义形象。在历经英帝国主义、西班牙内战、斯大林“大清洗”、二战、原子弹和冷战等历史事件或时期后，奥威尔对人类社会的极权主义威胁深感忧虑。他在生命最后阶段创作的小说《一九八四》把极权主义统治的世界描绘到了极致，在世界范围内产生了巨大的影响。在小说中，大洋国核心党人奥勃良（O' Brien）交给温斯顿（Winston）一本反党秘密组织兄弟会的领导爱麦虞埃尔·果尔德施坦因（Emmanuel Goldstein）的一本禁书《寡头政治集体主义的理论与实践》。温斯顿所读的其中的第一章"无知即既力量"与第三章"战争即和平"集中描绘了极权社会的地理分布和运行机制，温斯顿认为该书"把他已经掌握的知识加以系统化"。[1]书中描述的世界在20世纪中叶分成三个超级大国：第一个大洋国（Oceania），由美国控制，包括南北美和大西洋岛屿，而英国只不过是其边缘的一个"一号空降场"（Airstrip One）；第二个欧亚国（Eurasia），由俄国统治，从葡萄牙到白令海峡，占欧亚大陆的整个北部；第三个东亚国（Eastasia）是经过十年混战以后出现的，较其他两国小，占据中国和中国以南诸国、日本各岛和满洲、蒙古、西藏大部，但经常有变化，其西部边界不甚明确。[2]这三个超级大国中任何一国都不可能被任何两国的联盟所打败。欧亚国的屏障是大片陆地，大洋国是大西洋和太平洋，而东亚国是居民的多产和勤劳。三个超级大国之间还有一块四方形的地区，以丹吉尔、布拉柴维尔、达尔文港和香港为四个角，它不属于三国任何一方，为了争夺这个地区，三国不断战争，部分地区不断易手，友敌关系不断改变，但没有一个大国控制过这个地区的全部。[3]三个超级大国的生活基本相同。大洋国的统治哲学是"英社原则"（Ingsoc），欧亚国是"新布尔什维主义"（Neo-Bolshevism），而东亚国的是一个中文名字，翻译成"崇死"（Death-worship），但其实是"灭我"（Obliteration of the Self）。[4]这三种哲学其实很难区分，其社会制度也并无区别：都是金字塔式结构，搞领袖崇拜，靠战争维持其经济。因此，三个超级大国并不是为了征服对方，他们之间的战争冲突事实上是为了相互支撑，"就像三捆堆在一起的秫秸一样"（like three sheaves of corn）[5]。

1. 乔治·奥威尔：《一九八四》，董乐山译，第193页，沈阳：辽宁教育出版社，1998年版。

2. 乔治·奥威尔：《一九八四》，董乐山译，第166页，沈阳：辽宁教育出版社，1998年版。

3. 乔治·奥威尔：《一九八四》，董乐山译，第167页，沈阳：辽宁教育出版社，1998年版。

4. 乔治·奥威尔：《一九八四》，董乐山译，第175页，沈阳：辽宁教育出版社，1998年版。

5. 乔治·奥威尔：《一九八四》，董乐山译，第176页，沈阳：辽宁教育出版社，1998年版。

从以上描述可见，奥威尔在小说中构建了和温斯顿所在的大洋国相分庭抗礼的"东亚国"，但是在冲突的背后却隐藏着极权统治的共同秘密：权力的争夺和维系。他们之间的战争并没有被征服的威胁，而是金字塔的上层为了维护统治的特权，通过战争来消费国内剩余经济和过剩劳动力，不断调动无产阶级的劳动热情，使其无暇顾及社会不公，从而丧失独立思考能力，达到统治阶级继续剥削的目的，因而"战争即和平"在极权社会中得以成立。在思想控制方面，上层阶级通过"犯罪停止"（crimestop）的内心训练扼杀危险思想的念头，通过颠倒"黑白"

（blackwhite）的训练来篡改历史、忘却过去；通过“双重思想”（doublethink）来保持并接受相互矛盾的认识，即在欺骗大众的同时又能对这种欺骗深信不疑。这三个阶段的思想控制使无产阶级形成了“无知即力量”的意识，从而接受“自由即奴役”的极权统治。比如奥勃良就是“双重思想”的完美体现，他在温斯顿眼中是一个和自己一样具有反核心党思想的党员，他送给温斯顿的这部禁书其实是他和其同伙的伪造，连温斯顿被关进监狱见到了奥勃良还误认为他也被关了进来。然而，他正是温斯顿的审讯者、惩罚者和思想改造者，他使温斯顿和裘莉娅（Julia）背叛了反抗极权的最后手段——爱情，最终从反叛者变成“我爱老大哥”。温斯顿和裘莉娅一起阅读这部禁书的温馨阁楼却隐藏着无处不在的电幕，给他们提供爱巢的 60 多岁房东切林顿（Charrington）却是逮捕他们的只有 35 岁的思想警察（Thought Police）。这些围绕着禁书体现出来的大洋国极权统治图景同样也是东亚国社会的反映，因为“像三捆堆在一起的秫秸一样”的三个超级大国互为依托，共同构建了世界极权主义统治的稳定模式。

在中国，奥威尔曾被当做“反苏反共”的作家，这固然是冷战意识形态对奥威尔的利用，而小说“东亚国”的构建似乎也可以提供这样的证据。但是应该看到，在“东亚国”中还有和当时中国意识形态完全不同的国家日本。因此《一九八四》的中文译者董乐山先生认为奥威尔“不是一般概念中的所谓反共作家”，《一九八四》“与其说是一部影射苏联的反共小说，毋宁更透彻地说是反极权主义的预言”，而他反极权主义的动力来自“对于社会主义的坚定信念”。[1]

1. 董乐山：《奥威尔和他的〈一九八四〉》，见《一九八四》，董乐山译，沈阳：辽宁教育出版社，1998 年版。

至于为何中国被建构在“东亚国”之中，奥威尔并没有做出解答，不过我们可以在小说和其他文本中找到一些线索。奥威尔在 1945 年 10 月 19 日的《你和原子弹》（You and the Atomic Bomb）一文中提到：“世界越来越明显地被分为三大帝国，每个帝国都独立自足，与外面世界切断联系，不管用了何种伪装，都是由自己选举的寡头政权来统治……第三大超级大国——东亚国，它由中国统治——仍然还没有真正形成。但是，它最终的形成不会有什么问题，近年来的每次科学发现已经加快了这个进程。”[2] 在 1949 年 5 月 19 日的信中，奥威尔提到他想和已

2.CW, vol. 17. 1998. p. 320.

到中国的燕卜荪（William Empson）联系：“……但是我想现在要是在中国的外国人收到来自外国的信件会是多么难堪的事。燕卜荪的妻子海妲（Hetta）现在或者过去曾是个共产党员，燕卜荪本人对共产主义也不怎么反对，但是在共产党的政权下，我仍然怀疑这样贸然写信会不

3.CW, vol. 20. 1998. p. 117.

会给他们带来好处。”[3] 另外，在小说《一九八四》中还有这样一些细节：奥勃良的仆人马丁

（Martin）“是个小个子，长着黑头发，穿着一件白上衣，脸型像块钻石，完全没有表情，很可能是个中国人的脸”，奥勃良说他是“咱们的人”，然后叫他一起喝只有核心党员才有的葡萄酒，他“坐了下来，十分自在，但仍有一种仆人的神态，一个享受特权的贴身仆人的神态”。[1] 奥勃良在 101 房（Room 101）准备用放出铁笼子里的老鼠撕咬温斯顿时，他说“这是古代中华帝国的常用惩罚”。[2] 这个惩罚让温斯顿发出了“咬裘莉亚（Do it to Julia）！”这最震撼人心的吼声。甚至在俄国统治的“欧亚国”，居民也具有“蒙古人种”的脸，小说中惟一出现的军队就是由欧亚人组成。这些描述说明西班牙内战经历以及斯大林的内部清洗等历史事件使奥威尔将苏联的政权模式视为一种极权主义，因此，他创作了《动物庄园》来打破当时英国左派仍然盲信的“苏联神话”。由于当时中苏相似的意识形态和政治同盟关系，没有来过中国的奥威尔把新中国政权也误读为“苏联神话”的一部分。他为了警告极权主义在世界蔓延的威胁，在小说中建构了一个“东亚国”，并利用西方人固有的中国“黄祸”论渲染了这种极权统治的恐怖。如果综合考查奥威尔的政治观、当时的政治格局和他对中国已有的认知和接触，我们可以发现，他其实是反对中国“黄祸”的论调，对独立自主的新中国也没有敌意，但是在当时冷战的政治环境下，他认为极权主义已对人类自由、民主和平等构成了最大的威胁，也使他追求的社会主义理想面临破灭，因此他以生命为代价创作了《一九八四》。对于奥威尔在利用中国形象过程中既解构又建构的矛盾，我们如果把反对极权主义这个主要矛盾考虑进去就可以得以理解。

1. 乔治·奥威尔：《一九八四》，董乐山译，第 150—153 页，沈阳：辽宁教育出版社，1998 年版。

2. 乔治·奥威尔：《一九八四》，董乐山译，第 257 页，沈阳：辽宁教育出版社，1998 年版。

第六章　20世纪上半叶的中英文学交流（三）：英国文学在中国

第一节　文学因缘：王国维与英国文学

在近代中外文学交流史上，有一批文献值得我们充分关注，这就是王国维于 20 世纪初在其主编的《教育世界》杂志上为我们介绍的几位欧洲作家的传记材料。正是这批传记材料，让中国读者最先而且比较集中地了解和认识了欧洲的几位文学大师，进而为 20 世纪中欧文学交流史写下了精彩的第一页。这批重要文献包括以下几篇文学传记：

《德国文豪格代希尔列尔合传》，载 1904 年 3 月《教育世界》甲辰第 2 期（总 70 号）“传记”栏；

《格代之家庭》，载 1904 年 8—9 月《教育世界》甲辰第 12、14 期（总 80、82 号）“余录”栏；

《脱尔斯泰传》，载 1907 年 2—3 月《教育世界》丁未第 1、2 期（总 143、144 号）“传记”栏；

《戏曲大家海别尔》，载 1907 年 3—4 月《教育世界》丁未第 3、5、6 期（总 145、147、148 号）“传记”栏；

《英国小说家斯提逢孙传》，载 1907 年 5 月《教育世界》丁未第 7、8 期（总 149、150 号）“传记”栏；

《莎士比传》，载 1907 年 10 月《教育世界》丁未第 17 期（总 159 号）“传记”栏；

《倍根小传》，载 1907 年 10 月《教育世界》丁未第 18 期（总 160 号）“传记”栏；

《英国大诗人白衣龙小传》，载 1907 年 11 月《教育世界》丁未第 20 期（总 162 号）“传记”栏。

以上这些关于西方文学家的传记材料具有重要的历史文献价值和开拓性的学术价值。它涉及四位英国作家，即莎士比（现通译为莎士比亚，下同）、倍根（培根）、白衣龙（拜伦）和斯提逢孙（斯蒂文森）；三位德国作家，即格代（歌德）、希尔列尔（席勒）和海别尔（黑贝尔）；一位俄国作家，即脱尔斯泰（列夫·托尔斯泰）。这些西方文学家传记因刊载时多未署名，故以往的王国维研究者多未涉及。后经谭佛雏先生详尽考定，确定这批材料无疑为王国维前期有关诗学的佚文（包括撰述、节译与综编）。[1] 陈鸿祥《王国维年谱》[2] 从译名的使用、文章的风格、论述的观点判断这批材料系王国维根据国外有关文学史、文学评论编译而成。笔者遵从此说，着重把王国维的这批西方作家传记材料放在早期中外文学交流史上，确立其文献价值和学术意义，并简述与其美学思想形成之关系。限于篇幅，本节仅讨论王国维关于英国文学家的介绍文字。[3]

一、 “英国近代小说家中之最有特色者”斯蒂文森

在王国维 1907 年介绍斯蒂文森（Robert Louis Stevenson，1850—1894）之前，中国读者只有通过 1904 年佚名翻译的《金银岛》得以对这位英国著名小说家有些了解。《金银岛》（又名《宝岛》）是斯蒂文森的第一部长篇小说，最初在杂志上连载，1883 年出了单行本。小说情节奇异，悬念迭出，扣人心弦，开创了以探宝为题材的先河，反响极大。这部小说翻译成中文后同样在我国读者中传诵一时。其后，也就是 1908 年，林纾、曾宗巩合译了斯蒂文森的另一部著名作品《新天方夜谈》（商务印书馆）。王国维的这篇《英国小说家斯提逢孙传》以相当大的篇幅介绍，即便在今天看来也极其详细到位。因而他为我们最早全面认知斯蒂文森立有首创之功。

此传一开头就是一段美文，像一组电影镜头，引出了传主“斯提逢孙”：

> *过南洋极端之萨摩阿岛，有阿皮阿山，赫然高耸。登其顶，则远望太平洋之浩渺，水天一色之际，遥闻海潮之乐音；近而有椰子之深林，掩蔽天日，中藏一墓，华表尚新。呜呼！是为谁？是非罗巴脱・路易・斯提逢孙之永眠地耶？*

出生于爱丁堡的斯蒂文森自幼身体羸弱，曾到意大利和德国等地疗养，并长期在法、美居住。最后定居于萨摩亚岛，因患脑溢血去世后即葬于该岛一座山丘上。斯氏一生从事过散文、游记、随笔、评论、小说、诗歌等多种写作活动，尤以冒险小说著称，但直到 20 世纪 50 年代才被推崇为具有独创性的作家，并确立其在文学史上的地位。

王国维早在 1907 年就在这篇传记中给予了斯蒂文森极高的评价。传文中首先指出斯蒂文森是“英国近代小说家中之最有特色者也”，说其“生而羸弱，病而濒死者屡”，“然每感物激情，耽艺术而厌俗事，慕古人之称雄于文坛，窃自期许”。又讲他“常多疾苦，无以自遣，

1. 谭佛雏校辑：《王国维哲学美学论文辑佚》，第 1—27 页，上海：华东师范大学出版社，1993 年版。

2. 陈鸿祥：《王国维年谱》，济南：齐鲁书社，1991 年版。

3. 王氏关于歌德、席勒、黑贝尔、列夫・托尔斯泰，以及在其他著述中涉及古罗马作家阿普列尤斯、法国作家卢梭的介绍内容，可参看拙著《跨文化语境中的中外文学关系研究》（上海三联书店 2008 年版）里的相关分析（第 115—136 页）。

乃从事漫游”，而且“每观事物，全用哲学者之眼，而以滑稽流出之，如山间之涌出清泉，毫无不自然之处也”。

传文中不断提及斯蒂文森小说创作的诸多优长，如最得意描述少年恋情：“斯氏最注重之人生为少年时代，描写少年时爱情之真直，乃其最得意笔也。”有一股乐观积极的心态：“彼身体虽弱，然不健全之感情，于其诸作中，毫不现之。虽其书草于病床呻吟之间，然能快活有生气，笔无滞痕，娱生喜世之趣，到处见之，宁非一大奇耶？盖彼为一种之乐天家，不独爱人生，且亦知处之之道，故其作品皆表出秀美，成一种之幻想福音，有娱人生之趣味焉。”作品中鲜明的浪漫式自由风格：“斯氏之作小说时，有一定主义，其为彼之生命者，自由是也。彼之作品，形式极非一律，其描写之现象甚多，其构想极奔放，而置道德于度外，随其想象，而一无拘束。[1]故其所述，无非出海、说怪、行山、入岛、涉野、语仙、见鬼、逢蛮人而已。剑光闪处，必带血腥，美人来时，多成罪恶，或探宝于绝海之涯，或发见魔窟于五都之市，皆离其现实，而使之乘空想之云而去者也。而空想所至，不免荒唐不稽，遂置道德于度外矣。”王国维对此怀着一种欣赏态度，因为“小说家之爱自由者往往如此，盖不如此则易落恒蹊也”。

1. 即如所谓“阅世愈浅，则性情愈真”的“主观之诗人”。

传文中介绍了斯蒂文森的诸多重要作品，称“*Treasure Islands*（即《金银岛》）为其得名之第一著作，青年之读物恐无出其右者”，又说《黑箭》（*The Black Arrow*）“实其平生第一杰作也”。其后着重评论了斯蒂文森的文学创作特色：

> *斯氏行文，极奇拔，极巧妙，极清新，诚独创之才，不许他人模效者也。彼最重文体，不轻下笔，篇中无一朦胧之句，下笔必雄浑华丽，字字生动，读之未有不击节者。所尤难者，彼能不籍女性之事物以为点染。自来作家惟恐其书之枯燥无味，必籍言情之事实，绮靡之文句，以挑拨读者之热情。斯氏不然，其文之动人也，全由其文章自然势力使然，可谓尽脱恒蹊矣。*
>
> *其每作一书，想象甚高，着眼极锐，尤善变化无复笔，其自言曰：“欲读者称快不绝，不勉试以种种之变化，不可得也。”故其所作，无不各有新性质。人方把卷时，皆作规则思想，及接读之，乃生例外，且例外之中更有例外，令人应接不遑焉。如结茅于山巅，开轩四望，则有海有峰，有花有木，忽朝忽夜，忽雨忽岚。又如观影灯之戏，忽火忽水，忽人忽屋，忽化而为风，忽消而为烟，令见者茫然自失。*

世之作者，有专饰文字而理想平凡者，斯氏异是。文字之鲜艳华美，虽其天才之要素，然只足鼓舞人之优美感情而已，其价值不全在此。盖彼更能观察人生之全面，于人世悲忧之情，体贴最至。其一度下笔，能深入人间之胸奥，故其文字不独外形之美，且能穷人生真相，以唤起读者之同情，正如深夜中蜡炬之光，可照彻目前之万象也。

以上文字从三个方面论及斯氏创作特色：1）行文上的奇拔、巧妙、清新、雄浑和动人；2）运思方面的“想象甚高，着眼极锐，尤善变化无复笔”；3）创作意图及效果方面，则能“观察人生之全面”，体贴“人世悲忧之情”，“深入人间之胸奥”，“以唤起读者之同情”。

在文学史上，斯蒂文森被称为英国新浪漫主义作家。新浪漫主义产生于19世纪80年代，由于人们对于困扰他们的现实普遍产生不满和厌倦，读者也不满于反映平凡生活的老套小说，而把兴趣转向新奇浪漫的故事。于是，以斯氏为首的一批作家，开始采用浪漫传奇和哥特小说形式，创造出一批受读者欢迎的新浪漫作品。这些小说不仅文笔优美，故事动人，而且充满朝气，启发了读者的想象，使他们逃开平庸的日常生活，进入陌生而美妙的幻想天地。而斯蒂文森的创作中集中了两种很少同时并存于一个作家身上的素质，即既是一个追求艺术形式美的文学家，又是一个会讲故事的小说家，因而成为这一文学流派最重要的作家，奠定了他在文学史上的杰出地位。同样，王国维在这篇传文中也颇为精到地总结了斯蒂文森在文学史上的重要地位：

要之，斯氏实十九世纪罗曼派之骁将，近代自然派之所以隆盛者，皆彼之功也。斯氏虽传斯科特（即司各特）之脉，然较彼仍有更上一步者，……其性格之描写，为所享近代写实派影响之心理分析之笔……而在诸家之中，独放异彩者，则斯提逢孙是也。其文学性质，虽不敢曰推倒一世，然自为新罗曼派之第一人，其笔致之雄浑，思想之变幻，近世作者中实罕其匹。呜呼！谓非一代之奇才耶！

这里，传文由近代欧洲文学流派之嬗递发展，来论述斯氏“新罗曼派”的特色，曰“笔致之雄浑，思想之变幻”，也颇可与《人间词话》的有关论说参照比析。

二、 “描写客观之自然与客观之人间”的莎士比亚

介绍引进莎士比亚并非始于王国维。1840年，林则徐派人将英国人慕瑞所著《世界地理大

全》（*The Encyclopaedia of Geography*，1834 年初版于伦敦）译成《四洲志》，这是近代中国最早介绍世界史地的著述之一。该书第十三节谈及英国的情况时，就讲到沙士比阿（即莎士比亚）等“工诗文、富著述”。后来，莎士比亚的名字就伴随着外国来华传教士的介绍而逐渐为中国读者所知。清咸丰六年（1856 年），上海墨海书院刻印了英国传教士慕维廉所译《大英国志》，其中讲到伊丽莎白女王时代的英国文化盛况时也提到了儒林中“所著诗文，美善俱尽”的“舌克斯毕”（即莎士比亚）等“知名士”。光绪八年（1882 年）北通州公理会刻印的美国牧师谢卫楼所著《万国通鉴》中也提到“英国骚客沙斯皮耳（即莎士比亚）者，善作戏文，哀乐罔不尽致，自候美尔（现通译荷马）之后，无人几及也。”[1] 其他一些英国传教士编译的著作，

1. 戈宝权：《莎士比亚在中国》，载《莎士比亚研究》创刊号，第 332 页，杭州：浙江人民出版社，1983 年版。

以及清末中国驻外使节或旅外人士，如郭嵩焘、曾纪泽、张德彝、戴鸿池和康有为等，也都在有关著述中提到过莎士比亚。1904 年出版的《大陆报》（*The Continent*）第十号在“史传”栏刊载《英国大戏曲家希哀苦皮阿传》。同年，商务印书馆出版了林纾翻译的英国兰姆姐弟的《英国诗人吟边燕语》，该书序中说“莎氏之诗，直抗吾国之杜甫，乃立义遣词，往往托象于神怪”。[2] 不过，以上这些关于莎士比亚的内容均极其简略，只有到了王国维笔下，莎士比亚

2. 陈平原、夏晓红编：《二十世纪中国小说理论资料》第一卷，第 139 页，北京：北京大学出版社，1997 年版。

才较全面地为中国读者所了解和认识。

王国维在《莎士比传》中详细交代了莎士比亚的婚姻家庭、伦敦岁月、创作过程等基本情况，并高度评价其“学识之博大”，“性情之温厚闲雅”，“不独为诸人所尊敬，且为诸人所深爱”，还征引约翰逊的话来评价莎士比亚：“彼才既跌宕，又思想深微，想象浓郁，词藻温文，更助以敏妙之笔，于是其文遂如长江大河，一泻千里，不可抑制。盖彼之机才，实彼之性命，若稍加以抑制，与夺其性命无异。若以其所长补其所短，亦复充足而有余也。”

在介绍莎士比亚的创作情况方面，该传记载亦详。文中将莎氏创作分为四个时期，介绍其第一时期“所作多主翻案改作，纯以轻妙胜”。因为传主“尚未谙世故”，“故与实际隔膜，偏于理想，而不甚自然”。而进入第二时期后，因“渐谙世故，知人情，其想象亦届实际”，所以本时期“专作史剧，依其经验之结果，故不自理想界而自实际界，得许多剧诗之材料”。剧作风格则“大抵雄浑劲拔”。第三时期，“莎氏因自身之经验，人生之不幸，盖莎氏是时既失其儿，复丧其父，于是将胸中所郁，尽泄诸文字中，始离人生表面，而一探人生之究竟。故是时之作，均沉痛悲激”。而至第四时期，作者“经此波澜后，大有所悟，其胸襟更阔大而沉著。

于是一面与世相接，一面超然世外，即自理想之光明，知世间哀欢之无别，又立于理想界之绝顶，以静观人海之荣辱波澜”。所以，本时期的作品“足觇作者之人生观”：“诸作均诲人以养成坚忍不拔之精神，以保持心之平和，见人之过误则宽容之，恕宥之；于己之过误，则严责之，悔改之，更向圆满之境界中而精进不怠。”因“含有一种不可思议之魔力”，而“左右人世”。

传文中的这些解说，基本上展示了莎剧创作各时期之重要特征，且精炼到位，对中国读者全面把握莎剧创作特质大有助益。传文中还列出了莎士比亚所有剧诗（史剧、喜剧、悲剧）和叙事、抒情诗的英文篇名、年代，其中部分篇名按此前出版（1904 年商务版）的林纾、魏易合译的《英国诗人吟边燕语》里的中文译名标注。这同样让 20 世纪初的中国读者对莎氏作品先有了一个必要的概要了解，尽管此时尚无一篇莎剧的正式中文译本。

在列出莎氏全部作品篇名之后，传文中又提到了莎士比亚的“四大悲剧”：《鬼诏》（即《哈姆雷特》）、《黑瞀》（即《奥瑟罗》）、《蛊征》（即《麦克白》）、《女变》（即《李尔王》），指出“盖惟此四篇实不足以窥此大诗人之蕴奥”，表明认识莎士比亚，只有通过深入全面地阅读莎氏作品，才能真正体会其艺术魅力：

> *盖莎氏之文字，愈嘴嚼，则其味愈深，愈觉其幽微玄妙。又加拉儿氏[1]曰：“人十岁而嗜莎士比，至七十岁而其趣味犹不衰。”盖莎士比文字，犹如江海，愈求之，愈觉深广。故凡自彼壮年所作之短歌集，以求其真意者，或据一二口碑以求莎氏之为人，或据一己之见以解释其著作，皆失败也。当知莎氏与彼主观的诗人不同，其所著作，皆描写客观之自然与客观之人间，以超绝之思，无我之笔，而写世界之一切事物者也。[2]所作虽仅三十余篇，然而世界中所有之离合悲欢，恐怖烦恼，以及种种性格等，殆无不包诸其中。故莎士比者，可谓为“第二之自然”、“第二之造物”也。*

这段文字既指出了读莎翁文字“犹如江海，愈求之，愈觉深广”那种常读常新、愈读愈深的感觉，也涉及到如何正确赏鉴大诗人的作品问题，更提出要把“描写客观之自然与客观之人间”的莎士比亚与那些“主观的诗人”区别开来，因而实开《人间词话》区分“主观之诗人”与“客观之诗人”的先河，构成王氏美学思想的重要内容。

在王国维看来，像莎士比亚之类的“客观之诗人”能“以超绝之思，无我之笔，而写世界之一切事物”，便可创造“第二之自然”、“第二之造物”。这里，王国维所谓的“无我”，

1. 即卡莱尔（Thomas Carlyle，1795—1881）。其第一部著作《席勒传》更视歌德为圣人。他说“在歌德眼里就像在莎士比亚眼里一样”，“现实界的自然之物即为超自然之物”，莎翁《哈姆雷特》等名剧与歌德《浮士德》里的人物都是“作者赐给我们”的“一切玄妙奥秘的揭示，人世物相的本来面目”。（韦勒克：《近代文学批评史》第三卷，第 120 页，上海：上海译文出版社，1997 年版。）这些论说与王国维小传所说莎翁“以超绝之思，无我之笔”，“描写客观之自然与客观之人间”相近。作为歌德的崇拜者，王国维从卡莱尔那里找到了认识莎翁的镜子。

2. 王国维《人间嗜好之研究》［原刊《教育世界》第 146 号，丁未二月下旬（1907 年 4 月）］：“若夫最高尚之嗜好，如文学、美术，亦不外势力之欲之发表。……若夫真正之大诗人，则又以人类之感情为其一己之感情。彼其势力充实不可以已，遂不以发表自己之感情为满足，更进而欲发表人类全体之感情。彼之著作，实为人类全体之喉舌，而读者于此得闻其悲欢啼笑之声，遂觉自己之势力亦为之发扬而不能自已。”

即叔本华的“纯粹无欲之我”。对“无我之境”的追求缘起于王国维美学思想发生的最初阶段，与之相对应的“有我之境”则出现于《人间词话》之中。《人间词话》手定稿第三则有云：“有有我之境，有无我之境。……有我之境，以我观物，物皆著我之色彩。无我之境，以物观物，故不知何者为我，何者为物。（此即主观诗与客观诗所由分也。）古人为词，写有我之境者为多，然未始不能写无我之境，此在豪杰之士能自树立耳。”后来，在定稿时王国维删除了“此即主观诗与客观诗所由分也”一句。可以看到，起初王国维相信“有我之境”、“无我之境”这对概念，与另一对概念“主观诗”、“客观诗”之间，可能存在着某种内在的本质联系，所以在手定稿中加以类比。定稿时删除了后一对概念，或许对两对概念间的联系有所疑虑。[1]

1. 参见谭佛雏《王国维诗学研究》，第 99—117 页，北京：北京大学出版社，1999 年版。

在《人间词话》中，“有我之境”、“无我之境”，亦与另一对概念“造境”（理想派）、“写境”（写实派）关系密切。这后一对概念之间的关系亦难以分割。《人间词话》手定稿第二则即云：“有造境，有写境，此理想与写实二派所由分，然二者颇难分别，因大诗人所造之境必合于自然，所写之境必邻于理想故也。”《人间词话》第五则亦强调“理想”与“自然”的相互制约关系：“自然中之物，互相关系，互相限制。然其写之于文学及美术中也，必遗其关系、限制之处。故虽写实家，亦理想家也。又虽如何虚构之境，其材料必求之于自然，而其构造，亦必从自然之法则。故虽理想家，亦写实家也。”

在王国维眼中，作为“大诗人”的莎士比亚，其一生的创作即印证了“造境”与“写境”之融合特征。前引小传中莎翁创作四时期表现出来的艺术历程，正好说明了“理想与写实二派”之“颇难分别”的关系。

三、“语语皆格言”的培根

英国散文大家培根（Francis Bacon，1561—1626）的名字最早为中国人所知晓，大约也是始于 1856 年英国传教士慕维廉译的《大英国志》。其中说“儒林中如锡的尼、斯本色、拉勒、舌克斯毕、倍根、呼格等，皆知名士”。此后较早介绍培根的中国人是王韬。早在 19 世纪 70 年代，他就写了《英人倍根》一文。文中写道：“其为学也，不敢以古之言为尽善，而务在自有所发明。其立言也，不欲取法于古人，而务极乎一己所独创……盖明泰昌元年，倍根初著格物穷理新法，前此无有人言之者，其言务在实事求是，心考物以合理，不造理以合物。”（王韬《瓮牖余谈》卷二）这篇短文准确地介绍了培根的生平事迹，说明了他的哲学的重要特征，一是归纳逻辑为基础的唯物主义，一是反对偶像崇拜，不为古人和古来籍载所囿。文章还具体说明了培根的思想对各个学科发展所起的重大作用和在社会上的广泛影响。传教士办的《万国公报》则从 1878 年起一连九期连载了慕维廉所撰《格物新法》，介绍了培根的科学理论产生的时代背景、主要内容与时代价值，着重介绍了培根的代表作《格致新法》一书（今译《新工具》）。[1]

1. 参见楼宇烈、张西平主编《中外哲学交流史》，第 418 页，长沙：湖南教育出版社，1998 年版。

王国维在 1907 年刊载的《倍根小传》，也无疑是我国最早比较详细地介绍英国这位科学哲学与散文大家的文字材料。这篇文字介绍了传主的出生、家庭、求学、入政界、罢官乡居、潜心著述及实验科学等，颇为简明扼要。比如，传文中介绍培根“惟以性好奢华，享用多逾分，故负债山积，进退维谷。幸受知于权门爱萨克伯”。培根所受于伯爵甚多。“后伯有异志，为倍根所觉，力谏不从，遂绝交。……时爱萨克伯国事犯事件起，女皇震怒，倍根虽为之斡旋无效，终处死刑。至宣告伯悖逆之文，亦成自倍根手，盖倍根受女皇之命而作者也。”爱萨克伯，即伊丽莎白女王的宠臣埃塞克斯伯爵。此传对培根的言行稍有袒护。论及培根之为人，其思想与人格比较复杂。诗人蒲伯称之为人类“最智慧，最聪敏，但最卑鄙的一个”。他曾为埃塞克斯伯爵的亲信。十年后伯爵失宠，最终走上断头台，据说培根对他的叛卖起了助纣为虐之效。

《倍根小传》也介绍了培根的巨著《学风革新论》（即《伟大的复兴》），对其中第二篇《新机关论》（即《新工具》）阐述尤详，特别对该篇所倡导的归纳法研究方法的实质有所评析：

> *倍根因始定归纳论法，乃倡导学风革新，故大博盛誉，且得若干实利。实则彼之说，太偏于实用，彼盖纯以厚生利用为诸学问之目的者也。彼之言曰：“知识者，实力也”，是一语最能表其所持之意见。彼之意盖以为知自然（即造化）之理，即得利用之力者也。*

传文进而指出：

> *倍根非大思想家也，乃大应用家也，大修辞家也。彼之论说，殆皆以绝妙之词，表白极大之常识者也。至其学识之博大精核，虽一代之巨子亦不能与之争。*

培根虽被称为“大应用家”，提倡实用价值的科学，但非常崇敬拉丁古文学，而对近代英语，以为“是等近世语，早晚必随书籍以共亡”。所以每写完一本书，“必译之为拉丁文，盖恐英语亡后，其书亦随之湮没也”。可惜他寄以希望的拉丁文著述，除了《新工具》外，后世人关注无多。

培根作为散文家在文学史上的成就主要在一本《随笔》，对此《倍根小传》亦有标示。不仅如此，小传还将之与我国的随笔作比较，来突出培根散文的独特风格，可谓开中外散文比较之先河：

要之，倍根之所以为后世俗人所重，皆由于彼之“Essays”之故，是书总计五十八篇，极有文章家之真价值，义即“随笔”是也。然与近世所谓之Essays（论文）迥异其趣，与我国所谓随笔，亦迥不相同。盖我国所谓随笔，乃随笔书之，无所谓秩序者也。是篇则字字精炼，语语圆熟，条理整然不紊，在在可称之为散文之诗。至其词藻之美，比喻之巧，无一字之冗，极简净之致，犹其次也。故有人曰：“倍根语语皆格言也，敷衍彼一句，即可成为一大篇。”是语诚然。倍根之文，可代表当时秾丽散文之极致，虽以彼之冷静圆熟，犹不免有几分美文之病，是可见当时诗的时世影响之大矣。

此段文字论及培根散文风格：“字字精炼，语语圆熟，条理整然不紊”，“词藻之美，比喻之巧，无一字之冗，极简净之致”，“语语皆格言”，均为精到之论。

众所周知，培根是一个语言大师，他在文学史上以其清晰、准确又有雄辩力量的散文为新文风提供了范例。他在《新工具》中“市场偶像”一节就是谈语言不精确之弊，而且认为这个问题最为“麻烦”。

《学术的推进》（王国维译为《学问发达论》）中也多次论及语言问题，其中讲道：“人们猎取的与其说是内容，不如说是词藻，与其说是有分量的内容，有价值的问题，有道理的立论，有生命力的发明或深刻的见解，不如说是精美的文辞，完整干净的文句，委婉跌宕的章法，以修辞比喻来变化或美饰其文章。”[1]

1. 王佐良、何其莘：《英国文艺复兴时期文学史》，第420页，北京：外语教学与研究出版社，1995年版。

同样我们也知道，随笔这一形式并非始于培根。它在欧洲文学中的创造人是法国的蒙田。蒙田每篇随笔都很长，培根则不同，几乎每篇均集中紧凑，言简意赅，甚至写得像一连串的名言警句，内容上也不尚空谈，对社会和人情世故体会颇深，形诸文字时，又以其科学头脑使随笔一律布局谨严，议论脉络清楚可寻，既闪耀着智慧，又间带些诗情画意。[2] 以上这些关于培根散文的特质，我们现在可从任何一本文学史著述中轻易获知，然而在20世纪初，王国维即在《倍根小传》中明确简练地提出，其先导意义不容忽视。

2. 王佐良、何其莘：《英国文艺复兴时期文学史》，第428—431页，北京：外语教学与研究出版社，1995年版。

四、“主观之诗人”拜伦

据现有资料，梁启超是译介拜伦给中国读者的第一人。1902 年，梁启超在其创办的《新小说》第 2 号上，首次刊出英国拜伦（Lord Byron，1788—1824）的照片，称为“大文豪”，并予以简要介绍。后又在其小说《新中国未来记》（《新小说》杂志连载）中译了拜伦《渣阿亚》（*Giaour*，即《异教徒》）片断和长诗《哀希腊》中的两节。继梁启超以后，拜伦后一首诗又有马君武（《哀希腊歌》）、苏曼殊（《哀希腊》）、胡适（《哀希腊歌》）等多种译本。此外，苏曼殊在 1906 年翻译、1909 年出版了国内第一部拜伦诗选，并在诗选的《自序》中描述了拜伦背井离乡的忧愤和帮助希腊独立的义举。当时拜伦的诗之所以特别引人注目，是与中国近代民族危亡的社会现实有关系。梁启超就通过笔下人物黄克强之口说道：“摆伦最爱自由主义，兼以文学的精神，和希腊好像有夙缘一般。后来因为帮助希腊独立，竟自从军而死，真可称文界里头一位大豪杰。他这诗歌正是用来激励希腊人而作，但我们今日听来，倒好像有几分是为中国说法哩。”（《新中国未来记》第四回）这以后，鲁迅在 1907 年写下了著名的《摩罗诗力说》，对“立意在反抗，指归在动作”、“不克厥敌，战则不已”的摩罗诗派的领袖人物拜伦有比较系统的介绍与评述。同年，王国维在 11 月出版的《教育世界》杂志 162 号上发表《英国大诗人白衣龙小传》，对拜伦的生平及创作特征作了比较详细的介绍和评价，因而成为当时引进介绍拜伦的先驱者之一。

王国维在这篇小传中首先交代了传主的幼年生活、家庭状况、初恋交游、欧陆漫游、客死希腊的整个生命历程。如叙述其母“执拗多感，爱憎无常，激之则若发狂，尝寸裂己之衣履”。拜伦“即育诸其母之手者，故其闲雅端丽之姿，与不羁多感之性，亦略似其母。又其母子间亦常不相能。其母盛怒时，不论何物，凡在手侧者，皆取以掷子。子愤极，每以小刀自拟其喉。故每当争论后，母子互相疑惧，均私走药肆中，问有来购毒药者否。其幼时之景况，盖如此也”。又叙传主“自幼性即亢傲，不肯居人下。故在小学中，一意读书，且好交游，不惜为友劳苦伤财。其后彼游意大利时，每岁用费四千镑，其中一千镑，专为友人费去”。通过这些早年生活细节的描述凸显了传主的独特个性。

这篇小传对传主的文学创作也有简要介绍。如称《查哀尔特·哈罗德漫游记》（即《恰尔德·哈洛尔德游记》）“为其一生中最鸿大之著作”，“哈罗德漫游中之主人，盖隐然一白衣龙之小影也”。也提到拜伦《东方叙事诗》、《曼夫雷特》、《唐璜》（文中译为《丹鸠恩》）等重要诗篇。传中还说拜伦“素不喜诗歌，轻视美文，诋毁文士，即于其己之所作亦然”，而看重“作诗以外之本领”，继而引出助希腊独立并病死他乡的结局。

王国维在小传中对拜伦的秉性为人、言谈举止、性格性情、情欲情感及创作特性等还有一段精彩评论，特别值得关注：

> 白衣龙之为人，实一纯粹之抒情诗人，即所谓“主观之诗人”是也。其胸襟甚狭，无忍耐力自制力，每有所愤，辄将其所郁之于心者泄之于诗。故阿诺德[1]评之曰：“白氏之诗非如他人之诗，先生种子于腹中，而渐渐成长，乃非成一全体而发生者也。故于此点尚缺美术家之资格。彼又素乏自制之能力，其诗皆为免胸中之苦痛而作者，故其郁勃之气，悲激之情，能栩栩于诗歌中。”此评实能得白衣龙之真像。盖白衣龙非文弱诗人，而热血男子也，既不慊于世，于是厌世怨世，继之以詈世；既詈世矣，世复报复之，于是愈激愈怒，愈怒愈激，以一身与世界战。夫强于情者，为主观诗人之常态，但若是之甚者，白衣龙一人而已。盖白衣龙处此之时，欲笑不能，乃化为哭，欲哭不得，乃变为怒，愈怒愈滥，愈滥愈甚，此白衣龙强情过甚之所致也。实则其情为无智之情，其智复不足以统属其情而已耳。格代之言曰：“彼愚殊甚，其反省力适如婴儿。”盖谓其无分别力也。彼与世之冲突非理想与实在之冲突，乃己意与世习之冲突。又其嗜好亦甚杂复。少年时喜圣书，不喜可信之《新约》，而爱怪诞之《旧约》。其多情不过为情欲之情，毫无高尚之审美情及宗教情。然其热诚则不可诬，故其言虽如狂如痴，实则皆自其心肺中流露出者也。又阿恼德之言曰：“白衣龙无技术家连缀事件发展性格之伎俩，惟能将其身历目睹者笔之于书耳。”是则极言其无创作力，惟能敷衍其见闻而已。观诸白衣龙自己之言则益信，其言曰：“予若无经验为基础，则何物亦不能作。”故彼之著作中之人物，无论何人，皆同一性格，不能出其阅历之范围者也。

该段评论为我们勾画了大诗人拜伦作为“主观之诗人”的鲜明形象：“胸襟甚狭，无忍耐力自制力”。此类“纯粹之抒情诗人”，“每有所愤，辄将其所郁之于心者泄之于诗”，故而“其

1. 阿诺德（Matthew Arnold，1822—1888），19 世纪后期英国最重要的文学批评家。他赞同歌德所说“拜伦一旦思考就成了孩童”。他尊拜伦为“第二的大诗人”，是继莎士比亚之后英国诗歌中“最大的自然力量，最大的原生能力”。（韦勒克：《近代文学批评史》第四卷，第 208 页，上海：上海译文出版社，1997 年版。）

诗皆为免胸中之苦痛而作者”。同样正因如此，诗人自身的“郁勃之气，悲激之情”，能栩栩如生地展示在诗作之中。此类诗人又具备一种特立独行的个性和热血男子的炽热情感，他们“不慊于世，……以一身与世界战”。同时也因为此类诗人“强情过甚”，而“其情为无智之情”，所以他们的心态类乎孩童，即如歌德所言“其反省力适如婴儿”。然而，正是这种特点造就了其诗作具有某种强烈的冲击力。王国维对此颇多欣赏：“然其热诚则不可诬，故其言虽如狂如痴，实则皆自其心肺中流露出者也。”相对于“不可不多阅世”的“客观之诗人”来说，像拜伦这样的主观诗人并不以阅历丰富见长，所以“彼之著作中之人物，无论何人，皆同一性格，不能出其阅历之范围者也”。传中特别注意到了拜伦一生中对立互补的两个侧面：一方面独尊个性，情绪易于昂扬亢奋；另一方面又情感脆弱，细腻而易感伤。其实，这又何尝不是浪漫主义者常见的两个侧面。当然，王国维传文中的这些评价并非无懈可击，重要的是王氏通过拜伦阐述了其关于“主观之诗人”的美学思想。

《人间词话》第十七则云：“客观之诗人，不可不多阅世。阅世愈深，则材料愈丰富，愈变化，《水浒传》、《红楼梦》之作者是也。主观之诗人，不必多阅世。阅世愈浅，则性情愈真，李后主是也。”《人间词话》中惟一被明确指出其为“主观之诗人”的是后主李煜，其“阅历愈少而性情愈真”。性情真莫如赤子。第十六则有云：“词人者，不失其赤子之心者也。故生于深宫之中，长于妇人之手，是后主为人君所短处，亦即为词人所长处。”第十八则亦云：“尼采谓‘一切文学，余爱以血书者’。后主之词，真所谓血书者也。”可见作为“主观之诗人”的李煜，是王国维最为“倾倒喜爱”的词人之一。

王国维对所谓“赤子之心”的理解，接近于作为“纯粹之抒情诗人”的浪漫大诗人拜伦的情感特征。如上所述，此类诗人的特点在于：强于感情，弱于理智。“其反省力适如婴儿”，但其诗歌“皆自其心肺中流露出”。王国维在其著作中明确称之为“主观诗人”的也只有拜伦和李煜二人。对“主观诗人”的强调，也促使王国维关注并提出了以主观感情的表现为特征的“有我之境”说。

五、“生百政治家，不如生一大文学家”

无法断定王国维是否有意为之，上述均刊于1907年《教育世界》的英国著名作家传记，在选择上恰好包括了诗人、散文家、戏剧家、小说家四种文学家类型。王国维很早便开始了对英国文学的关注。1904年他接编《教育世界》后，即开辟“小说”专栏，以“家庭教育小说”为名，连载长篇作品《姊妹花》[1]。此小说为18世纪英国感伤主义作家奥立维・哥尔德斯密斯（1728—1774）的《威克菲尔德的牧师》，描写主人公穷牧师普里姆罗斯自述其家庭被乡村地主欺压的种种悲惨遭遇，有浓郁的感伤情怀的描写。连载前有一段编者的话：“是书为英国葛德斯密所著。原名《威克特之僧正》（*The Vicar of Wakefield*），一千七百六十六年出版。文人词客，争相宝贵。今日本学校，多假为课习英语之用，其身价可想见。惟译本视原书章节略有变易，文字陋劣，不足传达真相，阅者谅焉。”[2]

在刊载小说最后一节的《教育世界》上，还附录了《葛德斯密事略》，其中从哥尔德斯密斯的为人秉性说到行文风格：“葛德斯密之为人，志薄而行弱。尝厌尘世束缚之苦，而悲戚不已。静则思动，动则思静，故萨嘉烈（即萨克雷）评之曰：葛德斯密，惟悬想明日，追悼往日，而忘却今日者也。其性质若此，故其为文也，哀怨悱恻，流丽优雅，能为当日后世所爱抚。”又“以毕世穷愁，阅历深透，故于世态人情之微，能发挥无遗”。而这部家庭教育小说《姊妹花》即“可谓善描人生之真相者矣”。

王国维在此欣赏小说要关注人情世态，揭示人生的真相，这与梁启超“小说改良社会”的文学观是相呼应的。确实因受梁启超鼓吹“小说界革命”的影响，王国维在其主编的《教育世界》上不断加强对西方小说的译介。后来，又通过《教育世界》“传记”栏译介了欧美诸领域代表人物传记，而尤使他倾心仰慕的，则是那些“足以代表全国民之精神”的西方大文学家，如古希腊的荷马、意大利的但丁、英国的莎士比亚、德国的歌德等。写于1904年的《教育偶感》中有一段话说得非常明白：

> *今之混混然输入我中国者，非泰西物质的文明乎？政治家与教育家坎然自知其不彼若，毅然法之，法之诚是也。然回顾我国精神界则奚若？试问我国之大文学家有足以代表全国民之精神，如希腊之鄂谟尔、英之狭斯丕尔、德之格代者乎？吾人所不能*

1. 连载于《教育世界》第69—89号，甲辰正月上旬至十一月上旬（1904年2月—12月）。

2. 据相关学者考察，此小说系“编者”（王国维）将日译“陋劣”的小说转译成中文，因为原著文字“流丽优雅”，日本学校多为英语课本范文；作者“毕世穷愁”，“阅历深透”，“善描写人生之真相”。（参见陈鸿祥《王国维传》，第195页，北京：人民出版社，2004年版。）

答也。其所以不能答者，殆无其人欤？抑有之而吾人不能举其人以实之欤？二者必居一焉。由前之说，则我国之文学不如泰西；由后之说，则我国之重文学不如泰西。前说我所不知。至后说，则事实较然，无可讳也。

在王国维眼里，虽然无法肯定“我国之文学不如泰西”，但“我国之重文学不如泰西”是不争的事实，而大文学家“足以代表全国民之精神”。因此，在同一则“偶感”中王国维进一步申言：

生百政治家，不如生一大文学家。何则？政治家与国民以物质上之利益，而文学家与以精神上之利益。夫精神之于物质，二者孰重？且物质上之利益，一时的也；精神上之利益，永久的也。前人政治上所经营者，后人得一旦而坏之；至古今之大著述，苟其著述一日存，则其遗泽且及于千百世而未沬，故希腊之有鄂谟尔也，意大利之有唐旦也，英吉利之有狭斯丕尔也，德意志之有格代也，皆其国人人之所尸而祝之，社而稷之者，而政治家无与焉。何则？彼等诚与国民以精神上之慰藉，而国民之所恃以为生命者。若政治家之遗泽，决不能如此广且远也。[1]

1. 王国维：《教育偶感》，原载《教育世界》第 81 号，甲辰七月上旬（1904 年 8 月）。

王国维认为，政治是短暂的，物质上的利益是一时的，惟有精神上的利益才是永久的。那些流传千百世的文学经典及其作家，在西方那样被传颂、被崇拜，而我们却对此视而不见、漠然置之，还谈得上什么教育！他在《教育世界》“改章”之初推出的第一篇文学家传记《德国文豪格代希尔列尔合传》开头即大声疾呼：“呜呼！活国民之思潮、新邦家之命运者，其文学乎！”结尾面对这两位“与星月争光”的德国作家，王国维心生感慨：“胡为乎，文豪不诞生于我东邦！”

无独有偶，东渡日本的鲁迅亦主张“别求新声于异邦”。1907 年在其所著《摩罗诗力说》的结尾也慨叹：“今索诸中国，为精神界之战士者安在？”1913 年写成的《儗播布美术意见书》中，亦称美术（文学艺术）为“国魂之现象”，“若精神递变，美术辄从之以转移。此诸品物，长留人世，故虽武功文教，与时间同其灰灭，而赖有美术为之保存，俾在方来，有所考见”。[2]

2. 鲁迅：《鲁迅全集》第八卷，第 52 页，北京：人民文学出版社，2005 年版。

《三十自序之二》中，王国维坦陈在 1906 年前后思想发生困惑时说自己“疲于哲学有日矣”。标明这是“此二三年中最大之烦闷，而近日之嗜好所以由哲学而移于文学，而欲于其中求直接之慰藉者也”。[3]

3. 王国维：《王国维遗书 · 静安文集续编》第三册，第 611 页，上海：上海古籍书店，1983 年版。

王国维曾极力争取包括文学艺术在内的“纯粹美术”的独立地位与不朽价值。他甚至将文艺尤其是诗歌提到与哲学同等的高度，指出两者“所欲解释者皆宇宙人生上根本之问题，不过其解释之方法，一直观的，一思考的，一顿悟的，一合理的耳”。（《奏定经学科大学文学科大学章程书后》，见《静安文集续编》）因此，文学艺术作为“国魂之现象”，能给“国民以精神上之慰藉”，国民则“恃以为生命”。正是自觉地认识到了文学有“如此广且远”的生命力，认识到了西方文学家身上所体现出的那种精神力量与文学启示，王国维才大量介绍包括英国作家在内的西方文学家，因为他们可做中国精神界的良师益友。

第二节　林纾与英国文学

林纾（1852—1924）之所以在 20 世纪中国文学史上占有一席之地，主要是因为他与王寿昌、魏易、陈家麟、曾宗巩等人合作，先后翻译了 185 种[1]外国文学作品，属于小说的有 163 种，其中英国作品占大多数，史称 “林译小说”， 康有为就有“译才并世数严林”之誉。这样一个典型的传统旧式文人，目不识西文，足不出国门，在从事翻译事业之前对域外历史文化、风俗人情的了解极为有限。因此，林纾进行的翻译，是由一个通晓外语的口译者述说情节，他“耳受手追”，在作出记录的同时对作品加工润色，成为以“译述”为特色的“林译小说’。林纾能够凭借其深厚的传统文学修养和丰富的文学艺术想象力，自觉地将“笔录”与“创作”合二为一，为 20 世纪初的中国文坛提供了一份独特的滋养，这尤其明显体现在他所译介的英国小说作品中。下文主要以林译《迦茵小传》、《撒克逊劫后英雄略》和狄更斯小说，论析林纾在中英文学交流史上的地位与重要意义。

1. 关于林译作品统计，目前有三种说法：据马泰来考订，林译作品 185 种（见《读书》1982 年第 10 期《林纾翻译作品全目》）。据郑振铎 1924 年考订，成书共有 156 种，其中已出版的 132 种，刊载于《小说月报》（第 6 卷至第 11 卷）；尚未出单行本 10 种；尚存于商务印书馆未付梓的 14 种（见郑振铎《林琴南先生》）。据《中国翻译家词典》，共 170 余部（271 册），其中英国作家作品最多（93 种），依次是法国（25 种）、美国（19 种）、俄国（6 种）。重要的世界名著占 40 多种，均出自莎士比亚、狄更斯、司各德、笛福、欧文、大仲马等世界著名作家。

一、　林译《迦茵小传》的文学价值与影响

1905 年 3 月，林纾、魏易同译哈葛德原著《迦茵小传》（*Joan Haste*）[2]，由商务印书馆出版发行，并于同年引起关于爱情小说《迦茵小传》两种译本的争论。

2.《迦茵小传》讲述的是西方爱情小说中司空见惯的故事。女主人公迦茵与出身于贵族的“水师船主”亨利一见钟情，二人遂坠入爱河。迦茵“非名门闺秀”，故亨利的母亲百般反对。迦茵忍痛离开亨利，与一直紧追她的村中地主洛克结婚。然后迦茵对亨利感情依旧，使洛克对亨利产生强烈嫉恨，遂试图暗杀亨利，迦茵为保护亨利而毅然饮弹身亡。

哈葛德（1856—1925）擅长写通俗小说，共著57部小说，林译25种，其中，这部《迦茵小传》的翻译最成功。哈葛德曾服务于南非的英国殖民政府，先后游历过荷兰、墨西哥、巴勒斯坦、埃及等地，每次归来均有新作面世。他擅长写历史题材，充满异国情调的冒险、神秘、离奇与曲折的故事，颇吸引人。被译成中文的故事主要有《英孝子火山报仇录》（1893）、《斐洲烟水愁城录》（1887）、《雾中人》（1885）、《三千年艳尸记》（1886）、《鬼山狼侠传》（1892）、《蛮荒志异》（1900）、《古鬼遗金记》（1906）等。言情小说《迦茵小传》在一个偶然机会为上海虹口中西书院学生杨紫麟发现于旧书铺（杨如此声明，未必如此），从此开始了它在中国的“奇遇”。

1901年（清德宗光绪二十七年），蟠溪子（杨紫麟）和天笑生（即包天笑、包公毅）合译《迦茵小传》，在上海《励学译编》[1]第1—12册连载，1903年上海文明书局出单行本。译者托言“惜残缺其上轶。而邮书欧美名都，思补其全，卒不可得”，只译了此书一半，实为保全迦茵之“贞操”，有意删节。[2]

1.《励学译编》（*The Translatory Magazine*）月刊，我国最早的翻译刊物之一，光绪二十七年二月（1901年4月）创刊于苏州。励学译社编辑“采东西政治，格致诸学”，各译全书，分期连载。

2. 寅半生（钟骏文，钟八铭）《读〈迦因小传〉两译本书后》：“吾向读《迦因小传》而深叹迦因之为人清洁娟好，不染污浊，甘牺牲生命以成人之美，实情界中之天仙也；吾今读《迦因小传》，而后知迦因之为人淫贱卑鄙，不知廉耻，弃人生义务而自殉所欢，实情界中之蟊贼也。此非吾思想之矛盾，以所见译本之不同故也。盖自有蟠溪子译本，而迦因之身价忽登九天；亦自有林畏庐译本，而迦因之身价忽坠九渊。……今蟠溪子所谓《迦因小传》者，传其品也，故于一切有累于品者皆删而不书。而林氏之所谓《迦因小传》者，传其淫也，传其贼也，传其耻也，迦因有知，又曷贵有此传哉！”

这个由杨紫麟节译、包天笑润饰的《迦因小传》的删节本引起林纾极大兴趣，认为“译笔丽赡，雅有辞况”，可惜未能译全。他在译哈葛德的小说时无意中发现此书的全本，欲邮此书给蟠溪子，但不知“蟠溪子”为何人，只好与魏易于1904年重新翻译，并说了这样一番话：“向秀犹生，郭象岂容窜稿；崔灏在上，李白奚用题诗。特吟书精美无伦，不忍听其沦没，遂以七旬之力译成。”[3]为显示与杨本不同，改“因”字为“茵”，取名《迦茵小传》，1905年由上海商务印书馆出版。林不仅撰译序，而且作《调寄买陂塘》一首冠于书前，这在林译小说中不多见，可见林纾对此小说译介投入了大量心血。

3. 林纾：《迦茵小传 · 小引》，上海：商务印书馆，1905年版。

《迦茵小传》原著的文笔平淡，语言平庸，情节结构等亦不甚严谨，属于流行作品。但经过林纾的翻译润色后，其文学价值大大提高。郭沫若曾回忆说：“我最初读的是Haggard（哈葛德）的《迦茵小传》。这怕是我读过的西洋小说的第一种，这在世界文学史上没有甚么地位，但经林琴南的那种简洁的古文译出来，却增添了不少的光彩。”[4]

4. 郭沫若：《郭沫若文集》第六卷，第113页，北京：人民文学出版社，1984年版。

韩洪举[5]在文章中曾从人物塑造、结构、语言三方面阐述了林译《迦茵小传》的艺术成就，认为“这部二三流的原作竟成了一部当之无愧的名著”。因为林纾“采取‘意译’的方式，对原著进行加工改造，完全是一种‘再创作’”。而且林纾的翻译态度比较严肃，“若需要发感慨，

5. 韩洪举：《林译〈迦茵小传〉的文学价值及其影响》，载《浙江师范大学学报》，2005年第1期。

则写于译序中，不在正文中塞进自己的‘私货’”。林纾深厚的古文根底也具有化腐朽为神奇的本领，因而，经过翻译的《迦茵小传》可谓“点铁成金”了。同时，这部小说具有的资产阶级民主自由思想正是当时中国所需要的，与中国读者的心理产生共鸣，因而得以在中国流行。

译本于 1905 年 3 月由商务印书馆初版，至 1906 年 9 月已发行三版，1913、1914 年再版，先后编入《说部丛书》、《林译小说丛书》等。病中的夏曾佑读罢此书，百感交集，题词：“会得言情头已白，捻髭想见独沈吟。”[1]

1. 夏曾佑：题词《积雨卧病读琴南迦茵小传有感》，见《迦茵小传》，北京：商务印书馆，1981 年版。

《迦茵小传》也引起了封建卫道士的大肆攻击。金松岑在《论写情小说与新社会之关系》中就将当时社会青年男女伦理道德之败坏、西方思潮和生活方式的流行统统归罪于林译《迦茵小传》全译本的刊行：“曩者少年学生，粗识自由平等之名词，横流滔滔，已至今日，乃复为下多少文明之确证，使男子而狎妓，则曰：我亚猛着彭也，而父命可以或梗矣（《茶花女遗事》，今人谓之外国《红楼梦》），女子而怀春，则曰：我迦茵赫斯德也，而贞操可以立破矣（《迦茵》小说，吾友包公毅译。迦茵人格，向为吾所深爱，谓此半面妆文字，胜于足本）。今读林译，即此下半卷内，知尚有怀孕一节。西人临文不讳，然为中国社会计，正宜从包君节去为是。此次万千感情，正读此书而起。……欧化风行，如醒如寐，吾恐不数十年后，握手接吻之风，必公然施于中国之社会，而跳舞之俗且盛行，群弃职业学问而习此矣。”[2] 这也从反面说明了该译本在传播资产阶级民主思想方面所起的作用。

2. 松岑：《论写情小说与新社会之关系》，载《新小说》，第 17 号，1905 年 6 月。

两年后，即 1907 年，卫道者寅半生在其主编的消遣性杂志《游戏世界》（杭州）第 11 期上发表文字《读迦因小传两译本书后》，指责林纾之全译本。他站在封建道德和教化的立场上攻击林译，认为蟠为迦茵“讳其短而显其长”，使人为之神往；林则“暴其行而贡其仇”，使人为之鄙夷。蟠为迎合传统礼教，译述中有意隐去迦茵与亨利邂逅登塔取雏的浪漫故事，删削了两人相爱私孕的情节，把亨利为爱情而不顾父母之命而与迦茵自由恋爱的内容删而不述。林译则完整译述，故被道学家们视为中国礼教的敌人。在林笔下，迦茵是资本主义社会中一位备受凌辱而富于反抗精神、热烈追求爱情幸福的女性，这位美丽善良、具有自我牺牲精神的女性也展示了林的进步思想。近代中国人追求个性解放，渴望自由恋爱、婚姻自主，向往以爱情为惟一基础的浪漫型男女关系，但这种爱情理想受到封建道学家的扼杀与抨击。当时真正能揭示近代爱情心态的中国小说尚未诞生，于是这部英国二三流小说在中国轰动一时便不足为奇了。

它对当时人们的文学、思想观念产生了很大的影响，堪为“林译小说”的上乘之作。

鲁迅《上海文艺之一瞥》[1]中评述这场争论：“然而才子佳人的书，却又出了一本当时震动一时的小说，那就是从英文翻译过来的《迦茵小传》（H. R. Haggard：*Joan Haste*）。但只有上半本，据译者说，原本从旧书摊上得来，非常之好，可惜觅不到下册，无可奈何了。果然，这很打动了才子佳人们的芳心，流行得很广很广。后来还至于打动了林琴南先生，将全部译出，仍旧名为《迦茵小传》。而同时受了先译者的大骂，说他不该全译，使迦茵的价值降低，给读者以不快的。于是才知道先前之所以只有半部，实非原本残缺，乃是因为记着迦茵生了一个私生子，译者故意不译的。其实这样的一部并不很长的书，外国也不至于分印成两本。但是，即此一端，也很可以看出当时中国对于婚姻的见解了。”

1. 鲁迅：《鲁迅全集》第四卷，第 294 页，北京：人民文学出版社，1981 年版。

1908 年（清德宗光绪三十四年）年初，自称自己是春柳社成员的任天知加入春阳社，对春阳社的活动起了重要作用。他排演的《迦茵小传》，让上海观众耳目一新。内容描写迦茵的爱情纠葛和生活遭遇，情节曲折，哀婉动人，戏剧性很强，是早期话剧的热门戏。不少新剧团各有改编本，春阳社是最早的一个。本剧的演出，摆脱了戏剧表演的格式，以至于使看惯了戏曲的人以为“不像戏，像真的事情”。[2]

2. 徐半梅：《话剧创始期回忆录》，北京：中国戏剧出版社，1957 年版。

二、 林译《撒克逊劫后英雄略》[3]

3. 本部分关于林译《撒克逊劫后英雄略》的讨论，笔者指导的毕业研究生孙建忠参与其中，并提供了比较详尽的解读文字。

在中国，第一个把司各特介绍给中国读者的是近代著名翻译家和文学家林纾。其中翻译司各特小说三种，都是林纾在京师译书局兼职做笔述时译的，司各特的这三部作品都是第一次被介绍到中国来，它们是：

《撒克逊劫后英雄略》（*Ivanhoe*，现译为《艾凡赫》）上、下卷，1905 年 11 月由上海商务印书馆出版，标“国民小说”，署“（英）司各德著，林纾、魏易同译”，书首林纾序[4]，署“光绪三十一年七月六夕，闽县畏庐甫叙于春觉斋”，收入《说部丛书》第 3 集第 7 编。

《十字军英雄记》（*The Talisman*，1825）上、下册，1907 年 3 月由上海商务印书馆出版，标“军事小说”，署“（英）司各德著，林纾、魏易译”，书首有林纾的门生陈希彭撰“《十字军英雄记》叙”，署“光绪三十二年十月晦日受业闽县陈希彭谨叙于五城学堂之南楼”，收

4. 译序里说司各特“以为可侪吾国之史迁”，并认为《撒克逊劫后英雄略》有七妙，即：“变幻离合，令读者若历十余年之久”；“每人出语，恒至千数百言，人亦无病其累复者”；“其雅有文采者，又谲容诡笑，以媚妇人，穷其丑态，至于无可托足”；“以简语泄天趣，令人捧腹”；“黄种人读之，亦足生其畏惕之心”；“令人悲笑交作”；“文心奇幻”。因此“传中事，往往于伏线、接笋、变调、过脉处，大类吾古文家言”。

入《说部丛书》第2集第29编。

《剑底鸳鸯》（*The Betrothed*，1825，现译为《未婚妻》）上、下卷，1907年11月由上海商务印书馆出版，标“言情小说”，署“（英）司各德著，林纾、魏易译”，卷首有林纾序，署“光绪三十三年八月二十日，闽县林纾畏庐父叙于春觉斋”，收入《说部丛书》第2集第20编。

这三种都被认为是林译中较好的译本，其中尤其以《撒克逊劫后英雄略》（以下简称《撒略》）影响最大。有人认为“在那些可以称得较完美的四十余种翻译中，如西万提司的魔侠传，狄更司的贼史，孝女耐儿传等，史各德之撒克逊劫后英雄略等，都可以算得很好的译本”。[1]“尤其劫后英雄略，是他（司各特）的小说中最流行的一种，在中国也最受欢迎。”晚清学者孙宝瑄1906年读完此书后，写下组诗阐发自己的心境：“河山黯黯百年仇，老去悲吟涕未收。可叹王孙空乞食，中兴心事付东流。”（孙宝瑄《忘山庐日记》）

1. 郑振铎：《林琴南先生》，见钱锺书等《林纾的翻译》，第14页，北京：商务印书馆，1981年版。

林译此书，意在鼓励、增强青年人发奋进取、保家卫国的雄心，译本与原文出入并不太大。茅盾在商务印书馆编译所标点此书时，指出译者“文笔之跌宕多姿，也得原书风格之一二”。该译本对现代作家影响较大。[2]司各特这部小说名著《艾凡赫》（*Ivanhoe*）除林译外，尚有多种译本，如《撒克逊劫后英雄略》（谢煌译，上海启明书局1937年5月）、《劫后英雄》（施蛰存译，昆明中华书局1939年8月）、《劫后英雄记》（陈原译，重庆五十年代出版社1944年1月），等等。

2. 郭沫若就说过：“林译小说中对于我后来文学倾向上有一个决定的影响的，是Scott的*Ivanhoe*，他译成《撒克逊劫后英雄略》。这本书后来我读过英文，他的误译和省略处虽很不少，但那种浪漫主义的精神他是具象地提示给我了。我受Scott的影响很深，这差不多是我的一个秘密，我的朋友似乎还没有注意到这一点。我读Scott的著作也并不多，实际上怕只有*Ivanhoe*一种。我对于他并没有什么深刻的研究，然而在幼年时印入脑中的铭感，就好像车辙的古道一般，很不容易磨灭。”（《郭沫若文集》第六卷，第114页，北京：人民文学出版社，1984年版。）

《撒克逊劫后英雄略》被认为是林译小说里的佼佼者，应与以下四个方面的原因相关：

首先，译本的好坏与林纾的工作态度密切相关。林纾译这三部作品分别在1905年和1907年，正是他翻译事业的黄金时期。钱锺书在《林纾的翻译》一文中，以民国二年（1913年）译完的《离恨天》为界标把林纾的翻译分为两个时期。前期的作品是比较精美的，感情真切，文字生动，令人爱不释手。此阶段的译作绝大多数都有自序或旁人序，有跋、小引、达旨、例言、译余剩语、短评数则，有自己或旁人所题的诗、词，在译文里还时常附加按语和评语。以《撒略》为例，书首有译者自序，在序中林纾津津有味地谈到了本书的“八妙”，又将作者司各特比附中国的史家司马迁与班固，使这篇序文成为研究林纾思想的重要论文。林纾在译述过程中，经常会忍不住技痒，用外国小说里的文字比较中国的传统文学。从这些评语和按语中可见译者对翻译工作的郑重和认真的态度。1913年以后，他的热情逐渐消退，对待译作也不像从前那样认真，不仅序跋、评语等大量减少，同时译笔退步，冷漠枯暗，无精打采，使读者感到沉闷、厌倦。尽管后期的翻译小说中也不乏出色的原著，但是像前期那样感人的译作已经不可多得了。林纾翻译《撒略》时的态度是认真而且郑重的，这也与他从事翻译事业的初衷有关，即感叹时局、警醒同胞。

其次，林纾对原著的改造和保留。林纾是一个不懂外文的翻译家，译文中误译、漏译、删改、增补的地方很多。尽管如此，他却能够从基本内容和整体风格上把握原作的特点。而且在“意译”的风气中，除了因据人口译而有差错和删改外，林纾一般都能将作者原名列出，书中人名、地名绝不改动一音，连《撒略》中的“Lady”都被毫不必要地翻译成了“列底”，后面加注“尊闺门之称也”。我们可以林译《撒略》为例，具体看看林纾对原著的保留和改造。郑振铎提到沈雁冰先生曾对他说: “撒克逊劫后英雄略,除了几个小错处外,颇能保有原文的情调,译文中的人物也描写得与原文中的人物一模一样,并无什么变更。”[1] 林纾对原著的最大改动是对文本持续的、零碎的缩减，这种小的省略到处都是，但翻译的语言基本上还是忠于原著的。译著的章节与原著一一对应，并没有进行增加和删节。至于原著中人物和地点的名称、比喻、笑话等也经常被直接翻译过来，有时加上注解便于中国读者理解。被译成中文的还有大量没有必要的历史说明，比如《撒略》的开头部分详细介绍了当时的社会和历史背景，包括英皇李却第一、享利第二等等事迹，这些都被译了过来。更为重要的是，译者遵循司各特描写人物的一般顺序——首先是场景，然后是人物登场，接着是对人物的服饰、外貌等精细的描绘，最后才交代人物的身份。小说名 *Ivanhoe* 改为更有中国传统文化意味的《撒克逊劫后英雄略》。略、传、述等都是中国史家的笔法，林纾用中国的语调译述，比起生硬地直译为《艾凡赫》更能激起中国读者的阅读欲望。林纾在翻译《撒略》时随时对一些错综复杂的句式进行了压缩和改造，用尽量经济、直接的方法传递信息。

1. 郑振铎：《林琴南先生》，见钱锺书等《林纾的翻译》，第 14 页，北京：商务印书馆，1981 年版。

第三，众所周知林纾是个不懂外文的翻译家，他翻译外国小说要由懂得外文的助手“口译”，他听了用笔记述下来。这种方法并非新创，我国早期的佛经翻译，及明清间耶稣会士的部分译著都曾采用过这个方法。这种翻译，必须双方合作才能成功完成一件完整的作品，口授者或笔受者缺一不可。由于林纾不懂外语，所以与他合作的口译者对原著的鉴赏能力和外语水平高低对译作的质量就有着直接的影响。在林纾整个职业生涯中，他至少与 19 名合作者共同翻译过外国小说，其中与林纾合作翻译司各特小说的是魏易，也是林纾最为肯定的一个。林纾对自己的文笔颇自信，喜欢对译文随意增删以显其才气。可惜在他翻译的百多部作品中，真正像《迦茵小传》那样能够“化腐朽为神奇”的译本很难再找出第二部了。

最后，《撒克逊劫后英雄略》的原著（*Ivanhoe*，《艾凡赫》）原本就是名著，这也是该译本获得成功的原因之一。中世纪是个遥远而古老的时代，留下的记载很少，人们心目中的中世纪是富于浪漫色彩的“尚武”时代，常常和骑士和冒险联系在一起，司各特正是通过《艾凡赫》把这样一个活生生的时代呈现在读者眼前，不只有中世纪人们生活的简陋质朴的环境，还有紧张激烈的骑士比武、绿林好汉的林中聚会、惊心动魄的城堡围攻战，使读者目不暇接，获得了许多真实的感受。《艾凡赫》出版于 1819 年，是司各特生病期间完成的，也是他最著名的一部作品。这是他第一次撇开苏格兰背景，改用他最喜爱的英格兰历史和传统——“狮心王”理查德和罗宾汉，这两个人物在英格兰可谓家喻户晓。司各特通过他们以及他们辉煌而传奇的骑士生活，向读者展现了一个十分生动而又浪漫的故事。该书出版后，立即不胫而走，成了司各特最畅销的一本书，正如作者在该书的导言中所说，它“获得了极大的成功，可以说，自从作者得以在英国和苏格兰小说中运用他的虚构才智以来，他这才真正在这方面取得了游刃有余的支配能力。”[1]

1. 司各特：《英雄艾文荷》导言，第 14 页，上海：上海译文出版社，1996 年版。

三、　文学因缘：林纾眼中的狄更斯

在 20 世纪上半叶，每一个喜欢狄更斯作品的中国读者首先要感谢林纾，因为就是他最早把狄更斯领到了中国。作为中国近代著名文学家和翻译家，大规模介绍西方文学到中国的第一人，林纾之真正认识西方文学的妙处，也是在接触狄更斯之后，因而在其所有译作中，最重视的也正是狄更斯的小说。林纾在魏易的帮助下，从 1907 至 1909 年间共翻译了狄更斯的五部小说：《滑稽外史》（*Nicholas Nickleby*，1839）、《孝女耐儿传》（*The Old Curiosity*，1841）、《块肉余生述》（*David Copperfield*，1850）、《贼史》（*Oliver Twist*，1838）、《冰雪因缘》（*Dombey and Son*，1848）。[2]这几部译作被公认为林纾所有翻译作品中译得比较理想的小说。中国读者正是通过他的译品，才最早认识了英国这位久负盛名的伟大小说家。

2. 这些小说现在分别通译为《尼可拉斯·尼古尔贝》、《老古玩店》、《大卫·科波菲尔》、《奥列佛·退斯特》（《雾都孤儿》）、《董贝父子》。

人所共知，林纾是一个不懂外文的翻译家，他在对狄更斯作品的译介中，误译、漏译、删改、增补的地方很多。尽管如此，他却能够从基本内容和整体风格上把握原作的特点，特别是狄更斯小说中那漫画式的夸张和满含揶揄的幽默，能被他心领神会并出色地再现出来。对此，郑振铎先生曾举林纾所译《孝女耐儿传》中那段描写高利贷者奎尔普的邻妇和丈母娘鼓动奎尔普太太反抗丈夫暴君般压制的文字为例，说："我们虽然不能把他的译文与原文一个字一个字地对读而觉得一字不差，然而，如果一口气读了原文，再去读译文，则作者情调却可觉得丝毫未易；且有时连最难表达于译文的'幽默'，在林先生的译文中也能表达出；有时，他对于原文中很巧妙的用字也能照样地译出。"[1] 侗生在《小说丛话》中也说："余近见《块肉余生述》一书，原著固佳，译著亦妙。书中大卫求婚一节，译者能曲传原文神味，毫厘不失。余于新小说中，观叹止矣。"[2] 不仅如此，林纾碰到他心目中认为是狄更斯原作的弱笔、败笔之处时还能对其适当改造、加工和润色。英国著名汉学家阿瑟·韦利（Arthur Waley）评论说："狄更斯……所有过度的经营、过分的夸张和不自禁的饶舌，（在林译里）都消失了。幽默仍在，不过被简洁的文体改变了。狄更斯由于过度繁冗所损坏的每一地方，林纾从容地、适当地补救过来。"[3] 钱锺书先生也曾举《滑稽外史》中两段译文为例，指出林纾"往往是捐助自己的'谐谑'，为迭更斯的幽默加油加酱"。"林纾认为原文美中不足，这里补充一下，那里润饰一下，因而语言更具体，情景更活泼，整个描述笔酣墨饱。"[4] 这样的添改从翻译角度看尽管有"讹"的一面，但另一方面也可以看出林纾对狄更斯作品译介的感情投入之多、用心体会之深。

1. 郑振铎：《林琴南先生》，见钱锺书等《林纾的翻译》，第 15 页，北京：商务印书馆，1981 年版。

2. 侗生：《小说丛话》，载《小说月报》第 2 卷第 3 期，1911 年。

3. 转引自曾锦漳《林译小说研究》，载香港《新亚学报》，第 8 卷第 1 期，1967 年 2 月。

4. 钱锺书：《林纾的翻译》，第 25—26 页，北京：商务印书馆，1981 年版。

我们从林纾为狄更斯译作而写的序跋中更可以清晰地看出，他对狄更斯小说的特点及其作用的理解是相当准确的，并且自觉或不自觉地以中国传统文学作品为理解的参照系。正是在这种比较中林纾发现了中西文学之间在文学观念、创作方法、结构技巧等方面存在的诸多差异；更为难得的是，他真诚地赞赏以狄更斯小说为代表的西方近代文学的许多优点，批评中国传统文学的一些不足；特别是这些序跋中所提出的现实主义小说理论，对五四时期小说理论和小说创作的现代化起过很大作用；还有在序跋中表现出的对狄更斯作品溢于言表的称许，也说明了狄更斯在林纾心目中的崇高地位。

首先，林纾从狄更斯作品中体会到小说的功用应该是揭露社会弊病，促进社会改良。在《贼史·序》中他说："迭更司极力抉摘下等社会之积弊，作为小说，俾政府知而改之。……顾英之能强，能改革而从善也。吾华从而改之，亦正易易。所恨无迭更司其人，如有能举社会中积弊著为小说，用告当事，或庶几也。呜呼！李伯元已矣。今日健者，惟孟朴及老残二君。果能出其绪余，效吴道子之写地狱变相，社会之受益，宁有穷耶？”[1]

1. 林纾：《贼史》序，上海：商务印书馆，1908 年版。

这里，林纾从文学与政治现实的密切关系出发，明确把小说视为改良社会的工具，认为社会的丑恶和政治的腐败可以改良，不必从根本上改革社会制度。这与梁启超“小说改良社会”的文学观是相呼应的。在《块肉余生述·序》中林纾也说：“英伦半开化时民间弊俗，亦皎然揭诸眉睫之下。使吾中国人观之，但实力加以教育，则社会亦足改良，不必心醉西风，谓欧人尽胜于亚，似皆生知良能之彦，则鄙人之译是书，为不负矣。”[2] 由是观之，林纾译书的目的

2. 林纾：《块肉余生述》前编序，上海：商务印书馆，1908 年版。

是很明确的。在《译林·序》中，林纾更明确地将著译同开启民智、维新改良结合。他说：“吾谓欲开民智，必立学堂，学堂功缓，不如立会演说，演说又不易举，终之唯有译书。”[3] 这种

3. 林纾：《译林》序，载《译林》第 1 期，1901 年。

对小说与民智密切关系的看法也是当时知识阶层的一种共识。严复、夏曾佑在《本馆附印说部缘起》中就说：“且闻欧、美、东瀛，其开化之时，往往得小说之助。”所以译小说的宗旨则“在乎使民开化，自以为亦愚公之一畚，精卫之一石也”。[4]

4. 几道、别士：《本馆附印说部缘起》，载《国闻报》，1897 年 10 月 16 日至 11 月 18 日。

上文所引《贼史·序》中，林纾还把狄更斯这样的暴露社会积弊的小说家和中国的谴责小说家联系起来，由此也可看出林纾对狄更斯作品确有某些本质的认识。他真诚而急切地希望中国也能出现像狄更斯一样的揭发社会弊端，使政府和读者知而改之的小说家，认为李宝嘉、刘鹗、曾朴就属于这类作家；又在《红礁画浆录·译余剩语》中极力称赞过《孽海花》、《文明小史》、《官场现形记》等谴责小说作品。这些都表明林纾自觉地从“救国”、“改良”的角度，充分肯定了小说的社会作用和时代使命，从而对当时及其后的文坛产生了不小的影响。

其次，林纾从狄更斯的小说创作中也看到了我国传统文学作品与西方近代小说的明显差异，认为小说的笔触应从传统的达官显贵、英雄豪杰、才子美人中，伸入下层社会的普通人中间去。这里也并不像梁启超那样要求小说只写政治，而是把小说的描写对象扩大到与政治未必直接有关的那些领域；也不像梁启超那样，把小说单纯地作为政治传声筒，而意识到小说是对社会人生的写照，尤其是对下等社会的写照，以使读者认识生活，受到启迪。

在《孝女耐儿传·序》中林纾把狄更斯小说的人物和题材与中国文学作品的人物、题材作了比较，并高度评价了狄更斯“扫荡名士美人之局，专为下等社会写照”的优点。他说：“中

国说部，登峰造极者无若《石头记》。叙人间富贵，感人情盛衰，用笔缜密，著色繁丽，制局精严，观止矣。其间点染以清客，间杂以村妪，牵缀以小人，收束以败子，亦可谓善于体物；终竟雅多俗寡，人意不专属于是。若迭更司者，则扫荡名士、美人之局，专为下等社会写照。”并说：“余尝谓古文中序事，惟序家常平淡之事为最难著笔。”“今迭更司则专意为家常之言，而又专写下等社会之事，用意著笔为尤难。”同时批评司马氏《史记》：“以史公之书，亦不专为家常之事发也。”[1] 应该说，林纾确实较为准确地把握了狄更斯小说的人物和题材特征。

1. 林纾：《孝女耐儿传》序，上海：商务印书馆，1907 年版。

从这个角度出发，他对《红楼梦》、《史记》的批评也是有道理的。同时，他对狄更斯的倾心折服也溢于言表。在《孝女耐儿传・序》中，他认为天下文章叙悲叙战以及宣述男女之情都比较容易，但“从未有刻画市井卑污龌龊之事，至于二三十万言之多，不重复，不支厉，如张明镜于空际，收纳五虫万怪，物物皆涵涤清光而出，见者如凭栏之观鱼鳖虾蟹焉；则迭更司者盖以至清之灵府，叙至浊之社会，令我增无数阅历，生无穷感喟矣。”[2] 林纾在此高度评价了狄更斯能以深刻而犀利的笔触揭示社会现实的阴暗面，而激起读者对小说中丑恶现实的愤慨和痛心。

2. 林纾：《孝女耐儿传》序，上海：商务印书馆，1907 年版。

这种对狄更斯小说描写艺术的称誉也见于《块肉余生述・序》中。他说：“若是书特叙家常至琐至屑无奇之事迹，自不善操笔者为之，且恹恹生人睡魔，而迭更司乃能化腐朽为奇，撮作整，收五虫万怪，融汇之以精神；真特笔也！史班叙妇人琐事，已绵细可味矣，顾无长篇可以寻绎。其长篇可以寻绎者，惟一《石头记》，然炫语富贵，叙述故家，纬之以男女之艳情，而易动目。若迭更司此书，种种描摹下等社会，虽可哕可鄙之事，一运以佳妙之笔，皆足供人喷饭。”[3] 另在《块肉余生述・续编识》中，他又说：“此书不难在叙事，难在叙家常之事；不难在叙家常之事，难在俗中有雅，拙而能韵，令人挹之不尽。”[4] 林纾在此指出《块肉余生述》的长处就在于描写下等社会中普通人的生活，并以细腻而生动的笔触、真实而形象的描写著称。同时，《块肉余生述》也是林纾翻译最认真的一部小说，他自己就说过：“近年译书四十余种，此为第一。”[5]

3. 林纾：《块肉余生述》前编序，上海：商务印书馆，1908 年版。

4. 林纾：《块肉余生述》续编识语、上海：商务印书馆，1908 年版。

5. 林纾：《块肉余生述》续编识语，上海：商务印书馆，1908 年版。

林纾对狄更斯小说创作特点的总结和倡导，对我国传统的现实主义创作方法的革新具有启发意义，这也正是我国传统文学创作方法在外国文学影响下，在近代特定历史条件下即将开始革命的信号。现实主义是我国源远流长的文学史上创作方法的主流，但唐以前基本只停留在要求文学作品反映时空，察补得失。明清两代也一般停留在反映世情，即摹写悲欢离合、炎凉世态的要求上。而林纾则要求作家在揭举社会积弊的同时，把笔触伸入到下等社会“家常平淡之事”中，必然会扩大和加深现实主义的深度和广度，使文学更接近社会、人生和民众，也更能发挥文学的社会功能。恩格斯也把狄更斯等人的小说在人物与题材上的特点誉为小说性质上的革命，说：“近十年来，在小说的性质方面发生了一个彻底的革命，先前在这类著作中充当主人公的是国王和王子，现在却是穷人和受轻视的阶级了。而构成小说内容的，则是这些人的生活和命运、欢乐和痛苦。……查尔斯·狄更斯就属于这一派——无疑地是时代的旗帜。”[1]

1. 恩格斯：《大陆上的运动》，见《马克思恩格斯全集》第一卷，第 594 页，北京：人民出版社，1995 年版。

再次，林纾从狄更斯创作中还发现生活阅历对作家写好小说非常重要。他在译《滑稽外史》时，曾产生疑问，即狄更斯为何能于下等社会之人品刻画无复遗漏，笔舌所及情罪皆真呢？后来他阅读相关材料，才知狄更斯出身贫贱，也是伤心之人，故对社会底层人物的生活特别熟悉，因此作品中的善恶之人亦是生活中所有。林纾甚至认为，《滑稽外史》中的老而夫（现通译拉尔夫）或许就是狄更斯的亲属，只因凌蔑既深便将他写进书里，以报复对自己的虐待，而赤里伯尔兄弟（现通译奇里布尔兄弟）则为世间不多见之好善者，很有可能有恩于狄更斯之人，写其或为报恩。所以，称此书是阅历有得之作。林纾非常痛恨老而夫，称其心如蛇蝎，行如虎狼，或曰冷血动物。说老而夫并不考虑其所聚财产将归谁，只知离人之妻，孤人之子。这就像火车、轮船，整日看人别离而机器自转，其轧轧之声并不因人的伤离哭别而稍停；又好像杀人的刽子手，无论忠奸一落其手惟有断头，一点儿也不动心。老而夫虽不以司杀为职，也不是无知的机器，但其作用却与它们相同。狄更斯作品中这样一类毫无人情的冷酷之人还让林纾想到他动员两富豪办学而遭拒绝的往事，并令他气愤不已。[2]

2. 林纾：《滑稽外史》评语，上海：商务印书馆，1907 年版。

因此，林纾说：“不过世有其人，则书中即有其事。犹之画师虚构一人状貌印证诸天下之人，必有一人与像相符者。故语言所能状之处，均人情所或有之处。”同时，林纾还认为小说创作可以社会生活真实素材为基础进行合理的想象和虚构，使之醒人耳目。他写短篇小说《庄豫》就是如此。自谓“生平不喜作妄语，乃一为小说，则妄语辄出。实则英之迭更（司）与法之仲马皆然，宁独怪我？”所谓“妄语”，即想象与虚构之言。林纾此处论及了小说创作的一般特点。在《洪嫣篁》篇后，林纾还说：“余少更患难，于人情洞之了了，又心折迭更先生之文思，故所撰小说，亦附人情而生。或得新近之人言，或忆诸童时之旧闻，每于月夕灯前，坐而索之，得即命笔，不期成篇。即或臆造，然终不远于人情，较诸《齐谐》志怪，或少胜乎？”这里也表明林纾的文学创作也受到了狄更斯的不少影响。

最后，林纾对狄更斯小说的艺术手法，如人物性格描写、结构布局安排等，也给予很高的评价，并认为狄更斯小说等西方文学作品可与我国《左传》、《汉书》、《史记》和韩愈之文等媲美。

关于人物性格描写。我国古代小说虽也有以性格描写见长的不少作品，但更多则属于以故事情节曲折离奇取胜的所谓情节小说。林纾从狄更斯小说看到应以写人、写人物性格为主。他在《冰雪因缘·自序》中说：“此书情节无多，寥寥百余语可括东贝家事，而迭更司先生叙致二十五万余言，谈诙间出，声泪俱下！言小人，则曲尽其毒螫；叙孝女则直揭其天性；至描写东贝之骄，层出不穷，恐吴道子之画‘地狱变相’不能复过。”[1]言下之意就是说，应该像狄更斯那样在人物性格安排上下功夫，不必过多注意故事情节的复杂曲折，这实际上为我国小说创作提出了一条更符合小说艺术特点的发展道路。

1. 林纾：《冰雪因缘》序，上海：商务印书馆，1909 年版。

关于结构布局安排。林纾很注意叙事作品的结构方法。他以中国古文义法去看西方小说，如评价《黑奴吁天录》说：“是书开场、伏脉、接笋、结穴，处处均得古文家义法。可知中西文法，有不同而同者。”[2]在谈到哈葛德《洪罕女郎传》时也说：“哈氏文章，亦恒有伏线处，用法颇同于《史记》。予颇自恨不知西文，恃朋友口述，而于西人文章妙处，尤不能曲绘其状。”[3]但“哈氏之书……笔墨结构去迭更司固远。”（《三千年艳尸记·跋》）也就是说林纾认为哈葛德的作品远不如狄更斯。

2. 林纾：《黑奴吁天录》例言，武林魏氏刊本，1901 年版。

3. 林纾：《洪罕女郎传》跋语，上海：商务印书馆，1906 年版。

林纾对狄更斯《块肉余生述》的小说结构安排颇为欣赏，认为此书“思力至此，臻绝顶矣”。并说：“古所谓锁骨观音者，以骨节钩联，皮肤腐化后，揭而举之，则全具锵然，无一屑落者；方之是书，则固赫然其为锁骨也。”又说：“迭更司他著，每到山穷水尽，辄发奇思，如孤峰突起，见者耸目；终不如此书伏脉至细，一语必寓微旨，一事必种远因。手写是间，而全局应有之人，逐处涌现，随地关合；虽偶尔一见，观者几复忘怀，而闲闲著笔间，已近拾即是，读之令人斗然记忆。循编逐节以索，又一一有是人之行踪，得是事之来源。综言之，如善奕之著子，偶然一下，不知后来咸得其用，此所以成为国手也。”[4]《块肉余生述·续编识语》亦称此书“前后关锁，起伏照应，涓滴不漏”。[5]林纾在此指出，《块肉余生述》在小说结构上属于“锁骨观音式”，

4. 林纾：《块肉余生述》前编序，上海：商务印书馆，1908 年版。

5. 林纾：《块肉余生述》续编识语，上海：商务印书馆，1908 年版。

即小说情节环环相扣，主干与枝节相连，而又突出主线，成为贯串全书的动脉。这种结构方式显然与《儒林外史》式的结构不同。《儒林外史》的结构诚如鲁迅先生在《中国小说史略》中说："全书无主干，仅驱使各种人物，行列而来，事与其来俱起，亦与其去俱讫，虽云长篇，颇同短制。"此种结构方式在近代"谴责小说"中比较普遍，如《官场现行记》、《文明小史》、《负曝闲谈》即为代表。从长篇结构艺术的角度看，这些小说的结构方式有待改进。林纾正是针对近代"谴责小说"结构普遍松散的特点，而大力推崇狄更斯小说的结构艺术，颇见用心。

《冰雪因缘•序》中林纾亦曾比较其所译司各特与大仲马之文绵褫或疏阔，"读者无复余味"，而"独迭更司先生，临文如善奕之著子，闲闲一置，殆千旋万绕，一至旧著之地，则此著实先敌人，盖于未胚胎之前，已伏线矣。惟其伏线之微，故虽一小物一小子，译者亦无敢弃掷而删节之，防后来之笔，旋绕到此，无复以应。……呜呼！文字至此，真足以赏心而怡神矣！"[1] 而且还与我国的《左传》、《史记》比较，称"左氏之文，在重复中能不自复；司氏之文，在鸿篇巨制中，往往潜用抽换埋伏之笔而人不觉。迭更司亦然。虽细碎芜蔓，若不可收拾，忽而井井胪列，将全章作一大收束，醒人眼目。有时随伏随醒，力所不能兼顾者，则空中传响，回光返照，手写是间，目注彼处"。[2] 并且"左、马、班、韩能写庄容不能描蠢状，迭更司盖于此四子外，别开生面矣"。[3]

1. 林纾：《冰雪因缘》序，上海：商务印书馆，1909 年版。

2. 林纾：《冰雪因缘》序，上海：商务印书馆，1909 年版。

3. 林纾：《滑稽外史》评语，上海：商务印书馆，1907 年版。

林纾还认为《冰雪因缘》高于《块肉余生述》，就在于作者能在不易写生处出写生妙手，有更丰富的想象力。他自己也常为书中人物所感动。比如董贝之女芙洛伦丝最能让他感动。当译至董贝父女重聚时的情景，林纾抑制不住自己的感情，不觉在译文中夹入"畏庐书至此，哭三次矣！"

林纾翻译的狄更斯小说，不仅感动了他自己，也感动了林译小说的读者们；不仅为他本人特别喜欢，也为我国现代作家爱不释手。

我国现代许多著名作家均受过林译小说的重要启示，并在幼年、少年、青年时代都曾有过喜爱林译小说的阶段，当然，林译狄更斯小说更是他们的渴求之物。比如，冰心从 11 岁起就迷上林译小说，只要手里有点钱，便托人去买林译小说来看，后来进中学和大学，能读小说原文，甚至也觉得《大卫•考伯菲尔》还不如林译《块肉余生述》那么生动有趣。[4] 她在《童年杂忆》一文中也说过："（少时）我还看了许多商务印书馆出版的'说部丛书'，其中就有英国名作

4. 冰心：《我与外国文学》，载《外国文学评论》，1981 年第 3 期。

家狄更斯的《块肉余生述》，也就是《大卫·考伯菲尔》，我很喜欢这本书！译者林琴南老先生，也说他译书的时候，被原作的情文所感动而‘笑啼间作’。我记得当我反复读这本书的时候，当可怜的大卫，离开虐待他的店主出走，去投奔他的姨婆，旅途中饥寒交迫的时候，我一边流泪，一边拿我手里母亲给我当点心吃的小面包，一块一块地往嘴里塞，以证明并体会我自己是幸福的。有时被母亲看见了，就说：‘你这孩子真奇怪，有书看，有东西吃，你还哭！’”[1]

1. 冰心：《童年杂忆》，见《冰心论创作》，第 8 页，上海：上海文艺出版社，1982 年版。

或许冰心的母亲没读过或不喜欢读狄更斯的小说，因此也就难以理解一个小孩子为其感动而流泪的心理。而张天翼的母亲则是眼泪直流着，给自己的孩子说林译《孝女耐儿传》的。张天翼在《我的幼年生活》一文中回忆了这段难忘的情景，并说读了许多林译小说如《滑稽外史》等以后，就在其影响之下写了些滑稽小说。[2] 艾芜也在读了林译《贼史》后，感到与先前读的两军陷阵、义侠杀人的中国旧小说不同，而为其中的人物遭遇“悄悄堕泪了，且感着如此流泪是快畅的”。[3] 辛笛同样回忆说，他少年时在父亲书房中东翻西检，找到了商务印书馆出的林译小说，顿然发现在四书五经之外，还另有一番天地。而林译《贼史》、《块肉余生述》都让他感动不已，并促使他在 30 年代后期下决心研究这位 19 世纪的英国现实主义大师。[4] 宗璞也说过她 8 岁读的第一本外国小说即是《块肉余生述》，并成为她的一个特殊朋友，后来更深为作品中的人道主义精神所感动。人道主义精神是西方优秀文学中最根本的东西，源于普遍的同情心，大悲大悯，若无这同情心，只斤斤于一部分人的利益，当然也感动不了广大读者。[5] 确实，狄更斯作品为我国读者所深深感动而流泪的正是这样一种人道主义精神，并成为后来我们能够普遍接受狄更斯的一个重要原因。

2. 张天翼：《我的幼年生活》，载《文学杂志》，1933 年第 2 期。

3. 艾芜：《墨水瓶挂在颈子上写作的》，见郑振铎、傅东华主编《我与文学》，北京：生活书店，1934 年版。

4. 辛笛：《我和外国文学》，载《中国比较文学》，总第 3 期。

5. 宗璞：《独特性作家的魅力》，载《外国文学评论》，1990 年第 1 期。

钱锺书先生曾说过翻译在文化交流里所起的是一种“媒”和“诱”的作用，“它是个居间者或联络员，介绍大家去认识外国作品，引诱大家去爱好外国作品，仿佛做媒似的，使国与国之间缔结了‘文学因缘’”。[6] 林纾所翻译的狄更斯小说正是中英文学之间的一种“文学因缘”。他对狄更斯小说艺术的深切体会及其高度评价，展现了在他心目中具有很高地位的狄更斯形象，这与他翻译的五部狄更斯作品一起，对我国新文学作家产生了不可忽视的影响。

6. 钱锺书：《林纾的翻译》，第 25—26 页，北京：商务印书馆，1981 年版。

第三节 中文报刊上的英国作家专号

关于英国作家在 20 世纪上半叶中国的译介与接受，笔者所著《中英文学关系编年史》（上海三联书店 2004 年版）已做过初步的资料梳理编年，另著《中国近现代作家的英国文学资源》（未出版）对相关问题亦有较详尽的讨论。所以，本小节只以中文报刊上的多个英国作家纪念专号（包括专辑、特辑、丛谈）为线索，展示这半个世纪里中国之英国文学接受史的基本面貌。

一、 孙毓修《欧美小说丛谈》最早集中介绍英国作家

1913 年 1 月至 1914 年 12 月，《小说月报》第 4 卷第 1 至 8 号（1913 年 1 月至 8 月）、第 5 卷第 9 至 12 号（1914 年 9 月至 12 月），陆续连载孙毓修《欧美小说丛谈》的系列文章，重点介绍了西方作家的生平，并结合生平分析了作家的小说作品，是我国第一部系统评价西方小说（包括戏曲）的专著。其中涉及多位英国作家：

第 4 卷第 1 号《孝素之名作》为我国介绍乔叟《坎特伯雷故事集》之始，并译其中两故事。第 2 号发表《英国十七世纪间之小说家》，涉及班扬、笛福、斯威夫特、理查逊、菲尔丁、哥尔斯密斯等作家的生平与创作，这是最早集中介绍 18 世纪英国作家的文字。第 3 号发表的《司各德、迭更斯二家之批评》提及两作家的杰出地位：“十九世纪之间，英之大小说家联翩而起，要以司各德、迭更斯为著，非独著于一国，抑亦闻于世界。”并指出二者创作特色：“司各德之书主于历史，迭更司之书主于社会，各造其极，未易轩轾也。”将司各德称为“西方之太史公”。第 4 号发表《英国奇人约翰生 Samuel Johnson》。另外，第 7 号发表《英国戏曲之发源》；第 8 号发表《马洛之戏曲》、《莎士比亚之戏曲》等文字。[1]

孙毓修十分重视介绍作家的生活经历，他在《欧美小说丛谈》的前言中说道：“欧美小说，浩如烟海。即就古今名作，昭然在人耳目者，卒业一过，已非易易。用述此编，钩玄提要，加以评断，要之皆有本原，非凭臆说。”从“皆有本原，非凭臆说”一句中可以看出，作者在写作的过程中参考了西方小说史的有关著作，因此喜欢结合作家生平来谈他们的创作。尽管《欧

1.1916 年 12 月，孙毓修《欧美小说丛谈》作为商务印书馆《文艺丛刻甲集》之一，结集出版单行本。各篇文字主要包括作家生平和创作活动、重要作品简介、对该作家及作品的评论。评论中多引述前人的观点，也不时阐发自己的见解。大多持论公允，能较为准确地抓住作家创作的基本特征。如对班扬《天路历程》的评述：“此本箴俗说理之书，而托以比喻，杂以诙谐，劝一讽百，实小说之正宗。其文又平易简直，妇孺皆知，英人尊之，至目之为《圣经》之注脚。”对笛福《鲁滨逊漂流记》的评介：“事本子虚，而惊心动魄，不啻身受，更以激人独立自治之心，故各国争译之。”对斯威夫特《格列佛游记》的评价：“政见尽于此书，而其诙谐之资料，倘恍之奇情，实令人一读一赞赏。”该书是我国第一部研究欧美文学的著作。

美小说丛谈》总体上显得述多于论，深度不够，特别是在后半部分，几乎都是关于作家生平和作品故事情节的介绍，但把作家的生活经历和创作特色结合起来，认为小说创作归根到底是来自于作家本人的生活经历，是作者的一个独特观点。

孙毓修在介绍作家生平时，从司各特、狄更斯、笛福、约翰生等作家身上发现了中西文学创作的一个共同规律："穷愁著书，中外一例，殆亦天地间一种之公例耶？"他认为只有处在生活的逆境之中时，作家才能激发出创作的潜能，也就是中国传统文化中所谓的"愤而著书"、"穷而后工"之意。所以他特别推崇司各特和狄更斯二人，认为前者幼年跛足中年破产却能发愤著书救穷，"此不厌不倦之健腕，无时不在眼中"，堪比中国之太史公。又感叹自己不如司氏著书之勤奋："天寒地冻，日得数行，其有愧于司各德之手多矣。"（孙毓修：《欧美小说丛谈·前言》）孙毓修把司氏比附太史公，走的还是中国文人喜欢的"以中化西"的老路，就像他拿笛福与司马迁、约翰生与李卓吾比较一样，比较的意识是强烈的，但大多只是表面的比附，点到即止，并没有揭示出中西文学的普遍规律。

孙毓修在《欧美小说丛谈》中也并非一味摘译现成的西方论著，他在《司各德迭更司二家之批评》一文中就经常通过有意识的比较来阐发自己的小说观。比如他将司各特与《三国演义》、《水浒传》、《西游记》、《红楼梦》比较后指出小说原不必处处与历史事实相符，而应该通过艺术夸张和虚构的手法来达到描写人物的最高境界。更有价值的是，他紧接着提出了中西小说观的根本不同：在中国，"吾国之人一言小说，则以为言不必雅驯，文不必高深。盖自《三国志演义》诸书行，而人人心目中以为凡小说者，皆如宋元语录之调，妇人稚子之所能解，而非通人之事也"。而在西方，"欧美各国，文言一致，故无此例耳。其小说文字，皆非浅陋者，而司各德之文，尤多僻字奥句"。孙毓修是一个中英文俱佳的翻译家，因此他可以发现中西方小说观的差异根源于"文言不一"和"文言一致"，这比陈独秀在 1917 年提出"文言一致"还早了几年。

二、 威廉·莎士比亚（1564—1616）

1937 年 6 月 5 日，章泯、葛一虹主编的《新演剧》（上海）第 1 卷第 1 期刊登"莎士比亚特辑”，发表 11 篇论文，3 篇莎剧专论。

1937 年 8 月 1 日，欧阳予倩、马彦祥主编的《戏剧时代》（上海）第 1 卷第 3 期刊登“莎士比亚特辑”，发表 3 篇论文。

1940 年 11 月 1 日，《戏剧春秋》月刊在桂林创刊，由田汉任主编兼发行人，这是反映和推进当时进步戏剧运动的主要刊物。该刊第 1 卷第 5 期（1941 年 10 月 10 日）刊登“莎士比亚纪念辑”，刊载的译著有宗玮译《莎士比亚新论》、焦菊隐译《哈姆雷特在法兰西剧院》，以纪念莎士比亚逝世 325 周年。

1948 年 4 月 1 日，张契渠主编的《文潮月刊》（上海）第 4 卷第 6 期刊登“莎翁专辑”，发表 2 篇评论：《莎士比亚的墓志》（梁实秋）、《剧圣莎士比亚》（田禽），以及梁实秋的《仲夏夜梦序》。

追溯莎士比亚在中国的接受轨迹，值得关注的地方很多。比如：

1902 年 5 月号的《新民丛报》（梁启超主编）上发表《饮冰室诗话》，其中说：“近世诗家，如莎士比亚，弥儿敦，田尼逊等，其诗动亦数万言。伟哉！勿论文藻，即其气魄固已夺人矣。”今之通用“莎士比亚”译名，出自此处。另外，同年，上海圣约翰大学外文系毕业班学生用英语演出《威尼斯商人》，这是莎士比亚戏剧第一次在中国上演。

1905 年 2 月 28 日，《大陆报》第 3 年第 1 号“文苑”栏刊有汪笑侬《题〈英国诗人吟边燕语〉廿首》，以七言绝句形式品评林译莎剧，为中国最早的莎剧评论。

1910 年，邓以蛰在纽约观赏歌剧《罗密欧与朱丽叶》，深为第二幕第二场的楼台会所动，归国后，即根据莎士比亚原著，以民谣体将该场译出，冠名为《若邈久嫋新弹词》，后于 1928 年出版。这是莎翁原剧见诸中译之始。

1917 年 7 月、8 月、11 月至 1918 年 1 月，东润[1]分别在《太平洋》杂志第 1 卷第 5 号、6 号、8 号、9 号发表重要莎评《莎氏乐府谈》（一）、（二）、（三）、（四），这是中国第一篇完整的莎评。作者首先介绍了莎士比亚的成就：“非特英人崇视莎士比亚，恍如天神；即若法若德诸国人士，莫不倾倒于其文名之下。”然后介绍莎士比亚的生平创作、莎氏著作权问题、莎士比亚时代的剧场与演出情况，并比较了李白与莎翁的不同特点：“李氏诗歌全为自己写照，莎氏剧本则为剧中人物写照。”[2]

1. 东润即朱东润（1896—1988），中国当代著名传记文学家、文学史家、教育家、书法家。

2. 朱东润文中特别强调莎剧人物塑造方面的成就：“读莎氏之乐府，于莎氏之为人，未能尽知；其所知者，此中无数之人物。人人具一面目，37 种剧本之中，即不啻有几百几十人之小照。在其行墨之间，而此几百几十人者，又无一重复，无一模糊，斯可谓大观也已。”

1933 年，张沅长在武汉大学《文哲季刊》第 2 卷第 2 号上发表《莎学》一文，第一次提出“莎学”概念，与中国“红学”相提并论。梁实秋发表《〈马克白〉的意义》、《马克白的历史》、《莎士比亚在18 世纪》、《“哈姆雷特问题”之研究》等。在后一篇文章中，第一次向中国读者介绍了“哈姆雷特问题”。8 月，茅盾以味茗的匿名在《文史》杂志第 1 卷第 3 期上发表《莎士比亚与现实主义》一文，第一次向中国读者介绍了马克思和恩格斯对莎士比亚的评价，第一个介绍了“莎士比亚化”的重要命题。

1935 年，2 月下旬，田汉被特务逮捕后，由公共租界临时法院引渡到国民党龙华监狱关押。3 月，田汉被解往南京，关押在宪兵司令部看守所。他在监狱中经常“用功”地“盘膝坐着，将莎士比亚的原文本摊在膝上，高声朗诵，一天读几个小时毫无倦容”。[1]

中国文艺舞台上的莎剧演出也值得关注。比如：

1902 年，上海圣约翰大学外文系毕业班学生用英语演出《威尼斯商人》，这是莎士比亚戏剧第一次在中国上演。

1913 年初，上海城东女子中学演出《女律师》，全部由女子反串男角，此为中国人用汉语演出的第一部莎剧。1913 年 3 月，郑正秋领导的文明职业剧团——上海新民社演出莎士比亚的《威尼斯商人》（剧名为《肉券》）。此为幕表剧，即由演员按照演出大纲在舞台上即兴表演，可随意编造台词，并不忠于原著。同年 12 月 9 日至 23 日，吴我尊等人与湘春园汉调戏班在长沙寿春园演出《驯悍》等莎剧。[2]

1921 年 12 月 19 日至 20 日，燕京大学女校学生青年会在北京协和医院礼堂连续两次演出《第十二夜》，角色均由女生扮演。

1930 年 5 月 17、18、24、25 日，上海戏剧协社举行第 14 次公演，演出《威尼斯商人》，由应云卫导演。[3] 这是在中国舞台上按照现代话剧要求演出莎剧的最初一次较为严肃的正式公演。

1. 陈同生：《不倒的红旗》，北京：中国青年出版社，1959 年版。

2. 1914 年开始，欧阳予倩主持由留日学生组成的上海春柳社，曾在两年内分别演出过《委塞罗》、《铸情》和《驯悍记》等著名的莎翁名剧。1916 年，由于袁世凯图谋窃国，改元称帝，郑正秋乃改编莎剧《麦克白》为《窃国贼》一剧上演，一来讽刺袁氏，二则发挥社会批评的功效。民鸣社著名演员顾无为在演出《窃国贼》时，借题发挥，大骂皇帝，观众亦报以热烈的掌声。袁世凯恼羞成怒，以“借演剧为名煽动民心，扰乱地方治安”之罪名，判顾无为死刑，后来得以幸免。导社亦在乾坤剧场公演根据《哈姆雷特》改编的《篡位窃嫂》（原名《乱世奸雄》）。

3. 该剧由顾仲彝翻译，1930 年新月书店出版，1931 年商务印书馆再版。上海戏剧协社成立于 1922 年，原属蔡元培主持的中华职业教育社旗下的单位。先后加入此剧团的名人有谷剑尘、顾仲彝、洪深等。后来又推出过《哈姆雷特》、《罗密欧与朱丽叶》等莎剧的演出。1932 年才完全停止活动。

1937年6月，上海实验剧团在卡尔登戏院公演《罗密欧与朱丽叶》，采用田汉译本，由章泯导演，赵丹、俞佩珊主演。此为30年代中国戏剧舞台一次成功的莎剧演出。同年6月18日至21日，南京国立戏剧学校第一届毕业公演《威尼斯商人》，采用梁实秋译本，由余上沅、王家齐导演。[1]

1. 这次莎剧公演之后还出版了一本论文集《莎士比亚特刊》，收有论文8篇：梁实秋著《关于〈威尼斯商人〉》、常任侠著《莎士比亚的作品及生平》、宗白华著《我所爱于莎士比亚的》、徐仲年著《莎士比亚的真面目》、李青崖著《泰国的几句和莎士比亚有关的话》、袁昌英著《歇洛克》、余上沅著《我们为什么公演莎氏剧》、王思曾著《介绍一位英国批评家对莎士比亚的看法》。此为中国第一本莎士比亚研究文集。

1938年5月，上海新生活剧团于兰心大戏院演出邢鹏飞根据《罗密欧与朱丽叶》改编的《铸情》。

1942年6月2日至7日，国立戏剧专科学校第五届毕业生在四川江安公演《哈姆雷特》，采用梁实秋译本，由焦菊隐导演。此为《哈姆雷特》在中国舞台上的第一次正式演出。

三、　约翰·弥尔顿（1608—1674）

1924年，英国大诗人弥尔顿250周年忌。同年11月8日，《少年中国》、《小说月报》、《文学》等多家刊物发表了纪念文章。梁指南所撰《密尔顿逝世二百五十年纪念》（载12月12日《文学》第153期）一文，在介绍了弥尔顿的生平作品后，着重指出纪念弥尔顿的意义："我们纪念他，'不止追怀钦慕而已，我们还须自其遗留的作品，以重温我们冷漠的心血，奋厉我们颓疲的心态'。（樊仲云先生语）……他是个勤苦的学者，尽力为国的爱国者，爱慕自由的热心者。他把他在诗歌里面表现的思想和行为熔混一起，而将生命铸成一首'真的诗'而存留。……现在中国的'诗人'呀，请别要'爱人儿呀'，'花呀……月呀'，无病而呻吟地高唱着这类颓唐的肉麻的假诗；把你的宝贵的生命铸成一道'真的诗'，以拯救沦亡垂死的人心罢！"

1933年8月12、19日，天津《益世报·文学周刊》第37期刊登程淑《弥尔顿的〈失乐园〉之研究》一文，包括《失乐园》的历史、《失乐园》的题材之处置、弥尔顿的宇宙观。另外，弥尔顿的这部史诗有朱维基译本《失乐园》（上海第一出版社1934年6月版）和傅东华译本《失乐园》（1—3册，上海商务印书馆1937年3月版）。关于这两种译本的比较，可见朱维基的文章《评傅译半部"失乐园"》，载《诗篇》月刊第1期，1933年11月1日出版。

四、 奥立维·哥尔德斯密斯（1728—1774）

1904 年 2 月，《教育世界》杂志第 69 号“小说”栏开始连续刊登哥尔德斯密斯 (Oliver Goldsmith，1728—1774) 的家庭教育小说《姊妹花》，至 12 月出版的第 89 号毕，署“（英）哥德斯密著”，译者不详，附有《哥德斯密事略》。此为奥立维·哥尔德斯密斯及其作品最早为中国读者知晓。

1928 年是哥尔德斯密斯诞生二百年纪念。该年 11 月 5 日、12 日，《英国诗人兼小说戏剧作者戈斯密诞生二百年纪念》连载于《大公报·文学副刊》。11 月 10 日出版的《新月》第 1 卷第 9 号刊登梁遇春的纪念文章《高鲁斯密斯的二百周年纪念》。文中说：“十八世纪英国的文坛上，坐满了许多性格奇奇怪怪的文人。”有“曾经受过枷刑，尝过牢狱生活的记者先生”笛福、“对人刻毒万分，晚上用密码写信给情人却又旖旎温柔的主教”斯威夫特、“温文尔雅”的艾迪生、“倜傥磊落”的斯梯尔、“邹着眉头，露出冷笑的牙齿矮矮地站在旁边”的蒲伯、“有一位颈上现着麻绳的痕迹，一顶帽子戴得极古怪，后面还跟着一只白兔的，便是曾经上过吊没死后来却疯死”的柯珀，还有“面容憔悴而停在金鱼缸边，不停的对那一张写着 Elegy（哀歌）一个字的纸上吟哦的”格雷，又有“乡下佬打扮，低着头看耗子由面前跑过，城里人说他就是酒鬼”的彭斯。而高鲁斯密斯则“衣服穿得非常漂亮而相貌却可惜生得不大齐整；他一只手尽在袋里摸钱，然而总找不到一个便士，探出来的只是几张衣服店向他要钱的信；他刚要伸手到另一个衣袋里去找，忽然记起里面的钱一半是昨天给了贫妇，一半是在赌场里输了”。后来，范存忠写有《约翰逊、高尔斯密与中国文化》一文，刊于《金陵学报》第 1 卷第 2 期（1931 年）。

五、 威廉·布莱克（1757—1827）

1927 年是英国浪漫主义诗人的先驱威廉·布莱克的百周年忌日，以此为契机，中国对布莱克的介绍也进入高潮期。1927 年的《小说月报》第 18 卷第 8 号刊有布莱克像，并发表了赵景深和徐霞村的两篇纪念文章。赵景深在其文章《英国大诗人勃莱克百年纪念》中简介了诗人的生平与创作情况，突出了他作为神秘诗人的一面，称他天生一双神秘的眼睛，能够看见别人所不能看见的东西，同时惟其他有窥看幻象的天赋，他的诗歌才都穿上了幻想的衣裳。赵文还介绍了布莱克生前不为人所知的悲哀，以及诗人“彼此了解、绝对自由”的恋爱观，并在文中译了几首诗歌。[1] 徐霞村的文章《一个神秘的诗人的百年祭》也指出布莱克的诗和画充满了神秘的想象和异象，是英国第一个象征派艺术家；作为一个喜欢创新的艺术家，他终能给予艺术以解放，给予艺术以无限。[2] 这一期《小说月报》还刊载了《关于勃莱克研究书目》，收录了 1863 年至 1927 年有关布莱克研究的重要英文书目 23 种，涉及作品集、传记、批评理论等，其中 1925—1927 年的研究著述就有 10 种，这在展示国外布莱克研究成果的同时，也为我国研究这位伟大的诗人提供了必要的参考书目。另外，赵景深除了在该期《小说月报》上发表纪念文章外，还在 1927 年的《北新半月刊》第 2 号上翻译了英国批评家富理曼（John Freeman）一篇纪念布莱克的文章，又在《文学周报》第 288 期上写了一篇《诗人勃莱克百年纪念》，此文主要论及布莱克的叙事诗歌《彭威廉》（*William Bond*）。这首诗写主人公同时爱着贵妇和贫女，因迟疑不决，极感烦闷，也使贫女晕倒致病，后良心发现，重新回到贫女身边，觉得婚姻当以爱情为准绳。文中对诗作的象征形象作了精到的分析，认为这首反映布莱克恋爱观的诗篇或许是诗人自己的写照。

1. 赵景深：《英国大诗人勃莱克百年纪念》，载《小说月报》，第 18 卷第 8 号，1927 年。

2. 徐霞村：《一个神秘的诗人的百年祭》，载《小说月报》，第 18 卷第 8 号，1927 年。

为纪念布莱克，徐祖正也在 1927 年的《语丝》上分三期发表长文《骆驼草——纪念英国神秘诗人白雷克》。文中首先称布莱克“是富于独创精神，深挖到真正浪漫精神源泉的神秘诗人”。接着分析了英国的民族性和诗人出生前后英国动荡的社会政局，并联系诗人与时代精神的关系，指出诗歌艺术与道德宗教一样，实是国民觉醒运动真正的渊源。文章纪念诗人而先放谈政治，特别强调英国浪漫诗人不把全部精神投入政治运动不一定是轻视政治。在谈到纪念对象时，徐祖正着重从人道精神、崇尚自然和关心性爱问题三方面讨论了布莱克作为浪漫主义先驱者的成就，认为布莱克是人道精神真正的体会者，因为如果“革命不在人道主义上建立的只是自相残杀、争权夺利、幻变无常的乱局面，宗教不从爱心上出发只有硬化的形骸徒然阻障人性自然的发达。这是 Blake 在诗中给我们的暗示”。又说布莱克成名的诗集《天真之歌》所展现的诗风，可以称为华兹华斯《〈抒情歌谣集〉序言》的序言，因为其中把“回到自然”这个观念表白得最明白。对于布莱克的性爱观，徐文认为这与他的神秘论思想有密切关系，追求的是不加束缚的创造的爱，反对占有欲的“自私之爱”。 徐祖正这篇纪念文章关注时局（比如文中提到孙中山为求中国之统一的努力），也具体述及了布莱克的思想观念和诗艺风格，对我们了解和把握布莱克颇有帮助。[1]

1. 徐祖正：《骆驼草——纪念英国神秘诗人白雷克》（上、中、下），分别载1927年《语丝》第148、150、153期。

1927年9月5日上海的《泰晤士报》也刊发一篇来自伦敦的电讯，报道了英国纪念布莱克的情况，称现在人人都承认他的作品是天才的产物，许多文学会社和智识团体研讨他的作品与生平，一些报章杂志把他的诗画文章当做作文的材料，为这位奇异的幻想者与艺术家建立的纪念碑也落成揭幕了。英伦对布莱克的纪念活动引起了中国文学家的注意。梁实秋读了《泰晤士报》这篇电讯后写了《诗人勃雷克——一百周年纪念》一文，着重对布莱克诗里的幻想和诗里的图画两个问题提出了自己的看法，可以说这是中国学者对布莱克第一次发表自己的保留意见。梁实秋首先批评了一些诗人与批评家对布莱克的趋炎附势的一味夸称，指出一般所谓诗人与批评家是不够力量对布莱克评头论足的。关于布莱克诗中的幻想，梁实秋认为"勃雷克的幻想总算是丰富强健极了。他的这种幻想的精神（visionary spirit）是很难能可贵的，但是说句唐突的话，勃雷克的想象的质地，不是纯正的冲和的，而是怪异的病态的。……勃雷克看见的东西，我们在生热病的时候也可以看得见。病态的幻想，新鲜是新鲜的，但究竟是病态的"。关于布莱克诗中的图画，梁实秋说："有诗才的人，同时兼擅绘事，永远是一件危险的事。危险，因为他容易把图画混到诗里去，生吞活剥的搬到诗里去。……勃雷克诗里的图画成分，不但是多，而且是怪的。……在这一点，真不愧是浪漫的先驱。"最后，梁实秋指出："我们五体投地的佩服他的天才，但是要十分的惋惜，他没能把他的不羁的幻想加以纪律，没能把他的繁丽怪僻的图画的成分加以剪裁。在这百年的忌辰，我们赞美他的诗的完美之处，我们更愿在他的诗的不完美处体会出可以进而至于完美的法门。"[2]梁实秋对布莱克的这种评价，是符合他强调理性、秩序、节制的古典主义文学观的。他在《文学的纪律》文中曾指出："文学的研究，或创作或批评或欣赏，都不在满足我们的好奇的欲望，而在于表现出一个完美人性……文学的活动是有纪律的、有标准的、有节制的。……在理性指导下的人生是健康的常态的普遍的。在这种状态下所表现出的人性亦是最标准的；在这标准之下所创作出来的文学才是有永久价值的文学。所以在想象里，也隐隐然有一个纪律，其质地必须是伦理的常态的普遍的。"[3]我们明白了梁实秋这些有关文学的观点后，也就容易理解他对布莱克接受过程中那些与众不同的看法了，他强调的是想象力的限度。

2. 梁实秋：《诗人勃雷克——百周年纪念》，见《文学的纪律》，上海：新月书店，1928年版。另外，对布莱克诗歌艺术颇有微词的不只是梁实秋一人。费鉴照在《新月》第2卷第6、7号合刊上一文也指出布莱克在诗里"创造神仙世界，拿影像欺骗读者的心灵，引诱他们到达蓬莱瀛洲里去"。

3. 梁实秋：《文学的纪律》，见《文学的纪律》上海：新月书店，1928年版。

总之，借助于 1927 年布莱克的百年忌辰，我国学者发表的这些纪念文章在对英国和世界纪念布莱克活动作出较大反响的同时，也为布莱克在中国的接受造了声势。1928 年的中国文坛又有一场火药味甚浓的笔墨官司。这次论战的主题是：布莱克是浪漫主义者还是象征主义者？论战的一方是哈娜，以《民国日报》副刊《文艺周刊》为阵地；另一方是博董，以文学研究会创办的《文学周报》为阵地。论战的起因是哈娜在《文艺周刊》第 4 期至 8 期发表的长文《白莱克的象征主义》，引起博董的异议。博董在《文学周报》第 307 期发表文章《勃莱克是象征主义者么》，援引厨川白村《近代文学十讲》等三种著作，认定布莱克属于浪漫主义者，并区分了布莱克诗歌中的象征（即“本来的象征”）与象征主义的象征（即“情调象征”）两者之间的差异。此文得到了哈娜的回敬与辩驳。博董又写了《浅薄得可笑的哈娜》一文坚持已见。针对哈娜在《文艺周刊》上接连不断的反批评，博董也在《文学周报》上相继写了《三论勃莱克》、《哈娜的译诗》、《再抄一点书赠给哈娜》、《勃莱克确是浪漫主义者——示可怜的哈娜》等文章，[1] 提供了数种中外著作做例证，说明布莱克决非象征主义者。这一场两人之间拉锯式的论证，尽管现在看来并不值得，因为论题的是非再清楚不过，但在当时通过这好几个回合的笔战，至少让人们了解了作为修辞手法的“象征”与作为文学运动的“象征主义”之间的区别，弄清了所谓文学上的一种主义有哪些必要的因素，同时也促使人们进一步去注意与了解威廉•布莱克。

1. 博董这些文章发表在《文学周报》1928 年第 322—325 期上。

六、 罗伯特·彭斯（1759—1796）

1926 年是彭斯逝世 130 周年纪念。是年 9 月，《学衡》杂志第 57 期载彭斯肖像、译诗 13 首和《彭士烈传》（吴芳吉撰）。吴芳吉在关于彭斯的传记中称其诗“质朴真诚，格近风雅，缠绵悱恻，神似离骚”。又说“彭士终身多在穷困失望之中，其诗则蓬勃豪爽，富有生气，从无悲愤自绝之词。彭士好酒任情，不知自节。其诗则结构谨严，无一字出之平易”。“其诗端在现实人生，不尚空虚之道理，在继承前人正轨，而不卤莽狂妄，以为天才创作。”并希望彭斯之类的诗人“生于中土，……使文章与道德并进，……以救此沉闷无条理之现代诗耶”。译诗 13 首中，吴芳吉翻译了 10 首，即《寄锦》(To Jean〈Of A’ The Airts The Wind Can Blaw〉)、《我爱似蔷薇》(A Red, Red Rose)、《白头吟》(John Anderson, My Jo)、《高原女》(Highland Mary)、《久别离》(Auld Lang Syne)、《将进酒》(Willie Brew'd a Peck o'Maut)、《来来穿过麦林》(Coming Through the Rye)、牧儿谣(Ca' the Yowes to the Knowes)、《麦飞生之别》(McPherson's Farewell)与《自由战歌》(Scots Wha Hae);而刘朴仅翻译两首,即《白头吟》(John Anderson, My Jo)与《高原操》(My Heart's in the Highlands);陈铨也只翻译了《我爱似蔷薇》(A Red, Red Rose)一首。在吴芳吉与陈铨所译《我爱似蔷薇》之后,还附有该诗的苏曼殊译文《颎颎赤墙靡》。

1928年3月6日,《晨报副刊》开始刊登鹤西《一朵红的红的玫瑰的序》,选译彭斯诗篇25首,并附有原诗。在序中作者比较全面地介绍和评介了彭斯的文学地位和诗歌特色。称彭斯是18世纪英国最伟大的诗人,“是在荒芜将尽的苏格兰草原上开出来的灿烂的花朵”,认为其诗歌创作的特色是他的真诚,及对一切的广博的同情。彭斯所吟唱的歌,“勇敢得好像情人们互相牺牲的精神,恳挚得好像他们辗转彻夜的相思,甜美得好像他们相遇时的微笑,温柔得好像他们临别时的泪珠”。

1932年正在青岛山东大学任教的梁实秋,受《益世报》主笔罗隆基的邀请,遥编副刊《文学周刊》,从1932年11月5日至1933年12月30日止,共出57期。在《文学周刊》上梁实秋翻译最多的是罗伯特·彭斯的诗,可以说贯穿刊物的始终。第2期译《威廉酿好一桶酒》,第12期译《张安得孙我的爱人》,第25期译《醉汉遇鬼记》,第43期译《风能吹到的各个方向》,第44期译《我若是有一个山洞》,第48期译《人是生就的要苦恼》。用白话翻译彭斯的诗,梁实秋是较早的一个。梁译大多数以原诗题的直译为题,但也有根据原诗内容、主旨重新拟定题目的。彭诗音乐性强,梁译非常重视原诗的音韵特点。另在音乐、句式、用词上,尽量通俗,很多诗歌用民歌体,浅白易懂。梁实秋译文文词朴素,明快畅达,以朴实的白话为主。

1944年3月,《中原》第1卷第3期刊登袁水拍译《彭斯诗十首》,译出《朵朵绯红、绯红的玫瑰》等10首名诗。重庆美学出版社也于同月出版袁水拍译彭斯诗集《我的心呀在高原》,收入译诗30首,有译者前记,简介作者创作,书末附有徐迟《一本已出版的译诗集·跋》。

七、　瓦尔特·司各特（1771—1832）

早在 1907 年（清德宗光绪三十三年）4 月，黄人（摩西）主编的《小说林》第 3 期就刊有小说家施葛德像并附小传。林译司各特小说也曾产生不小的影响。不过该作家在中国接受的高潮却在他逝世一百周年的 1932 年。在中国，有数家文学期刊都发表了纪念文章。9 月 21 日，《晨报》发表高克毅《司各脱百年纪念》。《新月》第 4 卷第 4 期有费鑑照《纪念司各脱》，《申报月刊》第 1 卷第 4 号有张露薇《施各德百年祭》，《微音月刊》第 2 卷第 7、8 期载陈易译《关于几本纪念斯各脱百年祭的出版物》。1933 年元旦出版的《新时代》第 3 卷第 5、6 期合刊发表了张月超的《纪念司各脱的百年祭》。

1932 年 11 月 24 日，《国闻周报》第 9 卷第 42 期刊黎君亮《斯各德》（百年忌纪念）。该文从司氏生活，诗歌，历史小说、非历史小说源流与影响，历代对司氏评论等几方面作了详细介绍。

1932 年 12 月 1 日，《现代》第 2 卷第 2 期编辑了“司各特逝世百年祭”特辑，编辑人（主编）为施蛰存等。特辑中刊有凌昌言的纪念文章《司各特逝世百年祭》，另配有相关图片一组 7 帧，其中有：司各特长诗《马迷翁》（*Marmion*，即《玛密恩》）原稿手迹、英王子乔治在百年祭日亲至司氏雕像前瞻礼留影、司氏雅博斯福别墅内之藏书室、司各特墓、司各特以 5 万金磅购得的雅博斯福别墅外景、司各特破产后之敝居图片各一幅。凌昌言在《司各特逝世百年祭》一文中盛赞司各特是“全世界最伟大的历史小说家”。之所以如此评价，除了“百年祭”这种特殊的环境之外，更重要的原因恐怕还是因为作者认同司各特是中国人最早接触的外国小说家之一，在中国近代文学欧化的浪潮之中，司各特扮演的是一个启蒙者和引路人的角色，是“我们认识西洋文学的第一步”，因此才被作者赋予了特殊的意义。

八、　萨缪尔·柯勒律治（1772—1834）、查尔斯·兰姆（1775—1834）

1934 年是这两位英国浪漫主义作家的百年祭。该年 12 月，《文艺月刊》第 6 卷第 5、6 期合刊有“柯立奇、兰姆百年祭”特辑，刊有柯勒律治主要作品的译文《古舟子歌》（曹鸿昭译）、

《克利司脱倍》（柳无非译）、《忽必烈汗》（苏芹荪译），柳无忌的论文《柯立奇的诗》，巩思文的文章《兰姆与柯立奇的友谊》，梁遇春的《查理斯兰姆评传》，毛如升的《兰姆的伊里亚集》，以及兰姆的几篇文章《伊里亚小品文续篇序》（张月超译）、《烧猪论》、《古瓷》（陈瘦竹译）、《初次观剧记》（陈瘦竹译）。另外，该特辑还有柯、兰的相关图片数幅。

1940 年 11 月 30 日，上海《文艺世界》第 5 期发表杜蘅之翻译《古舟子咏》（辜勒律己），并有小传、译者的话等。1941 年 1 月 1 日，《西洋文学》第 5 期发表周煦良翻译的柯勒律治名诗《老水手行》（1—3 章，汉英对照）。

九、 乔治·戈登·拜伦（1788—1824）

拜伦花布裹头去助希腊独立

1902 年 11 月 15 日，梁启超在其创办的《新小说》第 2 号上首次刊出英国拜伦（Lord Byron）的照片，称为“大文豪”，并予以简要介绍：“英国近世第一诗家也，其所长专在写情，所作曲本极多。至今曲界之最盛行者，犹为摆伦派云。每读其著作，如亲接其热情，感化力最大矣。摆伦又不特文家也，实为一大豪侠者。”后又在其小说《新中国未来记》（《新小说》杂志连载）中译了拜伦《渣阿亚》（*Giaour*，即《异教徒》）片断和长诗《哀希腊》中的两节。[1] 梁所译《哀希腊》中两节诗采用了《沉醉东风》和《如梦忆桃源》曲牌，并用了《端志安》的译名。这两节诗出自拜伦《唐·璜》（*Don Juan*）第三章，原是作品所写的

1. 梁启超在《新中国未来记》第 4 回通过黄克强的口就说道：“摆伦最爱自由主义，兼以文学的精神，和希腊好像有夙缘一般。后来因为帮助希腊独立，竟自从军而死，真可称文界里头一位大豪杰。他这诗歌正是用来激励希腊人而作，但我们今日听来，倒好像有几分是为中国说法哩。”

一个希腊爱国志士吟唱的一首歌。原诗共十二章，梁启超仅译一、三两部分。[1]

1. 继梁启超以后，拜伦的这首诗又有马君武（《哀希腊歌》）、苏曼殊（《哀希腊》）、胡适（《哀希腊歌》）、刘半农（《哀希腊》）、胡寄尘（《哀希腊》）等多种译本。

1924 年是这位英国大诗人逝世一百周年纪念。该年 4 月 10 日，《小说月报》第 15 卷第 4 号有“诗人拜伦的百年祭”专号，登载拜伦诗剧译文 8 篇，国外评论家的译文 6 篇，国内评述文章 13 篇。此外，鲁迅曾谈到过的拜伦花布裹头去助希腊独立的肖像《为希腊军司令时的拜伦》（T．Phillips 作），也是在此第一次传入国内。译文中最引人注目的是傅东华翻译的诗剧《曼弗雷特》，这是拜伦长篇作品在中国的第一部译作。该期专号编者在“卷头语”里说：“我们爱天才的作家，尤其爱伟大的反抗者。”“他实是一个近代极伟大的反抗者！”“诗人的不朽，都在他们的作品，而拜伦则独破此例。”（西谛）所刊文字，有关于纪念拜伦百年祭的意义，如西谛《诗人拜伦的百年祭》、沈雁冰《拜伦的百年纪念》等；有关于拜伦的生平、著作介绍，如王统照《拜伦的思想及其诗歌的评论》等；有关于拜伦在文学史上的地位、影响，如耿济之《拜伦对于俄国文学的影响》；有关于拜伦作品的译介，共 8 篇，其中诗 7 首，诗剧 1 篇。

《晨报每年纪念增刊号》（1924）有“摆仑底百年纪念”专栏。另外，4 月 21 日，《晨报副刊•文学旬刊》第 32 号刊登“摆仑纪念号”（上）：《摆仑》（徐志摩）、译诗一首（徐志摩）、《摆仑诗选译》（伍剑禅）、《别离》（欧阳兰）、《杂诗二首》（廖仲潜）、《摆仑传略的片段》（刘润生）。4 月 28 日，《晨报副刊•文学旬刊》第 33 号刊登“摆仑纪念号”（下）：《摆仑在诗中的色觉》（王统照）、《译摆仑诗两首》（叶唯）、《赠克罗莱仁》（欧阳兰）、《怀念 Byron》（张友鸾）。以上这些文章及译诗对中国读者认识和接受英国诗人拜伦大有裨益。

1940 年 9 月 1 日，《西洋文学》第 1 期创刊特大号有“拜伦专栏”：《拜伦诗选》（宋悌芬译）、《拜伦诗钞》（吴兴华译）和《拜伦论》（J．A．Symonds 原著，徐诚斌译）。其中，宋悌芬所译《拜伦诗选》包括《诗为乐曲作》(Stanzas for Music)、《我看见你哭》、《写在纪念册上》、《这什么要哭呢？》与《黑暗》(Darkness)；吴兴华所译《拜伦诗钞》包括《那么我们就不要再去摇船》（So，We'll Go No More a Roving）、《诗为乐曲作》(Stanzas for Music)、《佛罗棱斯及比萨之间的大路上咏怀》(Stanzas Written on the Road Between Florence and Pisa)、《〈唐琼〉三节》(献词 i-iv，迷梦第一章 eexiv-eexvi，声名第一章 eexviii-eexix；译自 *Don Juan*)。

十、 波西·比希·雪莱（1792—1822）

1906 年（清德宗光绪三十二年），《新小说》第 2 年第 2 号上刊有英国人斯利（Bysshe Shelley）像，并将他与歌德、席勒并称为欧洲大诗人。此为浪漫诗人雪莱之形象传入中国之始。

《创造季刊》刊发的“雪莱纪念号”

1922 年是雪莱逝世百年纪念。文学研究会主办的《诗》月刊、《小说月报》、《文学周报》，以及与之相关的《晨报副刊》，发表文章、译作，纪念雪莱。

1922 年 2 月 15 日，新文学运动中诞生的《诗》刊第 1 卷第 2 期发表陈南士译雪莱短小作品《爱之哲理》（Love's Philosophy）及《小诗》（To—Music，When Soft Voices Die），跋语（译后附记）称之为“英国诗人里面最超越的天才；他的诗里面的美，不是自然的美，也不是人生的美，乃是一种空幻的美，不可捉摸的”。

同年 7 月 18 日，《晨报副镌》刊登周作人《诗人席烈的百年忌》（署名仲密）。着重介绍了英国浪漫诗人雪莱的社会思想方面的状况，并比较了雪莱与拜伦：“席烈（Percy Bysshe Shelley）是英国十九世纪前半少数的革命诗人，与摆伦（Byron）并称，但其间有这样的一个差异：摆伦的革命是破坏的，目的在除去妨碍一己自由的实际的障害；席烈是建设的，在提示适合理性的想象的社会，因为他是戈德文的弟子，所以他诗中的社会思想多半便是戈德文的哲学的无政府主义。”他强调：“席烈心中最大的热情即在涤除人生的苦恶（据全集上席烈夫人序文），这实在是他全个心力之所灌注；他以政治的自由为造成人类幸福之直接的动原，所以每一个自由的新希望的发生，常使他感到非常的欣悦，比个人的利益为尤甚。但是他虽具这样强烈的情热，因其天性与学说的影响，并不直接去作政治的运动，却把他的精力都注在文艺上面。”周作人引证雪莱《解放了的普罗米修斯》序言里的话说明社会问题与文艺的关系，最后说：“社会问题以至阶级意识都可以放进文艺里去，只不要专作一种手段之用，丧失了文艺的自由与生命，那就好了。”由此可见，周作人已意识到一些新文学家极力强化文艺的社会功用的偏颇。

此前（5月31日）《晨报副刊》上还刊登了周作人（仲密）译的雪莱名诗《与英国人》（Song: Men of England）：“英国人，你们为甚耕种 / 为了那作贱你们的贵族？ / 又为甚么辛苦仔细的织，/ 织那暴君的华美的衣服？ / 你们为甚衣食救护，/ 从摇篮直到归坟穴，/ 养那些忘恩的雄蜂们，/ 好吸你们的汗，——不，还有饮你们的血？”[1] 同年10月10日，《文学旬刊》第52期也发表了西谛所译的雪莱这首诗《给英国人》。该诗在19世纪40年代宪章运动中被作为战斗的进行曲，而西谛译诗发表于辛亥革命纪念日，其意不言自明。

同年12月10日出版的《小说月报》第13卷第12号上发表佩韦（沈雁冰）《今年纪念的几个文学家》，雪莱是重点，同期刊物上有《雪莱像》、《雪莱纪念碑》等。

1923年9月10日，《创造季刊》第1卷第4期刊登“雪莱纪念号”，以空前规模与高质量推动雪莱纪念活动。收录8首译诗：《西风歌》、《欢乐的精灵》、《拿坡里湾畔书怀》、《招“不幸”辞》、《转徙》、《死》、《云鸟曲》和《哀歌》——这8首诗在中国首次集中译介，基本属于抒情和歌咏大自然的诗篇，这些具有美感和浪漫情调的诗歌，使雪莱受到一代新文学浪漫诗人由衷的景仰。此外，还刊登了文章：1）张定璜《Shelley》，高度赞赏雪莱，紧扣雪莱独特的浪漫反叛人格和反叛人生来进行评价，显示了作者代表的五四青年一代对雪莱精神的期待视野。张定璜抓住了雪莱无神论思想对黑暗社会制度的浪漫主义反叛精神，而这样的精神，对当时中国的思想启蒙运动和社会改造运动都是宝贵的精神资源。[2] 2）徐祖正《英国浪漫派三诗人拜伦、雪莱、箕茨》，沿用鲁迅的“恶魔”派看法。3）郭沫若译《雪莱的诗》，包括《西风歌》、《欢乐的精灵》、《拿波里湾畔书怀》、《招“不幸”辞》、《转徙》、《死》；成仿吾译《哀歌》；郭沫若撰《小序》、《雪莱年谱》（据日本学者内多精一的*Shelley no Omokage*一书编写）。这些文章和译诗向读者展示了雪莱的全貌。郭沫若在《小序》里说：“雪

1. 该诗雪莱写于1819年，同年完成诗剧《解放了的普罗米修斯》，对胜利充满信心。《为诗一辩》中认为诗人是号召战斗的号角，对于人民的觉醒，诗是最忠实的先驱、伴侣与信徒，使舆论或制度起一种有利的变化。这首《与英国人》，以诗为武器，抗议英国政府暴行，号召人民起来反抗。这是一个鼓动民众反抗的革命战士形象。

2. 张静：《自西至东的云雀——中国文学界（1908—1937）对雪莱的译介与接受》，载《中国现代文学研究丛刊》，2006年第3期。

莱是我最敬爱的诗人中之一个。他是自然的宠子，泛神论的信者，革命思想的健儿。……译雪莱的诗，是要使我成为雪莱，是要使雪莱成为我自己。”“我爱雪莱，我能听得他的心声，我能和他共鸣，我和他结婚了。——我和他合而为一了。他的诗便如像我自己的诗，我译他的诗，便如像我自己在创作的一样。”后来郭沫若将这些译诗及《雪莱年谱》合成《雪莱诗选》，由泰东书局于 1926 年 3 月出单行本，全书共 75 页，《雪莱年谱》占了 36 页。在《雪莱诗选 • 小序》里他说：“雪莱的诗心如像一架钢琴，大扣之则大鸣，小扣之则小鸣。他有时雄浑倜傥，突兀排空，他有时幽抑清冲，如泣如诉。”又说：“风不是从天外来的，诗不是从心外来的，不是心坎中流露出来的诗，都不是真正的诗。”郭译雪莱诗得到了众多评论者的认可。

《西风颂》是一首政治预言诗，深深激励了处于迷茫中的中国青年，具有一种对未来的乐观理想精神，徐志摩 1928 年 3 月为《新月》杂志撰写宣言时，也引证《西风颂》里最后的名句来表达自己的理想。《云鸟曲》（To a Sky-Lark）是雪莱诗中的名作，云鸟（云雀）形象几乎成了雪莱的象征。20 年代，《云鸟曲》的知名度超过了《西风颂》，徐志摩 1924 年 3 月 10 日《小说月报》上写的《征译诗启》感叹：“谁不曾听过空中的鸟鸣，答案何以雪莱的《云雀歌》最享殊名？”《创造季刊》的集中译介，使这 8 首抒情杰作在中国获得了浪漫经典地位。

1924 年 3 月 5 日，《学灯》有周一夔《雪莱传略》；3 月 12—13 日《学灯》刊胡梦华《英国诗人雪莱的道德观》[1]；4 月 10—12 日《学灯》刊李任华《雪莱诗中的雪莱》。这几篇文章对英国浪漫主义诗人雪莱的生活经历与思想道德观介绍颇详。

1. 文章开头就说：“雪莱的《云雀歌》，自然也是很甜美的音乐，然而读了他的《爱之哲学》，再翻翻他的生平略传，他的革命精神诚然到极顶，然而却没有一个不说他是不道德的。”作者认为这是雪莱的“百年沉冤”，并为之做了热情洋溢的辩护。

对雪莱爱情诗的集中介绍是刘大杰在日本编辑的《雪莱的爱情诗》（*Love Poems of Shelley*），该集 1926 年由光华书局出版，第二年再版。该诗集是英文的，附有《雪莱小传》，收录 23 首爱情诗，有的已译成中文。《为诗一辩》（A Defence of Poetry）由甘师禹译，题为《诗之辩护》，刊于 1929 年 6 月 20 日《华严》第 1 卷第 6 期上。编者为于赓虞，对雪莱诗论极为推崇，他于 20 年代后期写了不少诗论，对雪莱诗学汲取颇多，为建立中国现代抒情诗学做出了不少努力。[2]

2. 参见解志熙、王文金编校《于赓虞诗文辑存》（下卷），第 749—750 页，开封：河南大学出版社，2004 年版。

十一、 约翰·济慈（1795—1821）

1921年是济慈百年纪念祭。国内多家刊物发表纪念济慈百年忌辰的文章，为这位英国浪漫诗人在中国的传播推波助澜。该年4月25日，《东方杂志》第18卷第8号发表愈之的《英国诗人克次[1]的百年纪念》，该文以唯美主义的先驱、一个短命的诗人、感情生活的唱（“唱”应为“倡”，笔者注）导、末期著作的特色等四方面，介绍与评价济慈。文中还配有济慈和其在罗马墓地的照片。作者在文中说：“在这昏黯的黑色的世界，沉闷的偃蹇的人生里，有什么东西好慰安并拯救我们的心灵呢？那自然只有‘美’——诗的美，艺术的美——了。”“美便是真；我们在世间所知的一切和所预知的一切，只是这个真美罢。”这是济慈的著名短歌。他以为至高的美就是真理，真理就是至高的美。“他对于美是何等的赞美呵！以美为真，是克次的优点，自然也是克次的缺点。但是他的影响，却很是不小。后来成为欧洲文学上一派的唯美主义(Aestheticism)未始不是克次开辟的。单就英国而言，像五六十年以前史文朋(Swinburne)、莫理士(Morris)所唱导的艺术的生活观，和后来王尔德(Wilde)‘为艺术的艺术’的极端的主张，都可以说，多少是渊源于克次的。但是最使我们诧异的，是这位泛美主义诗人，却是生长于微贱贫穷的环境。克次的幼年是一个孤儿，父亲是在伦敦开马车行的，当克次幼年时父母都死了。”

1. 现通译为济慈。

同年5月，《小说月报》第12卷第5期刊登《百年纪念祭的济慈》（雁冰），第6期刊登《伦敦纪念济慈百年纪念展览会》。

1935年是济慈诞辰140周年。该年1月1日，《文学》第4卷第1号（新年号）专门开辟了一个专栏——世界文人生卒纪念特辑，其中刊登了傅冬华的《英国诗人济慈》。作者认为在读济慈的诗歌前要做如金圣叹教人读西厢记必须“扫地”、“焚香”、“沐手”之类的准备，认为惟有“妙悟”才是解读济慈最好的方法：“这是由于济慈的短短二十六年的生活是纯粹的诗的生活，并没有什么可歌可泣的事迹可以追怀；他所遗留在文字里的是纯粹的诗，是纯然的艺术美，并不寄托什么有体系的学说或什么具体的主张。……我们惟有通过严羽所标的‘妙悟’才能正确的认识济慈。”

1935年4月1日，《文艺月刊》第7卷第4期发表费鉴照文《济慈的一生》，并有李微翻译的济慈两首十四行诗《夏之黄昏》和《这日子去了》。5月1日《文艺月刊》第7卷第5期刊费鉴照文《济慈美的观念》。[1] 费鉴照是 20 世纪 30 年代集中研究济慈最突出的人。他为此写过多篇有深度有见识的文章，如 1933 年《国立武汉大学文哲季刊》第 2 卷第 3 号上刊发的《济慈心灵的发展》，1934 年 4 月刊于《文艺月刊》第 6 卷 4 期上的《济慈与莎士比亚》等。其中前者对济慈的心灵发展总结道："最初济慈受自然的影响，纯粹的爱自然，中期官觉十分的旺盛，自然在背面仍是继续的活动。最后，官觉与精神结合达到一个想象的实际——美与真的合一。在这时候他又领悟到要完全达到这一步他应该有人生的知识与经验。这是济慈四年写诗生活里他的心灵发展的历程。"1935 年 5 月 1 日费鉴照出版了《济慈美的观念》一书，该书也有三个值得注意的观点：首先作者指出情感是济慈美的观念的重要因素，情感热烈而紧张的时候才能发生美，并以济慈的《夜莺歌》和《希腊古瓮颂》来说明这一观点；其次是认为济慈美的观念的出发点是艺术的形式，但是当美感发生的时候，形式便退去了，美则是永久存在的，美是不依赖于外在的形式的；最后作者得出结论说济慈美的观念大体上没有理智的成分，情感是占主体的。

1940 年 12 月 1 日，《西洋文学》第 4 期有"济慈专栏"，刊登吴兴华译诗 5 首、宋悌芬译诗 4 首和《济慈信札选》5 封。[2]

1. 该文指出："济慈一生所爱的是美。""他的美的出发点，我以为是艺术的形式，这个含作者情感的形式，引起看者的美感。""我们可以说济慈所谓美是受情感化的想象的颖悟。"

2. 该期亦刊有邢光祖《荒原》（赵萝蕤译）书评。称"艾略特的诗可以说是智慧的诗"。"在这类智慧的诗里，哲理早已脱胎换骨的在诗内消溶着。"还说"艾略特诗论是我国宋代诗说的缩影"。因为"我们只要披览一下宋代的诗和诗评，就可以瞥到艾略特诗说的影子"。文章称赞译者对原作的透彻理解与保存原著气息的直译风格，指出"译者和原作者已是化而为一，这种神奇的契合便是翻译的最高标准"。

十二、 查尔斯·狄更斯（1812—1870）

20 世纪 30 年代中国出现了翻译介绍狄更斯的高潮。1930 年上海北新书局印行的林惠元译《英国文学史》中比较详细地介绍了狄更斯的生活经历、创作风格、重大功绩及其人道主义小说的显著影响等基本情况，书中称狄更斯作为英国文学史上最伟大和最独创的作家，用小说来唤醒人们提倡合于人道的对社会弊端的改革，因而他是文学中改革运动的领袖。1931 年上海广学会翻译出版了美国清洁理女士所著的《迭更司著作中的男孩》一书。1933 年吕天石《欧洲近代文艺思潮》一书论及狄更斯时，也明确揭示出其作品中表现个人反抗社会的小说主题。[3] 1934 年《国闻周报》上发表一篇题为《英国文坛新发现不列颠博物院秘档记——小说名家狄更斯夫人之泪史》的译述文章，则非常及时地向中国读者介绍了狄更斯的情感经历、家庭生活中的不圆满状态以及在小说作品中的诸多表现，让人们得以知晓这位英国文坛巨子鲜为人知的活生生的另一

3. 吕天石：《欧洲近代文艺思潮》，上海：商务印书馆，1933 年版。

面。[1]1935 年《中学生》杂志第 55 号上刊登的一篇朱自清写的《文人宅》（伦敦杂记之四），则带着我们参观了伦敦的狄更斯故居。1936 年《文学》杂志第 6 卷第 4 号、第 6 号上也载文介绍了英美国家纪念狄更斯成名作《匹克威克先生外传》发表百年的盛况。另外还有不少著作对狄更斯及其小说艺术作了详细介绍，如 1935 年出版的《西洋文学讲座》（英国文学部分，曾虚白著）、1936 年出版的中译本《英国小说发展史》（Wilbur L. Cross 原著）、1937 年出版的《英国文学史纲》（金东雷著）等。这些书籍也为我们全面了解和接受狄更斯作品提供了很大帮助。

1. 兆述译述：《英国文坛新发现不列颠博物院秘档记——小说名家狄更斯夫人之泪史》，载《国闻周报》，第 11 卷第 26 期，1934 年。

1937 年是狄更斯诞辰 125 周年纪念。这一年《译文》新 3 卷第 1 期为此刊发了“迭更司特辑”，翻译介绍了三篇文章。第一篇是苏联批评家写的纪念文章《迭更司论——为人道而战的现实主义大师》。文章指出，狄更斯作为一个人道情感的提倡者，其小说描述了小人物的境遇，同时其作品也体现出了明显的思想矛盾性：“他要想除去资本主义制度所产生的社会罪恶，但并不去触动这制度本身，因此产生了他那拥护明确的缓和办法的创作活动，因此产生了他那希冀劳资妥协和贫富妥协的倾向。这产生了他那些和解的‘圣诞故事’，这些和解的倾向反映着作为一个中等阶层的人道主义者的迭更司的性格”[2]。作者认为此种和解的倾向正是狄更斯思想意识中的消极面。通过这篇译文，我们可以看出当时苏联学术界对包括狄更斯在内的西方人道主义作家的总体评价标准，进而也为建国以后我国学术界评论这些具有人道主义思想的西方作家奠定了一个基调。《译文》新 3 卷第 1 期发表的另一篇文章是克夫翻译的《年青的迭更司》，文章向我们展示了狄更斯童年的苦难经历、青年的创业过程以及创作方面的独特才能。另外，该期《译文》还刊登了许天虹翻译的法国传记大师莫洛亚写的《迭更司与小说的艺术》。《译文》新 3 卷第 3、4 两期又连续译介了莫洛亚的《迭更司的生平及其作品》（上、下）。后来 1941 年的《现代文艺》第 2 卷第 6 期上也继续译介了莫洛亚的《迭更司的哲学》。以上四部分正是莫洛亚传记名作《迭更司评传》一书的全部内容。后来又由重庆文化生活出版社出版了这本书的单行本（1943 年 7 月版）。莫洛亚虽是法国人，但对狄更斯的理解似乎比大多数英国批评家还要深刻，而且有许多见解异常新颖，启人心智。因此，译介莫洛亚这部评传对我国读者全面深刻地认识狄更斯是功不可没的。

2. 许天虹译：《迭更司论——为人道而战的现实主义大师》，载《译文》，新 3 卷第 1 期，1937 年。

《译文》新 3 卷第 3 期上还发表了美国女作家赛珍珠的文章《我对迭更司所负的债》。文中非常动情地追述了她在中国乡村中那种寂寞孤独的童年生活，终于在狄更斯那里找到了她的童年伙伴——即狄更斯笔下描写的儿童。由此作者清醒地认识到：“我对迭更司所体验到的感觉从不曾在一个活的人那里体验过，他要我张开眼睛看人，教导我爱一切的人，善的与恶的，富的与穷的，老年人与小孩子。他教我恨虚伪与好听的话，他使我相信，在外表的严厉中时常隐藏着良善。良善与诚恳高出于世上的一切。他教我痛恨吝啬，现在才认为，他在其性格上是天真的，感情作用的与孩子气的。”可见狄更斯给予赛珍珠的影响与帮助如此之大，正如她本人所说：“他的一生的创作成了我自己的一部分。”[1] 另外，《译文》新 3 卷第 1 期配合出版“迭更司特辑”，还刊发了有关狄更斯不同时期的肖像、生活、写作及住宅等方面的图片 10 幅。总之，《译文》杂志刊发的多篇译文及多幅图片为我们比较集中地了解狄更斯发挥了良好作用，也为 30 年代我国介绍狄更斯画上了一个完满的句号。

1. 赛珍珠：《我对迭更司所负的债》，载《译文》，新 3 卷第 3 期，1937 年。

1941 年 4 月 25 日，王西彦等主持的《现代文艺》（福建永安）第 3 卷第 1 期刊登“迭更司特辑”，发表 2 篇译文。1942 年，杨白平主编的《金沙》（成都）刊登“狄更斯诞生一百三十周年纪念”专栏，发表评论译文 1 篇，小说译文 1 篇，童话译文 1 篇，并配有作家画像。

十三、　马修·阿诺德（1822—1888）

1922 年是马修·阿诺德诞辰百年纪念。该年 12 月 10 日，《东方杂志》第 19 卷第 23 号刊有“阿诺德诞辰百年纪念专号”，刊登胡梦华《安诺德评传》、《安诺德和他的时代之关系》，吕天鷗《安诺德之政治思想与社会思想》，华林一《安诺德文学批评原理》，顾挹香《安诺德的诗歌研究》等一组文章。此为最早集中介绍这位英国著名文学批评家的文字。

1935 年 5 月，《吴宓诗集》由上海中华书局出版，卷末附有《论安诺德之诗》。[1] 阿诺德是维多利亚时代的著名诗人、批评家、教育家。吴宓非常推崇之，早年办《学衡》时就介绍过，后来在一首旧体诗里说：“我本东方安诺德。”他还一再表明这位英国诗人和教育家对他一生的思想和感情起了巨大影响。吴宓爱憎分明，嫉恶如仇，富于正义感，格外强调文学作品的社会意义、教育作用等，除了吸收中国古代优秀文化的精华外，与阿诺德的联系是很明显的。因此，阿诺德是吴宓式人文主义的一个组成部分。

1. 文中称“世皆知安氏为十九世纪批评大家，而不知其诗亦极精美，且所关至重，有历史及哲理上之价值，盖以其能代表十九世纪之精神及其时重要之思潮故也”。其作诗时，“情不自制，忧思牢愁，倾泻以出。其诗之精妙动人处，正即在此。因之，欲知安诺德之为人及其思想学问之真际者，不可不合其诗与文而视之”。文章指出安诺德的诗歌有两个特性：“一曰常多哀伤之旨，动辄厌世，以死为乐；二曰常深孤独之感，作者自以众醉独醒，众浊独清，孤寂寡俦。”而“安诺德之诗之佳处，即在其能兼取古学浪漫二派之长以奇美真挚之感情思想纳于完整精炼之格律艺术之中”。

十四、 但丁·罗赛蒂（1828—1882）和克里斯蒂娜·罗赛蒂（1830—1894）

1923年12月25日，《创造周刊》第29号刊载滕固《诗画家 D. Rossetti》一文，介绍英国唯美主义诗人、画家但丁·罗赛蒂(Dante Gabriel Rossetti)的生平与创作活动。

1926年1月,《学衡》杂志第49期载吴宓、陈铨、张荫麟、贺麟、杨昌龄等译《罗色蒂女士“愿君常忆我”（Remember）》，译诗后吴宓有《论罗色蒂女士之诗》等重要论述，其中说：“罗色蒂女士之诗，情旨深厚，音节凄惋，使读之者幽抑缠绵，低徊吟诵，而不忍舍去。……读其诗者，敬其高尚纯洁。喜其幽凄缠绵。而稔其一秉天真，发于至诚，则莫不爱之。”

1928年5月，但丁·罗赛蒂百年诞辰纪念。对罗赛蒂及拉斐尔前派的介绍呈一时之盛。《小说月报》第19卷第5号刊登罗赛蒂的自画像、诗作及赵景深的纪念文章《诗人罗赛蒂百年纪念》。吴宓主持的《大公报·文学副刊》发表一系列纪念和介绍文章，并于稍后转载于《学衡》第65期。其中《英国大诗人兼画家罗色蒂诞生百年纪念》一文，较详细地介绍了罗赛蒂及先拉斐尔派;素痴译《幸福女郎诗》24首，则是对罗赛蒂诗作的最集中的译介，但译者用的是七古体，不易见出原作精神。最热心的介绍者是邵洵美和他的小圈子。7月16日，邵洵美主持的《狮吼》半月刊复活号第2期有“罗赛蒂专号”。其中，刊有邵洵美的长篇专论《D. G. Rossetti》、朱维基所译罗赛蒂小说《手与灵魂》、张嘉铸所撰《〈胚胎〉与罗瑟蒂》（《胚胎》是先拉斐尔兄弟会的刊物，又译为《萌芽》）一文。[1]

1. 邵洵美的文章从画、诗、翻译三方面来评述但丁·罗赛蒂。称“他是一个伟大的诗人又是一个伟大的画家”，并且是“一位非特能画肉体并且能画灵魂的画家”。该文评介了罗赛蒂的诗集《生活之屋》，说“他的诗的志愿是何等的伟大，表现得何等深切精美，思想和情感的枝叶是何等丰富，他的那种甜蜜的光明的风格的急流把世界上所有的丑的恶的卑鄙的污浊的一切完全冲净了”。

1930年12月16日，《现代文学》第1卷第6期刊有袁嘉华的文章《女诗人罗赛谛百年纪念》。该文将克里斯蒂娜·罗赛蒂（Christina Rossetti）与勃朗宁夫人并称为全部英国文学史上最伟大的诗人。指出“其抒情诗最显著特点即在情致的强烈与严肃联合着文字的素朴”。其诗里“深深地隐隐地流着温柔而且甜蜜的悲哀味，又淡淡地蒙了层神秘色彩。她就像个天真烂漫衣履朴素的女孩儿，轻盈活泼地跳舞着，嘴里唱着清晰婉转的歌词，歌词里却含着深沉的，忧郁的，严肃的，虔敬的思想”。同期还刊有克里斯蒂娜·罗赛蒂长篇叙事诗《魔市》的译文（袁嘉华译），以及《罗赛谛女士诗钞》（袁嘉华、赵景深译）。

1944年6月15日，《东方杂志》第40卷第11号刊登茅灵珊《英国女诗人葵称琴娜·罗色蒂的情诗》。

十五、 托马斯·哈代（1840—1928）

1928 年 1 月 11 日，托马斯·哈代去世。我国不少报刊随之作出反应，刊载多篇文章，介绍这位刚去世的英国著名作家。如 1 月 18 日《世界日报》载王森然《纪念汤姆斯哈提》，2 月 6 日《大公报·文学副刊》载《最近逝世之英国大小说家兼诗人哈代评传，2 月 1—3 日《晨报》载许君远《纪念哈特》，2 月 16 日《北新半月刊》第 2 卷第 9 号载赵景深《哈代逝世以后》、《小说家哈代的八大著作》，等等。

袁昌英《妥玛斯·哈底》[1] 是 1928 年哈代逝世后作为介绍兼纪念的重要文章。世人说哈代是悲观主义者，哈代两个字总与悲观相联结，但哈代否认，袁昌英也不赞成。本文有一段文字替哈代辩护，说哈代一面懔于宇宙昏愦力量之可畏，一面也尊仰人类向上奋斗精神之伟大，所以他不能悲观到底。这样说，撰有《哈代的悲观》一文的诗人徐志摩，仅认识了哈代的一半，袁昌英则认识了哈代的全体，当然比徐志摩的话更值得注意。[2]

1938 年 7 月，商务印书馆出版李田意著《哈代评传》，论及哈代的时代及其社会背景，哈代的生平、小说、诗剧、诗歌创作等。另外，哈代的小说曾出现多种中译本，如《苔丝姑娘》（吕天石译，上海中华书局 1934 年 10 月版）、《德伯家的苔丝》（张谷若译，上海商务印书馆 1936 年 3 月版）、《黛丝姑娘》（严恩椿译，上海启明书局 1936 年 5 月版）、《微贱的裘德》（吕天石译，重庆大时代书局 1945 年 6 月版）、《玖德》（曾季肃译，上海生活书店 1948 年 4 月版）、《玖德》（俞征译，上海潮锋出版社 1948 年 4 月版），等等。

1. 袁昌英：《妥玛斯·哈底》（文论），载《现代评论》，第 7 卷第 171 期，1928 年 3 月 17 日，收入《山》。

2. 参见苏雪林编《袁昌英文选》序，台北：台湾商务印书馆，1986 年版。选入杨静远编《飞回的孔雀》，第 181 页，北京：人民文学出版社，2002 年版。

十六、 萧伯纳（1856—1950）

1933 年 2 月 17 日，萧伯纳抵达上海，在宋庆龄寓所会见蔡元培、鲁迅、林语堂、杨铨、史沫莱特等。同日，中国左翼戏剧家联盟刊物《艺术新闻》（周刊）创刊于上海。此为中国左翼戏剧家联盟刊物，主要报道南北各地剧运情况，赵铭彝撰写《欢迎萧伯纳》等社论。

此前一天出版的《论语》第 11 期发表邵洵美的文章《萧伯纳》，向读者介绍了这位英国大文豪，称“他是一个常识丰富的平常人，一个热诚的政治家，一个诗人的哲学家”。1933 年

3月1日《论语》第12期出版“萧伯纳游华专号”，发表论文19篇，译文1篇，谈话录2篇，传记节译1篇，包括《谁的矛盾》（鲁迅）、《水乎水乎洋洋盈耳》（林语堂）、《我也总算见过他了》（邵洵美）等多篇文章。与此同时，天津《益世报》刊有《关于肖伯纳来华》（2月17日）、《肖伯纳略传》（2月22日）、《肖伯纳的社会主义》（3月1日）；《晨报》载《欢迎肖伯纳先生》（2月21—22日）、《欢迎肖伯纳》（2月19日）。1933年3月5日《矛盾》第1卷第5、6期合刊刊登“萧伯纳氏来华纪念特辑”，发表告中国人民书1篇，评传1篇，报道2则，文论译文1篇。《新时代》第4卷第3期载《肖伯纳在中国》。同日，《青年界》第1期刊登“萧伯纳来华纪念”专栏，发表传记译文1篇，论文2篇，著作年表1份。

1933年3月，《萧伯纳在上海》（乐雯剪贴、翻译并编校，鲁迅序）由上海野草书屋出版。该书系萧来沪时，鲁迅与在他家避难的瞿秋白辑录当时中外报刊有关记载和评论而成。该书真实地记录了萧伯纳在2月17日这一天的活动情况和各方面的反应。这是一本“未曾有过先例的书籍”，是一本研究中英作家、文人交往，中英文学关系的“重要的文献”。它像一面镜子，从中“可以看看真正的萧伯纳和各种人物自己的原形”。

另外，萧伯纳作为一个戏剧家，其剧作在中国的演出及反响也颇值得关注。1920年10月，由早期新剧改革家汪仲贤（优游）主持，并在上海新舞台一些著名戏曲演员夏月润、夏月珊、周凤文等人的通力合作下，演出了一部《新青年》所提倡的现代话剧——萧伯纳名作《华伦夫人的职业》（当时广告译作《华奶奶之职业》）。这次尝试以失败告终，引起了整个戏剧界的强烈反响。汪仲贤《优游室剧谈》（《晨报》1920年11月1日）中，详细谈到了这次演出失败的经过及从中引发的思索、教训。他指出，这次演出既是“纯粹的写实派的西洋剧本第一次和中国社会接触”，也是“新文化底戏剧一部分与中国社会第一次的接触”。尽管“新舞台向来没有花过这么多的广告费”，但开演时，却是“要比平常最少的日子少卖四成座”。“等到闭幕的时候，约剩下了四分之三底看客。有几位坐在二三等座里的看客，是一路骂着一路出去的。”由这次失败，他明确了“以后底方针”是：“我们演出不能绝对的去迎合社会心理；也不能绝对的去求知识阶级看了适意。拿极浅近的新思想，混合入极有趣味的情节里面，编成功教大家要看底剧本，管教全剧场底看客都肯情情愿愿，从头到尾，不打哈欠看他一遍。”陈大悲《爱美的戏剧》（《晨报附刊》1921年11月1日）一文里指出那次演出失败的原因之一，就是剧场的空气不好。认为上海新舞台是充满了锣鼓声音的剧场，而当晚去看戏的大多数观众都是习惯于《济公活佛》等胡闹空气的人，“无论你底发音术练得如何高深，你一人底喉音断不能抵敌千百人底喉音”。洪深说如果那次失败能够使后来者对于戏剧运动采取更客观的态度，更能顾到现实的环境，那么他们这一次总算不是白“跌”了。宋春舫则从中得出“戏剧是艺术的而非主义的”这类绝对化的结论。他甚至劝人放弃西洋的“问题剧”，而去采用脱离生活、曲折热闹、形式主义色彩较浓的“善构剧”。[1] 总之，这次演出虽然失败了，但它在引进、介绍外来戏剧与促进话剧民族化上所提供的丰富经验和产生的积极影响却不可低估。另外，1944年4月，西南联大外国文学系学生在民众教育馆演出英语话剧 *Candida*（萧伯纳著三幕剧《康蒂妲》）。

1. 宋春舫：《中国新剧剧本之商榷》，见《宋春舫论剧》第1集，北京：中华书局，1923年版。

十七、 威廉·勃特勒·叶芝（1865—1939）

王统照是五四时期介绍叶芝（旧译夏芝）最勤的作家。相关情况可参看本章第四节中“王统照与英国文学”部分内容。

1921年11月21日，《文学旬刊》第20号刊腾固《爱尔兰诗人夏芝》。此为我国最早介绍爱尔兰大诗人叶芝生平与创作的文章之一。

1941年5月，《西洋文学》第9期有张芝联等编辑的“叶芝特辑”，刊发叶芝论现代英国文学、叶芝诗钞、叶芝自传选译、叶芝论等多篇文字。

1944年3月15日，《时与潮文艺》第3卷第1期刊登“W. B. Yeats 专辑”，发表了朱光潜、谢文通、杨宪益3人翻译的叶芝诗15首，以及陈麟瑞写的评价文章《叶芝的诗》。

十八、 英国妇女与文学专号

1911年7月26日，《妇女时报》第2期刊有周瘦鹃《英国女小说家乔治哀列奥脱女士传》。该文对乔治·艾略特（1819—1880）的生平、著述评述较详，是我国介绍英国女作家之始。

1931年7月1日，《妇女杂志》第17卷第7号“妇女与文学专号”有女诗人勃朗宁夫人、小说家三姊妹、吴尔芙（现通译为伍尔夫）夫人肖像。仲华在《英国文学史中的白朗脱氏姊妹》一文中说："在英国文学史上杰出女作家中，白朗脱氏姊妹很值得我们注意。""不仅要使读者听到一些动人的故事，而是要使读者认识几个女性的文学的天才，与她们从艰忍刻苦的写作中所达到的成功。"

关于勃朗特姊妹的介绍。1930 年 10 月，上海华通书局出版伍光建译艾米莉·勃朗特名著《狭路冤家》（*Wuthering Heights*，现通译为《呼啸山庄》）。[1] 此后，重庆商务馆出版梁实秋译本《咆哮山庄》（1942 年 5 月）、重庆艺宫书店出版罗塞译本《魂归离恨天》（1945 年 10 月）。

1932 年 11 月，上海商务印书馆出版伍光建译《洛雪小姐游学记》（*Villette*，夏罗德·布伦忒著）上、下册。

1935 年 12 月，商务印书馆又出版伍光建译《孤女飘零记》（*Jane Eyre*）上、下册。

1935 年 8 月 20 日至 1936 年 4 月，李霁野译《简爱自传》连载于郑振铎主编《世界文库》第 4 册至第 12 册（生活书店，月出一册）。1945 年 7 月，重庆文化生活出版社印行该书时，作品名改为《简爱》。1937 年 1 月，《译文》新 2 卷第 5 期发表茅盾《真亚耳（*Jane Eyre*）的两个译本》，对伍光建译本《孤女飘零记》和李霁野译本《简爱自传》作了比较分析。

1944 年，重庆商务印书馆出版梁实秋译《咆哮山庄》。赵清阁依据此译本故事改编为《此恨绵绵》五幕剧，由重庆新中华文艺社初版，后为《正言文艺丛刊》之四，由上海正言出版社 1946 年出版。

1945 年 11 月，《世界文艺季刊》（原《世界文学》）第 1 卷第 2 期刊登卢式《爱密莱·白朗代及其咆哮山庄》一文，详细介绍了作者艾米莉·勃朗特的家庭身世，评述了这部小说名作。认为《咆哮山庄》是一本"恋爱对十九世纪的报复"的书，而作品"整个幽暗般忧郁的节奏，来自作者内心的乐曲"。

1946 年 7 月 15 日，中华全国文艺协会重庆分会编发的《萌芽》月刊创刊号刊登聂绀弩的文章《谈〈简·爱〉》。作者称一口气看完两遍，但还是不喜欢这部小说。文章说，简·爱小姐"是一个有钱的地主家里的保姆，一和主人恋爱，就觉得幸福，光荣，而爆发着感激之情，在我，是不能不反感的"。而主人的地位与财产"眩惑了简·爱小姐，使他献出了处女的热爱"。因此，"《简·爱》不过是世俗观念，市侩观念的表扬，作为艺术品，它不应该得到较高的评价"。

1.1931 年 8 月出版的《中国新书月报》第 1 卷第 9 号刊有许珍儒《布纶忒和她的〈狭路冤家〉》，是伍译的书评。其中也谈到勃朗特三姊妹"替英国小说界开了一条新的路径。……她们底作品里没有'风花雪月'等美丽词句，也没有一般小说里面的'才子佳人'。她们的笔下，只是产生一些万恶而残忍的男子，和热情奔放的姑娘"。

1948 年 8 月，《时与文》第 3 卷第 10 期发表林海《咆哮山庄及其作者》一文，称《咆哮山庄》在小说史上是一个“怪胎”，它不像小说，尤其不像女人笔下的小说。此小说“原是天、地、人三个因素的总和，它是作者先天的气质，加上所处地域的特性，再加上后天的人为环境的总结果。……这是一部天才之作。”

关于伍尔夫夫人的介绍。1932 年 9 月，《新月月刊》第 4 卷第 1 期刊载叶公超译《墙上一点痕迹》。译者识里说伍尔夫夫人是“近十年来英国文坛上最轰动一时的作家”，“违背了传统的观念。她所注意的不是感情的争斗，也不是社会人生的问题，乃是极渺茫，极抽象，极灵敏的感觉，就是心理分析学所谓下意识的活动。……在描写个性方面，她可以说别开生面”。此为中国文坛最先介绍伍尔夫夫人的意识流创作方法的文字。11 月 19 日出版于天津的《益世报》载费鑑照《英国现代散文作家华尔孚佛琴尼亚》一文，则对伍尔夫夫人的生活经历与创作风格有所介绍。

1934 年 4 月 20 日《人世间》第 2 期刊登彭生荃的书评《弗勒虚》。编者按说“华尔甫夫人文笔极细腻温柔，作风又极怡然，自适。……其文体似议论而非议论，似演讲而非演讲，总在讲理中夹入追忆，议论中加入幻想，是现代小品文体之最成功者”。

1934 年 9 月 1 日，《文艺月刊》第 6 卷第 3 号刊登伍尔夫夫人 1924 年在剑桥大学的演讲辞《班乃脱先生与白朗夫人》（范存忠记）此为展示其文学主张的重要文章之一。

1935 年 12 月，伍尔夫夫人的传记体小说《弗拉西》（Flush）由石璞翻译，作为“世界文学名著之一种”由上海商务印书馆出版。书前有译者序、《作者渥尔芙夫人传》及《勃朗宁夫人小传》。

1943 年 9 月 15 日，《时与潮文艺》第 2 卷第 1 期刊登谢庆垚《英国女小说家吴尔芙夫人》（介绍）、吴景荣《吴尔芙夫人的〈岁月〉》（书评）。谢庆垚文中称伍尔夫夫人往往被人误认为一个不易了解的作家，这也许就是国人忽视她的作品的原故。“从大处看来，吴尔芙夫人对文学的贡献是不可磨灭的”，并说她的作品之不为人了解，乃因其风格与众不同，她并不是一个生活在象牙之塔的女性。同月出版的《中原》第 1 卷第 2 期刊有冯亦代译伍尔夫夫人作《论现代英国小说——“材料主义”的倾向及其前途》一文。

1945 年 11 月，重庆商务印书馆出版谢庆垚译述的伍尔夫夫人的《到灯塔去》，为“中英文化协会文艺丛书”之一种。书前有译者序，简介作者生平与创作。

1946年，《文讯》第6卷第10号刊登罗曼·罗兰《渥尔夫传》（白桦译），对伍尔夫夫人的创作特色有深入评述。

1948年4月18日，上海《大公报·星期文艺》第78期发表萧乾的书评《吴尔芙夫人》。9月25日《新路》周刊第1卷第20期刊发萧乾的论文《V.吴尔芙与妇权主义》。

十九、 约翰·高尔斯华绥（1867—1933）

1921年9月20日，高尔斯华绥的小说《觉悟》（*Awakening*）被译成中文后，王靖在该日出版的《文学旬刊》第14号第3版上发表《高尔士委士的短篇小说〈觉悟〉的评赏》一文，其中说：“高尔士委士的戏剧文学比小说更有名；因为他是一个热心研究社会问题的人，每部的作品差不多都包涵着一种急待改造的社会问题。……更加他用极优美的文词，激扬的音调，写得淋漓尽致，文字里深深含着愤世嫉俗，要想救济的呼声；所以有极强的力量足以感人。”可见译者非常强调作品拯救社会的功用。

1932年，高尔斯华绥获当年的诺贝尔文学奖。该年12月15—16日，《晨报》刊登季羡林的介绍文章《本年度诺贝尔文学奖金之获得者高尔斯华绥》。18日，载村彬《高尔斯华绥》。同样，《现代》第2卷第2期，即1932年12月号出专辑介绍高尔斯华绥，刊载论文1篇、评论译文2篇、译作2篇、图片6帧、著作编目1份。

苏汶翻译了高尔斯华绥的短剧《太阳》，撰写了一篇《约翰·高尔斯华绥论》。他并未大加褒扬高氏，而是尽可能客观分析其写作特点，使瑕瑜互见。他认为高尔斯华绥不是“天才的小说家与戏剧家”，但是个“极端诚恳”的作家：“他并没有极高的感受力和组织力。感受力的薄弱，可从他的几部写热情的作品的失败上看出来；而每篇作品结构的不是混杂便是呆板也说明了他的组织力的缺少。然而他却有极可贵的分析问题和人物的才能。他一点也不肯放过地把整个故事的小部分都体会到，而把他所体会到的一点也不肯放过地在作品里表现出来。”这种分析显示了苏汶作为一个作家在进行批评时所特有的敏锐和深刻，还显示了苏汶开放的胸襟和气度，即在面对世界文学时的那种平等的不卑不亢的姿态，这种胸襟和气度也是他那个时代很多作家都具有的，这既来自于对本国文学的自信，也来自于对世界文学的了解。

二十、 詹姆斯·乔伊斯（1882—1941）

1929 年 5 月，冯次行翻译的《詹姆斯·朱士的〈优力栖斯〉》（土居光知原著）由上海联合书店出版发行，卷首有乔伊斯画像及译者小引。书中对英国小说家乔伊斯《尤利西斯》的评述让我国读者初识了其特色。后来，该书又以《现代文坛怪杰》为题，于 1939 年 5 月由上海新安书局再版发行。

1933 年 7 月，《文艺月刊》第 3 卷第 7 号刊费鉴照《爱尔兰作家乔欧斯》一文，简介其重要作品多部，称“乔欧斯显示人类的下意识的世界与它神秘的美丽”。对《尤利西斯》评价是：“《游离散思》是一部包罗近代世界的一切——政治、宗教、希望、实际、人道主义等等的作品。”

1935 年 5 月 6 日，《申报·自由谈》刊周立波《詹姆斯·乔易斯》：“他的代表作品《优力西斯》的出现，是现代文学史上一个奇异的现象；它确定了乔易斯在文学中的最高的地位。”“《优力西斯》是一部怪书。……它是有名的猥亵的小说，也是有名的难读的书。”9 月 25 日，上海《读书生活》第 2 卷第 10 期刊周立波《选择》一文，将乔称为“现代市民作家”：“乔易斯的人物总是猥琐，怯懦，淫荡，犹疑。”“市民作家主题的选择这种贫乏，无疑是没落阶层心理的必然反映。”文章批评现代乔易斯式的写实主义，认为“心理描写的所谓‘内在的独白’是最烦琐的形式，而《优》则是一本怪模怪样的冗长难懂的书”。

1935 年 12 月 15 日，《质文》第 4 号刊凌鹤《关于新心理写实主义小说》，以《尤烈色士》为例，讲意识流。凌鹤对《尤》的评价为：“那是一部淫秽的作品，可是其中人物的心理变化，俗物们的利害打算的内心卑俗的欲念，作者是不厌烦琐的极细腻，用内心独白的方法绘画出来。”

1940 年 10 月 1 日，《西洋文学》第 2 期刊有吴兴华写的书评《菲尼根的醒来》（1939），其中说“乔氏文字虽难懂，但值得用心研究。它是苦思及苦作加上绝顶的天才的产生品”。该期还有吴兴华译《乔易士研究》（H. S. Gorman 原著，1939 年初版），指出这本传记是主要的乔伊斯文献，“无论 Joyce 怎样为普通读者所不了解，他已成为现代精神的代表”。

1941 年 3 月，《西洋文学》第 7 期刊有“乔易士特辑”，包括《乔易士像及小传》、《乔易士诗选》（宋悌芬译）、《一件惨事》（郭蕊译）、《友律色斯插话三节》（吴兴华译），以及《乔易士论》[1]（张芝联译）。

1. 此为美国现代最有地位的批评家 Edmund Wilson 著 *Axel's Castle*（1931）中论乔伊斯的一部分。

二十一、 D．H．劳伦斯（1885—1930）

1922 年 2 月，《学衡》杂志第 2 期所载胡先骕《评〈尝试集〉》（续）一文中，提到“同一言情爱也，白朗宁夫人之‘Sonnets from Portugese’乃纯洁高尚若冰雪；至 D. H. Lawrence 之‘Fireflies in the Corn’则近似男女戏谑之辞矣。”“夫悼亡悲逝，诗人最易见好之题目也，……而 D. H. Lawrence 之‘A Women and Her Dead Husband’则品格尤为卑下。若一男女相爱，全在肉体，肉体已死，则可爱者已变为可恨可畏，夫岂真能笃于爱情者所宜出耶。”此为我国学者最早提及到劳伦斯及其作品的文字。

1928 年 3 月 19 日，《晨报副镌》第 78 期所载斐耶《英国新进的小说家》一文中提到劳伦斯（拉文斯）：“拉文斯在他的小说中，有诗人热烈的情感，但从这时代的心轴所活动的种种现象，不能如他所愿，因而他时常在他作品里隐现出来他的痛苦。……如今他简直是现代重要的一个作家，所以一方面极受人称许，一方面又极受人指责。”这是我国最早概括评价劳伦斯作品特色的文字。

1929 年 7 月，上海水沫书店出版劳伦斯短篇小说集《二青鸟》，收有《二青鸟》、《爱岛屿的人》、《病了的煤矿夫》三篇小说，这是最早译成中文的劳伦斯小说作品。[2]

同年，《小说世界》第 18 卷第 4 期载《西洋名诗译意》（苏兆龙译），其中有劳伦斯的诗作《风琴》。这是最早被翻译成中文的劳伦斯诗歌作品。

2. 其后劳伦斯的作品陆续得以译介，如钱歌川译《热恋》（上海中华书局 1935 年 12 月版）、唐锡如译《骑马而去的妇人》（上海良友图书公司 1936 年 10 月版）、饶述一译《查泰莱夫人的情人》（上海北新书店 1936 年 8 月版）、叔夜译《在爱情中》（重庆说文社 1945 年 3 月版）。另外，1936 年出版的《天地人》（徐訏、孙成主编）半月刊也连载王孔嘉翻译的《贾泰来夫人之恋人》第 1—9 章。

1930 年 3 月 24 日，《英国小说家兼诗人劳伦斯逝世》载《大公报·文学副刊》。与此同时，《现代文学》创刊号载杨昌溪《罗兰斯逝世》，对劳伦斯评价甚高，认为其作品有广泛的社会性，比乔伊斯、艾略特等更能把握住现实生活，因而也更能吸引读者。

1930 年 9 月，《小说月报》第 21 卷第 9 期载杜衡《罗兰斯》一文，称“罗兰斯正站在机械主义底漩涡底中央，反抗着这一种对生活底亵渎，宣称在人类心目中底圣灵是本能底纯洁底唯一底泉源。他站在他底地方，向整个机械化底倾向挑战。”这是当时人们谈及劳伦斯最多的一种评价，即劳伦斯作品反对机械文明，崇尚回归人本性和自然的思想。

1934 年 10 月 20 日，《人间世》第 14 期刊郁达夫《读劳伦斯的小说 Lady Chatterley's Lover》，指出《查泰来夫人的情人》是“一代的杰作”，“一口气读完，略嫌太短了些”。“这书的特点，是在写英国贵族社会的空疏、守旧、无为，而又假冒高尚，使人不得不对这特权阶级发生厌恶之情。”关于劳伦斯的思想，“我觉得他始终还是一个积极厌世的虚无主义者”。

1935 年，《人间世》第 19 期刊载林语堂《谈劳伦斯》一文。这篇文章饶有风趣地借两位老人在灯下夜谈，话题便是《查泰来夫人的情人》。认为“劳伦斯写此书是骂英人，骂工业社会，骂机械文明，骂拜金主义，骂理智的。他要求人归返自然，艺术的，情感的生活。劳氏此书是看见欧战以后人类颓唐失了生气，所以发愤而作的”。同时还将这部小说与《金瓶梅》作了比较，肯定二者都有大胆的描写，但技巧不同，“金瓶梅是客观的写法，劳伦斯是主观的写法。金瓶梅以淫为淫，劳伦斯不以淫为淫”。而对书中具体的性描写，认为《金瓶梅》中为写性而写性，《查泰来夫人的情人》中力求灵肉一致，“性交是含蓄一种意义的”。

1935 年，施蛰存编的《文饭小品》第 5 期刊登南星《谈劳伦斯的诗》及译诗《劳伦斯诗选》。作者译引多首劳伦斯诗作，指出“在当代英国诗人中，只有劳伦斯为最有热情最信任灵感的歌吟者”。“他的诗之写法的特色在于先给读者一个微薄的印象，然后一层层地加重，直到造成一个不可磨灭的影子为止。”在题材方面则是“有感而动”，有不少诗“缺乏深刻的含义”。同时译发的 5 首完整的劳伦斯诗作，翻译水平很高，文笔优美清新，富有浪漫情调。

二十二、 英国文坛十杰专号

1935 年 6 月 1 日，由香港南国出版社出版的诗与散文月刊《红豆》（梁之盘主编）第 2 卷第 5 期刊载“英国文坛十杰专号”，发表 11 篇论文，详细介绍了 10 位英国作家：《英国文坛底漫游》（张宾树）、《十四世纪：乔叟》（无息）、《十五世纪：斯宾塞》（梅荪）、《十六世纪：莎士比亚》（韩罕明）、《十七世纪：密尔顿》（墨摩士）、《十八世纪：菲尔丁》（郑彧）、《十九世纪：哈兹华斯》（汤舜禹）、《十九世纪：拜伦》（杨干苍）、《十九世纪：狄更斯》（彭是真）、《十九世纪：白朗宁》（陈演晖）、《二十世纪：乔也斯》（梁之盘）。

第四节　文学研究会作家与英国文学

1921 年 1 月 4 日，中国最早的新文学团体——文学研究会在北京中山公园来今雨轩正式成立（第一次筹备会于 1920 年 11 月在北京大学召开），发起人有郑振铎、王统照、沈雁冰、叶绍钧、周作人、孙伏园、蒋百里、许地山等 12 人。后来会员发展到 170 人，其中有朱自清、俞平伯、冰心、庐隐、鲁彦、老舍、丰子恺等。1921 年 1 月，沈雁冰接手主编《小说月报》并发表《改革宣言》，自此成为文学研究会的代用机关报。《文学旬刊》（后改为《文学周报》）也成为文学研究会的会刊。1 月 10 日，在革新后由沈雁冰接任主编的《小说月报》第 12 卷第 1 号上，发表了《文学研究会简章》，提出文学研究会的宗旨是“研究介绍世界文学，整理中国旧文学，创造新文学”。沈雁冰在《〈小说月报〉改革宣言》中宣称，“将于译述西洋名家小说而外，兼介绍世界文学界潮流之趋向，讨论中国文学革进之方法”。

一、　周作人译介英国文学

1914 年 12 月，《若社丛刊》第 2 期发表周作人的文章《英国最古之诗歌》（署名启明），介绍英国史诗《贝奥武甫》（*Beowulf*）：“以时代论，在欧洲史诗中，舍希腊二诗外，此为最古，亦最有价值者也。”“诗以古英文著作，即盎格鲁撒克逊文也，其文章质朴古雅，为史诗所同。而其描写上古居民情状，尤至为有味。……又其图画物色，亦至佳妙，其图不施色彩，而阴湛深重，自具北方之特色。”此书“世称英国国民史诗，在英人视之，非特为文学之粹，抑亦民族之夸，故或名之曰英国之圣书，著英文学史者，悉以是为首最，盖文字转变，虽已殊形，而精神流传，实出一本，国人之宝重是书，盖有故也”。

或许英国浪漫诗人布莱克在天国也会感谢周作人的，因为是周作人第一个把他领到了中国。1919 年 12 月，周作人在《少年中国》第 1 卷第 8 期上发表了《英国诗人勃来克的思想》一文，首次介绍了布莱克诗歌艺术的特性及其艺术思想的核心。文中说，布莱克是诗人、画家，又是神秘的宗教家；他的艺术是以神秘思想为本，用了诗与画作表现的器具；他特重想象

(imagination) 和感兴 (inspiration) , 其神秘思想多发表在预言书中, 尤以《天国与地狱的结婚》(The Marriage of Heaven and Hell) 一篇为最重要, 并第一次译出布莱克长诗《无知的占卜》的总序四句话: “一粒沙里看出世界, 一朵野花里见天国, 在你手掌里盛住无限, 一时间里便是永远。” 指出这“含着他思想的精英”。这是我们现在一提起布莱克就首先会想到的名句警言。除此而外, 周作人在文中还翻译出布莱克的一些短诗, 如《迷失的小孩》、《我的桃金娘树》、《你有一兜的种子》、《无知的占卜》组诗第 1—10 节等, 让中国读者初次领会到了这位神秘诗人作品的特质和魅力。[1] 周作人首次对布莱克思想的介绍, 让当时的人开了眼界。田汉在《新罗曼主义及其他》中说: “周作人先生介绍英国神秘诗人勃雷克的思想, 真是愉快。” 田汉还安排人写文章介绍布莱克诗歌艺术的一些继承者。同时, 他也译出了布莱克那四句意味深长的话: “一沙一世界, 一花一天国。君掌盛无边, 刹那含永劫。” [2]

1. 此外, 周作人在《欧洲文学史》(1922 年商务版) 和《艺术与生活》(1926 年群益版) 中也曾论及到布莱克。

2. 田汉: 《新罗曼主义及其他》, 载《少年中国》, 第 1 卷第 12 期, 1920 年 6 月。

1922 年 7 月 18 日, 《晨报副镌》刊登周作人《诗人席烈的百年忌》(署名仲密), 着重介绍了英国浪漫诗人雪莱的社会思想方面的状况, 并比较了雪莱与拜伦: “席烈 (Percy Bysshe Shelley) 是英国十九世纪前半少数的革命诗人, 与摆伦 (Byron) 并称, 但其间有这样的一个差异: 摆伦的革命是破坏的, 目的在除去妨碍一己自由的实际的障害; 席烈是建设的, 在提示适合理性的想象的社会, 因为他是戈德文的弟子, 所以他诗中的社会思想多半便是戈德文的哲学的无政府主义。” [3]

3. 相关内容亦可参见本章第三节“中文报刊上的英国作家专号”部分的介绍。

1923 年 9 月 7—9 日, 《晨报副镌》刊发周作人译英国小说家斯威夫德《育婴刍议》, 此亦为周作人最喜欢的一篇文章。另外, 周作人译《婢仆须知抄》(斯威夫德) 刊于 1925 年 1 月《语丝》第 10 期。

周作人也是最早将王尔德介绍到中国的作家, 他首先翻译了王尔德的童话, 于 1888 年和 1891 年分别以《快乐王子和其他的故事》、《石榴之家》为名出版。

二、 茅盾与英国文学

梳理茅盾与英国文学的关系, 发现他特别关注英国现代作家, 比如威尔斯、萧伯纳、叶芝、乔伊斯、T. S. 艾略特等。

早在1917年1月，茅盾就译有英国作家威尔斯（H. G. Wells）所著《三百年后孵化之卵》（*Aepyornis Island*），刊于《学生杂志》第4卷第1—4号，署名“雁冰”。这是茅盾使用文言文翻译的第一篇短篇小说。

1919年2—3月，《学生杂志》第6卷第2、3号刊登雁冰《萧伯纳》一文。这是茅盾所写的第一篇外国作家论，也是新文学运动中最早专门评述萧伯纳的一篇分量很重的文章。该文详细介绍了萧伯纳的生平著作，并作相关评论，赞赏萧氏“思想之高超，直高出现世纪一世纪”，“在现存剧曲家中自为第一流人物”，还分析“萧氏思想之变迁，及其剧本之分类”，又介绍萧氏的戏剧观，概括萧氏剧作特点，称“萧氏心目中之剧曲，非娱乐的，非文学的，而实传布思想改造道德之器械也”。1921年5月，沈雁冰、郑振铎、欧阳予倩等13人组织民众戏剧社，追随萧伯纳的“戏场是宣传主义的地方”的主张，认为“当看戏是消闲的时代，现在已经过去了。戏院在现代社会中确是占着主要的地位，是推动社会前进的一个轮子，又是搜寻社会病根的X光镜，又是一块正直无私的反射镜”。

1919年10月，萧伯纳的名剧《华伦夫人之职业》，由潘家洵翻译，刊于《新潮》第2卷第1期。该译本又列为文学研究会丛书之一种，于1923年由商务印书馆出版，茅盾著文《最近的出产》予以热情鼓吹。[1]

1920年3月25日，雁冰（茅盾）所译夏脱（W.B.Yeats，叶芝）著《沙漏》（*The Hour Glass*）刊于《东方杂志》第17卷第6号。[2] 同期载有雁冰《近代文学的反流——爱尔兰的新文学》一文。

1922年11月，《小说月报》第13卷第11号“海外文坛消息”专栏中，茅盾撰短文介绍詹姆斯·乔伊斯的新作《尤利西斯》（1922年于巴黎问世）[3]：“新近乔安司（James Joyce）的 *Ulysses* 单行本问世，又显示了两方面的不一致。乔安司是一个准‘大大主义’的美国新作家。*Ulysses* 先在《小评论》上分期登过：那时就有些‘流俗的’读者写信到这自号为‘不求同于流俗之嗜好’的《小评论》编辑部责问，并且也有谩骂的话。然而同时有一部分的青年却热心地赞美这书。英国的青年对于乔安司亦有好感：这大概是威尔士赞 *A Portrait of the Artist as a Young Man*（亦乔氏著作，略早于 *Ulysses*）的结果。可是大批评家培那（Arnold Bennett）新近作了一篇论文，对于 *Ulysses* 很不满意了。他请出传统的‘小说规律’来，指责 *Ulysses* 里面

1. 五四时期的茅盾对萧伯纳是极为热心的。直到晚年，他还说：“英国的，我最喜欢萧伯纳，我写过好多篇文章介绍萧伯纳。”（《茅盾全集》第27卷，第402页，北京：人民文学出版社，1996年版。）

2. 译者注里说“沙漏一篇，是表象主义的剧本。……夏脱主义是不要那诈伪的、人造的，科学的，可得见的世界，他是主张‘绝圣弃智’的；他最反对怀疑，他说怀疑是理性的知识遮蔽了直觉的知识的结果”。

3. 乔伊斯《尤利西斯》被称为“20世纪最伟大的英国文学著作”。在小说第六章（“哈得斯”）里，布卢姆在参加一个葬礼时想到人体腐烂后变为植物的肥料，在他的意识之流里，中国和鸦片是一对联体双胎：“中国公墓里的罂粟花大极了，出的鸦片最好”；死亡之思又延伸到种族差别和对立：“我在那本《中国游记》里看到，中国人说白种人身上的气味像死尸。”（乔伊斯：《尤利西斯》（上卷），金隄译，第164、173—174页，北京：人民文学出版社，1996年版。）

的散漫的断句的写法为不合体裁了。虽然他也说‘此书最好的几节文字是不朽’，但贬多于褒，终不能说他是赞许这部‘杰作’。”此为中国大陆对乔伊斯及《尤利西斯》的最早介绍。这段短文中的“大大主义”就是“达达主义”，但把乔伊斯误为“美国新作家”。另外，同年7月6日在上海《时事新报》副刊上刊载的徐志摩《康桥西野暮色》一诗的前言中，亦对乔伊斯的《尤利西斯》发出由衷的赞美。他说那小说的最后100页(指莫莉)的内心独白“那真是纯粹的‘Prose’，像牛酪一样润滑，像教堂里石坛一样光澄，非但大写字母没有，连，。……？——：——！（）“”等可厌的符号一齐灭迹，也不分章句篇节，只有一大股清丽浩瀚的文章排傲而前，像一大匹白罗披泻，一大卷瀑布倒挂，丝毫不露痕迹，真大手笔”。这表明徐志摩从文学创新的高度敏感地感觉到《尤利西斯》的重要价值。[1]

1923年8月27日，《文学周报》以玄（茅盾）署名的《几个消息》中，谈到英国新办的杂志Adelphi时，提到T. S. 艾略特为其撰稿人之一，此为艾略特之名最早为中国读者所知。

除了上述英国现代作家的介绍外，茅盾对英国历史小说家司各特也倾注了较大的注意力。

1924年3月，商务印书馆出版中学国语文科补充读本《撒克逊劫后英雄略》（司各德原著，林纾、魏易译述，沈德鸿校注）。当时在商务编译所的茅盾校注这部林译小说，阅读了司各特的全部著作，撰写了比较详尽的《司各德评传》。此传于传主生平、创作考订的翔实、叙述的贴切方面颇见功力，是茅盾关于司各特的最具系统的论述。

司各特对茅盾的影响是全面的。早在1913年，青年茅盾在北京大学读预科第一类（文科）时，外国文学所用的教材就是《艾凡赫》和笛福的《鲁滨逊漂流记》。茅盾回忆道：“至于外国文学，当时预科第一类读的是英国的历史小说家司各德的《艾凡赫》和狄福的《鲁宾逊漂流记》，两个外籍老师各教一本。教《艾凡赫》的外籍教师试用他所学来的北京话，弄得大家都莫明其妙，请他还是用英语解释，我们倒容易听懂。”[2]1923年，茅盾在上海商务印书馆编译所任职，他自己择定的工作包括校注林译《撒克逊劫后英雄略》和伍光建译大仲马的《侠隐传》(即《三个火枪手》)以及《续侠隐传》（即《二十年后》）。茅盾校注的《撒克逊劫后英雄略》在1924年3月由上海商务印书馆出版，署名“沈德鸿校注”，收入“中学国语文科补充读本”，作为中学生的语文补充读物。该书卷首有茅盾撰写的十分详尽的《司各德评传》，署名“沈雁冰”。《评传》共分为六个章节，第一至三章是对司各特的生平和诗歌、小说创作的介绍；第四章主

1. 1923年10月23日，乔伊斯从巴黎写信给伦敦《自我主义者》杂志编辑哈丽特·肖·维弗（Harriet Shaw Weaver），告诉她说从朋友的朋友处得知，在远东的上海有一个俱乐部，那里“中国的（我还以为是美国的）女士们每周聚会两次，讨论我那卷雌文（mistresspiece）”。（James Joyce. *The Letters of James Joyce*, vol 1. Stuart Gilbert, ed. New York: Viking, 1957. p. 206.）

2. 茅盾：《我走过的道路》(上)，第95页，北京：人民文学出版社，1981年版。

要是从司各特小说中的“配景”、“人物描写”、“历史事实”等入手具体分析了司各特的创作特色和不足；第五章专题考证了《撒克逊劫后英雄略》中撒克逊人与诺曼人关系的历史事实；第六章则是介绍近代一些国外批评家对于司各特的评价，其中穿插了许多作者自己的看法。

在《评传》的第一章，茅盾就探讨了 1798 年到 1831 年间，法国大革命后，英国诗坛不同文艺思潮之间的关系：“法国大革命的潮流，震撼当时人心，至极强烈，全欧文坛为之变色，我兹我斯、古勒律奇、苏塞等人都被大革命的潮流所冲激，高呼打倒专制魔王，人人平权；但是司各德对于那时候抉破旧思想藩篱的平民主义，非但一点也不热心，并且回过头来，赞慕那过去的帝王的黄金时代。”[1] 茅盾在介绍外国文学时，十分重视对背景的掌握，这也是“穷本溯源”

1. 沈雁冰：《司各德评传》，第 2 页，上海：商务印书馆，1924 年版。

的一个重要组成部分。早在 1920 年，他就在《现代文学家的责任》（署名佩韦）一文中指出：“所以我以为现在文学家的责任是在将西洋的东西一毫不变动的介绍过来；而在介绍之前，自己先得研究他们的思想史、他们的文艺史，也要研究到社会学、人生哲学，更易晓得各大名家的身世和主义。”他在《新文学研究者的责任与努力》中又说：“翻译某文学家的著作时，至少读过这位文学家所属之国的文学史，这位文学家的传，和关于这位文学家的批评文学。”为了写好《评传》，茅盾花了整整半年的时间。在写作之前，他阅读了司各特的全部作品和三大卷的《司各德传》，同时还读了许多西方的文学史原著以为参考。仅在《评传》第六章中，茅盾就引用了《比较文学史》、《十九世纪文学史》（*A History of 19th Century Literature*）、《十九世纪文学主潮》（*Main Currents in 19th Century Literature*）第四卷《英国的自然主义》（*Naturalism in England*）、《英国文学》、《司各德论》等西方文学史著作的许多材料，与作者的观点相互印证，涉及到的作家、批评家就有《比较文学史》的作者洛利安（Frederic Loliee）、英国的批评家珊茨蓓尔（Saintsbury）、丹麦的批评家布兰兑斯（Branddes）、意大利的批评家支且（Emilio Cechi），以及泰纳（Taine）、柯洛支（Croce）等众多西方批评家。由于茅盾如此详备地占有资料，所以评传中无论对司各特还是对其以历史小说为主的创作的评述，都有立论的坚实基础，有很大的说服力。茅盾在此之后还写过类似的研究和介绍，如《大仲马评传》、《欧洲大战与文学》、《匈牙利文学史略》和《希腊神话》等等。在写《大仲马评传》时，由于参加的政治活动渐多，所引用的材料就没有写《司各德评传》时那样多了。《司各德评传》是茅盾关于司各特的最具系统的论述，也是其穷本溯源的结果。

作为《司各德评传》的附录，茅盾还做了三件事：一是为司各特 25 部重要作品（叙事长诗、长篇小说）写了内容提要，即《司各德重要著作解题》；二是完成了《司各德著作编年录》；三是写了《司各德著作的版本》等。上述诸篇连同《司各德评传》都收录在 1924 年 3 月由上海商务印书馆出版的《撒克逊劫后英雄略》中。撰写《司各德重要著作解题》是一件细致的工作，茅盾为此通读了司各特所有的作品，并为这些作品写了内容题要，自《苏格兰乐府本事》（叙事诗）起至《巴黎的洛勃忒伯爵》（小说）止，共 25 篇。像这种逐篇解读的工夫，以后似乎只在《西洋文学通论》一书中介绍左拉时做过。茅盾那时也是把左拉的《卢贡——马卡尔家族》（书中称为《罗贡马惹尔族》）的 20 部长篇逐一作了介绍。此外，他还在《世界文学名著杂谈》中专列一章《司各德的〈撒克逊劫后英雄略〉》，专门介绍评述了司各特的《艾凡赫》。司各特的这部名著也是茅盾最早阅读到的外国文学作品。[1]

1. 笔者指导的毕业研究生孙建忠参与了以上关于茅盾论司各特的讨论。

三、 王统照与英国文学

1921 年 1 月，文学研究会的宣言说："将文艺当作高兴时的游戏或失意时的消遣的时候，现在已过去了。我们相信文学是一种工作，而且又是于人生很切紧的一种工作。"这是周作人起草的，但曾由鲁迅修改与润色过，代表了文学研究会作家的心声，得到他们的普遍认同。

王统照（1897—1957）认为真正的意识是人性的自由发挥，真正的艺术对人生是有利有益的。他说："西方所说为艺术而作艺术，他们的作家，真能就特性的天才，尽力发挥，对于人生种种思想的表现，所以虽是为艺术而作艺术，然以其专力苦心，终必引起社会上多少的兴感，暗暗的移风易俗，于不知不觉。他们并不是作淫哇无谓的诗歌，打脸谱翻斤斗，野蛮优伶技艺的这等艺术，所以与社会上是有密切的关系。"[2]

2. 王统照：《王统照文集》第六卷，第 347—348 页，济南：山东人民出版社，1984 年版。

出于对中国新文学的希望，王统照于 1921 年 3 月 29 日写《高士倭绥略传》，推荐介绍英国文学家高尔斯华绥（John Galsworthy），说他是个改革社会的人，作品"几乎都是为平民抱不平，而与社会上恶劣、虚伪、偏颇的礼教、法律、制度相搏战"。并说"他的文学是社会主义的文学"。[3]"他的小说，全是实际生活上的注解与批评，批评及于经济与社会的状况，

3. 王统照：《王统照文集》第六卷，第 361 页，济南：山东人民出版社，1984 年版。

在人民的相互关联里。"他的著作"渗透沉浸在一种人生哲学（philosophy of life）里，对

于不满意的、虚伪的、无人道的生活，他便讥讽藐视而攻击他们”。[1] 他以高尔斯华绥的《银盒》、《斗争》为例，论述其文学的巨大作用：表现了“贫富阶级的”斗争，“资本家苛待工人的卑鄙”，“字里行间，为贫者、弱者、无知识阶级者，鸣其不平，而抒其冤愤”。并说“高士倭绥以文学的艺术，描写这种令人深思的社会问题，无怪人家说他的文学上的创作，比社会党员的主张，更要锋利。因这样的刺激的、暗示的文学比较改造社会的论文，尤易动人兴感”。王统照评价高尔斯华绥“为人生的文学”的同时，不断提到其著作具有“文艺上的力量”。就小说而言，“都是有主义，而兼有文学上的兴感，与美的小说”。就戏剧说，他是“最富有同情的艺术家”，其戏剧“尤为人所佩仰，而富有同情的刺激，传布到人们的灵魂里”。多次提到他的思想连接着“艺术”、“美”，“他的思想与观察本来高人一等，即他的艺术也非常卓越”。[2]

王统照的文艺观既是为人生的，也是为艺术的。[3] 这种合一的文艺观通过对叶芝的学习、评价和研究得到巩固与加深。考察王统照与英国文学的关系，明显发现他与叶芝的联系最为密切。

1921年1月10日，《小说月报》第12卷第1号刊登王剑三（统照）所译叶芝短篇小说《忍心》（*An Enduring Heart*）。王统照在译者附记里评价了叶芝的作品特色。[4] 王统照是五四时期介绍叶芝最勤的作家。[5] 短短几年之间，他译介叶芝多篇作品，如《微光集》选译，载1924年2月1日北京《文学旬刊》第25期。同时又发表数篇评论文章，如《夏芝的诗》，刊于1923年5月15日《诗》刊第2卷第2号，论述了叶芝的思想

1. 王统照：《王统照文集》第六卷，第362页，济南：山东人民出版社，1984年版。

2. 王统照：《王统照文集》第六卷，第363—368页，济南：山东人民出版社，1984年版。

3. 阎奇男：《为人生乎？为艺术乎？——论王统照的文艺观》，见《“爱”与“美”——王统照研究》，第42—58页，北京：中国戏剧出版社，2004年版。

4. 译者称“其作品，多带新浪漫主义的趣味，为近代爱尔兰新文学派巨子之一，其短篇小说，尤能于平凡的事物内，藏着很深长的背影，使人读着，自生幽秘的感想。既不同写实派的纯重客观，亦不同浪漫时代的作品，纯为兴奋的激刺。他能于静穆中，显出他热烈的情感，窅远的思想，实是现代作家不易达到的艺术”。

5. 1921年9月10日上海《时事新报》、《文学旬刊》上翻译叶芝诗《玛丽亥耐》。1924年后，又翻译叶芝的《克尔底微光》中的小品文《三个奥薄伦人与邪魔》、《古镇》、《声音》等，在上海《时事新报·文学周刊》上发表。同年11月21日，《文学旬刊》第20号刊腾固《爱尔兰诗人夏芝》。此为我国最早介绍爱尔兰大诗人叶芝生平与创作的文字之一。1924年2月21日《晨报副镌·文学旬刊》第26号刊登《夏芝思想的一斑》。1931年1月30日，南京《文艺月刊》第2卷第1期载费鑑照《夏芝》一文，详细介绍了爱尔兰大诗人叶芝的生平经历和创作特色。

艺术特色，特别推重其“歌唱着祖国的光辉，由文学中表明出对于异族统治的反抗”的爱国主义思想和浪漫主义倾向。1924 年 1 月 25 日，《东方杂志》第 21 卷第 2 号又刊登其长篇论文《夏芝的生平与其作品》，从“夏芝的身世”、“伟大的诗人”、“夏芝的戏剧与散文”和“夏芝的特性与其思想的解剖”等几方面系统介绍了叶芝的生活经历、作品及其思想特性。指出“夏芝的思想，实是现代世界文学家中的一个异流”，但“也绝不是故蹈虚空，神游于鬼神妖异之境”。其著作“虽是有神话与民族的传说作材料，然而他那种高尚的思虑与热情的冲击，也全由此表征而出”。

在《夏芝的生平及其作品》中，王统照说叶芝与诗哲泰戈尔是最为契合的朋友。[1] 认为叶芝的诗歌、戏剧、小说、散文都是其哲学的形象表现，而叶芝的哲学即“‘生命的批评’主义（criticism of life）。生命是隐秘的，是普遍的，无尽的”。[2] 说“他的诗的惟一的标准，即细致美与悲惨美的唤起。所以说其作品中，有时令人有难忘的愉快，有时令人有悲剧的兴奋，然而他的愉快、悲郁、爱与同情、缥渺的虚想、深重的灵感，都由他的真诚中渗出，绝非故作奇诡，亦非无病而呻”。说叶芝“相信‘美即真而真即美’（Beauty is truth, truth beauty）……真正的艺术的完成，即真的美的实现”。[3] 他总结说，叶芝的意念“是要在这个糊涂的社会与人生中，另创造出一个小世界来，这小世界，是什么？便是美。然而如何方可使这个小世界，使人们感得快乐之兴趣呢？须以调谐为目的，将人们的灵感，与爱力，使与大宇宙不可见的灵境的爱力相连合”。[4] 这些表明，文艺观是为人生与为艺术的结合，其文学创造都是“爱”与“美”的文学与艺术；其美学特征、审美心理都是以调谐为目的，调谐人与人、社会、自然的关系，最终目的是人与宇宙融为一体，使有限的人生存在于无限的宇宙之中，进而体现了叶芝、王统照对人类的终极关怀。[5]

1. 王统照：《王统照文集》第六卷，第 470 页，济南：山东人民出版社，1984 年版。

2. 王统照：《王统照文集》第六卷，第 487 页，济南：山东人民出版社，1984 年版。

3. 王统照：《王统照文集》第六卷，第 488 页，济南：山东人民出版社，1984 年版。

4. 王统照：《王统照文集》第六卷，第 489 页，济南：山东人民出版社，1984 年版。

5. 参见阎奇男《“爱”与“美”——王统照研究》，第 53—54 页，北京：中国戏剧出版社，2004 年版。

如上所述，对王统照“爱”、“美”思想的形成起突出作用的是叶芝。王统照在翻译叶芝《微光集》的过程中，体会到叶芝追求的“小世界”就是美与爱。他的长诗《独行者之歌》也明显受到叶芝的影响。

王统照从 1919 年起写的诗集《童心》开始就深受爱尔兰诗人叶芝的影响，与叶芝诗相似处颇多，不少小诗颇具叶芝诗的韵味与色彩。另从王统照对叶芝的翻译介绍和研究评论中，可见爱与美思想来源和艺术来源之一，也可找到王统照早期创作中的神秘性和象征性特点的原因。

王统照说叶芝 16 岁时的《窃童》（The Stolen Child）“其诗之美丽，如其他的弦歌是一样的活泼与爽利”。“虽是处女作，然而已是‘仪态万方，亭亭玉立’的绝世美人了！”[1] 王统照详细分析了叶芝代表作叙事诗、独唱剧《奥厢的漂泊》（*The Wandering of Oisin*），还列举了叶芝的其他诗，认为叶芝的诗多采用爱尔兰古代的神话故事，多用草木、器具、景色来象征，是爱尔兰新诗人中最富于神秘和浪漫色彩的人。

1. 王统照：《王统照文集》第六卷，第 469—470 页，济南：山东人民出版社，1984 年版。

小而言之，王统照对叶芝思想的研究，可概括为三点：1）叶芝的哲学思想是“生命的批评”主义。生命的价值、人生的价值是爱与美，这可以说是叶芝的人生理想，也是社会思想。王统照强调叶芝“非颓废派所可比”，而是“以美术，乃导人往乐园去的第一条光明之路”，其著作中的沉郁、奇诞、细致、悲与爱，“都是美的精神所寄托处。他对于人生所下之批评，不是直接的议论的，是隐秘的，是暗示的，是象征中包含的教训”。[2] 2）美是什么，或者艺术的标准是什么？是调谐。王统照指出叶芝是最沉溺于艺术之渊的，他对于文字之形与意的美，则完全是以调谐（harmony）为美。[3] 而且叶以此为文学艺术甚至社会人生的美的惟一标准。3）叶芝的性格特点及其思想渊源是其本民族文化的孕育、大自然的孕育、外国文化的孕育。分析叶芝所属爱尔兰的凯尔特族人的民族特性，认为“英人是一种实事求是庄重沉着的人们，而凯尔特族人的性质，是奇幻的，不是平凡的，是象征的，不是写实的，是灵的，不是肉的，是情感的，不是理智的。……有独特的性质——浓厚的地方色彩和民族思想。……可谓异帜独标了”。[4]

2. 王统照：《王统照文集》第六卷，第 489 页，济南：山东人民出版社，1984 年版。

3. 王统照：《王统照文集》第六卷，第 489 页，济南：山东人民出版社，1984 年版。

4. 王统照：《王统照文集》第六卷，第 468 页，济南：山东人民出版社，1984 年版。

另外，王统照于 1934 年 4 月在罗马游雪莱墓后，写有两首《雪莱墓上》（七律和语体诗），抒发对这位英国浪漫诗人的钦佩与怅惘之情，后刊于《文学》第 7 卷第 2 号和《南风》第 2 卷第 4 期。

王统照的文学批评观是一种“真的批评”。他说“中国一切的现象，正是这样，而缺少批评精神的关系，一切事正与误的所在，不曾明白揭示。而所谓合于时代精神的价值、真理等，终无从表现得出。谈主义者，事业的实行者，创作的文艺，都急不可待的需要批评”。[5] 这“真的批评”有一个标准就是“美、善、知”的统一。王统照引用英国 19 世纪桂冠诗人丁尼生《艺术之宫》的诗句来形象地说明：“美、善、知，是互相启示的 / 姊妹三个，同友于人，/ 在同一屋顶下共同居住，/ 除非泪痕，是永不能有分裂。”

5. 王统照：《王统照文集》第六卷，第 394 页，济南：山东人民出版社，1984 年版。

总之，王统照是五四文学革命和五四新文化运动的开创者先驱者之一。“爱”与“美”是其文学追求的主导思想。[1]他所宣扬的爱包括异性、父母、童贞、人类之爱，美包括人体、心灵、自然、艺术之美。其爱与美文学思想的形成，首先是我国传统文化哺育的结果，同时也是外国文学影响的结果。

1. 阎奇男：《论王统照文学的“爱”与“美”思想》，见《“爱”与“美”——王统照研究》，第 151—161 页，北京：中国戏剧出版社，2004 年版。

第五节 创造社作家与英国文学

1921 年 7 月中旬，郭沫若、郁达夫、张资平等在东京郁达夫寓所聚会，商讨酝酿已久的筹组文学团体事宜，并决定创办《创造》季刊。此次会议被视为创造社正式成立的会议。创造社发起人 7 人，即郭沫若、郁达夫、成仿吾、张资平、郑伯奇、田汉（后自办南国社，脱离创造社）、穆木天，都是留日学生。主要成员有王独清、潘汉年、叶灵凤、冯乃超、阳翰笙等。该月下旬，郭沫若由日本回到上海，接替成仿吾担任泰东图书局编译所编辑职务，开始筹办《创造社丛书》及《创造季刊》的出版等事宜。

一、 田汉、郁达夫译介英国文学

1920 年 11 月，田汉译成唯美主义作家王尔德的独幕剧《莎乐美》。田汉从王尔德的剧作中看到了自己的创作主张，即一面主张文学艺术家应该把人生的黑暗面暴露出来，一面又认为应当把人生美化，使人们忘掉现实生活中的痛苦。对王尔德的作品他爱不释手，几乎读完了能够找到的所有著作，甚至将《狱中记》作为教授妻子学英文的教材。对《莎乐美》更是情有独钟。他以诗人的才气和敏感牢牢地把握了这部诗剧的语言风格，用近乎完美的白话将之翻译出来。为了使这部译作能够搬上中国的舞台，田汉费尽心机。在挑选演员和道具布景方面，他都亲力亲为，不辞劳苦。1929 年该剧在中国正式公演，圆了他心中的一个梦。王尔德的《莎乐美》对中国早期“爱与死”的悲剧模式的确立起了重要影响。

1921 年 6 月，田汉译《哈孟雷特》发表于《少年中国》第 2 卷第 12 期。这是最早的用白话文和完整的剧本形式介绍过来的莎剧。1922 年作为《莎氏杰作集》第一种，由中华书局出版。书后附有译者"以自己的好尚为标准草拟的莎士比亚十种杰作集的选题"。1922 年 3 月，《少年中国》第 4 卷第 1 期刊登田汉译《罗密欧与朱丽叶》，并作为《莎氏杰作集》第六种出版，其他八种未能译成。早在日本学英文时，田汉就开始迷恋上了莎士比亚的戏剧，并立志要创作出像莎翁那样"心中所理想的戏剧"。在致宗白华的信中，田汉详谈了自己打算用三四年之力完成莎翁十部杰作的计划：第一《哈孟雷特》、第二《奥赛罗》、第三《里亚王》、第四《马克卑斯》、第五《周礼亚斯凯撒》、第六《罗蜜欧与朱丽叶》、第七《安罗尼与克柳巴脱拉》、第八《仲夏夜之梦》、第九《威尼斯的商人》、第十《暴风雨》。1922 年为《哈孟雷特》出版单行本所写《译叙》中，称"《哈孟雷特》一剧尤沉痛悲伤，为莎翁四大悲剧之冠。读 Hamlet 的独白，不啻读屈子《离骚》"。

1923 年 7 月，《少年中国》第 4 卷第 5 期发表田汉《蜜尔敦与中国》一文，叙述弥尔顿之生平及其与时代之关系，其意欲以弥氏之崇高伟大之精神，"以药今日中国之人心，而拯救我们出诸停污积垢的池沼"。

1922 年 3 月 15 日，《创造》季刊创刊号发表郁达夫《淮尔特著杜莲格来序文》，率先译出王尔德小说代表作《道连·格雷的画像》一书的序言。而至 1927 年开始，王氏这部小说成了竞相翻译的抢手货，先后出现多种译本，如张望（章克标笔名）译本《葛都良的肖像画》（1928 年 1 月《一般》杂志第 4 卷第 1—3 号连载）、杜衡译本《道连格雷的画像》（上海金屋书局 1928 年版）、凌璧如译本《朵连格莱的画像》（上海中华书局 1936 年版，卷首有译者的《作者评传》及原序）等。1927 年 10 月《小说月报》第 18 卷第 10 号刊有赵家璧《陶林格莱之肖像》述评。

创造社是浪漫主义流派的代表。尽管创造社并未鼓吹过浪漫主义，但前期创造社主要作家郭沫若、郁达夫等人富有浪漫主义艺术情调的创作，都非常重视情感自我表现的因素，对大自然也奉示出由衷的向往和赞美，这其中与他们对华兹华斯的借鉴与接受是分不开的。

我们知道，郁达夫对英国作家是比较冷淡的，他们很少能赢得他的赞扬，但华兹华斯却成为了他的知音。华兹华斯描写体悟大自然的诗作让郁达夫加增了他原来得自于卢梭的对自然的信任与神往，况且华氏诗中那种感伤的韵味也正合于他自己的忧郁情怀。这样，华兹华斯就带着他那忧郁的牧歌第一次进入中国小说家的作品中。郁达夫小说《沉沦》一开头就写主人公手捧一本华兹华斯诗集，在乡间官道上缓缓独步，而那满目的乡村景致、入耳的鸡鸣犬吠，竟能让他眼里涌出两行清泪来，就是因为自然之美印证了他孤冷可怜的情怀，诱发了他伤感悲哀的情绪。小说中作者还让主人公放声读诵并翻译华兹华斯《孤寂的高原刈稻者》中的两节诗。华氏这首名作是他诗歌主张的实践，是一幅清雅的素描，一首恬静的牧歌。我们仿佛看到了高原田野里农家姑娘孤独的身影，听到她忧郁的歌声。而这正是《沉沦》主人公内心世界的写照，只不过这种忧郁孤独的境况一直伴随着他走向了生命的尽头。因为自然之美和华氏自然诗篇并不能疗救小说主人公的情感创伤，也不能安抚他那痛苦的心灵，所以《沉沦》主人公虽手捧华氏诗集，但无法进入作品的诗心，也就不能真正理解和接受华兹华斯和大自然的魅力，以平息他那孤独忧郁的心绪。

二、 郭沫若与英国文学

对郭沫若产生过影响的英国作家有：哈葛德、司各特、拜伦、雪莱、济慈、王尔德、约翰•沁孤、高尔斯华绥等。郭沫若翻译的英国文学作品有：《雪莱诗选》（上海泰东图书局 1926 年 3 月版）、《争斗》（高尔斯华绥，上海商务印书馆 1926 年 6 月版）、《法网》（高尔斯华绥，上海联合书店 1927 年 7 月版）、《银匣》（高尔斯华绥，上海创造社出版部 1927 年 7 月版）、《人类展望》（威尔斯，上海开明书店 1937 年 3 月版）、《生命之科学》（H. G. 威尔斯，上海商务印书馆 1934 年 10 月版）等。

讨论郭沫若与英国文学的关系，特别要关注郭沫若早期文学思想与英国浪漫主义作家如司各特、雪莱的关系。郭沫若少年时期最早阅读的外国文学作品就是当时流行的“林译小说”如《迦茵小传》、《撒克逊劫后英雄略》等。

1928 年，郭沫若在《少年时代》一文中说过这样一段话：“林译小说中对于我后来的文学倾向上有决定的影响的，是 Scott 的 *Ivanhoe*，他译成《撒克逊劫后英雄略》。这书后来我读过英文，他的误译和省略处虽很不少，但那种浪漫主义的精神他是具象地提示给我了。我受 Scott 的影响很深，这差不多是我的一个秘密。我的朋友似乎还没有人注意到这一点。我读 Scott 的著作也并不多，实际上怕只有 *Ivanhoe* 一种。我对于他并没有甚么深刻的研究，然而在幼时印入脑中的铭感，就好像车辙的古道一般，很不容易磨灭。”[1]

1. 郭沫若：《沫若自传第一卷——少年时代》，见《郭沫若全集》第十一卷，第 123 页，北京：人民文学出版社，1992 年版。

从这段文字看，司各特对郭沫若的影响是“决定性”的。但与歌德、惠特曼、泰戈尔等对郭沫若的影响不同，司各特对他的影响主要是指《撒克逊劫后英雄略》最早地哺育了青年郭沫若的浪漫主义气质，导引了他的浪漫主义文学倾向，推动他走上了浪漫主义的文学创作道路。如果仅从创作上来看，不管是郭沫若的历史剧还是小说创作，都具有主情和偏重写意的创作特色，带有明显的表现主义色彩，这与司各特恢弘描写历史画卷的创作手法完全不同。因此，我们只能从“浪漫主义的精神”这一个方面来探讨两人之间的某种联系。

郭沫若也是林译小说的嗜读者。1905 年，郭沫若进入乐山县高等小学、嘉定府中学堂和四川省高学堂分设中学等新式学校学习。在这里，林纾翻译的《英国诗人吟边燕语》曾使他“感受着无上的兴趣”。郭沫若后来曾回忆说：“林琴南译的小说在当时是很流行的，那也是我所嗜好的一种读物。”而在为数众多的林译小说中，给他印象最深的是浪漫派作家哈葛德和司各特的作品。郭沫若在他的回忆录中说，对他后来的文学倾向有绝对影响的，一是林译哈葛德的《迦茵小传》，二是司各特的《撒克逊劫后英雄略》，前者“怕是我读过的西洋小说的第一种”，后者“那种浪漫主义的精神”给他“影响很深”。郭沫若最早接触《撒克逊劫后英雄略》是在 1908 年，那年他 16 岁，正在嘉定中学读书。此时的郭沫若，由于受到章太炎、梁启超等人的革命思想和西方资产阶级启蒙读物的熏陶，已经产生了民主主义思想的萌芽。反抗精神、爱国思想与民主主义思想的结合，使少年郭沫若胸怀大志，憧憬着飞出中国，寻找救国救民、富国强兵之策。在这样一种主观心境下，《撒克逊劫后英雄略》中的浪漫主义色彩，如比武大会的热烈紧张气氛、骑士们豪爽神秘的游侠生活，给极具浪漫气质的少年郭沫若留下了难以磨灭的深刻印象，是完全可以理解的。司各特是个讲故事的高手，特别是《撒略》中狮心王理查微服夜行，绿林好汉罗宾汉聚众攻打城堡、坐地分赃等情节，不但吸引了少年郭沫若的巨大兴趣，而且还引起了他的强烈共鸣。“就好像车辙的古道一般，很不容易磨灭。”郭沫若早年饱受中国古典文学的封建诗教，但外国文学作品对他的影响要“大得多”。郭沫若在 20 世纪 40 年代就深有体会地说过：“读外国作家的东西很要紧，无论是直接阅读，或间接地阅读负责的译文，都是开卷有益的。据我自己的经验，读外国作品对于自己所发生的影响，比起本国的古典作品来要大得多。”（郭沫若《如何研究诗歌与文艺》）因此我们可以说，正是《撒克逊劫后英雄略》等英国浪漫主义作家的作品哺育、滋润了郭沫若的浪漫主义气质，引导了他的浪漫主义文学倾向，并推动他走上了浪漫主义创作道路。

需要提及的还有郭沫若作品与司各特的《撒克逊劫后英雄略》中两个极为相似的细节描写，其一是郭沫若《贾长沙痛苦》中与《撒克逊劫后英雄略》结尾部分召唤亡灵的细节；其二是《楚霸王自杀》后半部分与《撒克逊劫后英雄略》第29章的描写。在《楚霸王自杀》中，是在江心的小船上，“亭长”向钟离昧转述了楚霸王战败自杀的情形；在《撒克逊劫后英雄略》中，是对黑骑士（狮心王理查化名）、罗宾汉率众攻打城堡时激烈的战斗场面描写。后者没有对战斗场面进行正面描写，而是采用困在城堡里的蕊贝卡向同一囚室的艾凡赫转述的方式，通过旁观者的眼、口，形象地描写了战斗场面，读者的心情随着蕊贝卡语气的不同变化起伏不定，极具感染效果。这种写法颇类似中国古典名著《三国演义》中关羽斩华雄的场面。将这段描写与《楚霸王自杀》中的有关段落相比较，不仅转述的原因、环境，转述的人物情状、紧张气氛，转述者断断续续的语言，听者急不可耐的心情等描写十分相似，就连转述口语中夸张、感叹、停顿、反复等修辞方法的运用也很雷同。由此可以说明郭沫若自己所说的《撒克逊劫后英雄略》对他有着“很不容易磨灭”的影响，而且这种影响一直到他创作《楚霸王自杀》的1936年，还有明显的印记。

郭沫若后来东渡日本，阅读了大量的英国文学作品，特别是与拜伦、雪莱产生了共鸣。他还亲自翻译过卡莱尔、雪莱、格雷、道生等人的诗，编写《雪莱年谱》，帮人校阅《王尔德童话集》，撰写论文《瓦特·裴特的批评观》。英国浪漫派对他展示了一个新奇的艺术世界，“并与郭沫若嗜读的庄子、李白等人的作品产生一种合力作用。

郭沫若最推崇的英国作家是雪莱，翻译评论雪莱均最多。其人、其诗、其美学观对于郭沫若早期文艺思想的形成有重要影响。“作为20世纪的浪漫主义者郭沫若，其早期的美学观从艺术的发生根源到艺术的社会职能观，都受到了雪莱及其《为诗辩护》的巨大影响。”[1] 但郭沫若在接受雪莱艺术理论体系上存在明显差异，即郭沫若在创作的主观目的与客观效果两个不同方向上的极端性：正如郭沫若所说，“就创作方面主张时，当持唯美主义；就赞赏方面而言时，当持功利主义”。他从雪莱出发，却走得更远。郭沫若译雪莱，不仅因为其诗艺术性高超，更

1. 顾国柱：《郭沫若与雪莱》，载《郭沫若学刊》，1991年第2期。

重要的是由于雪莱诗表达了高度的革命热情、强烈的批判精神和当时欧洲最先进的思想。[1] 郭沫若所译名句“严冬如来时，哦，西风呦，阳春宁尚迢遥？”显示出超文字的思想力量，给予五四以来各时代青年以极大的精神力量。

1. 袁荻涌：《郭沫若与英国文学》，载《郭沫若学刊》，1991年第1期。

这里，可从三方面分析二者关系：1）郭沫若十分仰慕雪莱人格，称其为“革命诗人”、“天才诗人”[2]。他说：“我们爱慕雪莱，因为他身遭斥退而不撤回泛神论的主张。”[3] 同时，他更期望雪莱的精神能复活于现代青年的意识中。2）郭沫若关于诗歌创作中的某些见解直接借鉴于雪莱的主张，如强调灵感在创作中的重要作用等。3）创造上深受雪莱的启迪。吴定宇说：“郭沫若对雪莱诗歌的创作有一种独特的体悟：‘雪莱的诗如像一架钢琴，大扣之则大鸣，小扣之则小鸣。他有时雄浑倜傥，突兀排空；他有时幽抑清冲、如泣如诉’。”[4] 郭沫若的诗篇，大扣之如《天狗》、《立在地球边上放号》、《匪徒颂》、《我是一个偶像崇拜者》等气势雄浑、激情怒涌的诗篇，小扣之如《心灯》、《无烟煤》、《电火光中》、《司健康的女神》及诗集《星空》、《瓶》中那缠绵疏淡隽永的篇章。正如有学者所说，郭沫若的诗歌“如继承和发扬雪莱‘从心坎中流露’出来的诗风时，就具有感人至深的魅力；若一旦背离了雪莱‘自然流露’的诗风，如晚年写作的一些应景、应时和奉作的诗，就味同嚼蜡”。[5]

2. 郭沫若：《雪莱年谱》，载《创造季刊》，第1卷第4期，1923年。

3. 郭沫若：《沫若译诗集》，上海：新文艺出版社，1953年版。

4. 吴定宇：《来自英伦三岛的海风——论郭沫若与英国文学》，载《中山大学学报》，2002年第5期。

5. 吴定宇：《来自英伦三岛的海风——论郭沫若与英国文学》，载《中山大学学报》，2002年第5期。

1920年起，新文学进入独立发展期，雪莱作为浪漫自由文学新精神的代表获得广泛认同。1920年1月18日，郭沫若致宗白华信中说：“诗不是‘做’出来的，只是写出来的”，首引雪莱的论诗名言构建自己的诗学主张。同年3月3日致宗白华信中，郭沫若用五言古诗形式翻译了雪莱名作《百灵鸟曲》（To a Sky-Lark）。他引用De Mille的话，赞誉这首诗“透彻了美之精神，发挥尽美之神髓的作品，充满着崇高皎洁的愉悦之诗思，世中现存短篇无可与比者”。[6]1920年5月《三叶集》的刊行，成为年轻一代诗人的浪漫诗歌学指南。

6. 郭沫若、田汉、宗白华：《三叶集》，第44页，上海：亚东图书馆，1920年版。

华兹华斯也是郭沫若所倾心的西方浪漫诗人之一。郭沫若曾说：“我自己对于诗的直感，总觉的以‘自然流露’的为上乘，若是出以‘矫揉造作’，只不过是些园艺盆栽，只好供诸富贵人赏玩了。”[7] 这段话很容易让我们联想到华兹华斯那句有关诗的著名定义。华兹华斯所主张的关于诗与散文语言没有本质区别的观点，也在郭沫若言论中有所体现。[8] 同时，郭沫若借鉴华氏这种力求打破诗歌传统形式的束缚以便更自由抒发胸中情感的诗学主张，也正与五四新文学打破旧诗格律、创造新诗形态的历史要求合拍。另外，郭沫若还引证华氏诗作阐明自己对

7. 郭沫若、田汉、宗白华：《三叶集》，第45页，上海：亚东图书馆，1920年版。

8. 郭沫若、田汉、宗白华：《三叶集》，第46页，上海：亚东图书馆，1920年版。

某些问题的看法。比如 1922 年 1 月他在谈及儿童文学的特点时，就举华氏诗篇《童年回忆中不朽性之暗示》为例证，说明“儿童文学不是些鬼画桃符的妖怪文学”。[1] 我们知道，郭沫若浪漫主义美学观点的哲学基础是德国古典美学。而经过柯勒律治的中介作用，这也成了英国浪漫主义美学思想的基础。华兹华斯当然也受到了德国古典哲学的影响，可以说这就成为郭沫若接受华兹华斯的一个契合点。上述华氏诗作对孩童的称颂就与德国浪漫主义诗人歌德“对于小儿的尊崇”[2] 相一致，而郭沫若对后者更为倾心，受他的影响也更大。

1. 郭沫若：《儿童文学之管见》，见：《文艺论集》（下卷），上海：光华书局，1925 年版。

2. 郭沫若：《少年维特之烦恼 · 小引》，载《创造季刊》，第 1 卷第 1 期，1922 年。

1923 年郭沫若由日本留学回国，在国内现实形势的影响下，审美趣味也发生变化，即由酷爱浪漫主义转向现实主义，评价作家作品的价值取向由政治的、阶级的、社会的、历史的功利主义，取代早期的唯美主义，目光投向反映下层人民生活的爱尔兰剧作家约翰 • 沁孤和批判现实主义作家高尔斯华绥的剧作上。约翰 • 沁孤剧作中饱含着的浓郁诗情和对下层人民的深切同情，深深感动着郭沫若。对高尔斯华绥，郭沫若从政治的、现实的角度译介他的剧作。五卅运动期间郭沫若译出《争斗》，反映英国工人的罢工斗争；1926 年又译出《银匣》、《法网》表现了下层人民的不幸遭遇。郭沫若希望中国作家效仿高尔斯华绥的作风，写出揭露中国现实生活阶级矛盾、抨击现存制度的剧作。

1942 年 3 月 28 日，郭沫若给青年诗人徐迟复信名为《〈屈原〉与〈厘雅王〉》，信中比较了他自己创作的《屈原》与莎剧《李尔王》。此为中国第一篇以个人创作与莎翁剧作进行比较研究的论文。

第六节 新月派诗人与英国文学

在中国现代众多文学流派中，新月诗人与英国文学的关系最为密切。本节将论述他们对英国文学取舍与借鉴的突出成就。

一、　徐志摩与英国文学

1920 年，徐志摩首开以白话诗翻译的风气，将莎士比亚《罗密欧与朱丽叶》中第二幕第二场楼台会译为中文。徐氏的译文虽然夹杂俚俗之语，但因系逐字译出，且不乏诗意，时人评价甚高。后发表于 1932 年 1 月 10 日《新月》第 4 卷第 1 期，又刊于 1932 年 7 月 30 日《诗刊》第 4 期。

1924 年 1 月 25 日，《东方杂志》第 21 卷第 2 号刊登徐志摩《汤麦司哈代的诗》一文，其中说："读哈代的诗，……仿佛看得见时间的大喙，凶狠的张着，人生里难得有刹那的断片的欢娱与安慰与光明，他总是不容情的吞了下去，只留下黑影似的记忆，在寂寞的风雨夜，在寂寞的睡梦里，刑苦你的心灵，嘲笑你的希望。"徐志摩对哈代十分景仰，曾于 1925 年旅欧时亲到哈代居处拜访，发表过《汤麦士哈代》、《谒见哈代的一个下午》、《哈代的著作略述》、《哈代的悲观》等多篇探讨哈代及其作品的文章。此外，他还翻译了哈代诗篇 21 首。

如果说闻一多主要是在诗歌创作主张方面表达了对华兹华斯的认同，那么徐志摩则在体悟大自然魅力方面与华氏相通，因而在创作实践等多方面受了华兹华斯的影响，同时他也是较早翻译华氏诗作的著名诗人。1922 年 1 月 31 日，徐志摩翻译了华氏的一首重要抒情诗作《葛露水》(Lucy Gray; or, Solitude)，并在《晨报副刊》上撰文认为"宛茨宛士是我们最大诗人之一"[1]，

1. 徐志摩：《天下本无事》，载《晨报副刊》，1923 年 6 月 10 日。

又在《征译诗启》中说："华茨华士见了地上的一颗小花，止不住惊讶与赞美的热泪；我们看了这样纯粹的艺术的结晶，能不一般的惊讶与赞美？"[2] 他还把华氏诗作称为"不朽的歌"(《话》)，

2. 徐志摩：《征译诗启》，载《小说月报》，第 15 卷第 3 期，1924 年。

把华氏隐居的 Grasmere 湖当作自己神往的境界，而把"爱"看作赖以生存的第一大支柱的人道爱的理想，又显然是受到华氏名言"We live by Admiration, Hope and Love"的影响[3]。这一切

3. 徐志摩在《汤麦司哈代的诗》一文中曾引用过这句名言，见《东方杂志》第 21 卷第 2 号。

是与他的游学经历分不开的。徐志摩负笈英伦，来到恬静柔美的伦敦康河河畔。那充满田园情趣的环境，让他的性灵得到了纯美的陶冶，促进了他自我意识的觉醒。正是在大自然中寻求自我的存在与生命的和谐这一点上，让徐志摩与华氏的精神息息相通。在《康桥再会罢》一诗中，他曾表达过非常相信华氏对于大自然有"大力回容、镇驯矫饰之功"这种魅力的看法。华氏写自然之美以及自然与人生和谐的诗篇特别多，徐志摩的很多诗篇同样如此，其中《云游》在构思上就与华氏名诗《黄水仙》极为相似。与华氏描绘大自然实质上是在表现自己的精神世界

相同，徐志摩也一直试图通过自然图景揭示出自己的人生哲学。在欧洲文化氛围陶冶中成长起来的徐志摩，一开始就对华氏诗歌产生了无限缱绻之情。在他所欣赏和接受的西方诗人中，华兹华斯占着一个突出的位置，成为他心路历程中的一个知音。

（一） 徐志摩与济慈

徐志摩《曼殊菲尔》一文，抒发了对美的极度向往与崇拜。感受到美的一刹那，便是快乐的顶点，达到忘我、忘记一切的境界。这与济慈诗歌里表现的思想不谋而合，如《夜莺颂》。对他们而言，美是永恒不死的精神，它存在于人的灵魂与生命中。徐志摩《希望的埋葬》里说："美是人间不死的光芒，何必问秋林红叶去埋葬？"济慈《恩狄米翁》也同样："一件美好的事物永远是一种欢乐/它的美妙与日俱增；它决不会/化为乌有……"。徐志摩喜爱济慈诗歌中的"静"，如其喜爱雪莱诗中的灵动一样。在一些诗篇中，徐志摩也创造了一种静美的境界。济慈与徐志摩又同是感性的，属于热爱现世的感觉主义。

因而，徐志摩对济慈的兴趣，最明显莫过于他所写散文《济慈的夜莺歌》。1925 年 2 月，《小说月报》第 16 卷第 2 号发表徐志摩《济慈的夜莺歌》，用散文译意并解释。徐志摩对济慈的《夜莺歌》推崇备致，称它能够"永远在人类的记忆里存着"。对本来想象力就丰富的徐志摩而言，济慈诗歌的启发起了推波助澜的作用。丁宏为在《济慈看到了什么》一文中认为："济慈的创作寿命虽然短暂，但相似的主题和比喻的手法从一开始就贯穿于许多作品中，凡涉及伟大诗人可能达到的境界或伟大诗歌的潜能时，他经常用仰视或俯视的意象表达赞叹和羡慕之情。仰视如见到无极的苍穹或奇妙的云朵，俯视如发现浩瀚的大海，而仰视的比喻在使用次数上多于后者。"[1] 在这里作者把在济慈诗歌中出现的意象，大致上分为了两种——"仰视意象"和"俯视意象"，并认为济慈在用到这些意象的时候都表达了特殊的倾向。其实这样的意象——星、月、云、海等等，在很多诗人的笔下都出现过，远的不说，和济慈同时代的雪莱的笔下也有大量的类似意象。所以这一问题的关键不是这些意象在哪个诗人的笔下曾经出现过，而是这些意象所要表达的含义到底是什么。

徐志摩在光华大学教书的时候，他的学生曾经说当他上课讲到精彩的时候就像一团火，把课堂上每个学生的情绪都激发了起来，照亮了每一个同学的心。[2] 而和他接触过的很多人都说

1. 丁宏为：《济慈看到了什么》，载《外国文学评论》，2004 年第 2 期。

2. 韩石山：《徐志摩传》，第 260 页，北京：十月文艺出版社，2000 年版。

徐志摩是极富情感的，我们看他的《济慈的夜莺歌》就可知一二。这篇文章中，在讲到诗人与大自然融为一体的能力的时候，他说："同样的济慈咏《忧郁》（Ode on Melancholy）时他自己就变了忧郁本体，'忽然从天上吊下来像一朵哭泣的云'；他赞美《秋》（To Autumn）时他自己就是在树叶底下挂着的叶子中心那颗渐渐发长的核仁儿，或是在稻田里静偃着玫瑰色的秋阳。"[1]这里是说主体在创作的时候与客体已经合二为一了，已经分不清哪是主体哪是客体，

1. 荣挺进主编，徐薇编：《徐志摩讲诗》，第38页，北京：新华出版社，2005年版。

济慈在创作《忧郁》和《秋》的时候就变成了忧郁和秋的本体，所以这两首诗才写得如此好。腾固早在1927年上海光华书局出版的《唯美派的文学》一书中就认为：济慈与夜莺凝成不可分的一物，在这一刹那间，他以鸟的妙音为机缘，超绝物碍，飞翔于想象的永生的世界了。1935年5月1日，《文艺月刊》第7卷第5期费鑑照发表《济慈美的观念》一文，认为：美是永久存在的，它不因所依附的东西的存在、消灭而存在或消灭，是夜莺的歌陶醉济慈，不是夜莺陶醉济慈，夜莺死了，它的歌声还在，而且依然会陶醉济慈。这两种观点与徐志摩的理解相类似。

在20世纪二三十年代，翻译济慈《夜莺颂》的并非徐志摩一人，但徐志摩的翻译有两个鲜明的特点：一是他在译述这首诗的时候，用散文将济慈的原诗诠释了一遍，有助于读者更直接地理解这首名诗。徐志摩曾经在课堂上给学生高声朗诵过这首诗，并且赞赏这首诗说："这歌里的音乐与夜莺的歌声一样的不可理解，同是宇宙间一个奇迹，即使有哪一天大英帝国破裂成无可记认的断片时，夜莺歌也依旧保有他无比的价值：万万里外的星亘古的亮着，树林里的夜莺到时候就来唱着，济慈的夜莺歌永远在人类的记忆里存着。"[2]徐志摩对这首诗之所以如

2. 荣挺进主编，徐薇编：《徐志摩讲诗》，第33页，北京：新华出版社，2005年版。

此称道，是因为诗中蕴涵的浓烈情感恰与诗人的秉性产生了共鸣。这也引出了其译评的第二个特点，即其他的评论文章仅认为济慈在写《夜莺颂》的时候济慈本人变成了夜莺，而徐志摩则更进一步，他不仅认为济慈变成了夜莺，连他自己也化成了一只夜莺。徐志摩曾经不无遗憾地对他的学生说："你们没有听过夜莺先是一个困难。"[3]他在"翡冷翠"的时候有一次曾经听

3. 荣挺进主编，徐薇编：《徐志摩讲诗》，第35页，北京：新华出版社，2005年版。

夜莺的歌声听得如痴如醉，而亲耳听到夜莺的歌声也让他更好地理解了诗歌情绪的变化和韵味的深长。徐志摩对《夜莺颂》第八节所做的解释是："这段是全诗的一个总束，夜莺放歌的一个总束，也可以说人生的大梦的一个总束。……他去了，他化入了温柔的黑夜，化入了神灵的歌声——他就是夜莺；夜莺就是他。夜莺低唱时他也低唱，高唱时他也高唱，我们辨不清谁是谁。"[4]

4. 荣挺进主编，徐薇编：《徐志摩讲诗》，第39—40页，北京：新华出版社，2005年版。

同样的，徐志摩把从济慈那里得到的物我合一的炽热情感移植到自己的创作里面，在他的诗歌

中，我们也辨不清谁是谁了。如《雪花的快乐》：“假如我是一朵雪花，/ 翩翩的在半空里潇洒，/ 我一定认清我的方向——/ 飞扬，飞扬，飞扬，——/ 这地面上有我的方向。”[1] 在这里作者化

1. 徐志摩：《徐志摩文集》（上卷 诗集），第 3 页，北京：长城出版社，2000 年版。

作了雪花。再如《天国的消息》：“可爱的秋景！无声的落叶，/ 轻盈的，轻盈的，掉落在这小径。”[2] 诗人化作了落叶，灵魂与大自然合二为一。

2. 徐志摩：《徐志摩文集》（上卷 诗集），第 33 页，北京：长城出版社，2000 年版。

徐志摩漫游欧洲之际，除了拜会以前结识的老朋友之外，也不忘探寻一些名人的坟墓。他在很多墓园前都驻足过，包括英国诗人济慈在罗马的坟墓。他说："我的想象总脱不了两样货色，一是梦，一是坟墓。"[3]"诗人在这喧闹的市街上不能不感寂寞，因此'伤时'是他们怨愫的发

3. 虞坤林编：《志摩的信》，第 352 页，上海：学林出版社，2004 年版。

泄，'吊古'是他们柔情的寄托。但'伤时'是感情直接的发动……吊古却是情绪自然的流露，想象以往的韶光，慰寄心灵的幽独：在墓墟间，在晚风中，在山一边，在水一角，慕古人情，怀旧光华；像是朵朵出岫的白云，轻沾斜阳的彩色，冉冉的卷，款款的抒，风动时动，风止时止。"在徐志摩的眼里，墓园除了能引起人的悲痛外，更多地成为诗人寂寞时发泄情愫和毫无掩饰地流露感情的理想之地。他的诗歌中不仅出现了大量的"坟墓"意象，而且他"有时会到清凉的墓园里默想"[4]，而这样的"默想"也是作者体会物我合一的理想之地。但是坟墓始终是

4. 虞坤林编：《志摩的信》，第 48 页，上海：学林出版社，2004 年版。

容易让人联想到死亡的，那么当徐志摩站在济慈的坟墓前，他想到的是什么呢？是诗人的早夭？是诗人笔下的夜莺？还是追求理想爱情的前途？

徐志摩争取的是有爱情自由的婚姻，但是当这种爱情争取不到的时候，"死就是成功，就是胜利"。再来看济慈，他 1818 年 6 月 10 日致本杰明・贝莱的信中说："现在我老是欣慰地想到世界上还有死亡这种事情——想到要把我的最终追求，定在伟大的人类目标上，不达目的

5. 济慈著，傅修延译：《济慈书信集》，第 137 页，北京：东方出版社，2002 年版。

死不罢休"[5]；还有《夜莺颂》中"如今死亡要比以往更壮丽，在半夜毫无痛苦的死去"[6]；《最

6. 济慈著，朱维基译：《济慈诗选》，第 289—290 页，上海：上海译文出版社，1983 年版。

后的十四行》中"在一种甜蜜的不安中永远醒着，依然，依然，听他无比温存的呼吸，这样永远活着——不然就此气绝"[7]，等等。二者之间何等的相似：他们都对死亡毫无畏惧，而是欣慰

7. 济慈著，朱维基译：《济慈诗选》，第 320 页，上海：上海译文出版社，1983 年版。

地想到世界上还有死亡这种事情，死亡既可以让人忘记世间的痛苦，还可以使理想得以实现。只是在这里我们要指出的是，徐志摩把济慈的死亡观转化到了爱情上，形成了自己独特的"爱情死亡观"，"徐志摩对死亡的吟咏往往与爱相连，这种可悲的逻辑，也刻下了济慈生死观的痕迹"。[8] 死亡让人想起悲剧，如《哈姆雷特》中的奥菲莉亚，但在徐志摩看来为爱情而做的

8. 刘介民：《类同研究的再发现：徐志摩在中西文化之间》，第 329 页，北京：中国社会科学出版社，2003 年版。

死亡却是喜剧，是成功，是胜利。在徐志摩看来只有形式的生命是无可留恋的，只要有了感情

上的伴侣，死亡就是两个人的天堂。由此，他热烈地羡慕欧洲中世纪骑士传奇中 Tristan（特里斯丹）与 Isold（伊瑟）的死亡，因为他们这样的死亡是实现了更绝对、伟大的爱，肉体虽然灭亡了，但是爱却得以重生，死亡胜利了。[1]

1. 笔者指导的毕业研究生翟元英参与了以上关于徐志摩与济慈关系的讨论，并提供了初步的解读文字。

（二） 徐志摩与托马斯·哈代

1927 年 7 月，徐志摩经狄更斯介绍，在多切斯特哈代的寓所拜访了这位 80 多岁高龄的作家。在中国文坛，徐志摩不仅是惟一见过哈代的人，而且也是哈代诗歌最早的译者。1923 年 11 月 10 日出版的《小说月报》第 14 卷第 11 号刊登了徐志摩翻译的哈代的两首诗：《她的名字》、《窥镜》，首次采用了“哈代”这个如今通用的译名。

徐志摩得以知遇哈代，首先源于世界性的文化背景提供的相似性因素。哈代生活在西方文化的转折时期，而五四前后更是中国文化的转型期。按照勃兰兑斯的看法，整个 19 世纪异于以往的标志就是个人意识的觉醒和随之而来的苦闷。在哈代的诗歌里，徐志摩发现“最烦恼他的是这终古的疑问，人生究竟是什么？我们为什么要活着？既然活着了，为什么又有种种的阻碍？使我们最想望的最宝贵的不得自由的实现”。[2] 这正是像徐志摩这样追求自由、追求个性解放的新青年最为苦恼、困惑的人生课题。徐志摩认为哈代所代表的不是伊丽莎白时代，“而是十九世纪末叶以来自我意识最充分发展的时代；这是人类史上一个肃杀的季候”，[3] 徐志摩对哈代的理解都以此共鸣为基础。

2. 徐志摩：《汤麦士哈代的诗》，见《徐志摩全集》第 8 卷，第 193 页，上海：上海书店出版社，1995 年版。

3. 徐志摩：《汤麦士哈代》，载《新月》，创刊号，1928 年。

其次，是他的“英雄崇拜”心理。徐志摩对哈代的评价极高，认为“单凭他的四五部长篇，他在文艺界的位置已足够与莎士比亚、鲍尔札克（巴尔扎克——引注）并列”。他还将哈代的裘德与莎士比亚的哈姆雷特相比，认为这两个人物仿佛是英国文学史上的“两株光明的火树”，“这三百年间虽则不少高品的著作，但如何能比得上这伟大的两极，永远在文艺界中，放射不朽的神辉。再没有人，也许道斯滔奄夫斯夸基（陀思妥耶夫斯基——引注）除外，能够在文艺的范围内，孕育这样想象的伟业，运用这样洪大的题材，画成这样大幅的图画，创造这样神奇的生命”。[4] 这样的评价是否是一种溢美之辞？

4. 徐志摩：《哈代的著作略述》，载《新月》，创刊号，1928 年。

可见徐志摩有明显的“英雄崇拜”心理。徐志摩曾说：“我不讳我的‘英雄崇拜’。山，我们爱登高的；人，我们为什么不愿意接近大的？”“在我有力量能爬的时候，总不教放过一个‘登高’的机会。”[1] 而哈代就是他带着高山仰止的心态去交游的外国文化“重镇”之一。前文所述的徐志摩对哈代的评价是发自内心的、真诚的，是这种崇拜心理的自然结果。客观地看，固然有一些过誉之嫌，但也反映了徐志摩对哈代的独特认识。

1. 徐志摩：《谒见哈代的一个下午》，载《新月》，创刊号，1928 年。

蒲风论及五四中国诗坛时，认为“人说郭沫若早年受歌德的影响，有‘狂飙时代’的歌德的精神，而徐志摩呢，我将说他始终挣不脱哈代的怀抱”。[2] 其实，徐志摩的英雄崇拜以及对哈代的赞誉，与郭沫若诗那“二十世纪的动的和反抗的精神”与我们传统“静的忍耐的文明”[3] 之大相迥异可谓异曲同工，都是知识分子出于对民族前途和民族文化的忧思而进行的一种有意识的追求。

2. 蒲风：《五四到现在的中国诗坛鸟瞰》，见方仁念《新月派评论资料选》，第 30 页，上海：华东师范大学出版社，1993 年版。

3. 朱自清：《中国新文学大系 · 诗集》导言，见赵家璧主编《中国新文学大系 · 诗集》（影印本），第 5 页，上海：上海文艺出版社，2003 年版。

徐志摩还对一些英国作家进行了比较，认为哈代与华茨华士（华兹华斯）或满垒狄士（梅瑞狄斯——引注）都是以自然为诗的灵感源泉，但哈代的自然概念是华茨华士的反面，他们的态度与方法是互辅的。他形象地比方道：“华茨华士与满垒狄士看着了阳光照着的山坡涧水，与林木花草都在暖风里散布他们的颜色与声音与香味——一个黄金的世界，日光普照着的世界；哈代见的却是山的那一面，一个深黝的山谷里。在这山冈的黑影里无声的息着，昏夜的气象，弥布着一切，威严，神秘，凶恶。”[4] 这一分析实际上指向着哈代引发徐志摩共鸣的另一个也是更深的一个层次，即对哈代思想上勇与悲的矛盾的理解。

4. 徐志摩：《汤麦士哈代的诗》，见《徐志摩全集》第 8 卷，第 188 页，上海：上海书店出版社，1995 年版。

当时的中国学者认为哈代是“定命论者”，作品中笼罩着一种灰色的宿命论的空气。徐志摩的看法与众不同。他对哈代悲观的理解是两位诗人相遇的一个关键。他反对给哈代贴上“宿命论”、“悲观主义者”或“写实派”等标签。他认为，哈代只不过是在作品中自然地表达了自己对人生的态度而已，并未成心地去表现所谓的悲观主义。在徐志摩看来，哈代是一个强者，“哈代但求保存他的思想的自由，保存他灵魂永有的特权——保存他的倔强的疑问的特权”。[5] 徐志摩认为，“哈代不是一个武断的悲观论者，虽然他有时在表现上不能制止他的愤慨与抑郁”，“就在他最烦闷最黑暗的时刻他也不放弃他为他的思想寻求一条出路的决心——为人类前途寻求一条出路的决心”，再没有人在思想上比他更严肃、更认真的了。徐志摩引用哈代在 1895 年写的诗句“If way to the Better there be it exacts a full look at the worst ...”[6]（除非彻底地认清了丑陋的所在，我们就不容易走入改善的正道……）证明哈代的写实。他认为哈代的所谓悲观，正是其在思想上的忠实与勇敢。

5. 徐志摩：《汤麦士哈代的诗》，见《徐志摩全集》第 8 卷，第 184 页，上海：上海书店出版社，1995 年版。

6. 徐志摩：《汤麦士哈代》，载《新月》，创刊号，1928 年。

爱是徐志摩人格的核心。“我没有别的办法，我就有爱；没有别的天才，就是爱；没有别的能耐，只是爱；没有别的动力，只是爱。”[1] 在徐志摩看来，哈代的“悲”正是源于真爱，源于对灵魂的自由的坚持，是比一般肤浅的乐观更真诚和勇敢的爱。

1. 虞坤林整理：《徐志摩未刊日记》，第 200 页，北京：北京图书馆出版社，2003 年版。

哈代让徐志摩最敬佩的是他常青的创造力和直面人生的勇气。徐志摩向往自由，欣赏灵魂的勇。他在 1923 年发表《就使打破了头也还要保持我们灵魂的自由》，希望保全理想的火星不灭，呼吁“我们应该积极同情这番拿人格头颅去撞开地狱门的精神！”[2] 这也正是他对哈代的创作，特别对他的悲观独具慧眼的原因。

2. 徐志摩：《就使打破了头也还要保持我们灵魂的自由》，见《徐志摩全集》第 3 卷，第 182 页，上海：上海书店出版社，1995 年版。

从某种程度上说，徐志摩对哈代悲观的理解，与其说是仰慕老作家的勇敢，不如说是诗人在用自己的方式寻求心灵的光明。徐志摩生活创作的年代，社会动荡，生活暗淡。1924 年翻译了泰戈尔在清华的演讲后，徐志摩在《附述》中感愤地写道：“现在目前看得见的除了龌龊，与污秽，与苟且，与懦怯，与猥琐，与庸俗，与荒伧，与懒惰，与诞妄，与草率，与残忍，与一切的黑暗外，我不知道还有什么？”[3] 这位吟咏着“沙扬娜拉”或“作别西天的云彩”的诗人，仿佛正是雪莱笔下那云雀的精灵，要在阴郁如哈代的荒原般的环境里渴望着一飞冲天！

3. 徐志摩：《附述》，见《徐志摩全集》第 4 卷，第 207 页，上海：上海书店出版社，1995 年版。

徐志摩对哈代的译介和他所接受的影响，无不带有他个人的思想印痕，都和诗人生活的时代以及他的个性和学养密不可分，这也是文化交流传播中的必然现象。

在短暂的一生和尤其短暂的创作生涯中，徐志摩经常在哈代的作品中驻足流连。在他翻译的欧美诗人的近 70 首诗歌中，哈代一人的就达 20 首左右。有时他和朋友一起朗诵哈代的诗，有时一边创作自己的诗，一边翻译哈代的诗。哈代对徐志摩创作的影响是不容忽视的。

一个作家对另一个作家创作的影响通常体现在作品内容、题材、技巧等方面。内容方面，徐志摩的一些诗作探讨文学与人生的关系，用文学反映人生和社会，揭露生活或人生的本质，这份充实和深刻部分地得益于哈代的影响。从生活现象中信手拈来一般，嬉笑怒骂无不入诗的取材相当程度上也得归功于哈代。徐志摩更有兴味的是发现和模仿哈代在诗歌体制方面的试验，如诗歌结构方面反复手法的运用、哈代式对话、意象的运用和“小小的情节，平平淡淡，在结尾处缀上一个悲观的讽刺”[4] 等手法。当然，模仿与借鉴不会抹煞作家的个性，比如哈代更多地用回环往复来通向他的哲理，而徐志摩则主要用来强化情感。

4. 陈义海：《“精神之父”的“精神渗透”——徐志摩诗歌与哈代诗歌比较研究》，载《盐城师专学报》，1998 年第 3 期。

哈代对徐志摩创作的影响有的十分鲜明，如徐志摩的《大帅》与哈代的《鼓手霍吉》极其相似，但更多情况下是思想的遇合与形式的化用，需要细细体味。如 1924 年，写于直奉战争期间的《太平景象》、《毒药》、《婴儿》、《白旗》和同一时期翻译的哈代诗歌《我打死的那个人》的反战思想；译哈代《送他的葬》、《在心眼里的颜面》、《多么深我的苦》与写《在那山道旁》、《雪花的快乐》都是爱而不能又无法忘情的痛苦；1926 年 5 月，译哈代《一个厌世人的墓志铭》等诗歌与《偶然》所体现的人生偶然的思想等等。最著名的实证材料之一是徐志摩在日记中自叙："译哈代八十六岁自述一首，小曼说还不差，这一夸我灵机就动，又做得了一首。"[1] 这就是《残春》。

1. 虞坤林整理：《徐志摩未刊日记》，第 229 页，北京：北京图书馆出版社，2003 年版。

要全面地考察哈代对徐志摩的精神影响，必须立足于徐志摩的经历以及他接受哈代的心境。

徐志摩翻译哈代始于 1923 年 10 月。那时他的生活中发生了两件令他感怀的大事：一是祖母不久前刚刚去世，二是陷于爱林徽因而不得的苦恼之中。在写于此时的《西湖记》里，有一段酒后横卧湖边，诅咒、顿足，发泄无名火的描述，这种场面和情绪在整个徐志摩的日记里都极为少有。这时的徐志摩对生活体会渐深，又极易为生活所触动，他对哈代的翻译正是从那以后开始的。

有时由于受发表时间的影响，使人误觉徐志摩是在翻译哈代的某些诗作之后创作了他自己的一些诗歌，使得他的某些作品流露出哈代的气质或风格，其实不尽然。如《灰色的人生》，发表在译作《窥镜》、《她的名字》之后（这两首哈代的诗都译于 1923 年 10 月 16 日，发表于 1923 年 11 月 10 日），却创作在之前（1923 年 10 月 12 日）。在徐志摩的日记里清楚地记载了创作这首诗的始末。一是之前 10 月 11 日他与胡适之等拜访郭沫若的一段经历：由于话不投机，"主客间似有冰结，移时不涣"，[2] 当时的尴尬和对郭沫若（跣足、敝服）窘困的同情都在诗人心里留下了印痕。二是"同谭裕靠在楼窗上看街。他列说对街几家店铺的隐幕，颇使我感触。卑污的、罪恶的人道，难道便不是人道了吗？"[3] 这两段经历令徐志摩感慨良多，完成《灰色的人生》4 天后，他首次翻译了哈代的诗歌，即《窥镜》和《她的名字》，从此一发而不可收。

2. 虞坤林整理：《徐志摩未刊日记》，第 162 页，北京：北京图书馆出版社，2003 年版。

3. 虞坤林整理：《徐志摩未刊日记》，第 163 页，北京：北京图书馆出版社，2003 年版。

并非哈代的影响使徐志摩学会了忧郁，而是潜伏在徐志摩心性中的忧郁被生活唤醒，使他与哈代的作品产生了共鸣，使他认识到哈代直面人生的透辟，进而钦佩他透辟之后的勇敢。所以对于哈代的悲观，徐志摩是一面诧异，一面钦佩。所以哈代的悲观是冷静的、哲理的；而徐志摩的忧郁是热血的、生活的。应该说徐志摩的创作和生活常常需要对哈代的翻译来伴随，而不是对哈代的翻译常常引发徐志摩的忧郁。

沉郁的哈代对热烈的志摩的精神影响，由于接收者的气质和性情，发生了奇妙的演化——“这一腔热血迟早有一天呕尽”的徐志摩，在哈代那里发现的是一个与自己同样敏感的人对生活本质的相似把握，他寻找到的不是忧郁，而是英雄的勇气和知音的温暖。[1]

1．以上关于徐志摩与托马斯·哈代的文学关系讨论，赵峻副教授参与其中，并提供了初步的解读文字。

二、　闻一多与英国浪漫主义诗歌

经过西方文学洗礼、熏陶的新月派作家与英国浪漫主义思潮产生共鸣。闻一多即为一个重要代表。他虔诚地从浪漫诗人包括华兹华斯、济慈那里学习诗艺，《红烛》、《死水》两部诗集明显可见。下文着重论及闻一多与这两位英国作家的关系。

华兹华斯重情感和想象力的诗学主张在闻一多那里也得到了回应。受其影响，闻一多对诗歌典型化方面的一个主张就是要注重想象，强调激情。华兹华斯说过，所有的好诗都是强烈情感的自然流露，但这种强烈的情感并不是当场写下，而是经过“冷静的追忆”才入诗的。闻一多在《评本学年〈周刊〉里的新诗》、《给左明先生》等文中也曾说过类似的话。华兹华斯非常强调想象力，闻一多对此也颇有同感。他曾认为重视“幻象”是“天经地义的真理”，并说幻象在中国文学里素来似乎很薄弱，新诗里尤其缺乏这种质素，所以读起来总是淡而寡味。可以说正是华兹华斯的诗论帮助闻一多确立了中国新诗创作要特别重视情感和想象的理论主张。

闻一多作为诗人，特别在早期的艺术实践中，走着与济慈相同的道路。对美的追求，对艺术的孜孜探索，体现了《红烛》时期的闻一多与济慈的契合。

《红烛》歌颂的是青春、爱情、孤独、相思，具有诗人特有的激奋、渴望、躁动、忧郁、痛苦、欣喜的色彩。现实在他眼里是在“苦雾笼罩”下“死睡”的“一道大河”，在里边“没有真，没有美，没有善，更哪里去找光明。”（《西岸》）诗人在这一时期对现实感到迷惘、失望，于是转向艺术寻找寄托。具有强烈艺术气质的诗人济慈很自然地进入他的视野。闻一多早年学习美术，研究先拉菲尔派的诗人、画家，而这派画家都崇尚济慈，更引起闻一多对济慈的兴趣。

《李白篇》中的《西岸》，题诗引用济慈的诗句。诗中体现了追求希望的艰难，隐约中透露出一线生机，令人又有更多的期盼，难以抵御它的诱惑力：

分明是一道河，有东岸

岂有没个西岸底道理？

啊，这东岸底黑暗恰是那

西岸底光明底影子。

现实丑陋、不如意，诗人将目光转向不可知的远方，从远处的理想境界寻觅超越现实的美。《夜莺颂》中同样歌颂摆脱了现世痛苦后的欢欣。济慈对人世痛苦应该比青年闻一多理解更深刻。人生坎坷，疾病折磨，但仍然热爱生活，向往光明，执着求美，此点令年轻的闻一多激赏不已。他在《艺术底忠臣》里尽情讴歌他的偶像：

诗人底诗人啊！

满朝底冠盖只算得

些艺术底名臣，

只有比一个是个忠臣。

“美即是真，真即是美。”

从济慈忠诚于艺术的精神中，闻一多汲取了艺术探索的力量。闻一多学济慈，很重要的一点就是在敏锐的感觉力方面。济慈曾在书信中说：“啊，不管它会是什么情况，反正我要的是一种感觉的而不是思维的生活。”此话是理解济慈全部诗歌的关键。济慈会努力地将有关思想概念的东西，化为具体的可以产生立体感知的形象，这使其诗具有强烈的色彩、味觉、声音等效果。闻一多也醉心于感觉主义，早期诗论中引济慈一句话作为他重视感性的支持：“诗一接触理性 / 魅力就消失”。《红烛》里的《秋色》就有济慈《秋颂》的影子。

济慈《恩狄米昂》启发了《李白之死》的写作。《李白之死》是一首 180 多行的长诗，是闻一多少有的几首长诗之一。与《恩狄米昂》取材于古代传说相似，《李白之死》取材于古代典籍里的传说故事。闻一多想借李白醉酒捉月的故事，通过他浪漫主义的想象来表达他对李白的诗意人格的崇敬。从李白救月“殉美”的行动中，体现出美是永恒的理念。诗中月亮是他心中美的象征，明月仿佛是一位美人，既逗引他又远离他。美人的吸引力这样大，终于李白进入自我感觉消失的状态。李白面对一轮清月，却感受到了惊世绝伦的美，正如恩狄米昂感受到月神永恒、长生的美。李白、恩狄米昂一样，在对美的观照中，逐渐失去清醒的理智的自我，而进入对象本身，达到彻底忘我的迷狂状态。李白救美的行动导致了他生命的结束，但更使他获得了美的永生，因为他已经救起了象征美的月亮。恩狄米昂最后与月神同一，李白和月亮也得到了共同的生命。追求美、热爱美的李白与美同在。此结尾与《恩狄米昂》结尾暗示的意义完全一致。《李白之死》体现了闻一多受济慈瑰丽想象力的感染，创作出月亮美轮美奂的形象。

济慈崇尚古希腊文明，认为古希腊艺术达到了完美的境界。《恩狄米昂》即是关于古希腊黄金时代的幻想，是牧人的宗法制希腊的变相图景。《初读查译的荷马》表达了济慈在初次接触古希腊文明精华时的惊喜之情。而济慈的名诗《希腊古瓮颂》启发了闻一多另一首长诗《剑匣》的创作。

在济慈心目中，古代是普遍为“美”服务的理想时代，美丽而伟大的艺术神话的“黄金时代”。《剑匣》是对一假想的艺术品投以满带感情色彩的观照。诗开头引丁尼生的诗句：“我为我的灵魂，建了一座 / 皇宫似的新居，/ 好让我舒适地安住。”此处亦暗示了《剑匣》的诗意所指。诗叙写一个在想象中铸造剑匣的故事，其实是在抒发诗人建立自己艺术理想的过程。剑匣寄寓了诗人的艺术理想，他只想把“剑匣”作为他逃避苦难、逃避现实的艺术之宫。他体认到的剑匣具有无比的美。闻一多欣赏济慈于刹那间凝结永恒美的艺术，他把这层意义注入《剑匣》，渴望建一座属于自己的艺术之宫，在艺术与死亡中逃避现实。闻一多对《希腊古瓮颂》有接受上的误读，只想有一个“永久的归宿”，坐在“艺术的风阙”里，远离现实人间。这时期闻一多尚不能完全理解济慈诗篇深处的现实感和苦难意识，这有待于他在《死水》中进一步发展。

陈思和在《二十世纪中外文学关系研究中的“世界性因素”的几点思考》中说：“大致上，用材料能够证明‘影响’存在的有以下几个方面：作家、流派、时代。”关于第一方面，他接着说：“作家接受外来材料的影响，不外乎几种：作家自己披露（包括文献记载，如书信日记等）；文本里有所表现；知情人或其它文献的旁证。”[1] 考察济慈对闻一多的影响，我们在其给同在美国读书、也是他好朋友的梁实秋的信中可见：“放寒假后，情思大变，连于五昼夜作《红豆》五十首。现经删削，并旧作一首，共存四十二首为《红豆之什》。此与《孤雁之什》为去国后之作品。以量言，成绩不能谓为不佳。《忆菊》、《秋色》、《剑匣》具有最浓缛的作风。义山、济慈的影响都在这里；但替我闯祸的恐怕也便是他们。这边已经有人诅之为堆砌了。”[2]

1. 陈思和：《二十世纪中外文学关系研究中的“世界性因素”的几点思考》，载《中国比较文学》，2001 年第 1 期。

2. 武汉大学闻一多研究室编：《闻一多论新诗》，第 190 页，武汉：武汉大学出版社，1985 年版。

通过阅读闻一多的传记和一些相关的文献，我们可以看出，闻一多在他的诗论里面多次提到过济慈，如1921年6月发表在《清华周刊》上的《评本学年〈周刊〉里的新诗》、《先拉飞主义》、《诗与批评》，1922年7月《致吴景超、顾毓秀、翟毅夫、梁实秋》的信，1922年11月《致梁实秋》的信和1923年3月《致翟毅夫、顾一樵、吴景超、梁实秋》的信等。他也读过济慈的大部分作品，他在《评本学年〈周刊〉里的新诗》和《〈冬夜〉评论》等都引用过济慈的诗句，甚至还仔细地阅读过济慈的传记。[1]

在20世纪初的现代知识分子中，闻一多身上所表现出来的矛盾二重性很突出。从时代背景来看，闻一多所处的时代恰好是中国新诗由初创期向成长期过渡的关键时刻，这需要有理想、有责任感的知识分子在新诗的成长道路上不断地尝试和摸索，因而也难免会出现困惑和走弯路的时候。社会学与心理学都认为家世与家庭对一个人的影响，具有不应忽视的作用。从闻一多所接受的启蒙教育来看，他5岁便入私塾，读《三字经》、《幼学琼林》，也读《尔雅》与《四书》。白天在家塾念书，晚上还随父读《汉书》。可见，闻一多从小接受的是中国传统文化的教育，对于中国传统诗歌的艺术形式和意境构造有着深入的研究，并对中国传统文人独特的精神追求和价值取向有着自己的见解。在其很多作品中，我们也可以看到他对于传统文化热爱的成分大于排斥，并以拥有五千年的华夏文明而自豪。闻一多曾经批评过清华的教育太"美国化"，但正是在清华大学他受到了西方文化的影响，阅读了大量的西方文学作品，其中就包括济慈。闻一多就怀着这样矛盾的心态踏上了赴美的旅途。正是这种生存环境的特殊性和文化空间的二重性使闻一多的精神世界时时处在相互矛盾的境界中，内心也在痛苦的漩涡中不断挣扎，而这种矛盾也成为闻一多的生命底蕴，贯穿他的一生。

在美国芝加哥大学留学期间，这种矛盾不但没有减轻，反而更加突出。闻一多最初到美国学习美术，但是他对于诗歌的兴趣似乎更大，并最终放弃了美术而专攻文学。到了美国后，他更加直接地接触到了大量的西方文学作品，地理距离上的拉近好像也缩小了他与诗人们心理上的距离，他孜孜不倦地陶醉在美术的殿堂和诗歌的国度里，吸收着西方浪漫主义和现代主义诗歌的营养和诗歌理念。但是美国人的民族优越感和种族歧视却深深地刺激了诗人敏感的神经，于是他在以诗回复美国学生的挑战时历数了中华民族五千年的光辉文明，也在异地他乡写下了无数的爱国文字，如《忆菊》、《太阳吟》等，来自卫和自励。[2] 但是这样的情感宣泄方式，

1. 方仁念编：《闻一多在美国》，上海：华东师范大学出版社，1985年版。在该书的后记中，作者引用了闻一多发表在1925年7月《京报》副刊上的文章《美国著名女诗人罗艾尔逝世》，作者说："对她（指美国女诗人罗艾尔，引者注）的《济慈传》，闻一多评价相当高，说'材料的丰富，考证的精严，持论的公允'应'推为空前的杰作'。"

2. 刘川鄂：《一个"文化国家主义者"的自卫与自慰——论闻一多的爱国诗》，见陆耀东、赵慧、陈国恩主编《闻一多国际学术研讨会论文选》，武汉：武汉大学出版社，2002年版。

比起离家万里的寂寞和苦楚还是不能完全抚平诗人那不安的心灵，因为“不出国不知道想家的滋味”。克罗齐说：“艺术是一种解放的力量。”[1] 在精神上闻一多急需要一个知己来平衡内心的起伏。这时候，济慈又映入了诗人的眼帘。在清华学习的时候，闻一多并济慈就不陌生，他创作的第一首诗《西岸》就引用了济慈的两句诗作为序，[2] 该诗后来被作者编入了他的第一部诗集《红烛》。

1. 贝内戴托·克罗齐：《美学的历史》，王天清译，第 6 页，北京：中国社会科学出版社，2002 年版。

2. 这两句诗为：“He has a lusty spring，when fancy clear/Takes in all beauty within an easy span.”（梁鸿编选：《闻一多诗文名篇》，第 21 页，长沙：湖南文艺出版社，2003 年版。）

闻一多在序诗《红烛》开头引了李商隐的一句诗“蜡炬成灰泪始干”，但是异于李商隐借蜡烛所要表达的含义，作者借红烛的意象表达了对于生死的观念。诗歌第二节“红烛啊！是谁制的蜡——给你躯体？是谁点的火——点着灵魂？”再结合后面第四节“烧沸世人的血——也救出他们的灵魂，也捣破他们的监狱。”[3] 两节对照可见，作者把人的肉体（“躯体”）看做是灵魂的“监狱”，是灵魂的束缚。那么如何才能解放灵魂，还灵魂以自由呢？“原是要‘烧’出你的光来”，即要用“烧”的方法，使束缚灵魂的肉体毁灭，才能达到“你心火发光之期”，“心火发光之期”正是灵魂发光之期。“烧”的过程无疑是一个非常痛苦的过程，这也就暗示着这种“生命的完成”要经历痛苦的考验。而经受这种痛苦的人就是诗人。那么济慈是如何看待死亡的呢？

3. 梁鸿编选：《闻一多诗文名篇》，第 1—2 页，长沙：湖南文艺出版社，2003 年版。

济慈在《夜莺颂》中说过：“Now more than ever seems it rich to die，/ To cease upon the midnight with no pain.”（“如今死亡要比以往更壮丽，在半夜毫无痛苦的死去。”[4]）我们知道，济慈短短的一生中，不断与疾病搏斗，因而对死亡有着切身的体会和不同的理解。他在 1818 年 6 月 10 日致本杰明·贝莱的信中说：“现在我老是欣慰地想到世界上还有死亡这种事情——想到要把我的最终追求，定在伟大的人类目标上，不达目的死不罢休。”[5]1820 年给芳尼·布劳恩（Fanny Brawne）的信中，他也多次谈到这个问题，如“生命和健康在这件事情上意味着天堂，而死亡本身也会减少许多痛苦”。“我很高兴还有坟墓这样的东西——我确信不去坟墓我得不到任何休息。”[6]1820 年 9 月 30 日致查尔斯·布朗的信中，他又说：“我现在最渴盼的东西便是我的大去。”“我日日夜夜的盼望死神将我从这种痛苦中解救出来，后来我又希望死亡走开，因为死亡会把这种痛苦也消灭掉，而有痛苦毕竟聊胜于无。……可以说死亡的痛苦在我来说已经过去了。”[7] 从以上济慈在诗歌和书信中所谈论到的死亡来看，即使是疾病的威胁迫使济慈更多地思考死亡的问题，但我们还是能得出这样的结论：在济慈看来，肉体和灵魂依然是矛盾

4. 济慈：《济慈诗选》，朱维基译，第 5 页，上海：上海译文出版社，1983 年版。

5. 济慈：《济慈书信集》，傅修延译，第 137 页，北京：东方出版社，2002 年版。

6. 济慈：《济慈书信集》，傅修延译，第 494、503 页，北京：东方出版社，2002 年版。

7. 济慈：《济慈书信集》，傅修延译，第 512—513 页，北京：东方出版社，2002 年版。

的，肉体折断了想象力的翅膀和自由灵魂的翱翔，尤其是一个被疾病长期折磨的灵魂，因此死亡就不再是可怕的事情，于是热烈地迎接死亡的到来。济慈对死亡的体悟深深地影响了闻一多。但在济慈看来死亡更多的是一个终点，而对闻一多来说死亡还仅仅是一个转折点，因为死亡还有它的价值论和目的论。孔庆东认为“闻一多笔下的死，首先是一种生命的完成，带有鲜明的目的论意义”。[1]

1. 孔庆东：《美丽的毁灭》，见陆耀东、赵慧、陈国恩主编《闻一多国际学术研讨会论文选》，第 189 页，武汉：武汉大学出版社，2002 年版。

“灰心流泪你的果，创造光明你的因。”肉体的毁灭和死亡并不是毫无价值的，换来的是灵魂的自由，是“创造光明”。不只在《红烛》里面，在《李白之死》最后：“他（李白）的力已尽了，气已竭了，他要笑，笑不出了，只想到：‘我已救伊上天了！’”《剑匣》中：“哦！我自杀了！我用自制的剑匣自杀了！哦哦！我的大功告成了！”[2]死是生的另一次开始，是生的另一种价值的实现方式——“救伊上天了”，“大功告成了”。死的价值和目的是“我的灵魂底灵魂！我的生命底生命”。[3]所以闻一多在给梁实秋的书信中说：“前不久此地有位孙君因学不得志，投湖自尽，这位烈士知生之不益，而有死之决心，而果然死了。要死就死，我佩服，我佩服，我佩服，我要讲无数千万个‘佩服’。实秋，你也该讲佩服。”[4]闻一多佩服的正是这样一种带有价值和目的的死，既然生已经失去了意义，便用死亡来完成人生更大的意义，因为死亡本身就是带有价值和目的的，而且死亡对于强者来说是不可怕的，它有一种神秘的恬静美。

2. 梁鸿编选：《闻一多诗文名篇》，第 11 页，长沙：湖南文艺出版社，2003 年版。

3. 梁鸿编选：《闻一多诗文名篇》，第 50 页，长沙：湖南文艺出版社，2003 年版。

4. 武汉大学闻一多研究室编：《闻一多论新诗》，第 213 页，武汉：武汉大学出版社，1985 年版。

济慈在诗歌中说：“冥晦，诞生，生和死隐蔽在 / 浓重的宁静里”。“但这就是人生：/ 战争，伟业，失望，焦虑，远和近的 / 想象的斗争，一切人事；本身就有这好处，/ 他们还是有空气，有美食，使我们 / 感到生存，并表明死是多么恬静”。[5]可见济慈心目中的死亡不仅是生命的又一次开始，死亡本身也是美丽和宁静的。梁实秋说过：“一多的本性是好静的。”[6]闻一多在开蒙时接受的是国学教育，在他的生命底蕴中认同的还是东方文化中“静”的审美境界。在《〈女神〉之地方色彩》一文中曾指出郭沫若的不足之处：“《女神》底作者这样富于西方的激动底精神，他对于东方的恬静底美当然不大能领略。”[7]而闻一多对这种“静”的文化有深刻领会，如《李白之死》、《雨夜》、《睡者》、《深夜底泪》中的“静”。但是在以提倡“动”为主体的西方艺术精神中哪位诗人也像他一样在低低地唱着“静”呢？梁实秋曾经说：“一多最喜欢‘焚香默坐’的境界，认为那是东方人特有的一种妙趣，所以特别欣赏陆放翁的两句诗‘欲

5. 济慈：《济慈诗选》，朱维基译，第 14、51 页，上海：上海译文出版社，1983 年版。

6. 梁实秋：《谈闻一多》，见方仁念编《闻一多在美国》，第 100 页，上海：华东师范大学出版社，1985 年版。

7. 闻一多：《女神之地方色彩》，见武汉大学闻一多研究室编《闻一多论新诗》，第 68 页，武汉：武汉大学出版社，1985 年版。

知白日飞升法，尽在焚香听雨中’。”[1]“焚香默坐”是要在精神上达到一种“定”的境界，也是主体与自然和自我交流的最好方式和时机，表面上看来人好像处于一种最平静的状态，但思想却可以乘着想象的翅膀遨游万里。傅冬华在《英国诗人济慈》中也主张“妙悟”是理解济慈诗歌的最好方法。当闻一多在黄昏“焚香默坐”的时候，也许他也是在用这种方法感悟着济慈和他的诗歌，感悟着死亡来临前那神秘短暂的恬静美。[2]

1. 梁实秋：《谈闻一多》，见方仁念编《闻一多在美国》，第 124 页，上海：华东师范大学出版社，1985 年版。

2. 笔者指导的毕业研究生翟元英参与了以上关于闻一多与济慈关系的讨论，并提供了初步的解读文字。

三、　朱湘与英国文学

朱湘是新月诗派和中国新诗史上的重要诗人之一，也是现代诗坛上的一位畸人。他被鲁迅称为“中国的济慈”，也被柳无忌称为“永远年轻的文艺怪杰”[3]，其短暂的一生，呈现出从向往理想的和谐世界，关注现实的悲歌人生，到痛苦幻灭里的迷惘彷徨，这样一种人生轨迹。诗集《夏天》、《草莽集》、《石门集》分别代表着诗人三个人生阶段的心路历程。

3. 柳无忌曾经说过：“朱湘是当时新文坛上的一位奇人，独一无偶，英文所谓‘a minority of one’（少数中的惟一者）。”（朱湘：《文学闲谈》，第 3 页，台北：洪范书店，1978 年版。）

沈从文《论朱湘的诗》一文中说：“使诗的风度，显着平湖的微波那种小小的皱纹，然而却因这微皱，更见寂静，是朱湘的诗歌。能以清明无邪的眼，观察一切，无渣滓的心，领会一切——大千世界的光色，皆以悦目的调子，为诗人所接受，各样的音籁，皆以悦耳的调子，为诗人所接受，作者的诗，代表了中国十年来诗歌的一个方向，是自然诗人用农民感情从容歌咏而成的从容方向。[4]而这一诗歌发展方向离不开域外诗歌资源的启迪。

4. 沈从文：《论朱湘的诗》，载《文艺月刊》，第 2 卷第 1 期，1931 年。

1928 年 12 月 4 日，朱湘在芝加哥怀着十分沉痛而愤激的心情，给友人赵景深写了一封信，其中谈到他对西方列强的认识和要以自己的努力改变祖国面貌的决心：“景深，你知道西方人把我们看做什么：一个落伍、甚至野蛮的民族！我们在此都被视为日本人！盎格罗撒克逊民族都是一丘之貉，无论他们是口唱亲善，为商业唱亲善的美国，或揭去面具，为商业揭去面具的英国。我还以为法国人比较无此种成见，但近来巴黎朋友来信说他亲眼看见法国大学生侮辱中国人，知道我的这种揣想也错了。他们对中国的态度不是轻蔑便是怜悯，因为他们相信中国是一个退化或野蛮的国家，传教便是怜悯的一种表现。中国如今实在也是有许多现象可以令我们愤怒羞惭的，但我相信这些只是暂时的，变态的。要证明我们不是一个退化野蛮的民族，便靠着我们这一班人的努力。……我来这一趟，所得的除去海的认识外，便是这种刺激。我们的前面只有两条路：不是天堂，便是地狱！”[1] 同样，也正因为在海外遭遇到的切肤之痛，迫使生性敏感的诗人更自觉地汲取西方文学的养料，来改造中国旧文化，完善中国的新文化。就朱湘与英国文学的关系而言，译介英诗及其与英国诗人济慈的心灵契合，可资为鉴。

（一） 译英诗

在朱湘短暂的一生中，从译介西方文学入手，外国诗歌翻译构成其中重要一环。他主张译介西方作品，特别是将各类型的诗歌引入我国文学创作之中，其目的是“为了把西方的真诗介绍过来，同祖国古代诗学昌明时代的佳作参照研究，因之悟出我国的诗中哪一部分是芜曼，可以铲除避去，哪一部分是菁华，可以培植光大，西方的诗中又有些什么为我国的诗歌所不曾走过的路值得新诗的开辟”。[2] 他要借他山之石，改造中国文化，“要想创造一个表里都是‘中国’的新文化”。[3]

经初步统计，朱湘发表译诗 120 余首，出版两部译诗集。1922 年末起，朱湘陆续在《小说月报》上发表英国诗人怀特、丁尼生、勃朗宁、雪莱、莎士比亚等人的诗译作。1925 年 1 月，《小说月报》第 16 卷第 1 号刊登其所译济慈《无情的女郎》，后来他又陆续选译多首济慈的诗篇。据他留学时期的同窗好友柳无忌回忆：“当时，我们二人都喜欢英国浪漫诗人，对于济慈所谓在每行诗内要字字藏金的说法，尤为向往。”[4] 朱湘译介济慈诗歌最具特色，共译其包括 1 首长诗在内的诗歌 5 首。他创作的那首抒情成分较浓的叙事诗《王娇》也是模仿所译介的济慈《圣亚尼节之夕》写成的。

1936 年 3 月，朱湘的译诗集《番石榴集》由上海商务印书馆作为《文学研究会世界文学名著丛书》之一种出版发行，收入本·琼生、邓恩、布莱克、彭斯、华兹华斯、柯勒律治、雪莱、济慈、阿诺德等诗人的名诗，另收莎士比亚译诗 12 首。这是朱湘生前好友多方努力之下的结果。

《番石榴集》[5] 全部 101 首诗中，39 首为英语诗歌，均为英国诗人之作，涉及李雷（John Lyly）、但尼尔（Samuel Daniel）、莎士比亚、本·琼生、弥尔顿、多恩、赫里克、布莱克、彭斯、兰多、雪莱、济慈、华兹华斯、柯勒律治、阿诺德等 23 位诗人，从最古老的盎格鲁撒克逊时期一直到 19 世纪浪漫主义诗歌，但明显偏重于浪漫主义时期的作品，或许与当时朱湘在美国学习期间选修此类性质的课程（浪漫主义诗歌和丁尼生）有关。朱湘认为“浪漫体的文

1. 罗念生编：《朱湘书信集》，第 80 页，天津：人生与文学社，1936 年版。

2. 朱湘：《论译诗》，载《文学周报》，1927 年 10 月 13 日。

3. 罗念生编：《朱湘书信集》，第 16 页，天津：人生与文学社，1936 年版。

4. 柳无忌：《朱湘：诗人的诗人》，见痖弦编《朱湘文集》，第 10 页，台北：洪范书店，1977 年版。

5. 1927 年到美国留学后，译出三首长诗：华兹华斯《迈克》、柯勒律治《老舟子行》、济慈《圣西尼节之夕》，编成《三星集》，后又译安诺德《索赫拉与鲁斯通》，共四首长诗作为《番石榴集》下卷出版。

学，虽是受尽了指摘，然而她的教育的价值既是那样的重大，在现今的中国更是这样迫切的需要”。[1] 据考这些译诗绝大多数出自当年最为通行的三个英诗选本：《牛津英诗选》(1900)、《英诗金库》（1907）、《英国巴那斯派长诗选》（1909）。[2] 他未入译诗集的英国诗人还有丁尼生、勃朗宁、叶芝、金斯雷等。[3]

1. 朱湘：《文学与年龄》，见痖弦编《文学闲谈》，第 17 页，台北：洪范书店，1978 年版。

2. 张旭：《文化外求时期朱湘的译诗活动考察》，载《外语与翻译》，2004 年第 3 期。

3. 参见张旭《文化外求时期朱湘的译诗活动考察》，载《外语与翻译》，2004 年第 3 期。

在整个译介活动中，朱湘刻意于西方具有浪漫色彩的长篇叙事诗的译介，是基于我国文学中史诗传统不足的事实。1929 年 1 月 9 日，他在致罗念生的信中说：“我文学上最紧要的是史事诗。”[4] 译诗集《番石榴集》下卷收了 4 首长篇叙事诗。集中所选许多短章亦出自长篇之作，如莎士比亚的几首（4 首十四行诗除外），皆出自《暴风雨》、《第十二夜》、《皆大欢喜》、《一报还一报》、《辛白林》等。1923 年 8 月，朱湘写信给孙大雨，说他想买商务印书馆出版的乔叟《坎特伯雷故事集》、斯宾赛《仙后》、弥尔顿《失乐园》或 *Samson Agonists* 和丁尼生 *Idylls of the King* 等，他特别强调：“上举的《堪脱白里故事集》、《仙后》、《失彼乐土》、《园桌之史诗》等四书，我都想要全文，如为选录，即请作罢。”[5]20 世纪初，商务印书馆曾翻印过一批西方原版著作，其中包含一些著名的英国长篇诗歌。

4. 朱湘：《寄罗念生（十五）》，见罗念生编《朱湘书信集》，第 181 页，天津：人生与文学社，1936 年版。

5. 罗编：《朱湘书信集》，第 202—203 页，天津：人生与文学社，1936 年版。

常风关于《番石榴集》有如此评价：“朱湘……最早得名似乎是因为翻译诗。留心民国十一二年间文坛活动的朋友们大概还记得这位诗人翻译白朗宁的《海外乡思》(Home-thoughts, from the Sea）所引起的争辩。我们很想知道他的这部辛劳的工作是不是受到那次争辩的激刺。这部翻译诗集是极值得称赞的，从曼殊大师翻译外国诗开始以迄今日，没有一本译诗赶得上这部集子选择的有系统，广博，翻译的忠实。”[6]“下卷收四篇长诗，四篇英国十九世纪文学史上占了很重要位置的长诗：安诺德的《索赫拉与鲁斯通》，华兹华斯的《迈克》，柯勒律治的《老舟子咏》，和济慈的《圣亚尼之夜》。以一人而译了这些重要的长篇叙事诗和短诗真是惊人的努力。而在译诗的艺术方面有一点不容我们忽视的，许多译诗都是照着原诗的节奏与韵脚。”“所以即以本集的译者，一位精通西洋诗的人来说，虽然他的工作极忠实，而且能在翻译中仿用原诗的节奏与韵脚，他的译诗仍然给我们一个极可惋惜的遗憾，他在许多地方捉不住原诗的神味。”[7]“在这集子里最失败的要算《老舟子咏》，这首瑰丽、神秘可怖的诗。……（译文）文字如此的生涩，还需要锤炼。……因为译者太拘泥原作，捉不住原作的精神，而且有时认不清一节诗或一行诗的重心，所以不能获得十分成功。……这个集子在编制上有许多缺点。每个作

6. 常风：《逝水集》，第 208 页，沈阳：辽宁教育出版社，1995 年版。

7. 常风：《逝水集》，第 209 页，沈阳：辽宁教育出版社，1995 年版。

者应该有一点简单的介绍……假如能于每首诗加以解说，那更是理想的了。”[1]

1. 常风：《逝水集》，第 212—213 页，沈阳：辽宁教育出版社，1995 年版。

（二） 济慈与朱湘

将二者最早联系的是鲁迅，后者称朱湘为“中国的济慈”[2]，可见朱湘与济慈之间的密切关系了。在二三十年代的诗人中，朱湘也许是与济慈有最多相似点的一个了。

朱湘的好友罗念生在悼念他的文章中说：“在北海你说你爱水，我们同去泛舟……”[3]朱湘爱水也许与他从小生在湘水与沅水的交汇处有很大关系。朱湘字子沅，这“沅”字就是指的沅水，“水”也成为他诗歌中经常出现的一个意象，而他最后也把生命交给了这长流不息的水，像济慈一样把名字写在了水上（Here lies one whose name was writ in water.）。

2. 关于这一称谓，周良沛在为《朱湘诗集》（四川文艺出版社 1987 年版）所作的序中认为：“鲁迅的话出自他的《通讯·致向培良》（《鲁迅全集》第七卷，第 270 页）：‘第三篇斥朱湘的，我想可以删去，而移第四为第三。因为朱湘似乎也已掉下去，没人提他了——虽然是中国的济慈。’《鲁迅全集》的注释说：‘一九二五年四月二日《京报副刊》发表闻一多的《泪雨》一诗，篇末有朱湘的‘附识’，其中说：‘《泪雨》这诗没有济慈……那般美妙的诗画，然而《泪雨》不失为一首济慈才作得出的诗。’这里说朱湘‘是中国的济慈’，疑系误记。注文说‘朱湘似乎也已掉下去’是‘疑指他当时日益倾向徐志摩等人组成的新月社’。”（鲁迅：《集外集拾遗·通讯〈致向培民〉》，见《鲁迅全集》第三卷，北京：人民文学出版社，1995 年版。）

3. 罗皑岚、柳无忌、罗念生：《二罗一柳忆朱湘》，第 80 页，北京：三联书店，1985 年版。

济慈与朱湘两人均只度过短暂而充满苦难的生命历程，都有不能见容于世的孤僻和焦躁的性格，以及对艺术的执着追求。朱湘受中国山水诗影响较大，往往物我相通，自然景物具有人的灵性，而济慈的诗歌更有一种神秘的宗教色彩。

朱湘在《寄思潜》一诗中曾以济慈病中作诗的精神勉励诗友直面人生，说“济慈的诗不死，身子早死了有何轻重？”同时，朱湘重视他自身诗歌的独立性。他欣赏济慈的诗才，欣赏他丰富的想象力，也钦佩他献身艺术的精神，但他仍不忘自己的中国民族诗人的身份。正如《南归》一诗所说：“他们说带我去见济慈的鸟儿，/ 以纠正我尚未成调的歌声。/ 殊不知我只是东方的一只小鸟，/ 我只想梦见荷花阴里的鸳鸯。”

朱湘在《古代的民歌》中认为诗歌创作要发展成为矿山应该先从三处矿苗入手：“第一处的矿苗是‘亲面自然’（人情包括在内）”；“第二处的矿苗是‘研究英诗’”；“第三处的矿苗便是‘攻古民歌’。”他自信地说：“我国的诗歌如果能够遵了我所预言的三条大道进行，则英国‘浪漫复活时代’的诗人也不能专美于前了。”

关于“第三处矿苗”，朱湘在《我的童年》一文里说过：“司各德各书，据我所看过的说来，它们足以使我越看越爱的地方，便是一种古远的氛围气，以及一种家庭之乐。家庭之乐这个词语，用来形容这些小说之内的那一种情调，骤看来或许要嫌不妥当，不过，仔细一想，我却觉得它要算是我所能找到的唯一的妥当的摹状之词了。这一种家庭之乐的情调，并不须在大团圆的时候，我简直可以独断的说，是由开卷的第一字起，便已经洋溢于纸上了。或许，作者所以能永远留念于世人的心上的缘故，便在于他能够把这种乐居的情调与那种古远的氛围气有机的融合在一起。”[1]

1. 孙玉石编：《朱湘》（中国现代作家选集），第224页，北京：人民文学出版社，1985年版。

其实和朱湘同时代的诗人中，有很多也是英年早逝的，像我们非常熟悉的徐志摩、闻一多，此外还有朱湘的好友刘梦苇，同为“清华四子”的杨子惠等，但是像朱湘这样投水自杀而悼念他的文章又有很多谈到他的死因的却是不多。其中丁瑞根在《悲情诗人——朱湘》中说：“在这短短的半年里，各种社会角色、各样社会责任纷至沓来。要求刚满20岁的朱湘承受的东西太多太快，以致于他来不及细细咀嚼，就匆忙地担负起生活的重担。在如此急剧的角色变换中，他甚至没有得到必要的心理调节的机会，便在这种缺陷之中成熟起来。”[2]正是这种心理的不成熟、心理素质的不健全，才为朱湘后来的生存压力和最终悲剧的发生埋下了伏笔。这样巨大的心理压力，一个世纪前济慈也经历过。他短短的一生就是在与穷困、疾病以及诗作受到攻击的抗争中，迫使自己成为一个真正的男子汉，并最终赢得读者的认同。我们读济慈的诗歌，看不到他对这困难境遇的抱怨，呈现在我们面前的是经过了诗人无边的想象力描绘出来的一幅幅美丽画卷，以致于19世纪《爱丁堡评论》（*Edinburgh Review*）的创办者和编辑Francis Jeffery评论说：“济慈和其他的作家相比最大的不同在于：想象在别人是次要的，而对于济慈却是首要的。”[3]更多的观点是把济慈直接看做唯美主义的先驱，其诗所呈现出来的美是把生活的“杂质”——痛苦、贫穷、饥饿、疾病、黑暗过滤之后而得来的，所以我们在他的诗歌中不会轻易地看到这些“杂质”。

2. 丁瑞根：《悲情诗人——朱湘》，第55页，石家庄：花山文艺出版社，1992年版。

3.Laurie Lanzen Harris. *Nineteenth-Century Literature Criticism*. Detroit: Gale Research Company, 1985. p. 327.

这种对生活的过滤艺术也深深地影响了朱湘。朱湘短短的一生同样几乎是在贫穷和疾病（朱湘死前已经得了脑充血病）中度过的，但是在《夏天》、《草莽集》还有作者死后出版的《永言集》（当然不包括《石门集》中作者死前一段时间在绝望的状态下写的一些诗歌）中，我们不会经常看到作者对现实的抱怨，作者依旧是一天24小时都在想着作诗：“我的诗神！我弃了世界，世界/也弃了我；在这紧急的关头，/你却没有冷，反而更亲热些，/给我诗，鼓我的气，替我消忧。”[4]即使在这样艰难的处境中诗人也没有失去对诗歌的热情和信心。关于这一点，有很多评论认为：“这就是他一直坚信的文学应该有它独立自主的、与社会现实无关的价值。朱湘这种艺术与生活二元分离的观念，使他能在创作过程中过滤掉生活带来的焦躁，而没有在诗中显示丝毫的纷乱。惟其如此，朱湘才以难得的安详与细腻，制造出《草莽集》特有的古典与奢华的气氛。”[5]

4. 朱湘：《十四行英体》，见《朱湘诗集》，第235页，成都：四川文艺出版社，1987年版。

5. 丁瑞根：《悲情诗人——朱湘》，第134页，石家庄：花山文艺出版社，1992年版。

我们很难在朱湘的诗歌中看到对死亡的热烈讴歌，除了《石门集》中一部分他死前在绝望的状态下写下的诗篇。朱湘笔下的死亡是被表面的平静所掩盖了的，是埋藏在生命的底蕴中的一种情感。

正因为朱湘把浓烈的感情藏于心底，在诗风上表现出一种平静和细腻。正如他的好友罗念生所说："他的诗很少有热情，就是这诗集（指《草莽集》）的第一首《热情》也不见得怎么热，那是雄浑中的细致，对自然的 wonder。"[1] 与这种平静和细腻相辅相成的是朱湘在诗歌语言的选择上，色彩没有闻一多和徐志摩的诗篇那种浓丽，更倾向于一种素朴、淡雅。朱湘好像特别喜欢这种淡淡的色调，在他的诗歌中"素"字的运用就多次出现，如《春》中"素娥深居于水晶宫内"，《小河》中"伊有水晶般素心"，《鹅》中"是爱你身披绢素"，《猫诰》中"我自惭一生与素餐为伍"；[2] 他的诗剧《阴差阳错》中的画者名字叫"素心"，《小河》中的"素心"在这里又一次出现了。徐志摩的诗更像济慈早期创作的诗歌，如《恩狄米昂》（*Endymion*）和一些十四行诗，诗里面透露着一股纯真和无限的想象力。济慈在晚年的时候也曾注意到诗歌不能让想象力任意泛滥，应该有理智地适当制约，如他的《海坡里安》(*Hyperion*)，闻一多的诗与此时的济慈更加接近，在他的诗里我们可以看到由理智所约束的感情和想象力。但是疾病缠身的济慈的诗歌在他生命的尽头最终归于平静，朱湘的诗则正像生命尽头的济慈，诗歌表现出一种令人吃惊的平静和细腻。如果说济慈也有三个"我"——"本我、自我、超我"，那么徐志摩就是济慈的本我，闻一多是济慈的自我，朱湘则是济慈的超我。

朱湘的诗之所以能塑造这样的氛围和境界，除了诗人对生活的过滤和提炼之外，还要归功于他对新诗形式和音节的不断探讨与尝试。在他寄给曹葆华的信中，他提到音节的问题："音节之于诗，正如完美的腿之于运动家……想象、情感、思想，三种诗的成分是彼此独立的，惟有音节的表达出来，他们才能融合起来成为一个浑圆的整体。"[3] 也就是说，想象是一种提炼生活的方法，情感是对生活的感悟，而思想则是对生活的思考，这三种诗的成分惟有用恰当的音节表达出来，三者才能形成最佳组合，诗人的想象才能得到最大的发挥，情感才能表达得恰到好处，思想才能阐述得最清晰。朱湘也正是在新诗的创作道路上不断尝试将不同的情感用不同的诗体和韵律表达出来，而这些同样与英国诗歌的启发分不开。[4]

1. 罗皑岚、柳无忌、罗念生：《二罗一柳忆朱湘》，第 68 页，北京：三联书店，1985 年版。
2. 朱湘：《朱湘诗集》，第 11、14、41、88 页，成都：四川文艺出版社，1987 年版。
3. 朱湘：《寄曹葆华》，见《朱湘书信二集》，第 183 页，合肥：安徽文艺出版社，1987 年版。
4. 笔者指导的毕业研究生翟元英参与了上述关于朱湘与济慈关系的讨论，并提供了初步的解读文字。

四、　梁遇春、邵洵美与英国文学

（一）　梁遇春译介英国文学的简要历程

1928 年《北新半月刊》第 3 卷第 11—14 号刊梁遇春译 R. Lynd《论雪莱》。译文对雪莱的介绍与评价非常详尽，对普通读者理解和接受雪莱颇有助益。

1929 年 9 月，《新月》月刊杂志第 2 卷第 6、7 号“海外出版界”栏目中刊载梁遇春对蔡普门著《雪莱、威志威士及其他》一书的评论，其中涉及到对雪莱与华兹华斯两位浪漫诗人的认识与理解问题。

1930 年 3 月，梁遇春第一本散文集《春醪集》由上海北新书局出版。其中收有《查理斯·兰姆评传》，该文又载于 1934 年 12 月 1 日出版的《文艺月刊》第 6 卷第 5—6 号合刊。

同年 8 月，《现代文学》创刊号载梁遇春《谈英国诗歌》，此为《英国诗歌选》（梁遇春译注，北新书局 1930 年版）的序言，涉及中世纪英国古民歌以来的历代英国诗歌名家及主要作品评述，是一部简明的英国诗歌发展史。10 月，梁遇春译注的散文《幽会》（约翰·高尔斯华绥原著）由上海北新书局出版发行。书前有对高尔斯华绥创作特色的介绍。[1] 此译注本包括《幽会》等 4 篇散文作品，均译自于高尔斯华绥的散文集《安静的小酒馆》（*The Inn of Tranquility*）。

1931 年 5 月，上海北新书局出版了梁遇春译注的小说《老保姆的故事》（盖斯凯尔夫人原著）。其中有对盖斯凯尔夫人及其创作特色的介绍：“这位女小说家是英国小说家里第一个把穷人们的生活老老实实描写出来。”她“大胆地将英国工业区里工人穷苦不堪的状况素朴地写出，而成为很妙的小说”。“她对于低微朴素的生活深有同情，能看出内中的种种意义。”“她知道怎样用女性特有的锐敏观察力和体贴能力，做平凡人和穷苦人的生活的舌人。这个功绩是值得钦仰的。”

同年 7 月，梁遇春译注的小说《青春》（康拉德原著）由上海北新书局出版。书中有对康拉德创作特色的介绍：“他的著作都是以海洋做题材，但是他不像普通海洋作家那样只会肤浅地描写海上的风浪；他是能抓到海上的一种情调，写出满纸的波涛，使人们有一个整个的神秘感觉。他对于船仿佛看做是一个人，他书里的每只船都有特别的性格，简直跟别个小说家书里的英雄一样。然而，他自己最注意的却是船里面个个海员性格的刻画。他的人物不是代表哪一

1. 称“高尔斯华绥是英国当代大小说家与戏剧家。……他所最痛恨的是英国习俗的意见和中等社会的传统思想。他用的武器是冷讽，轻盈的讥笑。……‘怜悯’的确是高尔斯华绥的一个重要情调。他是怀着无限量的同情来刻画人世的愚蠢。……他觉得世上一切纷扰的来源是出于人们不懂怎样去欣赏自然和人世的美、把生命中心放在不值得注意的东西上面，因此一幕一幕的悲剧开展了。……高尔斯华绥不单具有巧妙的冷讽同温和的同情，他还有一种恬静澈明、静观万物的心境，然后再用他那轻松灵活的文笔写出。”

类人的，每人有他绝对显明的个性，你念过后永不会忘却，但是写得一点不勉强，一点不夸张，这真是像从作者的灵魂开出的朵朵鲜花。这几个妙处凑起来使他的小说愈读，回甘的意味愈永。”

1932 年 10 月 1 日，《新月》第 4 卷第 3 号刊登梁遇春的《斯特里奇评传》，介绍于该年 1 月 21 日去世的英国传记学大师斯特拉奇（1880—1932）。也在这一年，梁遇春译《英国小品文选》由开明书店出版发行。该书于 1928 年已译好，选译了包括兰姆作品在内的 10 篇小品文。梁遇春译介的英国散文颇多，其他如 1930 年 4 月上海北新书局出版的《小品文选》，1936 年 6 月北新书局出版的《小品文续选》。前一本书包括英国 18 至 20 世纪中 20 位重要散文家的经典作品，后一本书又译介了 9 位英国作家的散文名著，在译介的同时，还将这些散文家的创作特色作了简明扼要的推介。

（二） 邵洵美与英国唯美主义

1924 年，邵洵美进剑桥大学依曼纽学院专攻英国文学。他从发现萨福而知道了史文朋（1837—1909），又因史文朋而熟知了前拉菲尔作家。邵洵美还结识了史文朋的一个最好的朋友魏斯（T. J. Wise），他是史文朋一切稿件的管理人。后邵洵美回国，与他仍有书信往来。1928 年 10 月，魏斯在给邵洵美的信中热情洋溢地说：“假使史文朋仍活着，知道中国有像你这样一个好友，他一定会快乐得不得了。”邵洵美在英国还与当代著名的信奉自然主义的 70 多岁的爱尔兰作家乔治 • 摩尔（1852—1933）结成了忘年交。

《一朵朵玫瑰》（金屋书店 1928 年 3 月版）是本译诗集，译有罗赛蒂兄妹、史文朋、哈代等 9 位英美诗人的 25 首诗，并附有“原作者传略与小注”，这些评介扼要、简赅、精短。但丁 • 罗赛蒂是英国画家、诗人，拉斐尔前派创始人之一，该派最重要的中心人物。画风带有神秘主义和伤感气息。诗歌词句典丽，描写入微，想象大胆。著有诗集《生命之屋》（*House of Life*）。其妹克里斯蒂娜 • 罗塞蒂的诗以浅明的词句、甜蜜的想象和富丽的表现，使她在英国女作家中占有了很高的位置。她的《鬼市》是拉斐尔前派诗人在诗的创作上第一个成功的作品。邵洵美以为在英国女作家中只有她才当得起“诗人”的称号。邵洵美还称哈代是第一流的诗人，也是第一流的小说家。对他的诗，邵洵美赞叹：“太容易读，太难译，意思是何等的简单明了，文笔是何等的精干老当。”

邵洵美的论文集《火与肉》（金屋书店1928年3月版）里有篇题为《史文朋》的文章。该文还是1926年在剑桥念书的时候作的，倾注了他的崇敬与热诚。他如此评价史文朋："史文朋诗集里的吟唱，以火一般的情感，发挥思想、意见，反对一切专制政治，反对虚伪的道德。他的诗歌集一经发表，轰动全欧，名扬美洲。他的学问非平常人所能望其项背，他的天才更没有第二个人可以及到。文学界因了他这惊异的天才而原谅他的作品的狂放。这个饮酒无度、性格浪漫、终身未娶的大诗人的诗已达到一切的顶点、沸点、终点！啊，不能再好了，不能再好了！"邵洵美在论文《〈日出前之歌〉》[1]里说："他以自由为生命，以自由为杀一切黑暗的光明，自由是至善的、万能的。他不但求肉体的自由，而且求灵魂的自由。他为穷困百姓、弱小国家、灭亡的种族、所有被压迫的鸣不平。他诅咒强凶的霸道者、暴虐的执政者、挟制一切礼教和拘囚万物的上帝。他崇拜革命。他的革命无国界，不但是家国的革命，而且是世界的革命。他以人类为本位，他是个大同主义者。"文章结尾，邵洵美以诗一般的语言，发出他的赞叹："你这追求光明的灯蛾，你自身的血液比火焰热烈得多。你以自由为你惟一的光明，而自由竟以你而分外光明了。我的诗人，我的革命诗人！"

1.《日出前之歌》为史文朋后期的一部诗集。

1928年7月1日，《狮吼》半月刊复刊，称为"复活号"，每月1、16日出刊，发行者是邵洵美的金屋书店。复活号第2期是"罗赛蒂专号"。邵洵美不满足于在《一朵朵玫瑰》里对罗赛蒂所作的简短介绍和评论，因而又写一篇长篇专论论述罗赛蒂，题目就叫"D. G. Rossetti"。此前赵景深在《小说月报》、闻一多在《新月》月刊，都有关于罗赛蒂的介绍文章。邵洵美说"赵、闻大作都是介绍文字中很好的作品"，但又说"我们需要新鲜与精澈些的东西"，于是他在文章中写下了他所知道而为赵、闻所没有写出的内容。

邵洵美从画、诗、翻译三方面来评述罗赛蒂。他说"罗赛蒂是一位非特能画肉体并且能画灵魂的画家"，他谈了罗赛蒂的*Beata Beatrix*一画，并盛赞说"这张大和谐的作品，是罗赛蒂生平最大的杰作，也便是世界画史上的不朽名品"。他评介了罗赛蒂的诗集《生命之屋》，说："他的诗的志愿是何等的伟大，表现得何等深切精美，思想和情感的枝叶是何等丰富，他的那种甜蜜的光明的风格的急流把世界上所有的丑的恶的卑鄙的污浊的一切完全冲净了。而他的像金子般灿烂的萦想，珠宝般彩色的字儿，却从未将他的辞句的清高忠实来掩蔽。"《生命之屋》分为两部，共有十四行诗101首，上部《青春与变化》59首，下部《变化与命运》42首。

"他们的性质便是说从青春的甜蜜而起了变化，受着命运的播弄而终于无穷的悲哀。这里面没有一首不是润着爱之仙露而同时显示着死之必至。"邵洵美还引入了史文朋对《生命之屋》的一段评介："这《生命之屋》中有这许多广厦，华美的大厅，陶醉的内室，供神的礼堂，盛典的会场。无论哪一位贵客初进门来决不能讲出这里边的组织的秘密。灵与知，视觉听觉与思想，都被吸收在仅有欢乐所能辨别的音调的壮丽与色彩的灿烂之中。但这组织是坚固而和谐的。这里，天才的豪奢一点不虚霍，他的全体比他最美丽的一部分都来得美丽。……每一首都是（好像一个诗人形容百灵鸟在清晨高唱）一粒粒金珠滚下金阶。在英吉利是没有这一类诗的——恐怕 Dante（但丁）的意大利文中也找不到——如此地丰富而如此地纯洁。"邵洵美在这篇论文的末尾说："总之，他的一生，便是诗的与画的，他留给我们这许多热烈的情感丰富的色彩在他的诗与画里。他是一个伟大的诗人又是一个伟大的画家。他两件都成功了。意大利以为是他们的（骄傲），英吉利也以为是他们的无上光荣。啊，你这世界文坛的骄子，请受我的顶礼！"由此可见邵洵美对英国唯美文艺家的赞赏之情。

第七节 学衡派同仁与英国文学

1922 年 1 月 9 日，胡先骕、梅光迪、吴宓等人主办的《学衡》在南京创刊，1933 年 7 月终刊。原为月刊，1928 年自第 61 期起改为双月刊，共出 79 期。成员都曾留学美国，熟悉西洋文学，多受当时带保守和清教色彩的新人文主义思潮的影响，相信靠伦理道德的理论足可以凝聚中国，反感新文化与新文学的激进行为，试图以学理立言，在中西文化比较中坚持"昌明国粹，融化新知"的宗旨。

《学衡》杂志设"插图栏"，共刊出 176 幅插图。其中肖像画在整个栏目中所占比例最大，所刊多为中外文化名人肖像及世界美术名家之作。涉及英国文学家的有第 4 期载狄更斯、萨克雷像，第 9 期载雪莱、拜伦像，第 11 期载白朗宁、丁尼生像，第 15 期载英国诗人、剧作家、批评家德莱顿像，第 61 期载华兹华斯像，第 74 期载劳伦斯像。

一、 学衡派与华兹华斯《露西组诗》（其二）的译介策略

作为五四新文学运动的反对者，学衡派也对华兹华斯表现出了很大的兴趣，不过其认同和接受的旨趣则与创造社、新月派同仁有所差异。

《学衡》杂志第7期曾刊有华兹华斯肖像。第9期上吴宓所写的一篇《诗学总论》中引用过华兹华斯的诗作和诗学主张。后来吴宓曾在清华园根据希腊神话传说中海伦的故事，仿华兹华斯《雷奥德迈娅》（*Laodamia*）而作《海伦曲》一首长达112句。[1]在《余生随笔》中吴宓也曾提及华兹华斯与我国田园诗人陶渊明的类似之处，而为吴宓所欣赏的近代诗人黄遵宪的《人境庐诗草自序》，也被他拿来与华兹华斯《抒情歌谣集再版序言》相提并论。

1. 吴宓：《海伦曲》见《吴宓诗集》第13卷，上海：中华书局，1935年版。

为与“昌明国粹，融化新知”的办刊宗旨作桴鼓之应，吴宓主持《学衡》时，于1925年首次刊登出一组译诗。原诗为华兹华斯《露西组诗》第二首，译者为贺麟、张荫麟、陈铨等。“编者识”曾云“原诗以首句为题，正合吾国旧例，诸君所译，题各不同，亦自然之势，今因贺麟君之译先列，故以贺麟君首句用作本篇之总题”。题为《威至威斯佳人处僻地诗》(She Dwelt Among the Untrodden Ways）。[2]这恐怕是绝无仅有的译介现象。在“编者识”中还非常精到地介绍了华氏诗歌的风格：“威至威斯之诗。以清淡质朴胜。叙人生真挚之情。写自然幽美之态。是其所长。高旷之胸襟。冲和之天趣。而以简洁明显之词句出之。盖有类乎吾国之陶渊明王右丞白香山三家之诗也。”接着便提供了贺麟、张荫麟、陈铨、顾谦吉、杨葆昌、杨昌龄、张敷荣、黄承显等8人翻译这同一首诗的译文。

2. 载于《学衡》1925年3月第39期。拙著《中英文学关系编年史》（上海三联书店2004年版）第177—179页亦有收录。

8篇译文题目各异，更未必尽合华氏原作诗意，但都是采用五言古诗的语言形式来译华氏这首名诗。我们知道，自觉维护文言之优美雅致的特色是学衡派之一贯主张，即便译诗也是如此。他们不仅以中国传统的五言体（黄承显译诗五、七言并用）作为传译原诗的语言形式，而且将华氏笔下孤栖幽独的女郎露西与中国传统诗歌中极富古典比兴意味的“佳人”形象加以迭合，使译本无论文本形式还是意蕴内涵上都与原诗拉开了距离。

我们知道，《露西组诗》为华兹华斯游历德国所作，借赞美与哀悼“露西”以抒写诗人的幻灭感。对此，《学衡》“编者识”中已有阐明：“（组诗）均叙女郎露西Lucy之美而伤其死”，露西“实子虚乌有”，“盖威至威斯理想之所寄托，初非欲传其人，亦非悼亡自叙也”。很显

然，“露西”乃是人生理想的幻化，“她”的无人赏爱、“她”的美丽可人、“她”的香消玉殒，令“我”感到别样的况味，形象地隐指诗人孤芳自赏式的理想及其幻灭。这种借文学女性形象表现某种情感寄托，可以说是中外文学中共有的现象。中国古典诗歌中“香草美人”的传统即是如此。我们可以追溯到屈原的楚辞，“惟草木之零落兮，恐美人之迟暮”（屈原《离骚》）、“惟佳人之独怀兮，折芳椒以自赴”（屈原《悲回风》），屈原率先以一己之生命情怀与淑世激情，建立“佳人不偶”与“士不遇”的同构关系，使佳人形象成为士人介入社会与政治的特定话语。表现他们极高洁的理想和极热烈的感情，在怨怼与自恋中，调适着入世的怀想和被世弃的幽怨。于是，男女之情、孤处避世、叹群俗之汶汶等都成为他们特定的话语方式。借此，他们既可寄托对理想之境的执迷，又形象地树立了一套人文价值系统。遂使最具中国古典悲剧气质的“佳人”形象从审美层面进入了传统人文思想的建构中，具有了特殊的文化功能。而且它通过后人的继承[1]，造就了我们阅读者的“能力模式”。当诗人表现女性风华绝色而无人赏爱，

1. 曹植《杂诗 · 南国有佳人》、李白《古风 · 美人出南国》等皆远祧屈子。

我们必会联想到一种握玉怀瑾而时乖命蹇的人生境遇；而她们“芳心空自持”的冷寂，也自然让我们感到衷情难通的苦闷与自恋孤高的无奈。同样，当译者以这样的“能力模式”去诠释重现原作时，原作就被本国传统的强势归化了。《学衡》所载的华兹华斯《露西》之二的八首译作，无论是以“佳人”指代“露西”，还是在原作的基调上渲染怨世与自恋，都是译者这种“能力模式”的结果，也即文化归化的结果。这就使译作具有了独立于原诗的、在中国文化语境中生成的文学精神与文化品格。译者不是接近了我们与外国文化的距离，倒是让我们又亲近了自己的文化传统。这样的译介，实际上已超出了一般的文学翻译活动，而把译作纳入了民族文学之中，成为一种目的语文学而非源语文学。[2]

2. 参见葛中俊《翻译文学：目的语文学的次范畴》，载《中国比较文学》，1997 年第 3 期。

这也是译诗中出现许多我们熟悉而原作没有的传统意象的缘由。以陈铨所译“佳人在空谷”为例，此诗若不说明是译作，我们很难看出其原来面目。原因即在于，陈铨除了保持原诗中的一些意象，又借助于上述的“能力模式”对原诗中的意象进行了内涵上的转换，或干脆植入中国传统诗歌中“香草美人”意象及特定的语汇。例如，同样也是虚拟的女性，“露西”的内涵与“佳人”的内涵是相差甚远的；原诗中“She dwelt am ong the untrodden ways”中“无人践踏的路”与译诗中“佳人在空谷”的“空谷”相比，虽然都是指女性幽栖之处，但后者更为我们熟悉，更容易激发我们的审美经验。如杜甫《佳人》诗云：“绝代有佳人，

幽居在空谷。自云良家子，零落依草木。”（杜诗虽描写战乱中为夫所逐之弃妇，但沿用“香草美人”的传统意象，故而后人以为有比兴寄托，表“放臣之感”。）陈铨则将杜诗首二句并为“佳人在空谷”，顾谦吉译作中“绝代有佳人，幽居在空谷”及“零落依草木”皆直接借取杜诗原句。再如陈铨译诗中增加的“俗眼”、“幽芳”、“春梦”等，这些原诗没有的意象，在译诗中渲染出了浓郁的中国情调。所以这些作为译语，它们所唤起的美感与联想早已超出了原诗语符传递出的信息，而作为文学意象，它们积淀着民族文化精神，译者借它们传达原诗之意时，即已在驱遣着一连串的文化符号，启动着丰厚的文化底蕴，进行着传统的价值重构。

由此可以得出这样的结论：《学衡》所载这几首译诗的中国化趋向，充分说明文学翻译中对外来文学的文化归化，同样可以传承传统文化。当然，这还要取决于译者，作为由原作文本到译作文本的重构者，他们对民族文化所赋予的“能力模式”是予以发挥，还是有所遏止？究其所由，重要的不在于他们的个人偏好，而在于他们所持据的文化理念。

学衡派的译介理想与他们的文化理念息息相关。他们“以欧西文化之眼光，将吾国旧学重新估值”，所借重的“欧西眼光”，不同于激进派们所持据的近现代西方思想，而是“博采东西，并览古今”，更倾向于古希腊、罗马、印度文化思想，以探究传统中最有普遍性与永恒性的人文价值。这一文化理念源于欧文·白璧德新人文主义思想的影响。白氏对西方近代文化弊端的洞察，以及融汇人类传统文化精髓建立新人文思想体系的博大视界，为亲炙白氏思想的吴宓及其他《学衡》同仁，纠正新文化运动在对现代的追求中一味西化、否定传统的偏蔽之举，强调文化的连续性与传统的有效价值，提供了新式的学理依据。然而在以现代为价值取向的时代氛围中，学衡派对新文化建设的方向性批评，尤其是重构传统文化、确立民族主体性的意见，并未受到新文化主流的接纳，反而受到多方斥难。[1] 这就好比“佳人”空有丽质而为众人所弃。其实“佳人”形象中与现代文化精神无法相融的古典人文内涵，与《学衡》诸公不合时宜的文化选择及在其时的文化处境多少有些相仿之处，似乎译者们对“露西”形象归化时，也融入他们自己的情绪，莫非“佳人”就预示了他们与新文化主流抗衡，而在此后的几十年间一直被边缘化的命运？直到今天，我们才得以去发掘他们那些精深的思想及其当代意义。

应该说，学衡派同仁在纠新文化运动之偏时，未使没有令人误解而生畏之处。比如他们在

1．如鲁迅先生在《估〈学衡〉》一文中写道：“夫所谓《学衡》者，据我看来，实不过聚在‘聚宝之门’左近的几个假古董所放的假毫光；虽然自称为‘衡’，而本身的称星尚且未曾订好，更何论他所衡的轻重的是非”。（《鲁迅全集》第 1 卷，第 377 页，北京：人民文学出版社，1982 年版。）

文学翻译中借文化归化而追认传统中最普遍的人文价值，极易与现代意义的文学精神相悖。而用文言译诗，“总期以吾国文字，表西来之思想，既达且雅，以见文字之效用……固无须更张其一定之文法，摧残其优美之形质也”，[1] 则更易让人以复古派目之。其实，《学衡》诸公并非不容白话，而是反对尽弃文言。因为一国的语言，乃是“民族特性与生命之所寄”，文言不破灭，传统文化才得以托命。[2] 他们并非要为现代人的思想表达平添文字障碍，而是看重文言所支撑的文化传统，因为文言作为传统文化的象征，在新文化人的抨击中渐于消顿，正被“欧化的国语”所取代，[3] 保存文言，无疑保住传统的血脉，现代与传统的连续方才有所维系。所以在白话兴起，译界如胡适、刘半农诸人皆不复用文言时，学衡派遂与时好相逆，大倡其文言，以昌明国粹。

1. 见《学衡》杂志简章，1922 年 1 月《学衡》第 1 期。

2. 为推进现代文言文学，吴宓主编《学衡》杂志 11 年、《大公报 · 文学副刊》6 年期间，旧体诗词为此二刊的重要内容。

3. 胡适在《五年八月四日答任叔永书》说：“文言决不足为吾国将来文学之利器。”他提出，中国文学的革命运动是语言文字文体的大解放。之后的新文化运动者纷纷将目光投向他们认为适于表达冲决一切禁锢的西洋语言文字，如傅斯年就主张“宜用西洋文的款式、文法、词法”以造成“超于现在的国语，欧化的国语”。

事实证明，如果提倡新文化运动者能从这些方向性批评中有所汲取，就不至于出现过分流俗化的倾向。当今天的译者提出介绍外国文化的目的不是为介绍而介绍，应该借归化之途提高本国文化时，[4] 不由使我们想起当年吴宓等人早已提出这样的主张。虽然时隔数年，但我们进行民族文化“自我重构”的任务却是一样的无可回避，回顾《学衡》所载的这 8 首译诗，也许能给我们一些启示。

4. 参见许渊冲《诗词 · 翻译 · 文化》，载《北京大学学报》，1990 年第 5 期。

二、 吴宓与英国文学

关于吴宓与英国作家的关系，《吴宓诗集》卷首自识里就有如此表白：“吾于中国之诗人，所追摹者三家：一曰杜工部，二曰李义山，三曰吴梅村。”“吾于西方诗人，所追摹者亦三家，皆英人。一曰摆伦或译拜伦 Lord Byron[5]，二曰安诺德 Matthew Arnold，三曰罗色蒂女士 Christina Rossetti。（一）摆伦以雄奇俊伟之浪漫情感，写入精密整炼之古典艺术中。（二）安诺德谓诗人乃由痛苦之经验中取得智慧者。又谓诗中之意旨材料，必须以理智鉴别而归于中正。但诗人恒多悲苦孤独之情感，非藉诗畅为宣泄不可。又谓诗为今世之宗教，其功用将日益大。(三)罗色蒂女士纯洁敏慧，多情善感。以生涯境遇之推迁，遂渐移其人间之爱而为天帝之爱。笃信宗教，企向至美至真至善，夫西洋文明之真精神，在其积极之理想主义。盖合柏拉图之知与耶稣基督之行而一之。此诚为人之正鹄，亦即作诗之极诣矣。”[6]《诗集》收录了作者在 1908—

5. 吴宓自述《西征杂诗》诸作受到拜伦《恰尔德 · 哈罗尔德游记》第三部的启发：“民国十五年秋冬，予在清华学校新旧各班，授英国浪漫诗人之所作。于摆伦之 *Childe Harold's Pilgrimage* 之第三曲，尤反复讲诵，有得于心。下笔之时，不揣冒昧，径仿效之。然所谓仿效者，仅略摹其全篇之结构章法已耳。予诗之内容，乃予一身此日之感情经历，一主真切。……而首尾连贯，合为一体，则同。又此篇均系七律诗，以七律之体，与摆伦原作之 Spenserian Stanza 最为近似。”

6. 吴宓：《吴宓诗集》，上海：中华书局，1935 年版。

1935 年间创作的诗词 1 000 余首。作者自认为最可取的有四篇:《壬申岁暮述怀》四首、《海伦曲》、所译罗色蒂女士《愿君常忆我》及《古决绝辞》（自注）。《吴宓诗集》卷末附有《论安诺德之诗》。

（一） 论罗赛蒂

在外国的翻译理论中，给予吴宓以很大影响的，是英国的德莱顿、德国的歌德和奥·施莱格尔。德莱顿（1631—1700）是英国诗人、翻译家，既有大量的译作，也有系统的翻译理论。如他将翻译分为三类：直译、意译、拟作。吴宓接受了这样的分类，并且对三者作了比较："三者之中，直译窒碍难行，拟作并非翻译，过与不及，实两失之，惟意译最合中道，可以为法。"吴宓推崇意译，在翻译实践中主要用意译或译述。吴宓主张用中国传统格律诗的形式来翻译外国诗歌，并且一以贯之地将其付诸实施。罗赛蒂因其"纯洁敏慧，多情善感"（《吴宓诗集·卷首自识》），是吴宓最为推崇的三位西方诗人之一。罗赛蒂的诗《愿君常忆我》（Remember）是一首彼特拉克体十四行诗，格律十分严谨，吴宓用传统的中国五言古体来译，正是他以格律诗译格律诗的一贯主张。

吴宓这样解释："夫艺术固可为象征，然象征以外，艺术作品中之事物材料，亦必取诸实际经验，而富有人生趣味。不可仅作象征之工具、譬喻之方法而已。予居恒好读罗色蒂女士 Christina Rossetti（1830—1894）诗。即以其中事虽无多而情极真挚，梦想天国而身寄尘寰。如湖光云影，月夜琴音。澄明而非空虚，美丽而绝涂饰。馥郁而少刺激，浓厚而无渣滓。此乃诗之极'纯粹'者，而仍是人生之诗。非彼十七世纪之玄学诗人所可及者已！又按中国诗人（自屈原《离骚》以下）常以男女喻君臣之际。西方诗人（如但丁，又如罗色蒂女士）则以男女喻天人直接引。其例至多。均以男女至情，可以深托思慕，其苦乐成败又极变化奇诡之致故也。"[1]

1. 吴宓：《吴宓诗集》，第 275 页，北京：商务印书馆，2004 年版。

吴宓曾译罗塞蒂女士的《生日》（My Birthday，1860）诗：

（一）　我心如歌鸟，营巢水木间。我心如果树，累累枝头弯。我心如虹贝，浮荡海天闲。我心尤快适，所欢今来还。

（二）　筑坛铺绢绒，银紫饰斑斑。雕绘榴与鸽，百眼孔雀颜。葡萄金珠簇，菡萏翠叶环。此日我初生，所欢欣来还。[2]

2. 吴宓：《吴宓诗集》，第 112 页，北京：商务印书馆，2004 年版。

更有《译罗色蒂女士愿君常忆我》（Remember，1860）：

愿君常忆我，逝矣从兹别。相见及黄泉，渺渺音尘绝。昔来常欢会，执手深情结。临去又回身，千言意犹切。絮絮话家常，白首长相契。此景伤难再，吾生忽易辙。祝告两无益，寸心已如铁。惟期常忆我，从兹成永诀。君如暂忘我，回思勿自嗔。我愿君愉乐，不愿君辛苦。我生无邪思，皎洁断纤尘。留君心上影，忍令失吾真。忘时君欢笑，忆时君愁颦。愿君竟忘我，即此语谆谆。[1]

1. 吴宓：《吴宓诗集》，第135页，北京：商务印书馆，2004年版。

另外，吴宓还有《译罗色蒂女士古决绝辞》（Abnegation，1881）等诗作。

1930年9月，吴宓利用休假机会，赴欧洲进修、游学一年。先后在英国牛津大学、法国巴黎大学进修，又在意大利、瑞士、德国游历，游览名胜古迹，参观博物馆、纪念馆，访问著名作家、诗人的故乡，感受颇深。作《欧游杂诗》50首，发表于《国闻周报》和《大公报·文学副刊》上。他在日记中写道："尚未通览，深觉不到欧洲，不知西洋文学历史之真切。"该年10月游罗塞蒂家族旧宅后，作诗《罗色蒂女士诞生百年纪念》：

君生满百年，君没我始生。诗篇久译诵，婉挚见深情。旅址君旧宅，昔梦尚回萦。一门多才艺，私乐贫难撄。灵慧秉自天，早岁擅文名。

（二）　论阿诺德

马修·阿诺德是维多利亚时代著名诗人、批评家、教育家。吴宓对他推崇备至，早年办《学衡》时就曾介绍过，后来在这首旧体诗里更说："盖棺世论本寻常，犹惜微名最可伤。志洁身甘一掷碎，情真艺使万人狂。繁华地狱厄鸾凤，血泪金钱饱虎狼。我本东方安诺德，落花自忏吊秋娘。"（《挽阮玲玉》）[2] 另译多首阿诺德诗篇，如《译安诺德挽歌》（Requiescat，1853）："（一）采来桃李花，勿献松柏朵。羡渠得安息，劳生仍独我。（二）举世但追欢，强颜为歌舞。生前谁见怜，久矣渠心苦。（三）珠喉裂弦管，血汗逐香尘。孽债速偿了，黄土可栖身。（四）小鸟困樊笼，娇喘怨偪窄。今宵从所适，广漠此窀穸。"[3]

2. 作者原注：民国二十四年三月八日，电影明星阮玲玉在沪自杀。遗书谆谆以"人言可畏"为言，宓遂作《挽阮玲玉》诗一首。安诺德所作吊某歌妓舞女之《挽歌》，宓译于1922年。（吴宓：《吴宓诗集》，第295—296页，北京：商务印书馆，2004年版。）

3. 吴宓：《吴宓诗集》，第108页，北京：商务印书馆，2004年版。

在哈佛大学就读期间，白璧德教授担任吴宓的导师。白璧德的学说远绍柏拉图、亚里士多德之精义微言，近宗文艺复兴诸贤及英国约翰逊（S. Johnson）和阿诺德（M. Arnold）之遗绪，而所得阿诺德尤多，被视为现代保守主义与新人文主义美学的主要代表。其美学思想，主张以人性中较高之自我遏制本能冲动之自我，强调人性、理性、道德；而此种“较高之自我”的养成则有赖于从传统文化中求取立身行事之规范，即永恒而普遍之标准，以此集一切时代之智慧对抗当代崇尚功利物欲的“物的原则”。白璧德以为儒家的人文传统乃是中国文化的精萃，也是谋求东西文化融合、建立世界性新文化的基础。此新人文主义理论，直接成为学衡派的理论资源与文化思想基础。1921年5月，东南大学拟聘吴宓为英国文学教授。9月，吴宓任该校英语系教授，为二年级学生开设“英国文学史”、“英诗选读”、“英国小说”等课程。1926年任清华大学外文系教授，讲授“英国浪漫诗人”、“中西诗比较”、“文学与人生”。其中，“英国浪漫诗人”一课的讲授精义为：“取英国浪漫诗人（Wordsworth、Coleridge、Byron、Shelley、Keats）之重要篇章，精研细读，由教员逐句讲解，务求明显详确，不留疑义；兼附论英文诗之格律，诸诗人之生平，及浪漫文学之特点。”[1]

1. 王岷源回忆他讲授“英国浪漫诗人”课时说：“特别是‘浪漫诗人’课，对二十来岁的青年，一般都很有兴趣。在课程上听着讲述拜伦、雪莱、济慈的诗篇和他们富有浪漫色彩的生平，真是一种享受。”（《忆念吴雨僧先生》）

吴宓公开反对“为艺术而艺术”，他认为文学作品必须使人受到教育、启迪。《文学与人生》第十一章专谈“文学之功用”问题。他对文学作品要求严肃认真，也正是他所钦佩的英国十九世纪著名评论家兼诗人阿诺德所主张的“high seriousness”。

（三）　论雪莱

1936年3月1日，吴宓《徐志摩与雪莱》一文载《宇宙风》第12期。文中说：“以志摩比拟雪莱，最为确当。……而志摩与我中间的关键枢纽，也可以说介绍人，正是雪莱。”文章追述了自己与雪莱结的“甚深的因缘”。而“以此因缘，便造成我后来情感生活中许多波折”。吴宓还“用雪莱诗意”作再挽志摩的诗一首。吴宓于1918—1919年间在哈佛大学选修洛斯教授讲授的“英国浪漫主义诗人研究”，因洛斯教授尤重雪莱研究，自此“吴宓和雪莱结了甚深的因缘”。

吴宓曾作《挽徐志摩君》，借此表达了对但丁、雪莱的仰慕之心：“牛津花国几经巡，檀德雪莱仰素因。殉道殉情完世业，依新依旧共诗神。曾逢琼岛鸳鸯社，忍忆开山火焰尘。万古云宵留片影，欢愉潇洒性灵真。”[2]

2. 载民国二十年十二月十四《大公报・文学副刊》。

1930年底，吴宓游牛津大学目睹雪莱遗物及纪念物，作《牛津雪莱像及遗物》（三首）：

（一）　少读雪莱诗，一往心向慕。理想入玄冥，热情生迷误。淑世自辛勤，兼

爱无新故。解衣赠贫寒，离婚偕知遇。至诚能感人，庸德或失度。暴乱岂终极？风习仍闭锢。到处炭投冰，徒令丹非素。天马绝尘弛，驽骀渐跬步。

（二） 君身有仙骨，容色何韶秀。急盼若不宁，坐此非长寿。君诗妙音节，凄婉天乐奏。流动变态多，月露风云逗。君爱如赤子，求乳母怀就。灯蛾身自焚，列星灿如绣。君名似水清，长流同宇宙。狂童遭斥革，殊荣国学授。

（三） 雕工技入神，美琇状浮尸。画像悬讲堂，诸生瞻容仪。书馆存遗物，手稿万金资。古籍相伴游，表带胸前垂。玛丽结同心，绣盒藏发丝。一见成知己，弃家径追随。噢咻慰痴魂，铅椠序遗诗。皎皎天边月，常圆何盈亏。

以上可见，吴宓十分推崇浪漫诗人雪莱其人其诗。他说在哈佛求学时，“沉酣于雪莱诗集中”。在他的道德观中，不仅把人区分为道德的人和不道德的人，而且还把道德的人（即善人）区分为真善者和伪善者。吴宓要求真诚、表里如一，憎恨谎言和伪善。他最喜欢英国小说《汤姆•琼斯》，因为主人公汤姆是真诚、善良人格的化身，而与汤姆相对照的角色布利菲尔是一个极端自私、善于算计、坑害别人、彻头彻尾的伪君子。

（四） 论萨克雷

1922 年出版的《学衡》杂志第 1—4、7—8 期刊载吴宓译萨克雷《钮康氏家传》（*The Newcomes*）。吴宓在译序中，对情感派与写实派作家作品作出了与其理性观念相违的评价。他称赞萨克雷和狄更斯同为英国 19 世纪的大小说家。狄更斯的作品多叙市井卑鄙龌龊之事，痛快淋漓，成为情感派创作潮流之代表。萨克雷的作品，则专述豪门贵族奢侈、淫荡之情，隐微深曲，似褒似贬，半讥半讽，成为写实派创作潮流的代表。

1919 年 8 月 31 日的日记中，吴宓说读完《钮康氏家传》后，感觉绝佳，以为狄更斯远不如萨克雷：狄更斯的作品“似《水浒传》，多叙倡优仆隶，凶汉棍徒，往往纵情尚气，刻画过度，至于失真，而俗人则崇拜之”。而萨克雷小说“则酷似《红楼梦》，多叙王公贵人，名媛才子，而社会中各种事物情景，亦莫不遍及，处处合窍。又常用含蓄，褒贬寓于言外，深微婉挚，沉着高华，故上智之人独推尊之”。他认为萨克雷小说无一中译本，实为憾事。于是欲译《钮康氏家传》，“译笔当摹仿《红楼梦》体裁，于书中引用文学美术之字面，则详为考证，并书中之外国人名、地名、史事，均另加注解，以便吾国人之领悟”。[1]

1926 年 7 月，《学衡》杂志第 55 期载吴宓译萨克雷《名利场（*Vanity Fair*）楔子第一回》。译文以中国传统的章回体小说形式出现，第一回题曰“媚高门校长送尺牍，洩奇忿学生掷字典”。译者识交代了译名来由：“译书难，译书名尤难。此书名 *Vanity Fair* 直译应作虚荣市。但究嫌不典。且名利场三字，为吾国常用之词。而虚荣实则名利之义。故迳定《名利场》。”吴宓的译名亦为此小说的汉译本通行译名，遗憾的是只翻译了第一章（即第一回）。[2] 另，吴宓为清华大学外国文学系 1937 级学生高棣毕业论文《英国萨克莱著小说〈浮华世界〉》（A Study of Thackeray's *Vanity Fair*）所作评语，给分 88。

1. 吴宓《红楼梦新谈》（载 1920 年 3 月 27 日《民心周报》第 389 期）里说：“《石头记》（俗称《红楼梦》）为中国小说一杰作，其入人之深，构思之精，行文之妙，即求之西国之小说中，亦罕见其匹。……英小说中，惟 W. M. Thackeray 之 The Newcomes 最为近之。”又，1944 年 5 月 5 日《笔阵》革新第 1 号刊有洪钟的译文《论萨克莱的〈钮康门家〉》（车尔尼雪夫斯基原著）。

2. 萨克雷这部名著后来有伍光建的节译本《浮华世界》（上海商务印书馆 1931 年版）和左登今的全译本《浮华世界》（正风出版社）。

1935 年 12 月 1 日，吴宓在北平平安影院观看电影《浮华世界》，有感而发，作《观〈浮华世界〉电影》二首：

（一）　茵梦湖滨名利场，廿年回首感沧桑。是非善恶相缘结，爱恨辛甘有显藏。

尽性明伦翻负谤，谈情说道易欺方。浮华世界蜃楼境，掬取纯灵对上苍。

（吴宓自注：英国小说名家沙克雷所著 Vanity Fair *一书，宓幼极爱读。曾译其首二回，登上海《中华新报》。宓译其书名曰《名利场》，而伍光建译本为《浮华世界》。今此电影* Becky Sharp *即取材于该书者也。）*

（二）　彩画银屏幻里真，旁观我亦剧中人。少年儿女春前梦，老去悲欢劫外身。

夜夜笙歌催急景，声声炮火逼城湮。马上欣从投笔往，葡萄美酒未沾唇。[3]

3. 吴宓：《吴宓诗集》，第 307—308 页，北京：商务印书馆，2004 年版。

吴宓常说自己最欣赏古希腊人的两句格言“to know thyself”（贵自知）、“never too much”（勿过甚）。在西方小说家中，他最钦佩英国 18 世纪《汤姆·琼斯》的作者菲尔丁和 19 世纪《名利场》的作者萨克雷，因为在他们的作品中，深刻生动地描绘了时代社会，谴责了唯利是图、庸俗虚伪的世态，同时宣扬了善良和真诚的人物，崇高的精神境界。

吴宓《译沙克雷〈反少年维特之烦恼〉》[4]：

4.《反少年维特之烦恼》为萨克雷所作谐诗，讥讽歌德小说《少年维特之烦恼》。

维特苦爱霞洛脱，此爱深极难言说。闻说美人初见时，面包牛油随手割。

妾已有夫作家活，郎君情性非佻达。宁失东方百万金，礼防严守不可越。

悲愁消瘦心恻怛，热情如沸终难遏。头破脑涨命呜呼，恩爱从兹断藤葛。

美人临轩双目豁，柩车在道近闺闼。步履端谨远嫌疑，面包牛油如旧割。

另外，吴宓亦仿萨克雷《反少年维特之烦恼》，自作《吴宓先生之烦恼》四首：

吴宓苦爱□□□[1]*，三洲人士共惊闻。离婚不畏圣贤讥，金钱名誉何足云。*

1. 此处指毛彦文。

作诗三度曾南游，绕地一转到欧洲。终古相思不相见，钓得金鳌又脱钩。

赔了夫人又折兵，归来悲愤欲戕生。美人依旧笑洋洋，新妆艳服金陵城。

奉劝世人莫恋爱，此事无利有百害。寸衷扰攘洗浊尘，诸天空漠逃色界。

（五） 论其他英国作家

在吴宓日记中，也多有阅读英国作品的记载。如，吴宓在1920年4月19日日记中说：读完英国小说家及诗人乔治•梅瑞狄斯（George Meredith，1828—1902）的小说《理查德•弗维莱尔的苦难》。对梅瑞狄斯的评价是：“学富识高，Humanism（人文主义）。其所著小说，专籍以寓其怀抱宗旨。又刻意求工，不落俗套。故在十九世纪下半叶，写实派勃兴之时，如鹤立鸡群，卓然渊雅。”接着又说：“乃近倾国中各报，大倡‘写实主义’。……今西洋之写实派小说，只描摹粗恶污秽之事，视人如兽，只有淫欲，毫无知识义理，读之欲呕。……今之倡‘新文学’者，岂其有眼无珠，不能确察切视，乃取西洋之疮痂狗粪，以进于中国之人。”

1935年5月，《学衡》杂志第78期发表吴宓《海伦曲》（*Helen of Troy*）长诗一首，此诗仿华兹华斯《雷奥德迈娅》（*Laodamia*）而作。

1930年10月25日，吴宓游莎士比亚诞生地斯特拉福镇，在埃汶河上、三一教堂、莎士比亚纪念堂，作诗《游莎士比亚故乡》（三首）：

（一） 秋雨肃清寒，言访诗王里。深雾罩林皋，幽靓明河美。环洞小桥平，顾盼双鹅峙。古宅诞灵哲，湫隘乃如此。木壁黯砖墀，题名满剜剞。器物手泽存，瓶碗陈桌几。井索系炉锸，券契閟箧匭。想见治生勤，贤愚同一揆。

（二） 古寺新丹漆，中藏诗王墓。玻窗画神仙，琴乐闻韶音。伉俪多猜嫌，野史传琐故。百代尚同穴，幸哉嗟此妪。文章非天成，精力勤贯注。意匠触灵机，笔底风雷赴。两间留环宝，存毁归劫数。形骸等秕糠，荣名何足顾？

（三） 更寻纪念堂，铜像瞰溪流。眉宇瞻威棱，隐含百世忧。入门随导观，壁画映层楼。摹拟传神态，今古列名优。雄文极万变，人性洞深幽。薄物明理象，常事

寓机谋。版本纷罗列，精工见校雠。东邦译全集，摩挲增吾羞。

1930 年 12 月，吴宓游爱丁堡，访诗人兼小说家司各特之遗迹，作《爱丁堡司各脱纪念塔》（三首）：

（一）　神采赫奕奕，谁人不识公。方亭临衢路，尖塔凌碧空。文士多卑弱，跼蹐伤困穷。猗靡说欢爱，嘤嘤泣秋虫。公独存正气，泱泱大国风。奋笔传义烈，作者亦英雄。少读忘寝食，畏庐译笔工。今来拜珂里，盖感精灵通。

（二）　公即苏格兰，非止姓名同。恋乡守故俗，仿古筑危宫。搜典循齐谐，涉境辟蚕丛。魔怪荒唐喜，泉石点染丰。行足为世法，忠勤能始终。苦爱绿衣女，老去犹怔忡。破产偿巨债，不怨友欺蒙。伏案日疾书，以此丧伟躬。

（三）　诗名满一世，稍衰百年中。音节似奔马，低昂急且冲。又如大军合，鞺鞳金鼓隆。淝水草木动，昆阳风沙矇。说部最卓绝，传诵及妇僮。磊落投赤胆，艰难奏肤功。桃园共日月，梁山仰穹隆。飒飒壮大魂，弥漫海西东。

前文已提及，吴宓在哈佛大学曾受教于 T. S. 艾略特的导师白璧德。而他与 T. S. 艾略特两人在伦敦亦有见面的记载。据吴宓日记 1930 年 10 月 10 日载："正午时，与郭君（斌龢）一起至《标准》杂志社拜访艾略特，未遇。但见到了他的女书记以及接电话之女工，均美秀而文，极可爱，约后会。"1931 年 1 月 20 日又载："下午 1—3（时）访 T. S. Eliot（仍见其女秘书，伤其美而作工，未嫁）。邀宓至附近之 Cosmo Hotel 午餐，谈。Eliot 君自言与白璧德师主张相去较近，而与 G. K. Chesterton 较远。但以公布发表之文章观之，则似若适得其反云。"应该说吴宓对艾略特的判断很准确。[1]

1. 王辛笛在英国爱丁堡大学进修期间也见到过艾略特，后来在回忆文章中说他到爱丁堡大学第二年春天，学校为诗人艾略特举行授予博士称号的仪式。"请艾略特为学生开莎士比亚的专题讲座，我也有机会见到这位仰慕已久的现代诗人。听课时的舒畅感觉我记忆犹新。艾略特个子高高的，衣冠楚楚，举止优雅，叼着板烟斗，一副英国绅士模样（当时我不免有些看不惯）。一看到他，我立刻想起清华的叶公超，他俩有相似的名士派头，骨子里含有讥讽意味。"（叶公超在英国进修时，与艾略特相识，成为莫逆之交，回国后多次著文介绍艾略特的诗和诗论）创作上辛笛也受到艾略特诗风的影响。他在晚年总结自己的诗歌创作因缘时说："在叶公超的《英美现代诗》课上我接触到艾略特、叶芝、霍普斯金等人的诗作……后来我研究艾略特时，发现他爱在比喻中运用典故乃至以典来加强修辞，这种手法和我国古典诗歌实有异曲同工之处。我尤为欣赏艾略特的是，无论他的诗，还是批评文字，都是既尊重传统又充满英国社会的时代气息。"受艾略特《荒原》中"缥缈的城"的启发，1936 年辛笛在伦敦时曾写下一些诗句。而写于 1937 年的《门外》，一开始就采用了《普鲁弗洛克的情歌》关于"雾"与"猫"的著名意象："夜来了 / 使着猫的步子"。

附录：中英文学交流大事记

1266年（宋咸淳二年）

英国作家罗吉尔·培根所著《著作全篇》首次提到中国和中国人，在中英交流史上具有重要的里程碑意义。

1298年（元大德二年）

马可·波罗口述、鲁思梯切洛笔录的《游记》写成，出版后风行全欧。该著以细腻的笔触描绘了中国的人和物，令许多人为东方竟然有这样一个文明古国而惊奇。英国作家从这部东方游记里找寻创作素材与灵感。

1357年（元至正十七年）

英国文学史上一部想象性的游记《曼德维尔游记》写成，其中第63—79章写中国。该书成为此后200年关于东方最重要、最权威的经典之一。

1387年（明洪武二十年）

乔叟《坎特伯雷故事集》及其译著《哲学的安慰》中，涉及“赛里斯国”（即“中国”）和鞑靼大汗的故事。

1577年（明万历五年）

伦敦首次出现关于中国和中国人的英文著述《外省中国报道》，其中饶有趣味地介绍了中国的13个省、中国人的风俗习惯、中国人对天的崇拜及寺庙情况、中国的考试制度、中国的故人鞑靼、中国地方政府、中国的监狱与刑罚等。

1579 年（明万历七年）

伦敦出版葡萄牙人东方航海游记的英译本《葡萄牙人赴中国统治下的世界东方文明学识之邦的航海游记》，有助于英国人了解中国风土人情。

1587 年（明万历十五年）

10 月，英国戏剧家克里斯多弗·马洛的《帖木尔大帝》由伦敦海军提督剧团公演，在观众中引起轰动。

1588 年（明万历十六年）

西班牙门多萨的《中华大帝国史》在伦敦发行了英译本，成为当时英国人获取中国知识的最为重要的来源。

1589 年（明万历十七年）

英国学者乔治·普登汉姆出版《英国诗歌艺术》一书，其中有一段涉及中国文学信息的珍贵文献，这是英国人首次提到中国文学。

1599 年（明万历二十七年）

英国地理学家理查德·哈克卢特编译的《英吉利民族的重大航海、航行、交通和发现》（简称《航海全书》）出版，被誉为“一篇出色的关于中华帝国及其社会阶层和政府的论文”。

1601 年（明万历二十九年）

莎士比亚创作《第十二夜》，与此前创作的《温莎的风流娘儿们》（1599），分别在第二幕第三场与第二幕第一场提到“契丹人”形象。

1602 年（明万历三十年）

利玛窦在北京绘制的《坤舆万国全图》中，将苏格兰（Scotland）翻译成“思可齐亚”，将英格兰（England）翻译成“谙厄利亚”，这是“英国”最早的中文译名。

1604年（明万历三十二年）

新年元旦，一位观众不经意间见证了中国人形象登上英国戏剧舞台的重要历史细节。

莎士比亚剧作中出现“中国”（China）一词。

1605年（明万历三十三年）

散文家弗朗西斯·培根在其所著《学术的进展》中多次提到中国。

戏剧家本·琼生演出了一部最富于野性的喜剧《老狐狸伏尔朋》，其中提到中国人。

1613年（明万历四十一年）

《珀切斯游记》在伦敦出版。该游记收入当时所有关于中国的东方游记，使英国人得以对远东有较为精确的了解，成为后世作家文学创作的一个重要素材来源。

1620年（明万历四十八年）

本·琼生所写的假面剧《新大陆新闻》中提到中国加帆车（China wagons）。后来，弥尔顿的《失乐园》、斯威夫特《木桶的故事》等作品中均提及中国加帆车。

1621年（明天启元年）

罗伯特·勃顿出版《忧郁的解剖》，认为繁荣富庶、文人当政、政治开明的中国正是医治欧洲忧郁症的灵丹妙药。

1622年（明天启二年）

利玛窦《基督教远征中国史》英译本出版。书中记述了利玛窦在中国的亲身经历，呈现了当时中国的真实面貌，为欧洲人了解中国提供了极为珍贵的第一手资料。英国作家涉及中国知识亦多出于此。

1623 年（明天启三年）

意大利人艾儒略译、杨廷筠记《职方外纪》在杭州刊印，书中向中国人介绍了英国状况，此为中国人最早从汉语知晓英国信息。

1626 年（明天启六年）

培根以幻想游记形式写成《新大西岛》，其中谈到了中国的瓷器。该书是以“我们航行从秘鲁……直到中国和日本”这句话开始他的故事的。

1637 年（明崇祯十年）

6 月，英国的约翰·威德尔船长率领的英国商船首抵中国广州，揭开了明清时期中英关系的序幕。这次冒险经历被该船队里的英国商人彼得·蒙迪用文字和图画记载，收入《彼得·蒙迪欧洲、亚洲旅行记》之中。

意大利籍耶稣会来华传教士艾儒略译就《圣梦歌》，经福建泉州晋江人张赓润饰后由泉州景教堂刊行。此为中国翻译史上第一首汉译英诗，也是最早的以单行本形式刊行的译诗。该诗原为 12—13 世纪之交英国某位佚名文人或僧侣所写的 *Visio Sancti Bernardi*（中译为《圣伯尔纳的异相》）。

1644 年（明崇祯十七年）

3 月，李自成入北京。崇祯皇帝自缢煤山，满洲人入关，明清易代。满清的突然入关占领整个中国，在当时的欧洲引起巨大反响。有关明清易代的事件成为英国作家笔下颇为时髦的中国题材。

1653 年（清顺治十年）

葡萄牙人平托的《游记》在伦敦出版英译本。该游记对中国文明有较详细的介绍，其半虚半实的描绘将中国理想化了，因此欧洲读者对其将信将疑。这也是英国作家威廉·坦普尔最早接触到的关于中国的材料。

1655 年（清顺治十二年）

葡萄牙人曾德昭《大中国志》出版英文本，由多人合译。此书对中国表示了由衷的称颂。

1657 年（清顺治十四年）

威廉·坦普尔发表《论英雄的美德》一文，把中国作为地球陆地的四极之一，与秘鲁、鞑靼、波斯并立。他仔细读过柏应理等人《大学》、《中庸》、《论语》的拉丁文译文，把握了孔子儒学的神髓，其欣赏和赞美之意亦充溢于字里行间。

1669 年（清康熙八年）

约翰·韦伯在伦敦出版《论中华帝国之语言可能即为初始语言之历史论文》，推断中文为初始语言（Primitive Language），热情赞誉中国文明。正是在韦伯的著述里，我们看到了 17 世纪英国人对中国和中国文化最恰如其分的赞美和钦佩。

1671 年（清康熙十年）

《鞑靼征服中国史》的英译本在伦敦出版，这是 17 世纪欧洲记叙明清易代的名著。该书作者称赞满清统治者仁慈公正，消除了宫廷的腐败，引进了受人欢迎的改革。

1674 年（清康熙十三年）

1 月，埃尔卡纳·塞特尔《中国之征服》演出于伦敦舞台。此为第一个采用中国故事题材的戏剧，写成于 1669 年。

1683 年（清康熙二十二年）

托马斯·布朗《对几个民族之未来的预言》中，多次提及中国。

1685 年（清康熙二十四年）

威廉·坦普尔发表《论伊壁鸠鲁花园》一文，将欧洲传统的园林样式与中国的园林布局原则进行了比较。在该文后附加的段落中专门描写和赞美了中国园林。

1687 年（清康熙二十六年）

南京人沈福宗到达英国，成为第一个到达英国的中国人。英国国王詹姆斯二世曾对这位中国人表现出一定的兴趣，“牛津才子”海德亦曾向沈福宗学习汉语与中国文化。

1688 年（清康熙二十七年）

葡萄牙籍传教士安文思所著《中国新史》译成英文出版。此书通俗易懂，可读性较强，在向英国读者普及中国历史知识方面起了重要作用。

1689 年（清康熙二十八年）

法国耶稣会传教士李明所著《中国现状新志》的英译本在伦敦出版发行。李明的言论影响到了英国作家如但尼尔・笛福等人对中国形象的看法。

1691 年（清康熙三十年）

伦敦出版了比利时籍耶稣会士柏应理主持编译的《中国箴言》（1662）和《中国哲学家孔子》（1681）等改写本的英译版，其中孔子被描绘成一个自然理性的代表和传统文化的守护者。这样的孔子形象后来成为英国启蒙作家的重要思想武器。

1692 年（清康熙三十一年）

威廉・坦普尔发表《讨论古今的学术》一文，认为“中国好比是一个伟大的蓄水池或湖泊，是知识的总汇”。中国有一个好政府，而且是一个学者的政府，这成了坦普尔坚定不移的信念。

埃尔卡纳・塞特尔改编莎剧《仲夏夜之梦》为歌舞剧《仙后》时，利用中国布景和歌舞，显现出了一个东方化的莎士比亚，被人称为“英中戏剧”的典型。

1697 年（清康熙三十六年）

威廉·丹皮尔《新环球航海记》出版。该著赞扬了中国的瓷器、陶器、漆器、丝绸，以及造船艺术等。作者还惊诧于中国的穷人都能喝茶，同时指出中国人好赌、狡猾等恶习，而且居住条件恶劣，并对中国商人、渔民顶礼膜拜庙里的偶像不以为然。该游记塑造的中国形象建基于现实观察的基础之上。

1699 年（清康熙三十八年）

威廉·坦普尔爵士逝世。作为 17 世纪英国最热诚的中国文化崇拜者与传播者，他崇敬中国的孔子，推崇中国的学者政府，别具慧眼地发现了中国园林的不对称之美，不自觉地缔造出后世风靡英伦的造园规则。

1704 年（清康熙四十三年）

斯威夫特发表《木桶的故事》，其中提到中国加帆车。他曾表示希望这本书出版后能译成东方语言特别是中文。

1705 年（清康熙四十四年）

但尼尔·笛福所著《凝想录》（又名《月球世界活动记录》）出版，多处谈及中国。在笛福眼里，所谓中国人的先进科技正像登月飞车那样空幻而不切实际，他借此讽刺了英国国会轻信而不负责任的举动。

1711 年（清康熙五十年）

3 月 1 日，艾狄生、斯蒂尔合作创办《旁观者》报，刊登过多篇涉及中国题材的文字。

1719 年（清康熙五十八年）

曾长期住在广东的英国东印度公司商人威尔金逊将中国小说《好逑传》部分章节翻译成英文（前 3 册），第 4 册为葡萄牙文，手稿上注明此年完成。

1720 年（清康熙五十九年）

但尼尔・笛福发表《鲁滨逊漂流记续编》以及第三编（即《感想录》），从中可见笛福对中国文明所进行的肆无忌惮的讽刺与攻击，成为当时欧洲对中国一片赞扬声里最刺耳的声音。

1730 年（清雍正八年）

陈伦炯《海国闻见录》刊行，书中记述了英国的地理方位及其特产等，为鸦片战争前第一本中国人考察世界史地的记录。

1736 年（清乾隆元年）

12 月，布鲁克斯将杜赫德所著《中华帝国全志》节译成英文，由约翰・瓦茨在伦敦出版，引起较大反响。《文学杂志》为它作了长达 10 页的提要，《学术提要》的译述则长达 100 多页。该书所载《赵氏孤儿》开始与英国读者见面，并引起一些作家改编或转译。

1738 年（清乾隆三年）

7 月，约翰逊博士以读者名义给《君子杂志》编者写信，称赞中国道德观念与政治制度，说中国的古代文物，中国人的宏伟、权威、智慧，及其特有的风俗习惯和美好的政治制度，都毫无疑问地值得大家注意。

1741 年（清乾隆六年）

英国戏剧作家哈切特在伦敦出版了根据纪君祥元杂剧《赵氏孤儿》改编的《中国孤儿》，并指明是依据杜赫德的名著所编的历史悲剧，而且按照中国的方式配上了插曲。

1742 年（清乾隆七年）

英国编辑、出版家爱德华・凯夫的《中华帝国全志》英译本全部出齐，各方面在总体上均优于约翰・瓦茨的版本。

1748年（清乾隆十三年）

由瓦尔特根据安逊的航海日记整理成书的《环球航海记》在伦敦出版。书中涉及中国的记述约占1/5，成为当时否定中国的一本非常有影响的畅销书。

1751年（清乾隆十六年）

英国批评家赫德在《贺拉斯致奥古斯都诗简评注》中评论了元杂剧《赵氏孤儿》，比较中西戏剧艺术理论。

1754年（清乾隆十九年）

博林布鲁克《哲学论文集》出版，盛赞中国文化及文学。后来他的两个后继者——英国大诗人蒲伯和法国文豪伏尔泰均继承和发展了他的学说。

1756年（清乾隆二十一年）

英国戏剧家亚瑟·谋飞根据伏尔泰《中国孤儿》，重新写了一部同名剧《中国孤儿》，在伦敦刊行。该剧于1759年4月21日起在伦敦的德鲁里兰剧院连续公演9场，舞台上的中国色彩令英国观众赏心悦目。

1757年（清乾隆二十二年）

5月，霍拉斯·沃尔波尔所写《旅居伦敦的中国哲学家叔和致北京友人李安济书》（简称《叔和通信》）在伦敦发表。这是英国出现的第一本中国人通信，对作家哥尔斯密产生了影响。

1760年（清乾隆二十五年）

哥尔斯密开始为新办的日刊《公薄报》撰稿，虚构旅英华人“李安济—阿尔打基”向友人致函，借以评论英国社会，介绍中国文化。他连续写了119封书信，取名《中国人信札》，1762年结集时，又增加了4封信，合为123封，印成8开本的两大册，题名《世界公民》，成为18世纪利用中国题材的文学中最主要且最有影响的作品。

1761 年（清乾隆二十六年）

11 月 14 日，托马斯・珀西编译的英译本《好逑传》（4 卷）在伦敦问世。作为欧洲第一个对中国的纯文学有比较深刻认识的人，珀西曾多方关注中国文化，了解中国的程度远胜于同时代的英国人。

1762 年（清乾隆二十七年）

托马斯・珀西在伦敦出版两卷本《中国诗文杂著》。另外，珀西还将杜赫德所著《中华帝国全志》（凯夫的英译本）里的故事《庄子劈棺》，经过润色一番收入他的《妇女篇》里。

1763 年（清乾隆二十八年）

英国神学家、作家约翰・布朗的论著《论诗歌与音乐的兴起、同一与力量，及它们的进步、分化与败坏》在伦敦刊行。该著第九部分，布朗讨论了中国的音乐与戏剧。他从人种的性格特点出发，解释了中国戏剧不可能产生悲剧与喜剧，以及不可能区分悲喜剧的原因，并总结称中国人的戏剧在总体上只可能属于这两者之间的折中类型。

1769 年（清乾隆三十四年）

伦敦出版了一本滑稽模仿的史诗小说《和尚——中国隐修士》。小说中的人物经历了明亡清兴的宫廷事变，起初改信罗马天主教，后经过理智的思索，发现天主教过于迷信而改信新教。

1774 年（清乾隆三十九年）

英国第一位汉学家威廉・琼斯出版《东方情诗辑存》一书，并以独特的眼光剖析中国古典诗歌，认为“这位远游的诗神”对于更新欧洲诗风具有重要的意义。

1778 年（清乾隆四十三年）

5 月 8 日，约翰逊博士与其传记作者鲍斯威尔有一段谈话，涉及到对中国人和中国文字的看法。

1782 年（清乾隆四十七年）

英国诗人约翰·斯科特题为《贤官李白：一首中国牧歌》的长诗在伦敦出版。此诗根据杜赫德对中国吏治的赞颂而作，长达 100 余行，以英雄偶句诗体写成，是西方最早以李白为主人公的长诗。

1785 年（清乾隆五十年）

霍拉斯·沃尔波尔在伦敦出版《象形文字故事集》，共 6 篇，从中可见其心目中的中国形象：迷信、拘礼、懒惰、墨守成规、难以理喻。

1786 年（清乾隆五十一年）

英国作家威廉·贝克福特的哥特式小说《瓦特克》出版。小说用 3 个重要的中国题材来展示他的宗旨：贤君的开国传说、灵魂转生的故事、中国孤儿的传奇与戏剧。

1795 年（清乾隆六十年）

4 月，根据马嘎尔尼使团访华时所乘"狮子"号船上第一大副爱尼斯·安德逊日记整理的《英使访华录》由伦敦出版商库帕斯整理刊行，畅销一时。

1797 年（清嘉庆二年）

英国浪漫诗人柯勒律治写作其著名诗篇《忽必烈汗》，借东方题材驰骋想象力，渲染异国情调的广阔天地。

在马嘎尔尼的授意下，随行出使的使团副使乔治·斯当东编辑的《英使谒见乾隆纪实》在伦敦刊行。该书与使团随行人员对新闻媒体发表的各种报告、谈话彻底打破了传教士苦心经营的中国神话。

1804 年（清嘉庆九年）

马嘎尔尼使团总管约翰·巴罗所著《中国旅行记》在伦敦刊行。巴罗在书里对中国评价不高，影响了英国浪漫诗人对东方中国的看法。

1807 年（清嘉庆十二年）

9 月 4 日，伦敦会传教士罗伯特·马礼逊由英国绕道美国，抵达澳门，然后进入广州，成为进入中国的第一位基督教新教传教士。马礼逊在中国从事的重要工作是用中文翻译《圣经》和编纂《华英字典》，对中英文化交流起了重大作用。

1812 年（清嘉庆十七年）

马礼逊所译《中国之钟：中国通俗文学选译》在伦敦刊行，其中译介过干宝《搜神记》的故事。

1816 年（清嘉庆二十一年）

2 月，英国政府任命威廉·皮特·阿美士德勋爵为全权大使，再次来华，目的仍然是想进一步开辟中国市场。使团在北京仅停留 10 个小时即被赶回国，中英双方均指责对方“无理”和“放肆”。这次使华的结果影响到了英国作家对中国形象的塑造。

1817 年（清嘉庆二十二年）

第一部直接译成英文的中国戏剧《老生儿》在伦敦出版。译者德庇时保留了诗体与对话体，但去掉了原文中他认为不雅的语句及一些重复的叙述。

1818 年（清嘉庆二十三年）

英国浪漫诗人拜伦在其长诗《唐·璜》里涉及到中国茶（茶具）和中国人形象。

1820 年（清嘉庆二十五年）

曾在外国商船上工作多年、已成盲人的航海家谢清高将其海外见闻口述给乡人杨炳南，后者笔录成书，为《海录》的最早版本（杨炳南录本）。这是中国人写的第一部介绍世界历史、地理、民情、风俗的著作。书里把英国描写成海外三神山，桃花园“楼阁连绵，林木葱郁，居民富庶”，一片迷人景象。

彼得·汤姆斯译《著名丞相董卓之死》，载《亚洲杂志》第一辑卷十及1821年版《亚洲杂志》第一辑卷十一，内容是《三国演义》第一回至第九回节译。

1821年（清道光元年）

英国早期汉学家斯当东爵士（小斯当东）翻译图理琛的《异域录》（即《杜尔扈特汗康熙使臣见闻录1712—1715》）在伦敦出版。该书的附录二中收有《窦娥冤》的梗概介绍、《刘备招亲》人物表、《王月英元夜留鞋记》的剧中人物表和剧本梗概、元代剧作家关汉卿《望江亭》的剧中人物表及故事梗概。

1822年（清道光二年）

英国散文家德·昆西分两期在《伦敦杂志》发表《瘾君子自白》。在他心目中，中国人不过是些未开化的野蛮人。他声称“我宁愿同疯子或野兽生活在一起”，也不愿在中国生活。

德庇时编译的《中国小说选》在伦敦出版发行。在该书长序中，他特别指出在英国人所取得的知识进步中间，惟独与中华帝国有关的题目，也包括中国的文学，人们所取得的进展简直微不足道。

1823年（清道光三年）

小斯当东与英国东方学家科尔布鲁克在英王乔治四世的赞助下，共同创立不列颠爱尔兰皇家亚细亚研究会（简称“英国皇家亚洲学会”），其主要任务是调查科学、文学、艺术和亚洲的关系。为了给亚洲学会建立一个图书馆，小斯当东还捐献了3 000卷图书，大致相当于250本图书。

1824年（清道光四年）

马礼逊回英国休假，带有他千方百计搜集到的10 000余册汉文图书，后来全部捐给伦敦大学图书馆，为伦敦大学的汉学研究打下了基础。

英国作家沃尔特·塞维奇·兰陀在其主要散文作品《想象的对话》里，有一篇涉及中国题材，名为《中国皇帝与庆蒂之间想象的对话》。

1829 年（清道光九年）

德庇时出版了马致远《汉宫秋》的英译本，并编译了《好逑传》，在伦敦刊行。

1830 年（清道光十年）

德庇时最先译出李白的两首诗《赠汪伦》和《晓晴》，载《皇家亚洲学会杂志》伦敦版第二卷。并选译《红楼梦》第三回中两首《西江月》，后载入其在中国澳门东印度公司出版的《汉文诗解》（1834）中。《汉文诗解》首次选译出《三国演义》、《好逑传》、《红楼梦》等明清小说中的诗歌和《长生殿》等清代戏曲中的唱词，以说明这些小说、戏曲与中国古典诗歌的密切关系。

1833 年（清道光十三年）

8 月 1 日，郭实腊主编《东西洋考每月统记传》在广州创刊，此为中国境内创刊的第一种近代中文期刊。该刊 12 月刊登《兰墩十咏》，为十首中文五言律句，且说明“诗是汉士住大英国京都兰墩所写”。此为最早用中文描写英国首都伦敦的古诗。

1836 年（清道光十六年）

德庇时《中国人：中华帝国及其居民的概况》于伦敦出版。书中述及英国人对中国问题的看法，被认为是 19 世纪对中国最全面的报导，后被译成其他文字。

1837 年（清道光十七年）

伦敦大学在小斯当东倡议下设立第一个中文讲座，此为英国大学设立的第一个中文讲座，为期 5 年，首任教授为牧师基德。

英国伦敦会传教士麦都思所撰《中国略论》在伦敦出版。该书介绍中国的风俗、地理、律法等，一度风行英伦。

1838年（清道光十八年）

11月出版的《东西洋考每月统记传》所载《论诗》，以及此前刊载的《诗》（1837年正月号）二文阐述对中西诗作的看法，对两者的异趣有所比较。介绍欧罗巴诗词时提到“米里屯”，即英国大诗人弥尔顿，并对其诗作特色有所介绍，此为中文最早介绍弥尔顿之文字。

1840年（清道光二十年）

英国《亚洲杂志》第2期刊登《中国诗作：选自〈琵琶记〉》，为我国元末明初著名戏曲家高则诚《琵琶记》最早之英译本。

1842年（清道光二十二年）

英国驻中国宁波领事馆领事罗伯特·汤姆所译《红楼之梦》，将《红楼梦》第6回的片段文字译成英文，逐字逐句直译，以供在华外国人研习中文之用。此为《红楼梦》之最早介绍给西文读者。

1851年（清咸丰元年）

英国伦敦传道会的慕维廉将17世纪英国小说家约翰·班扬的《天路历程》节译成中文，译本冠名为《行客经历传》，篇幅共13页，成为这部讽喻小说最早的汉译本。

1853年（清咸丰三年）

《天路历程》第一个全译本（“文语译本”）由英格兰长老会来华的第一位牧师宾惠廉与佚名中国士子合作，以浅近文言文形式译成中文，在厦门出版。

1854年（清咸丰四年）

9月1日出版的《遐迩贯珍》第9号上刊有英国诗人弥尔顿十四行诗《论失明》的汉译文。

这首汉译诗四字短句，形式整齐，语言凝练，显示出相当精湛的汉语功底。译诗前简要回顾了弥尔顿的生平与创作，以及他在英国文学中的崇高地位。

1858 年（清咸丰八年）

4 月 10 日，英国期刊《笨拙》刊登了题为《一首为广州写的歌》的诗歌，还有一幅漫画，上面是一个未开化的中国人，背景是柳树图案。这可以说是英国人心目中对中国印象的流行看法。

1861 年（清咸丰十一年）

英国著名汉学家理雅各开始在一些传教士以及中国人黄胜等人协助下，将《论语》、《大学》、《中庸》译成英文，并编成《中国经典》第一卷。其后，陆续出版其他各卷，至 1872 年推出第五卷（后三卷各分成两部分出版）。《中国经典》为理雅各赢得了世界声誉，使其于 1875 年成为欧洲汉学界最高荣誉——“儒莲奖”的第一位得主。

1866 年（清同治五年）

清廷第一次派员出国考察，由原山西襄陵县知县斌椿担当此任。斌椿此行的游记《乘槎笔记》里，描述了对英都伦敦留下的深刻印象。此次随同斌椿游历英国的同文馆学生张德彝撰有《航海述奇》以志其行。

1867 年（清同治六年）

王韬应理雅各之邀赴英国续译中国经籍，成为第一个前往英国考察的学者。其游英所记《漫游随录》，不仅记述了英国的富强景象，而且已开始着力系统探求富强背后的秘密。

英国汉学家伟烈亚力所著《中国文献纪略》在上海出版。此为英国人编写的第一部中国图书目录学著作，对中国文学发展史亦有简要叙述。

1868 年（清同治七年）

供职于中国海关的波拉译《红楼梦》，载《中国杂志》圣诞节号，系从《红楼梦》前 8 回内容译成英文。

1869 年（清同治八年）

上海美华书馆印行约翰・班扬所著《天路历程》，系依据咸丰三年版刊印。

亚历山大・罗伯特所译五幕戏《貂蝉：一出中国戏》在伦敦出版。

1870 年（清同治九年）

狄更斯在其最后一部未完成的小说《德鲁德疑案》里，把中国人描写成吸毒成瘾、完全被毒品搞昏头的人，并把这些嗜吸鸦片的中国人当成是中国国民的真正典型。

1871 年（清同治十年）

《天路历程土话》由广州羊城惠师礼堂刊行。此为粤语本《天路历程》，包含 30 幅插图，用宣纸精心印制，单独装订，与其他 5 卷正文合成一函。此刊本除抄录咸丰三年的原刊本序外，还有一《天路历程土话序》，交代了该书的特色及来龙去脉。

理雅各的第一个英文全译本《诗经》在伦敦出版，为《中国经典》第四卷。此为《诗经》在西方传播的第一块里程碑，也是中国文学在西方流传的重要标志。

1872 年（清同治十一年）

5 月 21—24 日，上海出版的《申报》载《谈瀛小录》，约 5 000 字，为《格列佛游记》之小人国部分。此为斯威夫特这部名著介绍进中国之始。

香港出版的《中国评论》第 1 卷载有署名 H. S. 的《一个英雄的故事》，内容为《水浒传》前 19 回中林冲故事的节译。

1873 年（清同治十二年）

英国作家利顿的小说《夜与晨》被蠡勺居士译述成《昕夕闲谈》，开始在我国最早的文学期刊《瀛寰琐记》上连载（1873 年 1 月第 3 期到 1875 年 1 月第 28 期）。此系我国近代最早由中国人自己从外文译成中文的白话体长篇小说。

1876 年（清光绪二年）

经在华英商和英国对华贸易委员会出资推动，牛津大学开设汉学讲席，聘请回国的理雅各为首任汉学教授（1876—1897），从此开创了牛津大学的汉学研究传统。

汉学家斯坦特节译的《孔明的一生》，连载于《中国评论》第 5—8 卷，内容为《三国演义》所叙写诸葛亮一生的故事。

1877 年（清光绪三年）

8 月 11 日，清末外交官郭嵩焘担任驻英公使，应邀参观英国印刷机器展览会，看到了展出的一些著名作品的刻印本。他在日记提到"舍克斯毕尔"和"毕尔庚"，这是中国人第一次谈到莎士比亚和培根两位文艺复兴时期的英国著名作家。

1878 年（清光绪四年）

6 月，《中国评论》第 6 卷第 6 期刊登了翟理斯英译的欧阳修散文名篇《醉翁亭记》，题名为"The Old Drunkard' s Arbour"。此篇英译文还收入翟理斯的专著《中国与其它故事》中，1882 年在伦敦出版。

9 月 7 日，林乐知主编的《万国公报》第 504 卷刊登《大英文学武备论》；9 月 14 日出版的第 505 卷上刊《培根格致新法小序》。二文对英国文学及部分作家略有介绍。

江宁人李圭《环游地球新录》刊行。卷首有李鸿章的序。该书给我们留下了一幅英国的市井繁华图，刺激着中国人继续走出国门，探索英国。

翟理斯调任广州英国领事馆副领事，完成《聊斋志异》选译本的翻译工作。

1879 年（清光绪五年）

1 月 18 日，郭嵩焘应邀去伦敦兰心剧院观看莎士比亚戏剧的演出，他说这戏文“专主装点情节，不尚炫耀”。这是中国人第一次看到莎剧演出。

4 月，清朝外交官曾纪泽去“观园观剧”，“所演为丹麦某王，弑兄、妻嫂，兄子报仇之事”。此指在伦敦剧院观看的英国著名演员厄尔文所演《哈姆雷特》。

英国小说家乔治•梅瑞狄斯出版其代表作《唯我主义者》。该小说男主人公威洛比•帕特恩（Sir Willoughby Patterne）的名字，让人联想到在英国上流社会客厅里摆设的中国瓷器上的柳景图案（willow pattern）。该图案多为白底兰花，景中有柳，约于 1780 年由英国陶瓷家托玛斯 • 透纳介绍到英国，之后颇为流行，对形成英国人眼里的中国形象作用很大。

香港版《中国评论》第 2 卷发表帕尔克翻译的《离骚》，英文意译的标题是《别离之忧》。此为楚辞第一次被介绍给英语读者，译者运用了维多利亚式节奏性极强的格律诗形式。

1880 年（清光绪六年）

翟理斯选译《聊斋志异选》两卷在伦敦刊行。此后一再重版，陆续增加篇目，总数多达 164 篇故事。这是《聊斋志异》在英国最为详备的译本。西方有些译本就是完全依翟理斯的英译本转译。

1882 年（清光绪八年）

北通州公理会刻印了美国牧师谢卫楼所著《万国通鉴》，其中有对莎士比亚创作特色及文学地位的最早介绍文字。

1883 年（清光绪九年）

英国著名汉学家、大英博物馆汉文藏书部专家罗伯特 • 道格拉斯所译《中国故事集》在伦敦出版，其中收入了“三言二拍”里的 4 篇译文。道格拉斯原为驻华外交官，后任伦敦大学中文教授（1903—1908），对英国汉学目录学的建设有过突出贡献。

1884 年（清光绪十年）

翟理斯译著《中国文学瑰宝》在伦敦与上海分别出版，一卷本，1898 年重版。1922 至 1923 年又分别出版修订增补本，分上下两卷。上卷为中国古典散文的选译与评介，与原一卷本之内容基本相同；下卷为中国古典诗词之选译与评介，乃新增部分。

1885 年（清光绪十一年）

翟理斯译《红楼梦，通常称为红楼之梦》，载《皇家亚洲文会北中国支会会报》新卷 20 第 1 期，在上海出版。

1888 年（清光绪十四年）

剑桥大学设立中文讲座，首任教授是威妥玛，接任者是翟理斯（1897 年起），后又有慕阿德等。

1890 年（清光绪十六年）

英国汉学开创者之一的德庇时去世。

2 月 8 日，英国唯美主义作家奥斯卡·王尔德在《言者》杂志第 1 卷第 6 期发表题为《一位中国哲人》的书评，评论汉学家翟理斯的译著《庄子：神秘主义者、道德家与社会改革家》。

1892 年（清光绪十八年）

英国驻澳门副领事裘里译《红楼梦》第一册，在香港出版。该译本第二册于 1893 年由商务排印局在澳门出版。此系将《红楼梦》前 56 回译为英文。

1894 年（清光绪二十年）

严复译介的赫胥黎著《天演论》陆续刊行。其中将莎士比亚称为“词人狭斯丕尔”，在《进微篇》及其小注中对莎士比亚有一些介绍。此为中国学者第一次对莎士比亚的评价。由于《天演论》刊行后曾风行一时，莎翁之名亦随之播扬，而此前见诸中文的对莎翁的零星介绍均属教会人士著作，阅读对象有限。

1895年（清光绪二十一年）

《皇家亚洲学会杂志》第27卷发表理雅各的《“离骚”诗及其作者》一文，其中有《离骚》全文的英译文，另还翻译了王逸《楚辞章句》对这部长诗的注释。

上海华北捷报社出版了塞缪尔·伍德布里奇翻译的《金角龙王，皇帝游地府》，内容取自《西游记》第10、11回。此书据卫三畏编集的汉语读本小册子译出。

乔治·亚当斯在《十九世纪》(*The Nineteenth Century*)上发表长达19页的文章《中国戏曲》，其中选译了元代剧作家郑光祖喜剧《㑇梅香》、郑廷玉神道剧《忍字记》及元代剧作家岳伯川神道剧《铁拐李》。这些英译文虽保留中国古典戏剧的样式，却省略了戏词等。

1896年（清光绪二十二年）

8月1日至1897年5月21日，《时务报》刊登张坤德译的英国小说家柯南·道尔的4篇侦探小说。此为中国最早译介的侦探小说。

12月，《万国公报》第95卷所刊《重裒私议以广见公论》（五）一文，作者林荣章（乐知）以一句译诗（“除旧不容甘我后，布新未要占人先”）导引议论。此中译诗源自蒲伯《人论》。

1897年（清光绪二十三年）

11月，《万国公报》第106卷刊载林乐知、任延旭《格致源流说》。该文称培根为“英国格致名家”，同时在该文中穿插翻译了培根的一篇论述“格致之效”的数百字的小品文，此为目前所见培根的文学作品最早的中译文。

12月，严复译赫胥黎《天演论》，在《国闻汇编》连载。其中有译自赫胥黎所引蒲伯《原人篇》（即《人论》）长诗中的几句诗，以及丁尼生《尤利西斯》长诗中的几句，此亦系较早译成中文的英国诗片段。

1898 年（清光绪二十四年）

沈祖芬节译但尼尔·笛福的《鲁滨逊飘流记》为《绝岛飘流记》。经师长的润饰与资助，后来由杭州惠兰学堂印刷，上海开明书店发行。高梦旦在《绝岛飘流记序》(1902)中认为此书“以觉吾四万万之众”。

11 月，《万国公报》第 10 期刊载的主编林乐知所译《各国近事》里，有一段关于英国桂冠诗人“忒业生”(Alfred Tennyson，丁尼生)的文字。该刊的这个栏目还编译过“蒲老宁”(Robert Browning，罗伯特·勃朗宁)、“褒思”（Robert Burns，罗伯特·彭斯）等英国诗人的文字，对晚清的中国读者了解英国作家、作品及其在社会中存在的意义颇有帮助。

李提摩太与任廷旭合译的《天伦诗》以书的形式出版，此系蒲伯《人论》的中文全译本，也是迄今所见英国诗歌作品较早而完整的中文译本。译者李提摩太是当时西方传教士中主张以译介西方文学影响中国社会发展的重要人物。

翟理斯所著《华人传记辞典》由上海别发洋行刊行。同时，翟理斯还编撰了《古今诗选》、《剑桥大学所藏汉文、满文书籍目录》等著述。

1899 年（清光绪二十五年）

威廉·斯坦顿所译《中国戏剧》一书由别发洋行在香港、上海、横滨与新加坡四地同时刊印。卷首有 19 页长的对中国戏剧的论述。该译本包括三出戏和两首诗的英译本，此前大多已发表在英文期刊《中国评论》上。

1900 年（清光绪二十六年）

3 月 1 日，《清议报》第 37 册刊载梁启超的题为《慧观》的文章，文中谈及“观滴水而知大海，观一指而知全身”的“善观者”时，即举“窝儿哲窝士”（华兹华斯）为例。这是威廉·华兹华斯的名字为我国读者所知之始。

威尔逊编撰的《中国文学》一书在伦敦刊行，收有德庇时翻译的《汉宫秋》，理雅各翻译的《法显行传》，以及 19 世纪英国汉学家威廉·詹金斯翻译的《论语》、《诗经》等内容。在所收作品前，威尔逊均有简单的评介。

1901年（清光绪二十七年）

蟠溪子（杨紫麟）和天笑生（包公毅）合译《迦茵小传》，在上海《励学译编》第1—12册连载，1903年上海文明书局出单行本。

翟理斯所著《中国文学史》在伦敦出版单行本。此前该著于1897年被列为戈斯主编的“世界文学简史丛书”之第10种在英国出版。《中国文学史》是19世纪以来英国汉学界翻译、介绍与研究中国文学的一个总结，在某种程度上代表了整个西方对中国文学总体面貌的最初概观。

英国汉学家庄士敦的《中国戏剧》由上海别发洋行出版发行。

英国作家迪金森所著《约翰中国佬的来信》在伦敦出版。该书共有8封信。由于其中对中国文明的顶礼膜拜，以及完全站在中国文明的立场上批评西方文明，以至于不少人认为这必定出自于一个中国人之手。

1902年（清光绪二十八年）

5月，梁启超主编的《新民丛报》发表《饮冰室诗话》，其中论及“近世诗家，如莎士比亚，弥儿敦，田尼逊等，其诗动亦数万言。伟哉！勿论文藻，即其气魄固已夺人矣”。今之通用“莎士比亚”译名，出自此处。

6月，开明书店出版《绝岛漂流记》，署“（英）狄福著，跛少年（沈祖芬）译”。书前有高凤谦（梦旦）序和译者戊戌仲冬自序。

11月15日，梁启超在其创办的《新小说》第2号上，首次刊出英国拜伦的照片，称为“大文豪”，并予以简要介绍。后又在其小说《新中国未来记》（《新小说》杂志连载）中译了拜伦《渣阿亚》（*Giaour*，即《异教徒》）片断和长诗《哀希腊》中的两节。

12月9日至1903年10月29日，《大陆报》第1—12期“小说”栏，刊载德富（Defoe，笛福）《鲁滨孙漂流记》译文。

上海圣约翰大学外文系毕业班学生用英语演出《威尼斯商人》，这是莎士比亚戏剧第一次在中国上演。

1903 年（清光绪二十九年）

7 月，上海出版的《绣像小说》第 5 期开始连载《僬侥国》（第 8 期起改名为《汗漫游》），至 1906 年 3 月的第 71 期止，作者署“司威夫脱”。此即斯威夫特《格列佛游记》之上卷，译者未具名。

兰姆姊弟的《莎士比亚故事集》由上海达文社译出，只选译原作 10 篇，用文言文译出，题名为英国索士比亚著《澥外奇谭》，译者未署名。这是中国第一本《莎士比亚故事集》的汉语文言译本。

1904 年（清光绪三十年）

2 月，伦敦约翰·默里出版公司刊行克莱默—宾格编译的《诗经》，1906 年 4 月重印。

2 月，《教育世界》杂志第 69 号“小说”栏开始连续刊登哥尔斯密的家庭教育小说《姊妹花》，至 12 月出版的第 89 号毕，附有《哥德斯密事略》。此为哥尔斯密及其作品最早为中国读者知晓。

9 月 1 日，上海文宝书局出版《昕夕闲谈》，书首有藜床卧读生（管斯骏）序。

10 月，佚名用浅近文言文译出斯蒂文森的《金银岛》，冠以“冒险小说”之名，由商务印书馆出版发行，编入《说部丛书》。

11 月，林纾和魏易合作将兰姆姊弟的《莎士比亚故事集》全部译成中文，以《英国诗人吟边燕语》为题出版，标为“神怪小说”。我国当时上演的莎剧作品多取此书为蓝本，改编为台词。

11 月 26 日出版的《大陆报》第 2 年第 10 号“史传”栏刊有《英国大戏曲家希哀苦皮阿传》。

1905 年（清光绪三十一年）

1 月 25 日出版的《大陆报》第 2 年第 12 号“史传”栏刊有《英国二大小说家迭更斯及萨克礼略传》，2 月 28 日出版的第 3 年第 1 号“史传”栏刊有《英国大文豪脱摩斯卡赖尔之传》，此为我国最早介绍狄更斯、萨克雷、卡莱尔等英国名家的开始。

2 月 28 日，《大陆报》第 3 年第 1 号“文苑”栏刊有汪笑侬《题〈英国诗人吟边燕语〉廿首》，以七言绝句形式品评林纾所译莎剧，为中国最早的莎剧评论。

3 月，林纾、魏易合译哈葛德原著《迦茵小传》，由商务印书馆出版发行，标“言情小说”。

金松岑本年撰《论写情小说于新社会之关系》发表于《新小说》第17号刊，斥林译本。

11月，商务印书馆出版林纾、魏易合译司各德原著《撒克逊劫后英雄略》上、下卷。林译此书，意在鼓励、增强青年人发奋进取、保家卫国的雄心。

上海别发洋行出版了豪厄尔编译的《今古奇观：不坚定的庄夫人及其它故事》，书中收入了《今古奇观》中的6篇译文，译者力图使西方读者了解一点中国的哲学、文学等。

1906年（清光绪三十二年）

《新小说》第2年第2号上刊有英国人斯利（Bysshe Shelley）像，并将他与歌德、席勒并称为欧洲大诗人。此为浪漫诗人雪莱之形象传入中国之始。

林纾、曾宗巩译《海外轩渠录》（斯威夫特）并作序以志其感想。原著包括四游记，林译为小人国 Lilliput 及大人国 Brobdingnag 部分。

翟理斯作为剑桥大学副校长翻译，接待大清国钦差专使大臣镇国公载泽一行。11月1日，当选为新成立的中国学会（China Society）副主席。12月，第一次用汉语主持剑桥大学入学考试。

1907年（清光绪三十三年）

4月，黄人（摩西）主编的《小说林》第3期刊有小说家施葛德像并附小传。7月，第4期刊有小说家狄更斯像并附小传。

5月，王国维主编的《教育世界》第149—150号刊载《英国小说家斯提逢孙传》。10月，《教育世界》第159号刊载《莎士比传》，第160号刊《倍根小传》。11月，《教育世界》第162号刊载《英国大诗人白衣龙小传》。4篇传记介绍了斯蒂文森、莎士比亚、培根与拜伦的生活经历与创作业绩，为我国最早集中介绍英国文学名家的一批文献。

6月22日，法国巴黎出版的《新世纪》第1号上刊登了“欧化”（即马君武）翻译的英国诗人“虎特”（现通译“胡德”）诗作《缝衣歌》(*The Song of the Shirt*)。马君武所译《缝衣歌》采用了中国五言古诗的形式，后来又在国内的《繁华报》、《神州日报》等报刊上转载，颇为读者欢迎，影响很大。

7月，商务印书馆出版林纾、魏易合译的狄更斯小说《滑稽外史》(*Nicholas Nickleby*)。12月，又出版《孝女耐儿传》（*The Old Curiosity Shop*）。后又于光绪三十四年（1908 年）二月出版《块肉余生述》（*David Copperfied*）；三月出版《块肉余生述续编》；六月出版《贼史》（*Oliver Twist*）。宣统元年（1909 年）二月出版《冰雪因缘》（*Dombey and Son*）。林纾对狄更斯小说颇为倾倒，从译本序跋或评语中可以看出，林纾对狄更斯小说的特点及其作用的理解相当准确，并且自觉不自觉地以中国传统文学作品为理解的参照系，真诚地赞赏以狄更斯小说为代表的西方近代文学的许多优点，批评中国传统文学的一些不足，尤其是序跋中提出的现实主义小说理论对五四时期小说理论和小说创作的现代化起过很大作用。

1908 年（清光绪三十四年）

年初，任天知排演的《迦茵小传》让上海观众耳目一新。该剧系根据英国作家哈葛德的著名小说改编。

1 月，苏曼殊《文学因缘》由东京博文馆印刷，齐民社发行。该书扉页之后有苏曼殊僧装照片和铜版拜伦画像。内收多首中译英国诗歌。同时，收有英译汉诗近百首。这些诗歌绝大部分由理雅各、翟理斯、卫三畏、德庇时等所译。

2—3 月，鲁迅以“令飞”的笔名在《河南》月刊第 2、3 号上发表《摩罗诗力说》一文，系统介绍欧洲 19 世纪浪漫主义文艺思潮，其中评述了英国浪漫主义诗人拜伦、雪莱，特别是高度评价拜伦的诗所表现出的“刚健抗拒破坏挑战”的战斗风格及其争取自由、独立、人道的英雄气概和不屈不挠的精神。

严复在译作《名学浅说》中引莎士比亚戏剧《裘力斯·凯撒》中安东尼著名演说为例，论证“名学的功能”。

1909 年（清宣统元年）

3 月 2 日，周氏二兄弟合译《域外小说集》第一册在日本东京由神田印刷所出版，内收周作人译英国淮尔特著《安乐王子》（现通译为王尔德《快乐王子》）。最初为王尔德赢得文名的是他的童话，在中国文坛上王尔德最早为人所知的也是童话。

苏曼殊《拜轮诗选》出版，收苏氏本人和盛唐山民译拜伦诗 5 题 42 首，后又将这 40 余首诗扩充为《潮音》一书。这一编译工作在当时的中国被称为破天荒的创举。

英国汉学家克莱默—宾格编译的《玉琵琶：中国古代诗文选》在伦敦出版，书的扉页上标有“献给 Herbert Giles 教授”。克莱默—宾格不懂中文，该书译文是在好友翟理斯直译的基础上修改而成的。尽管如此，这些译文却深受读者喜爱，尤其是托马斯·哈代很喜欢这些译诗。

1910 年（清宣统二年）

邓以蛰在纽约观赏歌剧《罗密欧与朱丽叶》，深为第二幕第二场的楼台会所动，归国后，即根据莎士比亚原著，以民谣体将该场译出，冠名为“若邈久嫋新弹词”。这是莎翁原剧见诸中译之始。

翟理斯为《大英百科全书》第 2 版撰写《中国艺术、语言、文学和宗教》词条，其中的中国语言部分系与其子翟林奈合写。

1911 年（清宣统三年）

2 月 25 日，《东方杂志》第 8 卷第 1 号发表《耸动欧人之名论》。该译文为迪金森《约翰中国佬的来信》的第一、二章内容，该书共 8 章。

7 月 26 日，《妇女时报》第 2 期刊有周瘦鹃《英国女小说家乔治哀列奥脱女士传》。该文对乔治·艾略特的生平、著述评述较详，是我国介绍英国女作家之始。

小说家包天笑译出莎士比亚《威尼斯商人》一剧，在上海城东女学的年刊《女学生》第 2 期上刊出。包天笑为突出剧情，不惜牺牲原来剧目，代以《女律师》之名。

翟理斯编译出版《中国神话故事》，列入“高恩国际图书馆”书系出版。此书的神话故事取材广泛，如其中的“石猴”(The Stone Monkey) 译自《西游记》。翟理斯认为《西游记》既是一部“著名的作品”，也是一部“低级的作品”。

麦高温从中文原作翻译的《美人：一出中国戏剧》(*Beauty: A Chinese Drama*) 在伦敦出版。

1912 年（中华民国元年）

伦敦约翰·默里出版公司刊行英国汉学家翟林奈编译的《道家义旨：〈列子〉译注》。该译本省去了原书中专论杨朱的内容。同年出版的另一译本题为《杨朱的乐园》（A. Forke 译），只译了《列子》里关于杨朱内容的部分，可与翟林奈译本互为补充。

1913 年（中华民国二年）

年初，上海城东女子中学演出《女律师》，全部由女子反串男角，此为中国人用汉语演出的第一部莎剧。

1 月，《小说月报》第 4 卷第 1—4 号发表孙毓修《欧美小说丛谈》的系列文章，其中有介绍乔叟、班扬、笛福、斯威夫特、理查逊、菲尔丁、哥尔斯密斯、司各特、狄更斯、约翰逊等作家的生平与创作的文章，均为国内首次集中介绍这批英国文学家的文字。另外，第 7 号发表《英国戏曲之发源》，第 8 号发表《马洛之戏曲》、《莎士比亚之戏曲》等文字。1916 年，孙毓修《欧美小说丛谈》由上海商务印书馆出版单行本。

李提摩太所译《圣僧天国之行》由上海基督教文学会出版，该书内封题为“一部伟大的中国讽喻史诗”。前 7 回为全译本，第 8 至 100 回为选译本。此为《西游记》最早的英译本。

英国作家迪金森来中国旅行，到过香港、广东、上海、山东、北京等。

英国作家萨克斯·罗默发表傅满楚系列小说的第一部《狡诈的傅满楚博士》。随后的 45 年间，罗默陆续写了其他 12 部关于傅满楚等中国罪犯的长篇小说。傅满楚形象是 20 世纪初英国对华恐惧的投射的产物，也是“黄祸论”在文学里最典型的体现。

1914 年（中华民国三年）

3 月，《东吴》杂志第 1 卷第 2 期发表陆志韦译华兹华斯诗歌《贫儿行》和《苏格兰南古墓》，这是华兹华斯诗歌进入中国的开始。

7 月，在日本东京出版的《民国》杂志第 1 年第 3 号“文艺栏”刊苏曼殊译《英吉利女郎赠师梨遗集》、《炎炎赤蔷靡》、《答美人赠束鬘毡带诗》。

12 月 15 日至次年 2 月 15 日，《正谊杂志》第 1 卷第 6、7 号有马君武译《英裴伦哀希腊歌》。

12月，《若社丛刊》第2期发表周作人的文章《英国最古之诗歌》（署名启明），介绍英国史诗《贝奥武甫》。

1915年（中华民国四年）

11月，《世界观杂志》第4卷第1期刊宋诚之译《古今崇拜英雄之概说》（嘉赖儿原著），此为托马斯·卡莱尔的英雄崇拜论思想引进中国之始。

庞德经过对费诺罗萨遗留的150首中国古诗笔记的整理、选择、翻译、润色和再创作，在伦敦出版了18首短诗歌组成的《神州集》（*Cathay*）。

1916年（中华民国五年）

4月，《福尔摩斯探案全集》（柯南道尔）由中华书局出版。全集收长、短篇侦探小说44案，汇成文言译本12册。据阿英《晚清戏曲小说目录》统计，清末我国译介的福尔摩斯探案故事多达25种。

12月至1917年10月，《小说月报》第7卷第12号至第8卷第2、3、6、7、10号刊登林纾、陈家麟合译《坎特伯雷故事集》8篇。后于1925年12月《小说世界》第12卷第13号又刊一篇。此为英国“诗歌之父”乔叟的故事作品最早集中译成中文。

英国作家托马斯·柏克的小说集《莱姆豪斯之夜：中国城小说集》在伦敦出版。柏克是英国描写“中国城”的著名作家。

阿瑟·韦利自费出版汉诗英译集《中国诗选》，在伦敦刊行，共收译诗52首，包括了从屈原、曹植、鲍照、谢朓直到李白、王维、杜甫、白居易、韩愈、黄庭坚等人的诗作，其中13篇后来经过修订，收入公开出版的译作中。

英国汉学家克莱默—宾格编译的诗集《灯宴》（*A Feast of Lanterns*）在伦敦出版。此为克莱默—宾格1909年所编译诗集《玉琵琶》的一本续集。与《玉琵琶》相比，作者对中国诗歌的认识前进了一步，历史感更明确，收录的诗歌也更全面，共55首诗。

1917 年（中华民国六年）

1 月 1 日，伦敦大学创办东方（亚非）学院。这是兼研究与教育为一体的机构，其成立为英国汉学家从事研究工作创造了必要的条件。

2 月份出版的《（伦敦大学）东方（亚非）学院学刊》创刊号上刊发了阿瑟·韦利翻译的《唐前诗歌》37 首和《白居易诗 38 首》。这是韦利第一次公开发表译作。

6 月；翟理斯加入牛津大学汉学教授评议组。

7 月、8 月、11 月至 1918 年 1 月，朱东润分别在《太平洋》杂志第 1 卷第 5、6、8、9 号发表重要莎评《莎氏乐府谈》（一）、（二）、（三）、（四），这是中国第一篇完整的莎评。

英国浸礼会传教士库寿林积几十年之功，编撰了《中国百科全书》，由上海别发洋行与牛津大学出版社同时出版。该书被认为是当时英国学界汉学研究成果的总汇与集成，也是英国以中国为主题的第一部百科全书。库寿林因此书获法国汉学家奖，标志着英国的汉学研究得到欧洲大陆的承认。

1918 年（中华民国七年）

1 月，《尚志》月刊第 1 卷第 3 号刊龚自知《英吉利文学变迁谭》，简要评述了英国文学发展的历程，其中提及不少著名作家的作品。

阿瑟·韦利《汉诗 170 首》在伦敦刊行，后转译为法语、德语等文字。内收从秦朝至明朝末年的诗歌 111 首，另有白居易的诗 59 首。该诗集附有阿瑟·韦利撰写的《翻译方法》，文中详细陈述了他翻译中国古诗所采用的方法。他提倡根据原诗的结构逐字逐句直译，而不是意译。他以为诗的意象反映诗人的灵魂，译者不可加入自己的想象更改原诗，意译很可能歪曲诗的原意或者致使一部分信息流失。

11 月，翟理斯对韦利翻译的《汉诗 170 首》提出批评，与韦利开始笔战。

阿瑟·韦利在伦敦大学东方学院中国学会上宣读论文《诗人李白》，1919 年 12 月，该文以单行本形式在伦敦出版。《诗人李白》包括前言和翻译两个部分。前言部分是对李白其人其诗的介绍；翻译部分则是 23 首李白诗的英译，如《蜀道难》、《将进酒》、《江上吟》、《夏日山中》和《自遣》等。

英国人佛来遮在上海商务印书馆出版其《英译唐诗选》，英汉对照并附有注释。佛来遮曾任英国领事馆翻译、领事，对唐诗有一定的研究。1919 年该馆又刊印其《英译唐诗选续集》。佛来遮所译唐诗继承理雅各与翟理斯译诗的风格，用格律诗体翻译原作，力求押韵，较能忠于原诗的意旨。

1919 年（中华民国八年）

2 月 15 日，《尚志》月刊第 2 卷第 3 号刊“英美文学家小传”，有莎士比亚、斯威夫特等英国名家的介绍。

2—3 月，《学生杂志》第 6 卷第 2、3 号刊登雁冰《萧伯纳》。这是茅盾所写的第一篇外国作家论，也是新文学运动中最早专门评述萧伯纳的一篇分量很重的文章。

10 月，萧伯纳的名剧《华伦夫人之职业》，由潘家洵翻译，刊于《新潮》第 2 卷第 1 期。该译本又被列为《文学研究会丛书》之一种，于 1923 年由商务印书馆出版，茅盾著文《最近的出产》予以热情鼓吹。

英国作家毛姆与他的秘书赫克斯顿一起到中国体验生活，收集创作材料，前后游历了 4 个月。这次游历大大丰富了他的创作素材，从 1922 年起他写了一系列涉及远东（中国）的作品：戏剧《苏伊士之东》、散文集《在中国画屏上》、长篇小说《彩色的面纱》、中篇小说《信》、短篇集《阿金》。

7 月，阿瑟・韦利编译的《中国文学译作续编》在伦敦刊行，内收李白、白居易、王维等诗人的诗作多首。

1920 年（中华民国九年）

1 月 17 日，《益世报》载韦丛芜《小说家的司各德》，对作为欧洲历史小说之父的司各特介绍颇精炼到位。

2 月 15 日，周作人在《少年中国》第 1 卷第 8 期发表《英国诗人勃来克的思想》一文，首次介绍了布莱克诗歌艺术的特性及其艺术思想的核心。

6 月，王靖所著《英国文学史》由上海泰东图书局出版，1927 年 5 月再版。

10 月，由早期新剧改革家汪仲贤（优游）主持，并在上海新舞台一些著名戏曲演员的通力合作下，演出了一部《新青年》所提倡的现代话剧——萧伯纳名作《华伦夫人的职业》。

阿瑟·韦利的论文《论〈琵琶行〉》刊于《新中国评论》第 2 卷。

1921 年（中华民国十年）

1 月，《小说月报》第 12 卷第 1 号刊登王剑三（统照）所译叶芝短篇小说《忍心》。王统照在译者附记里评价了叶芝的作品特色。王统照是五四时期介绍叶芝最勤的作家。

5 月，《小说月报》第 12 卷第 5 期刊登《百年纪念祭的济慈》（雁冰），第 6 期刊登《伦敦纪念济慈百年纪念展览会》。8 月出版的《东方杂志》第 18 卷第 8 号刊登《英国诗人克次的百年纪念》（愈之）。国内多家刊物先后发表了纪念济慈百年忌辰的文章，为这位英国浪漫诗人在中国的传播推波助澜。

5 月，《小说月报》第 12 卷第 5 期刊登沈泽民《王尔德评传》，是最早的一篇王尔德论，全面介绍了王尔德之生平和创作活动，以及他的人生观与艺术观。

6 月，田汉译《哈孟雷特》发表于《少年中国》第 2 卷第 12 期。这是最早的用白话文和完整的剧本形式介绍过来的莎剧。1922 年作为《莎氏杰作集》第一种由中华书局出版。

7 月，袁昌英以论莎士比亚名剧《哈姆雷特》的论文，获苏格兰爱丁堡大学文学硕士学位。因其为中国妇女在英国获得文学硕士学位的第一人，当时路透社为此发了消息，国内各大报纸随即登出。

11 月 21 日，《文学旬刊》第 20 号刊腾固《爱尔兰诗人夏芝》。此为我国最早介绍爱尔兰大诗人叶芝生平与创作的文字之一。

12 月 19—20 日，燕京大学女校学生青年会在北京协和医院礼堂连续两次演出《第十二夜》，角色均由女生扮演。

经威尔斯介绍，阿瑟·韦利与徐志摩相识。韦利曾向徐志摩请教一些关于中国诗文的常识。

曾任末代皇帝溥仪英文教师的庄士敦著《中国戏剧》，由上海别发洋行出版发行，内容偏重于舞台艺术。该书向英国读者全面介绍了中国戏剧。

英国第一代汉学家翟理斯之子翟林奈译著《唐写本搜神记》载《中国新评论》1921 年第 3 期。

1922年（中华民国十一年）

《学衡》杂志第1—4、7—8期刊载吴宓译萨克雷《钮康氏家传》。

2月，穆木天选译的《王尔德童话》由上海泰东图书局出版，内收《渔夫与他的魂》、《莺儿与玫瑰》、《幸福王子》、《利己的巨人》、《星孩儿》等5篇。

7月18日，《晨报副镌》刊登周作人《诗人席烈的百年忌》（署名仲密），着重介绍了英国浪漫诗人雪莱的社会思想方面的状况。

11月，《小说月报》第13卷第11号"海外文坛消息"专栏，茅盾撰短文介绍詹姆斯·乔伊斯的新作《尤利西斯》（1922年巴黎问世）。此为中国大陆对乔伊斯及《尤利西斯》的最早介绍。

11月，田汉译著《哈孟雷德》由中华书局出版，为《少年中国学会丛书》之一。

12月10日，《东方杂志》第19卷第23号有阿诺德（1822—1888）诞辰百年纪念专号，此为最集中介绍这位英国著名文学批评家的文字。

12月，王尔德《狱中记》由张闻天、汪馥泉翻译，上海商务印书馆出版。书前有田汉序《致张闻天兄书》和译者为介绍《狱中记》而作的长文《王尔德介绍》及罗勃脱·洛士的序。书后附王尔德的《莱顿监狱之歌》（沈泽民译）。

英国研究中国历史的专家倭纳所译《中国神话与传说》在伦敦出版。倭纳曾任英国驻北京等地的领事，还担任过清朝政府历史编修官和中国历史学会会长。

1923年（中华民国十二年）

1月，田汉译的王尔德戏剧《莎乐美》由中华书局出版。田汉对王尔德的作品爱不释手，几乎读完了能够找到的所有著作，对《莎乐美》更是情有独钟。王尔德的《莎乐美》对中国早期"爱与死"悲剧模式的奠立起了重要影响。

7月，《少年中国》第4卷第5期发表田汉《蜜尔敦与中国》一文，叙述弥尔顿之生平及其与时代之关系，其意欲以弥氏之崇高伟大之精神，"以药今日中国之人心，而拯救我们出诸停污积垢的池沼"。

8月27日，《文学周报》以玄（茅盾）署名的《几个消息》中，谈到英国新办的杂志Adelphi时，提到 T. S. 艾略特为其撰稿人之一，此为艾略特之名最早为中国读者所知。

9月10日，《创造季刊》第1卷第4期刊登“雪莱纪念号”。发表张定璜《Shelley》、徐祖正《英国浪漫派三诗人拜伦、雪莱、箕茨》、郭沫若译《雪莱的诗》、成仿吾译《哀歌》、郭沫若撰《雪莱年谱》。后来郭沫若将这些译诗及《雪莱年谱》合成《雪莱诗选》，由泰东书局于1926年3月出单行本。郭译雪莱诗得到了众多评论者的认可。

12月25日，《创造周刊》第29号刊载滕固《诗画家 D. Rossetti》一文，介绍英国唯美主义诗人、画家但丁·罗赛蒂的生平与创作活动。

10月，阿瑟·韦利译作《庙歌及其他》（*The Temple and Other Poems*）在伦敦出版。此书所译多长篇作品，除宋玉、邹阳、扬雄、张衡、王逸、王延寿、束皙、欧阳修等人的辞赋作品外，另有《焦仲卿妻》、《陌上桑》、《木兰诗》以及白居易《游悟真寺诗一百三十韵》。

帕克斯·罗伯逊翻译武汉臣的《老生儿》，题名《刘员外》（*Lew Yuan Wae*），在伦敦出版。

翟理斯《古文选珍》增订版两卷（散文卷和诗歌卷）豪华精装版出版，每本均附有作者亲笔签名的画像。

1924年（中华民国十三年）

1月25日，《东方杂志》第21卷第2号刊登徐志摩《汤麦司哈代的诗》一文。徐志摩对哈代十分景仰，曾于1925年旅欧时亲到哈代居处拜访，发表过《汤麦士哈代》、《谒见哈代的一个下午》、《哈代的著作略述》、《哈代的悲观》等多篇探讨哈代及其作品的文章。另翻译了哈代诗篇21首。

3月5日，《学灯》刊周一夔《雪莱传略》；3月12—13日，《学灯》刊胡梦华《英国诗人雪莱的道德观》；4月10—12日，《学灯》刊李任华《雪莱诗中的雪莱》。这几篇文章对英国浪漫主义诗人雪莱的生活经历与思想道德观介绍颇详。

3月，商务印书馆出版中学国语文科补充读本《撒克逊劫后英雄略》（司各德原著，林纾、魏易译述，沈德鸿校注）。当时在商务编译所的茅盾为了校注这部林译小说，阅读了司各特的全部著作。他还撰写了比较详尽的《司各德评传》，这是茅盾关于司各特的最具系统的论述。

4月10日，《小说月报》第15卷第4号有“诗人拜伦的百年祭”专号。此外，鲁迅曾谈到过的拜伦花布裹头去助希腊独立的肖像《为希腊军司令时的拜伦》（T. Phillips 作），也是在此第一次传入国内。译文中最引人注目的是傅东华翻译的诗剧《曼弗雷特》，这是拜伦长篇作品在中国的第一部译作。

《晨报每年纪念增刊号》有“摆仑底百年纪念”专栏。另外，4 月 21 日，《晨报副刊》（文学旬刊）第 32 号刊登“摆仑纪念号”（上）。4 月 28 号，《晨报副刊》（文学旬刊）第 33 号刊登“摆仑纪念号”（下）。以上这些文章及译诗对中国读者认识和接受英国诗人拜伦大有裨益。

4 月，洪深为戏剧协社编写的《少奶奶的扇子》开始演出。该剧是根据英国唯美主义剧作家王尔德名剧《温德米尔夫人的扇子》改编。演出获得巨大成功，场场爆满。

6 月 1 日，《晨报副刊》（文学旬刊）第 37 号刊载《勃劳宁研究》一文，这是最早对英国维多利亚时期大诗人罗伯特·勃朗宁的研究文章。

11 月 8 日，英国大诗人弥尔顿 250 周年忌，《少年中国》、《小说月报》、《文学》等多家刊物发表了纪念文章。

莎士比亚《威尼斯商人》由上海新文化书社出版，正文前有《导言》，介绍了该剧的内容与价值。此为中国第一部《威尼斯商人》的中文译本，译名被普遍采用。

1925 年（中华民国十四年）

3 月，《学衡》杂志第 39 期新增“译诗”栏中发表华兹华斯《露西》组诗其二的 8 篇译文，标题为《威至威斯佳人处僻地诗》（She Dwelt Among the Untrodden Ways），译者为贺麟、张荫麟、陈铨、顾谦吉、杨葆昌、杨昌龄、张敷荣、董承显。8 篇译文都是采用五言古诗的语言形式来译华氏这首名诗，并毫无例外地将华氏笔下那个孤栖幽独、芳华凋零的女郎露西，与中国诗歌传统中极具比兴寄托意蕴的失偶“佳人”形象加以迭合。

3 月，郑振铎在《小说月报》第 16 卷第 3 号发表《十七世纪的英国文学》，后又在该刊第 6 号刊载《十八世纪的英国文学》。

7 月，上海大东书局初版《心弦》，收入周瘦鹃译《重光记》。此系夏洛蒂·勃朗特小说《简·爱》的故事节略本，也是夏洛蒂这部小说名作引进中国之始。

毛姆的长篇小说《彩色的面纱》出版。这是作者 4 个月中国之行的收获之一。小说以香港为背景，主要描写香港的英国殖民主义者，也从侧面描写了中国当时土匪猖獗、瘟疫流行、民不聊生的境况，表现出对中国民众的深切同情。

英国汉学家邓罗所译《三国演义》由上海别发洋行出版，共两卷。此英文全译本在东西方影响较大，但原文中的诗歌多半被删除。

1926 年（中华民国十五年）

1 月，《学衡》杂志第 49 期载吴宓、陈铨、张荫麟、贺麟、杨昌龄等译《罗色蒂女士“愿君常忆我”（Remember）》，译诗后吴宓有《论罗色蒂女士之诗》等重要论述。

3 月，上海泰东书局出版了郭沫若与成仿吾合译的《雪莱诗选》，列入《辛夷小丛书》。卷末附有《雪莱年谱》。

5 月，孙俍工编《世界文学家列传》由中华书局刊行，共介绍了 174 位世界文学名家的生平与创作，其中涉及到莎士比亚、弥尔顿、华兹华斯、司各德、丁尼生、王尔德、吉卜林、高尔斯华绥等 20 位英国著名作家。

7 月，《学衡》杂志第 55 期载吴宓译萨克雷《名利场（*Vanity Fair*）楔子第一回》。译文以中国传统的章回体小说形式出现。吴宓的译名亦为此小说的通行译名。

12 月，《小说世界》第 13 卷第 14 期到第 14 卷第 25 期连载了伍光建翻译的狄更斯名著《劳苦世界》（现通译为《艰难时世》），并作为《世界文学名著丛书》之一种，出版了单行本（上海商务印书馆 1926 年 12 月初版）。

美国新泽西州大西洋城出身的中国华侨梁社乾译《阿 Q 正传》英文版由商务印书馆刊行。鲁迅 12 月 11 日的日记中记录收到梁社乾 6 本赠书的情况。鲁迅很谦虚，说“英文的似乎译得很恳切，但我不懂英文，不能说什么”。

翟林奈的《秦妇吟》英译本由雷登（Leyden）出版社刊印。翟林奈注意到了《秦妇吟》并非严格的律诗，而与《长恨歌》类似，但在自然天成与少有做作方面胜过《长恨歌》。从原文考证整理到译文达意耐读，该书足可称得上学术性强、可读性强，而且英汉双语对照，印刷精美，让人爱不释手。

1927 年（中华民国十六年）

2 月，柯南道尔著、程小青等译《（标点白话）福尔摩斯探案大全集》（第 1—13 册）由上海世界书局刊行，共收侦探小说 54 篇。

7 月，上海光华书局出版腾固《唯美派的文学》，介绍 18 世纪末叶至 19 世纪英国文学史中的唯美派文学与绘画。此为中国惟一的一本介绍唯美主义文学的专著。

欧阳兰编译的《英国文学史》由京师大学文科出版部发行，讲述英国自古代至 20 世纪 20 年代的文学史，是编者在河北大学讲授英国文学史时，根据 Howes 的《英国文学》及其他参考书编译而成的。

1927 年是威廉·布莱克去世百年纪念。8 月，《小说月报》第 18 卷第 8 号发表赵景深《英国大诗人勃莱克百年纪念》和徐霞村《一个神秘的诗人的百年祭》两篇纪念文章。赵景深又在《文学周报》第 188 期上写了一篇《诗人勃莱克百年纪念》。徐祖正也在《语丝》上发表长文《骆驼草——纪念英国神秘诗人白雷克》。

10 月，阿瑟·韦利译作《英译中国诗》(*Poems from the Chinese*) 在伦敦出版。此书收入《盛世英语诗歌丛书》第 2 辑第 7 本。

无名氏的《硃砂檐》科白摘译和简介、元代郑光祖《倩女离魂》和乔孟符的喜剧《两世姻缘》的梗概介绍，由倭讷据戴遂良的法译文《中国古今宗教信仰史和哲学观》转译为英文，梁县出版社出版。

1928 年（中华民国十七年）

1 月 11 日，托马斯·哈代去世。我国不少报刊随之作出反应，刊载多篇文章介绍这位刚去世的英国著名作家。

3 月 6 日起，《晨报副刊》开始刊登鹤西《一朵红的红的玫瑰的序》，选译彭斯诗篇 25 首，并附有原诗。在序中作者比较全面地介绍和评价了彭斯的文学地位和诗歌特色。

4 月起至 1950 年 2 月，商务印书馆出版《世界文学名著丛书》共 154 种，其中英国 28 种；戏剧类共 16 种，其中萧伯纳 5 种、高尔斯华绥 3 种；英国短篇小说集 1 种。

5 月，但丁·罗赛蒂百年诞辰纪念。多种刊物对罗赛蒂及先拉斐尔派的介绍呈一时之盛。

8 月 16 日，《狮吼》半月刊复活号上，邵洵美发表了《纯粹的诗》一文，对英国唯美主义作家乔治・莫尔的纯诗理论作了详细介绍。乔治・莫尔能为中国人所认识和接受，主要得力于邵洵美。后者是乔治・莫尔最真心的崇拜者。

11 月 5 日、12 日，《英国诗人兼小说戏剧作者戈斯密诞生二百年纪念》连载于《大公报・文学副刊》。

11 月 10 日出版的《新月》第 1 卷第 9 号刊登梁遇春的纪念文章《高鲁斯密斯的二百周年纪念》。

11 月 26 日，《英国宗教寓言小说作者彭衍诞生三百年纪念》载于《大公报・文学副刊》。

曾虚白《英国文学 ABC》（上、下）由世界书局印刷发行。

1929 年（中华民国十八年）

5 月，冯次行翻译的《詹姆斯・朱士的〈优力栖斯〉》（土居光知原著）由上海联合书店出版发行，卷首有乔伊斯画像及译者小引。书中对英国小说家乔伊斯《尤利西斯》的评述让我国读者初识了其特色。

6 月，北平华严书店出版伊人译《科学与诗》（瑞恰慈著），收有瑞恰慈的 7 篇诗歌理论文章。

7 月，上海水沫书店出版劳伦斯短篇小说集《二青鸟》，收有《二青鸟》、《爱岛屿的人》、《病了的煤矿夫》3 篇小说，这是最早译成中文的劳伦斯小说作品。

《小说世界》第 18 卷第 4 期载《西洋名诗译意》（苏兆龙译），其中有劳伦斯的诗作《风琴》，这是最早被翻译成中文的劳伦斯诗歌作品。

8 月起至 1932 年 1 月，新月书店出版《英文名著百种丛书》7 种，其中英国 6 种，戏剧占了 5 种。

10 月，周越然所著《莎士比亚》由商务印书馆出版发行。此为中国第一部比较全面系统地介绍莎士比亚的著述。

11 月，孙席珍编著的《雪莱生活》由上海世界书局出版。

自 1929 年至 1931 年，瑞恰慈以客座教授的身份来清华、北大等校教学，主要讲授英美文学、文学批评、比较文学理论与翻译等内容。瑞恰慈对中国哲学十分倾心，《美学基础》就试图以儒家中庸哲学为旨归；后来更有《孟子论心》探讨诗歌文本的多义性问题。30 年代起，长期致力于推广他与奥格顿创立的“基本英语”（Basic English）运动，并把中国当做最理想的试点基地。他先后 6 次来华，足迹遍及大半个中国，不愧为沟通中西文化交流的使者。

王际真译《红楼之梦》在伦敦出版。此系《红楼梦》120 回本的节译本，有阿瑟·韦利序及译者导言。

英国汉学家杰弗里·邓洛普翻译的《水浒传》70 回本的英文节译本《强盗与兵士：中国小说》在伦敦出版。该书由邓洛普转译自埃伦施泰因的德文节译本。

元代李行道的杂剧《灰阑记》被詹姆斯·拉弗根据阿尔弗雷德·亨施克的德文改编本转译成 The Circle of Chalk，在伦敦出版发行。

1930 年（中华民国十九年）

1 月 15 日，天津益世报副刊和《青年界》第 2 卷第 1 号均发表有于庚虞《雪莱的婚姻》。雪莱的恋爱婚姻颇能引起读者的兴趣，当时国内多种报刊和著述对此有所提及。

3 月 24 日，《英国小说家兼诗人劳伦斯逝世》载《大公报·文学副刊》。与此同时，《现代文学》创刊号载杨昌溪《罗兰斯逝世》，对劳伦斯评价甚高，认为其作品有广泛的社会性，比乔伊斯、艾略特等更能把握住现实生活，因而也更能吸引读者。

5 月 17、18、24、25 日，上海戏剧协社举行第 14 次公演，演出《威尼斯商人》，应云卫导演。这是在中国舞台上按照现代话剧要求演出莎剧的最初一次较为严肃的正式公演。

6 月，梁遇春译注的英汉对照本《英国诗歌选》(*Some Best English Poems*) 一书由上海北新书局出版。该书内收英国 16 世纪至近代的 105 首诗歌。

7 月，胡适在中国教育与文化基金会第六届南京年会上被推举为名誉秘书长。在他倡议下成立了编译委员会，从美国退还的庚子赔款中拨出一部分作为活动经费，决定组织翻译《莎士比亚全集》。

8 月，《现代文学》创刊号载梁遇春《谈英国诗歌》，此为《英国诗歌选》（梁遇春译注，北新书局 1930 年版）的序言，对中世纪英国古民歌以来的历代英国诗歌名家及主要作品进行了评述，是一部简明的英国诗歌发展史。

12 月 16 日，《现代文学》第 1 卷第 6 期刊有袁嘉华的文章《女诗人罗赛谛百年纪念》。该文将 C. 罗赛谛与勃朗宁夫人并称为全部英国文学史上最伟大的诗人。

海伦•赫丝节译的《佛国天路历程: 西游记》在伦敦出版发行。此书为100回选译本，列入《东方知识丛书》。

英国人E. 密尔斯节译的《阿Q的悲剧及其他现代中国短篇小说》在伦敦刊行。此书收《阿Q正传》、《孔乙己》、《故乡》、《离婚》等4篇作品，是英国最早出版的鲁迅作品英译本。

上海别发洋行出版了美国人阿灵顿的《古今中国戏剧》，由翟理斯为该书作序，并附有梅兰芳《三十年中国戏剧》一文，以舞台演出为主。

1931年（中华民国二十年）

1月30日，南京《文艺月刊》第2卷第1期载费鑑照《夏芝》一文，详细介绍了爱尔兰大诗人叶芝的生平经历和创作特色。

6月21日，当时还是辅仁大学英文系学生的萧乾在《中国简报》第4期上，率先向西方社会介绍中国现代文学。到第8期（7月29日出版，也是最后一期）简报发行时，他已经译介了郭沫若、茅盾、闻一多、徐志摩、郁达夫、鲁迅、沈从文、章衣萍等几位作家的10多篇散文和诗作。

8月起至1949年5月，启明书局出版《世界文学名著丛书》78种，含英国22种。

李高洁选译《苏东坡文选》在伦敦出版。

翟理斯85岁寿辰时，清华大学的傅尚霖曾在英文版《中国社会及政治学报》发表长文介绍其生平业绩，以感谢他向中国政府提供孙中山亲笔自传的副本，以及为研究中国文化作出的贡献。

1932年（中华民国二十一年）

9月，《新月月刊》第4卷第1期刊载叶公超《墙上一点痕迹》（吴尔芙夫人）。译者识为中国文坛最先介绍伍尔夫夫人的意识流创作方法的文字。

9月21日，《晨报》发表高克毅《司各脱百年纪念》。《新月》第4卷第4期有费鑑照《纪念司各脱》，《申报月刊》第1卷第4号有张露薇《施各德百年祭》，《微音月刊》第2卷第7、8期载陈易译《关于几本纪念斯各脱百年祭的出版物》。《现代》第2卷第2期亦有“司各特逝世百年祭”专栏，配有相关图片一组。11月24日，《国闻周报》第9卷第42期刊黎君亮《斯各德》（百年忌纪念）。

10月1日，《新月》第4卷第3号刊登梁遇春的《斯特里奇评传》，介绍于1月21日去世的英国传记学大师斯特拉奇。

12月15—16日，《晨报》刊登季羡林《本年度诺贝尔文学奖金之获得者高尔斯华绥》。18日，载村彬《高尔斯华绥》。

北平建设图书馆印行张则之、李香谷翻译《沃兹沃斯诗集》（英汉对照本），附作者传略与译者自序、跋语等。

梁遇春译《英国小品文选》由开明书店出版发行，选译了包括兰姆作品在内的10篇小品文。

英国作家哈罗德·阿克顿出于对中国文化发自内心的痴迷，来到北京大学教授英国文学，前后有7年之久。他在中国宣讲欧美现代派文学，另一方面又把中国文学和文化介绍给西方，并以二三十年代抗日战争前后的北京为背景，写作长篇小说《牡丹与马驹》，描写当时许多在欧洲人形形色色的生活，以及他们来到东方古都的不同感觉，从不同角度表现了东西方文化碰撞下的人心世态。

1933年（中华民国二十二年）

2月17日，萧伯纳来华，先在上海逗留了一天。中国报刊发表多篇文章，向读者介绍了这位英国大文豪。

2月，费鉴照著《现代英国诗人》由上海新月书店出版发行，分别介绍梅士斐尔特、哈代、白理基斯、郝思曼、梅奈尔、白鲁克、德拉梅尔、夏芝等8位诗人的生平和创作。卷首有闻一多序和著者自序。

3月，乐雯辑译《萧伯纳在上海》由上海野草书屋刊行。该书辑录上海中外人士关于英国现代戏剧家萧伯纳于1933年访问上海的文章和评论等。卷首有鲁迅的序言和辑者的《写在前面》。

12月，徐名骥著《英吉利文学》由上海商务印书馆刊行。

英国著名宋代诗词翻译家克拉拉·坎德林（Clara M. Candlin）译著《信风：宋代诗词歌赋选》在伦敦出版。书前有胡适和克莱默—宾分别撰写的序，又有克莱默—宾撰写的长篇序导言。

该书选译宋代诗词歌赋共79篇，译著者对每位入选作家均有小传，介绍作家的生平及创作特点。

英国作家詹姆斯·希尔顿的中国题材小说《失去的地平线》在英国伦敦出版。权威的《不列颠百科全书》称《失去的地平线》的一大功绩是为西方世界创造了“世外桃源”这样一个词汇。

1934年（中华民国二十三年）

3月，李安宅的《意义学》一书由商务印书馆出版，此为中国学者研究瑞恰慈批评理论的第一本专著。

4月，《清华学报》第9卷第2期所载叶公超《爱略忒的诗》是中国最早系统评述艾略特的论文，涉及对《荒原》主题的理解和对艾略特诗歌技巧的分析。

7月，熊式一由中国旧戏《王宝钏》改编成的英文剧《王宝川》（*Lady Precious Stream*）在伦敦出版，很快销售一空。该剧上演亦盛况空前。首次公演于1934年11月伦敦小剧场，伦敦各大报纸均报导并赞扬了《王宝川》的成功演出。此后3年，先后共演出近900场，场场座无虚席。据熊式一本人记载，世界上几乎所有的语言均有英文剧《王宝川》的译本。

8月，味茗（茅盾的笔名）在《文史》杂志第1卷第3期上发表《莎士比亚与现实主义》一文，第一次向中国读者介绍了马克思、恩格斯对莎士比亚的评价，并介绍了“莎士比亚化”的重要命题。

9月，肖石君著《世纪末英国文艺运动》由中华书局出版发行。

9月，苑茨华丝等著、李唯建选译《英国近代诗歌选译》由上海中华书局出版，选译18至19世纪英国30位大诗人的诗歌35首，并附作者简介。

10月20日，《人间世》第14期刊郁达夫《读劳伦斯的小说*Lady Chatterley's Lover*》，指出《查泰莱夫人的情人》是“一代的杰作”，“一口气读完，略嫌太短了些”。

10月，上海商务印书馆出版了英国汉学家翟理斯、韦利翻译的《英译中国诗歌选》，由英国骆任廷爵士编选，中英文对照。张元济在“序”中交代了该书的出版经过。

12月，《文艺月刊》第6卷第5、6期合刊有“柯立奇、兰姆百年祭特辑”。

瑞恰慈的《孟子论心》（Mencius on the Mind）在伦敦出版。

弗洛伦斯·埃斯库所著《中国诗人游记——杜甫，江湖客》（*Travels of a Chinese Poet:*

Tu Fu, Guest of Rivers and Lakes）在伦敦出版。该著以游记的形式，按照时间顺序，详尽介绍了杜甫一生的履历和不同时期创作的诗歌，配以很多精美的插图。

1935年（中华民国二十四年）

1月，韩侍桁选译《英国短篇小说集》由上海商务印书馆出版。

5月6日，《申报·自由谈》刊周立波《詹姆斯·乔易斯》：指出《尤利西斯》“是一部怪书……有名的猥亵的小说，也是有名难读的书”。9月25日，上海《读书生活》第2卷第10期刊周立波《选择》一文，将乔伊斯称为“现代市民作家”：“乔易斯的人物总是猥琐，怯懦，淫荡，犹疑。”

5月，《吴宓诗集》由上海中华书局出版。作者自序云：“吾于西方诗人，所追摹者亦三家，皆英人。一曰摆伦或译拜伦（Lord Byron），二曰安诺德（Matthew Arnold），三曰罗色蒂女士（Christina Rossetti）。”

7月4日，70多岁的叶芝收到友人哈利·克利夫顿赠送的一件珍贵的生日礼物——一块中国乾隆年间的天青石雕。后来完成的《天青石雕——致哈利·克利夫顿》是叶芝作品中惟一一首直接涉及中国题材的诗。

8月20日至1936年4月，李霁野译《简爱自传》连载于郑振铎主编《世界文库》第4册至第12册（生活书店，月出一册）。

《人间世》第19期刊载林语堂《谈劳伦斯》一文。这篇文章饶有风趣地借两位老人在灯下夜谈，话题便是《却泰来夫人的爱人》。同年，上海施蛰存编《文饭小品》第5期刊登南星《谈劳伦斯的诗》及译诗《劳伦斯诗选》。南星指出，“在当代英国诗人中，只有劳伦斯为最有热情最信任灵感的歌吟者”。

托马斯·哈代的《德伯家的苔丝》由张谷若翻译，上海商务印书馆出版发行。此为哈代这部名著最权威最通行的中译本。

熊式一在伦敦翻译出版了中国名剧《西厢记》。

1936 年（中华民国二十五年）

1 月，英国作家康拉德的小说《黑水手》由袁家骅翻译，上海商务印书馆出版。

3 月，朱湘的译诗集《番石榴集》由上海商务印书馆作为《文学研究会世界文学名著丛书》之一种出版发行，收入本•琼生、邓恩、布莱克、彭斯、华兹华斯、柯勒律治、雪莱、济慈、阿诺德等诗人的名诗，另收莎士比亚译诗 12 首。

5 月，托马斯•哈代的《还乡》由张谷若翻译，上海商务印书馆出版。

6 月，吴世昌《吕恰慈的批评学说述评》发表于《中山文化教育馆季刊》上。吴世昌结合了中国古典诗词，从价值论、读诗的心理分析、艺术的传达方面来综述瑞恰慈的学说。吴世昌在 20 世纪 30 年代中期以后就将新批评的“细读法”成功地运用到对中国古典诗词的解读上。

8 月，劳伦斯《查泰莱夫人的情人》由饶述一据法译本转译。译者自刊，上海北新书局经售。

10 月，埃德加•斯诺的《活的中国——现代中国短篇小说选》在伦敦出版。该书第一部分收录鲁迅《药》、《一件小事》、《孔乙己》、《祝福》、《风筝》、《离婚》等 6 篇。这是向英美读者介绍中国现代文学的第一个集子。

曹禺的名剧《雷雨》被姚莘农译成 *Thunder and Rain*，发表于该年出版的英文杂志《天下月刊》第 3 期，以及 1937 年出版的第 4 期上。

英国作家哈罗德•阿克顿与陈世骧合译的中国现代诗的第一本英译《中国现代诗选》在伦敦出版。这是最早把中国新诗介绍给西洋读者的书。

亨利•哈特翻译《西厢记：中世纪戏剧》(*The West Chamber, a Medieval Drama*) 在英国及美国同时出版，此译本将原剧分 15 折译出，书中有译者注释及爱德华•托马斯•威廉斯所作序言。

1937 年（中华民国二十六年）

2 月，金东雷所著《英国文学史纲》由上海商务印书馆出版发行。该书按时代叙述自古代至现代的英国文学史。卷首有吴康、张士一、傅彦长的序文各一篇。蔡元培题封面书名。书末附《英国文学大事表》。

4 月，上海商务印书馆出版曹葆华辑译《现代诗论》，收入艾略特、瑞恰慈的诗歌理论文章 14 篇。

4 月，瑞恰慈所著《科学与诗》由曹葆华翻译，上海商务印书馆出版印行。

6 月，赵萝蕤译《荒原》由上海新诗社出版，译笔忠于原文，深得各方面好评。叶公超为译诗作序。赵译系应戴望舒之约，以自由诗体将《荒原》译为中文，这开创了将西方现代派诗歌介绍到中国的先河，被誉为"翻译界的'荒原'上的奇葩"（邢光祖语）。

6 月，上海实验剧团在卡尔登戏院公演《罗密欧与朱丽叶》，采用田汉译本，章泯导演，赵丹、俞佩珊主演。此为 30 年代中国戏剧舞台一次成功的莎剧演出。

1937 年是狄更斯诞辰 125 周年纪念。《译文》新 3 卷第 1 期为此刊发了"迭更斯特辑"，翻译介绍了 3 篇文章。另还刊发了有关狄更斯不同时期的肖像、生活、写作及住宅等方面的图片 10 幅。

受著名的伦敦费伯出版社和纽约兰登书屋的派遣，英国诗人奥顿和小说家衣修伍德来到中国进行观察和采访。中国之行结束后，奥顿用诗、衣修伍德用旅行日记的形式写下了他们在中国战场的见闻，合著成《战地行》一书，于 1939 年在伦敦和纽约同时印行。

英国现代杰出诗人、评论家威廉·燕卜荪被东方文化所吸引，先在日本任教，后经恩师瑞恰慈举荐来到北大，开始了他的中国之行，成为中英文化学术交流的使者。

《诗经》由阿瑟·韦利重新译成英文 *The Book of Songs*，在伦敦出版发行。韦利从 1913 年起研究《诗经》。在 1916 年出版的《中国诗选》里，韦利就翻译了《诗经》3 篇颂诗。1936 年 6 月号《亚细亚杂志》发表的韦利《中国早期诗歌中的求爱与婚姻》一文也译介了《诗经》中涉及此主题的 16 首诗篇。此次结成专书出版，标志着韦利英译《诗经》工作的完成。

哈罗德·阿克顿与美国的中国戏剧专家阿灵顿合作，把流行京剧 33 折译成英文，集为《中国名剧》一书，在中国出版，由北平的出版商刊行。

初大告的英译《中国抒情诗选》由剑桥大学出版社刊行。他翻译的《道德经》和《聊斋志异》里的单篇《种梨》、《三生》、《偷桃》等，也于同年在伦敦出版。

1938 年（中华民国二十七年）

4 月 21 日，汉口文艺界在德明饭店招待英国诗人奥登和小说家依修伍德。二人畅谈了对中国抗战的观感，颂扬中国军民的战斗精神。奥登即席写了十四行诗《中国兵》，田汉以旧诗一首和之。

7月，商务印书馆出版李田意著《哈代评传》，论及哈代的时代及其社会背景，哈代的生平、小说、诗剧、诗歌创作等。

9月，黄嘉德编译《萧伯纳情书》由上海西风社出版发行。该书选译萧伯纳与英国著名女伶爱兰黛丽的通信共100封。书前有译者序文2篇及萧伯纳原序。附录“肖伯纳著作一览”。

担任援华会副主席的中国作家王礼锡归国，英国的作家、诗人、汉学家们纷纷写信，向中国的领袖和人民表示敬意与支持。著名汉学家韦利担任援华会副会长。

英国著名汉学家翟理斯之子翟林奈的《仙人群像：中国列仙传记》在伦敦出版发行。

11月，阿瑟·韦利所译《论语》在伦敦出版。此书刊行后曾多次重印。1946年曾在荷兰翻译出版。

叶女士(Evangeline Dora Edwards)编译的《中国唐代散文作品》在伦敦出版发行。该书凡两卷，上卷介绍一般散文，下卷介绍传奇故事。这部书以其大量译介和深入探索而独步于当时，影响较大。

1939年（中华民国二十八年）

4月，商务印书馆出版发行方重的《英国诗文研究集》一书，展示出其在英国文学研究以及中英文学与文化交流方面的成就。

5月，上海商务印书馆出版由侍桁翻译的勃兰兑斯《十九世纪文学之主流》（英国的自然主义）。该书对19世纪英国文学，尤其是浪漫诗人拜伦介绍颇详，影响甚大。

8月，王希龢著《英诗研究入门》由昆明中华书局出版，略述英国诗歌的形式、音韵、音调、诗节、诗篇和类别等。

由库恩的德文节译本转译的英文节译本《金瓶梅：西门与其六妻妾奇情史》，由伯纳德·米奥尔翻译，在伦敦出版发行，汉学家阿瑟·韦利撰写导言。

克莱门特·埃杰顿在老舍协助下据张竹坡评点本译出的《金瓶梅》在伦敦出版，改题为《金莲》。该译本在西方是最早最完全的《金瓶梅》译本，被评论家们称为“卓越的译本”。

11 月，阿瑟·韦利所著《古代中国的三种思想方法》在伦敦出版发行。该书出版后曾多次重印，在美国也至少有两种版本，并被译为法、德、波兰等文字。

1940 年（中华民国二十九年）

2 月，英国著名传记学家斯特拉奇的《维多利亚女王传》由卞之琳翻译完成，香港商务印书馆出版发行。

4 月，萧乾在国际笔会上发表“战时中国文艺”的演讲，后扩充为《苦难时代的蚀刻——中国当代文艺的一瞥》一书，于 1942 年 3 月在伦敦出版，介绍新文学运动以来 25 年间（1919—1942）小说、诗歌、戏剧、散文、文学翻译 5 个领域的成就，将中国现代几乎重要的作家均作了扼要评述，并指明中国现代作家受西方文学影响的状况。

9 月 1 日，《西洋文学》第 1 期创刊特大号有“拜伦专栏”。12 月 1 日，《西洋文学》第 4 期有“济慈专栏”。

大英博物馆东方典藏部的助理管理员索姆·詹宁斯所译《唐诗选》（*Poems of the T'ang Dynasty*），作为《东方智慧丛书》之一种，在伦敦出版。该唐诗选译本共分十个主题，依次是：一、自然风光，二、饮酒，三、闺房，四、绘画、音乐、舞蹈，五、宫廷事务，六、分别与流放，七、战争，八、隐居，九、神话，十、往日传奇。

1941 年（中华民国三十年）

3 月，《西洋文学》第 7 期刊有“乔易士特辑”。

5 月，《西洋文学》第 9 期有“叶芝特辑”。

1941—1945 年间，萧乾创作出版了 5 部深受英国读者喜爱的英文作品，即《苦难时代的蚀刻》（*Etching of Tormented Age*）、《中国并非华夏》（*China But Not Cathy*）、《龙须与蓝图》（*The Dragon Beards Versus the Blue Prints*）、《蚕》（*Spinners of Silk*）、《千弦琴》（*A Harp with a Thousand Strings*）。这 5 种作品对于英国读者了解中国的历史、文化与文学起到了很大作用。

英国作家哈罗德·阿克顿的中国题材小说《牡丹与马驹》在伦敦出版。这部小说以二三十年代抗日战争前后的北京为背景，描写当时许多在京欧洲人形形色色的生活，以及他们来到东方古都的不同感受。作者从不同角度表现了东西方文化碰撞下的人心世态。

哈罗德·阿克顿与李义谢合译的故事集《胶与漆》在伦敦出版印行。该书内含《醒世恒言》的 4 个话本小说，并附译者注释及著名汉学家阿瑟·韦利所撰导言。

1942 年（中华民国三十一年）

3 月 28 日，郭沫若给青年诗人徐迟复信名为《〈屈原〉与〈厘雅王〉》，信中比较了他自己创作的《屈原》与莎剧《李尔王》。此为中国第一篇以个人创作与莎翁剧作进行比较研究的论文。

5 月，爱美莱·白朗特著、梁实秋译《咆哮山庄》由重庆商务印书馆刊行。

6 月 2—7 日，国立戏剧专科学校第 5 届毕业生在四川江安公演《哈姆莱特》，采用梁实秋译本，焦菊隐导演。此为《哈姆莱特》在中国舞台上第一次正式演出。

8 月，莎士比亚等著、柳无忌译《莎士比亚时代抒情诗》由重庆大时代书局出版，收入 16—17 世纪英国作家马洛、李雷、锡德尼、斯宾塞、莎士比亚、琼森、藤思、弥尔顿等 25 人的抒情诗共 47 首。书前有译者绪言，叙述英国伊丽莎白时代诗歌繁荣的情况，以及随后诗歌的发展，各流派的产生及其主要特色。

本年起至 1944 年，曹未风译《微尼斯商人》等莎翁 11 种剧本，曾以《莎士比亚全集》的总名先后由贵阳文通书局出版。

中国的青年学者王佐良撰写了题为《鲁迅》的英语论文，发表在伦敦的《生活与文学》第 91 卷第 142 期上，向英语读者介绍鲁迅的思想和创作。

阿瑟·韦利节译《西游记》的英译本《猴》在伦敦出版印行，后多次重版，并被转译成多种文字，成为《西游记》英译本中影响最大的一个译本。《猴》全书共 30 章，内容相当于《西游记》的 30 回，约为原书篇幅的 1/3。

1943 年（中华民国三十二年）

9 月 15 日，《时与潮文艺》第 2 卷第 1 期刊登方重《乔叟和他的康妥波雷故事》（名著介绍）、范存忠《卡莱尔的英雄与英雄崇拜》（名著译介）、谢庆垚《英国女小说家吴尔芙夫人》

（介绍）、吴景荣《吴尔芙夫人的〈岁月〉》（书评）。

9月，在西南联大做研究工作的英国人罗伯特·白英准备选编一部《中国新诗选译》，特邀闻一多合作。闻一多在选诗时看到了解放区诗人田间的诗，大为赞赏。在“唐诗”的第一节课上称田间为“时代的鼓手”。

梁宗岱于《民族文学》第1卷第2—4期发表所译莎士比亚十四行诗30首，并发表《莎士比亚的商籁》，这是中国最早公开发表的莎士比亚十四行诗的翻译及评论。

1944年（中华民国三十三年）

3月，曹禺译《柔蜜欧与幽丽叶》由文化生活出版社出版。此前（1月3日），该剧曾在重庆公演，易名为《铸情》，曹禺自译自编，由神鹰社演出，张骏祥导演，金焰、白杨主演，盛况空前，被誉为中国舞台上最成功的一次莎剧演出。另外，柳无忌译《该撒大将》、杨晦译《雅典人台满》等均于同年由重庆几家出版社出版。其中，杨晦译本的长序是中国第一篇马列主义式的莎评。

3月，《中原》第1卷第3期刊登袁水拍译《彭斯诗十首》。重庆美学出版社1944年3月出版袁水拍译彭斯诗集《我的心呀在高原》，收入译诗30首。

3月15日，《时与潮文艺》第3卷第1期刊登“叶芝特辑”。

6月15日，《东方杂志》第40卷第11号刊登茅灵珊《英国女诗人葵称琴娜·罗色蒂的情诗》。

赵清阁依据重庆商务印书馆出版的梁实秋译本《咆哮山庄》改编的五幕剧《此恨绵绵》由重庆新中华文艺社初版。

李健吾将莎剧《麦克白》改编成中国古装剧《王德明》，剧本分4期连载于《文章》杂志。

黄禄生主持的上海艺术团在卡尔登戏院公演顾仲彝根据《李尔王》改编的《三千金》，由乔奇主演。

12月26日，著名莎剧翻译家朱生豪去世。

方重应英国文化协会邀请，先后在剑桥、伦敦、爱丁堡等大学讲学，并继续研究乔叟，同时翻译陶渊明的诗文。

索姆·詹宁斯翻译的《唐诗选续篇》在伦敦出版，共收译文147篇。其中一些重要诗人收录篇目较多：韩愈 8 首，李白 13 首，刘长卿 8 首，李商隐 7 首，孟浩然 7 首，白居易 7 首，杜甫 12 首，王维 12 首，杜牧 4 首，韦应物 6 首，元稹 4 首。

1945 年（中华民国三十四年）

1 月，勃朗特著、李霁野译《简爱》（上、中、下册）由重庆文化生活出版社刊行。

1 月，迭更司著、许天虹译《双城记》（上、中、下册）由重庆文化生活出版社刊行。

6 月，哈代著、吕天石译《微贱的裘德》由重庆大时代书局刊行。

11 月，重庆商务印书馆出版谢庆垚译述的伍尔夫夫人的《到灯塔去》，为《中英文化协会文艺丛书》之一种，书前有译者序，简介作者生平与创作。

11 月，《世界文艺季刊》（原《世界文学》）第 1 卷第 2 期刊登卢式《爱密莱·白朗代及其咆哮山庄》一文，详细介绍了作者艾米莉·勃朗特的家庭身世，评述了这部小说名作。

12 月 20 日，重庆《中央日报》发表方豪《英国汉学的回顾与前瞻》，内容简略。

12 月，阿瑟·韦利在《科恩希尔杂志》上发表小说《美猴王》。这篇小说乃模拟《西游记》而作，后收入《真实的唐三藏及其他》。

英国诗人和翻译家屈维廉（R. C. Trevelyan）编译的《中国诗选》（*From the Chinese*）由牛津大学出版社出版，共收诗歌 62 首。屈维廉并没有亲自翻译这些诗歌，而是从已有的译诗集那里编选而来。

1946 年（中华民国三十五年）

4 月 27 日，《申报·出版界》刊曹未风《莎士比亚全集的出版计划》。曹未风翻译莎剧始于 1931 年，此后陆续译莎剧 20 余部。曹未风是截止 40 年代后半期中国翻译出版莎剧最多者之一，也是我国第一位计划以白话诗体翻译莎剧全集的翻译家。

5 月，上海云海出版社出版方重译《康特波雷故事》，译文为散文体。

7 月 9 日，正在美国芝加哥大学深造的赵萝蕤与陈梦家一起，在哈佛大学俱乐部与 T. S. 艾略特共进晚餐，后者将签有自己姓名的照片和《1909—1925 年诗集》、《四个四重奏》赠给赵萝蕤。

英国记者、诗人白英编译的《当代中国短篇小说选》在伦敦出版发行。选集“导论”介绍五四新文化运动，突出了胡适在提倡白话文中的作用，推誉鲁迅是“现代中国文学之父”，肯定其在白话短篇小说创作中的巨大功绩。

12月，阿瑟·韦利译作《中国诗歌》(*Chinese Poems*)在伦敦出版。此书中的译作绝大多数选自《汉诗170首》、《诗经》、《译自中国文》等几种旧作，但收入此书前进行过修订。

1947年（中华民国三十六年）

4月，朱生豪翻译《莎士比亚戏剧全集》（三辑）由上海世界书局出版，收入其所译27种莎剧。

12月，上海商务印书馆出版李祁著《华茨华斯及其序曲》。李祁在牛津的导师戴璧霞女士是专门研究弥尔顿与华兹华斯的专家。他的另一著作《英国文学》于1948年由上海华夏图书出版公司发行。

9月，在英国文化委员会旅居研究奖的资助下，卞之琳应邀赴英，在牛津大学拜里奥学院作客座研究员一年半。

我国红楼梦研究学者吴世昌应聘任教于牛津大学，用英语讲授《红楼梦》。霍克思跟着吴先生学了几个月的中文，并于同年完成牛津的中文学习，成为牛津继戴乃迭之后第二位获得中国文学荣誉学位的学生。

英国记者、诗人罗伯特·白英编译的《当代中国诗歌选》在伦敦出版发行，主要收录30年代以后的诗作。

1948年（中华民国三十七年）

1月，上海商务印书馆出版孙大雨译《黎琊王》（《李尔王》）。孙大雨这部莎剧译本中第一次采用了以“音组”代“步”的传达方式，开创了莎剧诗体翻译的先河。他还为译作写了长篇导言和注解。

3月，巴金把翻译英国作家王尔德的童话及散文诗结集为《快乐王子集》，由上海文化生活出版社作为《译文丛书》之一出版。

6月，中兴书局出版了沙金翻译的译诗集《幽会与黄昏》，列为《中兴诗丛》第2集。该书收录的均为英国诗歌，分为“浪漫主义全盛时代”与“维多利亚时代”两个部分。

7月，《中国新诗》第2集发表卞之琳译奥登《战时在中国作·译者前言》。抗战期间，卞译介奥登这5首诗，是为了让正浴血于战火中的中国读者从这些“亲切而严肃，朴素而崇高”的诗中获得自审、自尊、自强的精神力量。

8月，《时与文》第3卷第10期发表林海《咆哮山庄及其作者》一文，称《咆哮山庄》在小说史上是一个“怪胎”，它不像小说，尤其不像女人笔下的小说。

刘鹗的名篇《老残游记》由杨宪益、戴乃迭夫妇翻译成英文，在伦敦出版发行。

1949年

2月24日，清华大学校委会通过聘燕卜逊为清华兼任教授，授“当代英国诗歌”。

11月10日，《文艺报》第1卷第4期发表卞之琳《开讲英国诗想到的一些体验》一文。该文对包括华兹华斯在内的英国浪漫诗人颇有微词，原因正在于他们走的是一条脱离现实的道路。

12月，上海文化工作社出版拜伦的长篇叙事诗《海盗》以及长篇叙事诗集《可林斯的围攻》，由杜秉正翻译。

12月，阿瑟·韦利关于唐代诗人白居易的传记《白居易的生平与时代》在伦敦出版发行。韦利曾先后译出白居易各体诗歌108首，并随着他翻译的中国诗各种选集的再版而反复修订。他评价白居易诗歌给人印象最深刻的特点是平实易懂，而其同时代人的诗作却一味追求典雅，炫耀学问的渊博，或卖弄技巧上的花样。

1950年

4月23日，英国文化协会在上海召开纪念莎士比亚诞生386周年纪念会，会后由石挥、丹尼演出《乱世英雄》片段。

5月，狄更斯的《大卫·科波菲尔》由董秋斯翻译，三联书店出版。董译本是继林纾《块肉余生述》之后，在中国出现的第二个中译本，也是第一个白话译本。

6月，胡风在杭州浙江大学中文系发表演讲，谈及莎士比亚的理解与接受问题。他指出“学习莎士比亚，要从作品里理解一个作家的基本精神。应该理解他是怎样地反映了现实而又推动了现实，正是这些给我们以力量来对待今天的现实，帮助我们更成功地创造自己的东西”。

9月，广学会出版《复乐园》，由朱维之翻译。译者以此本参加广学会的翻译比赛，荣获一等奖。

10月，文化工作社出版屠岸译莎士比亚的《十四行诗》，这是莎士比亚154首十四行诗第一次全部译成中文问世。

英国汉学家阿瑟·韦利的《李白的诗歌与生平》在伦敦出版刊行。这本李白传记属于《东西方伦理学与宗教经典著作》丛书的第3种。丛书的出版是为了满足二次大战后，西方世界深入理解其他国家的文明、道德与精神成就的需要。结果，李白这位中华文明的代表却充当了反面角色。他被介绍给英国公众，仅仅是为了衬托其他各国道德与精神的高尚之士。尽管韦利承认李白是个伟大诗人，是“英国人民最了解的中国古代诗人之一”，但通过全书更为详尽的介绍，英国人民反而增加了误解，李白的伟大也受到损害。

参考文献

说明：中文文献以著者姓氏音序排列，英文文献以著者姓氏首字母顺序排列，同一作者的多种著述按出版先后顺序排列。

一、 中文文献

（一） 著作（含译著）

A

阿英编选．中国新文学大系（史料·索引卷）．上海：良友图书印刷公司，1936

阿英编．鸦片战争文学集．北京：古籍出版社，1957

艾恺．世界范围内的反现代化思潮．贵阳：贵州人民出版社，1991

艾田蒲．中国之欧洲（上、下）．钱林森，许钧译．郑州：河南人民出版社，1992

埃斯卡皮．文学社会学．王美华，于沛译．合肥：安徽文艺出版社，1987

安旗，薛天纬．李白年谱．济南：齐鲁书社，1982

安田朴．中国文化西传欧洲史．耿昇译．北京：商务印书馆，2000

奥威尔．奥威尔文集．董乐山编．北京：中国广播电视出版社，1998

奥威尔．一九八四．董乐山译．沈阳：辽宁教育出版社，1998

奥威尔．巴黎伦敦流浪记．朱乃长译．台北：书林出版有限公司，2003

奥威尔．缅甸岁月．李锋译．南京：南京大学出版社，2007

B

巴特·穆尔·吉尔伯特．后殖民理论——语境·实践·政治．陈仲丹译．南京：南京大学出版社，2001

白之．白之比较文学论文集．微周等译．长沙：湖南文艺出版社，1987

北大比较文学研究所编．中国比较文学研究资料：1919—1949. 北京：北京大学出版社，

1989

北京图书馆编 . 民国时期总书目・语言文学分册（1911—1949）. 北京：书目文献出版社，1986

北京图书馆编 . 民国时期总书目・外国文学（1911—1949）. 北京：书目文献出版社，1987

北京图书馆编 . 民国时期总书目・文学理论・世界文学・中国文学（1919—1949）. 北京：书目文献出版社，1992

鲍霁编 . 萧乾研究资料 . 北京：十月文艺出版社，1988

卞之琳 . 莎士比亚悲剧论痕 . 北京：三联书店，1989

斌椿 . 乘槎笔记 . 长沙：岳麓书社，1985

冰心 . 冰心论创作 . 上海：上海文艺出版社，1982

博埃默 . 殖民与后殖民文学 . 盛宁等译 . 沈阳：辽宁教育出版社，1998

柏拉图 . 文艺对话集 . 朱光潜译 . 北京：人民文学出版社，1963

布劳特 . 殖民者的世界模式：地理传播主义和欧洲中心主义史观 . 谭荣根译 . 北京：社会科学文献出版社，2002

卜松山 . 与中国作跨文化对话 . 刘慧儒 , 张国刚等译 . 北京：中华书局，2000

C

曹广涛 . 英语世界的中国传统戏剧研究与翻译 . 广州：广东高等教育出版社，2009

曹树钧，孙福良 . 莎士比亚在中国舞台上 . 哈尔滨：哈尔滨出版社，1989

常风 . 逝水集 . 沈阳：辽宁教育出版社，1995

陈丙莹 . 卞之琳评传 . 重庆：重庆出版社，1998

陈国球 . 文学史书写形态与文化政治 . 北京：北京大学出版社，2004

陈鸿祥 . 王国维年谱 . 济南：齐鲁书社，1991

陈鸿祥 . 王国维传 . 北京：人民出版社，2004

陈鹏翔 . 主题学研究论文集 . 台北：台北东大图书公司，1983

陈平原 . 文学史的形成与建构 . 南宁：广西教育出版社，1999

陈平原等编 . 晚明与晚清：历史传承与文化创新 . 武汉：湖北教育出版社，2002

陈平原辑 . 早期北大文学史讲义三种 . 北京：北京大学出版社，2005

陈平原，夏晓红编 . 二十世纪中国小说理论资料（第一卷）. 北京：北京大学出版社，1997

陈受颐 . 中欧文化交流史事论丛 . 台北：台湾商务印书馆，1970

陈同生 . 不倒的红旗 . 北京：中国青年出版社，1959

陈伟 . 西方人眼中的东方戏剧艺术 . 上海：上海教育出版社，2004

陈玉刚主编 . 中国翻译文学史稿 . 北京：中国对外翻译出版公司，1989

陈子善编 . 叶公超批评文集 . 珠海：珠海出版社，1998

D

戴燕 . 文学史的权力 . 北京：北京大学出版社，2002

丁瑞根 . 悲情诗人——朱湘 . 石家庄：花山文艺出版社，1992

丁文江，赵丰田编 . 梁启超年谱长编 . 上海：上海人民出版社，1983

董解元撰 . 西厢记诸宫调 . 候岱麟校订 . 北京：文学古籍刊行社，1955

董洪川 . "荒原"之风：T. S. 艾略特在中国 . 北京：北京大学出版社，2004

杜赫德 . 耶稣会士中国书简集（第三卷）. 朱静译 . 郑州：大象出版社，2001

杜慧敏 . 晚清主要小说期刊译作研究（1901—1911）. 上海：上海书店出版社，2007

杜平 . 想象东方：英国文学的异国情调和东方形象 . 上海：上海外语教育出版社，2007

都文伟 . 百老汇的中国题材与中国戏曲 . 上海：上海三联书店，2002

段安节撰 . 乐府杂录 . 北京：中华书局，1985

段成式撰 . 酉阳杂俎 . 北京：中华书局，1981

段汉武 . 百年流变：中国视野下的英国文学史书写 . 北京：海洋出版社，2009

段怀清 . 传教士与晚清口岸文人 . 广州：广东人民出版社，2007

段怀清，周俐玲编著 .《中国评论》与晚清中英文学交流 . 广州：广东人民出版社，2006

F

范存忠 . 中国文化在启蒙时期的英国 . 上海：上海外语教育出版社，1991

范伯群，朱栋霖主编 .1898—1949 年中外文学比较史（上、下卷）. 南京：江苏教育出版社，1993

方重 . 英国诗文研究集 . 上海：商务印书馆，1939

方华文 . 20 世纪中国翻译史 . 西安：西北大学出版社，2005

废名 . 论新诗及其他 . 沈阳：辽宁教育出版社，1998

冯承钧 . 海录注 . 上海：商务印书馆，1938

冯崇义 . 罗素与中国——西方思想在中国的一次经历 . 北京：三联书店，1994

冯客 . 近代中国之种族观念 . 杨立华译 . 南京：江苏人民出版社，1999

冯茜 . 英国的石楠花在中国：勃朗特姐妹作品在中国的流布及影响 . 北京：中国社会科学出版社，2008

佛雏 . 王国维诗学研究 . 北京：北京大学出版社，1999

伏尔泰 . 风俗论 . 梁守锵译 . 北京：商务印书馆，1996

弗朗西斯 • 约斯特 . 比较文学导论 . 廖鸿钧等译 . 长沙：湖南文艺出版社，1988

方仁念 . 新月派评论资料选 . 上海：华东师范大学出版社，1993

方仁念编 . 闻一多在美国 . 上海：华东师范大学出版社，1985

方诗铭 . 中国历史纪年表 . 上海：上海辞书出版社，1980

G

戈宝权 . 中外文学因缘 . 北京：北京出版社，1992

高旭东 . 鲁迅与英国文学 . 西安：陕西人民教育出版社，1996

高文汉 . 日本近代汉文学 . 银川：宁夏人民出版社，2005

葛桂录 . 雾外的远音：英国作家与中国文化 . 银川：宁夏人民出版社，2002

葛桂录 . 他者的眼光：中英文学关系论稿 . 银川：宁夏人民教育出版社，2003

葛桂录 . 中英文学关系编年史 . 上海：上海三联书店，2004

葛桂录 . 跨文化语境中的中外文学关系研究 . 上海：上海三联书店，2008

葛校琴 . 后现代语境下的译者主体性研究 . 上海：上海译文出版社，2006

葛一虹主编 . 中国话剧通史 . 北京：文化艺术出版社，1997

辜鸿铭 . 中国人的精神 . 黄兴涛，宋小庆译 . 海口：海南出版社，1996

辜鸿铭 . 辜鸿铭文集 . 黄兴涛等译 . 海口：海南出版社，1996

国家出版事业管理局版本图书馆编 .1949—1979 年翻译出版外国古典文学著作目录 . 北京：中华书局，1980

郭沫若 . 郭沫若全集 . 北京：人民文学出版社，1992

郭嵩焘 . 伦敦与巴黎日记 . 长沙：岳麓书社，1984

郭英剑编 . 赛珍珠评论集 . 桂林：漓江出版社，1999

郭延礼 . 中国近代翻译文学概论 . 武汉：湖北教育出版社，1998

郭著章等 . 翻译名家研究 . 武汉：湖北教育出版社，1999

龚敏 . 黄人及其小说小话之研究 . 济南：齐鲁书社，2006

顾彬 . 关于“异”的研究 . 曹卫东编译 . 北京：北京大学出版社，1997

顾长声 . 传教士与近代中国 . 上海：上海人民出版社，1981

顾伟列主编 .20 世纪中国古代文学国外传播与研究 . 上海：华东师范大学出版社，2011

故宫博物院明清档案部，福建师大历史系编 . 清季中外使领年表 . 北京：中华书局，1985

H

哈罗德 • 伊萨克斯 . 美国的中国形象 . 于殿利 , 陆日宇译 . 北京：时事出版社，1999

韩洪举 . 林译小说研究——兼论林纾自撰小说与传奇 . 北京：中国社会科学出版社，2005

韩石山 . 徐志摩传 . 北京：十月文艺出版社，2000

韩子满 . 文学翻译杂合研究 . 上海：上海译文出版社，2005

何培忠 . 当代国外中国学研究 . 北京：商务印书馆，2006

何寅 , 许光华主编 . 国外汉学史 . 上海：上海外语教育出版社，2002

何兆武 . 中西文化交流史论 . 北京：中国青年出版社，2001

海岸 . 中西诗歌翻译百年论集 . 上海：上海外语教育出版社，2007

海德格尔 . 存在与时间 . 陈嘉映，王庆节译 . 北京：三联书店，1999

赫德 . 这些从秦国来——中国问题论集 . 叶凤美译 . 天津：天津古籍出版社，2005

赫德逊 . 欧洲与中国 . 王遵仲等译 . 北京：中华书局，1995

黑格尔 . 美学 . 朱光潜译 . 北京：商务印书馆，1979

洪湛侯 . 诗经学史 . 北京：中华书局，2002

胡忌 . 宋金杂剧考 . 上海：上海古典文学出版社，1957

胡经之 . 中国古典文艺学丛编（一、二）. 北京：北京大学出版社，2001

胡文彬 , 周雷 . 香港红学论文选 . 天津：百花文艺出版社，1982

胡勇 . 中国镜像——早期中国人英语著述里的中国 . 苏州：苏州大学出版社，2012

胡优静 . 英国 19 世纪的汉学史研究 . 北京：学苑出版社，2009

黄长著等编 . 欧洲中国学 . 北京：社会科学文献出版社，2004

黄嘉德 . 萧伯纳研究 . 济南：山东大学出版社，1989

黄俊英 . 二次大战的中外文化交流史 . 重庆：重庆出版社，1991

黄龙 . 红楼梦涉外新考 . 南京：东南大学出版社，1989

黄鸣奋 . 英语世界里中国古典文学之传播 . 上海：学林出版社，1997

黄人著 . 黄人集 . 江庆柏 , 曹培根整理 . 上海：上海文化出版社，2001

黄时鉴 . 东西交流史论稿 . 上海：上海古籍出版社，1998

黄时鉴主编 . 东西交流论谭 . 上海：上海文艺出版社，1998

黄时鉴主编 . 东西交流论谭（第二集）. 上海：上海文艺出版社，2001

黄兴涛 . 闲话辜鸿铭 . 桂林：广西师范大学出版社，2001

J

济慈 . 济慈诗选 . 朱维基译 . 上海：上海译文出版社，1983

济慈 . 济慈书信集 . 傅修延译 . 北京：东方出版社，2002

贾植芳 , 陈思和主编 . 中外文学关系史资料汇编（1898—1937）（上、下册）. 桂林：广西师范大学出版社，2004

贾植芳 , 俞元桂主编 . 中国现代文学总书目 • 翻译文学卷 . 福州：福建教育出版社，1993

江岚 . 唐诗西传史论——以唐诗在英美的传播为中心 . 北京：学苑出版社，2009

江弱水 . 中西同步与位移——现代诗人丛论 . 合肥：安徽教育出版社，2003

姜其煌 . 欧美红学 . 郑州：大象出版社，2005

蒋天枢 . 楚辞校释 . 上海：上海古籍出版社，1989

金开诚 . 文艺心理学概论 . 北京：北京大学出版社，1999

金元浦．接受反应文论．济南：山东教育出版社，1998

K

卡莱尔．英雄与英雄崇拜．张峰，吕霞译．上海：上海三联书店，1995

康德．判断力批判．邓晓芒译．北京：人民出版社，2002

L

兰姆．伊利亚随笔．高健译．广州：花城出版社，1999

老子．老子．王弼注．上海：上海古籍出版社，1989

李安宅．意义学．上海：商务印书馆，1934

李昉等撰．太平御览．北京：中华书局，1960

李强．中西戏剧文化交流史．北京：人民音乐出版社，2002

李盛平主编．中国近现代人名大辞典．北京：中国国际广播出版社，1989

李时岳．李提摩太．北京：中华书局，1964

李奭学．中西文学因缘．台北：联经出版事业公司，1991

李岫，秦林芳主编．二十世纪中外文学交流史（上、下卷）．石家庄：河北教育出版社，2001

李玉良．《诗经》英译研究．济南：齐鲁书社，2007

李伟昉．梁实秋莎评研究．北京：商务印书馆，2011

李伟民．光荣与梦想——莎士比亚研究在中国．香港：天马图书有限公司，2002

李伟民．中国莎士比亚批评史．北京：中国戏剧出版社，2006

李伟民．中西文化语境里的莎士比亚．上海：上海外语教育出版社，2009

理雅各译．汉英四书．刘重德，罗志野校注．长沙：湖南出版社，1992

理雅各译．周易．秦颖，秦穗校注．长沙：湖南出版社，1993

利玛窦，金尼阁．利玛窦中国札记．何高济等译．北京：中华书局，1983

利奇温．十八世纪中国与欧洲的文化接触．朱杰勤译．北京：商务印书馆，1962

黎舟，阙国虬．茅盾与外国文学．厦门：厦门大学出版社，1991

梁鸿编选．闻一多诗文名篇．长沙：湖南文艺出版社，2003

梁实秋 . 文学的纪律 . 上海：新月书店，1928

廖七一 . 当代西方翻译理论探索 . 南京：译林出版社，2000

廖七一 . 胡适诗歌翻译研究 . 北京：清华大学出版社，2006

林本椿主编 . 福建翻译家研究 . 福州：福建教育出版社，2005

林庚 . 诗人李白 . 上海：上海古籍出版社，2000

林煌天主编 . 中国翻译词典 . 武汉：湖北教育出版社，1997

林健民 . 中国古诗英译 . 北京：中国华侨出版公司，1989

林以亮 .《红楼梦》西游记 . 台北：联经出版事业公司，1976

林以亮 . 文思录 . 沈阳：辽宁教育出版社，2001

林以亮 . 红楼梦西游记・细评红楼梦新英译 . 台北：联经出版事业公司，2007

刘重德译 . 德・昆西经典散文选（英汉对照本）. 长沙：湖南文艺出版社，2000

刘介民 . 类同研究的再发现：徐志摩在中西文化之间 . 北京：中国社会科学出版社，2003

刘久明 . 郁达夫与外国文学 . 武汉：华中科技大学出版社，2001

刘宓庆 . 汉英对比研究与翻译 . 南昌：江西教育出版社，1991

刘士聪编 . 红楼译评：《红楼梦》翻译研究论文集 . 天津：南开大学出版社，2004

刘锡鸿 . 英轺私记 . 长沙：岳麓书社，2002

刘煊 . 闻一多评传 . 北京：北京大学出版社，1983

刘昫等撰 . 旧唐书 . 北京：中华书局，1975

刘正 . 海外汉学研究：汉学在20世纪东西方各国研究和发展的历史 . 武汉：武汉大学出版社，2002

刘正 . 图说汉学史 . 桂林：广西师范大学出版社，2005

刘志权 . 纯粹的诗人：朱湘 . 北京：文史哲出版社，2004

柳卸林主编 . 世界名人论中国文化 . 武汉：湖北人民出版社，1991

楼宇烈，张西平主编 . 中外哲学交流史 . 长沙：湖南教育出版社，1998

逯钦立辑校 . 先秦汉魏晋南北朝诗（上、中、下）. 北京：中华书局，1983

陆润棠，夏写时编 . 比较戏剧论文集 . 北京：中国戏剧出版社，1988

陆耀东等主编．闻一多国际学术研讨会论文选．武汉：武汉大学出版社，2002

罗伯茨编著．十九世纪西方人眼中的中国．蒋重跃，刘林海译．北京：时事出版社，1999

罗锦堂．从赵氏孤儿到中国孤儿．台北：联经出版事业公司，1977

罗皑岚，柳无忌，罗念生．二罗一柳忆朱湘．北京：三联书店，1985

罗念生编．朱湘书信集．天津：人生与文学社，1936

罗素．中国问题．秦悦译．上海：学林出版社，1996

吕浦等译．“黄祸论”历史资料选辑．北京：中国社会科学出版社，1979

吕叔湘编著．中诗英译比录．北京：中华书局，2002

吕天石．欧洲近代文艺思潮．上海：商务印书馆，1933

M

马丁·布思．鸦片史．任华梨译．海口：海南出版社，1999

马可·波罗．马可·波罗行纪．冯承钧译．上海：上海书店出版社，2000

马克思，恩格斯．马克思恩格斯全集．北京：人民出版社，1962

马戛尔尼．乾隆英使觐见记．刘半农译．上海：中华书局，1917

马礼逊夫人编．马礼逊回忆录．顾长声译．桂林：广西师范大学出版社，2004

马庆红，殷凤娟．英美文学中的中国文化．北京：中国戏剧出版社，2010

马森．西方的中华帝国观．杨德山等译，北京：时事出版社，1999

马祖毅．中国翻译史（上卷）．武汉：湖北教育出版社，1999

马祖毅，任荣珍．汉籍外译史．武汉：湖北教育出版社，1997

麦高恩．近代中国人的生活掠影．李征，吕琴译．南京：南京出版社，2009

茅盾．我走过的道路（上）．北京：人民文学出版社，1981

毛姆．在中国屏风上．陈寿庚译．长沙：湖南人民出版社，1987

毛姆．彩色的面纱．刘宪之译．北京：十月文艺出版社，1988

毛姆．人生的枷锁．张柏然等译．上海：上海译文出版社，1997

曼德维尔．曼德维尔游记．郭泽民，葛桂录译．上海：上海书店出版社，2006

梅光迪．梅光迪文录．罗岗，陈春艳编．沈阳：辽宁教育出版社，2001

梅启波 . 作为他者的欧洲：欧洲文学在 20 世纪 30 年代中国的传播 . 武汉：华中师范大学出版社，2008

门多萨 . 中华大帝国史 . 何高济译 . 北京：中华书局，1998

孟华编 . 中国文学中的西方人形象 . 合肥：安徽教育出版社，2006

孟华主编 . 比较文学形象学 . 北京：北京大学出版社，2001

孟宪强 . 中国莎学简史 . 长春：东北师范大学出版社，1994

弥尔顿 . 失乐园 . 朱维之译 . 上海：上海译文出版社，1984

莫东寅 . 汉学发达史 . 上海：上海书店出版社影印出版，1989

N

倪平编著 . 萧伯纳与中国 . 石家庄：河北人民出版社，2001

倪正芳 . 拜伦与中国 . 西宁：青海人民出版社，2008

O

欧阳昱 . 表现他者——澳大利亚小说中的中国人：1888—1988. 北京：新华出版社，2000

P

潘重规 . 红学六十年 . 台北：三民书局，1991

潘琳 . 炎黄子孙——华人移民史 . 陈定平 , 陈广鳌译 . 上海：上海三联书店，1992

培根 . 新工具 . 许宝揆译 . 北京：商务印书馆，1984

佩雷菲特 . 停滞的帝国：两个帝国的撞击 . 王国卿等译 . 北京：三联书店，1993

彭斐章主编 . 中外图书交流史 . 长沙：湖南教育出版社，1998

Q

钱林森编 . 中外文学因缘 . 南京：南京大学出版社，1989

钱林森 . 中国文学在法国 . 广州：花城出版社，1990

钱林森 . 法国作家与中国 . 福州：福建教育出版社，1995

钱林森 , 李比雄 , 苏盖主编 . 文化：中西对话中的差异与共存 . 南京：南京大学出版社，1999

钱林森 . 光自东方来：法国作家与中国文化 . 银川：宁夏人民出版社，2004

钱林森．和而不同——中法文化对话集．南京：南京大学出版社，2009

钱满素．爱默生与中国．北京：三联书店，1996

钱锺书等．林纾的翻译．北京：商务印书馆，1981

钱锺书．钱锺书论学文集．广州：花城出版社，1990

R

任半塘．唐戏弄（上、下）．北京：作家出版社，1958

荣广润，姜萌萌，潘薇．地球村中的戏剧互动：中西戏剧影响比较研究．上海：上海三联书店，2007

荣挺进主编，徐薇编．徐志摩讲诗．北京：新华出版社，2005

阮元校刻．十三经注疏附校勘记．北京：中华书局，1980

瑞恰慈．文学批评原理．杨自伍译．南昌：百花洲文艺出版社，1997

S

萨本仁，潘兴明．20 世纪的中英关系．上海：上海人民出版社，1996

萨义德．东方学．王宇根译．北京：三联书店，2000

萨义德．文化与帝国主义．李琨译．北京：三联书店，2003

沙枫．中国文学英译絮谈．香港：大光出版社，1976

上海图书馆编．中国近代现代丛书目录总目．上海：上海图书馆印，1979

沈福伟．西方文化和中国（1793—2000）．上海：上海教育出版社，2003

沈福伟．中西文化交流史（第 2 版）．上海：上海人民出版社，2006

沈岩．船政学堂．北京：科学出版社，2007

沈雁冰．司各德评传．上海：商务印书馆，1924

史景迁．文化类同与文化利用——世界文化总体对话中的中国形象．廖世奇，彭小樵译．北京：北京大学出版社，1990

施建业．中国文学在世界的传播与影响．济南：黄河出版社，1993

施叔青．西方人看中国戏剧．台北：联经出版事业公司，1976

施蛰存主编．中国近代文学大系·翻译文学集．上海：上海书店，1990

斯诺编 . 活的中国：现代中国短篇小说选 . 陈琼芝辑录 . 文洁若译 . 长沙：湖南人民出版社，1983

宋炳辉 . 方法与实践——中外文学关系研究 . 上海：复旦大学出版社，2004

宋柏年主编 . 中国古典文学在国外 . 北京：北京语言学院出版社，1994

孙歌 , 陈燕谷 , 李逸津 . 国外中国古典戏曲研究 . 南京：江苏教育出版社，2000

孙景尧 . 沟通——访美讲学论中西比较文学 . 南宁：广西人民出版社，1991

孙希旦撰 . 礼记集解 . 北京：中华书局，1989

孙玉石编 . 朱湘 . 北京：人民文学出版社，1985

孙致礼主编 . 中国的英美文学翻译：1949—2008. 南京：译林出版社，2009

T

谈瀛洲 . 莎评简史 . 上海：复旦大学出版社，2005

谭佛雏 . 王国维诗学研究 . 北京：北京大学出版社，1999

谭佛雏校辑 . 王国维哲学美学论文辑佚 . 上海：华东师范大学出版社，1993

谭树林 . 马礼逊与中西文化交流 . 杭州：中国美术学院出版社，2004

谭载喜 . 西方翻译简史 . 北京：商务印书馆，1991

唐沅等编 . 中国现代文学期刊目录汇编（上、下册）. 天津：天津人民出版社，1988

滕云主编 . 当代中外文化交流史料（第一辑）. 北京：文化艺术出版社，1990

童真 . 狄更斯与中国 . 湘潭：湘潭大学出版社，2008

W

汪榕培 , 王宏 . 中国典籍英译 . 上海：上海外语教育出版社，2009

王尔德 . 王尔德全集（第四卷）. 杨东霞 , 杨烈等译 . 北京：中国文学出版社，2000

王国维撰 . 宋元戏曲史 . 叶长海导读 . 上海：上海古籍出版社，1998

王宏印 .《红楼梦》诗词曲赋英译比较研究 . 西安：陕西师范大学出版社，2001

王骥德 . 曲律 . 北京：中国戏剧出版社，1957

王建开 . 五四以来我国英美文学作品译介史（1919—1949）. 上海：上海外语教育出版社，2003

王锦厚．五四新文学与外国文学．成都：四川大学出版社，1996

王丽娜编著．中国古典小说戏曲名著在国外．上海：学林出版社，1988

王礼锡．王礼锡诗文集．上海：上海文艺出版社，1993

王宁等．中国文化对欧洲的影响．石家庄：河北人民出版社，1999

王守仁等编．雪村樵夫论中西——英语语言文学教育家范存忠．南京：南京大学出版社，2002

王拾遗．白居易生活系年．银川：宁夏人民出版社，1981

王士志，卫元理编．王礼锡文集．北京：新华出版社，1989

王慎之，王子今辑．清代海外竹枝词．北京：北京出版社，1994

王统照．王统照文集．济南：山东人民出版社，1984

王晓路．中西诗学对话——英语世界的中国古代文论研究．成都：巴蜀书社，2000

王晓路．西方汉学界的中国文论研究．成都：巴蜀书社，2003

王琰．汉学视域中的《论语》英译研究．上海：上海外语教育出版社，2012

王毅．皇家亚洲文会北中国支会研究．上海：上海书店出版社，2005

王英志．袁枚评传．南京：南京大学出版社，2002

王运熙，李宝均．李白．上海：上海古籍出版社，1979

王佐良．莎士比亚绪论——兼及中国莎学．重庆：重庆出版社，1991

王佐良．英国诗史．南京：译林出版社，1993

王佐良．英国散文的流变》．北京：商务印书馆，1998

王佐良，何其莘．英国文艺复兴时期文学史．北京：外语教学与研究出版社，1995

韦勒克．现代文学批评史（第五卷）．章安祺，杨恒达译．北京：中国人民大学出版社，1991

韦斯坦因．比较文学与文学理论．刘象愚译．沈阳：辽宁人民出版社，1987

威尔斯．世界史纲．吴文藻等译．北京：人民出版社，1982

威妥玛著，张卫东译．语言自迩集：19世纪中期的北京话．北京：北京大学出版社，2002

魏尔特．赫德与中国海关．陈羖才等译．厦门：厦门大学出版社，1993

维科．新科学．朱光潜译．北京：人民出版社，1987

文洁若编选 . 萧乾英文作品选 . 北京：北京语言文化大学出版社，2001

闻黎明 . 闻一多传 . 北京：人民出版社，1992

吴持哲 . 欧洲文学中的蒙古题材 . 呼和浩特：内蒙古大学出版社，1997

吴伏生 . 汉诗英译研究：理雅各、翟理斯、韦利、庞德 . 北京：学苑出版社，2012

吴光耀 . 西方演剧史论稿 . 北京：中国戏剧出版社，2002

吴洁敏等 . 朱生豪传 . 上海：上海外语教育出版社，1990

吴结平 . 英语世界里的《诗经》研究 . 成都：四川大学出版社，2008

吴经熊 . 超越东西方 . 周伟驰译 . 北京：社科文献出版社，2002

吴孟雪 . 明清时期：欧洲人眼中的中国 . 北京：中华书局，2000

吴孟雪 , 曾丽雅 . 明代欧洲汉学史 . 北京：东方出版社，2000

吴宓 . 吴宓诗集 . 上海：中华书局，1935

吴令华编 . 吴世昌全集 . 石家庄：河北教育出版社，2002

吴学昭整理 . 吴宓日记 (第 1—8 册). 北京：三联书店，1998

吴赟 . 翻译 • 构建 • 影响：英国浪漫主义诗歌在中国 . 北京：北京大学出版社，2012

武汉大学闻一多研究室编 . 闻一多论新诗 . 武汉：武汉大学出版社，1985

伍杰主编 . 中文期刊大词典（1815—1994）（上、下册）. 北京：北京大学出版社，2000

X

奚永吉 . 文学翻译比较美学 . 武汉：湖北教育出版社，2000

夏康达 , 王晓平 . 二十世纪国外中国文学研究 . 天津：天津人民出版社，2000

夏写时 , 陆润棠编 . 比较戏剧论文集 . 北京：中国戏剧出版社，1988

向达 . 中西交通史 . 上海：中华书局，1924

香港中文大学编 . 英美学人论中国古典文学 . 香港：香港中文大学出版社，1973

萧乾 . 萧乾全集 . 武汉：湖北人民出版社，2005

谢清高口述，杨炳南笔录，安京校释 . 海录校释 . 北京：商务印书馆，2002

谢天振 . 译介学 . 上海：上海外语教育出版社，1999

谢天振主编 . 翻译研究新视野 . 青岛：青岛出版社，2003

解志熙 . 美的偏至：中国现代唯美—颓废主义文学思潮研究 . 上海：上海文艺出版社，1997

解志熙，王文金编校 . 于赓虞诗文辑存 . 开封：河南大学出版社，2004

忻剑飞 . 世界的中国观 . 上海：学林出版社，1991

忻平 . 王韬评传 . 上海：华东师范大学出版社，1990

熊式一 . 王宝川（中英文对照本）. 北京：商务印书馆，2006

熊文华 . 英国汉学史 . 北京：学苑出版社，2007

熊月之 . 西学东渐与晚清社会 . 上海：上海人民出版社，1994

徐葆耕编 . 瑞恰慈：科学与诗 . 北京：清华大学出版社，2003

徐通锵 . 基础语言学教程 . 北京：北京大学出版社，2001

徐学 . 英译《庄子》研究 . 上海：复旦大学出版社，2008

徐志摩 . 徐志摩全集 . 上海：上海书店出版社，1995

徐志啸 . 近代中外文学关系（19 世纪中叶—20 世纪初叶）. 上海：华东师范大学出版社，2000

许国烈编 . 中英文学名著译文比录 . 西安：陕西人民出版社，1985

许明龙 . 欧洲 18 世纪“中国热”. 太原：山西教育出版社，1999

许渊冲译 . 楚辞：汉英对照 . 北京：中国对外翻译出版公司，2008

雪莱 . 希腊 . 杨熙龄译 . 上海：新文艺出版社，1957

薛福成 . 薛福成日记 . 蔡少卿整理 . 长春：吉林文史出版社，2004

Y

痖弦编 . 朱湘文集 . 台北：洪范书店，1977

痖弦编 . 文学闲谈 . 台北：洪范书店，1978

阎奇男 .“爱”与“美”——王统照研究 . 北京：中国戏剧出版社，2004

阎振瀛 . 理雅各氏英译论语之研究 . 台北：台湾商务印书馆，1971

颜之推撰，赵曦明注，卢文弨补注 . 颜氏家训附传补遗补正 . 北京：中华书局，1985

杨莉馨 .20 世纪文坛上的英伦百合：弗吉尼亚 • 伍尔夫在中国 . 北京：人民出版社，2009

杨宪益主编 . 我有两个祖国——戴乃迭和她的世界 . 桂林：广西师大出版社，2003

杨扬 . 现代背景下的文化熔铸——闻一多与中外文学关系 . 福州：福建教育出版社，2001

杨周翰 . 十七世纪英国文学 . 北京：北京大学出版社，1985

姚斯 . 走向接受美学：接受美学与接受理论 . 周宁 , 金元浦译 . 沈阳：辽宁人民出版社，1987

尹德翔 . 东海西海之间：晚晴使西日记中的文化考察、认证与选择 . 北京：北京大学出版社，2009

尹锡康 , 周发祥编 . 楚辞资料海外编 . 武汉：湖北人民出版社，1986

殷国明 . 20 世纪中西文艺理论交流史论 . 上海：华东师范大学出版社，1999

殷克琪 . 尼采与中国现代文学 . 南京：南京大学出版社，2000

俞平伯 . 红楼梦研究 . 上海：复旦大学出版社，2004

余石屹 . 汉译英理论读本 . 北京：科学出版社，2008

虞坤林编 . 志摩的信 . 上海：学林出版社，2004

虞坤林整理 . 徐志摩未刊日记 . 北京：北京图书馆出版社，2003

袁可嘉 . 论新诗现代化 . 北京：三联书店，1988

乐黛云 . 跨文化之桥 . 北京：北京大学出版社，2002

乐黛云等编选 . 欧洲中国古典文学研究名家十年文选 . 南京：江苏人民出版社，1998

岳峰 . 架设东西方的桥梁：英国汉学家理雅各研究 . 福州：福建人民出版社，2004

Z

曾德昭 . 大中国志 . 何高济译 . 上海：上海古籍出版社，1998

曾纪泽 . 出使英法俄国日记 . 长沙：岳麓书社，1985

曾小逸主编 . 走向世界文学：中国现代作家与外国文学 . 长沙：湖南人民出版社，1985

查良铮译 . 英国现代诗选 . 长沙：湖南人民出版社，1985

詹庆华 . 全球化视野——中国海关洋员与中西文化传播（1854—1950 年）. 北京：中国海关出版社，2008

张德彝 . 欧美环游记（再述奇）. 长沙：湖南人民出版社，1981

张广智 . 西方史学史 . 上海：复旦大学出版社，2000

张汉良编．东西文学理论．台北：书林出版有限公司，1993

张弘．中国文学在英国．广州：花城出版社，1992

张庚，郭汉城编．中国戏曲通史．北京：中国戏剧出版社，1980

张国刚等．明清传教士与欧洲汉学．北京：中国社会科学出版社，2001

张京媛主编．后殖民理论与文化批评．北京：北京大学出版社，1999

张隆溪．走出文化的封闭圈．北京：三联书店，2004

张西平．中国与欧洲早期宗教和哲学交流史．北京：东方出版社，2001

张西平．传教士汉学研究．郑州：大象出版社，2005

张西平．马礼逊研究文献索引．郑州：大象出版社，2008

张西平编．欧美汉学研究的历史与现状．郑州：大象出版社，2005

张星烺．中西交通史料汇编（1—6 卷）．北京：中华书局，1979

张沅长等．英国小品文的演进与艺术．台北：学生书局，1971

张芝联主编．中英通使二百周年学术讨论会论文集．北京：中国社会科学出版社，1996

赵家璧主编．中国新文学大系·诗集（影印本）．上海：上海文艺出版社，2003

赵毅衡．西出洋关．北京：中国电影出版社，1998

赵毅衡．伦敦浪了起来．北京：人民文学出版社，2002

赵毅衡．诗神远游：中国如何改变了美国现代诗．上海：上海译文出版社，2003

赵毅衡．对岸的诱惑：中西文化交流人物．北京：知识出版社，2003

郑振铎．郑振铎古典文学论文集（上、下）．上海：上海古籍出版社，1984

郑振铎．中国文学史．北京：团结出版社，2006

郑振铎，傅东华主编：我与文学．上海：生活书店，1934

中国社会科学院编．世界中国学家名录．北京：社会科学文献出版社，1994

中国社会科学院近代史研究所翻译室编．近代来华外国人名辞典．北京：中国社会科学出版社，1981

中西中外关系史学会编．中西初识二编．郑州：大象出版社，2002

朱安博．归化与异化：中国文学翻译研究的百年流变．北京：科学出版社，2009

朱栋霖，范培松主编 . 中国雅俗文学研究（第一辑）. 上海：上海三联书店，2007

朱光潜 . 西方美学史 . 北京：人民文学出版社，1979

朱光潜 . 文艺心理学 . 合肥：安徽教育出版社，1996

朱徽编著 . 中英比较诗艺 . 成都：四川大学出版社，1996

朱杰勤 . 中外关系史论文集 . 郑州：河南人民出版社，1984

朱杰勤，黄邦和主编 . 中外关系史辞典 . 武汉：湖北人民出版社，1992

朱谦之 . 中国哲学对欧洲的影响 . 石家庄：河北人民出版社，1999

朱湘 . 朱湘诗集 . 成都：四川文艺出版社，1987

朱湘 . 朱湘书信二集 . 合肥：安徽文艺出版社，1987

朱学勤，王丽娜 . 中国与欧洲文化交流志 . 上海：上海人民出版社，1998

朱自清 . 朱自清全集 . 朱乔森编 . 南京：江苏教育出版社，1990

周发祥，李岫主编 . 中外文学交流史 . 长沙：湖南教育出版社，1999

周珏良 . 周珏良文集 . 北京：外语教学与研究出版社，1994

周宁 . 2000 年西方看中国（上、下）. 北京：团结出版社，1999

周宁 . 永远的乌托邦——西方的中国形象 . 武汉：湖北教育出版社，2000

周宁 . 中国形象：西方的学说与传说（8 卷本）. 北京：学苑出版社，2004

周宁 . 想象中国——从“孔教乌托邦”到“红色圣地”. 北京：中华书局，2004

周宁 . 天朝遥远：西方的中国形象研究 . 北京：北京大学出版社，2006

周小仪 . 唯美主义与消费文化 . 北京：北京大学出版社，2002

周一良主编 . 中外文化交流史 . 郑州：河南人民出版社，1987

周贻白 . 中国戏曲论集 . 北京：中国戏剧出版社，1960

周贻白选注 . 明人杂剧选 . 北京：人民文学出版社，1958

周兆祥 . 汉译哈姆莱特研究 . 香港：香港中文大学出版社，1981

邹霆 . 永远的求索——杨宪益传 . 上海：华东师范大学出版社，2001

邹振环 . 20 世纪上海翻译出版与文化变迁 . 南宁：广西教育出版社，2002

（二） 论文

A

艾德蒙·莱特．中国儒教对英国政府的影响．国际汉学，1995（1）

B

冰心．我与外国文学．外国文学评论，1981（3）

C

蔡乾．初译《花笺记》序言研究．兰台世界，2013（6）

蔡云艳，石颖．欲望化的他者——论笛福笔下的中国形象．西南交通大学学报，2008（1）

曹广涛．文化距离与英语国家的中国戏曲研究．理论月刊，2007（8）

曹航．论方重与乔叟．中国比较文学，2012（3）

曹树钧．曹禺与莎士比亚．名人传记，1994（4）

曹树钧．二十世纪莎士比亚戏剧的奇葩：中国戏剧莎剧．戏曲艺术，1996（1）

曹未风．莎士比亚在中国．文艺月报，1954（4）

陈广宏．黄人的文学观念与19世纪英国文学批评资源．文学评论，2008（6）

陈宏薇，江帆．难忘的历程——《红楼梦》英译事业的描述性研究．中国翻译，2003（5）

陈怀宇．英国汉学家艾约瑟的“唐宋思想变革”说．史学史研究，2011（4）

陈平原．晚清辞书视野中的“文学”——以黄人的编撰活动为中心．北京大学学报，2007（2）

陈思和．二十世纪中外文学关系研究中的“世界性因素”的几点思考．中国比较文学，2001（1）

陈受颐．十八世纪欧洲文学里的《赵氏孤儿》．岭南学报，1929，1（1）

陈受颐．鲁滨逊的中国文化观．岭南学报，1930，1（3）

陈受颐．好逑传之最早欧译．岭南学报，1930，1（4）

陈受颐．十八世纪欧洲之中国园林．岭南学报，1931，2（1）

陈勇．试论乔治·奥威尔与殖民话语的关系．外国文学，2008（3）

陈勇，葛桂录．奥威尔与萧乾、叶公超交游考．新文学史料，2012（4）

陈友冰．二十世纪中期以前英国作家笔下的中国形象及特征分析．华文文学，2008（2）

陈友冰．英国汉学的阶段性特征及成因探析——以中国古典文学研究为中心．汉学研究通

讯，2008 (3)

陈义海 . 徐志摩与英国浪漫派诗歌比较研究之二 . 盐城师专学报 , 1997 (4)

陈义海 . “精神之父”的“精神渗透”——徐志摩诗歌与哈代诗歌比较研究 . 盐城师专学报 , 1998 (3)

程代熙 . 《红楼梦》与十八世纪的欧洲文学 . 红楼梦学刊 , 1980 (2)

程钢 . 理雅各与韦利《论语》译文体现的义理系统的比较分析 . 孔子研究 , 2002 (2)

程章灿 . 魏理的汉诗英译及其与庞德的关系 . 南京大学学报 , 2003 (3)

程章灿 . 汉诗英译与英语现代诗歌——以魏理的汉诗英译及跳跃韵律为中心 . 江苏行政学院学报 , 2003 (3)

程章灿 . 想象异邦与文化利用：“红毛番”与大清朝——前汉学时代的一次中英接触 . 南京审计学院学报 , 2004 (2)

程章灿 . 阿瑟 • 魏理年谱简编 . 国际汉学 (第 11 辑). 郑州：大象出版社，2004

程章灿 . 魏理与布卢姆斯伯里文化圈交游考 . 中国比较文学 , 2005 (1)

程章灿 . 魏理眼中的中国诗歌史——一个英国汉学家与他的中国诗史研究 . 鲁迅研究月刊 , 2005 (3)

程章灿 . 东方古典与西方经典——魏理英译汉诗在欧美的传播及其经典化 . 中国比较文学 , 2007 (1)

程章灿 . 魏理文学创作中的“中国体”问题——中国文学在异文化语境中传播接受的一个案例 . 见：张宏生，钱南秀编 . 中国文学：传统与现代的对话 . 上海：上海古籍出版社，2007

D

丁宏为 . 叶芝与东方思想 . 北京大学学报专刊，1990

丁宏为 . 济慈看到了什么 . 外国文学评论，2004 (2)

董洪川 . 叶公超与 T. S. 艾略特在中国的传播与接受 . 外国文学研究 , 2004 (4)

董洪川 , 邓仕伦 . 有中国特色的关联 :“九叶”诗派接受 T. S. 艾略特探源 . 外国文学研究 , 2005 (1)

董洪川 . 赵萝蕤与《荒原》在中国的译介与研究 . 中国比较文学 , 2006 (4)

董俊峰，赵春华．国内劳伦斯研究述评．外国文学研究，1999 (2)

董守信．翟理斯和他的《华英字典》．津图学刊，2002 (2)

杜平．异国情调与怀旧——兰姆的中国形象．名作欣赏，2004 (8)

杜平．不一样的东方——拜伦和雪莱笔下的东方．四川外语学院学报，2005 (6)

段汉武，于丽娜．论英国文学史的叙述模式．宁波大学学报，2008 (4)

段怀清．理雅各《中国经典》的翻译缘起及体例考略．浙江大学学报，2005 (3)

段怀清．理雅各与儒家经典．孔子研究，2006 (6)

F

凡川．莎士比亚最早进入我国的足迹．戏剧学习，1982 (4)

范存忠．约翰生·高尔斯密与中国文化．金陵学报，1931, 1 (2)

范存忠．孔子与西洋文化．国风，1932 (3)

范存忠．卡莱尔论英雄．文艺月刊，1933, 4 (1)

范存忠．十七八世纪英国流行的中国戏．青年中国季刊，1940, 2 (2)

范存忠．十七八世纪英国流行的中国思想（上、下）．中央大学文史哲季刊，1941, 1 (1,2)

范存忠．鲍士韦尔的《约翰逊传》．时与潮文艺，1943, 1 (1)

范存忠．卡莱尔的《英雄与英雄崇拜》．时与潮文艺，1943, 2 (1)

范存忠．斯特莱奇的《维多利亚女王传》．时与潮文艺，1943, 2 (3)

范存忠．琼斯爵士与中国．思想与时代，1947 (46)

范存忠．《赵氏孤儿》杂剧在启蒙时期的英国．文学研究，1957 (3)

范存忠．中国的思想文物与哥尔斯密斯的《世界公民》．南京大学学报，1964 (1)

范存忠．中国的人文主义与英国的启蒙运动．文学遗产，1981 (4)

范存忠．Chinese Poetry and English Translations. 外国语，1981 (5)

范存忠．中国文化在英国发生影响的开端．外国语，1982 (6)

范存忠．中国园林和十八世纪英国的艺术风尚．中国比较文学，1985 (2)

范存忠．中国的思想文化与约翰逊博士．文学遗产，1986 (2)

范存忠．威廉·琼斯爵士与中国文化．南京大学学报，1989 (1)

范存忠 . 珀西的《好逑传及其他 . 外国语 , 1989 (5)

范东兴 . 闻一多与丁尼生 . 外国文学研究 , 1985 (4)

方豪 . 十七八世纪来华西人对我国经籍之研究 . 思想与时代 , 1943 (19)

方重 . 十八世纪的英国文学与中国 . 文哲季刊 , 1941, 2 (1,2)

傅勇 . 剑桥汉学管窥 . 中国文化研究 , 2004 (2)

傅勇林 . 中英文学关系 . 见 : 曹顺庆主编 . 世界比较文学史(下编). 北京: 北京师范大学出版社, 2000

G

戈宝权 . 莎士比亚的作品在中国 . 世界文学 , 1964 (5)

戈宝权 . 莎学在中国 . 莎士比亚研究创刊号, 1983

葛桂录 . 威廉·布莱克在中国的接受 . 淮阴师范学院学报 , 1998 (2)

葛桂录 . 建国以后华兹华斯在中国的接受 . 宁夏大学学报 , 1999 (1)

葛桂录 , 黄燕尤 . 文学因缘: 林纾眼中的狄更斯 . 淮阴师范学院学报 , 1999 (1)

葛桂录 . 道与真的追寻: 《老子》与华兹华斯诗歌中的"复归婴孩"观念比较 . 南京大学学报 , 1999 (2)

葛桂录 . 文学翻译中的文化传承: 华兹华斯八首译诗论析 . 外语教学 , 1999 (4)

葛桂录 . 民国时期狄更斯在中国的接受 . 淮阴师范学院学报 , 1999 (4)

葛桂录 . 20 世纪下半叶狄更斯在中国的接受 . 西北师范大学学报(社会科学版专辑), 1999 (10)

葛桂录 . 华兹华斯在中国的接受史 . 淮阴师范学院学报 , 2000 (2)

葛桂录 . 狄更斯及其小说在 20 世纪中国的传播与接受 . 苏东学刊 , 2000 (2)

葛桂录 . 华兹华斯及其作品在中国的译介与接受 (1900—1949) . 四川外语学院学报 , 2001 (1)

葛桂录 . 狄更斯: 打开老舍小说殿堂的第一把钥匙 . 宁夏大学学报 , 2001 (3)

葛桂录 . 论王国维的西方文学家传记 . 贵州师范大学学报 , 2001 (4)

葛桂录 . 英国文学里的中国形象及其文化阐释 . 中国比较文学教学与研究 , 2004

葛桂录 . 托马斯·卡莱尔与中国文化 . 淮阴师范学院学报 , 2004 (1)

葛桂录 , 刘茂生 . 奥斯卡·王尔德与中国文化 . 外国文学研究 , 2004 (4)

葛桂录 .“中国不是中国”：英国文学里的中国形象 . 福建师范大学学报 , 2005 (5)

葛桂录 . 王尔德对道家思想的心仪与认同 . 国际汉学 (第 12 辑). 郑州：大象出版社，2005

葛桂录 .“黄祸”恐惧与萨克斯·罗默笔下的傅满楚形象 . 贵州师范大学学报 , 2005 (4)

葛桂录 .“中国不是中国”：英国文学里的中国形象 . 福建师范大学学报 , 2005 (5)

葛桂录 . 论哈罗德·阿克顿小说里的中国题材 . 外国文学研究 , 2006 (1)

葛桂录 . 托马斯·柏克小说里的华人移民社会 . 贵州师范大学学报 , 2006 (2)

葛桂录 . 欧洲中世纪一部最流行的非宗教类作品——《曼德维尔游记》的文本生成、版本流传及中国形象综论 . 福建师范大学学报 , 2006 (4)

葛桂录 . 中英文学关系研究的历史进程及阐释策略 . 四川外语学院学报 , 2006 (4)

葛桂录 .“中国画屏”上的景象——论毛姆眼里的中国形象 . 英美文学研究论丛 (第 6 辑). 上海：上海外语教育出版社，2007

葛桂录 . 中外文学关系研究 30 年 . 烟台大学学报 , 2008 (4)

葛桂录 . I. A. 瑞恰慈与中西文化交流 . 福建师范大学学报 , 2009 (2)

葛桂录 . 文学因缘：王国维与英国文学 .（澳门）中西文化研究 , 2009 (2)

葛桂录 . 西方的中国叙事与帝国认知网络的建构运行——以英国作家萨克斯·罗默塑造的恶魔式中国佬形象为中心 . 文学评论丛刊 , 2010 (1)

葛桂录 . Shanghai、毒品与帝国认知网络——带有防火墙功能的西方之中国叙事 . 福建师范大学学报 , 2010 (3)

葛桂录 . 中外文学关系的史料学研究及其学科价值 . 跨文化对话 (第 29 辑). 北京：三联书店，2012

葛桂录 . 中外文学关系编年史研究的学术价值及现实意义 . 山东社会科学 , 2012 (1)

葛中俊 . 翻译文学：目的语文学的次范畴 . 中国比较文学 , 1997 (3)

耿宁 . 郁达夫·王尔德·唯美主义 . 外国文学研究 , 1998 (1)

龚明德 . 李霁野译《简·爱》的民国版 . 四川文学 , 1998 (11)

龚世芬 . 关于熊式一 . 中国现代文学研究丛刊，1996 (2)

辜也平 . 巴金与英国文学 . 巴金研究 , 1996 (2)

顾国柱 . 郭沫若与雪莱 . 郭沫若学刊 , 1991 (2)

顾卫星 . 马礼逊与中西文化交流 . 外国文学研究 , 2002 (4)

H

韩辉 . “音美再现”——析 H. A. Giles 译《秋声赋》. 广西大学学报 , 2008 (1)

韩洪举 . 林译《迦茵小传》的文学价值及其影响 . 浙江师范大学学报 , 2005 (1)

韩加明 . 菲尔丁在中国 . 四川外语学院学报 , 2006 (4)

郝稷 . 英语世界中杜甫及其诗歌的接受与传播 . 中国文学研究 , 2011 (1)

赫素玲 . 劳伦斯研究在中国 . 河南师范大学学报 , 1993 (3)

何宁 . 哈代与中国 . 外国文学评论 , 1999 (1)

何宁 . 中西哈代研究的比较与思考 . 中国比较文学 , 2009 (4)

何伟亚 . 档案帝国与污染恐怖：从鸦片战争到傅满楚 . 视界 (第 1 辑). 石家庄：河北教育出版社，2000

洪涛 .《红楼梦》英译与东西方文化的语言 . 红楼梦学刊 , 2001 (4)

洪涛 . 英国汉学家与《楚辞 • 九歌》的歧解和流传 . 漳州师范学院学报 , 2008 (1)

洪欣 . 鲁迅与萧伯纳 . 外语研究 , 1987 (2)

胡适 . 文学进化观念与戏剧改良 . 新青年 , 1918, 5 (4)

胡绍华 . 闻一多诗歌与英美近现代诗 . 外国文学研究 , 2006 (3)

胡文彬 .《红楼梦》在西方的流传与研究概述 . 北方论丛 , 1980 (1)

黄彩文 . 茅盾和司克特及其他 . 河北师大学报 , 2003 (3)

黄彩文 . 茅盾与萧伯纳：中英戏剧交流史上的一段情缘 . 河北学刊 , 2003 (5)

黄岚 . 梁遇春和英国小品文的影响 . 云南师范大学学报 , 2000 (5)

黄丽娟 , 陶家俊 . 书写中国，想象中国——论英国现代主义话语中的中国想象 . 当代外国文学 , 2011 (2)

黄鸣奋 . 近四世纪英语世界中国古典文学之流传 . 学术交流 , 1995 (3)

黄鸣奋 . 英语世界中国先秦至南北朝诗歌之传播 . 贵州社会科学 , 1997 (2)

黄鸣奋 . 二十世纪英语世界中国近代戏剧之传播 . 中华戏曲 , 1998 (21)

J

冀爱莲 . 翻译、传记、交游：阿瑟 • 韦利汉学研究策略考辨：〔学位论文〕. 福州 : 福建师范大学，2010

几道 , 别士 . 本馆附印说部缘起 . 国闻报 ,1987—10—16

江帆 . 他乡的石头记——《红楼梦》百年英译史研究：〔学位论文〕. 上海：复旦大学，2007

江岚 , 罗时进 . 唐诗英译发轫期主要文本辨析 . 南京师大学报 , 2009（1）

江岚 , 罗时进 . 早期英国汉学家对唐诗英译的贡献 . 上海大学学报 , 2009（2）

江上行 . 英语演京剧的回忆 . 见 : 江上行 . 六十年京剧见闻 . 上海：学林出版社，1986

姜其煌 .《红楼梦》西文译本一瞥 . 读书 , 1980（4）

姜铮 . 郭沫若与艾凡赫 . 外国文学研究 , 1980（2）

蒋林 , 余叶盛 . 浅析阿瑟 • 韦利《九歌》译本的三种译法 . 中国翻译 , 2011（1）

蒋秀云 . 20 世纪中期英国对中国古典戏剧的杂合翻译 . 琼州学院学报 , 2011（1）

蒋秀云 . 沉迷中国戏剧寻找精神家园——英国汉学家哈罗德 • 阿克顿翻译中国戏剧 . 安徽文学 , 2012（9）

K

阚维民 . 剑桥汉学的形成与发展 . 国际汉学 (第 10 辑). 郑州：大象出版社，2004

匡映辉 . 解放前我国舞台上的莎翁戏剧 . 戏剧报 , 1986（4）

L

李冰梅 . 韦利创意英译如何进入英语文学——以阿瑟•韦利翻译的《中国诗歌 170 首》为例 . 中国比较文学 , 2009（3）

李冰梅 . 冲突与融合：阿瑟 • 韦利的文化身份与《论语》的翻译研究：〔学位论文〕. 北京：首都师范大学，2009

李长林，杨俊明 . 莎士比亚作品在中国的传播——《中国莎学简史》再补遗 . 中国文学研究 , 1999（2）

李今 . 晚清语境中汉译鲁滨孙的文化改写与抵抗——鲁滨孙汉译系列研究之一 . 外国文学

研究 , 2009 (2)

李今 . 晚清语境中的鲁滨孙汉译“大陆报”本《鲁滨孙飘流记》的革命化改写 . 中国现代文学研究丛刊 , 2009 (2)

李乃坤 . 黄嘉德先生与萧伯纳研究 . 文史哲 , 1993 (2)

李倩 . 翟理思的《中国文学史》. 古典文学知识 , 2006 (3)

李欧梵 . 福尔摩斯在中国 . 外国文学研究 , 2005 (1)

李奭学 . 老舍伦敦书简及其他 .（台北）当代 , 1987 (20)

李奭学 . 傲慢与偏见——毛姆的中国印象记 .（台北）中外文学 , 1989, 17 (12)

李奭学 . 可能异域为招魂——苏曼殊汉译拜伦缘起 .（台北）当代，1989（37)

李奭学 . 从启示之镜到滑稽之雄——中国文人眼中的萧伯纳 .（台北）当代 , 1989 (37)

李奭学 . 莎士比亚入华百年 .（台北）当代，1989，18（39)

李奭学 . 另一种浪漫主义——梁遇春与英法散文传统 .（台北）中外文学，1989，18（7)

李奭学 . 从巧夺天工到谐和自然——中国园林艺术对西方文学的影响 .（台北）当代 , 1991 (59)

李伟民 . 抗日战争时代莎士比亚在中国 . 新文学研究 , 1993 (3,4)

李伟民 . 中国莎士比亚及其戏剧研究综述 . 四川戏剧 , 1997 (4)

李新德 . 约翰·巴罗笔下的中国形象 . 温州大学学报，2011 (5)

李以建 . 中国传统戏剧在西方 .（人大复印报刊资料）戏曲研究 , 1984（10)

李贻荫 . 翟理斯巧译《檀弓》. 中国翻译 , 1997 (3)

李兆强 . 十八世纪中英文学之接触 . 南风 , 1931, 4 (1)

梁家敏 . 阿瑟·韦利为中国古典文学在西方打开一扇窗 . 编辑学刊 , 2010 (2)

林岗 . 西洋文学在中国近代的最早译本 . 光明日报，1983—5—1

林奇 . 梁遇春与英国的 Essay. 福建师范大学学报 , 1989 (2)

林以亮 . 毛姆与我的父亲 .（台北）纯文学 , 1968, 3 (1)

林音 .《围城》与 *Tom Jones*. 观察周刊 , 1948, 5 (14)

刘炳善 . 英国随笔翻译在中国 . 外语与翻译 , 1994 (2)

刘洪涛 . 徐志摩的剑桥交游及其在中英现代文学交流中的意义 . 中国现代文学研究丛刊 ,

2006 (6)

刘久明 . 郁达夫与英国感伤主义文学 . 中国文学研究 , 2001 (2)

刘树森 .《天伦诗》与中译英国诗歌的发轫 .（香港）翻译学报 , 1998 (1)

刘树森 . 西方传教士与中国近代之英国文学翻译 . 英美文学研究论丛 (第 2 辑). 上海：上海外语教育出版社，2001

刘文峰 . 中国戏曲在港澳和海外年表 . 中华戏曲 .(第 22、23、25 辑) . 太原：山西古籍出版社，1999

刘燕 . 穆旦诗歌中的“T. S. 艾略特传统”. 外国文学评论 , 2003 (2)

刘艳 . 傅满洲——西方社会妖魔化中国的形象巅峰 . 淮海工学院学报 (人文社科版) , 2006 (2)

刘以鬯 . 我所认识的熊式一 . 文学世纪 , 2002 (6)

柳无忌 . 苏曼殊与拜伦“哀希腊”诗：兼论各家中译本 . 佛山师专学报 , 1985 (1)

龙伯格 . 理学在欧洲的传播过程 . 中国史动态 , 1988 (7)

M

毛迅 . 浪漫主义的“云游”：徐志摩诗艺的英国文学背景 . 西南民族学院学报 , 2000 (4)

梅光迪 . 卡莱尔与中国 . 思想与时代 , 1947 (46)

缪峥 . 阿瑟 • 韦利与中国古典诗歌翻译 . 国际关系学院学报 , 2000 (4)

P

潘红 . 哈葛德小说在中国：历史吊诡和话语意义 . 中国比较文学 , 2012 (3)

潘家洵 . 十七世纪英国戏剧与中国旧戏 . 新中华 , 1943 (复刊号)

潘延年 . 朱湘对外国诗歌的评介 . 艺谭 , 1986 (3)

Q

钱林森 , 葛桂录 . 异域文化之镜：他者想象与欲望变形——关于英国作家与中国文化关系的对话 . 中华读书报 • 国际文化，2003—9—3

钱玄同 . 随想录十八 . 新青年 , 1918, 5 (1)

钱锺书 . 论俗气 . 大公报，1933—11—14

钱锺书 . 论不隔 . 学文月刊 , 1934, 1 (3)

裘小龙 . 卞之琳与艾略特 . 中州文坛，1986 (1,2)

邱畅 . 中国形象在英国文学中的误读 . 文史 , 2012 (8)

秋叶 . 英国离中国有多远？——漫谈访问英国的几位中国先驱 . 中华读书报 • 国际文化 , 2003—6—18

秋叶 . “野蛮”和“文明”之争——英国早期游记的中国形象考察：综述 . 中华读书报 • 国际文化 , 2003—10—8

秋叶 . 丹皮尔对中国的现实主义观察——试析《新环球航海记》建构的中国形象 . 中华读书报 • 国际文化 , 2003—10—22

覃莉 . 论中国戏剧的写意性 . 美与时代 , 2005 (11)

秦寰明 . 中国文化的西传与李白诗——以英、美及法国为中心 . 中国学术 , 2003 (1)

R

冉利华 . 钱锺书的《17、18 世纪英国文学中的中国》简介 . 国际汉学 (第 11 辑). 郑州：大象出版社，2004

任明耀 . 哈姆莱特在中国 . 宁波大学学报 , 1994 (1)

任显楷 . 包腊《红楼梦》前八回英译本考释 . 红楼梦学刊 , 2010 (6)

S

赛珍珠 . 我对迭更司所负的债 . 译文 , 1937, 3 (3)

邵迎武 . 苏曼殊与拜伦 . 天津师范大学学报 , 1986 (3)

沈从文 . 论朱湘的诗 . 文艺月刊 , 1931, 2 (1)

沈弘 , 郭晖 . 最早的汉译英诗应是弥尔顿的《论失明》. 国外文学 , 2005 (2)

沈庆会 . 谈《迦因小传》译本的删节问题 . 华东师范大学学报 , 2006 (1)

沈绍镛 . 郁达夫与王尔德 . 文艺理论与批评 , 1996 (4)

帅雯霖 . 英国汉学三大家 . 见：阎纯德主编 . 汉学研究 (第五集). 北京：中华书局，2005

松岑 . 论写情小说与新社会之关系 . 新小说，1905 (17)

宋炳辉 . 徐志摩在接受西方文学中的错位现象辩析 . 中国比较文学 , 1999 (3)

宋清如 . 朱生豪与莎士比亚 . 文艺春秋 , 1946, 2 (2)

宋清如 . 朱生豪与莎士比亚戏剧 . 新文学史料 , 1989 (1)

孙建忠 . 《艾凡赫》在中国的接受与影响 (1905—1937). 闽江学院学报 , 2007 (1)

孙建忠 .20 世纪早期司各特小说在中国的兴衰演变 . 闽江学院学报 , 2011 (3)

孙玫 . 国外研究中国戏曲的英语文献索引 . 戏曲研究 (第 12 辑). 北京：文化艺术出版社，1984

孙轶旻 . 翟理斯译《聊斋志异选》的注释与译本的接受 . 明清小说研究，2007 (2)

苏文菁 . 华斯华兹在中国 . 中国比较文学 , 1999 (3)

T

唐述宗 . 是不可译论还是不可知论 . 中国翻译 , 2002 (1)

陶家俊 , 张中载 . 论英中跨文化转化场中的哈代与徐志摩 . 外国文学研究 , 2009 (5)

田汉 . 新罗曼主义及其他 . 少年中国 , 1920, 1 (2)

侗生 . 小说丛话 . 小说月报 , 1911, 2 (3)

童新 . 萧伯纳的中国之行 . 外交学院学报 , 1995 (1)

童庆生 . 普遍主义的低潮：I. A. 理查兹及其基本英语 . 见：社会・艺术・对话：人文新视野第二辑 . 天津：百花文艺出版社，2004

屠国元 , 范思金 . 英国早期诗歌翻译在中国 . 外语与翻译 , 1998 (2)

W

王次澄 . 伦敦大学亚非学院的传统中国学研究 . 国外社会科学 , 1994 (2)

王改娣 , 潘丽 . 英国浪漫主义诗歌与“五四”新诗流派 . 美与时代 , 2011 (3)

王国维 . 教育偶感 . 教育世界 , 1904 (81)

王国维 . 人间嗜好之研究 . 教育世界 , 1907 (146)

王辉 . 理雅各与《中国经典》. 中国翻译 , 2003 (2)

王际真 .《红楼梦》英文节译本序言（1929 年）. 红楼梦学刊，1984 (3)

王立群 .《漫游随录》中所塑造的英国形象 . 北京科技大学学报 , 2005 (1)

王丽娜 .《红楼梦》外文译本介绍 . 文献 , 1979 (1)

王丽娜 .《金瓶梅》在国外 . 河北大学学报（哲学社会科学版）, 1980 (2)

王丽娜 .《西游记》外文译本概述 . 文献 , 1980 (4)

王丽娜 .《西厢记》的外文译本和满蒙文译本 . 文学遗产 , 1981 (3)

王丽娜 . 英国汉学家德庇时之中国古典文学译著与北图藏本 . 文献 , 1989 (1)

王丽娜 . 元曲在国外 . 见：吕薇芬选编 . 名家解读元曲 . 济南：山东人民出版社，1999

王丽娜 . 欧阳修诗文在国外 . 河北师大学报 , 2003 (3)

王丽耘 . 郭沫若与英国文学 . 江西科技师范学院学报 , 2005 (5)

王丽耘 . 大卫 • 霍克思汉学年谱简编 . 红楼梦学刊 , 2011 (4)

王丽耘 . “石头”激起的涟漪究竟有多大？——细论《红楼梦》霍译本的西方传播 . 红楼梦学刊 , 2012 (4)

王列耀 . 五四前后中国人眼中的王尔德 . 云南师范大学学报 , 1987 (1)

王列耀 . 王尔德及其作品在中国的译介情况概述 . 文教资料 , 1987 (3)

王列耀 . 王尔德在中国的评介与争论 . 文学研究参考 , 1987 (4)

王列耀 . 王尔德与中国现代文学 . 黑龙江教育学院学报 , 1988 (3)

王丽耘 , 葛桂录 . 域外影响下的于赓虞诗学理论 . 贵州师范大学学报 , 2011 (1)

王燕 . 英国汉学家梅辉立《聊斋志异》译介刍议 . 蒲松龄研究 , 2011 (3)

王友贵 . 乔伊斯在中国：1922—1999. 中国比较文学 , 2000 (2)

王佐良 . 莎士比亚在中国的时辰 . 外国文学 , 1991 (2)

汪文顶 . 英国随笔对中国现代散文的影响 . 文学评论 , 1987 (4)

卫咏诚 . 伦敦“宝川夫人”观演记 . 良友，1936 (118)

魏洪丘 . 狄更斯和老舍 . 四川外语学院学报 , 1992 (2)

魏思齐 . 不列颠 (英国) 汉学研究的概况 . 汉学研究通讯 , 2008 (2)

吴定宇 . 来自英伦三岛的海风——论郭沫若与英国文学 . 中山大学学报 , 2002 (5)

吴洁敏 . 朱生豪与莎士比亚 . 外国文学研究 , 1986 (2,3)

吴世昌 . 红楼梦的西文译本和论文 . 文学遗产 , 1962 （增刊第 9 辑)

吴学平 . 王尔德与老庄哲学 . 解放军外语学院学报 , 1997 (增刊)

伍辉 . 解读英国文学中乌托邦类型的中国形象 . 南华大学学报 , 2005 (5)

X

萧乾 . 以悲剧结束的一段中英文学友谊：记福斯特 . 世界文学 , 1988 (3)

解志熙 . 英国唯美主义文学在现代中国的传播 . 外国文学评论 , 1997 (1)

辛笛 . 我和外国文学 . 中国比较文学 , 1986 (3)

熊式一 .《王宝川》在伦敦 . 新时代 , 1937 (4)

熊式一 . 欧美演剧的经过 . 江西教育 , 1937 (26)

熊文华 . 伟烈亚力及其《中国之研究》. 见：阎纯德主编 . 汉学研究 (第 6 集)，2002

熊文莉 . 雪莱及其作品在 20 世纪初中国的译介和接受 . 理论界 , 2005 (9)

熊月之 . 鸦片战争以前中文出版物对英国的介绍——介绍《大英国统志》. 安徽史学 , 2004 (1)

徐剑 . 初期英诗汉译述评 . 中国翻译 , 1995 (4)

徐鲁 . 徐志摩与曼斯菲尔德 . 名人 , 1995 (4)

徐莉华 , 徐晓燕 . 我国五四时期的另一种翻译走向：评朱湘的英诗翻译 . 中国比较文学 , 2002 (4)

徐霞村 . 一个神秘的诗人的百年祭 . 小说月报 , 1927, 18 (8)

许丽青 . 诗学中的“意义”阐释——钱锺书与瑞恰慈、艾略特的诗学理论 . 文艺争鸣 , 2010 (21)

许天虹译 . 迭更司论——为人道而战的现实主义大师 . 译文 , 1937, 3 (1)

许渊冲 . 谈唐诗的英译 . 翻译通讯 , 1983 (3)

许渊冲 . 诗词 • 翻译 • 文化 . 北京大学学报 , 1990 (5)

许正林 . 新月诗派与维多利亚诗 . 中国现代文学研究丛刊 , 1993 (2)

许祖华 . 梁实秋对莎士比亚的翻译与研究 . 外国文学研究 , 1995 (2)

薛维华 .《17、18 世纪英国文学中的中国》与汉学研究 . 华中师范大学研究生学报 , 2010 (4)

Y

鄢秀 . 淡泊平生，孜孜以求——记阿瑟 • 威利与霍克思 . 明报月刊 , 2010 (6)

严绍璗 . 文化的传递与不正确理解的形态 . 中国比较文学 , 1998 (4)

杨畅 , 江帆 .《红楼梦》英文译本及论著书目索引（1830—2005）. 红楼梦学刊 , 2009 (1)

杨凤林 . 18 世纪英国文学“汉风”的文化反思 . 四川外语学院学报 , 2008 (6)

杨国斌．英国诗歌翻译在中国．外语与翻译，1994 (2)

杨国桢．牛津大学中国学的变迁．中国史研究动态，1995 (8)

杨金才．艾略特在中国．山东外语教学，1992 (1,2)

杨莉馨．论“新月派”作家与伍尔夫的精神契合与文学关联．南京师大学报，2009 (2)

杨周翰．弥尔顿《失乐园》中的加帆车——17 世纪英国作家与知识的涉猎．国外文学，1981 (4)

杨周翰．论欧洲中心主义（续）．中国比较文学，1991 (1)

叶隽．伦敦大学亚非学院及其汉学研究．国际汉学（第 11 辑）．郑州：大象出版社，2004

冶子．十九世纪前中国小说对欧洲文学的影响．新作品双月刊．1967 (1)

银春花．《鲁滨逊漂流记》中的中国想象．内蒙古师范大学学报，2006 (5)

尹慧民．近年来英美《红楼梦》论著评价．红楼梦研究集刊，1980 (3)

于洪英．尤利西斯在中国．天津师范大学学报，1988 (5)

于俊青．英国汉学的滥觞——威廉·琼斯对《诗经》的译介．东方丛刊，2009 (4)

余杰．狂飙中的拜伦之歌：以梁启超、苏曼殊、鲁迅为中心探讨清末民初文人的拜伦观．鲁迅研究月刊，1999 (9)

袁昌英．妥玛斯·哈底．现代评论，1928, 7 (171)

姚达兑．新教伦理与感时忧国：晚清《鲁滨孙》自西徂东．中国文学研究，2012 (1)

袁荻涌．郭沫若与英国文学．郭沫若学刊，1991 (1)

袁荻涌．苏曼殊与英国浪漫主义文学．昭通师专学报，1993 (2)

袁锦翔．诗僧苏曼殊的译诗．外语教学与研究，1986 (1)

袁锦翔．评 H. A. Giles 英译《醉翁亭记》．中国翻译，1987 (5)

袁可嘉．欧美文学在中国．世界文学，1959 (75)

云虹．英国文学中中国形象的定型．四川大学学报，2008 (4)

岳峰．架设东西方的桥梁——英国汉学家理雅各研究：〔学位论文〕．福州：福建师范大学，2003

Z

曾婳颖．从意识形态的视角看翟理斯对《聊斋志异》的重写：〔学位论文〕．武汉：华中师

范大学，2007

曾锦漳 . 林译小说研究 .（香港）新亚学报 , 1967, 8 (1)

张国刚 . 剑桥大学中国学的历史与现状 . 中国史研究动态 , 1995 (3)

张国刚 . 关于剑桥大学中国学研究的若干说明 . 中国史研究动态 , 1996 (3)

张惠珍 , 段艳丽 . 论伍尔夫对中国女作家的影响 . 河北学刊 , 2012 (4)

张静 . 自西至东的云雀——中国文学界（1908—1937）对雪莱的译介与接受 . 中国现代文学研究丛刊 , 2006 (3)

张隆溪 .《17、18 世纪英国文学中的中国》中译本序 . 国际汉学（第 11 辑）. 郑州：大象出版社，2004

张敏慧 . 韦利及其楚辞研究 :〔学位论文〕. 云林 : 云林科技大学汉学资料整理研究所，2007

张蓉燕 . 儒学：中国接受《简・爱》的伦理思想基础 . 求是学刊 , 1992 (3)

张天翼 . 我的幼年生活 . 文学杂志 , 1933 (2)

张西平 . 树立文化自觉，推进海外汉学（中国学）的研究 . 学术研究 , 2007 (5)

张西平 . 在世界范围内考察中国文化的价值 . 中国图书评论 , 2009 (4)

张旭 . 文化外求时期朱湘的译诗活动考察 . 外语与翻译 , 2004 (3)

张旭等 . 英国散文翻译在中国 . 外语与翻译 , 2000 (3)

张轶东 . 中英两国最早的接触 . 历史研究 , 1958 (3)

张沅长 . 英国十六十七世纪文学中之契丹人 . 文哲季刊 , 1931, 2 (3)

张沅长 . 密尔顿之中国与契丹 . 文艺丛刊 , 1934, 1 (2)

张振先 . 莎士比亚与京剧 . 争鸣 , 1957 (3)

张振远 . "中国的爱利亚"：梁遇春 . 中国比较文学 , 1995 (1)

张祖武 . 英国的 Essay 与中国的小品文 . 外国文学研究 , 1989 (2)

兆述译述 . 英国文坛新发现不列颠博物院秘档记 . 国闻周报 , 1934, 11 (26)

赵景深 . 英国大诗人勃莱克百年纪念 . 小说月报 , 1927, 18 (8)

赵萝蕤 . 我与艾略特 . 文汇读书周报 , 1992—3—28

赵玫 . 乔伊斯与中国小说创作 . 外国文学 , 1997 (5)

赵铭彝 . 莎士比亚在中国舞台上 . 上海戏剧学院学报 , 1957 (6)

赵沨 . 中国古典戏剧在欧洲的旅行演出 . 戏剧报 , 1956 (2)

赵世瑜 . 大众的观点、长远的观点：从利玛窦到马嘎尔尼 . 见：张芝联主编 . 中英通使二百周年学术讨论会论文集 . 北京：中国社会科学出版社，1996

赵文书 . 奥登与九叶诗人 . 外国文学评论 , 1992 (2)

赵文书 . W. H. 奥登与中国的抗日战争 . 当代外国文学 , 1999 (4)

赵毅衡 . 英国 20 世纪最出色的学者诗人——燕卜荪 . 人物 , 2000 (5)

赵友斌 . 曼斯菲尔德与徐志摩 . 四川师范学院学报 , 1995 (1)

郑锦怀 .《红楼梦》早期英译百年（1830—1933）——兼与帅雯雯、杨畅和江帆商榷 . 红楼梦学刊 , 2011 (4)

郑振铎 . 评 Giles 的中国文学史 . 见: 郑振铎 . 郑振铎古典文学论文集 . 上海: 上海古籍出版社, 1984

郑振伟 . 孤独与闻一多的诗歌创作 . 中国现代文学研究丛刊 , 2006 (5)

周发祥 .《诗经》在西方的传播和研究 . 文学评论 , 1993 (6)

周国珍 . 彭斯及其中国读者 . 中国比较文学 , 1991 (2)

周珏良 . 数百年来的中英文化交流 . 见：周一良主编 . 中外文化交流史 . 郑州：河南人民出版社，1987

周骏章 . 莎士比亚与中国人 . 陕西师范大学学报 , 1994 (2)

周宁 . 跨文化的文本形象研究 . 江苏社会科学 , 1999 (1)

周宁 . 双重他者：解构《落花》的中国形象 . 戏剧，2002（3)

周宁，宋炳辉 . 西方的中国形象研究——关于形象学学科领域与研究范例的对话 . 中国比较文学 , 2005 (2)

周小仪 . 消费文化与日本艺术在西方的传播 . 外国文学评论 , 1996 (4)

周小仪 . 莎乐美之吻：唯美主义、消费主义与中国启蒙现代性 . 中国文学研究 , 2001 (2)

周小仪 . 英国文学在中国的介绍、研究与影响 . 译林， 2002 (4)

周作人 . 英国诗人勃来克的思想 . 少年中国 , 1919, 1 (8)

朱炳荪 . 读 Giles 的唐诗英译有感 . 外国语，1980 (2)

朱徽 . 20 世纪初叶英诗在中国的传播与影响 . 外国语，1996 (3)

朱徽 . T. S. 艾略特与中国 . 外国文学评论，1997 (1)

庄群英，李新庭 . 英国汉学家西里尔•白之与《明代短篇小说选》. 长春理工大学学报，2011 (7)

宗璞 . 独特性作家的魅力 . 外国文学评论，1990 (1)

邹振环 .《麦都思及其早期中文史地著述》. 复旦学报，2003 (5)

邹振环 .《大英国志》与晚清国人对英国历史的认识 . 复旦学报，2004 (1)

祖正 . 骆驼草——纪念英国神秘诗人白雷克（上、中、下）. 语丝，1927 (148,150,153)

二、 英文文献

（一） 著作

A

Acton, Harold. *Peonies and Ponies*. Oxford:Oxford University Press, 1941.

Acton, Harold. *Memories of an Aesthete*. London: Methuen, 1948.

Acton, Harold. *More Memoirs of an Aesthete*. London: Hamish, 1986.

Acton, Harold & Ch' en Sh' ih Hsiang. *Modern Chinese Poetry*. London: Duckworth, 1936.

Acton, Harold & Lewis Charles Arlington. *Famous Chinese Plays*. Peiping: Henri Vetch, 1937.

Alldritt, Keith. *The Making of George Orwell: An Essay in Literary History*. London: Edward Arnold Ltd., 1969.

Alexander, Robert. *Teaou-Shin: A Drama from the Chinese*. London: Ranken and Company, Drury House, ST. Mary-Le-Strand,1869.

Appleton, William W. *A Cycle of Cathay: The Chinese Vogue in English During the Seventeenth and Eighteenth Centuries*. New York: Columbia University Press, 1951.

Atkins, John. *George Orwell: A Literary Study*. London: John Calder Ltd., 1954.

Auden, W. H. & Christopher Isherwood. *Journey to a War*. London: Faber & Faber Limited, 1939.

B

Barrow, John. *Travels in China*. London: Cadell & Davis, 1804.

Beckford, William. *Vathek, with the Episodes*. New York: Ballantine, 1979.

Bennett, Josephine Waters. *The Rediscovery of Sir John Mandeville*. New York: MLA, 1954.

Beckson, Karl. *The Oscar Wilde Encyclopedia*. New York: AMS Press, 1998.

Birch, Cyril. *Stories from a Ming Collection*. London: Bodlay Head, 1958.

Birch, Cyril ed., *Anthology of Chinese Literature from Earliest Times to the Fourteenth Century*. Harmondsworth: Penguin Books Ltd, 1967.

Birch, Cyril & Keene, Donald , *Anthology of Chinese Literature Volume I: From Early Times to the Fourteenth Century*. New York: Grove Press, 1994.

Boswell, James. *The Life of Samuel Johnson*. John Canning, ed., London: Methuen, 1991.

Bowker, Gordon. *George Orwell*. London: Abacus, 2004.

Brannigan, John. *Orwell to the Present: Literature in England*, 1945—2000. Houndmill: Palgrave Macmillan, 2003.

Brewitt-Taylor, Charles Henry, tr., *Chats in Chinese. A Translation of the T' an Lun Hsin Pien*. Peking: The Pei-T'ang Press， MCMXXV（1901）.

Brewitt-Taylor, Charles Henry tr., *San Kuo, or Romance of the Three Kingdoms Vol. I*. Shanghai, Hongkong, Singapore: Kelly & Walsh, Limited, 1925.

Burke, Thomas. *Limehouse Nights: Tales of Chinatown*. London: Richards, 1916.

Burke, Thomas. *Twinkletoes: A Tale of Chinatown*. London: Richards, 1917.

Burton, Robert. *The Anatomy of Melancholy*, 3 vols. New York: Hurd & Houghton, 1864.

Buss, Kate. *Studies in the Chinese Drama*. Boston: The Four Seas Company, 1922.

C

Cardner, Averil. *George Orwell*. Boston: Twayne Publishers, 1987.

Calder, Jenni. *Huxley and Orwell: Brave New World and Nineteen Eighty-Four*. London: Edward

Arnold, 1976.

Cannon, Isidore Cyril. *Public Success, Private Sorrow: The Life and Times of Charles Henry Brewitt-Taylor(1857—1938), China Customs Commissioner and Pioneer Translator*. Hong Kong: Hong Kong University Press, 2009.

Chu, Chia Chien, *The Chinese Theatre*. London: John Lane, 1922.

Clark, T. Blake. *Oriental England: A Study of Oriental Influences in Eighteenth Century England as Reflected in the Drama*. Shanghai: Kelly & Walsh, 1939.

Codell, Julie F. & D. S. Macleod, eds., *Orientalism Transposed: The Impact of the Colonies on British Culture*. England: Ashgate Publishing Limited, 1998.

Cohen, J. M. *English Translators and Translations*. London: Longmans, Green, 1962.

Cranmer-Byng, Launcelot. *A Lute of Jade: Being Selections from the Classical Poets of China.* New York: E. P. Dutton, 1909.

Crick, Bernard. *George Orwell: A Life*. Boston: Little, Brown and Company, 1980.

Coleridge, Ernest Hartley, ed., *Coleridge: Poetical Works.* Oxford: Oxford University Press, 1980.

Craig, Gordon. *The Theatre Advancing*. New York: Benjamin Blom, 1963.

Crump, James Irving. *Chinese theater in the Days of Kublai Khan*. Tucson: University of Arizona Press, 1980.

D

Davis, John Francis. *Laou-Seng-Urh, or, An Heir in His Old Age*. London: John Murray, 1817.

Davis, John Francis. *Chinese Novels*. London: John Murray, 1822.

Davis, John Francis. *Hien wun shoo*. London: John Murray, 1823.

Davis, John Francis. *The Fortunate Union, a Romance Translated from the Chinese Original with Notes and Illustrations to Which Is Added a Chinese Tragedy*. London: The Oriental Translation Fund, 1829.

Davis, John Francis. *The Chinese: A General Description of the Empire of China and Its Inhabitants.* London: Charles Knight, 1836.

Davis, John Francis. *Poetry and Criticism*. London: Bradbury and Evans, 1850.

Davis, John Francis. *The Chinese: General Description of China and Its Inhabitants*. London: C. Cox, 1851.

Davis, John Francis. *China: A General Description of That Empire and Its Inhabitants*. London: John Murray, 1857.

Davis, John Francis. *Chinese Miscellanies; A Collection of Essays and Notes*. London: John Murray, 1865.

Davis, John Francis. *Chinese Miscellanies Essays and Notes*. London: John Murray, 1865.

Davis, John Francis. *The Poetry of the Chinese*. London: Asher and Co., 1870.

Davis, J. F. *On the Poetry of the Chinese*. New and augmented edition. London: Asher and Co., 1870.

Davison, Peter. *The Lost Orwell: Being a Supplement to the Complete Works of George Orwell*, London: Timewell Press Ltd., 2006.

Dawson, Raymond. *The Legacy of China*. Oxford: Clarendon Press, 1964.

Dawson, Raymond. *The Chinese Chameleon: An Analysis of European Conceptions of Chinese Civilization*. London: Oxford University Press, 1967.

De Quincey, Thomas. *Selected Writings of Thomas De Quincey*. Philip Van Doren Stern, ed. New York: Random House, Inc., 1937.

De Quincey, Thomas. *Confessions of an English Opium-Eater and Other Writings*, Grevel Lindop, ed. Oxford: Oxford University Press, 1985.

Defoe, Daniel. *Serious Reflections During the Life and Surprising Adventures of Robinson Crusoe: With His Vision of the Angelick World*. London: W. Taylor, 1720.

Defoe, Daniel. *The Farther Adventures of Robinson Crusoe: Being the Second and Last Part of His Life*. London: Constable & Co. , 1925.

Defoe, Daniel. *Selected Writings of Daniel Defoe*. James T. Boulton., ed., Cambridge: Cambridge University Press, 1965.

Dickinson, Goldsworthy Lowes. *Letters from John Chinaman*. London: J. M. Dent & Sons, Ltd., 1913.

Dolby, William. *A History of Chinese Drama*. London: Elek Books Limited, New York: Harper & Row Publishers, 1976.

Dolby, William. *Eight Chinese Plays from the Thirteenth Century to the Present*. Columbia: Columbia University Press, 1978.

Du Halde, J. B. *Description of the Empire of China and Chinese Tartar*. London: Edward Cave, 1738.

E

Eagleton, Terry. *Exiles and Émigrés: Studies in Modern Literature*. London: Chatto & Windus, 1970.

Ehrenfeld, David. *Beginning Again: People and Nature in the New Millennium*. Oxford: Oxford University Press, 1993.

Eoyang, Eugene Chen. *The Transparent Eye: Reflections on Translation, Chinese Literature and Comparative Poetics*. Honolulu: University of Hawaii Press, 1993.

F

Fenwick, Gillian. *George Orwell: A Bibliography*. Winchester: St. Paul's Bibliographies, 1998.

Fletcher, W. J. B. *More Gems of Chinese Poetry*. Shanghai: Commercial Press Ltd., 1923.

Forster, E. M. *Goldsworthy Lowes Dickinson*. New York: Harcourt, Brace and Company, 1934.

G

Giles, H. A. *A Dictionary of Colloquial Idioms in the Mandarin Dialect*. Shanghai: A. H. de Carvalho, 1873.

Giles, H. A. *Synoptical Studies in Chinese Character*. Shanghai: A. H. de Carvalho, 1874.

Giles, H. A. *China Sketches*. London: Trübner & Co.; Shanghai: Kelly & Co. 1875.

Giles, H. A. *Chinese Sketches*. London: Trübner & Co., 1876.

Giles, H. A. *From Swatow to Canton: Overland*. London: Trübner & Co.; Shanghai: Kelly & Walsh, 1877.

Giles, H. A. *Handbook of the Swatow Dialect, with a Vocabulary*. Shanghai: Kelly & Walsh, 1877.

Giles, H. A. *A Short History of Koolangsu*. Amoy: A. A. Marcal, 1878.

Giles, H. A. *On Some Translations and Mistranslations in Dr. Williams' Syllabic Dictionary of the Chinese Language*. Amoy, 1879.

Giles, H. A. *Strange Stories from a Chinese Studio*. London: Thos. De La Rue & Co. , 1880.

Giles, H. A. *Freemasonry in China*. Amoy: A. A. Marcal. 1880.

Giles, H. A. *Historic China and other Sketches*. London: Thos. De la Rue & Co., 1882.

Giles, H. A. *Gems of Chinese Literature*. London: Bernard Quaritch; Shanghai: Kelly & Walsh, 1884.

Giles, H. A. *Chuang Tzu, Mystic, Moralist, and Social Reformer*, London: Bernard Quaritch, 1889.

Giles, H. A. *A Chinese-English Dictionary*. Shanghai: Kelly & Walsh, 1892.

Giles, H. A. *A Catalogue of the Wade Collection of Chinese and Manchu Books in the Library of the University of Cambridge*. London: Cambridge University Press, 1898.

Giles, H. A. *A Chinese Biographical Dictionary*. London: Bernard Quaritch, 1898.

Giles, H. A. *Chinese Poetry in English Verse*. London: Bernard Quaritch; Shanghai: Kelly & Walsh, 1898.

Giles,H. A. *A History of Chinese Literature*. London: William Heineman, 1901.

Giles, H. A. *Chinese Without a Teacher: Being a Collection of Easy and Useful Sentences in the Mandarin Dialect with a Vocabulary*. Shanghai, Hong Kong, Singapore: Kelly & Walsh, Limited, 1901.

Giles, H. A. *Religions of Ancient China*. London: Archibald Constable & Co., 1905.

Giles, H. A. *An Introduction to the History of Chinese Pictorial Art, With Illustrations*. Shanghai: Kelly & Walsh, 1905.

Giles, H. A. *A History of Chinese Literature*. New York: D. Appleton and Company, 1909.

Giles, H. A. *The Civilization of China*, London: Williams and Norgate,1911.

Giles, H. A. *A Chinese-English Dictionary*, 2nd ed. Shanghai, Hong Kong, Singapore: Kelly & Walsh, London: Bernard Quaritch, 1912.

Giles, H. A. *China and the Manchus*. London: Cambridge University Press, 1912.

Giles, H. A. *China and the Chinese*. New York: The Columbia University Press, 1912.

Giles, H. A. *Supplementary Catalogue of the Wade Collection of Chinese and Manchu Books in the library of the University of Cambridge*. London: Cambridge University Press, 1915.

Giles, H. A. *The Hundred Best Characters*. Shanghai: Kelly & Walsh Co., 1919.

Giles, H. A. *Some Truths About Opium*. Cambridge: W. Heffer & Sons Ltd., 1923.

Giles, H. A. *Gems of Chinese Literature*（*Prose*）. Shanghai: Kelly & Walsh, Ltd., 1923.

Giles, H .A. *Gems of Chinese Literature*. London: Kelly & Walsh, 1923.

Giles, H. A. *A History of Chinese Literature*. New York and London: D. Appleton and Company, 1923.

Giles, H. A. *Chaos in China: A Rhapsody*. Cambridge: W. Heffer & Sons, 1924.

Giles, H.A. translated and annotated. *San Tzu Ching 三字经 , Elementary Chinese.* Republished revised second edition. New York: Frederick Ungar Publishing Co., 1963.

Giles, H. A. *A History of Chinese Literature*. Rutland, Vermont & Tokyo: Charles E. Tuttle Company. 1973.

Gruchy, John Walter, *Orienting Arthur Waley: Japanism, Orientalism, and the Creation of Japanese Literature in English.* Honolulu: University of Hawaii' Press, 2003.

Goldsmith , Oliver. *The Miscellaneous Works of Oliver Goldsmith*. 4vols. London: S. & R. Bentley, 1820.

H

Haffenden,John, ed., *Argufying: Essays on Literature and Culture—William Empson.* Iowa City: Iowa University Press, 1987.

Hammond, J. R. *A George Orwell Companion: A Guide to the Novels, Documentaries and Essay.* Houndmills: The Macmillan Press Ltd., 1982.

Hammond. J. R. *A George Orwell Chronology*. Houndmills: Palgrave, 2000.

Hatim, Basil. *Communication Across Cultures*. Shanghai: Shanghai Foreign Language Education Press, 2001.

Hawkes, David tr., *A Little Primer of Tu Fu*. Oxford: The Clarendon Press, 1967.

Hawkes, David tr., *The Story of the Stone*. Harmondsworth: Penguin Books, 1973—1980.

Hawkes, David. John Minford & Siu-kit Wong ed., *Classic, Modern and Humane Essays in Chinese Literature*. Hong Kong: the Chinese University Press, 1989.

Hayter, Alethea. *Opium and the Romantic Imagination*. London: Faber & Faber, 1968.

Higgins, Iain Macleod. *Writing East: The "Travels" of Sir John Mandeville*. Philadelphia: Pennsylvania University Press, 1997.

Hitchens, Christopher. *Why Orwell Matters*. New York: Basic Books, 2002.

Honour, Hugh. *Chinoiserie: The Vision of Cathay*. London: J. Murray, 1961.

Holden, Philip. *Orienting Masculinity, Orienting Nation: W. Somerset Maugham's Exotic Fiction*. London: Greenwood Press, 1996.

Hsia, Adrian, ed., *The Vision of China in the English Literature of the Seventeenth andEighteenth Centuries*. Hong Kong: The Chinese University Press, 1998.

Hsiao, Ch' ien, ed., *A Harp with a Thousand Strings*. London: Pilot Press Ltd., 1944.

Hsiung , S. I. trans., *The Romance of the Western Chamber*. London: Methuen, 1935.

Hung, William. *Tu Fu, China's Greatest Poet*. Cambridge: Harvard University Press, 1952.

I

Impey, Oliver. *Chinoiserie: The Impact of Oriental Styles on Western Art and Decoration*. Oxford: Oxford University Press, 1977.

J

Johns, Francis A. *A Bibliography of Arthur Waley*. New Brunswick: Rutgers University Press, 1968.

K

Koss, Nicholas. *The Best and Fairest Land: Images of China in Medieval*. Taipai: Bookman Books, Ltd., 1999.

L

Lach, Donald F. and Edwin J. Van Kley. *Asia in the Making of Europe*. Vol. 3, Book Four: East Asia. Chicago: Chicago University Press, 1993.

Lefevere, André. *Translation, Rewriting and the Manipulation of Literary Fame*. London & New York: Routledge, 1992.

Lee, Thomas H. C., ed., *China and Europe, Images and Influences in Sixteenth to Eighteenth Centuries*. Hong Kong: The Chinese University Press, 1991.

Legge, James. *The Chinese Classics: The Shi King*. Hong Kong: Hong Kong University Press, 1960.

Lindop, Grevel. *The Opium-Eater: A Life of Thomas De Quincey*. London: J. M. Dent & Sons Ltd., 1981.

Liu, James J. Y. *The Interlingual Critic: Interpreting Chinese Poetry*. Bloomington: Indiana University

Press, 1982.

Lovejoy, Arthur O. *Essays in the History of Ideas*. Westport: Greenwood Press, Inc. , 1978.

M

Mackerras, Colin. *West Images of China*. Oxford: Oxford University Press, 1999.

Mackerras, Colin, ed., *Chinese Theater from Its Origins to the Present Day*. Honolulu: University of Hawaii Press, 1983.

Macgowan, Rev. J. *Beauty: A Chinese Drama*. London: E. L. Morice, 1911.

McAleavy, Henry. *Su Man-shu, 1884—1918, A Sino-Japanese Genius*. London: The China Society, 1960.

Mandeville, John. *The Travels of Sir John Mandeville; an abridged version with commentary*. London, William Collins Sons & Co. Ltd. , 1973.

Martin, Philip W. & Robin Jarvis, ed., *Reviewing Romanticism*. New York: St. Martin's Press, 1992.

Maugham, W. Somerset. *On a Chinese Screen*. London: Heinemann, 1922.

Maugham, W. Somerset. *The Painted Veil*. New York: Penguin Books, 1952.

May, Rachel & John Minford ed., *A Birthday Book for Brother Stone: For David Hawkes, at Eighty*. Hong Kong: The Chinese University Press, 2003.

Meyers, Jeffrey. ed., *George Orwell: The Critical Heritage*. London: Routledge, 1975.

Meyers, Jeffrey. *A Reader's Guide to George Orwell*. Totowa: Rowman & Allanheld, 1977.

Mills, E. *The Tragedy of Ah Qui & Other Modern Chinese Stories*. London: Routledge, 1930.

Morrison, Robert. *Horae Sinicae: Translations from the Popular Literature of the Chinese*. London: Black & Parry, 1812.

N

Needham, Joseph. *Science and Civilisation in China. Vol. 6*. London: Cambridge University Press, 1996.

Newsinger, John. *Orwell's Politics*. Houndmills: Macmillan Press Ltd., 1999.

Newmark, Peter, *Approaches to Translation*. Oxford: Pergamon Press Ltd., 1982.

Nida, E. A. , *Translating Meaning*. San Dimas: English Language Institute, 1982.

O

Ogden, C. K., I. A. Richards & James Wood. *The Foundations of Aesthetics*. New York: International Publishers, 1929.

Orwell, George. *The Complete Works of George Orwell*. Vol.1—9. Ed. Peter Davison, London: Secker & Warburg, 1986—1987.

Orwell, George. *The Complete Works of George Orwell*.Vol.10—20. Ed. Peter Davison, London: Secker & Warburg, 1998.

Orwell, Sonia and Ian Angus. eds., *The Collected Essays, Journalism and Letters of George Orwell*. Vol. Ⅰ—Ⅳ. Harmondsworth: Penguin Books Ltd., 1970.

P

Paper, Jordan D. *Guide to Chinese Prose*. Boston: G. K. Hall & Co., 1973.

Payne , R. *Contemporary Chinese Poetry*. London: Routledge, 1947.

Percy, Thomas. *Hau Kiou Choaan or, The Pleasing History. A Translation From the Chinese Language*. London, 1761.

Percy, Thomas. *Miscellaneous Pieces Relating to the Chinese*. London, 1762.

Purcell, VWWS. *The Spirit of Chinese Poetry*. Shanghai: Kelly & Walsh, Ltd., 1929.

Puttenham, George. *The Arte of English Poesie*. Edited by Gladys Doidge Willcock & Alice Walker, Cambridge University Press, 1936.

R

Reichwein, Adolf. *China and Europe: Intellectual and Artistic Contacts in the Eighteenth Century*. London: Routledge, 1925.

Rodden, John. *The Politics of Literary Reputation: The Making and Claiming of St. George Orwell*. Oxford: Oxford University Press, 1989.

Rodden, John. ed., *The Cambridge Companion to George Orwell*. Cambridge: Cambridge University Press, 2007.

Rohmer, Sax. *The Insidious Dr. Fu Manchu*. New York: McBride, Nast & Co., 1913.

Rohmer, Sax. Pipe *Dreams: The Birth of Fu Manchu, The Manchester Empire News*. 1938-1-30.

Rohmer, Sax. *Four Complete Classics by Sax Rohmer*. New York: Castle, 1983.

Rohmer, Sax. *The Return of Dr. Fu Manchu, from Four Complete Classics by Sax Rohmer*. Castle, 1983.

Rohmer, Sax. *The Hand of Fu Manchu ,From Four Complete Classics by Sax Rohmer*. Castle, 1983.

Ropp, Paul S. & Timothy Hugh Barrett TH, ed., *Heritage of China: Contemporary Perspectives on Chinese Civilization*. Berkley: University of California Press, 1990.

Russell, Bertrand. *The Problem of China*. London: George Allen & Unwin Ltd., 1922.

S

Said, Edward. *Beginning: Intentions and Method*. New York: Basic Books, 1975.

Staunton, George. *An Authentic Account of an Embassy from the King of Great Britain to the Emperor of China*, 2 Vols. London: Stockdale, 1797.

Staunton, George Thomas. *Narrative of the Chinese Embassy to the Khan of the Tourgouth Tartars, in the years 1712, 13, 14, &15*. London: John. Murray, 1821.

Sullivan, Michael. *An Introduction to Chinese Art*. Berkeley and Los Angeles: University of California Press, 1961.

T

Temple, William. *The Works of Sir William Temple*. London: F. C. and J. Rivington, 1814.

Thomas Burke, *The Chink and the Child*, in *Limehouse Nights: Tales of Chinatown*. London: Richards, 1916.

Thomas Burke, *Limehouse Nights: Tales of Chinatown*. London: Richards, 1916; republished as Limehouse Nights, New York: McBride, 1917.

Thomas Carlyle, *Past and Present*. New York: New York University Press, 1965.

Thomas, Peter Perring. *Chinese Courtship in Verse*. London: Parbury, Allen, and Kingsbury, Leadenhall-street. Macao, China: Printed at The Honorable East Indian Company' s Press, 1824.

V

Venuti, Lawrence. *The Translation Studies Reader*. London: Routledge, 2000.

W

Waley, Arthur. *Chinese Poems*. London: Lowe Bros., 1916.

Waley, Arthur. *A Hundred & Seventy Chinese Poems*. London: Constable and Company, 1918.

Waley, Arthur. *Japanese Poetry: The Uta*. Oxford: Clarendon Press, 1919.

Waley, Arthur. *The Poet Li Po A. D. 701—762*. London: East and West Ltd., 1919.

Waley, Arthur. *More Translations from the Chinese.* London: George Allen & Unwin Ltd., 1919.

Waley, Arthur. *The Temple and Other Poems*. London: George Allen & Unwin Ltd., 1923.

Waley, Arthur. *Poems from the Chinese*. London: Ernest Benn Ltd., 1927.

Waley, Arthur. *A Catalogue of Paintings Recovered from Tun-huang by Sir Aurel Stein*. London: The British Museum, 1931.

Waley, Arthur. *The Book of Songs*. London: George Allen & Unwin Ltd., 1937.

Waley, Arthur. *The Analects of Confucius*. London: George Allen & Unwin Ltd., 1938.

Waley, Arthur. *Three Ways of Thought in Ancient China*. London: George Allen & Unwin Ltd., 1939.

Waley, Arthur. *Translations from the Chinese*. New York: Alfred A. Knopf, 1941.

Waley, Arthur. *Monkey*. London: George Allen & Unwin Ltd., 1942.

Waley, Arthur. *The Great Summons*. Honolulu: The White Knight Press, 1949.

Waley, Arthur. *The Life and Time of Po Chü-I, 772—846 A. D.* London: George Allen & Unwin Ltd., 1949.

Waley, Arthur. *The Poetry and Career of Li Po 701—762 A. D.*, London: George Allen & Unwin Ltd., 1950.

Waley, Arthur. *The Nine Songs, a Study of Shamanism in Ancient China*. London: George Allen and Unwin Ltd., 1955.

Waley, Arthur. *Yuan Mei: Eighteenth Century Chinese Poet*. London: George Allen & Unwin Ltd., 1956.

Waley, Arthur. *Ballads and Stories from Tun-Huang*. London: George Allen & Unwin Ltd., 1960.

Waley, Arthur, *The Secret History of the Mongols*. London: George Allen & Unwin Ltd. 1963.

Watson, Burton. *The Columbia Book of Chinese Poetry: From the Early Times to the 13th Century.* New

York: The Columbia University Press, 1984.

Wang, Chi-Chen tr., *Dream of the Red Chamber*. New York: Twayne Publishers, 1958.

Winks, Robin W. & James R. Rush. *Asia in Western Fiction*. Manchester: Manchester University Press, 1990.

Y

Yang Hsien-yi & Gladys Yang tr., *A Dream of Red Mansions*. Beijing: Foreign Languages Press, 1978.

Z

Zhang, Longxi. *Mighty Opposites: From Dichotomies to Differences in the Comparative Study of China.* Redwood City: Stanford University Press, 1998.

Zung, Cecilia S. L. *Secrets of the Chinese Drama*. Shanghai: Kelly and Walsh, 1937.

（二） 论文

B

Bjorkman, Edwin. “Thomas Burke: The Man of Limehouse”. *Thomas Burke: A Critical Appreciation of the Man of Limehouse*. New York: George H. Doran Company, 1929.

Bronner, Milton. “Burke of Limehouse”. in *The Bookman*, New York, Vol. XLVI, September, 1917.

Burke,Thomas. “The Ministering Angel”. in *The Pleasantries of Old Quong*. London: Constable, 1931.

C

Cannon, Isidore Cyril. “Charles Henry Brewitt-Taylor, 1857—1938: Translator and Chinese Customs Commissioner”. *Journal of the Hong Kong Branch of the Royal Asiatic Society*, 2005, Vol. 45.

Chen, Percy. “High Spots of the Recent Visit of Mei Lan-fang to the Soviet Union”. *The China Weekly Review*, 18 May 1935.

Chen Shouyi. “Daniel Defoe, China's Severe Critic”. *Nankai Social and Economic Quarterly*, 8 (1935).

Chen Shouyi. “John Webb: A Forgotten Page in the Early History of Sinology in Europe”. *The Chinese Social and Political Science Review*, 19 (1935—1936).

Chen Shouyi. "The Chinese Garden in Eighteenth Century England" . *T'ien Hsia Monthly*, 2 (1936) .

Chen Shouyi. "The Chinese Orphan: A Yuan Play. Its Influence on European Drama of the Eighteen Century" . *T'ien Hsia Monthly*, 4 (1936).

Chen Shouyi. "Thomas Percy and His Chinese Studies" . *The Chinese Social and Political Science Review*, 20 (1936—1937) .

Chen Shouyi. "Oliver Goldsmith and His Chinese Letters" . *T'ien Hsia Monthly*, 8(1939).

Cuadrado, Clara Yu. "Cross-cultural Currents in the Theatre: China and the West" . *The Sketch*, Vol. 9 (1913).

E

Elvin, Mary. "Life of Tu Fu, the Poet, A. D. 712—770" . *Chinese Recorder and Educational Review (Foochow)*. 1899, 30: 585—588.

F

Fan Cunzhong. "Chinese Culture in England from Sir William Temple to Oliver Goldsmith" . *Harvard University Summaries of Ph. D. Thesis*, 1931.

Fan Cunzhong. "Dr. Johnson and Chinese Culture" . *Quarterly Bulletin of Chinese Bibliography*, V (1945).

Fan Cunzhong. "Percy and Du Halde" . *The Review of English Studies*, XXI (Oct, . 1945).

Fan Cunzhong. "Sir William Jones' s Chinese Studies" . The Review of English Studies, XXII (Oct. 1946).

Fan Cunzhong. "Chinese Fables and Anti-Walpole Journalism" . *The Review of English Studies*, XXV (April 1949).

Fan Cunzhong. "Chinese Poetry and English Translation" . *Waiguoyu*, 5 (1981).

Fan Cunzhong. "The Beginning of the Influence of Chinese Culture in England" . *Journal of Foreign Languages*, 6 (1982).

G

Giles, H. A., "The *Tzu Erh Chi*: Past and Present" . *The China Review*, vol. xvi.

Giles, H. A., "Lockhart's Manual of Chinese Quotations" . *The China Review*, vol. xxi.

Giles, H. A., "Mr. Balfour's '*Chuang Tsze*' " . *The China Review*, Vol. 11, No. 1 1882.

Giles, H. A., "The Remains of Lao Tzu: Re-Translated" . *The China Review*, vol. xiv, 1885—1886.

Giles, H. A. Dr., "Legge' s Crtical Notice of the Remains of Lao Tzu" . *The China Review*, vol. xvi, 1888.

Giles, H. A., "Chinese Poetry in English Verse" . *The Nineteenth Century*, Jan. 1894.

Giles, H. A., "Confucianism in the Nineteenth Century" . *The North American Review*, vol. 171, issue 526, Sep. 1900.

Giles, H. A., "A Poet of the 2nd Cent. B. C" . *The New China Review*, vol. II, no. 1, Feb, 1920.

H

Hitchens, Christopher. "George Orwell and Raymond Williams" . *Critical Quarterly*, Vol. 41, No. 3 (1999).

L

Letts, Malcolm. "Introduction" . In *Mandeville' s Travels: Texts and Translations*. London: Hakluyt Society, 1953.

M

Meyers, Jeffrey. "George Orwell: A Bibliography" . *Bulletin of Bibliography*, 31 (July—September 1974).

Meyers, Jeffrey. "George Orwell: A Selected Checklist" . *Modern Fiction Studies*, 21:1 (1975: Spring).

Monroe, Habrriet. "Chinese Poetry" . *Poetry*, September, 1915.

Morris, Ivan. "Arthur Waley" . *Encounter*, December, 1966.

P

Parker, E. H., "Chinese Poetry: Two Translations of Tu Fu' s Poems" . *The China Review, or Notes & Queries on the Far East*, Nov. 1887, 16 (3):162.

Q

Qian, Zhongshu. "China in the English Literature of the Seventeenth Century" . *Quarterly Bulletin of Chinese Bibliography*, I (1940).

Qian, Zhongshu. "China in the English Literature of the Eighteenth Century" . *Quarterly Bulletin of Chinese Bibliography*, II (1941).

Quennell, Peter. "Arthur Waley" . *History Today*, August 1966.

R

Redman, Vere. "Arthur Waley, the Disembodied Man" . *Asahi Evening News*, August, 1966.

Roberts, Rosemary. "Chinese Literature Translation Workshop" . *Asian Studies Review*, 1995, 18 (3): 134—135.

Russell, Bertrand. "George Orwell" . *World Review*, 16 (1950).

V

Voorhees, Richard J. "Some Recent Books on Orwell: An Essay Review" . *Modern Fiction Studies*, 21:1 (1975：Spring).

W

Waley, Arthur. " A Chinese Picture" . *Burlington Magazine*, Vol. XXX, 1917.

Waley, Arthur. "Note on The 'Lute-Girl Song' " . *The New China Review*, Vol. II, 1920, No. 6

Waley, Arthur. "Our Debt to China" .*The Asiatic Review*, July 1940, 36 (127): 554—557.

Waley, Arthur. "Chinese Poet" . *The Times Literary Supplement*, Friday January 30 1953: 76.

Waley, Arthur. "(Untitled Review) Ch' u Tz' u, The Songs of the South. An Ancient Chinese Anthology. By David Hawkes" . Reviews of Books. *Journal of the Royal Asiatic Society of Great Britain and Ireland*, Apr. 1960 (1/2): 64—65.

Woodcock, George. "Orwell, Blair, and the Critics" . *The Sewanee Review*, Vol. 83, No. 3 (1975：Summer).

Z

Zucker, A. E. "China's 'Leading Lady' " . *Asia*, Vol. xxiv, No. 8, 1924.

后记

时至金秋，阳光璀璨，是个收获的季节。Autumn（秋天），代表成熟期、渐衰期，其中确实有“金”，Au（新拉丁文“aurum”金）就是化学元素金（gold）的符号，tumn（tumble），坠落，倒塌——（金黄色）成熟的植物倒烂伏地，又包孕着新生（种子）的希望。这就是秋天，绚烂至极，生生不息。

这个秋天，也是我收获的季节，因而特别忙碌。每天除了必须的课务、行政工作，还有吃饭，我都会把自己关在办公室，直至深夜回家，10多层高的文科办公楼，我房间的灯差不多总是最后熄灭。我主持的几个重要项目经过多年的研究，碰巧都在这个秋天到了最后的结项阶段。列入教育部哲学社科重大课题攻关项目子课题的两部书稿《20世纪中国古代文学在英国的传播与影响》、《中国古典文学的英国之旅——英国汉学三大家年谱》，国家社科基金重大招标项目子项目的结项书稿《新中国英国文学研究60年》，以及我的另一本著述《比较文学之路：交流视野与阐释方法》，都在这个秋天瓜熟坠地，自己也累得几乎要倒烂伏地，但从中生出的新的学术课题，又将孕育待发。

如果从1997年我从事中英文学交流史料的搜寻工作，1998年发表第一篇中英文学关系方面的论文《威廉·布莱克在中国的接受》（人大复印资料《外国文学研究》1998年第5期）算起，我的中英文学交流研究也已10多年了。俗话说，十年磨一剑，但这本《中英文学交流史》的“剑锋”磨得如何，自己心理颇为忐忑。这是一个内容博大精深的学术领域，值得终生投入精力研究，现在就来写总结性的“史”著，颇感纠结，在研究撰著的过程中更是难以取舍。好在恩师钱林森先生鼓励，现在写作进程中存有的一些遗憾，待到将来有机会重写多卷本文学交流史时再努力消弭吧。本此勉力为之，不敢懈怠，希望能抛砖引玉，并孕育新的学术种子，期待能发芽生根茁壮成长，将来长成一棵交流史著述的参天大树。

感谢钱先生在我学术成长的困惑期，把我引入中外文学关系研究领域。拙著《跨文化语境中的中外文学关系研究》（上海三联书店2008年版）的“代后记”《几分耕耘，一点收获——研究中外（中英）文学关系的十年回顾与体会》里有所描述，其中说到“在我学术道路的彷徨期——尽管也在不断写文章、发文章，但难以构成一定的学术面目——我选择了去南京大学，跟从钱林森教授做访问学者，研究中外文学关系。这次选择事实上在我的学术研究道路上是幸运的，重塑了我的学术路数，也比较切合我对学术研究的期盼”。“经过几年的研读与著述，我深深感受到中外文学与文化关系研究有非常深厚的学术内涵，当然它也考验着一个学人的意志力与学术潜质。”

我在这一学术领域十多年的研习之路上，也取得了一些收获，得到一些治学体会。拙著《比较文学之路：交流视野与阐释方法》（上海三联书店出版）的代后记“向无知与偏执挑战——我的比较文学研习体会”里，曾附录自己从业 20 多年以来（自 1991 年发表第一篇论文算起）的学术成果，其中涉及中英文学交流方面的著述有专著 8 部（包括 4 部即将出版的）、译著（合译）1 部、论文 43 篇；指导中英文学关系方向的博士论文 4 篇、硕士论文 25 篇，其中 8 篇获得福建省优秀博士论文奖或福建师范大学优秀硕士论文一、二等奖。已出版的 4 部学术专著全部获得省、市人民政府的学术奖励，1 篇论文（《Shanghai、毒品与帝国认知网络：带有防火墙功能的西方之中国叙事》）获得福建省哲学社科优秀成果二等奖。近 10 年主持过中英文学关系研究领域的国家社科基金项目、教育部哲学社科重大课题攻关项目、福建省社科规划重点项目、福建省新世纪优秀人才支持计划项目等课题 7 项。覆盖了中英文学交流研究的诸领域，包括文献整理（史料编年、年谱编撰、史料学）、专题研究、英国汉学研究、中国的英国文学接受史及学术史研究等。

正是有了上述这些研究基础，才有胆量尝试撰写中英这两个大国的文学交流史。本书原计划写到新世纪第一个十年，以便构成一个完整的中英文学交流史。但考虑到丛书各卷篇幅字数不宜相差太大，因此，20 世纪下半叶以来中英文学交流的 20 多万字的文稿未放在书中，包括：第七章 20 世纪下半叶的中英文学交流（一）：50—70 年代末（含“中国文学在英国的传播”、“英国文学在中国的译介与评论”两小节）；第八章 20 世纪下半叶的中英文学交流（二）：80—90 年代末（含“中英文学交流的途径及新特点”、“英国文学在中国的译介与评论”、“中国文学在英国的传播及影响”、“英国华裔文学创作的基本主题及特征”等 4 小节）；第九章 21 世纪初的中英文学交流（含“中英作家的互访及心灵沟通”、“中英文学的译介及共同话题”、“中英文学的评论及多元交流”等 3 小节）。这些内容待以后有机会重写多卷本的中英文学交流史时再补入，或以新中国中英文学交流60年的名义单独刊行。

同样出于篇幅考虑，现有内容时段第五章原有“威廉·燕卜荪诗歌里的中国经验”、“奥顿、衣修伍德：英国作家眼里的中国抗战风云”，以及第六章原有“旅英作家（老舍、萧乾）与英国文学”等3小节几万字的内容，也未放入书中。本书刊行的内容中，某些部分写作也不平衡，个别小节采取编年体方式描述，只是想初步展示某一时段中英文学交流的发展脉络，未作详细的专题概括分析，请读者见谅。

前述拙著《跨文化语境中的中外文学关系研究》的“代后记”中，我曾谈及研习中外文学关系的几点体会：1） 史料积累及对史料学的研讨；2） 学术研究规范的把握与自觉运用；3） 学术引路人的重要性；4） 一个学术领域的开拓有待于一批有志者的加入，等等。我也常让自己的研究生分享这些收获并希望他们更好地传承下去。确实，一个学术方向需要众多同道勉力耕耘，方能结出丰硕的成果。中英文学交流一直是我最重要的博士、硕士招生方向，以及博士后招收的学术领域。他们的论文选题均是我的命题作文。经过努力，也均已在前人学术研究的基础上，将各专题研究向前推进了一步。本书的部分章节就有他们的研习收获，均予以标明。近日刚给我的一个博士毕业生王丽耘的优秀博士论文《中英文学交流语境中的汉学家大卫·霍克思研究》出版撰写序言，颇为他们这批后学的学术成长感到欣慰，因为他们在某一专题研究上已经走入学术前沿，掌握了从事本领域课题研究的实学思路与有效方法，显示出较充分的治学潜质。学术的未来应该寄希望于他们。

本书是我主持承担的福建省社科研究“十五”规划重点项目“中英文学交流史”（2003A021）的结项成果、国家社科基金项目“中英文学关系史料学研究”（10BWW008）的阶段性成果，也是我带领的福建师大文学院“中外文学关系研究”创新团队支持计划的学术成果之一。

在本书写作过程中，我的历届毕业研究生，如博士毕业生冀爱莲副教授、陈勇副教授，硕士毕业生蒋秀云、易永谊、徐静、陈夏临、黄海燕、刘艳、林达、翟元英、孙建忠、肖斌、张杰等，不同程度上参与过本项目的研究工作。我的在读博士生历伟、硕士生唐璐、钟文婷协助我校对文稿、配图等。假如没有他们的介入，本课题研究也许还要拖上不少时间才能结稿。

人到中年，总感觉必须做的事情太多，已做好的事情不多，而可用的光阴太少。因而不惑之年，困惑更多。日常生活琐事、教学研究工作，都要向你争时间求精力，如何平衡确实需要智慧的考量。比如说教学活动（包括指导研究生）与自己的专业研究，长远看当然会相得益彰，我也有这个体会。但短期内会有所冲突，特别是每当课题研究进入良好写作状态的阶段，思路顺畅，目标明晰，最好关闭电话，切断联系，特别不希望有事情打扰，包括上课。现在各高校都规定教授必须给本科生上基础课，从教育教学角度看当然很对。我每学年都坚持给中文基地班的同学讲《外国文学史》与《比较文学概论》，确实花费了不少精力，因为我坚持上本科生的专业基础课遵循三不原则，即不重复教材，（每届教学尽量）不重复自己，不用多媒体课件。好在我的历届本科生赞成并积极配合我这种“不合时宜”的教学方式。这样的课程教学比较累，无论是教师，还是听课的学生。三不原则，好处在于能够刺激思考（知识刺激、思维刺激、思想刺激），正是由于学生们的鼎力支持，我才有作为一个教师的骄傲：以满分被评为“教学名师”、“我最喜欢的好老师”等称号。在新的历史时代，对新一代的传道、授业、解惑，作为教师，付出多少，收益多少。同时得到学校领导及同仁们的信任，我还兼任一部分行政工作，当然离不开正常的精力付出。所以，像许许多多的高校学者一样，都盼望寒暑假及国庆长假等节假日，这个时候相对来说，才能自由支配自己的时间与精力，是最理想的专业研究写作时间，平时忙碌的学者都不会轻易放弃。

拙著《比较文学之路》的“代后记”，我选择的标题是“向无知与偏执挑战”。因为无知与偏执会闭塞人的精神世界，使人失去向上向善的动力。这种挑战跟比较文学的主体目标与基本精神息息相通。比较文学既是文学交流的产物，也是它的重要推动力，没有交流，人便会走向无知与偏执。中外文学交流源远流长，材料丰富，内涵深刻，影响深远。文学交流的目标是加深互相之间的了解、理解，消除历史与现实原因造成的各种成见与障碍，推动两国人民心灵和情感的理解与交流。在这个意义上，文学交流史的写作就有了充足的现实意义。通过数百年的中外文学交流历程的呈示，我们能体会到贯穿人类文化交流史的基本精神走向就是理性、宽容与进步。

葛桂录

2013 年 10 月 3 日

编后记

随师兄去府上拜访钱林森教授，满怀激动与期望，已是九年前的事了。那天讨论的出版项目，占去此后我编辑生涯的主要时光，筹划项目、联系作者、一次又一次的编写会，断断续续地收稿、改稿，九年就这样在焦急的等待、繁忙的工作中过去了，而九年，是一位寿者生命时光的十分之一，是我编辑生涯中最美好的日子……每每想到这里，心中总难免暗惊。人一生有多长，能做多少事，什么是值得投入一生最好时光的事业？付诸漫长时光与巨大努力的工作，一旦完成，最好的报偿是什么呢？这些问题困扰着我，只是到了最后这段日子，我才平静下来。或许这些困惑都是矫情，尽心尽力、无怨无悔地做完一件事，就足够了。不求有功，但求告慰自己。

《中外文学交流史》17 卷终于完成，钱老师、周老师和各卷作者们付出了巨大的努力，我心怀感激。在这九年里，有的作者不幸故去，有的作者中途退出，但更多的朋友加入进来。吕同六先生原来负责主持意大利卷，工作开始不久不幸去世。我们深深地怀念吕同六先生，他的故去不仅是中国学术界的巨大损失，也是我们这套丛书的损失。张西平先生慷慨地接替了吕先生的工作，意大利卷终于圆满完成。朝韩卷也颇多波折，起初是北大韩振乾先生承担此卷的著述，后来韩先生不幸故去，刘顺利先生加入我们。刘顺利先生按自己的学术思路，一切从头开始，多年的积累使他举重若轻，如期完成这本皇皇巨著。还有北欧卷，我们请来了瑞典的陈迈平（万之）先生，后来陈先生因为心脏手术等原因而无力承担此卷撰著。叶隽先生知难而上。期间种种，像叶隽所说，“使我们更加坚信道义的力量、人的情感和高山流水的声音”。李明滨、赵振江、郅溥浩、郁龙余、王晓平、梁丽芳、朱徽先生都是学养深厚的前辈，他们加入这个团队并完成自己的著作，为这套丛书奠定了坚实的学术基础，也提高了丛书的品位。卫茂平、丁超、宋炳辉、姚风、查晓燕、葛桂录、马佳、郭惠芬、贺昌盛先生正值盛年，且身当要职，还在百忙之中坚持写作，使这套丛书在研究的问题与方法上具备了最前沿的学术品质。齐宏伟、杜心源、周云龙都是风头正健的学界新秀，在他们的著述中，我们看到了中外文学关系史研究的美好前景。

这套书是个集体项目，具有一般集体项目的优势与劣势，成就固然令人欣喜，缺憾也引人羞愧。当然，最让人感到骄傲与欣慰的是，这套书自始至终得到比较文学界前辈的关心与指导，乐黛云教授、严绍璗教授、饶芃子教授在丛书启动时便致信编委会，提出中肯的指导意见，以后仍不断关心丛书的进展。2005 年丛书启动即被列入“十一五”国家重点图书出版规划项目，2012 年，本套丛书获得国家出版基金资助，这既为丛书的出版提供了保障，我们更认为这是对我们这个项目出版价值的高度肯定，是一种极高的荣誉，因此我们由衷地喜悦，并充满感激。

丛书是一个浩大的学术工程，也得到了我们历任领导的高度重视和大力支持。2005 年策划启动时，还没有现今各种文化资助的政策，出版这套丛书需要胆识和气魄。社领导参与了我们的数次编写会，他们的睿智敬业以及作为山东人的豪爽诚挚给我们的作者留下了深刻的印象。丛书编校任务繁琐而沉重，周红心、钱锋、于增强、孙金栋、王金洲、杜聪、刘丛、尹攀登、左娜诸位编辑同仁投入了巨大热情和精力，承担了部分卷次的编校工作，周红心协助我做了许多细致的工作，保证了丛书项目如期完成。

感谢书籍装帧设计师王承利老师，将他的书籍装帧理念倾注到这套丛书上。王老师精心打磨每一个细节，从封面到版式，从工艺到纸张，认真研究反复比较，最终将传统与现代、中国与世界、文学与学术和书籍之美完美地融合在一起。丛书设计独具匠心而又恰如其分。

《中外文学交流史》17 卷在历经艰辛与坎坷之后，终得圆满，为此钱老师、周老师付出了巨大的努力。钱老师作为项目的发起人、主持人，自然功德无量，仅他为此项目给各位老师作者发的电子邮件，连缀起来，就快成一本书了。2007 年在济南会议上，钱老师邀请周老师与他联袂主编，从此周老师分担了许多审稿、统稿的事务性工作。师兄葛桂录教授的贡献是独特而不可替代的，没有他的牵线，便没有我们与钱老师、周老师的合作，这套丛书便无缘发生。

大家都是有缘人，聚在一起做一件事，缘起而聚、缘尽而散，聚散之间，留下这套书，作为事业与友情的纪念，亦算作人生一大幸事。在中国比较文学学术史上，在中国出版史上，这套书可能无足轻重，但在我自己的职业生涯中，它至关重要。它寄托着我的职业理想，甚至让我怀念起 20 多年前我在山东大学的学业，那时候我对比较文学的憧憬仍是纯粹而美好的，甚至有些敬畏。能够从事自己志业的人是幸福的，我虽然没有从事比较文学研究，但有幸从事比较文学著作的出版，也算是自己的志业。此刻，我庆幸自己是个有福的人！

祝 丽

图书在版编目（CIP）数据

中外文学交流史．中国 - 英国卷 / 葛桂录著．-- 济南：山东教育出版社，2014
ISBN 978－7－5328－8486－5

Ⅰ．①中… Ⅱ．①葛… Ⅲ．①文学—文化交流—文化史—中国、英国 Ⅳ．①I109

中国版本图书馆 CIP 数据核字 (2014) 第 152836 号

中外文学交流史 中国 - 英国卷

钱林森 周 宁 主编
葛桂录 著

总 策 划：祝 丽
责任编辑：钱 锋 王金洲
装帧设计：王承利

主 管：山东出版传媒股份有限公司
出版者：山东教育出版社
（济南市纬一路 321 号 邮编：250001）
电 话：（0531）82092664 传真：（0531）82092625
网 址：http://www.sjs.com.cn
发行者：山东教育出版社
印 刷：济南大邦印务有限公司
版 次：2015 年 12 月第 1 版第 1 次印刷
规 格：787mm×1092mm 16 开本
印 张：34.25 印张
字 数：621 千字
书 号：ISBN 978-7-5328-8486-5
定 价：96.00 元